Gevorg Marzpetuni

Muratsan

ԳԵՎՈՐԳ ՄԱՐԶՊԵՏՈՒՆԻ

ՄՈՒՐԱՑԱՆ

Gevorg Marzpetuni

Contact:

IndoEuropeanPublishing@gmail.com

ISNB: 978-1-60444-788-0

Գևորգ Մարզպետունի

Հրատարակված է Ամերիկայի Միացյալ Նահանգներում:

Կապ՝

IndoEuropeanPublishing@gmail.com

ISNB: 978-1-60444-788-0

ԱՌԱՋԻՆ ՄԱՍ

Ա

ԳԱՌՆՈ ԱՄՐՈՑՈՒՄ

Հայկազն նախապետի այս դաստակերտը, որ Տրդատ մեծի ձեռքով ավելի շքեղ վերաշինվելով, հայտնի պատերազմների ժամանակ ծառայել էր պետությանը իբրև անառիկ ամրոց և թե՛ խաղաղության միջոցին պատսպարել յուր մեջ արքունական գանձերն ու հարստությունները, ինչպես և վտանգների երեսից փախչող իշխանական ընտանիքներին, ընդմին մնալով և ապահով ձմերոց հայ զորքերի համար, — չնայելով ապիրատ Վասակի ձեռքից Վարդանանց օրերում կրած հիմնական ավերմունքներին — տակավին շեն էր և կանգուն այն օրերում, որոնցից սկսվում է մեր պատմությունը:

Նա գտնվում էր Այրարատ նահանգի Մազազ ու Ոստան գավառները միմյանցից բաժանող Գեղա լեռան մի ոստի վրա, որը վերջին դարերում, յուր ծոցում գտնվող Ս. Գեղարդի անունով Գեղարդասար կոչվեցավ:

Բարձրադիր սարավանդակը, որի վրա կառուցած էր ամրոցը, շրջապատված էր բնության փառահեղ և ահարկու տեսարաններով: — Հսկայակերպ ժայռեր, անհեթեթ հողազանգվածներ, ահավոր անդունդներ, իսկ ավելի հեռվից՝ գեղատեսիլ լեռներ խրոխտ ու կոհակավետ գագաթներով՝ ծածկում էին նրա շրջակայքն ու հանդիպակաց հորիզոնը:

Ամրոցի առջևից՝ փրփրադեզ ալիքները դարևանդներից գահավիժելով՝ հոսում էր Ազատ գետի սրընթաց մի վտակը, որ սարավանդակն ընդգրկող ձորակից անցնելով՝ միանում էր Ազատի երկրորդ վտակի հետ և ապա օձապտույտ գետահետելով՝ դուրս գալիս Դվնո ընդարձակ դաշտը՝ Ոստան գավառի այգեստաններին ջուր ու զովություն մատակարարելու:

Հինավուրց ամրոցը, որ յուր հինգ եկեղեցիներով, բազմաթիվ շինություններով ու պահականոցներով հանգչում էր միապաղաղ ժայռերից ու ամբարտակներից զանգված բարձրության վրա, պատսպարված էր ամեն կողմից թե բնության և թե արհեստի ամրություններով: Հյուսիսային կողմից՝ պաշտպանում էին նրան, բացի կիսաբոլոր պարիսպներն ու աշտարակները, այլև Գեղարդասարի այն գահավանդները, որոնք աստիճանաբար բարձրանալով՝ կցվում էին Գեղա լեռան հետ: Արևելյան և արևմտյան կողմերից շրջապատում էին հսկայական պարիսպներ և հզոր աշտարակներ, որոնք շինված էին կոփված ու հղկված խանձաքար ժայռերից և ամրացրած կապարով ու երկաթով: Իսկ հարավային և մասամբ արևելյան կողմից՝ բարձրանում էին միակտուր քարաժայռերի բնական պատնեշներ, որոնք խորաձորի միջից հսկայական բուրգերի նման դեպի վեր ձգվելով, ընդգրկում էին ամրոցի այս շրջապատը և այդպիսով դարձնում նրան ահարկու և անմատչելի:

Հարավ-արևելյան այս բարձրության վրա, ամրոցի գրեթե ծայրին, իբրև զույգ օդաչու հսկաներ, կանգնած էին առաջին արքունական դղյակը յուր մռայլ շինություններով ու ատամնավոր աշտարակներով, և երկրորդ՝ Տրդատա հոյակապ հովանոցի քառանկյուն հոնիական բարձրաբերձ սյուներով, տակավին անեղծ արձաններով և բարձր ու քանդակազարդ ձեղունով, որ հովանավորում էր արքայական դաստակերտի հռովմեական արհեստի ստեղծագործած ուրիշ բազմաթիվ զարդարանքները: Նրա սյունազարդ և ընդարձակ սրահից երևում էին, ինչպես ափի մեջ, թե՛ ամրոցը յուր բնակարաններով ու պահականոցներով և թե՛ շրջակա լեռներն ու ձորերը իրանց գեղեցիկ կամ անհեթեթ տեսարաններով. այսպիսով, արքայաշեն սարավույթը զվարձալի զբոսավայր մի լինելուց զատ, ծառայում էր նաև ինչպես մի գեղեցիկ դիտարան թե՛ վտանգի և թե՛ խաղաղության ժամանակ:

923 թվականի աշունն էր: Գեղարդասարը մերկացել էր արդեն այն աղքատիկ կանաչներից, որոնք հազիվ գարնան վերջերին համարձակվում են ծածկել յուր ժայռապատ լանջերը: Նա այժմ ամբողջապես փոխարկվել էր քարակարկառ թմբերի ու ամբարտակների, որոնց խոշորագեղ խստությունը չէին մեղմում նույնիսկ Գառնո գեղեցիկ շինությունները:

Օրը տարաժամել էր: Սարի կրձերից անցնող ճանապարհների վրա շնչավոր էակ չէր երևում: Դվնո դաշտից դարձողները վաղուց հասել էին տուն և կամ դադարել Այրիվանից խորշերում, ուր հոգևոր հայրերը օթևան և կերակուր էին տալիս ուշացած հայ անցորդներին, թույլ չտալով, որ նրանք մութը կոխելու վրա անցնեն Գառնո կրձերից, որովհետև հազարացի ավազակախմբերը հետևում էին այդպիսիներին ամեն տեղ:

Այս պատճառով շրջակա ձորերի ու անդունդների վրա թագավորում էր ահարկու լռություն, որ հազիվ երբեմն ընդհատվում էր լեռների մեջ շառաչող աշնանային քամուց կամ դարևանդներից զահավիժող Ազատ գետի խոխոջներից:

Բազմամարդ Գառնո մեջ անգամ դադարել էր շարժումը: Աշնանային խոնավ ու լեռնային ցրտությունը հավաքել էր ամրոցի բնակիչներին իրանց բնակարանները: Երևում էին միայն մի քանի պահապաններ, որոնք երկաթե գլխանոցներով, ծանր սրերը գոտիներից կախած և պղնձապատ վահաններն ու երկար նիզակները ձեռքներին՝ անցուդարձ էին անում, ոմանք ամրոցի դռների մոտ կամ պահականոցների առաջ, և ոմանք դղյակի շուրջը, ուր այդ ժամանակ ապրում էր Աշոտ — Երկաթի ամուսինը՝ Սահականույշ թագուհին:

Չնայելով որ թագավորը դեռ նոր էր հաշտվել յուր հորեղբոր որդի Աշոտ Բռնավորի հետ և նրա հետ միասին էլ Դվին մայրաքաղաքը նորից նվաճելով՝ այլազգիներից մաքրել այն, այսուամենայնիվ, ժամանակի վտթարության պատճառով, անկարելի էր թագավորական ընտանիքը Դվինում պահել, հազարացի բռնավորները ամեն ժամանակ կարող էին հարձակվել այդ քաղաքի վրա, որ ժամանակի կռվածաղիկն էր: Եվ որովհետև թագավորը շարունակ զբաղված էր յուր տերության այս ու այն մասում բռնկող ապստամբությունները նվաճելով, ուստի թշնամիների հասած ժամանակ թագավորական ընտանիքը կարող էր մայրաքաղաքում վտանգի ենթարկվել: Ահա՛ այդ պատճառով Սահականույշ թագուհին էլ ապրում էր Գառնո ամրոցում, և նրա հետ էլ ուրիշ շատ ազատանի կանայք:

Չնայելով եղանակի ցրտության և օրվա տարաժամելուն, այնուամենայնիվ թագուհին դեռ չէր հեռացել Տրդատա հովանոցից: Վերջին մի քանի օրը նա անց էր կացնում այդտեղ երկար ժամեր, գրեթե միայնակ, երբեմն սյունազարդ սրահի մեջ ճեմելով, իսկ հաճախ դեպի խորաձորը նայող պատշգամբի վրա բազմելով: Այդտեղից նա լուռ և մտախոհ դիտում էր՝ մերթ ձորի, մերթ շառաչող Ազատի ալիքները, որոնք գետափնյա ուռենիները քերելով և հանդիպակաց ծառերը կոծելով առաջ էին վազում, և մերթ Գեղա լեռան բարձունքներից իջնող ճանապարհը, ուր ամեն մի հեծյալ անցորդ գրավում էր նրա ուշադրությունը: Թագուհին աչքերը հառելով աշխատում էր վայրկյան առաջ այդ անցորդի ո՛վ կամ ի՛նչ ազգից լինելն իմանալ, և նայում էր այնքան, մինչև որ վերջինս Ազատի խորաձորն իջնելով՝ խոտորում էր դեպի Գառնո արահետը և աչքից ծածկվում:

Արդեն լրանում էր երկրորդ շաբաթը, ինչ թագուհին սրտի անձկությամբ սպասում էր մեկին, բայց նա չէր երևում: Այդ հանգամանքը տանջում էր նրան սաստիկ և ավելացնում մանավանդ այն վիշտը, որ վաղուց ի վեր կրծում էր յուր սիրտը:

Կար ժամանակ, երբ թագուհին ինքը հեռանում էր մարդկանցից, ոչ ոքին չտեսնելու, երբեք չխոսելու և միայն յուր հոգետանջ մտածմունքներին անձնատուր լինելու համար: Այդ ժամանակ նա մինչև իսկ զայրանում էր, եթե մեկը համարձակվում էր խանգարել յուր մենավոր մտածությունները կամ հոգեկան հուզմունքներից առաջացող տանջանքները: Իսկ ա՞յժմ. այժմ նա հոգնել, վաստակել էր հարատև տխրության տանջանքներից, այժմ նա որոնում էր մինչև անգամ մեկը, որին կարողանար յուր սիրտը բանալ, յուր վշտերը պատմել: Նրան թվում էր, թե այդ միջոցը կմեղմի յուր ցավերը... բայց ավա՛ղ, ամբողջ դղյակում չկար մինը, ո՛չ կանանց և ո՛չ օրիորդների շրջանում, որին նա յուր սիրտն ու գաղտնիքը հավատալ կարողանար: Եվ ցավալին այն էր, որ եթե գտնվեր իսկ այդպիսին, դարձյալ ինքը չէր հայտնիլ նրան ոչինչ, որովհետև, չէր հավատում ոչ մի կնոջ անկեղծության, մանավանդ, եթե այդ կինը իշխանական ցեղից էր, և հետևապես, ծագմամբ իրան հավասար: Թագուհին հավատացած էր, որ այդպիսիները եթե առերես իսկ կարեկցեին իրան, այսուամենայնիվ ներքուստ կուրախանային յուր թշվառության վրա, որովհետև նրանցից ամեն մինն ուներ դրա համար յուր սրտին մոտիկ պատճառներ: Նա հույս ուներ միայն մի մարդու վրա, որ, կարծում էր, ոչ միայն կվշտակցե իրան սրտի անկեղծությամբ, այլև գուցե կկարողանա թեթևացնել այդ վշտերը: Ահա՛ այդ մարդուն էր սպասում թագուհին այնքան անձկությամբ, որ, սակայն, հակառակ յուր խոստման և սուրհանդակի բերած տեղեկության, չէր երևում տակավին:

Բայց, ահա՛, մոտենում էր թագուհուն տարիքավոր մի կին միջին հասակով, բարի դեմքով, աղու աչքերով, ժպիտը շրթունքներին և կարծես վախենալով՝ թե միգուցե յուր մոտենալը զրգռե թագուհու զայրույթը:

Այս կնոջը հայտնի էին թագուհու ցավերը, տանջող վշտերը: Նա սկզբից արդեն ամեն բան տեսել, քննել և ստուգել էր: Նա անկեղծ սրտով վշտացել և արտասվել էր մեծ տիկնոջ համար դեռ այն ժամանակ, երբ նա ինքը, տիկինը, անտեղյակ յուր դժբախտությանը, զվարճանում էր արքայական զբոսանքներով մերթ Սյունյաց և մերթ Գուգարաց լեռներում: — Այդ կինը սեդան էր, թագուհու գորովագութ դայակը, դղյակում եղող կանանց մեջ ամենից բարին և ազնվասիրտը: Նրան, Այո՛, հայտնի էր ամեն ինչ վաղուց, բայց նա այդ մասին ոչինչ չէր խոսել մինչև այժմ թագուհու հետ, այն պարզ պատճառով, թե երբ մարդ չէ կարող (տակավին իրան անհայտ) յուր դժբախտության առաջն առնել, ապա լավ է, որ նա երբեք այդ դժբախտությունը չիմանա և կյանքը իզուր չդառնացնե: Իսկ այժմ, երբ արդեն թագուհին ամեն բան գիտեր, Սեդան հո կարող էր նրա հետ խոսել, ցավակցել նրան կամ մխիթարել: Չէ՞ որ նա մի օր յուր կաթնասունն է եղել, յուր գրկումն է մեծացել:

Այսպես էր մտածում Սեդան, բայց և հետո իսկույն խելաբերում, որ Սահականույշը՝ Գարդմանա իշխանի դուստրը, այլևս կաթնասուն չէ, որ նա այսօր յուր թագուհին է, որ ինքը կարող է միայն նրա ոտքերը համբուրել, բայց հավասար նստել նրա հետ կամ վշտակցել նրան, իհարկե չի պիտի համարձակեր: Այն օրից, երբ Սեդան իմացավ, թե թագուհին ծանոթացել է արդեն յուր դժբախտությանը, խեղճ կինն այլևս հանգստություն չուներ: Ճշմարիտ է՝ սա ոչնչով չէր կարող օգնել յուր թագուհուն, բայց միակ խնամքը, որ նա կարող էր և պարտավոր էր տանել, տանում էր: Այդ այն էր, որ նա շվաքի պես հետևում էր մեծ տիկնոջը ամեն տեղ, և աշխատում կարելույն չափ հաճախ խանգարել նրա մենավոր մտածությունները, որով, կարծում էր, թե կարող է փոքր ի շատե պահպանել նրա առողջությունը:

— Օրը տարաժամել է, սիրելի թագուհի, չէ՞ր հաճիլ դղյակը վերադառնալ, — մոտենալով պատշգամբին հարցրեց դայակը:

— Դու այստե՞ղ ես, Սեդա, — անհանգստությամբ դարձավ դեպի նրան թագուհին:

— Այո՛, մեծափառ տիկին. եկա հայտնելու...

— Եվ վաղո՞ւց ես դու այստեղ, — ընդհատեց նրան թագուհին կասկածոտ եղանակով, վախենալով, կարծես, որ դայակը լսած լինի յուր վշտերը մատնող մի որևէ խոսք կամ հառաչանք:

— Հենց որ արևը ետևն անցավ:

— Իսկ ես պատվիրել եմ, որ ոչ ոք իմ միայնությունը չխանգարե:

— Այո՛, մեծափառ տիկին, քո պատվերը ես զանց անել չէի համարձակիլ, բայց օրը տարաժամել էր և քամին բարձրացել, դու կարող էիր մրսել, եկա հիշեցնելու, որ դղյակը վերադառնալու ժամանակն է:

— Հիշեցնե՞լ, ի՞նչ է նշանակում այդ, Սեդա, — կես զարմացած և կես բարկացած հարցրեց թագուհին:

Բարի դայակը շփոթվեցավ: Նա իրավունք չուներ ասել թագուհուն այն ամենը, ինչ որ ինքը ճշմարտություն էր համարում: Նա զգաց յուր սխալը, ճնշվեցավ, և յուր քաղցր աչքերը կարծես թաքնվեցան արդեն կկոցված փոսիկների մեջ. մի թեթև շառագույն փայլեց յուր դալկացած այտերի վրա, ինչպես ձմեռվա դժգույն արշալույս, որ զարկում է ձյունապատ ժայռին: Բայց յուր անուշ ժպիտով, որից անբաժան էին մայրական խանդն ու գորովը, նա ծածկեց շուտով յուր ներքին ճնշման արտաքին պատկերը: Թագուհու լուրջ և անթարթ հայացքը, որ տակավին սևեռած էր յուր վրա և դեռ, կարծես, բացատրություն էր պահանջում իրանից, յուր այդ քաղցր ժպիտի շնորհիվ հետզհետե մեղմացավ. Սեդան համարձակություն առավ խոսելու: Եվ իրավ, չէ՞ որ նա սիրում էր թագուհուն և նրա գաղտնիքներն իմանալու համար չէր, որ հետևում էր նրան, այլ պահպանելու նրա թանկագին առողջությունը, որի վրա դողում էր ինքը, իբրև որդեգորով մայր: Մի՞թե, արդար և, անկեղծ սիրո այս արտահայտությամբ նա մի հանցանք էր գործում: Հարկավ ոչ, ուստի և հաստատուն ձայնով պատասխանեց.

— Եկա հիշեցնելու, որ ցուրտ է, և թագուհին կարող է մրսել:

— Այդ ես ինքս կարող էի իմանալ, — նկատեց թագուհին:

— Ո՛չ թագուհի, երբ դու ընկղմում ես տխուր մտածմունքների մեջ, այլևս չես զգում, թե ի՛նչ է կատարվում քո շուրջը...

— Սեդա՛, մայր Սեդա, դու զառանցում ես,-ընդհատեց թագուհին զարմացմամբ:

— Այդպես է, իմ սիրելի թագուհի,-կրկնեց Սեդան ավելի հաստատ ձայնով, — անցյալ օրը սաստիկ տեղատարափի ժամանակ ամենքը քաշվել էին տուն, նույնիսկ դղյակի առաջ ոչ մի պահնորդ չէր երևում, իսկ դու դարձյալ ճեմում էիր այստեղ, կարծես գարնան օրեր լինեն, և դու՝ մեր Գարդմանա դրախտներում...

Թագուհին մի անհանգիստ շարժում արավ. նրան թվաց, թե դայակը կշտամբում է իրան՝ անօգուտ գաղտնապահության համար, թե նա այդ անում է գուցե հակառակորդ իշխանուհիներից մեկին հաճոյանալու մտքով, թե ուրեմն յուր դժբախտությունը հայտնվել է արդեն բոլորին և նախանձոտ հակառակորդուհիներն սկսում են անարգել իրան, վիրավորելով յուր դշխոյական հպարտությունը յուր իսկ ստորադրյալների ձեռքով:

Այս մտքերը վայրկենապես վրդովեցին թագուհու սիրտը, բայց նա յուր հուզմունքը ծածկելով մեղմ ձայնով հարցրեց.

— Սեդա, ո՞վ ասաց քեզ, թե թագուհին ընկղմում է տխուր մտածմունքների մեջ, և թե այդպիսի ժամանակները նա չէ իմանում, թե ի՛նչ է կատարվում յուր շուրջը:

— Ոչ ոք, իմ սիրելի տիկին, այդ ես ինքս եմ տեսնում: Սեդան պետք է կույր լինի, որ յուր տիրուհու դեմքի մշտական թախիծը և նրա ճակատի տխուր կնճիռները չտեսնե... Վաղուց, վաղուց գիտեի, թե ի՛նչ վիշտ է կրծում քո ազնիվ ու բարի սիրտը, բայց ոչինչ չէի համարձակվում ասել քեզ, որովհետև գիտեի, որ քո ցավերի մասին խոսելով՝ միայն քնքուշ սիրտդ պիտի վշտացնեի, առանց սակայն իմ թագուհուն մի օգուտ տալ կարողանալու:

Թագուհու սիրտը շարժվեցավ: Նախկին կասկածոտ մտածմունքները տեղի տվին հանկարծ մի վստահության, որ կարծես հենց նույն րոպեին ծնվեց յուր մեջ դեպի բարի դայակը, նրա ձայնի մեջ նա այնքան անկեղծություն ու զորով զգաց, որ նրան թվաց, թե իրա հետ խոսողը հարազատ մայրն է և ոչ յուր ստնտուն:

Բայց և այնպես ոչինչ չպատասխանեց, այլ լուռ և մտախոհ բարձրացավ բազմոցից և ուղղվելով յուր սեգ ու վայելուչ հասակի ամբողջ վեհությամբ, նայեց դայակի վրա քաղցր և վստահությամբ լի աչքերով: Այդ րոպեին նա կցանկանար լսել նրանից ամենը, ինչ որ նա գիտեր յուր վշտերի մասին, կցանկանար ստուգել նորից այն բոլորը, ինչ որ վաղուց և ավելի ստուգությամբ հայտնի էր իրան: Բայց յուր դշխոյական հպարտությունը չէր ներում իրան այդ թուլությունը. նա մինչև այժմ ոչ ոքի հետ չէր խոսել այդ մասին, ուրեմն և դայակի հետ չէր խոսիլ, բայց կցանկանար, որ սա ինքը սկսեր խոսել, առանց իրանից հրաման առնելու:

Սեդան չհասկացավ թագուհու լուռ և մտախոհ հայացքի նշանակությունը, նրան թվաց, թե յուր համարձակ խոսքերից վշտացել է նա արդեն. ուստի և թագուհու հայացքից խուսափելու համար շտապեց վերցնել և ձգել նրա ուսերին պերճ սամուրենին, որ թագուհու բարձրանալու ժամանակ սահել, ընկել էր բազմոցի վրա:

— Դրա համար դու արդեն անցել ես տարիքդ, մայր Սեդա, ո՞ւր են իմ նաժիշտները... — հարցրեց թագուհին մեղմությամբ:

— Օ՛, թո՛ւյլ տուր, որ միայն ես ծառայեմ քեզ, իմ քաղցր, իմ աննման թագուհի, մի՞թե Սեդան պառավել է այնքան, որ այլևս ոչ մի բանի պիտանի լինել չի կարող:

— Մայր Սեդա, ա՛յդ չէի կամենում ասել...

— Թե իմ ներկայությունը հաճելի չէ թագուհուն:

— Սեդա, դու ինձ ընդհատում ես...

— Կամ գուցե անզգույշ խոսքեր արտասանեցի, որոնք վշտացրին իմ թագուհուն:

— Ո՛չ, ո՛չ, իմ Սեդա՛, քո ներկայությունը միշտ հաճելի է ինձ, ապացույց, որ ես իմ մենավոր զբոսանքների ժամանակ ոչ ոքին թույլ չեմ տալիս լինել ինձ հետ, բայց դու միշտ կաս և, ամեն անգամ, երբ կամենում ես, խանգարում ես ինձ, առանց նայելու, թե թագուհին ցանկանո՞ւմ է այդ, թե ոչ:

— Այդպես էլ պիտի անեմ, մեծափառ տիկին, բարկացի՛ր ինձ վրա, եթե հաճելի է քեզ, բայց թույլ տալ, որ ժամերով տխուր մտածմունքների մեջ խորասուզվես, չեմ կարող, այդ կվնասե քո թանկագին առողջությանը:

— «Թանկագի՞ն»... այո, գուցե քեզ համար, իմ բարի Սեդա. միայն քեզ համար... — շշնջաց թագուհին ինքն իրան և ապա դայակին դառնալով հարեց.— իրավունք ունիս, մայր Սեդա, ես քեզ վրա չեմ բարկանում... Բայց ես արդարև երկար մնացի բացօթյա, ո՞ւր են նաժիշտներս:

— Դու հրամայել ես, որ նրանք չերևան, մինչև կոչի ձայն չառնեն:

— Կանչի՛ր ուրեմն, թող զահավորակս բերեն:

Այս ասելով թագուհին առաջացավ դեպի հովանոցի անկյունը և սյունաշարի մոտ կանգնելով սկսավ դիտել շառագույն լուսինը, որ կամաց-կամաց բարձրանում էր հանդիպակաց լեռների ետևից: Թեպետ ցուրտն արդեն զգալի էր, և քամին փչում էր հաճախ, բայց երկինքը վճիտ էր և անամպ, աստղերն սկսել էին փայլել, և լուսնի սկավառակը, որ կարծես կախված էր լեռան գագաթին իբր մոգական մի լապտեր, սկսում էր լուսավորել պարեխավոր լեռներն ու բլուրները: Դարևանդներից գահավիժող Ազատ գետի փրփրախառն ալիքները տեղ-տեղ փայլփլում էին ինչպես արծաթի սահանք:

Թագուհին գրավվեցավ լուսնկա երեկոյի գեղեցկությամբ և կրկին խորասուզվեց մտածությունների մեջ: Փոքր մի ևս և նա նորեն դեպի պատշգամբը պիտի դառնար և բազմոցի վրա ընկնելով անձնատուր լիներ երևակայության տանջող թռիչքներին, բայց նաժիշտների ձայնը և լույսը ջահերի, որ դղյակի սպասավորները ձեռքներին բերում էին, սթափեցրին նրան:

Թագուհին ետ նայեց: Նաժիշտների և դայակի հետ միասին գալիս էր նաև տիկին Գոհար, Մարզպետունի իշխանուհին, որ հառաջանալով՝ ակնածությամբ գլուխ խոնարհեց թագուհուն և հաճոյական խոսքերով տրտունջ հայտնեց նրան յուր չափազանց մենասիրության համար:

— Այստեղ նստած դիտում եմ Գեղա լեռան ճանապարհը, որպեսզի Գնորգ իշխանի գալստյան լուրն ամենից առաջ հաղորդեմ քեզ, — պատասխանեց թագուհին անուշ ժպտալով:

— Շնորհապարտ կլինեմ, եթե միայն ուրախ լուր բերե նա մեզ, — հարեց Գոհար իշխանուհին և ձեռքը տվավ թագուհուն օգնելու նրան հովանոցի աստիճաններից իջնելու:

— Իսկ եթե ուրախ լուր չբերե՞,-հարցրեց թագուհին:

— Այդ ժամանակ կցանկանայի, որ ամրոցի դռները չբանային նրա առաջ, — կատակեց իշխանուհին:

Թագուհին ժպտաց և ոչինչ այլևս չխոսեց:

Հովանոցի առաջ կանգնած էին չորս հուժկու սպասավորներ, ձեռներին բռնած թագուհու ոսկեզօծ գահավորակը, զարդարված ծաղկանկար մետաքսով և ոսկեթել փնջերով:

Նաժիշտների օգնությամբ թագուհին բազմեց նրա վրա: Ջահընկալ սպասավորները լուսավորեցին ճանապարհը, որի տարածությունը մինչև դղյակը հազիվ մի քանի տասնյակ քայլ էր: Գահավորակն առաջ անցավ իշխանուհու և նաժիշտների ընկերակցությամբ:

Դղյակի լայնակամար դռան առաջ նույնպես վառվում էին դամբարներ, և մի խումբ զրահավոր պահապաններ անցուդարձ էին անում այդտեղ: Երբ թագուհու գահավորակը մոտեցավ, նրանք իսկույն շարվեցան կարգով և ի նշան հպատակության, նիզակները խոնարհեցին այնքան, որ նրանց տեգերը կպան գետնին:

— Ձեր հիսնապե՞տը, — հարցրեց թագուհին, մոտենալով պահապաններին:

— Այստեղ եմ, մեծափառ տիկին, — այս խոսքերով մոտեցավ թագուհուն մի բարձրահասակ և գեղադեմ երիտասարդ, որ մյուսներից զանազանվում էր յուր զենքերի փայլունությամբ և գլխանոցի վրա ծածանող ցցունքով:

— Բերդակալից լո՞ւր...

— Տեր բերդակալը պատվիրեց հայտնել, որ աղեղնավորներն ու գեղարդավորները զրկված են մարտկոցները, բերդապահները հսկում են պատնեշները, պահակախմբերը գտնվում են աշտարակներում:

— Ամրոցի բանալիները...

— Սպասում են թագուհու հրամանին փականքները դնելու համար:

— Ինչո՞ւ այսքան ուշ. արդեն մթնել է:

— Այրիվանքից բանբեր եկավ և հայտնեց, որ այս գիշեր Վեհը պիտի ժամանե այստեղ: Տեր բերդակալը ցանկանում է իմանալ, թե արդյոք բանալիները յուր մոտ պիտի մնան մինչև Վեհի գալը:

— Հայտնի՛ր բերդակալին, որ փականքները դնե և շտապե ինձ մոտ:

Հինապետը գլուխը խոնարհեց և ուղղվեցավ դեպի ավազ դռան փողոցը:

Հասնելով դղյակի դռանը, թագուհին իջավ գահավորակից և ներս մտավ կամարակապ սրահը: Սա մի ընդարձակ և բոլորշի սենյակ էր, համակ քարաշեն: Նրա աջ ու ձախ կողմերից բացվում էին չորս փոքրիկ և խորշավոր դռներ, որոնցից ամեն մինը տանում էր դեպի դղյակի ներքին հարկերի զանազան բաժանմունքները կամ ծածկարանները: Դռների մեջտեղից բարձրանում էր որձաքարե լայնադիր սանդուխտ, որ յուր վերին մասում բաժանվում էր երկու ճյուղերի դրանցից մինը հանում էր միջին հարկը, ուր իշխանազուն տիկնանց և օրիորդների կացարաններն էին, իսկ մյուսը՝ դեպի վերին դստիկոնները, ուր ապրում էր թագուհին յուր նաժիշտներով: Սանդուխտները վերից ի վայր ծածկված էին սյունական գորգերով և լուսավորված կամարներից կախած պղնձե կանթեղներով:

Թագուհին նաժիշտների օգնությամբ սկսավ սանդուխտները բարձրանալ և խոտորելով դեպի աջ, հասավ վերնասրահին, որ լուսավորված էր կրկին աշտանակներով: Սա մի գեղեցիկ և գմբեթարգ շինություն էր, զարդարված որմնայուններով, խորշավոր անկյուններով, քանդակազարդ ձեղունով և մյուսիոն քարերից կերտած հատակով: Սրա վրա նույնպես բացվում էին կամարակապ դռներ, որոնք հանում էին դեպի այդ հարկի զանազան բաժանմունքները:

Ամենից մեծ դռնով մտնելով թագուհին անցավ երկու փոքրիկ սենյակներ, որոնց պատերը շինված էին ապակեբուռ գույնզգույն աղյուսներից և գեղեցիկ կերպով փայլփլում էին արծաթե կանթեղների լույսի առաջ: Այդ սենյակները զարդարված գորգերով ու օթոցներով ծառայում էին սեննեկապան նաժիշտներին:

Այդտեղից թագուհին անցավ մի ընդարձակ զարդարուն դահլիճ, որ լուսավորված էր մեծամեծ արծաթե ճրագարաններով: Դահլիճի պատերն ամբողջապես շինված էին նրբատաշ, սպիտակ քարերից, զարդարված հարուստ դրվագներով և կարմրաքարե որմնայուններով ու գոտիներով: Ձեղունը նույնպես քարաշեն էր և քանդակազարդ: Նրա չորս անկյունները պաճուճած էին գույնզգույն քարերի գոգավոր և ուռուցիկ մյուսիոններով, իսկ միջավայրը, ուր լուսանցքն էր գտնվում, բարձրանում էր գմբեթաձև, գոտևոր շրջակներով ու նույնպես զարդարված գույնզգույն և խորշավոր մյուսիոններով: Դահլիճի հատակն ամբողջապես ծածկված էր գորգերով, պատերի տակ շարված էին բազմոցներ ու տախտեր, վրաները ծածկած դիպակե բարձեր ու մետաքսյա օթոցներ:

Թագուհին բազմեց դահլիճի ճակատին դրված դիպակազարդ բազմոցի վրա, և նաժիշտներից մինը խոնարհելով՝ դրավ նրա ոտքերի տակ մետաքսյա փնջազարդ բարձը:

Բ

ԱՆՀԱՃՈ ՆՈՐՈՒԹՅՈՒՆ

— Արդյոք թագուհին չէ՞ գուշակում Վեհի գիշեր ժամանակ մեր ամրոցը գալու պատճառը,—հարցրեց Մարզպետունի իշխանուհին, կամենալով կարծես ընդարձակ դաhլիճի նորեկներին շրջապատող անհաճո լռությունն ընդհատել և ապա իսկույն էլ նստելով թավշապատ եռոտանու վրա, որ գտնվում էր թագուհու բազմոցի հանդեպ, ուշադիր աչքերը հառեց թագուհու վրա, սպասելով նրա պատասխանին:

— Անշուշտ արտաքո կարգի մի նորություն ունի հոգևոր հայրը մեզ հաղորդելու, — պատասխանեցը թագուհին տարակուսական եղանակով:

— Թե՞ թագուհուն այցելության է գալիս:

— Դրա համար, կարիք չկար գիշերանց ելնել վանքից. փառք աստուծո, Այրիվանքը հեռու չէ մեզանից:

— Չափազանց անհանգստացնում է ինձ այս լուրը:

— Իսկ ինձ անհանգստացնում է Գևորգ իշխանի ուշանալը: Արդեն երկու շաբաթը լրացավ, ինչ նա հեռացել է մեզանից: Եթե կաթողիկոսի գալը կապ ունի մի նոր դժբախտության հետ, ապա ուրեմն իշխանի բացակայությունը կրկնակի վտանգի մեջ է դնում մեզ:

— Մի՞թե դու, մեծափառ տիկին, կասկածում ես թագավորի հաջողության վրա:

— Ուտիքի կուսակալին նվաճելը մեծ գործ չէ, բայց հաջողությունը աստված է տալիս: Եթե թագավորը հանդիպած չլիներ անհաջողության, ապա Գևորգ իշխանն այստեղ կլիներ կամ գոնե սուրհանդակը լուր կբերեր, թե Ցլիկ-Ամրամը հաղթված կամ գերեված է:

— Անհաջողությա՞ն... Ո՜հ, մի՛ ասիր, սիրելի թագուհի: Աստված չանե, որ թագավորը Ցլիկ-Ամրամի հետ ունեցած ընդհարման մեջ անհաջողության հանդիպե. այդ արդեն մեծ նախատինք է թե՛ թագավորի և թե՛ զորքերի համար:

— Ամենից առաջ ա՛յն իշխանների, որոնք անօգնական են թողել թագավորին և զբաղված են միայն սեփական ամրոցները պահպանելու հոգսերով, — դառնությամբ նկատեց թագուհին:

— Հարկավ, ամրոցների պահպանությունը նույնիսկ կանանց կարող էին հանձնել, —հարեց իշխանուհին, ցանկանալով ուղղել յուր սխալը:

— Ուրեմն հաջողության սպասելու իրավունք չունինք:

— Բայց եթե աստծուն հաճելի լինի...

— Այո՛, եթե միայն հաճելի լինի... —հեգնական ժպիտով ընդհատեց թագուհին:

Այդ միջոցին ներս մտավ սենեկապան սպասուհին և հայտնեց թագուհուն, որ բերդակալը թույլտվություն է խնդրում ներկայանալու:

— Թո՛ղ ներս գա,-հրամայեց թագուհին: Մի քանի րոպեից ներս մտավ բերդակալը: Դա մի տարիքավոր, բարձրահասակ, լուրջ ու պատկառելի դեմքով և ալեխառն մազերով տղամարդ էր, զտեպինդ հագնված, արծաթապատ սուրը ազդրին և պղնձե սաղավարտը ձեռին: Նա համաչափ ու հաստատուն քայլերով մոտեցավ թագուհուն և խոր գլուխ տալով խնդրեց ընդունել ամրոցի բանալիները, որ յուր հետ եկող սպասավորը ներկայացնում էր արծաթե սկուտեղի վրա:

Թագուհին վերցրեց բանալիները և հանձնեց դայակին, որ կանգնած էր իրանից փոքր ինչ հեռու: Վերջինս առնելով այն, տարավ թագուհու առանձնարանը:

Սա մի ծես էր, որ կատարվում էր ամեն երեկո միևնույն կարգով:

Քանի Մարզպետունի իշխանը՝ Աշոտ թագավորի հավատարիմը, գտնվում էր Գառնո մեջ, բերդակալական պաշտոնը վարում էր նա անձամբ և ամրոցի բանալիները գտնվում էին նրա ձեռին: Բայց այն օրից, որ նա թագուհու հրամանով գնաց Ուտիք՝ Աշոտ թագավորի արշավանքի մասին տեղեկություն առնելու, և, եթե կարիք կար, օգնական զորք հասցնելու, այդ օրից թագուհին բերդակալության պաշտոնը հանձնեց Մուշեղ անունով այս հինավուրց զորականին: Նա իշխանական ծագումից չէր, բայց թագավորական տան բազմամյա և հավատարիմ ծառայողներից մինն էր: Թագուհին թեպետ կարող էր ամրոցի բանալիներն ընդմիշտ հավատալ նրան, իբրև բերդակալի, բայց որովհետև ժամանակը չար էր, և շարունակ լուրեր էին հասնում, թե այս ու այն բերդը գրավվել է թշնամուց բերդակալի թուլությամբ կամ պահնորդների մատնությամբ, ուստի թագուհին, որքան էլ որ մեծ հավատ ուներ Մուշեղի վրա (որ հենց յուր հավատարմության շնորհիվ էլ արժանացել էր այդ բարձր պաշտոնին), այնուամենայնիվ, որպեսզի գիշերը հանգիստ քուն վայելե, կարգադրել էր, որ ամրոցի դռները փակելուց հետո բանալիները դղյակ բերվեն:

— Դու կամենում էիր, որ մինչև Վեհի գալը բանալիները քե՞զ մոտ լինեին, — հարցրեց թագուհին բերդակալին:

— Այո՛, մեծափառ տիկին:

— Ինչո՞ւ:

— Որպեսզի գիշերանց բանալիներն ստանալու պատճառով թագուհու քունը չխանգարեի:

— Իսկ դու չգիտե՞ս, որ բերդի դռները բացվելիս թագուհին քնած լինել չէ կարող:

— Այդպես է, մեծափառ տիկին, ների՛ր քո ծառայի միամտությունը:

— Միամտությունը հանցանք չէ, իմ բարի Մուշեղ, բայց թուլություն է: Իսկ մենք չար ժամանակներում ենք ապրում և ամեն մի քայլերնիս զգուշությամբ պիտի փոխենք: Ո՞ր ժամին պիտի գա Վեհը.

— Պատվիրակը ժամը չորոշեց, այլ հայտնեց միայն, որ պիտի հաճի ժամանել այս գիշեր և խնդրեց, որ ամրոցի դռները բանալու պատրաստ գտնվինք:

— Իսկ դու չե՞ս կարողանում նրա գալստյան պատճառը գուշակել:

— Անշուշտ նա գալիս է թագուհուն այցելելու:

— Բայց ինչո՞ւ գիշերանց:

— Նորին սրբությունը շատ անփառասեր է. նա փախուստ է տալիս հանդիսավոր ընդունելությունից և ժողովրդյան ցույցերից:

Այս միջոցին կրկին ներս մտավ սենեկապանը և հայտնեց, որ Գոռ իշխանը ցանկանում է ներկայանալ թագուհուն:

— Թո՛ղ գա, — ասաց թագուհին ժպտալով, և նրա դեմքն ուրախ արտահայտություն ստացավ:

Մարզպետունի իշխանուհին սկսավ ծիծաղադեմ դեպի դուռը նայել: Զվարթ արտահայտություն ստացան նաև օրիորդ նաժիշտների և դայակի երեսները: Երևում էր, որ ներս մտնողը բոլորին էլ սիրելի մի անձնավորություն էր:

Եվ, ահա՛, ներս եկավ քսանամյա մի պատանի, բարձրահասակ, գեղեցկադեմ, վառվռուն աչքերով, համակ զրահազգեստ, ոսկեզարդ սուրը մեջքին, նույնպիսի բազպաններ ու սռնապաններ հագած, և փայլուն սաղավարտը ձեռին:

Ժպտալով նա մոտեցավ թագուհուն և համբուրեց նրա ձեռը: Ապա մոտեցավ յուր մորը՝ Մարզպետունի իշխանուհուն, համբուրեց նույնպես նրա աջը և կանգնեց բերդակալի կողքին:

— Ամեն անգամ, երբ քեզ տեսնում եմ, Գո՛ռ, ինձ թվում է, թե կա՛մ պատերազմ ես գնում, կա՛մ ճակատամարտից վերադառնում: Ինչո՞ւ միշտ զրահազգեստ ես,- հարցրեց թագուհին ժպտադեմ:

— Այդպես պատվիրել է ինձ իմ հայրը, մա՛յր-թագուհի:

— Բայց այս ժամի՞ն... փակված ամրոցո՞ւմ, թագուհու դղյակի մե՞ջ... Մի՞թե կարիք կա:

— Ամեն վայրկյան պատրաստ պիտի լինեմ դիմազրավելու: Ո՞վ գիտե, գուցե հենց այստեղ, դղյակի դստիկոններից մինում, թաքչող մի ապիրատի հետ պետք է լինում մենամարտել:

— Օ՛, վտանգավոր մարդ ես դու, Գո՛ռ իշխան, — նկատեց թագուհին:

— Իմ թագուհու և թագավորի թշնամիների համար:

— Որոնց երևի դու չես ճանաչում:

— Եվ որոնց երբեք չէի կամենալ տեսնել այս դղյակում:

Մարզպետունի իշխանուհին, որ մայրական խանդով լցված նայում էր որդուն, նրա վերջին խոսքից հրճվեցավ իսկ թագուհին ուրախ-ուրախ ծիծաղեց:

— Բայց գիտե՞ս, սիրելիս, որ այդպիսի մի թշնամի գտնվում է այժմ մեր դղյակում,— ասաց թագուհին կեղծ լրջությամբ:

— Անո՞ւնը, — եռանդով հարցրեց Գոռը:

— Որ թաքնված ներքին խուցերից մինում, անշուշտ հարմար առիթի է սպասում մեզ վնասելու...

— Բայց ո՞վ է դա, — անհամբերությամբ հարցրեց պատանին:

— Օրիորդ Շահանդուխտը:

Իշխանիկը ժպտաց և շառագունեց, բայց թագուհին ու իշխանուհին սկսան ծիծաղել:

— Իսկ այժմ ո՞րտեղից ես գալիս, ուրախ լուր չե՞ս բերել մեզ, — հարցրեց կրկին թագուհին:

— Այո՛, տխուր լուր չէ հաղորդելիքս, — պատասխանեց իշխանիկը: — Վեհից երկրորդ պատգամավոր եկավ, որ հայտնում է, թե հայրապետն այլևս չէ գալիս մեր ամրոցը:

— Եվ պատճառը:

— Պատճառը չհայտնեց պատգամավորը. որովհետև ամրոցի դուռը փակ էր, ես աշտարակի պատուհանից էի խոսում նրա հետ:

Թագուհու ուրախ տրամադրությունը կրկին խանգարվեց, նա ընկավ մտածության մեջ: «Արդյոք ի՞նչ տարօրինակ և գուցե տխրառիթ նորություն էր պատահել, որ կաթողիկոսը գիշերանց գալիս էր Գառնի և այժմ ի՞նչն է ստիպում նրան՝ յուր մտադրությունը թողնելու, — մտածում էր նա ինքն իրան, — արդյոք Ուտիքից մի տխուր լո՞ւր առավ, թե թշնամիների մոտալուտ հարձակման մասին մի բան է լսել»...

— Բայց ինչո՞ւ համար ասացիր, թե տխուր լուր չէ հաղորդելիքդ՝մի՞թե Վեհի գալուստն անհաճո է քեզ, — հարցրեց թագուհին:

— Այո՛, թագուհի, — կտրուկ պատասխանեց իշխանիկը:

— Զարմանում եմ... — ասաց թագուհին և մի տարակուսական հայացք ձգեց պատանու վրա:

Իսկ բերդակալը դեմքը խոժոռեց, կարծես վախենալով Գոռի նոր ասելիքներից, որոնք կարող էին յուր առ կաթողիկոսն ունեցած սրբազան զգացմունքը վիրավորել, հրաման խնդրեց թագուհուց և ողջունելով նրան հեռացավ դահլիճից:

Մարզպետունի իշխանուհին այդ նկատեց և վշտանալով որդու անհամեստ պատասխանի վրա, շտապով հարցրեց նրան.

— Ինչո՞ւ կաթողիկոսի գալուստը անհաճո է քեզ:

— Եթե մայր-թագուհին կիրամայե ինձ անկեղծորեն խոսել...

— Խոսի՛ր, ամեն հանցանքներից թեթևը անկեղծորեն խոսելն է, — ասաց թագուհին:

— Տխրում եմ, որովհետև նա գալիս է մեր ամրոցը ո՛չ մայր-թագուհուն այցելելու և ո՛չ մեզ օրհնելու...

— Գո՛ռ, զգուշությամբ խոսիր,-ընդհատեց մայրը որդուն՝ հանկարծական հուզմունքից շառագունելով:

— Գոհար իշխանուհի, թո՛ղ որ նա յուր միտքն ազատորեն հայտնե, — նկատեց թագուհին ծանրությամբ:

— Անկեղծորեն խոսելու համար չպետք է զգուշության ուշ դարձնել մայրի՛կ, ես խոսում եմ իմ թագուհու և մոր առաջ: Այո՛, կրկնում եմ, կաթողիկոսը գալիս է ո՛չ թե մեզ օրհնելու, այլ Գառնիում ամրանալու:

— Ինչպե՞ս թե ամրանալու, — հարցրեց թագուհին:

— Անշուշտ նա լսել է, որ հարձակում է պատրաստվում մեր լեռների վրա, և ահա ապաստանում է Գառնիին:

— Եթե նա լսել է այդպիսի բան, ապա ուրեմն խոհեմություն է անում մեր ամրոցը գալով, — նկատեց իշխանուհին:

— Ոչ, մայրի՛կ, նա չպետք է յուր միաբաններին անհույս ու անօգնական ձգե Այրիվանքում և միայն յուր անձի փրկության համար հոգա:

— Իսկ դու այդպիսի մի բան լսե՞լ ես, — հարցրեց թագուհին անհանգստությամբ:

— Ոչ, թագուհի, ես այդպես ենթադրում եմ:

— Բայց պետք է խոսել ապացույցների և ոչ թե ենթադրությունների վրա հիմնված, — ծանրությամբ նկատեց իշխանուհին:

— Մայր-թագուհի, կհրամայե՞ք ինձ պատասխանել, — դարձավ Գոռը թագուհուն:

— Խոսի՛ր, — պատասխանեց վերջինս:

— Ապացույցն այն է, մայրի՛կ, որ Վեհը Յուսուփի տեղակալից, մի որևէ Նսրից վախենալով, անտեր է թողել Դվինի կաթողիկոսարանը և ապաստանել Այրիվանքի ծործորներին: Իսկ Նսրը վաղ թե ուշ կմտնե Դվին և կգրավե թե՛ կաթողիկոսարանը և թե՛ նրա կալվածները:

— Եթե ոստիկանը կտիրե մայրաքաղաքին, որի պաշտպանը բացակա թագավորն է, ի՞նչ կա զարմանալու, եթե նա գրավե նաև կաթողիկոսարանը, որի պաշտպանը մի անզեն հոգևորական է, — հուզված խոսեց իշխանուհին, առանց մտածելու, որ այդ խոսքերով վշտացնում է թագուհուն:

Իսկ վերջինս ոչ միայն խոցվեց իշխանուհու խոսքերից, այլև ներքին վրդովմունքից գրեթե այլագունեց: Բայց չկամենալով երևան հանել յուր հուզմունքը կամաց-կամաց բարձրացավ բազմոցից և անուշադիր դեպի իշխանուհին՝ մեղմ ձայնով ասաց դայակին:

— Մայր Սեդա, ես հոգնած եմ. պատրա՞ստ է արդյոք հանգստարանս:

— Այո՛, սիրելի թագուհի, — պատասխանեց դայակը:

Թագուհին մի բռնազբոսիկ ժպիտով ողջունեց իշխանուհուն և իշխանիկին և բարի գիշեր մաղթելով նրանց ուղղվեցավ դեպի առանձնարանը: Սեդան և նաժիշտները հետևեցին նրան.

— Ի՞նչ արիր դու այդ, մայր իմ, ինձ էիր զգուշացնում ազատ խոսելուց, իսկ դու սուր ցցեցիր թագուհու սիրտը, — վրդովված բացականչեց Գոռը:

Գոհար իշխանուհին, որ յուր պատասխանը տվել էր միայն յուր որդու համարձակախոսությունից գրգռված և ոչ թե թագուհուն վշտացնելու մտքով, հիշեց նորից յուր խոսքերը և մնաց կարծես շանթահար:

— Ես չէի կամենում նրան վիրավորել ... ես չմտածեցի... հանկարծ դուրս թռան իմ խոսքերը... -ընդհատելով և նվաղած ձայնով պատասխանեց որդուն Գոհարը և սաստիկ տխրեց:

Իշխանիկը բարկացած անցուդարձ էր անում դահլիճի մեջ: Հանկարծ նա կանգ առավ և դիմելով մորը՝ հարցրեց.

— Մայրիկ, բոլո՞ր կանայք մոռացկոտ են քեզ պես:

— Ինչո՞ւ համար ես հարցնում:

— Ինչո՞ւ համար... Հիշո՞ւմ ես. հայրս յուր հրաժեշտի ժամին խնդրեց քեզ և դղյակի մյուս կանանց՝ աշխատել ուրախ պահել թագուհուն. ասաց, որ նա ծանր վշտեր ունի և թե պետք է մոռացնել տալ նրան այդ վշտերը... Ես ծանոթ չեմ թագուհու վշտերին, որովհետև այդքան ծածկում են ինձանից. բայց դու և քո բարեկամները, անշուշտ, ծանոթ եք, դու չպետք է մեղանչեիր ո՛չ թագուհու հանգստության և ո՛չ հորս պատվերի դեմ:

— Դո՛ւ էիր հանցավորը, Գո՛ռ. ինչպես կարողացար լոկ ենթադրության վրա հիմնված, թագուհու ներկայությամբ ասել թե կաթողիկոսը փախչում է Այրիվանքից:

— Ենթադրության վրա չէի հիմնված, մայրի՛կ, այլ իսկության,—ընդհատեց Գոռը:

— Իսկությա՞ն. ինչպե՞ս:

— Այո՛, ճշմարտությունը ես ծածկեցի թագուհուց, որովհետև չէի կամենում անհանգստացնել նրան:

— Ի՞նչ ճշմարտություն:

— Այն, որ շուտով մեր լեռների վրա հարձակում կլինի:

— Ի՞նչ ես ասում, Գո՛ռ, և ո՞վ պիտի հարձակվի:

— Ինքը Նսըրը: Նա արդեն դուրս է եկել Նախիջևանից և գալիս է Դվին:

— Աստվա՛ծ իմ, ի՞նչ ասացիր, — բացականչեց իշխանուհին:

— Այո՛, և այդ պատահում է հենց ա՛յն ժամանակ, երբ բացակա են Ոստանից թե՛ թագավորը և թե՛ զորքերը:

— Ինչ պիտի անենք ուրեմն:

— Դու պիտի ծածկես թագուհուց այս նորությունը և ուրիշ ոչինչ. իսկ մենք կանենք այն, ինչ որ պարտավոր ենք: Այժմ ես գնում եմ բերդակալի մոտ:

Մա ասելով իշխանիկը ողջունեց մորը և շտապ քայլերով դուրս գնաց դահլիճից:

Գոհար իշխանուհին շվարած և մտամոլոր ուղղվեցավ դեպի յուր կացարանը:

Գ

ԴԱՅԱԿԻ ԶՐՈՒՅՑՆԵՐԸ

Դահլիճից հեռանալով՝ թագուհին մտավ յուր առանձնարանը հոգեպես հուզված: Առաստաղից կախած արծաթե կանթեղի լույսը տկար ու դժգույն թվաց նրան, թեպետ յուր հրամանովն էր, որ միայն մի ճրագ էր վառվում յուր քնարանում: Ուրիշ անգամ այդպիսի թերություն նա չէր նշմարիլ այդտեղ. բայց այժմ չկարողացավ հաշտվել փոքրիկ ճրագի հետ:

— Լո՛ւյս տվեք, առանց այն էլ սիրտս մթապատ է, — բացականչեց թագուհին և դիմեց դեպի նեղ, կամարակապ պատուհանը, որ նայում էր լուսնի լուսով լուսավորված Գեղա լեռան բարձունքներին, և որտեղից հով էր առնում սենյակը:

Կանգ առնելով այդտեղ, նա սկսավ անհագաբար շնչել թարմ օդը, կարծես կամենալով մեղմել նրա զովությամբ յուր սիրտը վառող կրակի տապը:

Նաժիշտներից մինը ներս բերավ իսկույն ոսկեզօծ հնգճյուղյան ճրագարանը և դրավ ընկուզենուց շինած և սադափով ու փղոսկրով զարդարած նգույրի (բոլորշի սեղան) վրա:

Մենյակը լուսավորվելով՝ երևան հանեց հինավուրց արհեստի նրբաճաշակ զարդարանքները, որոնցով գեղարվեստասեր Տրդատը դարեր առաջ պաճուճել էր տվել յուր սիրարժան քեռ, հայոց թագածին օրիորդի և, հավերժական կուսի գիշերային հանգստարանը: Դոյակը ուրիշ շատ սենյակների նման քարաշեն էր և այս առանձնարանը, միայն այն զանազանությամբ, որ սա կերտված էր ընտիր, գույնզգույն քարերից: Պատերից յուրաքանչյուրը բաժանվում էր չորս կամարամասի, հնգական զույգ որմնայուներով, որոնք հաստատված էին գոտեզարդ պատվանդանների վրա: Նրանց հոնիական խոյակները միավորում էին չորս կիսաբոլոր կամարներ: Պատերի հարթ ու ողորկ մասերը շինված էին սպիտակ, սյուներն ու կամարները դեղնագույն քարից, իսկ պատվանդաններն ու խոյակները հրաշեկ պորփյուրից: Որմնայուներով բաժանված մասերում մեջընդմեջ շինված էին կամարազարդ խորշեր, որոնց ներսը կերտված էր հախճապակյա գույնզգույն աղյուսներից, իսկ եզերքը զարդարած ծիրանաքարի մանեկաձև գոտիներով: Յուրաքանչյուր երկու խորշերի մեջտեղը գտնվող հարթ տարածության վրա քանդակված էին դրասանգներ ու ծաղկանկարներ:

Սենյակի ձեղունը գմբեթարդ էր, զարդարված սև ու կարմիր քարերի ծաղկաձև շարվածներով. իսկ առաստաղը պատերի հետ միավորող քառանկյունները պճնված խորշխորշյա ոսկեզօծ մյուսիոններով:

Պատերից երկուսի վրա շինված էին երկ-երկու նեղ, բայց երկար ու կամարավոր պատուհաններ, եզերված պորփյուրյա մանեկաձև գոտիներով:

Համակ քարաշեն այդ սենյակի հետ գեղեցիկ հակադրություն էր կազմում թագուհու քնարանը, որ բռնած էր սենյակի աջ անկյունը սքողված մետաքսյա ծիրանեգույն առագաստներով և զարդարված ոսկե թել ծոպերով ու փնջերով: Դայակը մոտենալով մահճին բացավ նրա ծանր առագաստները և երևան հանեց հարուստ դիպակներից ու նրբահյուս բեհեզներից պատրաստված անկողինը, զգված պարսկական թավշյա ծաղկանկար բարձերով: Ապա դառնալով թագուհուն՝ մեղմ ձայնով հարցրեց.

— Կկամենայի՞ր, մեծափառ, այժմեն իսկ հանգստանալ:

— Այո՛, այժմեն իսկ, սաստիկ հոգնած եմ, — պատասխանեց թագուհին և երեսը պատուհանից դարձնելով, հրամայեց նաժիշտներին յուր հանդերձը հանել:

Բայց նրա երեսն այդ միջոցին արտահայտում էր ոչ թե հոգնածություն, այլ ներքին, հոգեկան հուզմունք, որ սակայն մի գրավիչ փայլ էր տալիս նրա գեղանի դեմքին, լուսալիր աչքերին, նազելի հասակին և դշխոյական սիգաճեմ շարժմանը:

Երկու նաժիշտները միաժամանակ մոտեցան նրան: Հանեցին նախ թագուհու սովորական զարդերը, որոնք էին՝ յուր բյուզանդական ծանրագին ապարանջաններն ու գինդերը, ապա ոսկեհուռ մանյակը, որ գրկում էր նրա փղոսկրյա պարանոցը, գոհարազարդ գոտին, որ սեղմում էր նազիկ իրանը մետաքսե նուրբ պատմուճանի մեջ, և ձախ ուսի վրա փայլող հակինթե ճարմանդը, որով կոճկված էր յուր հարուստ կուրծքն սքողող ոսկենկար բաճկոնակը: Արձակեցին նույնպես մարգարտյա վարսակալը, որ ամփոփում էր նրա մազերը հունական տարազով: Հարուստ հյուսերը ոսկե կապերից ազատվելով ալեծածան սփռվեցան նրա կիսամերկ ուսերի և կրծքի վրա:

Կիսով չափ հանվելով, թագուհին նստեց մահճի վրա և պահանջեց յուր սաղմոսարանը:

Նաժիշտներից մինը մոտեցավ քնարանի սնարին և այդտեղ դրված փոքրիկ դարակից հանելով ոսկեկազմ և ակունքներով զարդարած մի գիրք, համբուրեց այն և տվավ թագուհուն, ընդմին մոտեցնելով նրան ճրագարանը:

— Այժմ արդեն գոհ եմ, գնացեք և հանգստացեք, այս գիշեր ինձ մոտ կմնա Սեղան, — ասաց թագուհին նաժիշտներին:

— Բայց մի՞թե չէիր կամենալ մի բան ճաշակել, — զորովալից ձայնով և հոգատար եղանակով հարցրեց Սեղան, մոտենալով թագուհուն:
— Ճաշակե՞լ... Ո՛չ:
— Կամ ըմպել մի գավաթ օշարակ:
— Լա՛վ. բերեք ինձ զովացուցիչ մի բան, — ասաց թագուհին, կարծես կամենալով շնորհ անել դայակին:
Նաժիշտները դուրս գնացին թագուհու հրամանը կատարելու:
Առանձնարանի մեջ լռություն տիրեց: Թագուհին բացավ սաղմոսարանը՝ իբր թե կարդալու համար, բայց նրա աչքերը խաղում էին դրվածքի վրա մեքենայաբար, նա ոչինչ չէր կարդում, այլ միայն այդպիսով կամենում էր հեռացնել յուր աչքերը Սեղայից, որպեսզի մինչև նաժիշտների գալն ու վերադառնալը ո՛չ մի զրույց չսկսե նրա հետ: Բայց նա շնչում էր անհանգիստ և յուր կուրծքը, փոթորկելու մոտեցած ալիքի նման, անընդհատ բարձրանում և իջնում էր:
Վերջապես վերադարձան նաժիշտները, բերելով իրանց հետ արծաթե սկուտեղի վրա ոսկե գավաթով զովացուցիչ օշարակ, որ պատրաստված է մրգերի հյութից ու մեղրաջրից, այլև Արարատյան այգիների ընտիր պտուղներ:
— Այժմ ազատ եք, — ասաց թագուհին նաժիշտներին, երբ նրանք բերածները դրին սեղանի վրա:
Նաժիշտները գլուխ խոնարհեցին թագուհուն և «հանգիստ նինջ» մաղթելով նրան հեռացան:
Թագուհին խորը շունչ քաշեց, որպես թե մի ճնշող ծանրությունից ազատված: Ապա գիրքը դնելով նգույրի վրա և երեսը դարձնելով դեպի Սեղան, որ ձեռքերը խաչած կանգնած էր յուր սնարի մոտ, հարցրեց.
— Սեղա, դու լսեցի՞ր ի՛նչ ասաց Գոհար իշխանուհին:
— Այո՛, տիկին, լսեցի:
— Բայց հասկացա՞ր այն ակնարկությունը, որ քո թագավորին էր վերաբերում:
— Ա՛յն, որ ասաց, թե «բացակայում է Դվինի՞ց»:
— Եվ թե՝ «շարունակ շրջում է Ուտիքում»:
— Ո՛չ, թագուհի, նա Ուտիքի մասին ոչինչ չասաց:
— Ինչպե՞ս թե չասաց, ուրեմն ես սխա՞լ լսեցի:
— Նրա բոլոր խոսքերը մի առ մի կարող եմ կրկնել: Նա Ուտիքի անունը չտվավ:
— Ի՞նչ ես խոսում. ա՛յ կին, ուրեմն ես... բայց անկարելի է, ես հիշում եմ, որ նա Ուտիքի մասին էլ ակնարկեց: Մի՞թե դու չտեսար, թե ի՛նչպես այլայլվեցա ես:
— Այո՛, սիրելի թագուհի, ես տեսա թե «թագավորի բացակայության» մասին իշխանուհու արած ակնարկությունն ի՛նչպես տակնուվրա արավ քեզ: Բայց Ուտիքի մասին խոսք չէ եղել: Երևի իշխանուհու ակնարկությունից դու այն ես եզրակացրել, թե իբր նա ասում է՝ «թագավորը բացակայում է մայրաքաղաքից», որովհետև «ցանկանում է Ուտիքում լինել...»: Եվ ահա՛ այժմ քեզ թվում է, թե վերջին խոսքը նույնպես լսել ես նրանից, բայց ես լավ հիշում եմ, որ նա այդ խոսքը չարտասանեց:
Դայակի դիտողությունը լուսավորեց թագուհու միտքը, նրա հիշողությունը բացվեցավ, նա զգաստացավ և միևնույն ժամանակ սաստիկ ամաչեց, տեսնելով, թե ո՛ր աստիճան ինքն անձնատուր է եղել յուր երևակայության:
Բացի այդ, նա մտաբերեց հանկարծ, որ ինքը Սեղայի հետ դեռ ոչինչ չունի խոսած յուր վշտերի մասին, ուրեմն ինչո՞ւ Ուտիքի վերաբերմամբ խոսում է այժմ այնպես ազատ, որ կարծես թե նրանից ծածուկ ոչինչ չունի այլևս: Այդ հանգամանքը ճնշեց նրան սկզբում: Բայց հետո մտածելով, որ բաժակն արդեն լցվել է և որ այսուհետև գաղտնի կերպով տանջվելը ոչ մի օգուտ չի բերելու իրան, հարցրեց հանկարծ դայակին.

— Սեղա, դու ի՞նչ գիտես Ուտիքի մասին:

Սեղան նայեց թագուհու աչքերին մի հայացքով, որ թե՛ զարմանք և թե՛ անվստահություն էր արտահայտում, և ոչինչ չպատասխանեց:

— Սեղա, քեզ հարցնում է թագուհին, ինչո՞ւ ես լռում:

— Ուտիքի մասին, սիրելի թագուհի, ես շատ բան գիտեմ, ես ամեն բան գիտեմ...

— Այո՛, հիշում եմ, մի երկու ժամ առաջ հովանոցումն էլ նույնը ասացիր... Ասացիր, թե վաղուց հայտնի է քեզ, թե ի՛նչ վիշտ է կրծում իմ սիրտը, բայց թե չես համարձակվել այդ մասին խոսել ինձ հետ, որովհետև հավատացած ես եղել, որ դրանով միայն իմ վերքերը պիտի նորոգես, առանց ինձ մի օգուտ տալ կարողանալու... Այդպես չասացի՞ր, Սեղա՛:

— Այո՛, իմ սիրելի թագուհի, այդպես ասացի:

— Է՛հ, խոսի՛ր այժմ համարձակ, քո խոսքերով դու այլևս չես նորոգիլ իմ ցավերը, այլ գուցե և մեղմես նրանց:

— Իսկ եթե...

— Ոչ, ասում եմ քեզ. այժմ ես կարոտում եմ մի հավատարիմ բարեկամի, մի ընկերուհու, որին սիրտս բանալ կարողանամ. դո՛ւ եղիր այդ բարեկամը, մայր Սեղա, ես արդեն հոգնել, թուլացել եմ իմ վշտերս միայնակ տանելուց:

— Բայց չէ՞ որ ամեն ինչ հայտնի է քեզ արդեն. ինչո՞ւ ինձանից ես կամենում քո ցավերի պատմությունը լսել:

— Ինչո՞ւ, այդ մի՛ հարցնիր, մայր Սեղա, կամենում եմ լսել նորից այն բոլորը, ինչ որ ինքս գիտեմ. այլև այն՝ ինչ որ մինչև այժմ ծածկված է մնացել ինձանից:

— Բայց... չգիտեմ թե ո՛րտեղից սկսեմ:

— Սկզբից. բոլորովին սկզբից: Գիշերը երկար է. ես չպիտի կարողանամ քնել:

— Բայց... ի՞նչ ասեմ... այդ բոլոր պատմությունը կարելի է ամփոփել մի քանի բառերի մեջ: «Թագավորը սիրում է Ցլիկ-Ամրամի կնոջը...». այս չէ՞ բոլորը:

Թագուհին բոցեապես ցնցվեցավ: Մի զարտնի հուզմունք անցավ նրա սրտից ինչպես մի կայծակ, և նրա հոգին խռովվեցավ նման ծովափյա ջրին, որի մեջ հանկարծ գլորվում է լեռան կողմերից պոկված մի քարաժայռ: Մի թեթև, վարդագույն նրա այտերը ծածկեց և ճակատը տամկացավ աննշմարելի ցողով: Ըստ երևույթին նա չէր սպասում դայակի այս կարճ և ամեն ինչ մերկացնող պատասխանին: Նա կամենում էր, Այո՛, լսել նրանից բոլորը, բայց այսքան շուտ, այսքան մերկապարանոց... Չէ որ յուր ականջները դեռ սովոր չէին այդ բանին... Հանկարծ մի դայակ համարձակվի յուր ներկայությամբ անպատշաճ խոսքեր ասել յուր թագավոր ամուսնու մասին, մի՞թե այդ հնարավոր էր, մի՞թե թագուհին այդ կարող էր լսել...

— Լռի՛ր, Սեղա, ոչինչ մի՛ խոսիր, — հանկարծ հրամայեց նա, ինքն էլ չիմանալով, թե ինչո՛ւ համար է լռեցնում խեղճ կնոջը:

Դայակը մնաց ապշած: Նա երկյուղագին ու անթարթ աչքերով նայում էր թագուհուն, առանց նրա բարկության պատճառը գուշակել կարողանալու:

Բայց թագուհին լուռ էր: Նա գլխակոր և աչքերը խոժոռած նայում էր հատակին:

Անցան մի քանի վայրկյաններ: Հուզմունքը տեղի տվավ առողջ դատողության: Թագուհին բարձրացրեց աչքերը և նայեց Սեղային, որի երկչոտ հայացքը և այլայլված դեմքը ճնշեցին յուր քնքուշ սիրտը:

«Արժե՞ միթե նրա պատճառով վիրավորել այս խեղճին: Ինչո՞ւ կեղծության քողը այսքան համառությամբ սեղմել իմ երեսին...», մտածեց ինքն իրան թագուհին և ձեռքը պարզելով դեպի դայակը, գորովալից ձայնով ասաց.

— Սեղա, մոտեցի՛ր, տո՛ւր ինձ քո ձեռքը:

Սեղան մոտեցավ բռնազբոսիկ քայլերով, բայց ձեռքը թագուհուն տալ չհամարձակվեցավ:

— Մոտեցի՛ր, ասում եմ, և տո՛ւր ինձ քո ձեռքը:

Սեդան մոտեցավ և յուր փափուկ ու սպիտակ աջը պարզեց դեպի թագուհին:

Վերջինս բռնեց այն քնքշությամբ և սիրալիր հայացքով նայելով դայակի աչքերին, ասաց.

— Մայր Սեդա, ես քեզ վշտացրի, ների՛ր ինձ, — և այս ասելով ջերմությամբ համբուրեց նրա ձեռքը, բայց այնպես արագ, որ դայակն արգելել չկարողացավ:

— Իմ թագուհի, իմ մեծափառ տիկին, ի՞նչ ես անում, — այլայլված բացականչեց Սեդան և խոնարհելով թագուհու առաջ, փարեց նրա ծնկներով և սաստիկ հուզմունքից սկսեց արտասվել:

— Մայր Սեդա, մի՛ հուզվիր, մի՛ վրդովվիր. ես համբուրեցի այն ձեռքը, որ շատ անգամ համբուրել եմ մանկությանս ժամանակ, որ այնքան շատ գգվել, գրկել ու պահպանել է ինձ, համբուրեցի այն կնոջ ձեռքը, որ ինձ կաթ է ջամբել, ինձ երկրորդ մայր է եղել... Վե՛ր կաց, Սեդա, գրկի՛ր քո Սահանույշին, հիշո՞ւմ ես, որ ասում էիր, թե Սահականույշը խիստ երկար է. դու Սահանույշ պիտի անվանես... Ո՜հ, ինչպե՞ս անդառնալի անցան մանկական այդ քաղցր օրերը. և որքա՜ն փոքրիկ երջանկություններ կորան անհիշատակ... Այդ բոլորից միայն դու մնացիր ինձ, իմ բարի Սեդա, վե՛ր կաց, գրկիր և համբուրի՛ր ինձ...

Սեդան բարձրացավ և բազուկները տարածելով, յուր գիրկն առավ թագուհու գեղեցիկ գլուխը և սկսավ համբույրներով ծածկել նրա շուշան ճակատը և մարմարիոնի պես սպիտակ ուսերը, որոնք կիսով չափ սքողվում էին յուր հարուստ, ալեծածան մազերով:

— Ա՜խ, այսպես ուրեմն, քաղցր են մայրական համբույրները...-շշնջաց թագուհին և ջերմությամբ փարելով դայակին՝ «ես մայր չունիմ, Սե՛դա, դու ինձ մա՛յր եղիր», — ասաց նա և, հեկեկաց:

— Մի՛ լար, իմ անգին Սահանույշ, ես քո մայրն եմ, քո աղախինն եմ, քո ստրուկն եմ, մի՛ լար, իմ աննման թագուհի...

Երկար նրանք գրկախառնված մնացին և հորդ արտասուքներով իրար կուրծքը թրջեցին: Ապա դայակը առաջինը հեռանալով, մոտեցավ սեղանի վրա դրած օշարակին և ոսկե ըմպանակն առնելով, լցրավ ու բերավ թագուհուն:

— Խմի՛ր այս ջրից մի բաժակ, սա կհանգստացնե քո հուզմունքը, — խնդրեց նա թագուհուն:

Բայց նա, կարծես օշարակը չտեսնելով և նույնիսկ Սեդային չլսելով, սկսավ խոսել նրա հետ մի տեսակ ինքնամոռացության մեջ.

— Լսի՛ր, Սեդա, մի՞թե ես ավելի բախտավոր չէի լինի, եթե մի հովվի կին լինեի...

— Ի՞նչ ես ասում, թագուհի, —հարցրեց Սեդան տարակուսած:

— Այո՛, այն ժամանակ մեր իշխանները կծաղրեին Սահակ Սնադային. կասեին թե՝ Գարդմանա հզոր իշխանը յուր դուստրը տվել է լեռներում ապրող մի հովվի. այնպես չէ՞... Այո՛, և այն ժամանակ ես, հայոց թագուհին, Աշոտ-Երկաթի ամուսինը չէի լինիլ. ինձ չէին շրջապատի այս հոյակապ զարդարանքները, այս ոսկեճամուկ դիպակները, այս արծաթե ու փղոսկրյա կարասիները... այո, և զորախմբերը չէին խոնարհիլ իմ առաջ իրանց դրոշն ու նիզակները... Բայց հովվական խրճիթի մեջ իմ հոգին խաղաղ և սիրտս հանգիստ կլիներ... իմ հայրն ու սիրելի եղբայրը աչքերի լուսից չէին զրկվի, և ես շարունակ գաղտնի հառաչանքներով, թաքուն արտասուքներով չէի ողբալ մեկի ծերությունը և մյուսի ծաղիկ հասակը ... Եվ այս բոլորը մի անզգամի, մի նվաստ ազգի կնոջ համար... Օ՛հ, խելքս թռչում է, երբ սկսում եմ մտածել...

— Թագուհի, դու դարձյալ վրդովվում ես. խմի՛ր այս բաժակը, աղաչում եմ, նա կհանգստացնե սիրտդ, — խնդրեց Սեդան, օշարակի բաժակը մոտեցնելով նրան:

Թագուհին բաժակը վերցրավ և խմեց միանվագ: Ջովարար ըմպելիքը մեղմացրեց նրա սրտում վառվող կրակը: Նա լռեց մի վայրկյան: Սեղան հանգամանքից օգտվելով, ընտրեց նաժիշտների բերած մրգերի ծիրանեգույն խաղողի մի գեղեցիկ ողկույզ և բերավ թագուհուն:

— Այս նույնպես կհանգստացնէ սիրտդ. ճաշակի՛ր մի քանի հատ, — խնդրեց նա թագուհուն:

— Լա՛վ. բայց նստի՛ր դու այստեղ, իմ առաջ, և պատմի՛ր բոլորը, ինչ որ գիտես, —հրամայեց թագուհին:

Սեղան հնազանդվեցավ, և մոտեցնելով թագուհու մահճակալին մի եռոտանի աթոռ, նստեց նրա վրա:

— Այդպես. այժմ սկսի՛ր:

— Դու հուզված ես, իմ սիրելի թագուհի. ավելի լավ կլիներ, եթե մենք ցավերից չխոսեինք... — հոգատար եղանակով աղաչեց Սեղան:

— Ես կամենում եմ անպատճառ իմանալ, թե որքա՛ն բան գիտեն ուրիշները իմ ցավերի մասին. այդ անհրաժեշտ է. այդ կարող է օգնել գործին, և հենց այդ պատճառով դու պիտի պատմես ինձ ոչ միայն քո գիտեցածները, այլև լսածներդ:

— Եթե այդ կարող է օգնել գործին...

— Այո՛, անպատճառ կօգնէ, — ասաց թագուհին այնպիսի մի եղանակով, որի մեջ նկատվում էր նրա անդառնալի հրամանը՝չկրկնել տալ իրան այլևս միևնույն պատվերը:

Սեղան գլուխը խոնարհեց և սկսավ մտածել: Ըստ երևույթին նա վերադառնում էր դեպի անցյալը և աշխատում էր զարթեցնել յուր մեջ հին հիշողությունները: Դրա համար, իհարկե, ժամանակ չէր հարկավոր. այն, ինչ որ նա պիտի պատմեր, կատարվել էր ընդամենը չորս կամ հինգ տարվա ընթացքում. ուրեմն, հազիվ թե Սեղան մի որևէ դեպք մոռացած լիներ: Բայց նրան տանջում էր այն միտքը, թե արդյոք պատմե՞ թագուհուն այն ամենը, ինչ որ ինքը գիտե, թե՞ միայն այն, ինչ որ կարող է գոհացնել նրա հետաքրքրությունը, առանց, սակայն, նրա սիրտը խռովելու:

Թագուհին գուշակեց Սեղայի տարակուսանքը և դիմելով նրան՝ տխուր ժպտալով ասաց.

— Գիտեմ, իմ բարի Սեղա, թե ինչո՛ւ համար ես դժվարանում խոսել: Այո՛, չես կամենում ինձ վրդովել, այնպես չէ՞. բայց ծածուկ վերքն ավելի ցավ ու տանջանք է պատճառում, քան հայտնին: Խոսի՛ր ազատ և անկեղծորեն: Դրանով դու ավելի թեթևություն կբերես իմ սրտին. և ես խոստանում եմ լսել քեզ սառնասրտությամբ:

— Այո՛, իմ մեծափառ թագուհի, ինձ պաշարել է այն երկյուղը, թե գուցե իմ պատմածներով վրդովմունք պատճառեմ քո սրտին: Այժմ՝ որովհետև դու այդ գուշակեցիր և խոստանում ես սառնասրտությամբ լսել ինձ, ապա ուրեմն կպատմեմ քեզ գիտեցածներս, առանց որևէ մի բան թաքցնելու, մանավանդ որ ասում ես, թե իմ տված տեղեկությունները օգուտ պիտի բերեն գործին:

Այս ասելով Սեղան ուղղեց յուր դիրքը, ծնկների վրա բերավ կապույտ պճղնավորի քղանցքները և աչքերը մի քանի վայրկյան գետնին հառելուց հետո նորից բարձրացրեց նրանց և թագուհու սպասող հայացքին ուղղելով՝ սկսավ մեղմ և հանգիստ ձայնով շարունակել:

Դ

ԹԵ Ե՞ՐԲ ՈՐՈՇՎԵՑ ՍԱՀԱՆՈՒՅՇԻ ԲԱԽՏԸ

— Այն, ինչ որ պիտի պատմեմ, սիրելի թագուհի, շատ տարվա բաներ չեն. նրանցից շատերը գուցե և հիշում ես դու, — այսպես շարունակեց Սեդան յուր զրույցը: — Թեպետ անցյալը նորոգելը շահ չունի քեզ համար, բայց քո վշտերի արմատը նրա մեջ է թաքնված, ուստի եթե կամենում ենք այդ վիշտը մեղմել, պետք է որ մի փոքր անցյալով զբաղվենք:

— Այո՛, Սեդա, անցյալից պիտի սկսես, որովհետև իմ ներկան մեռել է այդ անցյալով... Գուցե քո պատմածների մեջ ես գտնեմ ապացույցներ, որոնք արդարացնեն նրան իմ առաջ... Օ՛հ, ինչպես կկամենայի որ նա արդար լիներ...

— Թագավորի համար է խոսքդ, այնպես չէ՞:

— Զրո՛ւյցդ շարունակիր, Սեդա, այդ մասին հետո...

— ... Այո՛, այն ժամանակ դու դեռ նորատի աղջիկ էիր և ապրում էիր հորդ ապարանքում ուրախ ու անհոգ, ինչպես գարնան առավոտի նորաստեղծ մի թիթեռնիկ... Հանգուցյալ մայրդ սիրում էր քեզ կաթոգին, իսկ Գարդմանա իշխանը յուր ամենաքնքուշ զգվանքները միայն քեզ համար էր պահում: Դու էիր նաև եղբարցդ հրճվանքի միակ առարկան: Ի՛նչ զվարճություններով ասես չէին շրջապատում նրանք քեզ: Սահակ Սևադայի ապարանքը մի զարդ ուներ միայն, այդ գեղանի Սահանույշն էր. ամբողջ Աղվանքը մի աստղ ուներ, այդ Գարդմանի օրիորդն էր:

Հիշո՞ւմ ես դու այն խնջույքներն ու հանդեսները, որ հաճախ արվում էին քո հոր ապարանքում, այն ձիարշավներն ու զինախաղերը, որ կատարվում էին մեծ բերդի առաջ... Դրանք բոլորը պատրաստվում էին միայն քո պատճառով:

— Ինչո՞ւ իմ պատճառով, մայր Սեդա, հայրս զբոսասեր էր ի բնե:

— Ո՛չ, ի՛մ սիրելի. այդպես համարում էին նրան ուրիշները:

Նույնիսկ դրացի իշխանները բամբասում էին հորդ անտեղի զբոսասիրությանց համար: Բայց Գարդմանա տերը ո՛չ վատնող էր և ո՛չ զբոսասեր: Ընդհակառակը, նա միակ իշխանն էր հայոց երկրի մեջ, որ խոհեմության, չափավորության և քաջության հետ միասին ուներ նաև ուսումնասեր ոգի, որ յուր տան մեջ դպրոց հաստատեց, դպրապետներ կարգեց և Գարդմանա վանքերում ուսումը ծաղկեցուց. դրանք հո քաջ հայտնի են քեզ:

— Անշուշտ:

— Բայց միևնույն ժամանակ նա հյուրամեծար և շքադիր մարդ էր: Հաճախ նրան այցելում էին Արցախու, Սյունյաց, Վասպուրականի և ուրիշ շատ տեղերի ազնվատոհմ իշխաններ, նույնպես և Ոստանի արքայազունք: Գարդմանա տերը չէր կարող չընդունել նրանց յուր անվան ու հռչակին վայել շուքով: Մանավանդ որ դրանցից շատերը նրա գեղանի դստեր փեսայության պարծանքը վաստակելու նպատակով էին հաճախում Գարդման: Ծնողներդ և ես այս մասին ոչինչ չէինք հայտնում քեզ. բայց տեղի ունեցող հանդեսները, զինախաղերն ու ձիարշավները պատրաստվում էին նրա համար, որ դու միջոց ունենաս մրցող իշխանազուններ միջից քո սրտի սիրելին և քո սիրույն արժանի փեսացուն ընտրելու:

Հայրդ չէր կամենում խտիր դնել իրան ներկայացող և քո ձեռը խնդրող երիտասարդների մեջ, որովհետև նրանք բոլորն էլ քաջ, բոլորն էլ գեղեցիկ, հարուստ և համբավավոր իշխաններ էին: Մեկին ընդունելով և մյուսին մերժելով նա կարող էր նախանձի և թշնամության գրգիռ հարուցանել այդ քաջերի մեջ, հետևապես և վտանգի ենթարկել թե՛ յուր և թե՛ նրանց երկրների խաղաղությունը: Նա տեսնում էր, որ մեր աշխարհի կործանիչ խռովության մեծագույն մասը նմանօրինակ չնչին պատճառներից է առաջացած:

Այդ իսկ պատճառով պայման էր դրել, և, ամենքին էլ պարզ ասում էր, թե «իմ Սահականույշը հարս կլինի ա՛յն իշխանին, որին նա ինքը կհավանե»: Այս պայմանին նախապես և անտրտունջ համաձայնվում էր ամեն մի իշխան:

Բայց դու, հիշո՞ւմ ես, չհավանեցիր ո՛չ Սյունյաց Սմբատ իշխանին, ո՛չ արքաեղբայր Գուրգեն Արծրունուն, ո՛չ քաջ Ատոմ Անձևացուն, ո՛չ մոկաց տեր Գրիգորին և ո՛չ աղվանական զարմի որևէ մի սեպուհի:

— Հիշում եմ, այո. չհավանեցի և ոչ մեկին... Ես հպարտ էի այդ ժամանակ, ինչպես լեռան կրծքին բուսած բարձրաբուն կաղնին, որ արհամարհում է յուր կողքերը քերող սղոխներն ու քամին, բայց որին վերջապես կործանում է բքաբեր հողմը... Օ՛հ, ինչպես չարաչար պատժվեցա ես իմ հպարտության համար...

— Թագուհի, եթե դու վրդովվում ես, ապա հրաման տուր, որ լռեմ:

— Չէ՛, Սեղա, խոսի՛ր, բայց այդքան հեռվից մի սկսիր:

— Այդպես հարկավոր է, սիրելի տիկին. ավելի լավ է՝ կարգով պատմել և ոչինչ չմոռանալ, քան շտապել և կարևորը չասել:

— Երևի դու կամենում ես, որ ես իմ ցանկացածները դեռ քեզանից չլսած քո՞ւն մտնեմ... այնպես չէ՞, Սեղա, — հարցրեց թագուհին ժպտալով:

— Ոչ, ես... Բոլորը կպատմեմ... — դժվարանալով պատասխանեց Սեղան և նույնպես ժպտաց:

— Հասկացա, նպատակդ հասկացա... Բարեսիրտ կին, ինչպե՛ս շատ ես հոգում դու իմ մասին... բայց միևնույն է, ես չպիտի քնեմ այս գիշեր. ուրեմն պատմի՛ր՝ ինչ որ գիտես, ես սպասում եմ:

— Այդպես, սիրելի թագուհի, դու բոլոր փեսացուներին մերժեցիր, և մենք մնացինք շվարած: Մայրդ դժգոհ էր, որ իշխանը ընտրության իրավունքը տվել է քեզ: Ես էլ, ի՛նչ մեղքս թաքցնեմ, համաձայն էի մեծ իշխանուհու հետ: Բայց հայրդ գլուխը շարժեց և ասաց. — իմ Սահանույշը կգտնե յուր արժանավոր փեսացուն. նրա ամուսինը երևի իշխանականից մի փոքր ավելի բարձր տիտղոս կունենա:

— Խե՛ղճ մարդ. մարգարեացել է... բայց եթե կարողանար գուշակել նաև այն, թե իշխանականից ավելի բարձր կոչում ունեցող այդ փեսացուն ի՛նչ ձյուն պիտի բերեր յուր, խեղճ հորս գլխին...

— Թողնենք, ուրեմն, թագուհի, այս պատմությունը: Ես տեսնում եմ, որ որքան էլ զգուշությամբ խոսեմ, դարձյալ պիտի վրդովեմ քեզ, դու սառնասրտությամբ լսել չես կարողանում... Կուզե՞ս, ես պատմեմ Գնունի իշխանների, ողբացյալ Դավթի ու Գուրգենի նահատակության պատմությունը... Ո՛հ, ինչպես սրտաշարժ և միևնույն ժամանակ ոգևորող է նա... Այդ կատարվեց Դվինում, ութ տարի սրանից առաջ... դժոխային զազան Յուսուփի, ձեռքով...

— Սեղա՛, սկսածդ շարունակիր, նահատակությանց պատմություններ լսելու ցանկություն չունեմ. շարունակի՛ր, ես այլևս չեմ վրդովվիլ:

— Լա՛վ, տեսնենք, — ասաց Սեղան ժպտալով և նորից սկսավ յուր զրույցը: -Եվ այդպես՝ մեծ իշխանի գուշակությունը կատարվեցավ: Հիշում եմ, ինչպես այսօր... Այո՛, երջանիկ օրեր էին... և անցան: Բայց ի՞նչը չէ անցնում այս աշխարհում... Ունայնություն ունայնությանց, ամենայն ինչ ընդունայն է, ասել է Սողոմոնը:

Թագուհին ժպտաց: Սեղան կանգ առավ և նայեց նրան: Նա կամենում էր իմանալ, թե ինչո՞ւ համար է թագուհին ժպտում: Վերջինս գուշակեց դայակի տարակուսանքը և ծիծաղելով ասաց.

— Ինչպե՛ս ծանր ես պատմում դու, Սեղա՛:

— Իսկույն, իսկույն, իմ սիրելի թագուհի, այլևս չեմ ծանրացնի, — ասաց Սեդան նույնպես ժպտալով, — բայց մի՛ ձանձրանար, եթե մի քիչ հեռվից սկսեմ... Ի՞նչ անեմ, չեմ կարողանում մոռացության տալ հիշատակաց արժանի պատմությունները:

— Խոսի՛ր, չեմ ձանձրանում:

— Հա. երբ Սմբատ թագավորին խաչեցին Դվինի առաջ... օ՛, ի՛նչ ծանր օրեր ենք անցրել. հիշել անգամ սարսափում եմ... այդ ժամանակ Աշոտ դյուցազնը դեռ գտնվում էր Ուտիքում...

— Դարձյա՞լ Ուտիքում... Ա՜խ, Սե՛դա, այդ անունը մի՛ տար, չեմ կարող լսել...

— Թա՛գուհի:

— Այո՛, կործանվի՛ Ուտիքը, որ ես նրա անունը այլևս չլսեմ... — նյարդային ցնցումից վրդովված բացականչեց թագուհին և ներքին հուզմունքից բոլորովին այլայլվեց: Մի երկու վայրկենի մեջ նա այնպես փոխվեցավ, որ Սեդան քաշվեցավ, ճնշվեցավ ինչպես մի հանցավոր. նա լռեց և դիտում էր թագուհուն երկչոտ հայացքով: Վերջինս, սակայն, էլ չէր նայում դայակի վրա: Յուր գեղանի, բայց թախիծով լի աչքերը ուղղել էր պատուհանին, որի նեղ ու երկար անցքի միջից թափանցում էին լուսնի կաթնագույն շողերը: Թվում էր, թե նա դիտում է լուսանցքի պատի վրա այդ շողերի նկարած կամարազարդի պատկերը կամ հեռվում աղոտ կերպով նշմարվող մթապատ լեռների արտևանունքը... Բայց նա իսկապես ոչինչ չէր տեսնում և մինչև անգամ ոչինչ չէր մտածում, նրա սիրտը հուզված, հոգին խռովված էր, ուստի և միտքը սլանում էր խավար ու անպարունակ դատարկության մեջ, ուր մերթ ընդ մերթ հանդիպում էին նրան լուսավոր շերտեր, որոնց վրա նկարված էին լինում յուր վշտերի զանազան պատկերները, բայց նա կանգ չէր առնում նրանց առաջ, և շարունակ թռչում էր հեռո՛ւ, հեռու, դեպի խավար, անսահման տարածությունը, ուր հետզհետե նվազում էին անհաճո պատկերները, ուր թագավորում էր միայնություն, լռություն և մոռացումն...

Երկար այս դրության մեջ մնաց թագուհին և ապա վերջապես խոր հոգոց հանեց: Կարծես ծանր աշխատությունից վաստակաբեկ նա յուր աչքերը դարձրեց դեպի Սեդան հոգնած ձևով, նայեց և գլուխը շարժեց:

Խեղճ դայակը դեռ լուռ, անշշունչ և ձեռքերը կրծքին խաչած՝ նայում էր թագուհուն: Մի փոքր առաջ նրան թվացել էր, թե յուր սիրասուն Սահանույշը՝ չդիմանալով վշտերի ծանրության, խելագարվում է արդեն... չէ՞ որ նրան յուր հոր տանը պահել, մեծացրել էին այնպես փափուկ, այնպես քնքուշ, ինչպես արքայական բուրաստանի այդ գողտրիկ շուշան, որին միայն զարնան հովը կարող էր շարժել և այգածին ցողը՝ կամ մեղմով ճնշել, բայց երբե՛ք գեղջուկի կոշտ, կոպիտ ձեռքերը... Սակայն այդ բուրաստանի ծաղիկը, այդ ձյունաթույր շուշանը կքում է այժմ յուր գլուխը դառնաշունչ հողմի, ծանր վշտերի հարվածների տակ, մի՞թե կարող էր նա դիմանալ... Այդպես էր մտածում Սեդան:

Բայց երբ տեսավ, որ թագուհին նայում է իրան խաղաղ և անվրդով հայացքով, որովհետև նյարդերի գրգռումն անցել էր արդեն, նա հանգիստ շունչ քաշեց և ձեռքերի խաչը լուծեց:

— Սեդա՛, շարունակիր պատմությունդ, — ասաց թագուհին մեղմ և հանգիստ ձայնով:

— Շարունակե՞մ... բայց... չգիտեմ, չեմ հիշում, թե ո՛րտեղ մնացի. այնպե՜ս շփոթեց ինձ քո վրդովմունքը...

— Պատմում էիր Սմբատ թագավորի մասին, թե խաչեցին Դվինի առաջ...

— Այո՛, հիշում եմ. բայց... ի՞նչ անեմ, ի՛մ թագուհի, ի՛մ հրեշտակ, դու նեղանում ես, վրդովվում ես... քո Սեդան պառավել է, չի կարողանում այնպես հարմարեցնել յուր զրույցները, որ հաճոյք պատճառե քեզ... ինչպե՞ս անեմ...

— Չէ, Սեդա՛, այդպես լավ է. այժմ տեսնում եմ, որ զրույցներն օգնում են ինձ. ես կամաց-կամաց ընտելանում եմ իմ վշտերը հիշեցնող ակնարկներին. այդ լավ է. երևի ես այժմ կսովորեմ հաշտվել իմ դրության հետ, դու շարունակի՛ր:

— Իհարկե, իհարկե. չպետք է հո միշտ տանջվել. աստված ոչ ոքի առանց ցավերի չէ ստեղծել... Բայց դու, իմ հրեշտակ, խմի՛ր դարձյալ մի բաժակ օշարակ, նա ավելի ևս կհանգստացնե քեզ, — ասաց Սեդան, սիրտ առնելով թագուհու խոսքերից, և ապա վեր կենալով բերավ նրան օշարակ:

Թագուհին թեպետ ախորժանքով չվայելեց առաջարկված ըմպելիքը, բայց դայակի սիրտն առնելու համար տրտունջ չհայտնեց: Բաժակը դարձնելով Սեդային նա հենվեցավ թավշյա բարձերին և սկսավ լուռ նրա զրույցը լսել:

— Այո՛, այդպես. անխոհեմ և ամբարիշտ իշխանների շնորհիվ այդ զարհուրելի և անարգ հարվածը հասավ մեր գլխին. սուրբ և առաքինի թագավորին խաչեցին փայտի վրա, յուր իսկ մայրաքաղաքի առաջ...

Բայց այդ զազանային վրեժխնդրությունը տեղի չէր ունենալ, եթե հայ իշխանները միանային, թև ու թիկունք լինեին իրանց դյուցազնասիրտ թագավորին և ընդհանուր ուժով դեմ դնեին հայրենիքի թշնամուն... Այդ թշվառությունը չէր պատահիլ, եթե տիրանենգ և դավաճան Գագիկ Արծրունին Վասպուրականում թագավորելու փառամոլությամբ կուրացած՝ չմիանար Յուսուփ ոստիկանի, յուր հայրենիքի անհաշտ թշնամու հետ, չկրկնապատկեր նրա կործանիչ ուժը, չբանար նրա առաջ փակված ճանապարհները, որի արդյունքը եղավ բազմաթիվ հայ զորքերի կոտորածը, բերդերի և ամրոցների առումը, ժողովրդյան ջարդը... Այս ամենը տեսավ առաքինի թագավորը, որ ամրացած էր Կապույտ բերդի մեջ, և որին, հարկավ, թշնամին վնասել չէր կարող. բայց չդիմացավ. չկարողացավ սառնասրտությամբ նայել բյուրավոր զոհերին, անընդհատ հոսող արյանը, և մտածեց. «Թշնամին իմ անձին է հետամուտ, ինչո՞ւ թույլ տամ, որ իմ պատճառով հայրենիքն ավերվի... Ավելի լավ չէ՞, որ նրա փրկությունը գնեմ իմ արյամբ, քանի որ դավաճան իշխանները ջլատել են մեր ուժը, թուլացրել մեր բազուկը և մենք զենքի ուժով թշնամուն դիմադրել չենք կարող...»: Եվ ահա նա դուրս եկավ բերդից և հանձնեց իրան թշնամուն, ճիշտ այնպես, ինչպես Հիսուս, սիրո և խաղաղության վարդապետը, հանձնեց իրան հրեից զազանամիտ ամբոխին՝ Գողգոթայի վրա անարգանաց խաչին բևեռելու...

Այդտեղ էր այդ ժամանակ և Գագիկ Արծրունին, հայոց Հուդան... Բայց ոչ. նրան Հուդա անվանել չէ կարելի, Հուդան խիղճ ուներ, սիրտ ուներ. նա երբ տեսավ, որ յուր անմեղ ու բարի վարդապետին մատնել է երեսուն արծաթի համար, զարշեցավ յուր անձից և գնաց կախվեցավ: Բայց Գագիկ Արծրունին՝ երբ տեսավ, թե յուր շնորհիվ հայրենիքի պաշտպան, անձնվեր և քաջ թագավորը մատնված է թշնամու ձեռքը, հոգաց յուր անձի անդորրության մասին, ձի նստեց և շտապեց յուր երկիրը, որպեսզի Յուսուփից ստացած և ազգից անիծված թագի փառքը ապահովության մեջ վայելե... Օ՛, և այդ հրեշը դեռ ապրում է աշխարհում. արքայական շուքով զբոսանքներ է կատարում Վասպուրականի մեջ... և Աղթամարում, ասում են, հոյակապ եկեղեցի է կառուցանում... Ինչո՞ւ համար: Արդյոք հավիտենականի ա՞չքն է ուզում խաբել, թե՞ ապագա սերունդների անեծքից է կամենում ազատվել... Ինչո՞ւ, ո՛վ բարերար աստված, ինչո՞ւ այդ եկեղեցու կամարները չես փլեցնում նրա գլխին. միթե դու պիտի ընդունե՞ս այն աղոթքն ու պատարագը, որ դավաճանի ձեռքով կառուցած եկեղեցում պիտի վերառաքեն քեզ...

Սեդան այդ հիշատակներով այնպես հուզվեցավ, որ վերջին խոսքերն արտասանելիս նրա շրթունքները դողում և աչքերը փայլում էին անսովոր կրակով:

— Մի՛ հուզվիր, մայր Սեդա, — ասաց թագուհին, — Արծրունյաց տոհմը հարուստ է դավաճաններով. բարիք սպասել նրանցից անկարելի է: Մեհրուժան

Արծրունին Շապուհի հետ միացավ, որպեսզի քրիստոնեությունը Հայաստանից բառնա և Արշակունյաց գահը հափշտակե. բայց այդ ժամանակ ազգը ուժ ուներ և դավաճանին չարաչար պատժեց: Վաչե Արծրունին յուր արբանյակներով Վռամա հետ միացավ և հայոց թագավոր Արտաշիրը նրա ձեռքը մատնելով, Արշակունյաց տերությունը կործանեց: Գագիկ Արծրունին էլ հագարացիների հետ էր միացել՝ Բագրատունյաց հարստությունը ջնջելու հուսով. և այդ միայն նրա համար, որ Սմբատ թագավորը մերժել էր նրա ապօրինի խնդիրը, այսինքն՝ Նախիջևանը չէր տվել իրան, որ Սյունյաց Սմբատ իշխանի հայրենական կալվածքն էր... Չպետք է զարմանալ և վրդովվել, որովհետև ո՛չ փշից խաղող կքաղվի, ո՛չ տատասկից՝ թուզ:

— Բայց ինչպե՞ս չվրդովվես, երբ տեսնում ես, թե նա այդ բոլոր ոճիրները գործելուց հետո դեռ ապագա սերունդը խաբելու համար էլ հիշատակարաններ է կառուցանում...

— Այդ եկեղեցին հավիտյան չի ապրիլ, Սեդա՛,— ընդհատեց թագուհին, — բայց մատնչի անունը կմնա անմոռաց:

— Դրա համար էլ հոգացել է Գագիկը: Ասում են, որ յուր ազգից Թովմա Արծրունի անունով մի վարդապետ գրում է այժմ Արծրունյաց ցեղի պատմությունը: Հարկավ, այդ վարդապետը պաշտելի դյուցազանց կարգը կդասե յուր ազգակցին:

— Ուրիշներն էլ կգրեն, Սեդա՛, ճշմարտությունը չի թաքչիլ... Բայց դու մեր զրույցի նյութից հեռացար:

— Հա՛, այն էի ասում, երբ դյուցազն ամուսինդ լսեց յուր հոր՝ Սմբատ արքայի մարտիրոսական մահը, Երնջակի առումը և Սյունյաց տիկնոջ, այլև ուրիշ ազատանի կանանց Յուսուփից գերվիլը, կայծակի արագությամբ իջավ Բագրևանդ: Նա վառված, բորբոքված էր վրեժխնդրության բոցով:

Պետք է տեսնեիր դու նրան այն ժամանակ, երբ յուր զորքերով անցնում էր Գարդմանից: Այդ օրերը դու մեծ տիկնոջ հետ հյուր էիր Խաչենում: Ինչպես լեռնային մի հեղեղ, ինչպես զարնանազայր մի փոթորիկ, այնպես անցավ նա մեր դաշտերից: Մեծ չէր յուր զորքի թիվը ընդամենը վեց հարյուր հոգի. բայց նրանցից ամեն մինը կվաներ հարյուր հագարացի: Բոլորն էլ հաղթանդամ, հաստաբազուկ, զրահազգեստ, երկաթակուռ վահաններով, հզոր նիզակներով, ծանր սրերով, ամենքի աչքերիցն էլ կրակ ու կայծակ էին թափվում. նրանց տեսնողը կա՛մ պիտի սարսափեր, կա՛մ ոգևորվեր: Իսկ ինքը արքայորդին... Կարո՞ղ եմ միթե նկարագրել, — կատարյալ հին դարերի մի դյուցազն: Երբ զալարափողերը յուր գալուստը հայտնեցին և նա այնտեղի նժույգի վրա նստած՝ հառաջապահի գնդի հետ միասին մոտեցավ բերդին, Գարդմանը կարծես տեղից դղրդաց... Բոլոր ժողովուրդը շունչը բռնած՝ նրան էր հետևում, բոլորը մի աչք դարձած՝ նրան էին նայում: Եվ քանի՛-քանի՛ բերաններ այդ րոպեին օրհնանք կարդացին և բարեմաղթություններ արին նրա համար...

Երբ դղյակի առաջ հասավ, իջավ ձիուց: Այդ ժամանակ ահա՛ երևան եկավ բուն դյուցազնը: Բարձրահասակ, թիկնավետ, թխադեմ, բայց գեղեցիկ կենդանի աչքերով, որոնց մեջ շողում էր բարություն՝ երբ խոսում էր մեզ հետ և փայլում կրակ՝ երբ զորքին էր հրամայում: Հոր մահվան պատճառով նա սևազգեստ էր տակավին: Չկար վրան ո՛չ ոսկու և ո՛չ արծաթի զարդ: Նույնիսկ սաղավարտը սև պողպատից էր, իսկ դեմքը համակված անուշ տխրությամբ: Այսուամենայնիվ, այս բոլորը ոչինչ չէին պակասեցնում նրա առնական գեղեցկությունից:

Սահակ իշխանի հետ գրկախառնվեցավ նա դղյակի մուտքի մոտ. նրանք համբուրվեցան և արտասվեցին, հարկավ ապաբախտ արքայի մահը հիշելով...

Հազիվ մի քանի ժամ մնաց մեզ մոտ արքայորդին: Իշխանի աշխատությունը՝ գոնե մի օր պահել նրան մեզ հետ, ապարդյուն անցավ: «Հյուրասիրելու և հյուրասիրվելու ժամանակ չէ, իշխան, ասաց նա հորդ, երկիրը ոտնակոխ է լինում, պետք է փրկության հասնել»: — Իմ քաջերից կտամ քեզ մի գունդ, եթե կխոստանաս արշավանքդ հաջողությամբ պսակելուց հետո վերադառնալ Գարդման՝ գեթ մի շաբաթ ինձ հյուր լինելու, — ասաց իշխանը արքայորդուն:

— «Խոստանում եմ վերադառնալ երկիրս ազատելուց հետո, ասաց արքայորդին. իսկ քո օգնության համար կմնամ՝ շնորհապարտ, որովհետև Գարդմանա զորաց քաջությանը կարող եմ վստահանալ:

Եվ իշխանը արքայորդու ձեռքը տվավ հինգ հարյուր քաջերից կազմած այն բանակը, որ հսկում է Գարդմանա մուտքին:

Երեկոյան դեմ հեռացավ արքայորդին յուր և իշխանի տված զորքերով: Չեմ կարող մոռանալ երբեք այն վայրկյանը, որ նա Սահակ իշխանի հետ համբուրվելով՝ յուր օդապարիկ նժույգն աշտանակեց: Գարդմանացի աղջկերանց հարյուրավոր աչեր գերեց նա յուր հետ, երբ պողպատյա սուրը օդի մեջ շողացնելով բարձրագոչ որոտաց. «Հառա՜ջ, քաջերս...»: Գարդմանա ձորը արձագանք տվավ. կարծես Հարյուր մարդ միասին գոռացին, այնքան ահեղ էր դյուցազնի ձայնը:

«Կեցցե՜ արքայորդին, կեցցե՜ ընդ համայր ամս», — որոտընդոստ ձայնով պատասխանեց զորքը և առաջ խաղաց:

Իշխանը ճանապարհ դրավ արքայորդուն մինչև Գարդմանա կամուրջը, և երբ վերադարձավ, ասաց ինձ առանձին, — Սեդա՛, գոհ եմ, որ Սահանույշն այստեղ չէր այսօր. սա աստծու տնօրինությունն է: — «Ինչո՞ւ», — հարցրի ես իշխանին:

— Արքայորդին գեղեցիկ է բոլոր այն իշխաններից, որոնք երբևիցե խնդրել են իմ դստեր ձեռը: Եթե Սահանույշը այստեղ լիներ, անկարելի է, որ այս քաջը նրա սիրտը չգերեր:

— Ավելի լավ, ասացի ես իշխանին. մի՞թե դու կմերժեիր քո դստեր ձեռը հայոց ապագա թագավորին:

— Ոչ, Սեդա, չէի մերժիլ. բայց դեռ հարց է, թե կժառանգե՞ նա հոր գահը: Գիտե՞ս, թե որքան արգելքներ ունի բառնալու: Արտաքին թշնամիները պիտի վանե, ներքինները՝ նվաճե. իսկ դրա համար հսկայական ուժ, հզոր աշխատություն և մեծ փորձառություն է հարկավոր: Տեսնենք, թե երիտասարդ արքայորդին կունենա՞ այդ բոլորը:

— Եթե չունենա՞, — հարցրի ես:

— Այն ժամանակ կընկճվի և հոր գահը կկորցնե: Այդ դեպքում, հարկավ, կդժբախտանար իմ դուստրը, եթե նա սիրում լիներ արքայորդուն: Իսկ այժմ նա ազատ է այդ երկյուղից: Եթե Աշոտը կհաջողի հոր գահը պայազատելու, այն ժամանակ ես դարձյալ կփեսայացնեմ նրան:

— Գուցե հաջողության ժամանակ Գարդմանա օրիորդը նրան չգրավե, — ասացի ես իշխանին:

— Բայց Սահակ Սևադայի հզոր աջակցությունը կգրավի, — պատասխանեց իշխանը վստահությամբ, — քաջերի այն գունդը, որ ես տվի նրան, մեր նշանտուքի գրավականն է: Նա ասաց, թե «այս օգնության համար կմնամ քեզ շնորհապարտ»: Մենք իրար հասկացանք և արքայորդին յուր խոստումը կկատարե. մանավանդ որ ապագայում պիտի կարոտի իմ աջակցության:

— Ուրեմն հարցը վճռվա՞ծ է, իմ Սահանույշը ապագա թագուհի՞ն է, — հարցրի ես հորդ:

— Այո՛, այդպես որոշեցի ես, հենց որ արքայորդին մտավ Գարդման, — ասաց իշխանը հաստատուն ձայնով: Եվ, ահա՛, այդ օրը, իմ սիրելի Սահանույշ, քո ապագա բախտը որոշվեցավ:

Ե

ԹԵ Ի՛ՆՉ ԱՐԳԵԼՔՆԵՐ ԷԻՆ ՍՊԱՌՆՈՒՄ ԱՅԴ ԲԱԽՏԻՆ

— Արքայորդու զորքը մինչև Գարդման հասնելը, — շարունակեց Սեդան, — ընդհարում էր ունեցել Բերդաձորում գտնվող հազարացի զորաց մի գնդի հետ, որին և ջարդել ու ցրել էր: Այդ կռվի մեջ, սակայն, ծանր վերք էր ստացել արքայորդու զինակիցներից մինը, որ ստիպված էր մի առ ժամանակ մնալ մեր ամրոցում, մինչև յուր վերքը կբուժվեր: -Դա Մարզպետունի իշխան Գևորգն էր: Իշխան Սևադայի հրամանով այլև իմ սրտագին ցանկությամբ, ինքս սկսա խնամ տանել մեր հիվանդ հյուրին, որին դարմանում էր բանակի հմուտ վիրաբույժը: Իշխանի վերքը աջ թևի վրա էր: Նա թեպետ անվտանգ, բայց առողջանալու համար ժամանակի պետք ուներ: Եվ ահա՛ այդ պատճառով, որպեսզի պարապությունը ձանձրույթ չպատճառե նրան, ես հաճախ մոտը նստում և ժամերով հետը խոսակցում էի: Գևորգ իշխանը սիրելի և բարեսիրտ անձն էր. շուտով նա մտերմացավ ինձ հետ: Պատերազմական շատ անցքերի ու դեպքերի պատմություններն անելուց ետ, նա շատ տեղեկություններ հաղորդեց ինձ նաև արքայորդու մասին, տեղեկություններ, որոնք իմ համակրությունն ու հիացմունքը հետզհետե գրավում էին դեպի մեր ապագա թագավորը:

Մի օր, այսպիսի մի զրույցի ժամանակ, ասացի ես Գևորգ իշխանին.

— Կարծեմ Գարդմանա օրիորդը ապագա արքայի ամուսինը պիտի լինի:

— Ինչո՞ւ համար ես այդպես կարծում, — հարցրեց նա:

— Իշխան Սևադան այդպիսի մի ցանկություն հայտնեց, — ասացի ես, — իսկ մեր իշխանը մինչև որ հաստատ հույս չունենար, այդ զրույցը չէր անիլ:

— Այդ ցանկությունը չի իրագործվիլ, — նկատեց Մարզպետունին խորհրդավոր եղանակով:

— Ինչո՞ւ, — հարցրի ես զարմացած:

— Պատճառը մի գաղտնիք է, որ երևան հանել չեմ կարող, — պատասխանեց նա:

Ճշմարիտն ասած, ես շատ տխրեցի: Գևորգ իշխանը արքայորդու մտերիմն էր. և որքան որ կարողացել էի ճանաչել՝ նա լուրջ և խոհեմ մարդ էր. ուրեմն թեթևամտությամբ չէր կարծիք հայտնում: Այս հայտնությունն ինձ մտատանջության մեջ ձգեց: Ի՞նչ պատճառ կարող էր արդյոք արգելք լինել այս միությանը՝ մտածում էի ինքս ինձ, և սակայն մի բան գուշակել չէի կարողանում: Շատ մտածելուց ու մտատանջվելուց հետո վերջապես որոշեցի, ի՛նչ կերպ ուզում է լինի, իմանալ իշխանից այդ գաղտնիքը:

Մի օր, երբ վիրաբույժի կարգադրած դարմանը իշխանի վերքին դնելով թևը խնամքով փաթաթում էի, նա ժպտալով ասաց.

— Չգիտեմ, թե ինչո՛վ պիտի փոխարինեմ քո երախտիքը. քույր Սեդա:

— Ոչ մի երախտիք չունիմ քեզ վրա, իշխան, — ասացի ես, — եթե հայ զինվորը կռվի դաշտում վերք է ստանում, հայ կնոջ պարտավորությունն է՝ կապել ու դարմանել նրան: Այդ պարտքը մենք պիտի կատարենք մինչև անգամ կռվի դաշտում: Իսկ մեր տան մեջ այդ անելը ոչ մի նեղություն չէ պատճառում մեզ:

— Չէ, քույր Սեդա, ես շնորհապարտ մնացի քեզ, և շատ գոհ կլինեի, եթե ինքդ ասեիր ինձ, թե ինչո՛վ փոխարինեմ այդ շնորհը:

Ես ժպտացի:

— Ուրեմն դու ինձ այդ կասես, այնպես չէ՞, քույր Սեդա, — հարցրեց կրկին իշխանը:

— Ես իմ արածների մեջ ուշադրության արժանի մի շնորհ չեմ տեսնում, — ասացի ես, — բայց եթե դու ցանկություն ունիս մի բարիք անելով շնորհապարտ կացուցանել ինձ, ապա ես կասեմ թե ի՛նչ բարիք եմ սպասում քեզանից:

— Ասա՛, քույր Սեդա, ասա՛, աղաչում եմ, — թախանձեց իշխանը:

— Հայտնի՛ր ինձ այն գաղտնիքը, որ արգելում է արքայորդուն ամուսնանալ իշխան Անադայի դստեր հետ, — խնդրեցի ես նրան:

Իշխանը ժպտաց և ոչինչ չպատասխանեց:

— Կարծեմ խնդրածս ծանր շնորհ չէ, այնպես չէ՞, հարցրի ես:

— Օ՛, ծանր, շատ ծանր խնդիր է, քույր Սեդա. կրկնապատիկ շնորհապարտ կմնայի, եթե ետ առնեիր խնդիրդ:

— Ո՛չ, կա՛մ այդ խնդիրը, կա՛մ ոչինչ, — թախանձանոք պնդեցի ես:

Իշխանը գլուխը շարժեց և ժպտալով ասաց.

— Այդ գաղտնիքը ես չեմ հայտնել նույնիսկ իմ ամուսնուն՝ Գոհար իշխանուհուն: Ների՛ր ինձ, քույր Սեդա, դու պատվական կին ես, բայց ես կասեմ, որ առհասարակ վախենում եմ գաղտնիքներ հայտնել կանանց:

— Ա՜խ, իշխան, այդ հին նախապաշարմունք է, որ շարունակ ժառանգություն է մնում հորից որդուն, — ասացի ես, — կանայք իսկապես ավելի գաղտնապահ են, քան տղամարդիկ:

Իշխանը ծիծաղեց:

— Դու այդպես չես ընդունում, — հարցրի նրան:

— Մենք այնպես մտերմացել ենք, քույր Սեդա, որ ես. ազատ կարող եմ իմ մի քանի կարծիքները հայտնել քեզ, — ասաց իշխանը ժպտալով, — կանայք պինդ պահում են միայն իրանց սիրային գաղտնիքները, իսկ մնացյալի համար նրանց բերանը դուռ չունի:

Ես ծիծաղեցի, որովհետև համաձայն էի իշխանի հետ, բայց միևնույն ժամանակ ավելացրի.

— Կապացուցանեմ քեզ, իշխան, որ մինչև այսօր ճանաչածդ ոչ մի կնոջ չեմ նմանում ես:

— Բոլոր ինձ պատահած կանայք այդպես են խոսել իրանց մասին, — նկատեց իշխանը շարունակ ծիծաղելով, — նրանցից ոչ մինը չի կամեցել նմանվել յուր քրոջը, բայց ես իմ կյանքում դեռ չեմ պատահել մի կնոջ, որ տարբեր լինի մյուսից որևէ մի բանով: Միակ տարբերությունը եղել է այն, որ ամենից լավագույնը հենց ամենից թույլն է եղել:

— Դու այդպես խիստ ես խոսում. որպեսզի ես վշտանամ և ետ առնեմ խնդիրս, — ասացի իշխանին, — բայց ես չեմ վշտանում այլև իրավունք եմ տալիս քեզ ճշմարտությունը խոսելու և միևնույն ժամանակ պնդում եմ՝ որ ես իմ օրինակով կապացուցանեմ, թե կա՛ն աշխարհում կանայք, որոնց վրա կարելի է վստահիլ:

— Ես սպանում էի քո այդ խոստման, քույր Սեդա, որ խնդիրդ կատարեմ և պարտքից ազատվեմ, — ասաց իշխանը լրջությամբ. — այժմ կհաղորդեմ քեզ այն գաղտնիքը, որ հայտնի է միայն ինձ, իբրև արքայորդու մտերմին ու նիզակակցին և, հուսով եմ, որ այդ գաղտնիքը քո սրտի մեջ էլ կմեռնի:

— Անշուշտ, — հարեցի ես:

— Արքայորդին չի կարող ամուսնանալ իշխան Անադայի դստեր հետ այն պարզ պատճառով, որ նա սիրում է ուրիշին, որին և նվիրված է հոգով ու սրտով, — ասաց իշխանը գրեթե շշնջալով:

— Ո՞ւմ, մայր Սեդա, ո՞ւմ Ցլիկ-Ամրամի կնոջը, այնպես չէ՞. ասա՛ շուտ այնպես չասա՞ց իշխանը... —տեղից վեր թռչելով կարծես շնչասպառ բացականչեց թագուհին:

— Իսկույն, սիրելի, իսկույն. մի՛ շտապիր, մի՛ վրդովվիր. այդպիսով եղածից ոչինչ չես փոխիլ, այլ միայն քեզ կտանջես:

— Ա՛խ, Սե՛դա, համբերությունս սպառում ես, ասա՛, ի՞նչ ես ծանրացնում:

— Ասու՛մ եմ, էլի՛:

— Ուրեմն Ցլիկ-Ամրամի կնոջը, այնպես չէ՞:

— Ո՛չ:

— Հապա՞:

— Ցլիկ-Ամրամն այն ժամանակ մինչև անգամ ամուսնացած չէր:

— Ո՞ւմն էր սիրում ուրեմն:

— Սնորդիների նահապետ Գնորգ իշխանի դստերը:

— Գնորգ իշխանի՞. ա՛յն, որ յուր Արվես եղբոր հետ միասին Ափշինի ներքինապետից Փայտակարանում նահատակվեցա՞վ:

— Այո՛, թագուհի:

— Էհ, այդ միևնույն անձն է: Գնորգ նահապետի դուստրը, որ մի օր արքայորդու հարսնացուն էր, այսօր արդեն Ցլիկ-Ամրամի կինն է...

— Այո՛, այդպես է...

— Եվ իմ թագավոր ամուսնու սիրուհին...

— Կամաց... սիրելի թագուհի, մեզ կարող են լսել: Նաժիշտները շատ անգամ լրտեսում են:

— Ա՛խ, Սեդա, այսուհետև այլևս ի՛նչ զգուշություն... իմ վիշտը ուրեմն հայտնի է ամենքին...

— Դեռ ոչ, թագուհի՛... դեռ...

— Լա՛վ, պատմի՛ր. հետո ի՞նչ ասաց իշխանը:

— Այն ասաց, որ արքայորդին սիրում էր այդ աղջկան:

— Այդ իմացա: Բայց հետո չհարցրի՞ր թե ինչպե՞ս է սկսվել այդ չարաբաստիկ սերը:

— Ինչպե՛ս չէ, հարցրի և նա հետևյալն ասաց.

— Գնորգ Նահապետի մահվանից առաջ Աշոտ արքայորդին դեռ պատանդ էր Ափշինի մոտ: Նույն այն ներքինապետը, որ Սնորդյաց նահապետին սպանեց, մտերիմ բարեկամ էր Սմբատ թագավորին: Վերջինս երբ Նահապետի մահվան լուրը լսեց, մեղադրական դրեց ներքինապետին՝ այնպիսի անմեղ մարդը սպանելուն համար: Ներքինապետը որպեսզի թագավորի սիրտն ամոքե, Ատրպատական վերադառնալուն պես, Ափշինից ծածուկ, ազատեց Աշոտ արքայորդուն և մի քանի իշխանազն հայ կանանց և ուղարկեց Սմբատին: Թագավորն իհարկե շնորհակալ եղավ ներքինապետին: Իսկ Աշոտ արքայորդուն անմիջապես ուղարկեց Ուտիք՝ Սնորդյաց սգավոր իշխանուհուն մխիթարելու: Այստեղ ահա երիտասարդ Աշոտը տեսնում է Սնորդյաց զեղանի օրիորդին և վրան սիրահարվում:

— Եվ հաստատապե՞ս սիրահարվում:

— Այո՛, և իբրև ապացույց՝ Մարզպետունի իշխանը հիշում է մի դեպք, որ արժանի է ուշադրության:

— Այսի՞նքն:

— Երբ Յուսուփի հրամանով բռնավոր Գագիկ Արծրունին յուր և հագարացի զորքերով ընկնում է Սմբատ թագավորի ետևից՝ նրան բռնելու կամ սպանելու համար, Սմբատ թագավորը յուր զորքերը տալիս է Մուշեղ և Աշոտ որդիների ձեռքը և ուղարկում նրանց Գագիկի դեմ: Երկու եղբայրները հանդիպելով բռնավորին՝ սկզբում զորավոր ջարդ են տալիս հագարացի զորքերին: Բայց վերջը Սնորդիների գունդը, որին զորավարում էր Աշոտը, դավաճանում է յուր զորապետին և խույս տալիս կովի ճակատից: Այդպիսով հայոց բանակը թուլանում է և հաղթվում է, իսկ Մուշեղը, որ առյուծի պես էր կռվում, գերի է ընկնում թշնամու ձեռքը:

Մարզպետունի իշխանն ասում էր, թե այդ դեպքը մինչև անգամ չսառեցրեց Աշոտին դավաճան Սնորդիներից և նա նրանց հետ միասին վերադարձավ Ուտիք, չնայելով որ եղբայրը գերի էր տարվել Դվին:

— Ուրեմն այդպես, վաղո՞ւց է սկսվել իմ դժբախտությունը...

— Հապա ես որ ասում էի, թե անցյալի մեջ են ծածկված քո ցավերի արմատները:

— Բայց հետո՞, հետո ինչպե՞ս եղավ, որ Աշոտը թողեց Սնորդյաց օրիորդին և ինձ, դժբախտիս հետ ամուսնացավ:

— Պետական շահերը, սիրելիս, պետական շահերն այդպես էին պահանջում... Աշոտը միայնակ էր զորավոր թշնամիների առաջ: Իսկ Սահակ Սևադան յուր զարդմանացի զորքերով կարող էր արքայական բանակն ստվարացնել...

— Եվ ուրեմն Սևադայի աղջիկը զոհ պետք է լիներ այդ պետական հաշիվների՞ն...

— Աստուծո տնօրինությունն էր այդ:

— Ի՞նչ աստուծո տնօրինություն, մայր Սեդա, իսկապես դու ես իմ դժբախտության պատճառը:

— Ե՞ս. ի՞նչ ասացիր թագուհի, Սեդան յուր Սահանույշի դժբախտության պատճա՞ռը... Օ՛ մի՛ ասիր... մի՛ ասիր... այդ մի անեծք է...— հուզված բացականչեց Սեդան:

— Այո՛, մայր Սեդա, դու ես պատճառը, բայց մի՛ վշտանար: Եթե դու Մարզպետունի իշխանից լսածդ իսկույն ևեթ հայտնեիր հորդ, նա կզգուշանար և Աշոտ թագավորի պետական հաշիվներին չէր զոհիլ յուր աղջիկը:

Սեդան լուռ և խորհրդավոր նայեց թագուհուն և ոչինչ չպատասխանեց:

— Այնպես չէ՞, Սե՛դա:

Դայակը լուռ էր:

— Ինչո՞ւ չես պատասխանում, — հարցրեց թագուհին:

— Երանի՛ կլիներ, թագուհի, թե այդ լիներ իմ հանցանքը:

— Հապա, ուրիշ ի՞նչ ես արել:

— Դժբախտաբար ես խոստմնազանց եղա, Մարզպետունի իշխանին տվածս խոսքը չպահեցի, և նրա հաղորդած գաղտնիքը հայտնեցի հորդ հենց այն օրը, որ Մարզպետունի իշխանը հեռացել էր մեր ամրոցից: Ի՞նչ անեմ, խնդիրը քո ապագա բախտին էր վերաբերում, չկարողացա լռության տալ:

— Եվ ի՞նչ ասաց հայրս:

— Ծիծաղեց. մանավանդ երբ ես երկյուղ հայտնեցի, թե Սահականույշը ապագայում կդժբախտանա, եթե այդ միությունը կայանա:

— Ինչո՞ւ համար ծիծաղեց:

— Ասաց, թե բոլոր երիտասարդները մինչև ամուսնությունը ունենում են հազար և մի այդ տեսակ կապեր, որոնք ոչնչացնում են օրինավոր ամուսնության սուրբ պսակի զորությամբ. թե արքայորդու այդ սերն անցողական տպավորության արդյունք է և անշուշտ առաջացել է նրանից, որ Սնորդյաց օրիորդը՝ տխրության օրերում, սգավոր հանդերձների մեջ, ներկայանալով արքայորդուն՝ շարժել է նրա գութը, իսկ սերը շատ անգամ ծնվում է, ասաց, այնտեղ, ուր ապրում է կարեկցությունը: Եվ թե վերջապես արքայորդին կզբաղվի շուտով յուր պետական գործերով և կմոռանա այդ օրիորդին: Իսկ մինչև այն՝ ես կպատրաստեմ ճանապարհը այնպես, ինչպես հաճելի է ինձ:

— Եվ հետո ի՞նչ արավ նա:

— Անմիջապես գնաց Ուտիք՝ Սնորդյաց գավառը և համոզեց Գնորգ նահապետի կնոջը՝ ամուսնացնել յուր դուստրը մի քաջ իշխանի հետ, որպեսզի նա խնամի յուր կալվածները, որովհետև Գնորգ նահապետի միակ ժառանգը այդ աղջիկն էր:

— Հետո՞:

— Սնորդյաց իշխանուհին ընդունեց այդ խորհուրդը շնորհակալությամբ: Միևնույն ժամանակ նա խնդրեց մեր իշխանին, որ նա ինքը տնօրինե այդ գործը: Իսկ Սնադա իշխանը ժամանակ չկորցրեց. նա համոզեց Տաշրաց սեպուհ Ցլիկ-Ամրամին և ամուսնացրեց նրան այդ իշխանազնուհու հետ:

— Իսկ այդ աղջիկն ինքը ի՞նչ արարած էր ուրեմն, որ արքայորդու նման դյուցազնի սերը փոխում էր Ցլիկ-Ամրամի հետ...: Իմ թագավոր ամուսինը նվաստանում է իմ աչքում, Սեդա, երբ մտածում եմ, թե նա այդ կնոջն է սիրում...

— Այդպես չպետք է դատել, թագուհի: Առաջին՝ ամեն իշխանազն օրիորդ այնպես ազատ չէ մեծանում, ինչպես մեծացել է Գարդմանա օրիորդը, որին մինչև անգամ տրված էր փեսա ընտրելու իրավունքը, երկրորդ՝ Ամրամ սեպուհը մի հասարակ մարդ չէ. թե՛ քաջությամբ, թե՛ գեղեցկությամբ և թե՛ հարստությամբ նա ետ չի մնալ մեր արդի ամենանշանավոր իշխաններից, երրորդ՝ եթե Սնորդյաց օրիորդը մինչև անգամ խելազարված սիրում լիներ արքայորդուն, այնուամենայնիվ, դժվար չէր նրա սերը սառեցնել, քանի որ մեջտեղ Սնադա իշխանը կար՝ յուր ճարտար ու համոզիչ լեզվով...

— Նրա սերը չէին կարող սառեցնել. Աշոտին մի անգամ սիրողը չէր կարող այլևս դադարել սիրելուց. երևի այդ աղջկանը հուսահատեցրել են, անհնարին համարելով նրա ամուսնությունը արքայորդու հետ:

— Երևի:

— Այդ հաստատ է, և ապացույցն այն է, որ նույն սերը շարունակվում է տակավին, չնայելով որ ամուսնացած են թե՛ Աշոտը և թե՛ նահապետի աղջիկը:

— Ինձ էլ այդպես է թվում:

— Եվ այդպես, ուրեմն, Սահակ Անադան ինքը յուր ձեռքով սեփական տունը քանդեց. «զգուրն, զոր փորյաց և պեղյաց՝ ի նույն անկցի ի խորխորատ, զոր և գործյաց»... ահա՛ սրա համար է ասել մարգարեն:

— Այո՛, դժբախտաբար, այսպես եղավ վախճանը... Բայց ո՞վ կկարծեր...

— Ա՛խ, Սեդա, գոնե մի կերպով հասկացնեիր ինձ այդ գաղտնիքը:

— Թագուհի՛... հապա իմ տված խոստո՞ւմը... Կարո՞ղ էի միթե դրժել նրան:

— Ա՛յ կին, չէ՞ որ հորս հայտնելով՝ դրժել ես արդեն:

— Հո՞րդ... Այդ ուրիշ է, թագուհի, նա տղամարդ էր. նա հեռատեսություն ուներ:

— Եվ ա՞յս է հեռատեսությունը. ինքդ հո տեսնում ես վախճանը:

— Մենք կանայքս շատ մոռացկոտ ենք. ներկայի փոքրիկ դառնությունները հեշտությամբ մոռացնել են տալիս մեզ անցյալի բյուրավոր քաղցրությունները... Սնադա իշխանը մեծ փառք պատրաստեց յուր դստեր համար. այդ փառքը վայելեց իմ թագուհին...

— Այո՛, և, սակայն, ներկան մոռացնել տվավ անցյալը:

— Ինձ թվում է, թե առավել արդարացի կլիներ, եթե ներկայի փոքրիկ վշտերը աշխատեինք մեղմացնել անցյալի քաղցր հիշատակներով:

— Որո՞նք են դրանք, Սեդա, ես չեմ հիշում. ես քաղցրություն չեմ տեսել իմ ամուսնական կյանքում:

Սեդան խորհրդավոր եղանակով ժպտաց:

— Դու ծիծաղո՞ւմ ես, մայր Սեդա. հապա հիշի՛ր, թվի՛ր այդ քաղցրությունները, գուցե ես այնոնք մտաբերելով իմ այժմյան ցավերը մոռանամ:

— Օ՛, շատ երկար կտևե այդ, թագուհի. դու պետք է հանգստանաս:

— Ոչ, ասա՛, պատմի՛ր. իմ հանգստությունը քո զրույցների մեջ եմ գտնում. այս գիշեր քունը չի մոտենալ աչքերիս. պատմի՛ր, ես լսում եմ:

Այս ասելով թագուհին նորից պառկեց՝ հոլանի թևը բարձերին և ձեռքը ծնոտին հենելով: Սեդան վեր կացավ և ծածկեց նրան մի նրբագործ շղարշով:

— Եվ այդպես, ուրեմն, մոռացել ես դու բոլորը, իմ սիրելի թագուհի, այժմ կհիշեցնեմ...

— Հապա՛:

— Մտաբերո՞ւմ ես այն օրը, երբ դու և մեծ իշխանուհին վերադարձաք Խաչենից:

— Հիշում եմ. երկու օր էր ինչ Մարզպետունի իշխանը հեռացել էր մեր ամրոցից:

— Եվ ես պատմեցի քեզ բոլորը, ինչ որ ձեզանից հետո անցել էր Գարդմանում:

— Այո՛, և ես շատ վշտացա, որ արքայորդուն չէի տեսել:

— Եվ ինչպե՛ս նրա մասին արած իմ նկարագրությունները ոգևորում էին քեզ:

— Հիշում եմ:

— Հենց այդ օրը սուրհանդակ հասավ Բագրևանդից, որ հայտնում էր, թե Յուսուփը Աշոտի գալը լսելով խույս է տվել դեպի Ատրպատական. իսկ արքայորդին հասնելով Բագրևանդ՝ զորեղ կռիվ է ունեցել Յուսուփի թողած զորքերի հետ, որոնց և իսպառ ջարդել ու ցրել է. իսկ նրանց գլխավոր իշխաններին բռնելով՝ տիկ է հանել և ամրոցների աշտարակներից կախել: Այս առաջին վրեժն էր, որ քաջ որդին լուծեց յուր հոր սպանիչներից: Այս լուրը սարսափ էր գցել հագարացիների վրա:

— Հիշում եմ. և ինչպե՛ս մեզ ամենքիս ոգևորում էր այդ: Ես ինքս մեծագին նվեր տվի սուրհանդակին այդ անդրանիկ բարելուրի համար:

— Այնուհետև հետզհետե գալիս էին լուրեր, թե արքայորդին մտավ Շիրակ, անցավ Գուգարք, թե ամեն տեղ զորավոր կռիվ է մղում հագարացիների դեմ, ջարդում, ոչնչացնում է նրանց, բերդերն ու քաղաքներն առնում, գերիներն ու բանտարկյալներն ազատում, ավերակ ամրոցները վերանորոգում, ամեն տեղ պահապան զորքեր կարգում և արշավանքը առաջ է տանում:

— Հիշում եմ... Ասում էին, որ Յուսուփը, լսելով արքայորդու քաջագործությունները, սարսափել էր, վախենալով թե գուցե նա յուր սուրը դարձնե դեպի Ատրպատական, ուր որջանում էր ինքը:

— Այդպես ասում էին. բայց արքայորդին դեռ սեփական երկիրը պետք է մաքրեր հագարացի հրեշներից: Այդ էր պատճառը, որ Գուգարքը նվաճելուց և Վասակ ու Աշոտ Գնթունի իշխաններին հանձնելուց հետո՝ նա անցավ Վրաստանի սահմանը, Տփխիսն ազատելու: Այդտեղ էլ հագարացիք մեծ ուժ ունեին: Վրացի ազգերը հեծում էին նրանց բարբարոսական լծի տակ: Մեր դյուցազնը ինչպես մի կատաղի փոթորիկ հասավ Տփխիս: Նրա հուժկու բանակի առաջ, որ ստվարացել էր հետզհետե, հագարացոց զորությունը չկարողացավ դիմանալ:

Հայերը ջարդեցին նրանց, ցրեցին, արաբացի իշխանները գերելով՝ շղթայի զարկեցին, իսկ Տփխիսը ազատելով՝ վերադարձան Ուտիք:

Այստեղ էլ, ինչպես գիտես, ուտիացիք էին ապստամբել: Սակայն նրանց նվաճելու համար մեծ աշխատանք գործ չդրավ արքայորդին: Մի քանի սրիկայական գնդեր ցրելուց հետո ամենքը խաղաղեցան, մանավանդ որ վիթխարի Մովսեսը վերակացու կարգվեցավ նրանց վրա:

Փառավոր էր արքայորդու հաղթությունը Աղստևի խորաձորում, ուր ընդհանուր բանակից վերցրած վեց հարյուր զինվորներով միայն սպառսպուռ ջնջեց այդտեղ թաքնված հագարացիների վերջին զորաբանակը: Ասում էին, որ նրանցից չէր ազատվել մինչև անգամ մի զորական, որ գույժ տաներ Յուսուփին իրանց կրած պարտության համար:

— Այդ բոլորը ես բերան գիտեմ, Սե՛դա, դու ինչո՞ւ համար ես կրկնում, — հարցրեց թագուհին:

— Ցույց տալու համար այն բնական ճանապարհը, որով առաջացել է Գարդմանա օրիորդի դժբախտությունը, — պատասխանեց Սեդան խորհրդավոր եղանակով:

Զ

ՔԱՂՑՐ ՀԻՇՈՂՈՒԹՅՈՒՆՆԵՐ ԹԱԳԱԴՐՈՒԹՅԱՆ ԵՎ ՆՇԱՆԱԴՐՈՒԹՅԱՆ

— Շարունակի՛ր, — ասաց թագուհին:

Սեդան առաջ քաշեց աթոռակը, և յուր դիրքը նորից ուղղելով՝ շարունակեց զրույցը:

— Արքայորդու հաջողությունները ոգևորում էին քեզ: Առանց նրան տեսած լինելու, դու հիանում էիր այդ դյուցազնով: Քանի-քանի անգամ կրկնել տվիր ինձ այն պատմությունները, որ լսել էի Մարզպետունի իշխանից: Երևում էր, որ մի գաղտնի զորություն շարունակ քո սիրտը քաշում էր դեպի նրան: Արքայորդու ձեռնարկությանց ամեն մի հաջողությունը լցնում էր հոգիդ ցնծությամբ: Հիշո՞ւմ ես, Աղստևի հաջողության լուրը բերող գարդմանացի զորականին մի արտավար հող ընծայել տվիր:

Հարկավ, իշխան Սևադայի սրատես աչքերից չէին կարող ծածկվիլ այս բոլորը: Եվ նա, որ յուր ուրախությունը քո իղձերը կատարելու մեջ էր տեսնում, անուշադիր չպիտի թողներ քո զգացումները, մանավանդ որ նրանք չէին հակառակում յուր փառասիրական նպատակներին:

— Եվ երևի այդ պատճառով էլ շտապեց նույն նպատակներին հակառակող արգելքը բառնալու…

— Այո՛, Սևորդյաց օրիորդը ամուսնացրեց Ցլիկ-Ամրամի հետ: Եվ ճշմարիտ, սա, մինչև անգամ, մի հայրենասիրական գործ էր: Արքայորդին միանգամ ընդմիշտ այդ աղջկա կապանքներից ազատվելով՝ ավելի եռանդով զբաղվեց յուր գործերով: Սիրո շղթաները շատ անգամ ամենածանր կապանքներն են, որոնք արգելում են տղամարդուն փառքի ասպարեզում շահատակելու…

— Բայց շատ անգամ էլ նրանք թևեր են տալիս նրան, — ընդհատեց թագուհին:

— Այո՛, միայն թույլ արարածներին, նրանց, որոնց մեջ մաքրած է բնական աշխուժի կրակը և որոնց դեպի գործունեություն մղում է միայն արհեստական գրգիռը, ինչպես երկչոտ զորականին քաջություն է տալիս գինին… Այո՛, իմ թագուհի, արքայորդուն չվհատեց այդ դեպքը, նա շարունակեց յուր հաղթական արշավանքները, մինչև որ բոլոր թմրածներին ցնցեց: Նրա օրինակից խրախույս առան և ա՛յն իշխանները, որոնք հազարացոց սրից ահաբեկ, իրանց փրկությունը միայն բերդերի մեջ էին որոնում.-Գագիկ բռնավորը, Սյունյաց տերերը դուրս եկան ամրություններից և սկսան նույնպես հալածել թշնամուն: Հայոց երկրին տիրեց ընդհանուր ոգևորություն, խաղաղության արևը ծագեց, ժողովուրդը շունչ առավ…

— Երջանիկ օրեր էին…

— Այո՛, մանավանդ որ այդ փայլուն հաղթանակներից հետո արքայորդին հոր գահն ու գավազանը ժառանգեց:

— Ա՜խ, ինչո՞ւ հիշեցրիր ինձ այդ բոլորը, Սեդա… Ինչո՞ւ հիշեցրիր երջանկության այն ժամերը, որ ես անցրել եմ այնտեղ …

— Դվինում, այնպես չէ՞:

— Օ՜, և ինչպե՜ս բախտավոր էի ես… Ինչո՞ւ, Սեդա, ինչու՞ աստված մարդուն տալիս է երջանկություն, և հետո խլում այն նրանից …

— Աստուծո կամքն անքննելի և խորհուրդներն անհասանելի են:

— Հիշում եմ: Երբ առաջին անգամ հայրս հայտնեց, թե հայոց իշխանները վրաց թագավորի և ափխազաց Գուրգենի հետ միասին պիտի ժողովվին Աշոտ արքայորդուն թագավոր պսակելու և թե մենք, իբրև Գարդմանա տան տյարք, ներկա պիտի լինինք այդ հանդիսին, ուրախությունից, քիչ մնաց, խելքս պիտի թռչեր… Օ՜, միայն այդ ժամերը… ո՜չ, նրանցից գոնե մի քանի վայրկյան վերադարձնեին այժմ ինձ… Ինչպիսի՜ ուրախությամբ, ի՜նչ աննման ոգևորությամբ էի պատրաստվում ես արքայի թագադրության ներկա լինելու, երևակայել չես կարող: Երբ բերին ինձ այն զոհարներն ու ոսկյա զարդերը, որ հայրս պատրաստել էր տվել հատկապես այդ հանդեսի համար, հրճվեցա ինչպես մի մանուկ, որ հանկարծ գեղեցիկ խաղալիքներ է ստանում, և վազելով փարեցի հորս պարանոցով և համբույրներով նրա երեսը ծածկեցի: Ես, հո գիտես, կարոտ չէի այդ զարդերին և դրանք գին չունեին իմ աչքում իբրև քարեղեն, այլ ուրախացա այն պատճառով, որ գիտեի, թե նրանց շնորհիվ ավելի շքեղ և ավելի վեհ պիտի երևամ այն հանդիսում, ուր ներկա պիտի լինի համայն հայոց իշխանապետությունը և ուր շուքով ու պերճությամբ պիտի փայլեն վրաց ու ափխազաց արքայազուն ընտանիք… Օ՜, ինչպե՜ս ցանկանում էի, որ բոլոր իշխանազն կանանց մեջ ամենից բարձր հանդիսանայի ես, որ ամենքի աչքերն ինձ վրա նայեին, որ ամենքը ինձնով զբաղվեին և որ այդ ամենը Աշոտ-Երկաթը տեսներ…

— Եվ հայրդ այդ բոլորը նկատում էր. ուստի և ինքն էլ աշխատում, որ Գարդմանա տունը հայոց մյուս իշխանական տներից ավելի զերազանց երևա Դվինում՝ թե՜ հարստության և թե՜ զորության կողմից: Այդ էր պատճառը, որ նա Գարդմանա հզոր բանակը յուր հետ միասին բերավ Ոստան: Գարդմանում միայն բերդապահ զնդերը մնացին:

— Եվ, իրավ, Սեդա, Դվինում արքայավայել ընդունելություն արին մեզ: Ծնողներս ոչինչ չէին հայտնում, բայց ինձ թվում էր, թե արքայի մերձավորներին հայտնի է անշուշտ մի խորհուրդ մեր ապագա միության մասին: Աչքի էր ընկնում մանավանդ այն հանգամանքը, որ հայոց իշխանական ընտանիքներից միայն մեզ համար էին բնակության տեղ պատրաստել արքունական պալատում: Նույնիսկ վրաց Ատրներսեհ թագավորին կաթողիկոսարանում ընդունեցինք իսկ ափխազաց Գուրգեն իշխանին՝ Աբաս արքաեղբոր ապարանքում:

— Երևի այդտեղից էլ սկսվեցավ կաթողիկոսի բարեկամությունը Ատրներսեհ թագավորի հետ:

— Այո՜, ինչպես որ իմ տագր Աբասի բարեկամությունը՝ ափխազաց Գուրգեն իշխանի հետ: Բայց առաջինի բարեկամությունը գոնե վնաս չբերավ մեզ, մինչդեռ երկրորդը յուր ծանր հետևանքներն ունեցավ:

— Միակ պատճառը դարձյալ մի աղջիկ: Եթե Աբաս արքաեղբայրը չամուսնանար Գուրգեն իշխանի դստեր հետ, ծանր հետևանքները տեղի չէին ունենալ:

— Հարկավ. հայ աղջիկը գժտություն չէր գրգռիլ հարազատ եղբարց մեջ: Բայց մի ափխազուհու համար ինչ արժեք ուներ մեր երկրի խաղաղությունը: Բայց թողնենք այդ… ի՞նչ էի ասում:

— Պատմում էիր, թե ձեզ ընդունեցին արքայի պալատում…

— Այո՜, այնտեղ ընդունեցին: Չեմ կարող նկարագրել, թե ինչպիսի անձկությամբ էի փափագում տեսնել երիտասարդ թագավորին, ա՜յն դյուցազնին, որ այնքան կարճ ժամանակում ընկճեց, խորտակեց թշնամու զորությունը, մաքրեց երկիրը բռնավորներից, ազատեց ժողովուրդը ստրկությունից, գրավեց ու գերեց իշխանների սիրտը և նրանց բոլորին ոգևորեց, այնքան, որ միմյանց դեմ ունեցած ամեն գժտություն մոռանալով՝ եկան ժողովվեցան յուր շուրջը, արքայական թագով յուր արժանավոր գլուխը պսակելու: Առաջին անգամ, երբ պիտի ներկայանայինք իրան, սիրտս տրոփում էր ուրախությունից և երկյուղից: Ուրախ էի, որ վերջապես պիտի տեսնեմ այնքան ժամանակներից ի վեր ցանկացածս դյուցազնին և... վախենում էի, թե միգուցե նա անտարբերությամբ ընդունե ինձ... Օ՛, Սեդա, չգիտե՛ս, թե ո՛րքան հպարտ էի ես այն ժամանակ. ամոթից կարող էի մեռնել...

— Եվ ինչո՞ւ, թագուհի, միթե արքայորդին կզլանա՞ր յուր իշխանազն հյուրերին պատշաճավոր հարգանք նվիրելու:

— Բայց ես, Սեդա, չէի կամենում հասարակ հյուրերի կարգը դասվիլ. ես ուրիշ ընդունելություն էի սպասում նրանից. ինչո՞ւ, չգիտեմ, ես այնպես էի համոզված՝ թե անպատճառ նրա ապագա ամուսինը պիտի լինիմ... Հպարտ, հանդուգն միտք էր այս, այնպես չէ՞. բայց իմ երազներն իրականացան... Արքայական դահլիճի ավագ դռան առաջ ընդունեց նա մեզ: Եվ հանկարծ, ի՞նչ պատահեց ինձ, գիտե՞ս... այժմ եմ միայն կարողանում պատճառը բացատրել... — երբ արքայորդուն տեսա կանգ առա մուտքից մի քանի քայլ հեռու. նա հորս հետ գրկախառնվեցավ, մորս ձեռքը համբուրեց, բայց ես չմոտեցա նրան. սպասեցի, որ ինքը հառաջեր դեպի ինձ... Ի՞նչ զգացում էր այս, Սեդա, կարո՞ղ ես բացատրել:

— Ինձ թվում է, թե Գարդմանա Տան տոհմական հպարտության զգացում և ուրիշ ոչինչ:

— Չէ, սխալվում ես. հոգիս երևի գուշակեց, որ նրա սիրտը, ուր կամենում էի մուտ գործել, գրավված է ուրիշի սիրով... և այդ էր պատճառը, որ այդ պերճահասակ, վեհադեմ, դյուցազնոգի և քաջությամբ ու իմաստությամբ այնքան հառաջադեմ արքայազնի հանդիպումն ինձ չճնշեց: Սկզբում, ճշմարիտ է, իմ աչքերը գրավվեցան նրանով. մի քանի վայրկյան ես հափշտակված դիտեցի նրան, որովհետև ավելի գեղեցիկ և ավելի աննման էր, քան որքան նկարագրել էիր դու. բայց հենց որ յուր հայացքն ուղղեց ինձ, ես նորեն իմ նախկին հպարտ դիրքն ընդունեցի: Սակայն նա մոտեցավ ինձ սիրաժպիտ և քաղցրահայաց. ողջունեց այնքան հարգանոք և այնպես վայելչաբար, որ ես իսկույն զինաթափ եղա... Եվ մենք, մայր Սեդա, համարձակվում ենք հպարտությունից խոսել... Ի՞նչ. կի՞նը. մի՞թե կարող է նա հպարտ լինել մի՞թե կարող է նա արժանապատվության զգացումով դյուցազնանալ: Մի քաղցր հայացք, մի անուշ ժպիտ՝ ա՛յն տղամարդու կողմից, որին յուր սրտի խորքում սիրում է կինը, և, ահա՛, ամեն բան վերջացավ. նա կդառնա այդ տղամարդու և՛ գերին, և՛ ստրուկը ... Այնպես չէ՞, Սեդա:

— Դժբախտաբար այդպես է, սիրելի թագուհի, — ասաց Սեդան խոր հառաչելով:

Խեղճ կինը, երևի, հիշեց յուր անցյալը և մտաբերեց նմանօրինակ դեպքեր յուր կյանքից:

— Արքայորդին առաջնորդեց մեզ դահլիճ, ուր նստած էր մայր-թագուհին: Ի՛նչ բարի, ի՛նչ հրաշալի կին էր նա: Թեպետ թագավոր ամուսնու նահատակությունը ժամանակից առաջ ընկճել էր խեղճին, սակայն նախկին գեղեցկության հետքերը նշմարվում էին տակավին յուր ազնվաշուք և վեհապանծ դեմքի վրա: «Ե՛կ, իմ հպարտ օրիորդ, վաղուց կամենում էի տեսնել քեզ, որ այնքան համառությամբ մեր բոլոր իշխաններին մերժեցիր...», ասաց նա ծիծաղադեմ և գրկելով ինձ՝ ջերմությամբ համբուրեց: Մինչև այսօր էլ իմ միակ սիրելի զարդը այն ոսկի մանյակն է, որ նա տվավ ինձ, իբրև նշանտուքի առհավատչյա... Տո՛ւր ինձ այդ մանյակը, Սեդա, ես կամենում եմ նորից նայել նրան, — հրամայեց թագուհին:

Սեդան վեր կացավ և բերավ այն մանյակը, որ մի երկու ժամ առաջ հանել էին նաժիշտները թագուհու պարանոցից:

— Տե՛ս, փոքր է նա, բայց գողտրիկ, գեղեցիկ: Երբե՛ք, երբեք չպիտի բաժանվեմ նրանից, և երբ մեռնեմ. Սեդա, անպատճառ ասա՛, որ դնեն այդ իմ դագաղում…

— Սիրելի թագուհի, ինչ տխուր բաների վրա ես մտածում. թող մեռնեն քո թշնամիները կամ նրանք, որոնք բեռն են աշխարհի համար:

— Բայց չէ, ի՛նչ եմ ասում, նա ինձ չէ պատկանում: Այո՛, այն վայրկյանը, որ այս մանյակը իմ պարանոցը պատեց, կյանքիս մեջ ունեցած ամենաերջանիկ վայրկյանն էր: Օ՛, երբե՛ք, երբե՛ք չպիտի մոռանամ սրան:

— Ինչպե՞ս. մայր-թագուհին հենց առաջին այցելության ժամանա՞կ նվիրեց այդ,-հարցրեց Սեդան հետաքրքրությամբ:

— Ոչ. ես դեռ չպատմեցի: Երկու օրից հետո կատարվեց արքայական հանդեսը: Սուրբ Գրիգոր կաթողիկեն լծված էր ծայրե ի ծայր: Այդտեղ էին՝ Հովհաննես կաթողիկոսը, բոլոր նախաթոռ եպիսկոպոսները, արքայազուններ, նախարարներ, իշխաններ, ազատ տիկնայք, իշխանուհիք և իշխանազն օրիորդներ: Բայց այդ բոլորի մեջ միակ ընտրյալը, միակ գեղանին Աշոտ դյուցազնն էր: Բոլորի հայացքը նրան էր հառած, բոլորի ժպիտը նրան էր ուղղված, բոլորի միտքը նրանով զբաղված: Եվ հանդեսի սկզբից մինչև վերջը գեղանի իշխանուհիների աչքերը չհեռացան նրանից: Օ՛, ես դեռ չգիտեիք թե ի՛նչ իրավունք ունիմ նրա վերաբերմամբ, բայց և այնպես նախանձում էի, որ նա գեղեցիկ և հրապուրիչ էր այդքան շատ աչքերի համար… Օրհնության վսեմ աղոթքները միտքն մեղմեցին մի փոքր մեր հափշտակության խանդը և ստիպեցին մեզ սուրբ հայրերի հետ միասին աղոթել նորապսակ թագավորի կենաց և հաջողության համար: Օ՛հ, ի՛նչպես վսեմ, ի՛նչպես ջերմեռանդություն ներշնչող էին այդ աղոթքները:

— Երանի՛ քո աչքերին, թագուհի, որ տեսել ես այդ հանդեսը, և ականջներին՝ որոնք լսել են այդ օրհնությունները. չմեռնեի և արժանանայի մի օր… Բայց ի՞նչ եմ ասում. աստված թող իմ թագավորի կյանքը երկարե…

— Այո՛, Սե՛դա, վսեմ և սրտաշարժ մի հանդես է դա: Զարմանում եմ, թե ինչպե՛ս այդ հանդեսով օծվող թագավորը կարողանում է խոտորիլ ուղղության ճանապարհից, և ինչպե՛ս այդ հանդեսին երդվող իշխանները դավաճանում են նրան:

Երբ կաթողիկոսը արքային յուր հարցերն անելուց հետո դարձավ և, հարցրեց ժողովրդին՝ «Խնդրե՞ք կալ ի ներքո սորին իշխանությանն, որպես խոստացավն պահել զձեզ. և ուղիղ հավատով կամի՞ք հաստատել զսորա թագավորություն. և կատարիցե՞ք զսորա հրամանն՝ հնազանդությամբ», — -բոլոր եկեղեցին միաբերան գոչեց. «Այո՛, այո՛, տեր մեր է և թագավոր մեր»:

Բայց այսօր քանի՞սն են նրան, հնազանդ և ո՞ր իշխանը չէ ապստամբ:

— Ախ, սիրելի թագուհի, պատմի՛ր, աղաչում եմ, ինչպե՞ս են թագավոր պսակում. իսկ աղոթքներից ոչ մեկը չե՞ս հիշում…

— Դրանք շատ երկար են, Սեդա, պատմել անկարելի է. պետք է տեսնել, լսել: Ամենից առաջ սուրն են տալիս թագավորին…

— Սո՞ւրը:

— Այո՛, անպատճառ սուրը. հետո արքայական մատանին, ապա թագը:

— Իսկ աղոթքնե՞րը:

— Ամեն մեկի համար առանձին են կարդում:

— Օրինակ՝ ի՞նչ են ասում սուրը տված ժամանակ. այդ շատ հետաքրքրական է. իրավունք են տալիս նրան կոտորելու, այդպես չէ՞:

— Անշուշտ: Բայց… Ի՞նչ էի ուզում հիշել, մոռացա… Սպասի՛ր… Հա՛, նրա հայացքը. այդ էի ուզում հիշել, Սե՛դա: Չէ՞ որ նա ոչ ոքի չէր նայում. բոլորը կամենում էին նրա առաջին հայացքը հափշտակել. բայց ո՞վ էր այն ընտրյալը, որին արքան յուր անդրանիկ հայացքը պիտի նվիրեր. հայտնի չէր: Երբ եպիսկոպոսները սուրբ մատուցին և կաթողիկոսը բարձր ու հնչեղ ձայնով կարդաց «Ընկալ զուուրս զայս ի ձեռանէ առաքելական եպիսկոպոսացս, և սովավ թագավորեսցես ի փրկություն եկեղեցվո և ժողովրդյանս, որ ընդ ձեռամբ քո հովվին: Ա՛ծ զսուր ընդ մեջ քո, հզոր, և թագավորյա՛ այսու ճշմարտությամբ. և բարձրասցիս սովավ ի վերա անիրավաց և անհավատից և խնդրեսցես զվրեժ քո հայնցանէ, որք զչարն գործեսցեն... և փրկեսցես սովավ զազգ քո և զեկեղեցի և օգնական լիցիս այրյաց և որբոց, և ազատարար զերելոց և մխիթարիչ վշտացելոց...» և այլն, թագավորը բարձրացրեց աչքերն առաջին անգամ և յուր հայացքը սևեռեց ինձ վրա... Ինձ թվաց, թե նա ասում էր ինձ. «Այս բոլորը քեզ հետ միասին պիտի կատարեմ...»: Եվ ամենքն այդ տեսան, և շատերն ինձ նախանձեցին... Այո՛, նրա այդ միակ, ինձ բարձրացնող և հպարտացնող հայացքի համար արքայազուն իշխանուհիները իրանց կյանքը կտային. և սակայն նա միայն Գարդմանա օրիորդին ընծայեց այդ պարծանքը... Ի՛նչ էի զգում ես այդ վայրկյանին, չեմ կարող բառերով արտահայտել. երկինքը կարծես երկրի վրա իջավ կամ թե ես վերնային զավառները բարձրացա...

— Տեսնո՞ւմ ես, թագուհի, այդ բոլորը մոռացել էիր դու...

— Սպասի՛ր, մի՛ ընդհատիր ինձ... Այնուհետև, Մեդա, ես այլևս ոչինչ չէի լսում, բոլոր էությունս պատել էր մի երանական և հափշտակող զգացում: Մայր-թագուհու շշունջը հանկարծ սթափեցրեց ինձ. ես նրա մոտ էի կանգնած. — Ծունր իջիր ինձ հետ և աղոթի՛ր աստծուն, որ նա երկարե իմ և քո թագավորի կենաց օրերը, — ասաց նա ինձ մայրական սիրաշունչ ձայնով... Եվ մենք միասին ծունր իջանք. ես աղոթեցի ջերմեռանդությամբ. աղոթեցի այնպես, որպես չեմ աղոթել երբեք իմ կյանքում. և արտասուքը հոսեց աչքերիցս ինչպես աղբյուր... ուրախությա՞ն արցունք էր դա, թե՞ ապագա վշտերի նախազգացման, չկարողացա իմանալ:

Երբ հանդեսն ու պատարագը վերջացավ և դպիրներն սկսան մեղեդիները երգել, թագավորին մոտեցան համբուրելու նախ եպիսկոպոսները, հետո մայր - թագուհին, վրաց թագավորը, ապա իշխանները և վերջը իշխանազուն տիկնայք և օրիորդները: Օրիորդների մեջ առաջինը ես համբուրեցի թագավորի աջը և շրթունքներս դողդողացին... Երբ հեռացա, զգում էի, որ երեսս վառվում է, շտապեցի մորս հետ միասին խույս տալ դեպի ժողովրդի հետին շարքերը, որոնք վայրկենաբար ճանապարհ էին բանում մեր առաջ և օրհնանքներ ուղղում իմ անվան: Թագավորը դուրս եկավ եկեղեցուց՝ շրջապատված եպիսկոպոսներով ու իշխաններով: Հեծավ արքայական ոսկեսար երիվարը, որի վրա բարձրացրած պահում էին ծիրանեգույն ոսկեկար հովանին: Թագավորին շրջապատեցին առաջին սպարապետը, աջ ու ձախ կողմից թագակիրն ու նշանակալը և ապա թիկնապահների զրահազգեստ գունդը: Նրանց հետևեց արքայազուն և իշխանազուն ազատանին: Իսկ թե ի՛նչ էր կատարվում կաթողիկեից դուրս, քաղաքի փողոցներում, անկարելի է նկարագրել. ամբողջ Դվինը մի աչք, մի շունչ և մի հոգի դարձած՝ յուր թագավորի ելնելուն էր սպասում: Երբ սպարապետի դրոշը երևաց, մի որոտընդոստ դղրդյուն կարծես Դվինը շարժեց. որոտում էին փողոցները, որոտում էին հրապարակները, բուրգերը, աշտարակները և մինչև անգամ քաղաքից դուրս գտնվող մարտկոցները, և ամենքը միաբերան օրհնում և փառաբանում էին նրան: Երբ վերադարձանք պալատ, գնացինք իսկույն թագավորին շնորհավորելու: Այդտեղ էին բոլոր նախազահ իշխանները և արքայազուն տիկնայք: Մեր շնորհավորանքը մատուցանելուց հետո մայր-թագուհին նստեցրեց ինձ յուր կողքին. ոսկեկար օթոցի վրա և մտերմական զրույցով սկսավ ինձ զբաղեցնել: Ի՛նչ էր գտել նա իմ մեջ. չգիտեի, բայց տեսնում էի, որ հոգվով ու սրտով կապված է ինձ հետ: Ընդունված սովորության հակառակ երկար պահեց նա մեզ յուր մոտ: Եվ երբ հեռանում էինք հանեց պարանոցից այս մանյակը և անցնելով իմ պարանոցը՝ ասաց. «Սա Վասիլ Արշակունի կայսեր ընծան է Աշոտ առաջնո թագուհուն. ես նվեր ստացա այս նրանից, և ինքս էլ հանձնում եմ քեզ՝ իբրև ապագա թագուհուն: Քո հաջորդը թող քեզնից ժառանգե այն և Արշակունյաց վերջին շառավղի նվերը թող անկորուստ մնա Բագրատունի թագավորաց ընտանիքում»: Այս ասելով գրկեց ինձ և ջերմագին համբուրեց: Արդեն ամեն բան որոշված էր: Ես ուրեմն արքայի նշանածն էի: Այնուհետ և, ինքդ կարող ես գուշակել, թե երջանկության ի՛նչ հովեր էին գուրգուրում ինձ Դվնո արքայական պալատում: Բայց, ավա՛ղ, վախենում եմ հավատալ, թե այդ բոլորից միայն մնալու են քաղցր հիշատակներ… և այս մանյակը, որ առաջին անգամ գրկեց իմ պարանոցը կենացս ամենաերջանիկ վայրկյաններում…

Է

ԵՐԵՔ ՏԱՐՎԱ ԸՆԹԱՑՔՈՒՄ ՀԱՅ ԱԶԳԻ ԿՐԱԾ ԵՎ ՀԱՐՍ ԹԱԳՈՒՀՈՒՆ ԱՆՀԱՅՏ ՄՆԱՑԱԾ ԴԺԲԱԽՏՈՒԹՅՈՒՆՆԵՐԸ

Թագուհին լռեց: Անցյալի քաղցր հիշատակները ոչ միայն չամոքեցին նրա վշտերը, այլ ընդհակառակը, նորոգեցին նրանց: Գլխակոր և ձեռքը ճակատին հենած՝ նա մի քանի վայրկյան մնաց լուռ. ապա սրտի հուզմամբ ու հոգեկան խռովությամբ դիմադրել չկարողանալով՝ սկսավ արտասվել:

Սեդան տեսավ այտերի ծորող արցունքները և մորմոքելով հարցրեց.

— Այդ ի՞նչ էր, մեծափառ տիկին, մի՞թե արտասվում ես. ես կարծում էի, թե անցյալից խոսելով պիտի ուրախանաս, ընդհակառակը՝ տխրում ես ...

— Մտածում եմ, թե այս բոլորը կորել է անդարձ, թե այն դյուցազնը, որի միայն մի հայացքը ինձ հպարտացնում, մի ժպիտը ինձ երջանկացնում էր, այլևս իմը չէ... և չպիտի լինի ...

— Մի՛ ասիր այդ, թագուհի՛, մի՛ ասիր, եթե երջանկությունը տևողական չէ, ապա վշտերն էլ հավիտենական չեն. նրանք շարունակ տեղի են տալիս միմյանց, որովհետև ամենի սկիզբը մի վախճան ունի. տխրության հաջորդը ուրախությունն է. սիրած դյուցազնը քոնն է և կվերադառնա դեպի քեզ ...

— Ա՜խ, Սեդա, ավելին մի՛ ասի՛ր...

— Կամենում էի ասել, թե պետք է համբերել, օրինակ հենց մեր թագավորից հենց քո ամուսնուց. քանի՛-քանի՛ տեսակ փոփոխության է հանդիպել նրա բախտը, որպիսի՛ անհաջողություններ են շրջապատել նրան, և սակայն որպիսի՛ համբերությամբ ու տոկունությամբ է նա հաղթել ամեն դժվարության:

— Ա՜խ, Սե՛դա, ինչպե՜ս քիչ ես զգում... բայց նա այսպիսի վիշտ, այսպիսի կորուստ չէ ունեցել, նա յուր երջանկությունն ու երկինքը չէ ամփոփել մի սրտի մեջ, որ խլած լինեին իրանից...

— Եվ դու, թագուհի, ինչպե՜ս քիչ ես զգում... Ների՛ր համարձակությունս ...

— Ի՞նչ, Սեդա:

— Այն վշտերի ծանրությունը, որ մի օր նրան էր ճնշում:

— Այսի՞նքն:

— Դու ինքդ նկարագրեցիր այն երջանիկ օրը, երբ Դվինում թագավոր պսակեցին բազմահաղթ Աշոտին. այնպես չէ՞:

— Այո՛:

— Բայց հետո, ամիսներ չանցած, ի՛նչ ծանր վշտեր չպաշարեցին նրան:

— Գիտե՞ս, Մեղա, այդ ժամանակվա դեպքերից ես քիչ բան գիտեմ:

— Այո՛, որովհետև շատ բան ծածկում էին քեզանից:

— Չեմ մոռացել միայն այն, որ երբ Դվինից վերադարձան Գարդման, հայրս ասաց, թե մեր զորքերից մի քանի գունդ շուտով պիտի հասցնենք թագավորին, որովհետև ներքին գավառներում ապստամբություն է ծագել:

— Այո՛, միայն այդքան. և նրանից հետո է՛լ ուրիշ տեղեկություններ չհաղորդեցին քեզ:

— Երբեմն հարցնում էի, թե ինչո՞ւ Աշոտը չէ գալիս մեր երկիրը, կամ թե...

— Ե՞րբ պիտի կատարվի մեր հարսանիքը: Այդ հարցը ինձ արիր մի օր և՛ ծիծաղելով, և՛ շառագունելով:

— Այո՛, հիշում եմ:

— Եվ իշխան Սևադան երբեմն կցկտուր, երբեմն մանվածապատ պատասխաններ էր տալիս. մերթ հուսադրում, մերթ վհատեցնում էր քեզ, բայց ոչ տխրեցնելու չափ:

— Եվ իրա՛վ, այդ բոլորի մասին ինձ հետո բացատրություններ չտվին, որովհետև ուրիշ կարևոր դեպքեր սկսան մեզ զբաղեցնել:

— Այո՛. բայց եթե տված լինեին, այն ժամանակ կիմանայիր, թե խեղճ թագավորը, երեք երկար տարիների ընթացքում, որպիսի ծանր չարիքների ու վտանգների դեմ է մաքառել. թե՛ մարդկանց և բռնության ձեռքով յուր երկրին հասած թշվառությանց առաջն առնելու համար ի՞նչ հերոսական կռիվներ է մղել:

— Պատմի՛ր մի քանի խոսքով, ի՞նչ էր պատահել թագադրությունից հետո:

— Թագադրությունից հետո՞, օ՛, մեծ բաներ: Ասենք մի երկու խռովությունների պատճառն էլ իմ նորատի տիրուհին էր:

— Ե՞ս:

— Այո՛, իմ թագուհի, դո՛ւ:

— Ինչպե՞ս, Մեղա, պատմի՛ր, այդ հետաքրքրական է:

— Դու հո ինքդ ես տեսել, թե հայոց իշխանները ինչպե՞ս մի սիրտ ու հոգի եղած հավաքվել էին Դվին Աշոտ-Երկաթը թագավորացնելու:

— Այո՛. և ամենքը ուրախ էին այդ համազգային տոնախմբության ժամանակ:

— Բայց շատ շուտով նրանցից մի քանիսի ուրախությունը փոխվել էր տխրության: Այն իշխանները, որոնց դու մերժել էիր քո ձեռը, որքան որ ուրախ էին Աշոտի թագավորելուն, այնքան էլ հակառակ՝ որ նա ամուսնանար քեզ հետ: Նրանք կցանկանային, որ Սահակ Սևադայի հպարտ աղջիկը, որ մի օր մերժել էր իրանց յուր ձեռը, դառնար մի հասարակ ազնվականի կին և ոչ թե հայոց թագուհի: Եվ սակայն արքայի մայրը Դվին եկած բազմաթիվ իշխանազն օրիորդների մեջ միայն քեզ էր հարսն ընտրել յուր համար: Բացի մերժված իշխաններից, թագավորի դեմ զրգռվել էին նաև նրանք, որոնք հարսնացու օրիորդներ ունեին և զգվել էին իրանց այն հուսով, թե գուցե թագավորը կփեսայանա իրանց: Սակայն այդ մանյակը, որ այժմ այդքան սիրելի է քեզ, բոլորի հույսը ի դերև էր հանել: Եվ, ահա՛, երբ նրանք ցրվում են իրանց գավառները, սկսում են հետզհետե լարվել թագավորի դեմ. մայր-ի խանո հիները մանավանդ սկսում են ամուսինների պատվասիրությունը գրգռել և հնացած բարկությունը փոխել ատելության: Այս ամենի հետևանքը եղավ այն, որ Հայաստանի մի քանի անկյուններում միաժամանակ մի քանի խռովություններ փրթեցան: Մի քանի իշխաններ ուղղակի թագավորի դեմ գնալ չհամարձակվելով, սկսան հավասարազահ իշխանների հետ կռվել հաշվելով, թե միևնույն է, այդպիսով էլ թագավորի հանգստությունը կվրդովեն: Այսպես՝ Արծրունյաց Գուրգեն արքաեղբայրը օգուտ քաղելով Սյունյաց Սմբատ իշխանի բացակայությունից, գրգռեց եղբորը՝ բռնավոր Գագիկին, պաշարել Նախիջևանը և առնել: Վերջինս լսեց եղբորը: Սմբատ իշխանն այդ իմանալով՝ մեծ պատրաստությամբ եկավ Արծրունիների վրա՝ յուր կալվածքն ազատելու հուսով: Երկու կողմից էլ կատաղի ընդհարում, մեծ վնասներ և կոտորածներ եղան: Ուրիշ մի քանի իշխաններ, որոնք, ըստ օրինի պարտավոր էին միաբանել իրանց թագավորի հետ և հարկավոր ժամանակ զորք հասցնել նրան, հայտնի կերպով բաժանվեցան թագավորից և մի քանիսն էլ ապստամբության փորձ արին: Թագավորն ստիպված եղավ շատ քաղաքներ ու բերդեր նորից պատերազմով նվաճելու, շատ տեղեր ավերելու և յուր իսկ երկրի մեջ կոտորածներ անելու, պետության խաղաղությունը վերականգնելու համար: Նույնիսկ վրաց Ատրներսեհ թագավորը հայ իշխանների գրգռմամբ թշնամացավ Աշոտ արքայի հետ և մեր հյուսիսային գավառներից մի քանիսը փորձ արավ սեփականելու: Այս փորձը իսկապես ուղղված էր Սևադա իշխանի, իբր արքայի աներոջ, դեմ: Թագավորն ստիպված էր Վրաց մի քանի գավառներն ավերելով՝ Ատրներսեհին խրատել: Վերջապես խռովությունները խռովություններ հարուցին: Շատ իշխաններ էլ թագավորի խառնված դրությունից օգուտ քաղելով սկսան իրար դեմ զինվել, հին տոհմական վրեժների ծարավը հագեցնելու կամ միմյանցից երկրներ հափշտակելու համար: Այսպիսով բոլոր երկիրը տակնուվրա եղավ և թագավորը մնաց համարյա միայնակ: Այս խռովությունների լուրը հասավ հազարապետ Յուսուփ ոստիկանին, որ սկզբում, Աշոտ թագավորի քաջագործություններից զարհուրած, կծկված էր Ատրպատականում: Բավական ժամանակ էր ինչ նա յուր ատամները կրճտում էր Աշոտ թագավորի վրա, որովհետև չէր կարողանում յուր զորաց կոտարածը մոռանալ, բայց միևնույն ժամանակ վրեժ առնելու էլ առիթ չէր ներկայանում: Թագավորը հաջողության մեջ էր և բոլոր իշխանները հետը միաբան: Ի՞նչ կարող էր անել: Բայց այժմ, երբ արդեն տեղեկացավ, թե հայ իշխաններից շատերը հեռացել են թագավորից և շատերն էլ միմյանց դեմ ելած ջարդում են իրար և միանալու միջոց չունին, հարմար առիթ համարեց թագավորի երկիրը արշավելու: Իսկ թե այնուհետև հազարացիք ինչե՛ր կատարեցին մեր գավառներում, նկարագրելն անկարելի է: Աստված չտա, որ այդպիսի տարիներ նորից վերադառնան:

— Բայց ինչի՞ր կատարեցին, Սեդա՛. քեզ ասացի, որ այդ ժամանակվա դեպքերից շատ քիչ բան գիտեմ:

— Օ՛, ո՞ր մեկը պատմել, ո՞ր մեկը հիշել... Այդ տարիների թշվառության պատմությունը գրքեր կլցնե. միթե ես կարո՞ղ եմ բոլորը պատմել... Ինչպես սովալլուկ գազաններ ներս խուժեցին դրանք մեր երկիրը. դիմացները արգելք չգտնելով ազատ -համարձակ տիրեցին ո՛ր տեղին որ կամեցան. գյուղերն ու ավանները քանդեցին, քաղաքներն ավերեցին, եկեղեցիները հրձիգ արին, ժողովրդի մի մասը կոտորեցին, մի մասն ուրացության ստիպեցին, ընդդիմացողներին նահատակեցին, իսկ շատերին գերի տարան հեռավոր երկրներ: Ոչ մի գեղեցիկ կին կամ աղջիկ չազատվեցավ նրանց ձեռքից. պաշտպանող մայրերին սպանում էին աղջկերանց առաջ, հայրերին՝ որդիների առաջ. ստնտու կանանց գրկից հափշտակում էին ծծկեր երեխաները և գետին խփելով ջախջախում... ամեն տեղ արյուն, ամեն տեղ կրակ և պղծություն. անկյուն չկար, որ ազատ լիներ այդ հրեշների արհավիրներից... Երբ անպաշտպան ավաններն ու քաղաքներն ավերեցին, այնուհետև դիմեցին բերդերի և ամրոցների վրա: Մի քանի տեղ, ճշմարիտ է, պաշարյալները քաջությամբ դեմ դրին թշնամուն և մեծ կոտորած արին նրա զորքի մեջ, բայց շատ տեղ էլ բռնությամբ կամ մատնությամբ գրավեցին նրանք ամրոցները և միջի բնակիչները անխնա կոտորեցին:

— Ի՞նչ էր անում, ուրեմն, այդ ժամանակ թագավորը:

— Ի՞նչ — Ինչ պիտի աներ, իշխաններ՛ի մի մասը միացել էր թշնամու հետ կամ անձնատուր էր եղել նրան, մի մասը եղբայրասպան կռվով էր զբաղված յուր դրացու կամ ազգականի հետ, այսինքն, այն միջոցին, որ օտարը մի կողմից ավերում էր իրանց երկիրը, իրանք էլ մյուս կողմից էին ավերում: Մեր անմիտ ազգի մեջ այսպիսի եղբայրասպան ընդհարումներ շատ են եղել և միշտ էլ կլինին: Մի քանի՝ ուժ ունեցող իշխաններ ամրացել էին իրանց բերդերում և կռվի դաշտ չէին իջնում: Մնացել էին թագավորի հետ հայրդ՝ յուր Գարդմանացի զնդերով, Սիսակյան իշխանները՝ սյունեցի վաշտերով և Մարզպետունի իշխանը՝ պետական զորքերով: Իսկ այս միության ուժը համեմատելով թշնամու զորության հետ, մի ոչնչություն էր: Հարցնում ես՝ ի՞նչ էր անում թագավորը. համարյա թե ոչինչ կամ այն՛, ինչ որ կարող էր և պարտավոր էր անել.-յուր սակավաթիվ զորքի մի մասը զինակից իշխաններին հանձնած և մյուս մասը հետը վերցրած ինչպես մի վիրավոր առյուծ՝ արշավում էր երկրի այս կամ այն կողմը: Թշնամու հետ ճակատ առ ճակատ պատերազմել չէր կարող ուստի երբեմն հանկարծական հարձակումներով շփոթում էր նրա զորքերի կարգը, երբեմն մենավոր գնդերի վրա ընկնելով՝ ջարդում նրանց, երբեմն պաշարված բերդերին օգնության հասնելով՝ հարվածում պաշարողներին, միով բանիվ՝ գործում էր իբրև ասպատակ գնդերի հրամանատար, հուսալով, թե այսօր կամ վաղը կգան իշխանները և յուր հետ միաբանելով կանոնավոր ճակատամարտով կարտաքսեն հայրենիքից ընդհանուր թշնամուն: Բայց արքայի համար ամենամեծ հարվածն եղավ այն, որ յուր հորեղբորորդի՝ Աշոտ սպարապետը յուր ձեռքն ունեցած պետական զորքերով անձնատուր եղավ Յուսուփին և նրա հետ միասին մտավ Դվին, իբրև ոստիկանի հլու հպատակը: Մյուս կողմից էլ մեր կաթողիկոսը փոխանակ սրան և նրան դիմելու, իշխանները հաշտեցնելու և դրանց բոլորին միացնելով՝ թագավորին թև ու թիկունք կանգնեցնելու, երկիրը թողեց տագնապի մեջ, ժողովուրդը՝ հուսահատության մեջ, զորքը՝ մահու և կյանքի հետ կռվելիս և ինքը յուր անձի անդորրությունը խնդրելով հեռացավ Վրաստան, Ատրներսեհ թագավորի մոտ ապահովության մեջ ապրելու: Ի՞նչ աներ այդ ժամանակ թագավորը. ի՞նչ կարող էր անել նա:

— Տե՛ր աստված. և այդ բոլորի մասին ինձ գրեթե ոչինչ չեք հայտնել... Ա՞յդ էր ուրեմն պատճառը, որ հայրս համարյա Գարդմանում չէր մնում, երբեմն գնում էր Սյունիք, երբեմն՝ Գուգարք, երբեմն՝ Ռստանի կողմերը, մերթ փոքրիկ վաշտով, մերթ մի մեծ գնդով...

— Եվ քո անհանգիստ հարցերին հանգստացնող պատասխաններ էր տալիս. ասում էր, որ թագավորն զբաղված է Կարսա բերդը և Երազգավորսը ամրացնելով, թե Դվինի շուրջը նոր խրամ է փորել տալիս, թե ինքը յուր վաշտերով արքունական սահմանները շրջագայելու է գնում, և այլն, և այլն:

Այո՛, և նրա այդ պատասխաններն ինձ հանգստացնում էին: Իշխանը հրամայել էր մեզ ամենիս՝ ոչ մի տխուր լուր չհաղորդել քեզ. մանավանդ պատերազմի արհավիրքներից բնավ չխոսել քեզ մոտ: Աղախինները մի անգամ սխալվել՝ լուրեր էին բերել քեզ: Մենք ամեն ջանք գործ դրինք սուտ հանելու լամծերդ:

— Հիշում եմ. այդ՝ Դվինում նահատակված երիտասարդների մասին էր: Բայց ինչո՞ւ այդ բոլորը ծածկում էիք ինձանից:

— Որովհետև վերին աստիճանի դյուրազգաց էիր. ամենաանշան կոտորածի լուրը լսելուց ժամերով լաց էիր լինում և երբեմն հոգեպես այնպես ընկճվում, որ ստիպված էիր լինում անկողին մտնել:

— Եվ, իրավ, Սեդա, լավ է, որ այդ բոլորն այն ժամանակ չեք հայտնել ինձ. ես սրտի կսկծից կարող էի մեռնել...

— Օ՛, և դեռ չգիտես, թե ուրիշ ի՞նչ զարհուրելի բան ենք ծածկել քեզանից:

— Ի՛նչ, Սեդա, — վախեցած հարցրեց թագուհին:

— Սովը, սարսափելի սովը. հետո վայրենի գազանների, գայլերի ու բորենիների երևան գալը և քաղաքներում ու գյուղերում մարդիկ հափշտակելը:

— Սովի մասին ես լսել եմ:

— Ի՞նչ ես ասում, թագուհի, ինչպե՞ս կարելի էր իսկությունը քեզ հայտնել. սիրտդ կտոր-կտոր կլիներ: Դու ծանոթ էիր մեր Գարդմանա սովի հետ. բայց դա սով չէր, այլ հացի թանկություն: Տրտու գետը և Գարդմանա քաջերը թույլ կտայի՞ն, որ մեր երկրում սով լիներ: Սովը, սարսափելի սովը տիրում էր Գարդմանից այս կողմը գտնվող երկրներում:

Ամբողջ երկու տարի բուն Հայաստանը կովի և արյան դաշտ էր դարձած, բոլոր այդ ժամանակ գյուղացիք վարել, ցանել ու հնձել չէին կարողացել: Եվ ինչպե՞ս կարողանայինք քանի որ դաշտ ու ձոր, լեռ ու անտառ հազարացի զորքերով ու հելուզակներով էին բռնված, իսկ ազատ անկյուններումն էլ հայ զորքերն էին միմյանց կոտորում, հայ իշխաններն իրար ջնջում: Այս պատճառով երկրագործները ցրվեցան, այգիներն ու դարաստաններն անխնամ մնացին, ժողովրդի վերջին պաշարը վայրենի զորքերն սպառեցին և սովը յուր զարհուրելի հետևանքներով բռնացավ Հայաստանի մեջ: Կարոտությունն իբրև մի վարակիչ ժանտախտ աղքատների խրճիթից հարուստների ապարանքը մտավ. ամեն, տեղ տիրեց քաղցը, թշվառություններից դառնագույնը ... Օ՛, երանի՛ նրան, ով աչքերով չէր տեսել այդ աղետը... Մարդիկ քաղաքների ու գյուղերի մեջ ունեցածնին սպառելով՝ ցրվեցան դաշտերը, ձորերն ու լեռները, որպեսզի գոնե կանաչ խոտ կամ բանջար ճարակելով քաղցերնին անցնեն: Չնայելով, որ շատերը այդ խոտաճարակներից մեռնում էին վնասակար խոտեր ուտելուց, այսուամենայնիվ քիչ ժամանակի մեջ դաշտերի ու լեռների կանաչն սպառեցին: Այնուհետև սկսան անսուրբ կենդանիներն ուտել, այն է՝ էշ, ձի, կատու, շուն, մինչև անգամ որդեր, ճիճուներ...:

— Ա՛խ, Սեդա, ինչե՛ր ես ասում, դադարի՛ր, լսել չեմ կարող...

— Այո՛, իմ տիրուհի, ուտում էին... բայց ավելի սարսափելին, ավելի զարհուրելին կա... Օ՛, կին արարածի ականջը լսել չէ կարող...

— Ի՞նչ, Սեդա:

— Կսարսափես, չեմ կարող ասել:

— Ասա՛, Սեդա, պատմի՛ր, դու արդեն այդ տեսակ բաներ լսելն ինձ սովորեցրիր:

— Ասում էին, թագուհի՛, որ հրապարակները լցվել էին մերկ կամ հազիվ ցնցոտիներով ծածկված սովատանջ մարդկանցով, որոնք շրջում էին իբրև ուրվականներ և միմյանց դիպչելուց՝ անշնչացած ընկնում փողոցի մեջ... Փոքր ի շատե ուժ ունեցողները հարձակվում էին այդ դիակների վրա և նրանց միսը ատամներով հոշոտելով լափում: Ամեն մի ընկած դիակի վրա հավաքվում էին բազմաթիվ գիշատիչներ, ինչպես դժոխային չարատանջ ոգիներ...

— Օ՛, զարհուրելի է...

— Իսկ ի՞նչ կասեիր կաթնկեր երեխաների համար, որոնք երկարատև լալուց նվազած ձայնով հրում էին մայրերի չորացած ստինքները. փոքրիկ մանուկների համար, որոնք արտասուքը դալկացած ծնոտներից ծորելով և չորացած շրթունքներով հա՛ց գոչելով օդը լցնում էին աղեխարշ աղաղակներով, իսկ շատերը նվաղած՝ գետին գլորվում և անշնչանում...

— Օ՛, սիրտս մաշվեցավ, Սեդա, բավական է:

— Եվ հետո... բուն զարհուրելին դեռ չասացի... Գտնվեցան մայրեր, ո՛չ, գազան արարածներ, որոնք իբրև թե իրանց մանուկների տանջանքը չտեսնելու համար, մորթեցին նրանց և կերան...

— Լռի՛ր, Սեդա. այլևս ոչ մի խոսք...

Եվ թագուհին սաստիկ հուզումից այլագունելով ընկավ բարձերի վրա:

Ը

ՀԱՐՍԻ ՀԻՇՈՂՈՒԹՅՈՒՆՆԵՐՆ ՈՒ ՈԳԵՎՈՐՈՒԹՈՅՈՒՆԸ ՓԵՍԱՅԻՆ ԳԱԼՍՏՅԱՆ ԱՌԻԹՈՎ

Գիշերից բավական անցել էր. հավերը խոսել էին վաղուց. Սեդան սպասում էր, որ թագուհին յուր պատմություններից հոգնած՝ կպառկե վերջապես հանգստանալու և իրան էլ կիրամայե հեռանալ:

Բայց նրա հույսը չարդարացավ: Վերջին պատմությունները, ճշմարիտ է, գրգռել էին թագուհու ջղերը և այդ պատճառով մի առժամանակ լռությունը նրանց զրույցն ընդհատեց, բայց երբ Սեդան բարձրացավ ճրագարանի պատրույգներն ուղղելու և նորեն դեպի յուր աթոռակը դարձավ, թագուհին հարցրեց.

— Այդ ժամանակ չէ՞ր, Սեդա, որ թագավորը Կոստանդնուպոլիս գնաց:

— Այո, թագուհի, հենց այդ թշվառությունների ժամանակ, — պատասխանեց Սեդան և, ապա նորեն նստելով՝ շարունակեց.

— Ես որ ասում էի, թե վշտերը հավիտենական չեն, թե խավար գիշերին հաջորդում է լուսավոր օրը և բուքին ու փոթորկին պայծառ արևը... Դու քո վշտերից, քո տանջանքներից ես խոսում. բայց դրանց կարելի է համեմատել այն շատերի հետ, որոնց տանում էր թագավորը... Անցյալ պատերազմների և սովի արհավիրների լոկ պատմությունը ճնշում է քո սիրտը. հապա ի՞նչ աներ նա, որ այդ ցավերի դառնությունը կրում էր անձամբ, իբրև թագավոր, իբրև ժողովրդյան հայր, դեպի որը դիմում էին բոլոր տառապյալները, դեպի որը բյուրավոր թշվառներ կարկառում էին իրանց ձեռքերը... Բայց և այնպես նա այդ նեղությունները տարավ հերոսաբար, և որովհետև յուր հույսը դրել էր աստծու վրա, ուստի նա չթողեց արքային: Այն միջոցին, որ յուր իշխանները հեռացած էին իրանից, և երկիրը հեծում էր թշնամու և սովի արհավի բների երեսից, հունաց կայսրը և պատրիարքը կարեկցական և մխիթարական նամակ գրեցին թագավորին, նույնպես և կաթողիկոսին, հորդորելով սրան աշխատել, միացնել հայոց իշխանները թագավորի հետ, և հորդորել նրանց ընդհանուր ուժով դեմ դնել հասարակաց թշնամուն: Կաթողիկոսը այդ նպատակով շատ աշխատեց, բայց իշխաններն անսաստեցին նրա խրատներին և մերժեցին Վեհի խնդիրները: Վերջինս մինչև անգամ իջավ Տարոն և աշխատեց այդտեղի մի քանի հզոր իշխաններին հաշտեցնել իրար կամ թագավորի հետ, սակայն այդ աշխատանքն էլ անցավ ապարդյուն: Վերջն ստիպված եղավ յուր իշխանների՝ ազգի համար անպատվաբեր հակառակության մասին զեկուցանել կայսրին և պատրիարքին, և նրանց օգնությունը խնդրել թագավորի համար ներքին թշնամիների դեմ: Օտարները արգահատեցին մեր թշվառության վրա և կայսրը հրավիրեց թե՛ թագավորին և թե՛ կաթողիկոսին գնալ յուր մոտ, որպեսզի անձամբ խորհրդակցեն իրանց անելիք օգնության համար: Կաթողիկոսը չուզեց գնալ, որովհետև վախեցավ, թե հայոց եկեղեցին հունաց եկեղեցու հետ միացնելու առաջարկություն կանեին իրան: Ուստի հրավերը չընդունեց: Բայց թագավորն այդպիսի բանից քաշվելիք չուներ, ուստի և յուր իշխաններով ու շքադիր խմբով ելավ գնաց Կոստանդնուպոլիս: Այնուհետև արդեն հայտնի է քեզ, թե ի՛նչ փառավոր ընդունելություն արին նրան Բյուզանդիոնում, թե ի՛նչ տոնախմբություններ կատարեցին հայոց թագավորի պատվին, թե ինչպե՛ս արքայական թագով ու ծիրանիով պսակեցին նրան, թե ի՛նչ մեծագին ընծաներով մեծարեցին թե՛ իրան և թե՛ յուր իշխաններին:

— Այո՛, այդ ամենի մասին պատմել է Գևորգ իշխանը, — հարեց թագուհին:

— Այս հաջողությունների լուրն արդեն բավական եղավ սթափեցնելու հայոց իշխաններին իրանց թմրությունից, — շարունակեց Սեդան:

— Բոլորը կարծես միաժամանակ ոգևորվեցան: Գագիկ Արծրունին Վասպուրականից սկսավ վռնդել հագարացիներին: Անձևացյաց և Մոկաց իշխանները իրանց երկրներից հալածեցին Յուսուփա զորքերը: Հյուսիսային նահանգներից էլ մեր ասպատակները քշեցին նրանց: Այնպես որ Յուսուփը հանկարծակիի եկածի նման մնացել էր շվարած: Երբ իմացավ, որ Աշոտ թագավորն էլ հունաց օգնական զորքերովն է վերադառնում Հայաստան, էլ սարսափը պատեց նրան. առանց ժամանակ կորցնելու ելավ և յուր մնացած զորքերով փախավ Դվինից դեպի Ատրպատական: Թագավորը վերադարձավ հաջողություններով պսակված: Առանց աշխատության տիրեց կրկին հագարացիների գրաված երկրներին: Մի քանի տեղ, ճշմարիտ է փոքրիկ ընդդիմություններ եղան, բայց հունաց և հայոց միացյալ ուժի առաջ ամեն արգելքներ հարթվեցան: Մեր աշխարհը կրկին խաղաղվեց, ժողովուրդը շունչ առավ, արտերն ու այգիները կանաչեցին, երկիրը բերքերով լցվեցավ և մարդիկ սկսան ոչ միայն առօրյա հանգստություն վայելել, այլև ուրախության տոներ կատարել.

— Կարծեմ ամենից առաջ իմ տագր Աբասն սկսավ:

— Արքաեղբա՞յրը... Այո՛: Թագավորը դեռ չէր վերադարձել՝ որ նա գնաց և ափխազաց Գուրգեն մեծ իշխանի դստեր հետ ամուսնացավ: Չէ՞ որ վաղուց սիրում էին նրանք իրար:

— Գիտեմ. թագավորի թագադրության օրերից: Իմ աչքի առաջ սկսվեցավ նրանց բարեկամությունը...

— Այո՛, Դվինում. մի փոքր առաջ պատմում էիր: Բայց ժողովուրդը բամբասում էր նրան, որ մեծ և թագավոր եղբորից առաջ պսակվիցավ:

— Իզուր: Երևի Ափխազիայի օրիորդը առավել գրավիչ և զորեղ էր, քան Սահակ Սևադայի աղջիկը, ինչ կա այդտեղ բամբասելու:

— Ո՛չ, իմ թագուհի, անակնկալ դեպքերն ուշացրին ձեր հարսանիքը: Չէ՞ որ Յուսուփ ոստիկանը թագավորի՝ հունաց հետ միաբանելը լսելով՝ շտապել էր մի ընտանի և զորեղ թշնամի պատրաստելու նրա դեմ: Սատանայական խորամանկությամբ նա թագ դրավ Աշոտ սպարապետի գլուխը և ուղարկեց Հայաստան:

— Այո՛, որպեսզի հարազատը հարազատի դեմ կանգնեցնելով՝ երկուսին էլ ուժասպառ անե:

— Եվ եղբայրասպան կռվով հայոց զորքերը տկարացնելով՝ անաշխատ տիրե մեր երկրին:

— Հասկանալի է: Այդպես էլ նա արավ Գագիկ Արծրունու հետ, որպեսզի Սմբատ թագավորի ուժը ջլատե: Բայց վերջում, որովհետև Գագիկը հեռացել էր իրանից, սպարապետին առաջ քաշեց: Դա մի հին խաղ է, որով մեր թշնամիներն աշխատել են միշտ մեզ տկարացնել: Չէ՞ որ ավելի ձեռնտու է նրանց, որ հայերը միմյանց ջարդելով ոչնչանան, քան թե իրանք սեփական զորքեր բերեն այստեղ հայերի հետ կռվելու: Ի՞նչ է պակասում թշնամուն, մեկին թագ կընծայե, մյուսին իշխանություն կտա, այդ տիտղոսներով նրանց փառամոլությունը կգրգռե և միմյանց դեմ կզինե: Իսկ երբ նպատակին կհասնե, թագն էլ կխլե, իշխանությունն էլ: Այդպես անում են բոլոր խարդախ տիրապետողները. իսկ փառքի և անձնական շահու համար ազգ վաճառողներ ամեն երկրում կան:

— Այո, թագուհի. սպարապետը գիտեր Յուսուփի խորամանկ նպատակը, բայց և այնպես չխղճահարվեցավ հայրենիքի շահը յուր փառամոլության զոհելու: Իբր հակառակաթոռ թագավոր՝ սկսավ եղբայրասպան կռիվ մղել յուր հորեղբոր որդու և ազգի օրինավոր թագավորի դեմ: Կոտորածներ արավ, գյուղեր ու ավաններ քանդեց, քաղաքներ առավ, մինչև որ վերջապես Վաղարշապատի մոտ թագավորական զորքերից չարաչար հաղթվելով փախավ Դվին: Ահա՝ Աշոտ բռնավորի այս չարիքներն էին պատճառ, որ արքայական հարսանիքն ուշացավ: Թագավորը կամենում էր երկիրն ամեն կերպ խաղաղացնել և ապա թե տոնական հանդեսներով զբաղվել:

— Եվ դու, Սեդա, հիշում ես բոլորը, այնպես չէ՞...

— Օ, այնպես, որպես թե երեկ կատարվեցավ:

— Եվ, իրավ, որքա՜ն քիչ ժամանակ է անցել, ընդամենը երկու տարի... աստված իմ... Եվ այս կարճ ժամանակում այսքան երկա՜ր ապրել...

— Ի՞նչ, երկա՞ր ապրել ասացիր...

— Այո՛, Սեդա, շատ երկար տանջվեցի... Ինձ թվում է, թե տասնյակ տարիներ են անցել: Քսանհինգամյակս դեռ չէ բոլորել, և սակայն վաղուց պառավել եմ ես...

— Դու դեռ այնպես գեղեցիկ ես, ինչպես մի հրեշտակ:

— Հա՜, հա՜, հա՜... խեղճ Սեդա... գեղեցիկ եմ, բայց ո՞ւմ համար, ո՞ւմն է պետք քո թագուհու գեղեցկությունը:

— Դու դարձյալ տխրում ես...

— Հիշում եմ ինչպես այսօր: Ես կանգնած էի դղյակի վերին դստիկոնում. ինձ հետ էին մանկահասակ նաժիշտներս... Ներքև, ամրոցի բակում, հայրս պատվերներ էր տալիս մի խումբ զարդմանացի հեծյալների, որոնք նույն գիշեր նեթ պիտի ճանապարհվեին դեպի Աղստև, որպեսզի այնտեղ գտնվող մեր մի զորագունդը առաջնորդեին դեպի Վաղարշապատ, թագավորին օգնություն հասցնելու: Հանկարծ հեռվում, Գարդմանա կամուրջից այն կողմը, մի կարմիր դրոշակ նշմարեցի, որ կարծես թռչում էր օդի մեջ: «Աղջիկներ, ի՞նչ բան է այն», հարցրի նաժիշտներիս: Բոլորը միասին այն կողմը նայեցին: Եվ մինը, որ ամենից սրատեսն էր, հանկարծ աղաղակեց. «Ավետաբերն է»: — Ավետաբե՞ր... — հարցրի մեքենայաբար և սիրտս սկսավ տրոփել... Սա ուրեմն թագավորի կողմիցն է, — մտածեցի ես, և ուրախությունից շունչս բռնվեցավ... Եթե հիշում ես, քիչ ժամանակ առաջ ապստամբեցան Գուգարաց վերակացու Գնթունի իշխանները: Թագավորը Աբաս տագերս հետ միասին գնաց և նվաճեց նրան: Ապա երկուսը միասին հյուր գնացին ափխազաց Գուրգեն մեծ իշխանին: Ահա՛, թագավորի այդ բացակայությունից օգտվելով՝ բռնավոր Աշոտը եկավ և Վաղարշապատը գրավեց: Թագավորը և Աբաս եղբայրն անմիջապես վերադարձան Ափխազիայից և դիմեցին Վաղարշապատ: Գարդմանից նրանք անցել էին գիշեր ժամանակ: Հորս հետ տեսնվել էր թագավորը միայն մի քանի վայրկյան, իսկ ինձ թույլ չէր տվել, որ արթնացնեին: Նույնիսկ ձեզանից ոչ ոք չէր իմացել թագավորի գալն ու Գարդմանից անցնելը:

— Այո՛, որովհետև նա նպատակ էր ունեցել հանկարծ հարձակվելու Աշոտ բռնավորի վրա: Ոչ ոք չպետք է այդ իմանար:

— Այդպես է. բայց ճանապարհվելուց հայտնել էր հորս, թե՛ «եթե սուրբ կաթողիկեն օգնե ինձ այս անգամ բռնավորը յուր պարիսպներից վանելու, ավետաբեր կուղարկեմ քեզ կարմիր դրոշով, և ապա կվերադառնամ Գարդման մեր հարսանիքը տոնելու»: Եվ այդ գիտեի ես, Սեդա, հայրս հայտնել էր ինձ արդեն. ուրեմն կարող ես երևակայել, թե ի՛նչ հրճվանք, ի՛նչ ուրախություն տիրեց իմ հոգուն, երբ կարմիր դրոշը նշմարեցի...

— Երևակայում եմ:

— Եվ այս բանը հորս հայտնել չկարողացա. լեզուս կարկամել էր ուրախությունից: Վերջը, երբ նաժիշտներից մինը ճչաց վերևից. «Իշխան, ավետաբեր է գալիս», և հայրս կարծես չհավատալով նրան՝ հարցական հայացքով նայեց դեպի ինձ, ես ուրախությունից կիսահազած՝ «Այո՛, Այո՛, կարմիր դրոշով», ճչացի նույնպես և վազեցի ներքև: Երեսս հրճվանքից վառվում էր: Հիշո՞ւմ ես դու այդ օրը, Սե՛դա:

— Եվ կարելի՞ է մոռանալ այն: Բոլոր ամրոցը ցնծում էր ուրախությունից: Իշխանը մի ընտիր սուր, մի նժույգ և շատ ոսկիներ պարգևեց ավետաբեր զորականին: Նա մեր այժմյան բերդակալը՝ Մուշեղն էր, այնպես չէ՞:

— Այո՛, նա ինքն էր: Ես կամենում էի, որ ավելի մեծագին ընծաներով պարգևատրեին նրան, բայց հորս ոչինչ չասացի. խնդիրն ինձ էր վերաբերում, ամաչում էի:

— Եվ երկու օրվա մեջ, — հարակցեց Սեդան, — ամբողջ Գարդմանը տոնական կերպարանք առավ: Աղստև գնալու նշանակված հեծյալները զրկվեցան Գուգարք, Սյունիք, Արցախ և ուրիշ հեռավոր տեղեր՝ հայոց իշխաններին հարսանիքի հրավիրելու: Թագավորը դիտմամբ ուշացավ Վաղարշապատում: Եվ երբ նա եկավ, արդեն բոլոր իշխանները, սեպուհները, նախարարական տանուտերերը և բոլոր իշխանական ընտանիքները գտնվում էին Գարդմանում. Ափխազիայի իշխանը միայն մի օր առաջ հասավ. իսկ վրաց թագավորը դիտմամբ ուշացել էր Գանձակում, որպեսզի մեր թագավորի հետ միասին մտնե Գարդման, չնայելով, որ ինքը նրա երկրորդն էր: Բայց Արծրունյաց Գուրգեն իշխանը, չնայելով քեզանից մերժված լինելուն, այսուամենայնիվ, յուր բարյացակամությունը թագավորին ցույց տալու համար՝ ոչ միայն շքադիր խմբով եկավ հարսանիքին, այլև Գանձակ գնալով՝ հնարներ գործ դրավ, որ վրաց Ատրներսեհին թագավորից գոնե կես օր առաջ բերե Գարդման: Եվ հաջողեց էլ: Ատրներսեհը երեկոյան եկավ, իսկ թագավորին հետևյալ առավոտը ընդունեցինք:

— Ընդունեցիք... Այո՛, դուք ընդունում էիք թագավորին: Գարդմանը երիտասարդացել էր. լեռներն ու բլուրները հրճվում էին. ժողովուրդը շլանում էր հայոց իշխանապետության փառահեղ պերճությամբ, իսկ իշխաններին շլացնում էր Սահակ Սևադան յուր հարուստ և մեծավայելուչ հանդերձանքներով... Իսկ ե՞ս, Սեդա, ես ընդունում էի ո՛չ միայն հայոց թագավորին, հայոց իշխանապետության պարծանք Աշոտին, այլև... Ա՜խ, ... և այժմ ես կարողանում եմ այս բառերն արտասանել... Այո՛, Սեդա, ես ընդունում էի նրան, որ բերում էր յուր հետ իմ վարդածին հույսերի պսակը, իմ անսահման երջանկությունը, իմ երանության երկինքը... Ընդունում էի նրան, որ կրում էր յուր մեջ իմ սիրապատար սիրտը, իմ սիրաշունչ հոգին... որի հայացքը հափշտակում էր իմ էությունը, որի ձայնը հնչում էր իմ ականջին ինչպես գերոբեների մեղեդին... և այդ դյուցազնը, այդ գերբնական արարածը, Սե՛դա, իմ փեսան, իմ ամուսինն էր... Օ՜հ, մի՞թե կարելի էր այդքան երջանկության դիմանալ...

Եվ այն բոլոր փառահեղ պատրաստությունները, իշխանների ցույց տված հարգանքը, գարդմանացոց ու հայ զորաց ոգևորությունը շատ փոքր բաներ էին երևում իմ աչքում: Ես կամենում էի որ Աշոտ-Երկաթի համար այդ ամենը կրկնապատկվեր, եռապատկվեր. չէ՞ որ նա բոլոր ընտիր հայերից ընտրելագույնն էր, համայն հայ իշխաններից բարձր ու գերազանցն էր... Ա՜խ, Սեդա. եթե գիտենային տղամարդիկ, թե ինչպե՜ս մենք հպարտանում ենք նրանցով, թե ինչպես կնոջ փխրուն սիրտը դառնում է ադամանդ՝ երբ կապվում է նա ճշմարիտ արժանյաց տեր հերոսի հետ... Օ՜հ, այն ժամանակ նրանք երբեք չէին իջնիլ սեղանի այն բարձրությունից, որի վրա մեր բարեպաշտ սիրտը երկրպագում է նրանց...

— Խեղճ կին... — շշնջաց ինքն իրան Սեդան:

— Հայրս պահանորդ գնդով թագավորին դիմավորելուց առաջ պատվիրել էր, որ ես, իբրև արքայի հարսնացու և Գարդմանա հզոր իշխանի աղջիկ, չելնեմ իմ դստիկոնից և չերևամ ժողովրդին, մինչև որ ինքն արքան դղյակը գալուց հետո չպատրաստվեր ինձ ընդունելու: — Պատշաճից օրենքը այս է պահանջում, — ասում էր նա: Բայց ես... ո՜վ երջանկության անդարձ վայրկյաններ... չկարողացա դիմանալ և պատշաճից օրենքներին չանսաստել: Բոլոր Գարդմանը իմ արքայի ու փեսայի ընդունելության փառքը պիտի տեսներ, ինչպե՞ս կարող էի ես զուրկ մնալ այդ հաճույքից: Եվ ահա փակել տվի ես իմ դստիկոնի մուտքը, նաժիշտներին հրամայեցի ոչ ոքի չընդունել և ես նրանցից մինին վերցնելով, դղյակի գաղտուկ նրբանցքով բարձրացա մեծ աշտարակի գլուխը: Այնտեղ բարձրացե՞լ ես դու, Սե՛դա:

— Ո՛չ. կինն ինչպե՞ս կարող է բարձրանալ: Բերդապահ նետաձիգները հազիվ են սողում այդ անցքերից:

— Բայց մենք բարձրացանք՝ ինչպես այժմ: Գարդմանա շրջակաները երևում են այնտեղից՝ ասես թե ափի մեջ: Դաշտը, գետակը, լեռները, բոլորը մեր առջևն էին: Ժողովուրդը խռնված էր ամեն տեղ: Երբ առաջին անգամ դեպի կամուրջը նայեցի, հառաջապահ հեծյալների գունդը տեսա, որոնք սպիտակ դրոշը ծածանելով թռչում էին հողմի պես: Նրանց հետևում էր արքան, շրջապատված յուր գեղահասակ թիկնապահներով, որոնց փայլուն զրահները շողշողում էին արևի առաջ և կարծես իրանց շուրջը կայծակներ թոթափում: Թագավորը նստած էր սպիտակ և ոսկեսար նժույգի վրա, հագած ոսկեփայլ զրահներ և ծածկած նույնպիսի սաղավարտ, որի վրա ծածանում էր՝ արծվաձև Գարդմանակը հովանավորող՝ ձյունաթույր ցցունքը: Արքային հետևում էր հայրս՝ զուր գարդմանացի ասպետներով. ապա Միսական իշխանները, ոստանիկների խումբը, Աղվանից սեպուհը, Գուգարաց բդեշխը, Արծրունյաց ու Մոկաց իշխանները, Արցախու և Խաչենի տանուտերերը, և այլն, և այլն: Այնուհետև գալիս էին պետական ու տանուտիրական զորքերը, սեպուհ, դրանիկ և ոստանիկ գնդերը, և վերջապես շրջականերից հավաքված ժողովրդի ստվարախումբ ամբոխը: Երբ հառաջապահ հեծյալների խումբը մոտեցավ բերդին և փողերը արքայի գալուստն ավետեցին, Գարդմանը հեղեղող իշխանների, զորքի և ժողովրդյան բազմությունն անհետացավ իմ աչքից: Իմ աշխույժ ու անհագ հայացքը հառեցի միայն իմ փեսայի և սիրարժան թագավորի վրա: Թիկնապահների խումբը բերդի դռանը հասնելով՝ կանգ առավ երկու կարգի վրա: Թագավորն առաջ անցավ: Նրա ահիպարանոց նժույգը՝ զգալով կարծես թե ի՛նչ դյուցազն է կրում յուր վրա, մոտենում էր դարբասին ավելի սիգապանծ և որոտաձայն խրխնջյունով: Եղբայրներս իրենց հետևորդներով ընդառաջեցին թագավորին բերդի հանդիպակաց դռներում. իսկ մայրս ընդունեց նրան դղյակի մուտքի առաջ, շրջապատված Գարդմանի ավագանիներով և նրանց տիկիններով: Եթե համոզված չլինեի, որ այս շլացուցիչ փառքին հաղորդակից պիտի լինիմ ես, եթե չգիտենայի, որ ինձ է պատկանում այն անձը, որին ամենքն աշխատում են մոտենալ, որի հայացքը այնպես ճգնում են հափշտակել, և ես միևնույն ժամանակ տեսնեի ինձ այնքան նրանից հեռու, աշտարակի մեջ բանտարկյալ, օ, գուցե այդ բարձրությունից իսկ գլորեի ինձ ներքև... բայց երբ մտածում էի, թե նա իմն է, թե այդ բազմամբոխ զորքի ու ժողովրդյան հրամայողը իմ ապագա ամուսինն է, երբ տեսնում էի, որ երբեմն իմ ձեռքը խնդրող իշխաններն այժմ անհուն մեծարանքով ու ակնածությամբ գլուխ են խոնարհում նրա առաջ, և այդ բոլորը ես տեսնում եմ, ներքին հրճվանքից սիրտս կամենում է դուրս թռչել... և այդ միևնույն սիրտը, եթե գտնվեր այդ րոպեին իմ ձեռքում, հավատացիր, իմ բարի Սեդա, ես կգլորեի նրան, այդ դյուցազնի ոտքերի առաջ...

Թ

ԱՆՀԱՎԱՏԱՐՄՈՒԹՅԱՆ ՀԱՅՏՆՈՒԹՅՈՒՆ

Թագուհին ընդհատեց խոսքը մի քանի վայրկյան, կամենալով, կարծես, յուր աշխույժը չափավորել և ապա նորեն եռանդով շարունակեց.

— Այո՛, Սե՛դա, դու իրավունք ունիս: Արդարև, կարելի է անցյալ քաջությունները հիշելով մոռանալ մի փոքր ներկայի դառնությունները... Եվ ինչպե՛ս սիրելի է ինձ այժմ անցյալը... Մտաբերում, եմ այն երջանիկ վայրկյանը, երբ առաջին անգամ ներկայացա թագավորին, նա նստած էր այդ ժամանակ դղյակի մեծ դահլիճում, շրջապատված յուր ավագանիներով և իշխաններով: Բոլորն էլ ինձ էին սպասում: Հենց որ հորս հետ դահլիճի դռներում երևացի, թագավորն իսկույն բարձրացավ աթոռից և դիմավորելով մեզ վայելչաբար ողջունեց: Անշուշտ ես շառագունեցի, որովհետև երեսս սկսավ այրվել... Ինչպե՛ս լավ հիշում եմ այդ վայրկյանը... Հայրս հանձնեց նրան իմ ձեռը՝ ասելով. «Ահա՛, արքա, իմ դուստրը և քո հարսնացուն»: Թագավորն ուրախ և ժպտադեմ առավ իմ աջը, ջերմությամբ համբուրեց և առաջնորդելով ինձ տարավ մինչև յուր գահույքը, որի քիչ հեռու պատրաստված էր ինձ համար ծիրանիով ծածկած աթոռ: — «Ներկայացնում եմ ձեզ, իշխաններ, ձեր ապագա թագուհուն» — հանդիսավոր եղանակով ասաց թագավորը, և ամենքը միաբերան գոչեցին. «Կեցցե՛ թագավորը, կեցցե՛ թագուհին»... Հետո բոլոր իշխանները մոտեցան և ողջունեցին ինձ ավագության կարգով: Այդտեղ էին, Սեդա, ինձանից մերժված բոլոր իշխանները... Օ՛, ինչպես կամենում էի, որ այդ րոպեին լինեի ես աշխարհի միակ գեղեցկուհին, որ ամենքը հիանային ինձնով և ասեին, թե հայոց թագավորը ընտրել է, արդարև, յուր անվան արժանի հարսնացու:

— Դու գեղեցիկ էիր ինչպես ավետաբեր քերոբեն ...

— Եվ ուրախ էի, որ չէի ամաչեցնում իմ փեսային:

— Այո՛, նա հայտնել էր Մարզպետունի իշխանին, թե երջանիկ է համարում իրան, որ դու գեղեցկությամբ գերազանցում ես Աբասի ամուսնուն: Ափխազիայի մեծ իշխանը, ասել էր թագավորը, այլևս չի պարծենալ, թե յուր դուստրն է միայն հայոց արքունիքի զարդը:

— Երբ պսակի ժամանակ եպիսկոպոսը առնելով իմ ձեռը՝ տվավ արքային, ես բարձրացրի աչքերս և նայեցի նրան... Օ՛հ, ինչպե՛ս վեհաշուք երևաց նա ինձ այդ րոպեին, և ես որքա՛ն նրանով բարձրացած... — «Ահա վերջապես մարմին առան իմ հույսերը, ես երջանիկ եմ», — մտածում էի ինքս ինձ և ապա հանդուգն մտքեր հղանում. «Սա, այս Աշոտը, այս երկաթի թագավորը իմն է. ոչ ոք այլևս չի կարող խլել նրան ինձանից. մենք արդեն պսակվում ենք. մեր միության դաշնագիրը վավերանում է աստվածային կնիքով... » «Զոր աստված զուգյաց, մարդ մի՛ մեկնեսցե», — ասում է եպիսկոպոսը: Բայց այսօր, Սեդա, ես զրկված եմ նրանից, նա այլևս իմը չէ. ինչպե՛ս դառն է հավատալ այդ ճշմարտությանը... Բայց չէ՞ որ «աստված մեզ զուգեց», ո՞վ եղավ բաժանողը, ինչպե՛ս պատահեց այդ. ասա՛, Սե՛դա, ասա՛, չէ՞ որ դու էլ այդ գիտես, չէ՞ որ խոստացար պատմել...

— Ես շատ բաներ պատմեցի, սիրելի թագուհի:

— Ո՛չ. դու ինձ չպատմեցիր, թե ինչպե՛ս սկսվեցավ մեր դժբախտությունը. չէ՞ որ նախկին կայծերի հրդեհը մի հայտնի պատճառից բորբոքվեցավ:

— Այո՛ պատճառը դարձյալ մեր թշնամին եղավ...

— Ո՞վ:

— Յուսուփը:

— Ինչպե՞ս:

— Հիշո՞ւմ ես, որ ձեր հարսանյաց օրերը նա մեծագին ընծաներ ուղարկեց թագավորին:

— Այո՛, արքայական թագ, ականակուռ սուր, Արաբիայի ոսկեսար նժույգներ և ուրիշ շատ թանկագին զարդեր:

— Այլև մի մեծ գունդ հազարացի հեծելազոր, իբրև արքունական բանակի սատար:

— Այո՛, հիշում եմ:

— Ի՞նչ էր այդ բարեկամության նպատակը:

— Ասում էին, որ Յուսուփը Պարսկաստանին ինքնագլուխ տիրելու համար կամենում է ամիրապետից ապստամբել: Եվ որովհետև այդ ժամանակ հայոց թագավորը հաջողության մեջ էր, հունաց կայսրը դաշնակից էր նրան, հայոց իշխանները միաբան էին հետը, հաշտվել էր նա, մինչև անգամ, Գագիկ Արծրունու հետ, իսկ նրա միակ թշնամին, Աշոտ բռնավորը չարաչար հաղթվելով փախել էր Դվին, ահա՛ այդ պատճառով կամենում էր նա թագավորի բարեկամությունը վաստակել: Եվ մեր հարսանիքը հարմար առիթ եղավ նրա համար: Յուր այդ հարուստ ընծաներով, արդարև, Յուսուփը թագավորի սիրտը շահեց:

— Բայց տես, թե այդ ընծայաբերության մեջ ուրիշ ի՛նչ գաղտնիք էր թաքնված: Հազարացոց ոստիկանը, հարկավ, հայոց թագավորի հաջողության ցանկացող չէր, սակայն խնդրում էր նրա բարեկամությունը, որովհետև այդ միջոցին հաջողության մեջ էր Աշոտ թագավորը: Բայց այն հեծելազորը, որ Յուսուփը ուղարկել էր թագավորին, իբր նրա բանակին օգնություն, պատճառ դարձավ մեծ դժբախտության: Թագավորը չէր կարողանում համբերել Աշոտ բռնավորի ապստամբական շարժումներին: Ուստի, երբ հարսանյաց տոները վերջացան, նա որոշեց գնալ Դվին և հալածել նրան մայրաքաղաքից: Եթե հիշում ես, այդ մտքին հակառակ չէր Սահակ իշխանը: Ուստի նրանք միասին բանակ կազմեցին. արքայական զորքին միացրին զարդմանացի գնդերը և Յուսուփի հեծելազորը և այդ միացած ուժերով դիմեցին Դվին: Կաթողիկոսը, սակայն, ընդդեմ էր այդ կռվին. ուստի շտապեց, պատերազմն արգելելու: Չէ՞ որ երկու կողմից էլ հայ զորքերը պիտի ջարդվեին: Վեհի բոլոր ջանքը, հաշտեցնելու հակառակորդներին, անցավ ապարդյուն: Թագավորը մի կողմից յուր ուժի վրա վստահացած և մյուս կողմից, ասում են, քո եղբորից՝ Գրիգոր իշխանից՝ գրգռվելով, սկսում է պատերազմը: Բայց որովհետև Յուսուփը դեռ գաղտնի բարեկամ էր Աշոտ բռնավորին, ուստի նրա զորքերը, համաձայն իրանց զորավարի թաքուն հրահանգի, դավաճանեցին թագավորին: Կռվի ամենատաք ժամանակը նրանք թողեցին ճակատը և թիկունք դարձնելով՝ փախան: Այդ հանկարծական դիմադարձությունը շփոթել էր թագավորական զորքերին, որով նրանք բռնավորից չարաչար հաղթվեցան: Ահա՛, Յուսուփի խարդախության շնորհիվ ստեղծված այդ անհաջողությունը եղավ պատճառ, որ թագավորը նոր պատերազմ սկսելու պատրաստություններ տեսավ: Նա օգնական զորք բերել տվավ ափխազաց իշխանից, ապա մեծ բանակ կազմեց սեփական զորքերից: Մտադիր էր սիավոր կռիվ սկսել հակառակորդի հետ: Բարեբախտաբար, այս անգամ կաթողիկոսը կարողացավ յուր աղերսախառն թախանձանքներով համոզել նրան և հաշտեցնել բռնավոր հակառակորդի հետ...

— Սե՛դա, բոլոր այդ պատմածներդ հայտնի են ինձ. բայց դրանք կապ չունեն իմ դժբախտության հետ:

— Ընդհակառակը, թագուհի՛, շատ մոտիկ կապ ունին:

— Ինչպե՞ս:

— Հապա՛: Թագավորի այս անհաջող ընդհարումը եղավ պատճառ, որ Ուտիքում վերակացու կարգված Մովսես իշխանը ապստամբեցավ թագավորից:

— Եվ հետո՞:

— Թագավորը և Սահակ իշխանը գնացին միասին նրան նվաճելու ...

— Եվ նվաճեցին: Թագավորը կռվի մեջ արդեն սրով կիսել էր նրա գլուխը և վերջը աչքերը հանել:

— Այո՛, բայց Մովսես ապստամբի փոխարեն նա Ուտիքում վերակացու կարգեց Ցլիկ-Ամրամին:

— Ցլիկ-Ամրամի՞ն... Այո՛, հիշում եմ. ուրեմն այդտեղից սկսվեցավ, հա՞...

Թագուհին մի անհանգիստ շարժումով մի կողմ հրեց բարձերը և մահճի մեջ ուղիղ նստելով, հառեց աչքերը դայակի վրա:

Սեդան ոչինչ չէր խոսում. ըստ երևույթին նա աշխատում էր փախուստ տալ նոր մերկացումներից, որովհետև վախենում էր՝ չլինի թե թագուհին նորից վրդովվի:

— Ինչո՞ւ լռեցիր, Սե՛դա, — հարցրեց թագուհին:

— Չգիտեմ, թե ուրիշ ի՛նչ խոսեմ, — պատասխանեց դայակը տխուր ժպտալով:

— Ասացիր, որ թագավորը Ուտիքում վերակացու կարգեց Ցլիկ-Ամրամին, այնպես չէ՞:

— Այո՛:

— Ինչո՞ւ անպատճառ նրան և ո՛չ մի ուրիշին: Ի՞նչ գիտես դու այդ մասին:

— Ասում էին, որ Ամրամի մասին բոլորն էլ գովեստով էին խոսել թագավորի հետ:

— Այո՛, նա հուժկու և զորավոր մարդ է, և հենց յուր զորության համար էլ նրան Ցլիկ են անվանում: Բայց մի՞թե միայն այդ էր պատճառը:

Սեդան լուռ էր:

— Պատմի՛ր ինչ որ գիտես, առանց մի կետ թաքցնելու, — հրամայեց թագուհին այնպիսի խիստ եղանակով, որ Սեդան այլևս հապաղել չհամարձակվեցավ և պատմեց նրան հետևյալը.

— Մովսեսի ապստամբությունը Ուտիքում ճնշելուց հետո եղբայրդ Գրիգոր իշխանը՝ վերադարձավ Գարդման միայնակ, առանց մեծ իշխանի: Մորդ հարցին՝ թե ո՞ւր մնաց Սևադա իշխանը, նա պատասխանեց, թե թագավորի հետ միասին պիտի գնա Երազգավորս՝ թագուհուն տեսնելու: Բայց որքա՛ն մեծ եղավ մեր զարմանքը, երբ մեծ իշխանը երկու օրից հետո վերադարձավ նույնպես Գարդման, վերին աստիճանի տխուր և հուսահատ: Իշխանուհին շատ անհանգստացավ, կարծելով թե որևէ մի տխուր լուր է առել նա քեզանից: Բայց իրան, իշխանին սիրտ չարավ բան հարցնել, որովհետև, ինչպես գիտես, հայրդ սովորություն չուներ, յուր տխրության մասին բացատրություններ տալ մարդկանց և շատ զայրանում էր, եթե մեկը համարձակվում էր հարցեր անել նրան դրա համար: Երկու օր շարունակ իշխանը դղյակից դուրս չեկավ: Երրորդ օրը գաղտնի խորհուրդ ուներ մորդ և եղբարցդ հետ: Այնուհետև, համարյա, բոլոր տունը տխրեց: Այդ հանգամանքը անհանգստացնելու չափ ինձ հետաքրքրեց: Սակայն իշխանուհին, որ ինձանից ծածուկ ոչինչ չուներ, հայտնեց շուտով իրանց տխրության պատճառը. «Իմ Սահականույշը, Սե՛դա, դժբախտացավ արդեն ...», — ասաց նա ինձ մի օր:

— Ինչո՞ւ, — հարցրի ես զարմանալով:

— Ամուսնուս գործ դրած նախազգուշությունններն ապարդյուն անցան, — ասաց, նա տխրությամբ: — Իշխանը կարծել էր, թե Սևորդյաց օրիորդին Ցլիկ-Ամրամի հետ ամուսնացնելով, կջնջե արքայի սրտից նրա սիրո հիշատակը, բայց սխալվել է չարաչար. նախկին սիրո կայծերն սկսել են արդեն երևան գալ և, գուցե, հրդեհ առաջացնեն...

— Ինչպե՞ս, —վախենալով հարցրի ես:

— Մովսես ապստամբին նվաճելուց հետո թագավորն իջել է Սևորդյաց ձորը՝ զորքին հանգստություն տալու: Այդտեղ դիմավորել է նրան Ցլիկ-Ամրամը Սևորդյաց իշխաններով և հրավիրել թագավորին յուր ամրոցը՝ Տավուշ: Սևադան աշխատել էր, որ նա այդ հրավերը չընդունե, որովհետև գուշակել է զալիք դժբախտությունը, բայց յուր ջանքն ապարդյուն է անցել: Ասում է, թե թագավորը, որ մինչև այն շտապում էր թագուհուն տված յուր խոստումը կատարելու, այն է՝ նշանակած ժամանակին Երազգավորս վերադառնալու, սիրով ընդունեց Ամրամի հրավերը և գնաց Տավուշ:

— Հետո՞, — հարցրի ես:

— Իշխանն ընկերացել է նրան, — շարունակեց մայրդ, — և ահա՛ թե ի՛նչ է պատմում, — այնտեղ էր, — ասում է, — արքայի նախկին սիրելին՝ Ցլիկ-Ամրամի կինը: Սա ինքը դիմավորեց թագավորին ամրոցի դռների մոտ: Այնպես գեղեցկացել և հրապուրիչ էր դարձել, որ անկարելի էր տեսնել նրան և չհիանալ: Երբ առաջին անգամ հանդիպեց թագավորին, ես տեսա, թե ինչպե՛ս նա այլայլվեցավ և շառագունեց: Նայողները կկարծեին, թե ամաչելուց կամ թագավորի ներկայությունից ճնշվեցավ, բայց ինձ հայտնի էր պատճառը: Իմ փորձված աչքերից, — ասաց հայրդ, — չթաքնվեցավ նույնիսկ թագավորի հուզմունքը: Ամրամի կինն այդ վայրկյանին այնքան հրապուրիչ էր, որ ես չէի զարմանալ, եթե թագավորը գրկախառնվեր նրա հետ: Ես պարզ տեսա, որ նախկին սիրո կայծերը ցոլացին երկուսի աչքերումն էլ և նրանց խորհրդավոր հայացքները հասարակ աչքերի համար աննշմարելի մտքեր հաղորդեցին միմյանց... Բայց թագավորը կարողացավ զսպել իրան. նա այնուհետև այլևս իշխանուհուն չէր նայում, և երևի Ցլիկ-Ամրամը նեղանում էր, որ յուր տիկինը թագավորի ուշադրությունը չէր գրավում: Սակայն շուտով իմ կասկածները մարմին առան: Թագավորը, որ մտադիր էր Ուտիքի վերակացությունը հանձնել իմ որդուն՝ Գրիգորին, հանկարծ միտք հղացավ այդ իշխանությունը տալ Ցլիկ-Ամրամին: Ես չհակառակեցի նրա այդ դիտավորությանը, որովհետև պարզ տեսա, որ գեղեցիկ իշխանուհու մի լուռ հայացքն ավելի շատ բան պիտի ասեր և ավելի շուտ համոզեր նրան, քան իմ ճարտարախոսությունը: Հետևյալ առավոտ թագավորն ստորագրեց «Ուտիքի իշխանությունը» Ամրամին հանձնող հրամանը: Իշխանուհին անձամբ եկավ արքային յուր շնորհակալությունը հայտնելու՝ զրահավորված յուր բոլոր գեղով և կանացի գրավչությամբ: Ինչ վերաբերում է Ցլիկ-Ամրամին. ուրախությունից քիչ էր մնում թագավորի ձեռքերը համբուրեր: Նույն ավուր երեկոյան ես հիշեցրի թագավորին թագուհուն արած յուր խոստումը Երազգավորս դառնալու մասին և զարմացա, որ նա հայտնեց, թե ցանկություն ունի երկու օր ևս Տավուշ մնալու, որպեսզի կարգադրություններ անե Ուտիքի մասին և կարևոր հրահանգներ տա Ցլիկ-Ամրամին: Ես այլևս չէի կարող մնալ այդտեղ, — ասում է իշխանը, — և հանդիսատես լինել, թե նախկին սիրահարներն ինչպե՛ս են նորոգում իրանց բարեկամությունը, ուստի վեր կացա և եկա այստեղ, որովհետև Երազգավորս գնալու այլևս սիրտ չէր մնում. ի՞նչ երեսով երևայի ես իմ աղջկան, Սահականույշին և ինչպե՞ս արդարացնեի թագավորի Տավուշ բերդում ուշանալը: Երկու օրից հետո մեծ իշխանը կանչեց ինձ և ասաց. «Սե՛դա, իմ դուստրը և քո Սահանույշը միայնակ է, այսուհետև նա ավելի կարոտ է քո խնամքին. պատրաստվի՛ր վաղը նեթ ճանապարհվել Շիրակ»: Ես ուրախությամբ համաձայնեցա, որովհետև ոչ մի պաշտոն չէր կարող ինձ համար ավելի սիրելի լինել, քան իմ թագուհուն ծառայելը: Իշխանն արդեն իմացել էր, որ մայրդ պատմել է ինձ ամեն բան: Ուստի ճանապարհվելուս ժամին կանչեց ինձ իշխանուհու մոտ և ասաց. «Սե՛դա, դու արդեն գիտես, թե ի՛նչ վտանգ է սպառնում իմ դստեր ընտանեկան երջանկությանը. նա դեռ երիտասարդ է և կարող է յուր վարմունքով շտապեցնել վերահաս վտանգը: Գնա՛ և հսկիր նրա ամեն մի քայլին: Դու փորձված և կյանքը ճանաչող կին ես: Աշխատի՛ր, որ քո թագուհին զինված լինի միշտ կնոջ ամենանուրբ հրապույրքներով, որ նրա ամեն մի քայլը, խոսքը, հայացքը սեր զարթեցնե յուր ամուսնու մեջ և մոռացնել տա նրան Ամրամի կնոջ հրապույրները, նրա դյութող ու կախարդող աչքերը... Ճշմարիտ է, արհեստական միջոցներով դժվար է սեր զարթեցնել, բայց նույն այդ միջոցներով կարելի է հանգցնել հին սիրո կայծերը կամ արգելել նրա բոցավառվիլը նորից: Պսակը չի ապահովում ամուսնու սերը. և ամուսնացյալները չպետք է երբեք բարձիթողի անեն միմյանց սիրելի լինելու և շարունակ միմյանց հրապուրելու՝ միջոցները: Ամուսնական կյանքի ընթացքում հարկավոր է շարունակել նույն մրցությունը, որով որ մարդ ձեռք է բերել յուր սիրած անձին. և պետք է շարունակել այդ ավելի եռանդով, որովհետև բնությունը մարդուն ստեղծել է այնպես, որ ցանկալի նպատակին հասնելուց հետո դադարում է այլևս նույն նպատակով զբաղվելուց և ոգևորելուց: Եվ ահա՛ հենց այս ժամանակն է, որ փորձությունը վրա է հասնում: Քո թագուհին այս բաները չգիտե և երանի թե՝ երբեք էլ չփորձե... նա, արդարև, սիրում է անկեղծությամբ. և հենց այդ պատճառով էլ մեծ հավատ ունի թագավորի վրա: Բայց ով որ անկեղծությամբ է սիրում, նա էլ հեշտությամբ այնպիսի սխալ քայլեր է անում, որոնք հեռացնում են իրանից յուր սիրած անձին, մանավանդ եթե վերջինի մեջ բուռն չէ փոխադարձ սերը կամ պատրաստ կա մի հակառակորդ, որ կարող է հրապուրել նրան: Շատ անգամ մի անզգույշ խոսք, մի անվայել ծիծաղ, մի կոպիտ շարժում, նույնիսկ հագուստի մի տգեղություն բավական է լինում, որ քեզ սիրող սրտի մեջ կաթե զզվանքի թույնը. առաջին կաթիլին հետևում է երկրորդը, երրորդը, և այնուհետև այլևս հեռացող սիրտն անհնար է լինում զրավել: Այս բոլորը գիտես դու, Սեդա, գնա և պատսպարի՛ր քո Սահանույշը վերահաս վտանգներից: Թագավորի սիրտը սասանած է արդեն. այդ ես հաստատ տեսա. աշխատիր, որ իմ դուստրը վերջին հարվածը չտա... Իսկ ես իմ կողմից հնարներ կմտածեմ սպառնացող վտանգի առաջն առնելու...» Այս խրատներով ճանապարհ դրավ ինձ մեծ իշխանը: Այնուհետև, ինչպես գիտես, ես եկա Շիրակ: Թագավորն արդեն քեզ մոտ Երազգավորսումն էր: Բայց նա գուրգուրում էր քեզ ջերմ սիրով: Դու գոհ էիր բախտից: Իշխանի հայտնած կասկածները չէին արդարանում, գոնե ես ոչ մի փոփոխություն չէի նշմարում թագավորի մեջ, որովհետև նրան միշտ քաղցր և սիրալիր էի տեսնում քեզ հետ: Բայց երբ նա նույն ամռանը զբոսանքներ պատրաստեց քեզ համար Սյունյաց և Գուգարաց լեռներում և ընկերուհիներ կարգեց քեզ Սյունյաց իշխանուհիներին, իսկ ինքը գնաց Սևորդյաց կողմերը, իբր թե Ուտիքի մեջ կարևոր կարգադրություններ անելու, այն ժամանակ արդեն կասկածը պաշարեց ինձ: Իհարկե ես քեզ ոչինչ չհայտնեցի. դու այնպես ուրախ և երջանիկ էիր... որ ոչ մի ապառաժ սիրտ չէր հանդգնիլ կասկածի անմաքուր շնչով քո անարատ հոգին թունավորելու, քո հաստատուն հավատը սասանելու... Բայց թե թագավորի սիրտը գրավված էր Ամրամի կնոջմով, այդ բանին ես հավատում էի արդեն... Այնուհետև թագավորի այցելությունները Ուտիքին կրկնվում էին հաճախ. դու ոչինչ չէիր կասկածում, բայց մենք, այսինքն՝ ծնողներդ՝ Գարդմանում, իսկ ես՝ արքունիքում, գրեթե հալումաշ էինք լինում: Վերջերում թագավորի այդ այցելություններն այնքան հաճախ կրկնվեցան, որ արքունիքի կանայք և նույնիսկ արքայի թիկնապահներն ասում էին, թե «թագավորը սիրահարվել է Սևորդյաց աշխարհի վրա...»:

— Եվ իհարկե դրանք բոլորը գիտեին, թե ինչո՞ւ թագավորը հաճախում է Ուտիք, այնպես չէ՞, — հարցրեց թագուհին, գրեթե հուզմունքից դողալով:

— Ո՛չ... կարծեմ միայն երկու հոգի յուր թիկնապահներից...

— Ա՛խ, Սեդա, էլ ինչո՞ւ համար ես ծածկում, երկու հոգին էլ բավական են երկու հարյուրին իմացնելու համար: Իսկ արքունիքի կանանցից որի՞ն էր հայտնի իմ դժբախտությունը:

— Այն ժամանակ կարծեմ ոչ ոքի: Բայց երբ Աբաս արքաեղբայրը յուր աներոջ՝ ափխազաց Գուրգեն իշխանի հետ միանալով՝ դավադիր եղավ արքային և կամենում էր բռնել նրան կամ սպանել, թագավորը խույս տվավ նրանցից: Դավադիրները պտրեցին նրան. նախ Շիրակում և ապա զորքերով դիմեցին Երազգավորս: Անշուշտ հիշում ես, որ մինչև նրանց գալը թագավորը մեզ բոլորիս վերցրավ և շտապով հասցրեց Ուտիք. Սևորդյաց ձորը: Այդտեղ մենք ամրացանք Տավուշ բերդում, Ցլիկ-Ամրամի մոտ: Ահա՛ այդ ժամանակ մեր տիկիններից երկուսը նկատել էին թագավորի և իշխանուհի Ասպրամի մտերմական հարաբերությունը և բամբասում էին, որ նա այդ տագնապի ժամանակ մեզ յուր սիրուհու տանն է պատսպարել և ոչ թե Սյունյաց բերդերից մինում:

— Ովքե՞ր էին այդ տիկինները, Սեդա, ասա՛, ես կամենում եմ անպատճառ իմանալ, — հարցրեց թագուհին:

— Մինը մեր Շահանդուխտի մայրը, մյուսը՝ Գոհար իշխանուհին:

— Եվ նրանք քեզ հետ խոսեցի՞ն այդ մասին:

— Այո՛, բայց գաղտնի: Մեզանից զատ ոչ ոք չգիտեր այդ բանը: Սակայն ես իմ կողմից աշխատեցի ցրել նրանց կասկածները:

— Իզո՛ւր. դու նրանց աչքերը փակել չէիր կարող... Բայց դու, Սե՛դա, ինչո՞ւ նույնիսկ այդ ժամին չհայտնեցիր ինձ այդ գաղտնիքը: Եթե ես գիտենայի, թե ինձանից զատ ուրիշներն էլ են նկատել այդ բանը, այն ժամանակ ես դաշույն կցցեի նախ այդ անզգամի և ապա իմ սիրտը. այն ժամանակ Աշոտ-Երկաթի իշխանությունը չէր վտանգվիլ, Սահակ Սևադան և յուր որդին չէին կուրանալ...

— Ինչպե՞ս, թագուհի՛, մի՞թե դու էլ այդ բանը Տավուշ բերդում իմացար:

— Այո՛, Սեդա. նույնիսկ այն անզգամի ապարանքում, մեր այնտեղ հասնելուց մի քանի օր հետո:

— Ինչպե՞ս:

— Այն օրը, որ մենք հյուր էինք Ամրամի մոտ, և այդ իշխանը զինով ոգևորված մոռացել էր յուր կոչումը և հաճոյական զրույցներ էր անում ինձ հետ եղող իշխանուհիների հետ, հիշո՞ւմ ես, հեռացա ես նրա դահլիճից: Մի ինչ-որ տխրություն պաշարել էր հանկարծ իմ սիրտը չգիտեի ինչո՛վ փարատել այն, իշխանուհիներից ոչ մեկին չէի կամենում ընկերացնել ինձ: Ուստի միայնակ ելա և սկսա Ամրամի ապարանքը շրջել: Հույս ունեի պատահել մի տեղ թագավորին, որովհետև նա առանձնացել էր՝ Ոստանից հասած նամակները կարդալու համար: Մի նրբանցքից անցնելու ժամանակ հանկարծ իմ ականջին հասավ թագավորի ձայնը. ես ուրախությամբ դիմեցի դեպի հանդիպակաց դուռը, որ Ասպրամ տիկնոջ դստիկոնն էր հանում: Այդտեղ լսեցի նրա ձայնը: Ասպրամին յուր տանտիկնության հոգսերով զբաղված էի կարծում, բայց զարմացա, որ նա այստեղ խոսակցում է թագավորի հետ: Մի տխուր նախազգացում պաշարեց իմ սիրտը. շունչս կարծես բռնվում էր. առաջ անցա հուսն և երկյուղի մեջ, բացի այն դուռը, որտեղից զրույցի ձայնն էր գալիս... և ի՞նչ տեսա, Սե՛դա... Օ՛, ինչպե՛ս այդ ժամին շնչասպառ չեղա ես, ինչպե՛ս չմեռա... Ասպրամ իշխանուհին, Սեդա... թագավորի գրկում...

— Աստվա՛ծ իմ...

— Այո՛, իմ Աշոտը, իմ անսահման սիրո և երջանկության թագավորը գրկախառն Ցլիկ-Ամրամի կնոջ հետ... Ա՛խ, Սեդա, զգո՞ւմ ես արդյոք, թե ի՛նչ հարված էր սա ինձ համար... Ո՞ր շանթը, ո՞ր կայծակը կարող էր մարդկային սիրտն ավելի անողորմ կերպով հարվածել...

— Եվ հետո ի՞նչ արիր:

— Ոչինչ: Նրանք երկուսն էլ մեռելի գույն առան. իսկ ես համր ու անխոս դուրս եկա այդտեղից և ապաստանեցի մոտիկ սենյակներից մինին:

— Այդ երևի այն ժամանակն էր, որ դու հիվանդացար:

— Այո՛, հիվանդացա հենց այդ չարագուշակ դեպքի պատճառած ցավից... երկու ամիս շարունակ տանջվեցա իմ այդ ծանր վշտի զաղտնի վերքերից...

— Զարմանալի է. և մեզանից ոչ ոքի չհայտնեցիր:

— Չհայտնեցի, որովհետև չկամեցա հայոց թագավորի ընտանիքը կործանել. չկամեցա Սահակ Սնադայի դստեր ձեռքով հայոց թագին ու գահին անարգանք դրոշմել և... ա՛խ, ինչո՞ւ թաքցնեմ, Սե՛դա, չհայտնեցի, որպեսզի իմ հակառակորդուհիները չուրախանան, որպեսզի հաչաղկոտ իշխանուհիները ցնծության տոն չկատարեն և իմ նախկին փեսացուները իմ հպարտությունը չծաղրեն...

— Իմ խեղճ տիրուհի... — շշնջաց Սեդան ինքն իրան:

— Եվ սակայն իմ հպարտությունն ինձ չարաչար պատժեց...

— Աստված ողորմած է, տիրուհի՛. դու, որ այդպես հերոսաբար տարել ես այդ ցավերը, անկարելի է, որ նախկին երջանկությունը նորեն չճաշակես:

— Խե՛ղճ Սեդա, ինչքա՛ն բարի ես դու... Բայց մի՞թե լսած կաս, որ մեր օրերում մեռելները հարություն առնեն... Վե՛ր կաց, մայր Սեդա, վե՛ր կաց և գնա՛ հանգստացիր, քեզ շատ հոգնեցրի. պիտի ներես ինձ...

Սեդան, որ վաղուց սպասում էր այդ հրամանին, մոտեցավ թագուհուն, հանեց նրա մնացորդ զարդերը, ուղղեց մահճի անհարթությունները և «բարի գիշեր» մաղթելով նրան՝ քաշվեցավ քնարանի մոտ գտնվող խուցը:

Թագուհին նույնպես պառկեց քնելու: Բայց տխուր մտածմունքները երկար տանջեցին նրան: Լույսը բացվելու մոտ էր, որ նրա աչքերը ծանրացան, մինչդեռ Սեդան վաղուց վայելում էր խաղաղության հրեշտակի բարիքը:

Ժ

ԿՈՒՅՐ ՎՐԻԺԱՌՈՒՆ

Արևը մայր մտնելու վրա էր: Երկու հեծյալներ արշավասույր անցնում էին Գանձակու դաշտից: Նրանցից մինը տարիքավոր և ազնվական դեմքով տղամարդ էր, ծածկած պղնձե թեթև սաղավարտ և զինված արծաթապատ սրով ու փոքրիկ, փայլուն վահանակով. մյուսը՝ զրահազգեստ, պողպատե գլխանոցով, ծանր ասպարով, վաղակավորն ազդրին և երկար նիզակը ձեռին հաղթանդամ մի երիտասարդ: Տարիքավոր տղամարդը, որ ըստ երևույթին իշխան էր, ընթանում էր առաջից, իսկ երիտասարդը, որ նրա թիկնապահն էր, հետևում էր նրան: Երկուսի ձիաներն էլ սաստիկ քրտնած էին և փրփուրով ծածկված: Երևում էր, որ նրանք երկար ճանապարհ էին կտրել:

Երբ հեծյալներն ընդարձակ դաշտն անցնելով Գարդմանա ձորը մտան, իշխանը թիկնապահին դառնալով ասաց.

— Ե՛զնիկ, արևն արդեն մայր մտավ, պետք է շտապել հասնել ամրոց դեռ մութը չկոխած. ես չեմ կամենում, որ բերդապահներն աղմուկ հանեն դռները բանալու պատճառով:

— Ինչի՞ց ես քաշվում, տեր, — հարցրեց թիկնապահը:

— Չեմ կամենում, որ, մեր այստեղ գալը Սահակ իշխանն իմանա, մտադիր եմ ներկայանալ նրան իբրև՝ մի անծանոթ:

— Բայց մի՞թե նրա դղյակում ոչ ոք չի ճանաչում քեզ:

— Կարծեմ՝ ոչ ոք: Ութ տարուց ավելի է ինչ ես Գարդման չեմ մտել: Նույնիսկ թագավորի հարսանիքին չկարողացա ներկա լինել: Ո՞վ կարող է ուրեմն ինձ հիշել: Իշխանի տան հին ծառայողներից մեկը Սեդան է, որ մեզ մոտ Գառնիումն է: Ինձ կճանաչեր իշխանուհին, բայց նա էլ կենդանի չէ: Իշխանի Դավիթ որդին Ամրամի բանակումն է. մնում է ինքը իշխանը և յուր Գրիգոր որդին: Իսկ նրանք երկուսն էլ կույր են, հետևապես չեն կարող ճանաչել ինձ, թե ես ո՞վ լինելս ծածկեմ նրանցից:

— Եթե այդպես է, ուրեմն ես չպետք է բերդը բարձրանամ, այլ պետք է գիշերեմ ավանում:

— Ինչո՞ւ, -հարցրեց իշխանը:

— Որովհետև ինձ ճանաչում են ոչ միայն Սևադա իշխանի ծառաները, այլև բերդապահի զինվորները:

— Ի՞նչ վնաս:

— Նրանք գիտեն, որ ես ծառայում եմ իշխան Մարզպետունուն, ուրեմն և իմ պատճառով կճանաչեն նաև քեզ:

— Եթե այդպես է, մնա՛ ավանում:

— Ծառա եմ հրամանիդ:

— Այդ լավ է. գուցե քեզ հաջողվի նաև տեղեկություններ հավաքել Սևադա իշխանի մասին, թե ի՞նչ չափով նա մասնակից է այս ապստամբության գործին:

— Անշուշտ. Եզնիկը չի հանգստանալ, մինչև որ ամեն բան տեղն ու տեղը չիմանա: Այստեղի քահանան շատախոսի մեկն է, ես նրա մոտ կիջնեմ:

— Բայց քի՛չ խոսիր և շա՛տ լսիր:

— Կարող եմ բոլորովին չխոսել, սակայն առատ աջհամբույր կտամ:

— Այդ էլ լավ է. պատրաստ արծաթ ունի՞ս:

— Գեղջուկ քահանային պղնձե դրամներով էլ կգոհացնեմ:

Հեծյալները խոսակցելով հասան Գարդմանա վտակին:

— Դե՛հ, է՛լ մի՛ ուշանար. անցի՛ր գետակը, — հրամայեց իշխանը:

Թիկնապահը ողջունեց տիրոջը և մտրակելով ձին՝ անցավ վտակը և ուղղվեցավ դեպի ձախ, Գարդման ավանը գնալու համար, իսկ իշխանը բռնեց ամրոցի ճանապարհը: Երբ հասավ բերդաստանի ստորոտին, երևաց Գարդմանը յուր սպիտակ պարիսպներով և հզոր աշտարակներով, որոնք ամբառնում էին բերդի արևմտյան կողմից և աջ ու ձախ ձգվելով՝ միանում հյուսիսային մասի անմատչելի լեռնալանջին և հարավային ու արևմտյան կողմերի վիմահերձ ժայռերի բնական պատնեշներին:

Լեռան գագաթին թառած այդ անառիկ ամրոցը, որ մութը կոխելու վրա, մանավանդ, ահարկու տպավորություն էր անում ամեն մի անցորդի վրա, մոտեցող իշխանի սիրտը տխրությամբ համակեց: Նա հիշեց ութ տարի առաջ յուր և արքայորդի Աշոտի մուտքն այս ամրոցը: Այդ ժամանակ, արդարև, նույնպես ուրախ չէր յուր սիրտը. հայոց թագավորը նահատակված, իշխաններն անմիաբան, արքայորդին անօգնական, ինքը վիրավոր... հարկավ, ուրախ լինել չէր կարող: Բայց Գարդմանն այդ ժամանակ հույս ու հոգի էր ներշնչում մոտեցողին. Սահակ Սևադան հսկում էր այդտեղ ինչպես մի հզոր առյուծ. նրա համբավը ահաբեկում էր թշնամիներին և խրախուսում լքվածների սիրտը: Իսկ այժմ... այժմ կարծես թե ամրոցը սուգ էր մտել և նրա արտաքին պատկերը ոչ թե զորություն, այլ լքումն ու հուսահատություն էր արտահայտում:

Օրը տարաժամել էր: Չնայելով որ իշխանի նժույգը հոգնած, և ճանապարհը զառիվայր էր, այսուամենայնիվ նա շտապեցնում էր խեղճ կենդանուն, որպեսզի ամրոց հասնե մի քանի վայրկյան առաջ:

Չնայելով իշխանի այդ ջանքերին, բայց դեռ ամրոցի ստորոտին չհասած, նա լսեց, որ միջնաբերդից փողը փչեցին: Այդ արդեն ամրոցի դռները փակելու նշանն էր: Ուրեմն էլ շտապելու հարկ չէր մնում: — «Անիծյալնե՛ր, ի՞նչ դռնփակի ժամանակ է...»-քրթմնջաց ինքն իրան իշխանը, և ձիու սանձը ձգեց: Կենդանին կարծես զգաց, որ տիրոջ եռանդը մարեց, ուստի ինքն էլ իր ծանր քայլափոխն սկսավ:

Դղյակում արդեն ճրագները վառել էին, երբ իշխանը հասավ ամրոցի դռանը, որ գտնվում էր արևմտյան կողմից բարձրացող երկու աշտարակների մեջտեղը:

Իջնելով ձիուց, նա մոտեցավ աշտարակի դրսի պահարանին և վերցնելով այդտեղ պահվող փայտե մեծ մուրճը, երեք անգամ ամուր զարկեց պատի վրա ամրացրած տախտակե կոչնակին:

— Ո՞վ է, — խռպոտ ձայնով հարցրեց մի պահապան:

Իշխանը վարանեց պատասխանելու, որովհետև չէր մտածել, թե ի՞նչ անուն պիտի տա իրան:

— Ո՞վ է կոչ անողը,-հարցրեց կրկին պահապանը փոքր ինչ զայրացած և այս անգամ աշտարակի նեղ պատուհանից դուրս հանեց իր սաղավարտը գլուխը:

— Արքայի բանբերը ... — պատասխանեց իշխանը առանց մտածելու:

— Արքայի բանբերը չի կարող մտնել մեր ամրոցը, — զայրացած պատասխանեց պահապանը.-մի՞թե թագավորը չգիտե, որ Գարդմանն արդեն իր հին տիրոջն է պատկանում: — Այս ասելով նա իր գլուխը ներս տարավ դեպի աշտարակը և լռեց:

Իշխանը մնաց շվարած: Նա չէր սպասում, որ գարդմանացիք միաբանած լինեին ուտիացիների հետ: Թեպետ հաստատ գիտեր, որ Ցլիկ-Ամրամի ապստամբության գործում խառն է նաև Սահակ Սևադան, մանավանդ որ նրա Դավիթ որդին հայտնի կերպով միացած էր Ամրամի հետ, այսուամենայնիվ հույս ուներ, որ Գարդմանա ամրոցի բերդակալը, որ կարգված էր թագավորից, չի դավաճանիլ յուր տիրոջը, որովհետև նրա բազմամյա հավատարիմներից մինն էր: Բայց երբ պահապանի պատասխանը լսեց, համոզվեցավ, որ բոլոր երկիրն ուրեմն Ամրամի հետ է:

«Ի՞նչ անել այժմ», — մտածեց ինքն իրան իշխանը և ապա որոշեց խորամանկության դիմել: Նա կրկին մուրճը առավ և առաջվանից ավելի ամուր զարկեց կոչնակին:

— Բարեկամ, երևի քո թագավորի սպասավորները սիրում են աշտարակներից կախվել, — հանդգնությամբ գոչեց վերևից պահապանը և գլուխը կրկին պատուհանից հանելով՝ ավելացրեց, — ցանկանո՞ւմ ես որ մի փքին ուղղեմ կրծքիդ:

— Հիմա՛ր, քեզ փորձում էի, քեզ նման անասունը միայն կարող է անօրեն թագավորին սպասավորել:

— Ո՞վ ես դու ուրեմն, — հարցրեց պահապանը ձայնը մեղմացնելով:

— Ամրամ իշխանի համհարզը: Սևադա իշխանին կարևոր լուր եմ բերել:

— Իսկ եթե սուտ լինի այդ:

— Տխմար. ձեր բերդն ուրեմն մի զորակա՞ն էլ կարող է առնել. ինչի՞ց ես վախենում:

— Սպասի՛ր, պետք է բերդակալից հրաման առնենք, — այս ասելով պահապանը հեռացավ:

Մի քառորդ ժամից ետ աշտարակի պատուհանից կախեցին մի վառած ղամբար, տեսնելու համար, թե արդյոք ուրիշ մարդիկ չկա՞ն դռան առաջ, և երբ ստուգեցին, որ սպասողը միայն մի հեծյալ է, եկան և ամրոցի դուռը բացին:

Պահապանները տեսնելով, որ ներս մտնողը իշխան է և ոչ հասարակ զինվոր, պատշաճ հարգանք մատուցին նրան, բայց միևնույն ժամանակ խնդրեցին, որ բարեհաճե նախ բերդակալին ներկայանալ որովհետև իրանց այդպես էր հրամայված:

Իշխանի նպատակն էլ այդ էր: Նա կամենում էր ստուգել, թե արդյոք բերդակալն իսկապես միացա՞ծ է ապստամբների հետ, թե՞ ստիպված և առերես է հպատակում նրանց ճնշումներին:

Պահապաններն առաջնորդեցին իշխանին դեպի մոտիկ դիտանոցներից մինը, որի վերնահարկում սպասում էր նրան բերդակալը: Փոքրիկ և ցածր դռնից ներս մտնելով՝ նա սկսավ բարձրանալ քարյա նեղ և օձապտույտ սանդուղքներով: Առաջնորդ պահապանը կանգ առավ վերնահարկի մուտքի առաջ և խնդրեց իշխանին, որ բարեհաճե նախ հանձնել իրան յուր սուրը և ապա մտնե ներս:

Իշխանը հնազանդվեցավ զգուշության համար ընդունված այդ սովորությանը և հանձնելով զինվորին յուր սուրն ու վահանակը, մտավ բերդակալի մոտ: Վերջինս մի բարձրահասակ, խոշորադեմ, խելոք աչքերով և ըստ երևույթին բարեսիրտ տղամարդ էր, որ փոքրիկ, կամարակապ սենյակի մեջտեղը կանգնած սպասում էր յուր խորհրդավոր հյուրին:

Հենց որ իշխանը ներս մտավ, բերդակալը գրկաբաց վազեց դեպի նրան և բացականչեց.

— Գնորգ իշխան, այս դո՞ւ ես, ի՞նչ հողմ, ի՞նչ դիպված: — Այս ասելով, նա գրկախառնվեցավ իշխան Մարզպետունուն և համբուրվեցավ նրա հետ:

Իշխանն այս սիրալիր ընդունելությունից արդեն գուշակեց, որ բերդակալն ապստամբների հետ չէ, ուստի նշանացի հայտնեց նրան, որ պահապանը կանգնած է դռան առաջ, և խնդրեց, որ հեռացնե նրան:

— Ո՞վ կա այդտեղ, — գոչեց բերդակալը դեպի դուռը գնալով:

— Ես եմ, տեր, — պատասխանեց պահապանը և ներս մտավ:

— Դի՛ր այստեղ իշխանի սուրն ու վահանակը և իջի՛ր ներքև, — հրամայեց բերդակալը և պահապանը կատարելով նրա հրամանը՝ հեռացավ:

Երբ նրանք միայնակ մնացին, բերդակալն առաջինն սկսավ խոսել.

— Չէի կասկածում, որ այստեղ եկողը արքայի մարդկանցից է, պահապաններն ասացին, որ դու քեզ նախ արքայական և ապա Ցլիկ-Ամրամի համհարզն ես անվանել: Սկզբում շփոթվեցի, կարծելով, թե եկողը Ամրամի մարդկանցից է, բայց հետո իմացա, որ մեր պահապանի՝ արքայի հասցեին ուղղած անզգույշ խոսքերից հետո ես խոսքդ փոխել, իսկույն գուշակեցի, որ մեր հավատարիմներից մինն է եկողը:

Այժմ ասա՛, որտեղի՞ց և ինչպե՞ս հասար այստեղ, ինչո՞ւ միայնակ ես, ո՞ւր են թիկնապահներդ. ինչ լուր ունիս արքայից. արդյոք եգերացիներից հույս կա՞, թե՞ Ոստանում պետք է զորաժողով անել... — շտապով և իրար ետևից հարցեր արավ բերդակալը:

Մարզպետունի իշխանը, ըստ երևույթին, հեղինակավոր անձն էր բերդակալի համար: Վերջինի հարցերին նա չշտապեց պատասխանել, այլ նստելով տախտակե աթոռակի վրա, որ այդտեղի միակ կարասին էր, առաջարկեց խոսակցին նույնպես նստել յուր հանդեպ՝ դիտանոցի պատուհանին:

— Դու դեռ երիտասարդ ես, Վահրամ, իսկ ես տարիքս անցրած: Ճանապարհի երկարությունն ինձ հոգնեցրել է, թող որ մի փոքր հանգստանամ և ապա խոսեմ,— նկատեց Մարզպետունին:

— Ա՜խ, ների՛ր ինձ, իշխան, քո ներս մտնելով ես այնպես ուրախացա, որ մինչև անգամ շփոթվեցա և տանուտիրական պարտավորությունս մոռացա... նույնիսկ նստել չառաջարկեցի քեզ... Ների՛ր ինձ, աղաչում եմ: Բայց մենք ինչո՞ւ այստեղ ուշանանք. շնորհ արա ինձ, ե՛կ իմ տուն, այնտեղ հոգնությունդ կառնես և ավելի հանգիստ կխոսակցես:

Այս ասելով բերդակալը վեր կացավ և կամենում էր առաջնորդել իշխանին: Բայց նա տեղից չշարժվելով, նրան էլ առաջարկեց նստել:

— Վահրամ, ես քո տունը գալ չեմ կարող, — ասաց իշխանը, — ինձ չպետք է տեսնեն քո տանը: Մի քանի տեղեկություններ ունիմ քեզանից առնելու և փոխարենը քեզ հաղորդելու. այդ վերջացնենք, և այնուհետև ես պիտի գնամ Սևադա իշխանի մոտ: Մենք այժմ այնպիսի տագնապի մեջ ենք, որ հյուրասիրական իրավանց պարտավորության ուշադիր լինել չենք կարող:

— Շատ լավ, արա՛, ինչ որ հաճելի է քեզ, — պատասխանեց բերդակալը և տեղը նստեց:

Մարզպետունի իշխանը հառեց աչքերը բերդակալի վրա և մի խորհրդավոր հայացքով նայելով նրան ոտքից մինչև գլուխ, լուրջ ձայնով հարցրեց.

— Վահրամ իշխա՛ն, կարելի՞ է այժմ վստահանալ քեզ վրա այնպես, ինչպես վստահանում էինք տարիներ առաջ Վահրամ սեպուհի վրա:

— Իշխան, շնորհակալ եմ այդ անկեղծ հարցի համար: Այժմ այնպիսի ժամանակում ենք ապրում, որ Մարզպետունի իշխանն իրավունք ունի կարծելու, թե նախկին Վահրամ սեպուհը դարձել է արդեն մատնիչ, մի տիրադրուժ, մանավանդ որ այժմ ծառայում է ապստամբների դրոշակի տակ: Բայց ես կարող եմ հավատացնել քեզ, որ ո՛չ տարիները և ո՛չ հանգամանքները չեն փոխել իմ մեջ ոչինչ: Արքայի նախկին հավատարիմը այսօր էլ նրա հավատարմագույն ծառան է: Թե ինչու ապստամբների հետ եմ այժմ, դրա պատճառը ոչ թե իմ, այլ արքայի շահն է, որ ես չկարողացա անտեսել:

— Ինչպե՞ս, բացատրի՛ր ինձ:

— Երբ լուր հասավ այստեղ, թե Ցլիկ-Ամրամը ապստամբության դրոշ է պարզել, Սևադա իշխանը հարմար առիթ համարեց օգուտ քաղել այդ դեպքից՝ յուր վաղուց գուրգուրած նպատակն իրագործելու համար: Անմիջապես նա հրավիրեց յուր մոտ Գարդմանա ազնվականները և ժողովրդի գլխավորները: Հրավիրվածների մեջ էի և ես: Իշխանն այնպիսի ճառ խոսեց մեր առաջ, որ գարդմանացի հայրենասերները բոլորովին խելագարվեցան...

— Ի՞նչ էր ասում:

— Չեմ կարող բոլորը հիշել, բայց ինչ որ չեմ մոռացել, այն կհաղորդեմ: Ազնվականները խմբված էին իշխանի պատշգամում, իսկ ժողովրդի գլխավորները ապարանքի բակում: Երկու ծառաներ թևերից բռնած դուրս բերին Սևադա իշխանին. երկու ուրիշ ծառաներ էլ՝ Գրիգոր իշխանին: Ծանր, սարսափելի ծանր տպավորություն արավ մեր վրա կույր հոր ու որդու երևալը: Դեռ Սևադա իշխանը բերանը չբացած, բակում խռնված ժողովրդի մեջ թագավորի անվան ուղղված անեծքներ լսվեցան: Սևադա իշխանը դեպի պատշգամբի եզերքը հառաջանալով, հենվեցավ զավազանի վրա և մոտավորապես հետևյալը խոսեց.

— Իշխաննե՛ր և ժողովու՛րդ. ձեր աչքերով ահա՛ տեսնում եք, որ հզոր Սևադան, գարդմանացոց պարծանքը և թշնամիների սարսափը, ապիրատ փեսայից կուրացած՝ յուր ծառաների շնորհիվն է միայն ձեր աչքին երևում: Չէի կամենալ, որ իմ ժողովրդի ամենից սինլքոր անդամը հանդիպեր այսպիսի դժբախտության, որ ծերունի հոր և երիտասարդ որդու համար ստեղծեց հարազատի ձեռքը: Ծանրատար մի վիշտ է այս: Դուք տեսնում եք Գարդմանը. նրա երկինքն ու արևը, լեռներն ու դաշտերը, նրա ծաղիկն ու գարունը... Ես զրկված եմ այդ բոլորից, բայց այդ չէ միայն իմ ցավը: Ես չեմ կարողանում իմ ժողովրդն անձամբ խնամել, նրա վշտերն ամոքել, իմ հիվանդներին այցելել, իմ որբերին պատսպարել, իմ այրիների արտասուքը սրբել, իմ գերյալներին վերադարձնել... Սևադան կարոտ է այժմ յուր ծառաների շնորհին. եթե նրանք չկամենան, ո՛վ գարդմանացիք, ես չեմ կարող մինչև անգամ արևի ճառագայթներով իմ սառած մարմինը ջերմացնել... Իմ տունը, որ մի օր կենդանության հնոց էր, այժմ կույր բվիճակների կացարան է դարձել: Այս ամենը տանում եմ ես, որովհետև զրկված եմ աստուծո լույսը տեսնելու կարողությունից: Բայց դուք, գարդմանացի քաջեր, դուք, որ առողջ աչքեր, զորեղ բազուկներ, աննկուն կորով ունեիք և ունիք, ինչպե՞ս եք կարողանում տանել այն անարգանքը, որ Աշոտ-Երկաթը դրոշմեց ձեր ճակատին, ձեր հայրն ու առաջնորդը կուրացնելով, ձեր ազատությունը շղթայելով...

«Ժողովո՛ւրդ Գարդմանա,-բացականչեց իշխանը, — ես բարձրացրի քո անունը իմ հաղթություններով, դու ստորացրիր նրան քո անմռունչ հպատակությամբ... Եթե քաջություն չունիս դեն ձգել այդ անարգանաց լուծը, քաջություն ունեցիր գոնե մի սուր ցցել իմ կրծքին, որպեսզի Սահակ Սևադայի վշտերը գոնե նրա մահվամբ անհետանան աշխարհից, որպեսզի քո որդիները Սևադայի բողոքը չլսեն և քեզ չանիծեն...»:

Իշխանը դեռ չէր վերջացրել խոսքը, որ բոլոր ավազանին և նրա հետ էլ ժողովուրդը միաբերան աղաղակեց.

«Կորչի՛ բռնավորը, Գարդմանն ազատ է այս վայրկյանից և մեր իշխանն է Սահակ Սևադան...»:

Մի քանի րոպեից հետո ամբողջ ամրոցը խռովյալ ծովի կերպարանք առավ. ժողովուրդը դուրս եկավ զենքերը ձեռին, կարծես թե թագավորի բանակը պաշարել էր նրան: Պատնեշներից դուրս վռնդեցին վանանդացի պահապաններին, սպառնալով կոտորել բոլորին, եթե չէին հնազանդիլ Սևադայի հրամանին: Իսկ կատաղած ամբոխը դղյակի բարձունքից հափշտակելով արքայական դրոշը, նրա տեղ Գարդմանա վիշապանիշը պարզեց ...

— Օ՛, այդ արդեն չափազանց է, — բացականչեց Մարզպետունին:

— Այո՛, և ուրիշ մեծամեծ ավերումներ կանեին, եթե ես իսկույն իմ պահնորդների խումբը հավաքելով՝ հպատակության երդում չերդվեի Սևադային:

— Ավելի լավ չէ՞ր լինիլ, եթե քո խմբով հեռանայիր ամրոցից, քան հպատակություն երդվեիր:

— Ոչ, այն ժամանակ արքայի օգտին գործելու կամ ուտիացոց շարժումները դիտելու հնարավորությունից կզրկվեի: Իսկ այժմ ապստամբների մեջ գտնվելով՝ կարողանում եմ շատ բան տեսնել և իմանալ:

Բերդակալի պատմածները ծանր տպավորություն արին Մարզպետունու վրա. նա գլուխը կախեց և ընկավ մտածության մեջ:

— Մի՞թե դու ինձ մեղադրում ես, — հարցրեց բերդակալը փոքր լռությունից հետո:

— Այո՛, մեղադրում եմ, — պատասխանեց իշխանը գլուխը վեր բարձրացնելով:

— Բայց չէ՞ որ ես տեղի եմ տվել ստիպողական հանգամանքներին:

— Միշտ և ամեն տեղ լինում են այդպիսի հանգամանքներ: Եթե ամեն մի բերդակալ տեղի տա ստիպողական հանգամանքներին, այն ժամանակ բոլոր պետական ամրոցները թշնամու ձեռը կանցնեն:

— Ես տեղի եմ տվել ոչ թե արտաքին, այլ ներքին թշնամիներին: Ես չէի կարող իմ փոքրիկ գնդով դեմ դնել բազմաթիվ ամրոցականներին. չէի կարող նաև եղբայրասպան կռիվ մղել իմ հարազատների դեմ, բավական է, որքան միմյանց արյուն թափեցինք...:

Բերդակալը վերջին խոսքերն արտասանեց ջերմությամբ:

Մարզպետունին նայեց նրան մի խորհրդավոր հայացքով և գլուխը շարժեց:

— Մի՞թե ինձ վրա բարկանում ես դու, կամ, գուցե, անկեղծ չե՞ս գտնում իմ պատասխանը:

— Ընդհակառակը, շատ անկեղծ եմ գտնում. ինքս լավ ըմբռնում եմ մեր դրության ծանրությունը: Թշնամին աչքերը հառած սպասում է հարմար առիթի՝ մեր երկիրն արշավելու, մենք էլ մեր ձեռքով պատրաստում ենք այդ առիթը: Դու, բարեկա՛մ, չես կամենում եղբայրասպան կռիվ մղել հարազատիդ դեմ, մի՞թե ես կարող եմ այդ արդար իրավանց հակառակիլ. չէ՞ որ եղբայրասպանությունը նույնիսկ անձնասպանություն է...

— Շնորհակալ եմ, որ հասկանում ես ինձ: Ես իրավունք կտայի քեզ սուր ցցել իմ կրծքի մեջ, եթե այդպիսի թուլություն արտաքին թշնամու դեմ անեի. բայց ի՛նչ մեղքս թաքցնեմ, հարազատի վրա ձեռք բարձրացնել չեմ կարող:

— Եվ երբեք էլ չպիտի բարձրացնես... Բայց գուցե կարողանայիր խոհեմության ճանապարհով այս պառակտման առաջն առնել: Պետության ամբողջությունը պահպանելու համար, այո, չպետք երբեք հարազատի արյուն թափել, բայց ապստամբ հարազատին զինաթափ անելու նպատակով կարելի է խորամանկել: Ամբոխն ամեն տեղ էլ նման է այն ոչխարներին, որոնք գայլի խոսքերից խաբվելով՝ նրա ձեռքն են մատնել պահապան շներին, որպեսզի այդպիսով գայլի բարեկամությունը վաստակեն. իսկ վերջինս, պահապան շները խեղդելուց ետ, սկսել է հիմար ոչխարները կոտորել: Կախելու արժանի են այն իշխանները, որոնք հարստահարում են ամբոխի այդ անմտությունը: Մեզանից ամեն մինը յուր բոլոր զորությամբ պիտի զինվի այդ դավաճանների դեմ: Ով որ հայրենական գահի թշնամին է, նրան ամեն մի հայ յուր իսկ անձի թշնամին պիտի համարել: Որովհետև այնքան ծանր զոհաբերություններով ձեռք բերած այս հարստությունը կորցնելուց ետ, մեզ դարձյալ գերություն և ստրկություն են սպասում:

— Այդ ամենը գիտեմ. բայց ես խորամանկելու էլ ճանապարհ չունեի, սիրելի՛ իշխան:

— Լավ, քեզ չեմ մեղադրում. անցածն անցել է: Այժմ ինչպե՞ս, ի՞նչ ձևով միացնենք մեր այս պառակտումները. մտածե՞լ ես երբևիցե սրա մասին, չէ՞ որ շարունակ դեպի կործանումն ենք գնում:

— Մտածել եմ, այն էլ երկար ժամանակ: Մինչև անգամ որոշ ծրագիրներ եմ կազմել, թե ի՞նչ դեպքում ինչ ձևով պիտի գործենք: Բայց դու, իշխան, ամենից առաջ պատմիր ինձ, թե ի՞նչ դրության մեջ է այժմ Ոստանը. ովքեր են թագավորի հետ միաբան. որքա՛ն զորք կարելի է անջատել բերդերից և հետո, թե ինչո՛ւ դու միայնակ գտնվում ես այժմ այստեղ. մի խոսքով, ծանոթացրու ինձ մանրամասնորեն մեր արքի դրության հետ, որովհետև այս հեռավոր անկյունում ես շատ քիչ տեղեկություն եմ առնում ձեր կողմերից, և այնուհետև ես իմ խորհուրդները կհայտնեմ քեզ. եթե բանավոր կգտնես նրանց, կգործադրենք միասին, եթե ոչ, կանեմ այն, ինչ որ դու կհրամայես:

Բերդակալի հետաքրքրությունն ու արած հարցերը կարծես տարակուսանքի մեջ ձգեցին Մարզպետունի իշխանին, նա կասկածում էր, թե չլինի՞ յուր ծրագիրները խանգարելու նպատակով է բերդակալն այդ հարցերն ուղղում իրան:

Այս մտքերն ստիպեցին իշխանին լռել մի քանի վայրկյան:

Բերդակալը գուշակեց նրա լռության պատճառը և ժպտալով նկատեց.

— Թող կասկածները սիրտդ չպղտորեն, սիրելի իշխան. իմ հավատարմությունը մի՛ չափիր այն դրությունից, որի մեջ գտնում ես ինձ, այլ չափիր ա՛յն անցյալից, որ ծանոթ է քեզ և արքային: Ասացի, որ խոնարհել եմ Սմբատին՝ իմ թագավորի շահն ունենալով ի նկատի, և այս է միակ ճշմարտությունը, որ հայտնեցի քեզ. ուրիշ դիտումներ մի որոնիր վարմունքիս մեջ: Եթե ամբողջ գարդմանն ինձ նվիրելու լինեին, դարձյալ այդ նվերը իմ աչքում չէր գերակշռիլ այն անարգանքին, որին ես արժանի կհամարեի ինձ, եթե իսկապես դավաճանած լինեի իմ արքային...

Այս խոսքերն արտասանվեցան այնքան անկեղծորեն, որ Մարզպետունի իշխանի կասկածները փարատեցան:

— Այո՛, Վահրամ, չեմ ծածկում քեզանից իմ կասկածը. վախենում եմ ամեն բան հայտնել: Ժամանակը և մարդիկ կործանել են իմ հավատը: Բայց քեզ վրա, այս վայրկյանից սկսած, տածում եմ արդեն մեծ վստահություն: Այսուամենայնիվ, շատ բան չպիտի խոսեմ քեզ հետ, որովհետև ժամանակը կարճ է. պետք է շտապել Սևադայի մոտ: Կաշխատեմ կրկին վերադառնալ այստեղ, իսկ եթե այդ չհաջողի, այսուամենայնիվ պիտի հավատամ, որ Գարդմանի մեջ արքան յուր հավատարիմն ունի:

— Ամենաանձնվեր հավատարիմը:

— Շնորհակալ եմ, լսի՛ր: Ոստանն այժմ խաղաղ է: Ինչպես գիտես, թագավորը վաղուց հաշտված է Աբաս եղբոր հետ՝ շնորհիվ Սյունյաց Վասակ իշխանի: Միակ չարիքը Աշոտ սպարապետի գժտությունն էր, այդ էլ մեջտեղից վերացավ: Ես և կաթողիկոսը ամեն հնար գործ դրինք, մինչև որ հաշտեցրինք նրան թագավորի հետ: Երկուսը միասին մինչև անգամ Դվինը պաշարելով՝ գրավեցին և հագարացիներին դուրս քշեցին նրա սահմաններից: Սպասում էինք, որ երկար ժամանակ այլևս ոչ մի խռովություն չի ծագիլ մեր սահմաններում: Մինչև անգամ տոնախմբություններ սարքեցինք Դվինում և քանի օր էր, որ դրանով էինք զբաղված: Եվ ահա՝ հանկարծ Ցլիկ-Ամրամի ապստամբության լուրն առանք: Թագավորը չէր հավատում, թե ապստամբությունն այդքան մեծ ծավալ կլիներ ստացած, ուստի միայն յուր թիկնապահների խմբով դուրս եկավ Շիրակից: Նա այն կարծիքին էր, թե Ուտիք հասնելով՝ տեղական բանակի գլուխը կանցներ և, գուցե առանց արյունահեղության, ապստամբը կնվաճեր: Բայց գնալով այդտեղ, գտնում է ամբողջ նահանգն ապստամբած: Երբ նա լուր տվավ ինձ այդ մասին, ես արդեն թագավորական ընտանիքը բերած էի Գառնի, որովհետև Երազգավորսի ամրությանն այլևս վստահանալ չի կարելի: Աբասն ու ափխազաց Գուրգենը բավական անխղճորեն, ավերել են նրան: Այդտեղ, սակայն, ես թագուհուն չհայտնեցի ապստամբության վտանգավոր կերպարանք առնելու լուրը, որպեսզի չանհանգստացնեմ նրան, բայց բանն այնպես սարքեցի, որ նա ինքն առաջարկեց ինձ գնալ Ուտիք՝ թագավորի արշավանքի մասին տեղեկություն առնելու և, եթե հարկավոր էր, օգնական զորք հասցնելու նրան: Եվ ես եկա: Բայց ի՞նչ տեսա. ոչ միայն ամբողջ Ուտիքը, այլև Արցախու և Գուգարաց մեծ մասը ապստամբած: Արքային հանդիպեցի Գարգարացոց ձորում: Նա հուսահատված էր և կամենում էր վերադառնալ Ոստան: Բայց այս մի վտանգավոր ձեռնարկություն էր: Եթե առանց Ցլիկ-Ամրամը նվաճելու նա մտներ Շիրակ, հավատացած եմ, ապստամբությունն ավելի լայն ծավալ կստանար, և պետության ամբողջությունն անդարմանելի կերպով կքայքայվեր: Բայց ի՞նչ անեինք, զորք չկար. երկրի բերդերն ու ամրությունները փակած էին թագավորի առաջ. հավատարիմ ճանաչվածներն անգամ միաբանել էին Ամրամի հետ: Այսուամենայնիվ, հարկավոր էր ցույց տալ, թե թագավորն անօգնական չէ Ուտիքում, և ապստամբին պետք էր տեղն ու տեղը նվաճել: Ահա այս նպատակին հասնելու համար խորհուրդ արինք, որ թագավորը շարունակե յուր ճանապարհը դեպի եգերացոց աշխարհը է ցույց տալու համար, թե այցելության է գնում նրանց թագավորին և թե Ուտիքում կանգ առնելու նպատակ բնավ չէ ունեցել: Իսկ եգերացոց թագավորը, հավատացած էինք, օգնական զորք կտար արքային, որովհետև նա շնորհապարտ էր նրան այն բարության համար, որ նա արավ իրան, ափխազաց Գուրգեն իշխանը եգերացոց սահմաններից հալածելով և նրա ասպատակները ցրելով:

Թագավորը յուր թիկնապահներով ճանապարհ ընկավ: Իսկ ես սկսա Ուտիքը շրջել իմ մի հավատարմի հետ միասին: Բոլոր շեներն ու ավաններն անցա, բերդերը դիտեցի, ապստամբության սահմանները քննեցի և եկա այն եզրակացության, որ չկա այս կողմերում մի կետ, որին ապաստանել կարողանայինք, գործը խաղաղության միջոցներով ավարտելու համար: Մնում էր ուրեմն հայտնի պատերազմ մղել ապստամբի դեմ: Այս միջոցում ահա եգերացոց աշխարհից արքայի սուրհանդակը հասավ, որ ավետում էր ինձ, թե եգերացոց թագավորը մեծ զորք է հանձնել նրան, և թե ինքը շուտով կձանապարհվի այս կողմերը:

— Ուրեմն թագավորը գալիս է եգերացոց զորքերո՞վ, — ուրախացած հարցրեց բերդակալը:

— Այո: Եվ ես հենց մի քանի օր առաջ սուրհանդակ ուղարկեցի թագուհուն, հայտնելով նրան, թե շուտով Ամրամի ապստամբությունը պիտի ձնշենք. բայց չհայտնեցի նրան, թե դիմել ենք եգերացոց օգնության:

— Կարիք էլ չկար: Բայց շո՞ւտ կհասնե այստեղ թագավորը:

— Անշուշտ մի քանի օրից, բայց ինձ հարկավոր էր՝ մինչև նրա հասնելը՝ մի վերջին գաղտնիք ևս բանալ. այն է, թե ի՞նչը դրդեց Ցլիկ-Ամրամին ապստամբել արքայի՝ յուր բարերարի դեմ: Չէ՞ որ Աշոտ-Երկաթի աննախանձ բարության շնորհիվ է, որ նա այսօր Ուտյաց աշխարհի կուսակալը և հյուսիսային բանակի հրամանատարն է: Ինչո՞ւ նա չարությամբ է փոխարինում բարությունը:

— Այո՛, Ամրամի այդ վարմունքը զարմացրել է նաև ինձ:

— Դու ոչ մի պատձառ չգիտե՞ս, — հարցրեց Մարզպետունի իշխանը մի տեսակ կեղծ պարզությամբ:

— Ո՛չ:

— Ինձ թվում է, թե նա ապստամբել է Սևադայի խորհրդով:

— Իսկ ես ընդհակառակը կարծում եմ, որ Սևադան ապստամբեցրեց գարդմանացիներին՝ միմիայն Ամրամի համարձակությունից խրախուսվելով:

— Եվ չե՞ս սխալվում

— Ինձ թվում է թե՝ չեմ սխալվում: Սևադան նրան գրգռել չէր կարող:

— Բայց ես հենց այդ հանելուկը լուծելու համար եկա այստեղ. ես կասկածում էի Սևադայի վրա. և մի քանի տեղեկություններ էլ, որ քաղեցի իմ ձանապարհորդության ժամանակ, հաստատեցին իմ կասկածները: Ես տակավին չգիտեի, թե նա գարդմանն էլ է արքայից ապստամբեցրել, որովհետև, ի՛նչ մեղքս ծածկեմ, չէի կարող հավատալ, թե Վահրամ բերդակալը թույլ կտար նրան այդ քայլն անել...

— Ես բացատրեցի քեզ, թե ի՛նչ հանգամանքներ ստիպեցին ինձ վարվել այդպես...

— Մի՛ ընդհատիր. ես քեզ չեմ մեղադրում. արդեն ծանոթացա այդ հանգամանքներին և տեսնում եմ, որ Գարդմանն էլ ապստամբների հետ է. և որ մեզ մնում է բարեկամ միայն Վահրամ բերդակալը:

— Որի վրա կարող է թագավորը վստահանալ ամեն դեպքում:

— Անշուշտ: Այժմ ուրեմն դու մնա այստեղ և հրամայիր, որ պահապաններիցդ մինն առաջնորդե ինձ դեպի Սևադայի ապարանքը: Ես նրան պիտի ներկայանամ իբրև մի անծանոթ կամ օտարական. և ամեն հնար գործ պիտի դնեմ ինձ համար այդ անհայտ գաղտնիքը պարզելու:

— Բայց դրանից ի՞նչ օգուտ: Միևնույն չէ՞ քեզ համար, թե ո՛վ ո՛ւմն է գրգռել. ապստամբությունն ակներև է. դրա դեմ պետք է գործել:

— Դրա դեմ, Այո՛, պետք է գործել եռանդով. բայց կարևոր է նաև այս գաղտնիքը լուծել, որպեսզի չարիքը կարողանանք արմատից խլել:

— Ավելին հարցնելու իրավունք չունիմ. արա՛, ինչ որ հաձելի է քեզ: Հարկավ, քո փորձառությունը չի կարոտում իմ խորհրդին, — պատասխանեց բերդակալը, և պահապաններից մինին կանչելով՝ հրամայեց առաջնորդել իշխանին մինչև Սևադա իշխանի ապարանքը:

Մութը կոխել էր և ամրոցի նեղ ու մանվածապատ ուղիներն անտեսանելի դարձրել: Բնակիչները քաշվել էին տուն, լռությունը տիրում էր ամեն տեղ և մենավոր անցքերում լսվում էր միայն իշխանի ձիու քայլատրոփը, որ մի-մի տեղ ստիպում էր պահապան շներին հարձակվել անցորդների վրա և իրանց աղմկարար հաչյունով խանգարել ամրոցականների խաղաղությունը:

Սահակ Սնադայի ապարանքին հասնելով, իշխանը հրամայեց յուր առաջնորդին վերադառնալ և ինքը միայնակ առաջ անցավ:

Իշխանի ապարանքը, որ միևնույն ժամանակ զորավոր մի դղյակ էր, գիշերվա այդ ժամին փակած չէր ոչ մի կողմից: Ըստ երևույթին նրա կույր տերերը չէին սպասում ոչ մի հարձակման և չէին իսկ երազում, թե կգտնվի մի տմարդ թշնամի, որ սիրտ կանե գիշերվա այդ ժամին երկու դժբախտների գիշերվա խաղաղությունը վրդովելու:

Իշխանը մտավ ապարանքի բակը դղյակի մեծ դռնով: Երկհարկյան այդ ընդարձակ շինությունը յուր մեծամեծ դահլիճներով, բազմաթիվ սենյակներով և աջ ու ձախ թևերին գրկած հզոր աշտարակներով թաղված էր համարյա խավարի մեջ: Չնայելով որ Սնադան այդ միջոցին արդեն յուր երկրի ու ամրոցի տերն էր, այսուամենայնիվ նրա ապարանքում կենդանություն չէր երևում, ձայն ու շշուկ չէր լսվում: Ապարանքի մի կողմի վրա գտնվող մի քանի նեղ պատուհանների մեջ միայն երևում էր նվազ լույս. իսկ ստորին հարկի խցերում խլրտում էին ծառաները:

Իշխանը նայեց այդ հսկայական շինության վրա և նրան շրջապատող տխուր լռությունը ճնշեց յուր սիրտը: Նա հիշեց այն երջանիկ օրը, երբ ինքն առաջին անգամ ոտք դրավ այդ տան դռանը: Ի՜նչ կյանք, ինչ աշխույժ, ի՜նչ ոգևորություն էր թագավորում այն ժամանակ այդ տան շուրջը. իսկ ա՞յժմ. որպիսի՜ մեռելություն... Կարծես թե իրոք մահվան ավերիչ ձեռքը ծանրացել էր այդ իշխանական դղյակի վրա:

«Եվ այս բոլորի պատճառը մի ապօրինի քայլ, ողջախոհության դեմ մի հանցանք...», — շշնջաց ինքն իրան իշխանը և խոր հոգոց հանեց: Ապա մոտենալով ներքին հարկի խցերից մինին, մտրակի կոթով դուռը բախեց:

Դուրս եկողն իշխանի հին ծառաներից մինն էր. Մարզպետունին իսկույն ճանաչեց նրան, որովհետև ճրագը նրա ձեռքումն էր: Այդ անհաջող հանդիպումը տխուր տպավորություն արավ իշխանի վրա, որովհետև եթե իրան ճանաչեին, այլևս յուր ծրագիրներն առաջ տանել չպիտի կարենար: Մի նվազ հույս էր միայն մնում, այն է՝ թե գուցե այդ ծառան մոռացած լինի իրան:

Վերջինս, որ իշխանի արտաքինից արդեն տեսավ, թե հասարակ մարդ չէ իրանց այցելողը, իսկույն դուրս կանչեց ընկերներին, որոնք ու այն կողմերից հավաքվելով՝ վառեցին բակի մեջ պատրաստ եղող կպրաձյութի դամբարը, և սկսան իրենց ծառայությունը մատուցանել իշխանին:

Լուր հասցրին իսկույն ներս իրանց տիրոջը, որ մի նշանավոր հյուր է եկել իրանց:

Իշխան Սնադան հրամայեց հայտնել հյուրին, որ «սիրով սպասում է յուր հին բարեկամ և ամենազնիվ իշխան Գևորգ Մարզպետունուն»:

Իշխանը շեմքի վրա մնաց զարմանքից սառած:

— Որտեղի՞ց իմացավ իշխանը, թե Մարզպետունին է յուր հյուրը, — հարցրեց նա լուր բերող ծառային, փոքր-ինչ այլայլված:

— Օ՜, ե՛ս տվի նրան այդ ավետիքը. կամեցա ուրախացնել իմ իշխանին,- ինքնագոհ ժպիտով պատասխանեց ծառան:

— Իսկ դո՛ւ, տղա՛, ճանաչո՞ւմ ես ինձ:

— Սա իմ որդին է, տե՛ր, — մոտենալով իշխանին ժպտալով խոսեց հինավուրց ծառան, — ես հայտնեցի նրան, թե մեզ հյուր եկողը փառավոր Մարզպետունին է...

Տեսնո՞ւմ ես, իշխան, որդիս մեծացել է. այն ժամանակ, որ դու հիվանդ պառկած էիր մեզ մոտ սա դեռ փոքր էր. խելոք, պատվական տղա է...

Իշխանը տեսավ, որ էլ ծածկելու տեղ չմնաց:

— Այո՛, երևում է, աստված պահե, — արագ-արագ պատասխանեց նա շատախոս ծառային և ներքին դժգոհությամբ բարձրացավ վերին դստիկոնը:

«Ապարդյուն այցելություն... գուցե և իմ ձեռնարկությանց համար խափանարար հանդիպումն...», — մտածեց ինքն իրան իշխանը և ներս մտավ Սնադայի առանձնարանը:

Գարդմանա հինավուրց իշխանը նստած էր այդտեղ առանձնարանի անկյունում դրված և թավիշներով զարդարած մի տախտի վրա ծալապատիկ, համակ սևազգեստ, համարիչը ձեռքին: Նա գլուխը բարձր բռնած և ուշադրությունը լարած, ինչպես առհասարակ անում են բոլոր կույրերը, ուղղել էր դեմքը դեպի առանձնարանի դուռը: Հենց որ ներս մտնող քայլերի ձայնն առավ, ժպտալով հարցրեց.

— Իշխա՞նն է եկողը:

— Այո՛, քո խոնարհ ծառան, — պատասխանեց Մարզպետունին և արագ քայլերով սկսավ մոտենալ:

— Ե՛կ, իմ սիրարժան հյուր. ե՛կ, մոտեցի՛ր ինձ, ես չեմ կարող քեզ ընդառաջել. աստված զրկել է ինձ այդ ուրախությունից. ե՛կ և գրկիր ինձ...

Այս խոսքերի հետ նա բացավ յուր գիրկը և Մարզպետունի իշխանը, որ արդեն մոտեցել էր՝ ջերմագին գրկախառնվեցավ նրան:

Սնադան սեղմեց նրան յուր կրծքին, համբուրեց մի քանի անգամ և հեկեկալով ասաց.

— Կերպարանքդ չեմ տեսնում, իմ ազնիվ բարեկամ, բայց հոգիս միացած է հոգուդ և նա ինձ շշնջում է, թե սիրտդ խռոված է Սնադայի դժբախտությամբ և թե աչքերդ արտասվում են արդեն: Եվ իրավ, Մարզպետունի իշխանը չկարողացավ զսպել իրան. Սնադայի գրկում արդեն նա փղձկեցավ և լուռ, անմռունչ արտասվում էր:

Այդ մարդը, որ արտաքուստ այնքան զորեղ և աննկուն էր երևում, մի նորատի կնոջ չափ փափուկ սիրտ ուներ:

— Նստի՛ր այստեղ, ինձ մոտ, քաջ եղիր, արհամարհի՛ր ճակատագրի հարվածները, միայն թե... նստի՛ր, սիրելիս (այս ասելով նա իշխանին նստեցրեց յուր կողքին), միայն թե՝ մի՛ արհամարհիր երբեք առաքինությունը... Աշխարհում ոչ մի հանցանք անպատիժ չէ մնում... Անշուշտ, Սնադան էլ գործել է այս պատժին արժանի մի հանցանք...

— Չէի սպասում, թե այդքան դառը խոսքերով ինձ կընդունես, — նկատեց Մարզպետունին դիտմամբ, որպեսզի ստիպեր յուր դժբախտ հյուրընկալին փոխել զրույցի տխուր եղանակը:

— Չէ՛, բարեկամ, դառնություն չի կարող լինել իմ խոսքերում, քանի որ քո գալուստը լցրել է իմ սիրտը ուրախությամբ... Եվ այդպես, Գնորգ իշխան, դու ուրեմն ինձ մոտ, իմ տանն ես, մենք դարձյալ միասին ենք... Ինչպե՞ս ուրախ եմ... Տո՞ւնդ, ընտանի՞քդ, որդի՞դ առողջ են բոլորը, այնպես չէ՞: Գոռը անշուշտ մեծացել է, սուր ու վահան է կրում...

— Այո՛, տեր, քո բարի օրհնությամբ:

— Աստուծո օրհնությամբ... Եվ բոլորն այժմ գտնվում են Երազգավորսո՞ւմ...

— Ո՛չ, Գառնիում, թագուհու մոտ:

— Թագուհո՞ւ... իմ Սահականույշի՞...

Այդ րոպեին Սնադա իշխանի դեմքը վայրկենապես այլայլվեց, կարծես, թե հանկարծ մի սուր ցցեցին նրա թոքերի մեջ, բայց իսկույն էլ իրան զսպելով՝ նախկին հանգիստ կերպարանքն առավ և շարունակեց.

— Իմ Սահականույշն էլ առողջ է, այնպես չէ՞...

— Այո՛, իշխան, ես նրան շատ առողջ թողեցի Գառնիում:

— Շատ առո՞ղջ... այդ լավ է, շատ լավ է... ես չէի կարծում... — ընդհատելով պատասխանեց Սմբատը, կարծես թե չկամենալով, որ Մարզպետունին այդպիսի լուր հաղորդեր իրան: Որովհետև ծանր էր գալիս նրան լսել, թե յուր Սահականույշը առողջ է այնպիսի մի ժամանակ, երբ նրա հայրն ու եղբայրը կուրացած, նստած են Գարդմանում... Չէ՞ որ այդ դժբախտության հանդիպել էին նրանք նույնիսկ այդ Սահականույշի երջանկության արգելքները բառնալու պատճառով...

Հազվագյուտ են աշխարհում այնպիսի մարդիկ, որոնք իրանց կոչման վերաբերյալ մի որևէ պարտավորություն բարեխղճաբար կատարելուց ետ, եթե մանավանդ այդ պարտավորությունը լինում է բոլորանվեր մի անձնազոհություն, չպահանջեին, որ մարդիկ անմոռաց պահեն հիշողության մեջ իրանց արածը կամ հավիտյան երախտագետ լինին իրանց: Մեծամասնությունը, ընդհակառակը, անում է այդ պահանջը նույնիսկ յուր հասարակ պարտավորությունները բարեխղճաբար կատարած ժամանակ: Եվ կարծես հենց մարդկանց այդ բնական ցանկությունը խեղդելու համար է, որ աշխարհում, ընդհանրապես, ոչ միայն երախտագետ չեն լինում անձնվեր մարդկանց, այլև նրանց ծառայությունը փոխարինում են միշտ սև ապերախտությամբ:

Սմբատ իշխանի համար ծանր էր, արդարև, հավատալ, թե Սահականույշը կարող էր մի վայրկյան անգամ հոգվո խաղաղություն ունենալ այն օրից ետ, որ յուր հայրն ու եղբայրը կուրացել էին յուր պատճառով, թե նա կարող էր ժպտալ, ծիծաղել, ուրախանալ... թե ամեն առավոտ ծագող ոսկեշող արևի ճառագայթները չէին համակիլ նրա սիրտը տխրությամբ, հիշեցնելով նրան, որ յուր հայրն ու եղբայրը զրկված են այդ ճառագայթներից հավիտյան...

Ահա՛, այդ պատճառով նրա վրա անախորժ տպավորություն արավ Մարզպետունու այն պատասխանը, թե «Սահականույշին շատ առողջ թողեցի Գառնիում»:

Բայց Գևորգ իշխանը ոչ մի հուզման նշան չնկատեց Սմբատի վրա: Նրան զբաղեցնողն այդ րոպեին Սմբատի հոգեկան աշխարհը չէր, այլ այն միտքը, թե ի՞նչ պիտի պատասխանե իշխանին, եթե նա յուր այստեղ գալու մասին հարցնե: Արդյոք սուտ պատճառնե՞ր հորինե, թե անկեղծությամբ խոստովանե ամեն բան: Եվ ահա նա դեռ այդ վարանման մեջ էր, որ Սահակ իշխանն ասաց.

— Մի լավ սովորություն կա մեր ժողովրդի մեջ, իշխա՛ն. երբ հեռու երկրից մի հյուր է գալիս դրանց մոտ, չեն հարցնում ո՛չ անունը, ո՛չ գյուղն ու քաղաքը՝ որտեղից գալիս է նա, ո՛չ գործը՝ որի համար եկել է, մինչև որ մի հարուստ ճաշով կամ ընթրիքով չեն հյուրասիրում նրան: Այդ սովորությունը յուր շահավոր պատճառներն ունի, որոնք հայտնի են քեզ: Բայց ես այժմ հյուրասիրական այդ պարտավորության պատկառ մնալ չեմ կարող. առաջին՝ որ մենք օտարներ չենք, և շատ տարօրինակ կլիներ, եթե մի վայրկյան առաջ չկամենայինք տեղեկություն առնել միմյանցից այն խնդիրների մասին, որոնք հետաքրքրում են մեզ. և երկրորդ՝ այն օրից ի վեր, որ այս դժբախտությունն ինձ պատահեց, ես դյուրազգռիռ և անհամբեր եմ դարձել... Անհամբեր, չե՞ս զարմանում. կույրն իրավունք ունի՞ անհամբեր լինելու... Բայց ես այդպես եմ. և ինձ թվում է, թե դրա պատճառն ա՛յն է, որ իմ հոգին աշխույժ և աննկուն է դեռ, ուստի իմ անգործունեությունն ավելի ևս զգռում է իմ մեջ գործելու եռանդը... Այո՛, այդ օրից ի վեր, ասում եմ, ես անհամբեր եմ դարձել. ուրեմն ասա՛, սիրելի իշխան, ի՞նչ դիպված, ի՞նչ պատահար բերավ քեզ իմ ամրոցը, և այն՝ այս տարաժամին... Անշուշտ քեզ առաջնորդել է դեպի իմ տունը մի բարի նպատակ:

Մարզպետունի իշխանին, գիտեմ, չեն զբաղեցնում անձնական գործերը: Հայրենիքն ու նրա ցավերն են, որ ուժ կամ հուսահատություն են բերում նրա վրա, այժմ ասա՛, ի՞նչ ցավ դարմանելու համար ես շնորի բերել մեզ մոտ:

Գևորգ իշխանի տխրամած դեմքը պայծառացավ. կարծես թե Սևադան յուր ձեռքը պարզելով դուրս հանեց նրան մի խավարչտին անդունդից. իշխանի խոսքերը բացին նրա առաջ փակված ճանապարհը և նա որոշեց ազատորեն խոսել:

— Շնորհակալ եմ, տեր իշխան, որ այդքան լավ կարծիք ունիս իմ մասին, դու արդեն գուշակեցիր իմ գալստյան պատճառը և լավ ասացիր, թե անձնական գործերն ինձ չեն զբաղեցնում: Այո՛, անձնական գործի համար չեմ այժմ Գարդմանում Երկիրը, իշխան, դարձյալ տագնապի մեջ է. թշնամիների հարձակման համար դարձյալ մեր հարազատները ճանապարհներ են պատրաստում. եկել եմ քո օգնությունը խնդրելու առաջիկա ընդհարումների առաջն առնելու համար:

— Իմ օգնությո՞ւնը... իշխա՛ն:

— Այո՛, քո օգնությունը:

— Դու առողջ աչքեր ունիս, տեր Մարզպետունի, անկարելի է, որ ճանապարհից մոլորված լինիս, — ժպտալով պատասխանեց Սևադան:

Իշխանի այդ հեգնությունը խոցեց Մարզպետունու սիրտը, բայց նա չվրդովվեցավ:

— Եթե մինչև անգամ զուրկ լինեի այդ պիտանի զգայարանքից, այնուամենայնիվ կարող էի դարձյալ իմ հոգվո աչքերով գտնել այն ճանապարհը, որ հանում է դեպի Գարդմանա իմաստուն և հայրենա սեր իշխանի դղյակը: Ես, գուցե, շատ անգամ մոլորվել եմ ճանապարհից, բայց այս անգամ ճիշտ հասել եմ այնտեղ, ուր որ իմ ցանկությունն ու սրբազան պարտքը առաջնորդում էին:

— Գարդմանա իշխանը խելագուրկ մարդ չէ, Այո՛, և դու չէիր հավատալ, եթե ես այդ անունը տայի ինձ. բայց նա, իշխան, այլևս հայրենասեր չէ. մի՛ պատվիր նրան այդ անունով:

— Նա չի կամենալ, որ հայոց արքայական գահը վտանգվի. ես այդ հաստատ գիտեմ, և եթե ինքդ իսկ հակառակը պնդես, ես չեմ կարող հավատալ:

— Սևադան մի չարագործ է այժմ, իշխան, հավատա՛ ինձ:

— Ոչ. նա միայն վրդովված է, նա սրտմտած է հավաստի անիրավության դեմ... բայց նա այդ ժամանակավոր զայրույթի պատճառով չի պատժիլ հայրենիքը, զլանալով նրա ծառաներին յուր իմաստուն խորհուրդները:

— Խորհուրդնե՞ր, դու ինձ մոտ խորհրդի՞ ես եկել իշխան, — կարծես զարմանալով հարցրեց Սևադան:

— Այո՛, տեր իշխան. Ցլիկ-Ամրամը, Ուտիքի վերակացուն, ապստամբել է արքայից: Բոլոր Ուտիքը, Արցախու և Գուգարաց մեծ մասը զենք են բարձրացրել իրանց թագավորի դեմ: Եկա խորհուրդ հարցնելու հինավուրց զորավարից, թե ի՞նչ միջոցներ գործ դնենք, որպեսզի կարողանանք ճնշել այս ապստամբությունը առանց եղբայրասպան կռիվ մղելու:

— Դու ծաղրո՞ւմ ես ինձ, իշխան, — լրջությամբ հարցրեց Սևադան:

— Ինչպե՞ս կհամարձակիմ:

— Լսիր, տեր Մարզպետունի, ես իրավունք չունիմ ստիպել քեզ՝ բանալ քո սիրտն իմ առաջ: Դու հայրենիքին նվիրված մարդ ես, քո թագավորի հավատարիմ պաշտոնյան ես, Սևադան պարտավոր է քեզ հարգել: Ես չեմ նեղանում, մինչև անգամ, որ դու ազատորեն չես կշտամբում ինձ, թե ինչո՞ւ միացել եմ ես Ցլիկ-Ամրամի հետ... քաղաքավարությունը, գիտեմ, օտար ունակություն չէ Մարզպետունյաց նախարարական տան ժառանգի համար: Բայց Սահակ Սևադան իրավունք չունի ծածկել յուր գործերը, Գարդմանա տերը չի կարող յուր թշնամությունը բարեկամությամբ վարագուրել... Ես, այո՛, Ցլիկ-Ամրամի հետ եմ, դու այժմ թեպետ քո անձնական բարեկամի, բայց քո թագավորի թշնամու տանն ես, խոսի՛ր ինձ հետ ինչպես արքայի հակառակորդի հետ, դրա համար ես միայն կարող եմ շնորհակալ լինել քեզ:

Մարզպետունի իշխանը հանգիստ շունչ քաշեց. նա կարծես թեթևացավ յուր սիրտը ճնշող ամենավերջին ծանրությունից էլ:

— Եվ այդպես, ուրեմն, Գարդմանա տերը ապստամբների հե՞տ է, — հարցրեց իշխանը խաղաղ ձայնով:

— Ո՛չ թե միայն ապստամբների հետ է, այլև նա ինքն է այդ ապստամբությունը վառել, բորբոքել:

— Այդ անկարելի է: Չարիքը գուցե յուր ետևից տարել է սրամտությամբ վառված Սևադային, բայց Սևադան ինքը այդ չարիքը չէր ստեղծի՛լ:

— Այո՛, ես ինքս ստեղծեցի:

— Դու ի՞նքդ:

— Այո՛:

— Պատճա՞ռ:

— Որպեսզի իմ վրեժխնդրության ծարավը հագեցնեմ:

— Ի՞նչ էր մտածում Աշոտ-Երկաթը, որ կուրացնում էր Սևադային: Մի՞թե կարծում էր, թե մարմնո կուրությունը կարող է արգելել նրա հոգուն տեսնել ամեն օր յուր առաջ չարագործի արյունաշաղախ ձեռքերը և վրեժխնդրության բոցով չբորբոքվել... Ի՞նչ չարիք էի հասցրել ես նրան. ինչո՞ւ նա իմ տեսությունը խավարեցրեց. ինչո՞ւ ինձ դատապարտեց կենդանի մարմնով հավիտյան գերեզմանի մեջ խարխափելու...

— Բայց դու, իշխան, չէ՞ որ ապստամբեցիր նրանից և քեզ հետ էլ միասին բոլոր հյուսիսային գավառներն ապստամբեցրիր. դու սպառնում էիր պետության ամբողջությունը քայքայել, դու արքունական գահի պատվանդանն էիր փորում. մի՞թե թագավորը պարտավոր չէր պաշտպանել աշխարհը քո փառասիրական ոտնձգությանց դեմ... ների՛ր, որ ես այս խոսքն արտասանում եմ, բայց դու սիրում ես անկեղծությունը:

— Այո՛, Այո՛, անկե՛ղծ եղիր. իշխանազն մարդուն անվայել է կեղծավորության գրգլյակներով ծածկվիլ. բայց աշխատիր, որ անկեղծության անժույժ եռանդը մինչև զրպարտության սահմանները չտանե քեզ...

— Զրպարտությո՞ւն, աստված մի արասցե:

— Այո՛, դու ինձ զրպարտեցիր, հենց այս վայրկյանին:

— Ինչպե՞ս, ասա՛, ես ներողություն կխնդրեմ:

— Ասացիր, որ քո թագավորը պաշտպանում էր աշխարհը իմ փառասիրական ոտնձգությանց դեմ:

— Այո՛, ասացի. դու անարգեցիր նախկին հաշտության ժամանակ տված քո երդման գիրը և երկրորդ անգամ ապստամբեցար: Մի՞թե փառասիրությունը չէր մղում քեզ դեպի այդօրինակ ուխտադրժություն:

— Ուրախ եմ, որ կարողանում ես այդպես անկեղծորեն խոսել. երկչոտ մարդկանց տանել չեմ կարող, բայց միևնույն ժամանակ, տխրում եմ, որ այդքան անծանոթ ես դու ճշմարտությանը: Անդարմանելի մի վիշտ է այդ ինձ համար... Ես չեմ վշտանում, որ հայոց աշխարհին այդ կարծիքն ունի իմ մասին, բայց վշտանում եմ, որ արքունիքի ամենամոտ անձը, Աշոտ թագավորի մտերիմը, Մարզպետունյաց Գևորգ իշխանը նույն կարծիքն է պաշտպանում... Եվ ուրեմն Սևադան ապստամբել էր այն ժամանակ թագավորի դեմ յուր փառասիրական ձգտումներին հետևելով... մի՞թե պիտի զարմանամ, եթե հայոց ազգի պատմությունը գրող վարդապետներն էլ անարգանաց այդ դրոշմը դնեն իմ հիշատակի վրա... Օ՛, ծանր, շատ ծանր զրպարտություն է այդ իշխան:

— Ի՞նչն էր ուրեմն քո այն ժամանակվա առաջին և երկրորդ ապստամբությանդ պատճառը:

— Ի՞նչը ... Այո՛, այդ պիտի հարցնես, այդ դու պարտավոր ես իմանալ, եթե դեռ չգիտես: Բայց ամենից առաջ ասա՝ ինձ. կկամենայի՞ ես դժբախտացնել իմ հարազատ դուստրը, որ հայոց թագուհին էր և որին սիրում էի ես ավելի, քան իմ զույգ աչքերի լույսը:

— Ո՛չ:

— Կկամենայի՞ խռովել նրա հանգստությունը, նրա արքունիքը, և, վերջապես, վտանգել իմ թագավոր փեսայի գահը: Մի՞թե անձնասպանության հավասար մի հանցանք չէր լինիլ դա ինձ համար:

— Անշուշտ: Մենք էլ հենց դրա համար էինք զարմանում, որ Սևադա իշխանը ապստամբության դրոշ էր պարզում յուր դստեր և փեսայի դեմ:

— Եվ դրա պատճառն էլ իմ փառասիրական ձգտումնե՞րն էիք համարում:

— Ուրիշ բան մտածել չէինք կարող:

— Լավ. ուրիշ ի՞նչ փառք էր ինձ հարկավոր... Աղջիկս՝ թագուհի, փեսաս՝՝ թագավոր, ինքս Գարդմանում ազատ, հարուստ և զորեղ իշխան: Մի՞թե իրավունք ունեի այս բոլորից հետո մի ուրիշ պահանջ անել իմ բախտից:

— Հարկավ ոչ:

— Եվ վերջապես, մի՞թե Սահակ Սևադան մի հասարակ զինվորի չափ էլ հայրենասիրություն չուներ. մի՞թե ես անծանոթ էի իմ ազգի պատմության և չգիտեի, թե որպիսի՛ թանկ զոհաբերության գնով ձեռք բերվեց Բագրատունի թագավորության գահն ու թագը, որ ես թույլ տայի ինձ փառասիրության ձգտումներով այդ գահի հաստատությունը խախտելու:

— Բայց ի՞նչն էր, վերջապես, այն ժամանակվա քո ապստամբության պատճառը:

— Իմ ապստամբության պատճա՞ռը, Այո՛, այդ կարող ես հարցնել. այժմ այլևս ծածկելու կարիք չկա... Բայց, կարծեմ, այդ մասին դու շատ բան գիտես:

— Դեռ ոչինչ չգիտեմ:

— Ոչինչ չգիտես, ուրեմն լսի՛ր: Ես քո արքայից առաջին անգամ ապստամբեցա՝ նրան չար ճանապարհից զգուշացնելու համար. երկրորդ անգամ ապստամբեցա հայոց արքայական գահի պատիվը փրկելու համար. իսկ այժմ՝ ապստամբել և Ցլիկ-Ամրամին էլ ապստամբեցրել եմ՝ իմ և իմ որդվո անձնական անարդանաց վրեժը լուծելու համար:

— Ինձ դեռ առաջ բացատրիր նախկին ապստամբությանդ պատճառը: Ի՞նչ կնշանակե, թե կամենում էիր արքային չար ճանապարհից զգուշացնել. ի՞նչ չար ճանապարհ էր այդ:

— Ինչ չար ճանապա՞րհ...

— Այո՛:

— Քեզ հո հայտնի էր, որ նա մի ժամանակ սիրում էր Սևորդյաց Գևորգ նահապետի աղջկան:

— Այո՛, մի ժամանակ. բայց այդ շատ առաջ էր:

— Ամուսնությունից առաջ, այնպես չէ՞:

— Այո՛:

— Երբ մարդ ամուսնանում է, պետք է որ պատկառ մնա յուր ամուսնական պարտավորությանց, աստուծո և աշխարհի առաջ արած երդման, յուր կնքած ուխտին. այնպես չէ՞:

— Անշուշտ:

— Եթե այդպես անում է հասարակ մարդը, ռամիկը, գեղջուկը, որքանն ավելի պարտավոր է անել թագավորը, ժողովրդյան հայրը և առաջնորդը. նա՛, որին թագադրության ժամանակ եպիսկոպոսն արքայական մատանին հագցնելով ասում է.

«Ա՛ռ զմատանի՝ առհավատչյա արդարության թագավորության քո, քանզի այսօր օրհնյալ ես իշխան և թագավոր ժողովրդյանս: Հաստատ լեր և օգնական քրիստոնեության և քրիստոնեից հավատո, զի փառավորեսցիս ընդ թագավորին թագավորաց...»: Արդ, նա, որ կոչված է ո՛չ միայն քրիստոնեական հավատո մեջ հաստատ մնալու, այլև այդ հավատո պահպանության հսկելու և յուր ժողովրդի համար արդարության ու առաքինության օրինակ հանդիսանալու, կարո՞ղ է և իրավունք ունի արդյոք անարգել այդ հավատը և գայթակղության քար դառնալ ժողովրդի համար:

— Հարկավ ո՛չ:

— Բայց թագավորն այդպես էր անում: Նա ամուսնացավ իմ դստեր հետ, բայց Սնորդյաց նախկին օրիորդին չմոռացավ: Այն օրից, որ նա Ցլիկ-Ամրամին կարգեց Ուտիքի վերակացու, ոտի տակ տվավ աստուծո և աշխարհի առաջ արած յուր երդումը, նա մոռացավ յուր օրինավոր ամուսնուն, անարգեց նրա մաքուր, անարատ և խանդակաթ սերը, նա դարձավ Ցլիկ-Ամրամի կնոջ սիրահարը... Հայտնի չեն միթե քեզ այս պատմությունները:

— Հայտնի են. բայց...

— Բայց դատապարտելի չեն քո աչքում, այնպես չէ՞:

— Աստված մի՛ արասցե, որ ես ամբարշտության գործերը դրվատեմ... բայց կամենում էի ասել, թե մարդկանց չպետք է խստությամբ դատել, առանց նրանց հանցանքի պատճառները խղճի մտոք քննելու:

— Երբ ես կխնդրեմ քեզ պաշտպանել քո թագավորին, այն ժամանակ կպաշտպանես. այժմ դեռ ինձ լսիր: Հայ լինելուց առաջ, բարեկամ, ես մարդ եմ և միևնույն ժամանակ՝ սիրող հայր: Չեմ ծածկում իմ փառասիրական փափագը. ես կամենում էի, որ հայոց թագավորը փեսայանար ինձ, մանավանդ որ տեսնում էի, թե իմ գեղանի դուստրը հիացած է նրանով. իսկ իմ աղջկան սիրում էի ես կաթոգին և իմ ուրախությունը գտնում էի նրա ուրախության մեջ. այդ պատճառով էլ աշխատեցի, որ Աշոտ-Երկաթը ամուսնանար նրա հետ: Աշոտը կարող էր բացեիբաց մերժել այդ միությունը, ոչ ոք իրավունք չէր ունենալ շղթայել նրա սիրտը յուր կամքի հակառակ: Բայց երբ մի անգամ կապվեցավ նա իմ դստեր հետ սուրբ ամուսնության կապով, ապա պարտավոր էր պատկառ մնալ աստուծո և մարդկանց բերանով օրհնված այդ միությանը: Բայց նա անարգեց այդ միությունը: Կներե՞ նրան աստված թե ոչ, այդ ես չգիտեմ. դուք էլ, մարդիկդ, տեսնում եմ, չեք կամենում խստությամբ դատել նրան. բայց ե՞ս... Ես հայր եմ. սիրտ և զգացմունք ունիմ. հայրական գութ ու գորով ունիմ. և դրա հետ միասին էլ Գարդմանա Տան հպարտ իշխանն եմ... Ես չէի կարող անտարբերությամբ նայել իմ դստեր դժբախտության վրա և, միևնույն ժամանակ, երբե՛ք և ո՛չ մի պայմանով թույլ չէի տա, որ երկրիս ամենազորեղ մարդն անգամ անպատվության դրոշմ դներ իմ ճակատին: Ես մի հարվածով կջախջախեի այն ձեռքը, որ կմոտենար իմ տոհմական անարատ անունը արատավորելու: Ես այդ կարող էի անել: Բայց ամենից առաջ լսեցի խոհեմության ձայնին: «Ոչ ոքին դեռ հայտնի չէ իմ դստեր դժբախտությունը, — մտածեցի ես, — նա ինքը, նույնպես, ոչինչ չգիտե այդ մասին. ինչո՞ւ ուրեմն հրապարակ հանենք ժամահոտ վերքը. նրան կարելի է բուժել նաև մի ծածկարանում. թող հանգիստ մնա իմ դստեր սիրտը և անարատ արքայական գահի պատիվը»: Այսպես մտածեցի ես և դիմեցի արքային: Խոսեցի նրա հետ հայրաբար. հորդորեցի նրան չափավորել յուր խանդն ու ավյունը, սանձահարել կրքերը, հեռանալ անպատվության ճանապարհից և աղաչեցի, թախանձեցի, որ նա խնայեր իմ դստեր քնքուշ, դյուրաբեկ և վշտերի անսովոր սիրտը, որ նա խնայեր, վերջապես, հայոց արքայական թագի պատիվը... Նա առաջ չկամեցավ խոստովանել յուր հանցանքը. ծիծաղեց դառը փորձերից խրատված հոր կասկածների վրա և կամեցավ յուր ճարտար լեզվով նկարել իմ առաջ կասկածի ճիվաղային կերպարանքը՝ նրանից ինձ հեռու փախցնելու համար...: Այն ժամանակ ես ապացույցներ դրի յուր առաջ: Նա չկարողացավ հերքել դրանք և շառագունեց: Օ՜, չկա ավելի ծանր պատիժ առաքինի մարդու համար, քան հանցապարտ ու ամոթահար տեսնել յուր առաջ այն տղամարդին, որի մեջ հարգում էր նա երբեմն առաքինությունը, ազնվությունը, հավատարմությունը, որի մեջ ամփոփում էր նա յուր լավագույն հույսերը, որին նա յուր հերոսը, յուր դյուցազն էր համարում... Ես այդ ծանր վիշտը կրեցի իբրև հայ մարդ. իսկ հետո տանջվեցա իբրև ծնող՝ երբ իմ դստեր տկար սրտին հասնելիք հարվածի ծանրությունը կշռեցի: Վերջապես թագավորը խոստովանեց ինձ յուր թուլությունը և խոստացավ խզել Ցլիկ-Ամրամի տան հետ ունեցած բոլոր կապերը: Ես ուրախացա և վերադարձա Գարդման: Բայց ահա՜ գալիս է ամառը և նա թագուհուն ուղարկում է Սյունյաց ամառանոցները, իսկ ինքը գնում Ուտիք, շաբաթներով նստում Սևորդյաց լեռներում Ցլիկ-Ամրամի վրանների տակ, Ասպրամ իշխանուհու զբոսավայրերում... Ես այնուհետև համբերել չկարողացա: Նախատական մի գիր գրեցի նրան և սպառնացի, որ եթե անմիջապես չի հեռանալ Սևորդյաց աշխարհից, ես ինքս իմ զարդմանացի գնդերով կերթամ և կհալածեմ նրան յուր սիրած հովիտներից: Քո թագավորը ո՛չ միայն անուշադիր էր թողել իմ նամակը, այլև ծիծաղել էր իմ սպառնալիքի վրա, — Այդ ինչ է. միթե գարդմանացիք սիրահարների դեմ էլ են պատերազմում, — հեգնելով ասել էր նա իմ հավատարիմին: Բայց ես, որ ի բնե կատակ անել չէի սիրում, որոշեցի խրատել իմ ստահակ փեսային: Միայն թե իսկույն ևեթ չգործադրեցի այդ որոշումը, որովհետև դեռ պետք է խեղճ աղջկանս սիրտը պատրաստեի յուր դժբախտությունը լսելու: Եվ այս մի ծանր պարտավորություն էր սիրող հոր համար՝ գուժել ինքն իրեն բախտավոր համարող զավակին յուր դժբախտությունը: Մինչ այս, մինչ այն, Աբաս արքաեղբոր և նրա աներոջ դավադրությունը երևան եկավ, որից ստիպված, ինչպես գիտես, թագավորը քաշվեցավ Ուտիք: Եվ, ահա՜, մի դժբախտ օր նամակ եմ ստանում իմ դստեր դայակից, թե թագուհին մերձիմահ հիվանդ է Տավուշ բերդում և կամենում է ինձ տեսնել: Իսկույն ևեթ շտապում եմ Տավուշ: Տեսնում եմ աղջիկս հոգեկան ծանր տագնապի մեջ: Հարցնում եմ հիվանդության պատճառը. և նա տանջվելով դառնապես արտասվելով պատմում է ինձ յուր դժբախտությունը....: Ի՞նչ անեի ես. չէ՞ որ է՛լ համբերելու տեղը չէր: Հասկացրի աղջկանս, որ չվրդովվի, եթե իմ և արքայի մեջ բռնկող մի պատերազմի լուրն իմանա: «Այս միջոցը, ասացի, գործ եմ դնում ամուսինդ ուղղության բերելու համար, բայց արյունահեղություն չպիտի անեմ»: Եվ այդ նպատակով էլ հենց Տավուշի մեջ կշտամբեցի թագավորին ամենածանր, նախատական խոսքերով և յուր երկիրն ավերելու սպառնալիք կարդալով նրան՝ հեռացա: Ահա՜, այդ էր պատճառը, որ Գարդման հասնելով զորքերս ժողովեցի և եկա Ուտիքի մի քանի գավառները գրավելու: Բայց որպեսզի համոզվես, թե ես այդ ցույցն անում էի միմիայն թագավորին ուղղության բերելու նպատակով, կասեմ, որ թագավորը դեռ նոր էր յուր բանակը Շիրակից հանել, որ ես ծածուկ սովորեցրի Սյունյաց Սմբատ և Բաբգեն իշխաններին՝ գալ և իրանց կողմից հաշտության միջնորդ հանդիսանալ մեր մեջ: Նրանց հետ միացել էիր և դու, այլև մի քանի ուրիշ իշխաններ: Եթե մինչև ձեր հասնելը ինքս հնարներ գործ չդնեի ընդհարումը դիտմամբ ուշացնելու, Ախայան գյուղի առաջ երկու կողմից էլ մեծ կոտորած պիտի լիներ: Բայց դուք հասաք և գործն ուրիշ կերպարանք առավ: Սյունյաց իշխանները ոչինչ չէին հայտնել ձեզ իմ գաղտնի նպատակի մասին, ուստի ձեզանից շատերն ա՛յն կարծիքին էին, թե Սահակ Սևադան փառասիրական ձգտումներից մղվելով է ապստամբել թագավորի դեմ: Ես հարկավոր չհամարեցի հերքել այդ կարծիքը, որովհետև ավելի գերադասում էի այն, որ իմ դստեր դժբախտությունն անծանոթ մնար հայ իշխանական տներին և արքայի անունը չարատավորվի, քան թե ազատ լինիմ այն մեղադրանքից, թե փառասիրական ձգտումներ ունիմ: Եվ ես հրապարակով մշտական հաշտության երդումն արի և դաշնագիր ստորագրեցի: Այդ դուք բոլորդ տեսաք: Բայց դուք չլսեցիք այն խոստովանությունը, որ Աշոտ թագավորն արավ իմ և Սյունյաց եպիսկոպոսի առաջ, և այն երդումը, որ նա երդվեց՝ թողնել հավիտյան Ասպրամ իշխանուհու հետ ունեցած մտերմական հարաբերությունները և ուղիղ սրտով ու մաքուր սիրով վերադառնալ յուր օրինավոր ամուսնու գիրկը: Այո՛, ինչպես որ իմ այս ապստամբության իսկական պատճառը ոչ թե փառասիրությունս, այլ թագավորն ուղղության բերելու ցանկությունս էր, այնպես էլ մեր հաշտության իսկական պայմանը, և ավելի սրբազան երդումը ո՛չ թե այն էր, որ դուք իշխաններդ վավերացրիք, այլ այն, որ կնքվեցավ արքայի, Սյունյաց եպիսկոպոսի և իմ մեջ:

— Այժմ կատարելապես ծանոթացա քո առաջին պատմության շարժառիթների հետ. երկրո՞րդն ի՛նչ պատճառներից հառաջացավ, — հարցրեց Մարզպետունի իշխանը:

— Երկրո՞րդը:

— Այո՛:

— Նրա պատճառներն ավելի ծանրակշիռ են:

— Պատմի՛ր համառոտ, թե չես ձանձրանում:

— Ձանձրանա՞լ, ոչ. Մարզպետունի իշխանի հետ խոսակցելը ձանձրույթ չի պատճառի ինձ, — պատասխանեց Սնադան և սկսավ յուր երկրորդ զրույցը:

— Ես կարծում եմ, — ասաց Սնադան, — կարելի է միշտ ներել այն հանցավորին, որ կա՛մ հանգամանաց բերմամբ, կա՛մ սեփական թուլությունից գործում է մի հանցանք, բայց ունի կենդանի խիղճ, դյուրազգաց սիրտ, ճանաչում է յուր հանցանքը և զղջում է սրտանց: Բայց ներել այն հանցավորին, որ ոչ միայն չէ խոստովանում հանցանքը, այլև, դրվատում է նրան իբր մի առաքինություն, գայթակղեցնում է անփորձ սրտերը՝ յուր օրինակին հետևելու կամ յուր հանցանքի մեծությունը ծածկելու համար զրպարտում է յուր շրջապատողներին՝ մեղադրելով նրանց ծանրագույն հանցանքների մեջ, այդպիսի հանցավորին, ասում եմ, ոչ միայն չպետք է ներել, այլև անհրաժեշտ է պատժել ամենածանր պատիժներով. հակառակ դեպքում մի հատ չարիքը հարյուր նոր չարիքներ կծնե...: Իմ և քո թագավորը, բարեկամ, այս վերջին տեսակի հանցավորների թվին էր պատկանում: Ես պարտավոր էի նրան պատժել. այդ պահանջում էր իմ արժանապատվությունը, իմ ծնողական և մարդկային պարտավորությունը: Ես պետք է միանգամայն վերցնեի նրան աշխարհի երեսից. այդպիսով գայթակղության քարը վերցված կլիներ մեջտեղից... Եվ այդ դժվար գործ չէր ինձ համար: Եվ մի՞թե կարծում ես, թե մեծ կորուստ կունենայինք. բնա՛վ. հայոց արքայական գահը, միամիտ եղիր, թափուր չէր մնալ: Թագավորը, միևնույն է, ժառանգ չունի. նրա աթոռը վաղ թե ուշ պիտի յուր եղբայր Աբասը պայազատե. ուրեմն որքան շուտ, այնքան լավ: Գուցե այդպիսով շատ բան դեպի լավը փոխվեր: Բայց ես հիմարացա: — «Պաշտպանե՛նք դեռ գահը վտանգից, մտածում էի ինքս ինձ. վատ գործը. ամեն վայրկյան կարող ենք անել. պատիժը ամեն րոպե կարող ենք չափել. աշխատենք դեռ գահի փրկության համար...»: Եվ ես հետաձգեցի պատիժը: Կարծում էի, թե դժվարին չէ «ընծու փախել զխայտուց և եթովպացվո՝ զսևություն»... Կարծում էի, թե իմ ներողամտությամբ, իմ անհիշաչարությամբ կարող եմ կակղեցնել ապառաժ սիրտը կամ հարություն տալ մեռած ու դիակնացած խղճին: Եվ ահա՛, երբ ես այս մտքերով էի զբաղված, Աշոտ Երկաթը կալանավորեց Սյունյաց Վասակ իշխանին, իմ բարեկամին, և դրավ նրան յուր Կայյան բերդում: Ի՞նչն էր նրան կալանավորելու պատճառը, ասա՛, տե՛ր

Մարզպետունի. անշուշտ քեզ, իբրև արքայի մտերմին, հայտնի է այդ խորհրդավոր պատճառը:

— Իսկ քեզ մի՞թե անհայտ է:

— Ես կամենում եմ, որ ինքդ ասես:

— Սյունյաց վասակ իշխանը խառն էր արքայի կյանքի դեմ լարված դավադրության մեջ:

— Ո՞ր դավադրության:

— Այն, որ Աշոտ բռնավորը, արքաեղբայր Աբասը և նրա աներ ափխազաց Գուրգենը կազմել էին միասին:

— Բարեկամ, խիղճը մի կողմը թողնենք և խելքով դատենք: Աբասը և Գուրգենը վաղուց միացած էին թագավորի դեմ. այդ հայտնի է, ինչպես և հայտնի է դրա պատճառը. — Գուրգեն Ափխազի դուստրը, Աբաս արքաեղբոր կինը, կամենում էր թագուհի դառնալ դեռ իմ դստեր կենդանության ժամանակ: Հպարտ ափխազուհին չէր կարողանում հաշտվել այն մտքի հետ, թե հայոց թագուհին հայ իշխանական տան աղջիկ պիտի լինի և թե ինքն արդեն զոհ պիտի լինի նրանով, որ թագավորի հարսը և նրա եղբոր ամուսինն է: Չէ, ինչպե՞ս կարելի է. նա կամենում էր անպատճառ թագուհի լինել: Իսկ տղամարդիկ, հո գիտես, կանանց ստրուկներն են. այդ ստրկության պայմանն արդեն նախահայր Ադամն է ստորագրել: Եվ ահա երիտասարդ Աբասը միանում է յուր աներոջ հետ՝ հարազատ եղբորը գահընկեց անելու կամ նրան սպանելու համար: Արքայազնը, անշուշտ, շատ էր սիրում կնոջը. չէր կարող անկատար թողնել նրա խնդիրը: Դրա հետ էլ միացրու այդ երիտասարդի բնական փառասիրությունը, և այնուհետև կպարզվի դավադրության պատճառը: Փեսա ու աներ, ինչպես գիտես, իրենց զորքերով դիմեցին Երազգավորս՝ թագավորին բռնելու կամ սպանելու: Այդ չհաջողվեց նրանց: Աշոտը օր առաջ տեղեկացել էր դավադրության մասին և յուր ընտանիքով խույս տվել Ուտիք: Դավադիրներն եկան և իրանց «խոփը քարին առած» տեսնելով՝ Երազգավորսը ավարի առան և հեռացան: Այդպե՞ս է թե ոչ:

— Այո՛, այդպես է:

— Է՛. Աշոտ Երկաթը հո չէր կարող այդ անարգանքը տանել. նա էլ գնաց ափխազաց իշխանի երկիրներն ավերեց: Երկու կողմից կռիվն անընդհատ շարունակվում էր: Ճշմարիտ է, ամեն ճակատամարտումն էլ Աշոտ թագավորը հաղթող էր հանդիսանում, բայց այդ միևնույն է. չէ՞ որ հայոց զորքերից էլ շարունակ ջարդվում էին. մանավանդ որ Աբաս արքաեղբայրն էլ աներոջ հետ էր, և յուր զորքերն էլ հայ կտրիճներից էին: Ահա՛ այս ավերմանց ու կոտորածի առաջն առնելու համար իմ բարեկամ Վասակ իշխանը միջնորդ դարձավ երկու պատերազմող կողմերի համար և ամեն ջանք գործ դնելով՝ հաշտեցրեց թագավորը յուր եղբոր և նրա աներոջ հետ: Այսպե՞ս է թե ոչ:

— Այո՛, այդպես է:

— Արդ, նույն վասակ իշխանը, որ ամեն նեղություն կրել, տասն անգամ մի բանակից մյուսն անցել, հորդորել, համոզել, կրքերը խաղաղացրել ու հաշտություն էր կայացրել, միթե նույն մարդը ինքը մի ուրիշ նոր դավադրության կընկերանա՞ր. այսինքն՝ այն դավադրության, որ Աբասն ու Գուրգենը կամենում էին կազմել Աշոտ բռնավորի ընկերակցությամբ...

— Ոչ, չպետք է ընկերանար. չէր կարող ընկերանալ. այդպես էլ մենք ամենքս էինք մտածում: Բայց փաստը հակառակն ապացուցեց: Վասակ իշխանի մոտ գտան Աշոտ բռնավորի նամակը, որով նա շնորհակալություն էր անում իշխանին այն բանի համար, որ նա աշխատել էր կայացնել այդ հաշտությունը ա՛յն նպատակով, որ միջոց տա Ափխազիո իշխանին և իրան ու Աբասին հզորապես պատրաստվելու և միանգամայն Աշոտ թագավորին հաղթահարելու, որովհետև մինչև այն՝ իբրև թե թագավորի զորքերը հակառակորդների անպատրաստությունից էին օգտվում և հաղթություն տանում:

— Դե՛հ, այժմ քեզ եմ հարցնում, իշխան, կարելի՞ էր հավատալ այդ նամակի իսկությանը: Աշոտ բռնավորը պատերազմում էր թագավորի դեմ, որովհետև ինքն էր կամենում երկրին տիրել: Աբասն ու Գուրգենը պատերազմում էին, պատճառը բացատրեցի, թե ինչո՛ւ: Վասակ իշխանն ի՞նչ թշնամություն ուներ յուր թագավորի և քեռու հետ: Միևնույնը չէ՞ր նրա համար, թե քեռիներից ո՞րն է թագավորում, Աշո՞տը թե Աբասը: Չէ՞ որ նա ավելի անդրանիկ եղբոր և օրինավոր թագավորի կողմը կլիներ:

— Այդ այդպես է. բայց նամակն ինքս կարդացի: Նա Աշոտ բռնավորի գրածն էր և խուզարկության ժամանակ Վասակ իշխանի գրպանակից հանեցին:

— Դու բոլորն ասացի՛ր. դե՛հ, այժմ ինձ լսիր: Դա մի զրպարտություն էր, սև, չարահնար զրպարտություն: Թագավորը կամենում էր առակել թագուհուն՝ իմ աղջկան. կամենում էր արատավորել Գարդմանա տան անբիծ անունը, և, ահա՛, նա այդ նպատակին հասնելու համար աղարտեց և հայրենասեր Վասակ իշխանի համբավը:

— Ինչպե՞ս. այս խնդրում թագուհու անունը խառը չէ եղել բնավ:

— Ձեզ համար, այո՛, միայն Վասակի դավադրության խնդիրը կար. բայց ինձ համար պատրաստված էր և մի ուրիշ խնդիր:

— Ի՞նչ:

— Թագավորը հայտնում էր ինձ, որ իբրև թե Վասակը մտերմական հարաբերություններ ունի թագուհու հետ...

— Ի՞նչ հարաբերություններ:

— Սիրային... տե՛ր Մարզպետունի, սիրային հարաբերություններ... Իմ աղջիկը, իմ սուրբ, անարատ Սահականույշը... լսո՞ւմ ես, իշխան:

— Այդ անկարելի է:

— Անկարելի՛ է. այնպես չէ՞... Բայց մի՞թե միայն անկարելի, ուրիշ խոսք չե՞ս ասում, չէ՞ որ դա մի սոսկալի, մի զարհուրելի զրպարտություն է...

— Այո՛, լսողի սարսափման արժանի:

— Եվ նա այդ զրպարտությունը հնարեց, հասկանո՞ւմ ես. կարողացավ հնարել. խիղճը յուր սիրտը չկեղեքեց... Եվ այդ խորհուրդը վաղուց էր հղացել: Հիշո՞ւմ ես, հենց հիշածս հաշտությունը կայանալուց հետ Վասակ իշխանը դադարեց արքունիք հաճախելուց: Կաթողիկոսը հարցրել էր նրան, թե ինչո՞ւ թագավորի մոտ չէ գնում, Վասակը պատասխանել էր, թե «Թագավորը կասկածում է իմ հավատարմության վրա»: Եվ այդ այդպես էր: Մի օր իշխանը թագուհու հետ միասին ելած է լինում Դվնո շուրջը զբոսանքի: Ի դարձին թագավորը դիտողություն է անում նրան, թե Մարիամ իշխանուհին գանգատվում է միշտ, թե դու զբոսասեր չես և թե երբեք չես ընկերանում իրան զբոսանքների ժամանակ: Հայտնի՛ր իմ կողմից իշխանուհուն, որ դրա պատճառը ոչ թե քո անզբոսասիրությունն է, այլ այն, որ ինքն ավելի գեղեցիկ չէ թագուհուց...

— Եվ այդ խոսքերը կարողացե՞լ է թագավորն ասել:

— Վասակ իշխանն ինքը պատմեց ինձ այդ բանը վշտահար սրտով:

— Ա՞յդ էր ուրեմն պատճառը, որ կաթողիկոսը վստահության գիր առավ թագավորից Վասակ իշխանի համար:

— Այո՛. իշխանն ասել էր Վեհափառին, թե «Մինչև որ թագավորը երդմամբ չխոստանա, թե վստահանում է ինձ վրա իբրև յուր հարազատի և հավատարմի վրա, ես ոտքս արքունիք չեմ դնիլ»: Եվ կաթողիկոսն այդ երդմնագիրն առավ նրանից: Իշխանն այնուհետև ազատ ու անկախ ելումուտ էր անում թագավորի մոտ: Բայց, ահա՛, մի օր հրամայեց կալանավորել իշխանին և տանել Կայյան բերդը: Լսելով այդ լուրը, ես վրդովվեցա: Իսկույն ևեթ նամակ գրեցի նրան և հարցրի, թե ինչո՞ւ իմ բարեկամին և յուր հորաքեռորդուն բանտարկել է նա: Ո՞րն է արդյոք իշխանի հանցանքը: Եվ նա ահա թե ի՛նչ է գրում ինձ:

Այս ասելով իշխանը ծափ զարկեց:

Ներս մտավ իսկույն մի ծառա:

— Կանչի՛ր այստեղ գրագրին, — հրամայեց իշխանը:

Մի երկու վայրկյանից ներս եկավ գրագիրը:

— Գնա՛, հանի՛ր իմ գրպանակից թագավորի այն նամակը, որ կապած է սև երիզով և կնքած մոմով, և բեր ինձ:

Գրագիրը գնաց և քիչ ժամանակից հետ բերավ պատվիրած նամակը և տվավ Սևադա իշխանին:

— Այժմ դու գնա, — հրամայեց իշխանը գրագրին, և նա հեռացավ: -Ա՛ռ, բա՛ց արա այս նամակը և կարդա՛: Ես չեմ կամենում, որ քո սրտում կասկածի նշույլ անգամ մնա, — ասաց իշխանը, նամակը Մարզպետունուն տալով:

— Քո խոսքն ինձ համար ճշմարտություն է. ի՞նչ կարիք կա հին գաղտնիքները քրքրելու, — պատասխանեց Մարզպետունին, չկամենալով նամակը բանալ:

— Չէ՛, իշխան, դու թագավորի մտերիմն ես, իմ էլ, անշուշտ, անկեղծ բարեկամը. կվայելէ, որ դու իսկությամբ ծանոթանաս մեր թշնամության պատճառներին, որպեսզի չարիքների առաջն առնելու համար՝ ավելի հիմնավոր միջոցների դիմես և ստիպված չլինիս հեռավոր ճանապարհ գնալ՝ Սահակ Սևադայից խորհուրդ հարցնելու:

— Կկարդամ, եթե այդպես հաճելի է քեզ, — ասաց իշխանը, և նամակի երիզն ու կնիքը լուծելով՝ բացավ մագաղաթը:

— Բարձր կարդա. ես մի անգամ էլ եմ ուզում այդ խոսքերը լսել:

Իշխանը կարդաց հետևյալը.

«Աշոտ շահնշահ Հայոց թագավորից՝
Գարդմանա տեր և իշխան Սահակ Սևադային ողջույն:

Ստացա քո սիրալիրության գիրը, որով խնդրում ես ինձ տեղեկացնել քեզ իմ ազգական և քո բարեկամ Միսակ Վասակ իշխանին կալանավորելու և Կայ յան բերդը ղրկելու պատճառը: Այդ պատճառը որքան որ ծանր է և բարյացապարտ մի հոր սրտի խաղաղությունը վրդովող, դարձյալ ես ստիպված եմ հայտնելու, որովհետև այդ խնդրում է ինձնից իմ թագուհու հայրը: Վասակ իշխանին կալանավորեցի և մահվան պիտի դատապարտեմ յուր այն անարժան վարուց համար, որով նա իմ արքայական տան պատիվն արատավորեց, վաղուց ի վեր անպատշաճ հարաբերության մեջ լինելով քո դստեր և իմ ամուսնու հետ: Նրա հանցանքը ինքս ստուգեցի անձամբ, ուստի և կալանավորել հրամայեցի՝ չարին չարով կործանելու համար: Բայց որպեսզի արքայական ընտանիքի պատիվը և Գարդմանա հզոր իշխանի անունը չարատավորվի աշխարհի առաջ, ես այդ իշխանին հրատարակեցի իբրև մասնակից Աբասյան դավակցության և պատրաստել տվի դրա համար օրինական ապացույց: Շնորհակալ պիտի լինիս, որ այսքան հոգատար եմ քո տոհմական անունն անաղարտ պահելու մասին: Իսկ Վասակ իշխանի մեղսակցին և քո դստերը պատժելու իրավունքը հանձնում եմ քեզ, իբրև մի արդարադատ հոր:

Աշոտ բ. թագավոր հայոց»:

Մարզպետունի իշխանի վրա արքայի այս նամակը ամենածանր

տպավորություն արավ: Այն թագավորը, որ մինչև այդ այնքան բարձր և վեհ էր երևում յուր աչքում, կարծես մի ակնթարթում գլորվեցավ. ընկավ այդ բարձրությունից. նրա վեհությունը ոչնչացավ. նա երևաց այժմ իրան իբրև մի հասարակ, սինլքոր արարած, որին կրքերը շրջում, տարուբերում են ամեն կողմ, որ գերի և ստրուկ է դարձած մարդկային արժանիքը անասնական բնազդին ստորադրող զգացմունքներին...

Մինչև այդ, Մարզպետունի իշխանը, արդարև, ներողամիտ էր լինում երբեմն դեպի թագավորը՝ նրա թուլությունը յուր բնական խառնվածքին վերագրելով: Նա շատ ընտիր մարդիկ էր ճանաչում, որոնք ազատ չէին այդ արատից: Բայց նա երբեք չէր կարող հավատալ, թե թագավորը յուր այդ հանցավոր թուլությունը վարագուրելու համար կդիմեր ոճրագործության, կզրպարտեր անարատ և առաքինի թագուհուն, որին ինքը՝ Մարզպետունի իշխանը, շատ լավ էր ճանաչում, թե նա Վասակ իշխանի նման հայրենասեր մարդուն զուր տեղը կկալանավորեր՝ զրպարտելով նրան չգործած հանցանքների մեջ:

— Ի՞նչ բանի վրա ես մտածում այժմ, իշխան, — հարցրեց Սևադան Մարզպետունուն, տեսնելով, որ վերջինս լռել է արդեն նամակը կարդալուց հետ:

— Ոչ մի բանի վրա:

— Այդ զարմանալի է:

— Այո, երբ սուրը խոցում է սիրտը, այն ժամանակ ուղեղը դադարում է մտածելուց... Դու սուր ցցեցիր իմ սիրտը, իշխա՛ն:

— Վշտացար, այնպես չէ՞. կարեվեր խոցվեցար... Օ՛, այդ դեռ դու ես, դու, որ միայն թագավորի զինակիցը և հայրենիքի մի զինվորն ես. դու վշտացար այնքան, որ ուղեղդ դադարեց մտածելուց: Հապա եթե զինակից ու զինվոր լինելուց զատ լինեիր նաև սիրող հայր... Եթե հանկարծ տեսնեիր, որ տարիների ընթացքում մեծամեծ աշխատությանց ու զոհաբերությանց գնով սիրածդ դստեր համար ստեղծած փառքն ու երջանկությունը ջախջախված ընկած են քո առաջ... թե դրա հետ միասին փշրված են նաև քո լավագույն հույսերը, անդարձ կորած՝ սրտիդ անդորրությունը, հոգվույդ ուրախությունը, արատավորված՝ տոհմիդ պատիվը... ի՞նչ կանեիր դու այն ժամանակ...

— Մի՞թե ընդհանուր հայրենիքի համար զգացած վիշտը դառնագույն չէ, քան թե այդ բոլորը:

— Բայց եթե ընդհանուր հայրենիքի համար զգացած վշտի վրա ավելանային և ա՞յս վշտերը...

— Հարկավ անտանելի կլինեին նրանք...

— Այո՛, իշխան, ես պակաս հայրենասեր չէի. և հենց այդ էր պատճառը, որ այդ անխիղճ ու զրախոս նամակն ստանալուց ետ ձի չնստա իսկույն, չթռա դեպի Շիրակ և սրի մի հարվածով չջախջախեցի մեղապարտի գլուխը, այլ երկրորդ անգամ ապստամբության դրոշ պարզեցի, հեռատեսությամբ որոշելով, թե այս անգամ մի փոքր ավելի խստությամբ կվարվեմ արքունական կալվածների և ժողովրդի հետ, գուցե դրանով կարողանամ ազդել թագավորի քարացած սրտի վրա, ճանապարհ բերեմ մոլորյալին և ազատեմ զահը վերահաս վտանգից: Եվ ահա՛ այդ նպատակով, ինչպես գիտես, վերցրի Գարդմանում պատրաստ ունեցած զորքս, որոնց թիվը ութ հազարի էր հասնում, և դիմեցի ուղղակի Ձորափոր: Առաջին գործս եղավ Կայյան բերդը պաշարելն ու առնելը: Այդտեղ Վասակ իշխանի հետ միասին պահեստի մեջ գտնվում էին նաև մի քանի ապստամբ նախարարաց կանայք: Վասակ իշխանի հետ միասին նրանց էլ ազատեցի, և մտադիր էի շատանալ միայն այդքանով, մինչև թագավորը Ափխազիայից կվերադառնար յուր զորքերով: Բայց Կայյան բերդից հեռացած զինվորները միացան մոտակա գյուղերի բնակիչների հետ և իմ հանդեպ գտնվող լեռան մեջ ամրանալով, սկսան իրանց ասպատակներով անհանգիստ անել իմ զորքերին: Մտիպված հարձակվեցի դրանց վրա, և որովհետև դրանք տեղի չտվին, ուստի մի քանի հարյուր հոգի ջարդեցի. իսկ գյուղացիներին խրատելու համար, որ մյուս անգամ չհամարձակվին իշխանների կռվին խառնվելու, հնձել տվի նրանց արտերը, կրակի մատնեցի և ապա հեռացա Գուգարաց լեռները: Ահա՛ այս գործի համար էր, որ մեր իշխանները սկսան ինձ մեղադրել, թեպետև իրանք այդպիսի դեպքում տասնապատիկ ավելի չարիքներ են հասցրել:

— Ո՛չ, քեզ ավելի մեղադրում էինք նրա համար, որ ապստամբության դրոշ էիր պարզել այնպիսի մի ժամանակ, որ թագավորը Ափխազիայում զբաղված էր Գուրգենի դեմ կռիվ մղելով: Մենք արդեն հաղթել էինք նրան: Վրաց Ատրներսեհը միջնորդում էր խաղաղության համար, և արդեն դաշնագիրն ստորագրելու վրա էին, երբ գուժկան հասավ և հայտնեց, թե Սահակ իշխանը կրկին ապստամբելով՝ պետության գավառներն ավերում է: Թագավորը և մենք, առհասարակ, մնացինք շվարած, ոչ ոք չէր կարող հավատալ, թե դու կդրժեիր քո երդման և բոլորիս ներկայությամբ կնքած ուխտին, բայց իրողությունն անհերքելի էր: Ատրներսեհ թագավորն ինքը խորհուրդ տվավ արքային կիսատ թողնել Գուրգենի հետ կապելիք դաշնադրության գործը և շտապել Գուգարք, քո ավերումների առաջն առնելու:

— Ես սպասողական դիրք էի առել և ոչ մի ավերմունք չպիտի անեի, իզուր էր ձեր շտապելը: Բայց թե ինչո՞ւ արքայի բացակայության ժամանակ ապստամբության դրոշ պարզեցի, դրա պատճառն այն էր, որ չէի կամենում որևէ ընդհարում ունենալ արքայական զորքերի հետ, չէի կամենում կոտորածի պատճառ դառնալ: Ես մինչև անգամ հույս ունեի, թե Ատրներսեհ թագավորը կամ դուք իշխաններդ կհամոզեք թագավորին բանակ չշարժել իմ դեմ, այլ խորհուրդ կտաք իրան միայնակ տեսնվել ինձ հետ և հաշտվել իբրև որդի՝ յուր հոր հետ: Այն ժամանակ իհարկե ես նրա հետ կխոսեի ինչ որ պետք էր, և, գուցե, շահավոր ընթացք առներ գործը: Բայց թագավորը զայրացած հեղեղի նման հասավ Գուգարք, նրան այլևս քաղցրությամբ դիմավորել անկարելի էր:

— Այդ կետում դու անարդար ես, իշխա՛ն: Առաջին՝ մենք ամբողջ բանակը չշարժեցինք քո դեմ, այլ միայն մի քանի գնդերով եկանք...

— Այդ ինձ հայտնի չէր. ինձ թվում էր, թե դուք զորքի մեծ մասը դարանում եք դրել:

— Ասում եմ այդպես է. եկանք միայն մի քանի գնդերով: Եվ երկրորդ՝ թագավորը բանակի եպիսկոպոսին ուղարկեց քեզ մոտ պատգամավոր, հաշտություն խնդրեց. ինչո՞ւ չկամեցար հաշտվել, այլ ասել էիր եպիսկոպոսին, թե «Դու կա՛ց այստեղ իմ վրանում, ես կերթամ և նրան իմ սրով կտամ պատասխան»:

— Այդ ճիշտ է. այդպես ասացի եպիսկոպոսին: Բայց ինչո՞ւ. իմացի՛ր, այժմ այո, զղջում եմ, բայց ես էլ մի մարդ էի, չկարողացա վայրկենական զայրույթս զսպել — եպիսկոպոսն ինձ մատնացույց արավ իմ երդման գիրը, որ թագավորը կապել էր տվել բրի վրա յուր զորքի առջև կանգնեցրած խաչի պատվանդանին: «Տե՛ս, — ասում էր ինձ եպիսկոպոսը, — դու դրժում ես այն երդմնագիրն. և եթե չհաշտվես, աշխարհը քեզ պիտի դատապարտն իբրև ուխտադրուժ...»: Ես զայրույթից կատաղեցի. քո թագավորը յուր ձեռքում ուներ իմ երդման հետկարը և նրան տարածում էր խաչի վրա. դրանով կամենում էր աշխարհի առաջ դատապարտել ինձ իբրև ոճրագործի, ես ի՞նչ անեի, սա՛ս որտեղի՞ց գտնեի Սյունյաց եպիսկոպոսին և նրա ներկայությամբ թագավորի արած երդումները գրի անցնելով՝ տարածեի իմ խաչի վրա, որպեսզի աշխարհը տեսներ, թե ո՞վ է ուխտադրուժը, ո՞վ է ոճրագործը: Ի՞նչ անեի, կարո՞ղ էի նույնիսկ այս նամակը բանալ և կարդալ նրա զորքի և իշխանների առաջ... Թագավորը շոշափելի և տեսանելի ապացույցներ ուներ ձեռքին. ես ոչինչ չունեի. ինձ մնում էր գալ և սրով պատառել նրա սիրտը, որպեսզի այնտեղից դուրս հանեի յուր ինձ տված երդման հետկարը և ցույց տայի աշխարհին. ուրիշ բան չէի կարող անել: Միթե արդեն անխոհեմ զայրույթի ապացույցը չէր այն, որ ես փոխանակ իմ բազմաթիվ զորքն առաջ մղելու և ձեր մի քանի հարյուրից կազմած գունդն սպառսպուռ ջնջելու, սուսերամերկ զորքի առաջն ընկա և միայնակ դեպի բլուրը բարձրացա: Վերնից հարձակվող զորագունդն ինձ շրջապատեց: Որդիս թողեց ճակատը և վազեց դեպի ինձ. նա տեսնում էր, որ ես զայրույթից խելագարված՝ մահվան դեմ էի գնում, եկավ ինձ ազատելու, բայց ձեր սեպուհ գունդն ավելի քաջ գտնվեցավ. նա մեզ երկուսիս էլ մեջ առնելով գերի բռնեց. իսկ վանանդացի հրոսակները խառնեցին գարդմանացիների ճակատը: Աստված, Այո՛, աստված ինքը մատնեց ինձ իմ թշնամու ձեռքը, նա կամեցավ պատժել ինձ իմ գործած հանցանքների համար... Այո՛, աստված և ոչ թե Աշոտ թագավորն ընկճեց Սևադային: Ինքդ ասում ես, որ ձեր բանակը թողել էիք Ափխազիայում և միայն մի քանի հարյուր հոգվով եկել Գուգարք. ուրեմն այդ մի քանի հարյուր հոգին չէին կարող գարդմանացոց ութ հազար հոգուց կազմված բանակը ջախջախել: Բայց աստված ինձ և իմ որդուն մատնեց ձեր ձեռքը, և զորքն անառաջնորդ մնալով ցրվեցավ: Այդպե՞ս է թե ոչ:

— Այդպես է:

— Լա՛վ, այժմ ինձ ասա՛, եթե թագավորը կամենում էր հաշտվել ինձ հետ, եթե նա փախուստ էր տալիս արյունհեղությունից, ինչո՞ւ ուրեմն շաղախեց յուր ձեռքերը արյունով հենց այն ժամանակ, երբ այլևս ոչ մի տեղից վտանգ չէր սպառնում նրան: Նա արդեն գերի էր վերցրել ինձ և որդուս. Գարդմանա զորքերը ցրվել էին անհովիվ ոչխարների պես. ի՞նչն ուրեմն ստիպեց նրան կուրացնել ինձ և Գրիգորին՝ յուր հորը և եղբորը... Մարդո՞ւ թե գազանի սիրտ էր ապրում նրա կրծքի տակ...

— Վախենում էր ապագա ապստամբությունից, ապագա վրեժխնդրությունից:

— Ինչո՞ւ էր վախենում: Փառք աստուծո, հայոց թագավորը շատ ամրոցներ ուներ, կարող էր մեզ դնել նրանցից մեկի մեջ և պահապաններ կարգել մեզ վրա. ինչո՞ւ անպատճառ կուրացնել. ինչո՞ւ երկու մարդու, յուր իսկ հարազատների արևը հավիտյան խավարեցնել... Ինչպե՞ս կարողացավ նա դահճին այդ անագորույն հրամանը տալ... Ես դեռ ոչինչ, հասակն առած մարդ եմ, շատ բախտավոր օրեր եմ տեսել, երջանիկ ժամեր եմ անցրել և վերջապես հանցանքներ եմ գործել, որոնց համար գուցե արժանի էի պատժի, բայց իմ խեղճ զավակը, երիտասարդ, ծաղիկ հասակում, դեռ նորապսակ, դեռ սիրտը հույսերով լի, դեռ փառքի հետամուտ, ինչո՞ւ, ինչո՞ւ նրան էլ կուրացրավ. չէ՞ որ նա ո՛չ մի հանցանք, ո՛չ մի մասնակցություն չուներ այն դժոխային խռովությունների մեջ, որոնք ալեկոծում էին իմ թշվառ և յուր դաժան սիրտը, և որոնք մեզ միմյանց դեմ զինեցին: Մի՞թե, վերջապես, նա ամենափոքր գութ անգամ չուներ յուր թագուհու և ամուսնու, իմ ապաբախտ դստեր վրա, նրա, որ այնքան ջերմագին սիրում էր իրան... Ասում ես, որ կասկածում էր ապագա ապստամբությունի՞ց... Լավ, միթե կույրը չէ՞ր կարող վրեժխնդիր լինել:

— Չէր սպասում:

— Չէ՞ր սպասում. լա՛վ, այժմ թող տեսնե, թե ի՛նչ կարող է անել կույր վրիժառուն: Գնա՛ և հայտնի՛ր թագավորիդ, որ ես տանջվում էի յուր հաջողությունները լսելով: Երբ իմացա, որ յուր Աբաս եղբոր և Աշոտ բռնավորի հետ հաշտվել է և նրանց հետ միասին նորեն Դվինը գրավելով՝ ուրախության տոնախմբություններ է կատարում, բորբոքվեցա չարախնդության կրակով. սիրտս «վրեժ» էր գոռում, և ես լսեցի նրա ձայնին: Հրավիրեցի ինձ մոտ Ցլիկ Ամրամին, հայտնեցի նրան յուր կնոջ և թագավորի՝ միմյանց հետ ունեցած սիրահարական գաղտնիքները, վառեցի, բորբոքեցի նրա սրտում թունավոր նախանձի, թշնամության ու վրեժխնդրության անշիջանելի բոցը, ապստամբեցրի նրան անօրեն թագավորի դեմ. միացա նրա հետ և ես: Իսկ մեզ հետ կմիանան շուտով ուրիշ շատերը: Այն ժամանակ թող քո թագավորը պինդ բռնե յուր գահը և տեսնե, թե կույր վրիժառուի բազուկները կասասանե՞ն նրան թե ոչ...

— Այդպիսով դուք ձեր վրեժը կլուծեք միայն ազգից և ոչ թե թագավորից, — վշտահար նկատեց Մարզպետունի իշխանը:

— Ո՛չ, մենք մեր վրեժը կլուծենք միմիայն թագավորից:

— Թագավորը չի հաղթահարվիլ: Ահա՛ նա գալիս է եգերացոց կատաղի զորքերով և անպատճառ կվանե Ցլիկ-Ամրամին, կջարդե նրա բոլոր զորքերը, որոնք դժբախտաբար միմիայն հայեր են: Գուցե նա կսպանե քո Դավիթ որդուն, որ այժմ Ամրամին զինակից է դարձել:

— Ո՛չ, արդարադատ աստվածը չի հաջողիլ նրան, ես գուշակում եմ, և դու կտեսնես, որ այս անգամ, գոնե, աստուծո բազուկը կպատժի նրան...

ԺԱ

ԿՈՒՅՐ ԱՉՔԸ ԿՆԵՐԵ, ԿՈՒՅՐ ՍԻՐՏԸ ՉԻ ՆԵՐԻԼ

Սևադա իշխանի խոսքերը ծանր տպավորություն արին Մարզպետունու վրա: Չնայելով, որ նա բոլպեպես գրգռվելով սպառնաց իշխանին, թե «ահա՛ թագավորը կգա եգերացոց զորքերով, կվանե Ցլիկ-Ամրամին կամ կսպանե Դավիթ որդուդ և այլն», այնուամենայնիվ, Սևադայի վերջին գուշակությունը երկյուղ ազդեց նրա սրտին: Նա որքան քաջ, նույնչափ և բարեպաշտ ու երկյուղած էր. նա հավատում էր, որ աստված լսում է կույր ծերունիներին և կատարում է, օրհնությամբ կամ անեծքով, նրանց հայցած խնդիրները: Այս պատճառով մի զաղտնի և, մինչև այն իրան անծանոթ, կասկած պաշարեց յուր սիրտը: Նախազգացմո՞ւնք էր այս թե նախապաշարման ազդեցություն, հարկավ նա չէր կարող որոշել, բայց նա գիտեր, որ թագավորը հանցավոր է, և որ աստված, թեպետ երբեմն ուշ, բայց և այնպես, պատժում է հանցավորներին... Նա մտածում էր, որ թագավորը կարող էր հաղթվել, որ ապստամբները կարող էին ցրել եգերացիներին... Եվ այդ մի անպատվություն կլիներ հայոց արքայի համար, որ եկել էր յուրայինների հետ պատերազմելու օտար զորքերով... Իսկ այս անպատվության կհաջորդեին, անշուշտ, նոր կոտորածներ, նոր ավերումներ...

Այս մտքերը սարսափեցրին իշխանին: Բայց նա լուռ, նստած սպասում էր՝ թե ուրիշ ի՛նչ պիտի ասե Սևադան: Նա որոշել էր չհակառակել այլևս նրան, չգրգռել վիրավոր հոգին, այլ խոնարհիլ և խոսել հետը ողոքանոք: «Գուցե այդպիսով ամոքեմ կարծրացած սիրտը, կենդանացնեմ ընդարմացած խիղճը և նրա արդար ցասումից հայրենիքին սպառնացող վտանգը հեռացնեմ...», — մտածում էր նա:

Այդ միջոցին ներս մտավ ծառաներից մինը և ջուր բերավ հյուրին՝ լվաց վելու համար: Մարզպետունին ակնարկեց նրան՝ նախ Սևադա իշխանին մատուցանել կոնքը, որովհետև իրան, իբրև տարիքով նրանից փոքրի, վայել չէր առաջ լվացվել:

Սևադան, որի ուշադրությունից ոչինչ չէր վրիպում, ժպտալով նկատեց.

— Զարմանում եմ, որ թագավորը մանկությունից սկսած մեծացել է քեզ հետ, բայց պատշաճից օրենքները հարգելու մասին ոչինչ չէ սովորել քեզանից:

— Բայց նա ունի և ուրիշ շատ առավելություններ, որոնց համար կարժեր ներել յուր փոքրիկ թերությունները... — մեղմությամբ պատասխանեց Մարզպետունին:

Երբ նրանք լվացվեցան, երկու ուրիշ ծառաներ ներս բերին ընթրիքը, որ պատրաստված էր երկու արծաթյա դրվագազարդ խաների մեջ, որոնցից մինը դրին Մարզպետունու և մյուսը Սեադայի առաջ:

Մանկահասակ ծառաներից մինը չոքեց Սևադայի հանդեպ, որպեսզի օգնե նրան կերակուր առնելու. իսկ մյուսը կանգնած և արծաթե սրվակը ձեռին գինի էր մատռվակում ինչպես յուր տիրոջը, նույնպես հյուրին:

Բայց Մարզպետունին հուզված էր և գրեթե ոչինչ չէր ճաշակում: Սևադան այդ իմացավ մատռվակի մի պատասխանից և ժպտալով ասաց.

— Տեսնո՞ւմ ես, իշխա՛ն, հասարակ ժողովուրդն ավելի խելոք է վարվում: Մի ժամ առաջ ասացի, թե նա յուր տանը մտնող հյուրի գալստյան պատճառները չի քննում, մինչև որ նրան կուշտ չի կերակրում: Բայց ես չկամեցա նրանց նմանվիլ: «Մենք օտարներ չենք. ասացի. տարօրինակ կլիներ, եթե մի վայրկյան առաջ չցանկանայինք տեղեկություններ առնել իրարից՝ մեզ հետաքրքրող խնդիրների մասին...»: Այժմ տեսնում եմ, որ սխալվել եմ: Եթե ես քո գալստյան պատճառը հարցրած և քեզ պատասխաններ տված չլինեի, այժմ դու ախորժանոք կերակուր կվայելեիր իմ տանը:

— Այդպես է, իշխան, կեղծել չեմ կարող, — պատասխանեց Մարզպետունին, — լավ չէ, որ մենք առհասարակ չենք հետևում մեր փորձված պապերի խրատներին:

— Այո՛, համաձայն եմ քեզ հետ. այդ խրատները սուրբ խրատներ են. երբեք չպիտի մոռանանք նրանց:

— Բայց մենք մոռանում ենք հենց ամենից կարևորները: Այդ խրատներից մինը այն է, որ ասում է. «Զուգություն է մայր բարյաց, անզուգություն՝ ծնող չարյաց...»:

Սևադան մի վայրկյան լռեց և ապա ժպտալով դարձավ խոսակցին.

— Դու ինձ կշտամբում ես, տեր Մարզպետունի, և իրավունք ունիս: Բայց ես խնդրում եմ, որ ընթրիքդ վայելես, այդ ինձ ավելի կուրախացնե, քան թե «զուգություններից» առաջացող բարիքները. որոնց շատ անգամ մենք չենք կարողանում բուն չարիքներից զանազանել...

Իշխանը հիշեց, որ որոշել էր չհակառակել, ուստի լռեց և սկսավ ուտել: Բայց նրա վրա, արդարև, ծանր ազդեցություն էր անում Սևադա իշխանի՝ ծառայի օգնությամբ կերակրվելը: Միայն այդ տեսարանին ներկա չլինելու համար նա կցանկանար, որ երբեք մտած չլիներ Գարդման: Չէ՞ որ նա տեսել էր այդ իշխանին առողջ ժամանակ, երբ նա ճեմում էր յուր առաջ ինչպես մի հսկա, կրակոտ աչքերով, հպարտ նայվածքով, դեմքի վեհ արտահայտությամբ... Իսկ ա՛յժմ... Այժմ կծկված էր նա տախտի մի անկյունում, ինչպես զառամյալ ծերուկ, նիհարած, դալկադեմ, և միայն հոգին էր, որ չէր ճնշվում նրա մեջ մարմնով կրած զրկանքներից:

Երբ ընթրիքը վերջացավ, Մարզպետունին հարցրեց, թե ինչո՞ւ Գրիգոր իշխանը չի կամենում գալ իրանց մոտ:

— Գրիգորը նույնպես Ամրամի հետ է, — պատասխանեց Սևադան: — Դավիթ որդիս առաջնորդում է աղվանցի գնդերին, իսկ Գրիգորը՝ գարդմանացիներին:

— Առաջնորդում է գարդմանցիների՞ն... — զարմացած հարցրեց Մարզպետունին:

— Այո՛, առաջնորդում է: Մի՞թե այդ խոսքը զարմացնում է քեզ: Դու անշուշտ մտածում ես, թե ինչպե՛ս կարող է կույրը առաջնորդել. այնպես չէ՞: Բայց իմ զորքերը պատերազմի համար ուրիշ առաջնորդներ ունին: Գրիգորի ներկայությունն անհրաժեշտ է բանակում նրա համար, որ գարդմանացիք ամեն րոպե աչքի առաջ ունենան իրանց կույր իշխանին և սրտների մեջ վառ պահեն վրեժխնդրության կրակը: Ոչ մի զորապետի խրախույսը այնքան չի գրգռիլ իմ զորքերի քաջությունը, որքան իմ որդվո կուրությունը... Նրանք տիրասեր են և չեն հանգստանալ, մինչև որ իմ և նրա վրեժը չառնեն թագավորից:

Մարզպետունին զարմանում էր, որ Սնադան բանում էր նրա առաջ յուր սիրտն անկեղծորեն, հայտնում էր նրան, մինչև անգամ, յուր նախահոգակ դիտավորությունները, և այդ անում էր առանց քաշվելու կամ նույնիսկ վախենալու, թե ինքը, Մարզպետունին, իբրև արքայի հավատարիմ ու զինակից, կարող է խոչընդոտ լինել իրան յուր նպատակներն իրագործելու: Սնադայի այս վարմունքն ավելի ևս երկյուղ էր ազդում Մարզպետունու սրտին:

— Եվ այդպես, դու ուրեմն հոգացել ես, որ զարդմանացոց վրեժխնդրությունը լինի անշիջանելի, իսկ ապստամբությունը՝ համաճարակ և կործանի՞չ, — հարցրեց իշխանը հուսահատ ձայնով:

— Այո՛, տեր Մարզպետունի, ուրիշ կերպ վարվել չէի կարող, անիծի՛ր ինձ, եթե կամենում ես, բայց գիտակցիր, որ երբ բաժակը լցվում է, այն ժամանակ այլևս անկարելի է ավելացնել նրա վրա ուրիշ մի քանի կաթիլ և պահանջել, որ նա չթափվի...

Մարզպետունին զգաց, որ հասել է արդեն ժամանակը՝ գործադրել այն զենքերը, որոնցով միայն հնարավոր էր անողոք իշխանի սիրտն ամոքել. — այդ զենքերը յուր խնդիրներն ու աղաչանքներն էին: Այդպիսի զենքերով, իհարկե, նա չէր հայցիլ օտարից, նույնիսկ հայրենիքի փրկությունը, բայց մի ներքին խռովություն դադարեցնելու համար նա չէր քաշվում աղաչել հարազատին, որովհետև դրանով նա չպիտի նվաստացներ իրան, այլ պիտի բարձրացներ նույնիսկ Սնադայի աչքում: Այդ պատճառով ասաց.

— Եթե ես ծունր չոքեի քո առաջ, Սնադա իշխան, համբուրեի քո ոտքերը և աղաչեի, որ խնայես դու եղբարցդ ու որդկերանցդ արյունը... արգելես այն կոտորածը, որ մի օրվա մեջ անթիվ ընտանիքներ պիտի կործանե, բյուրավոր մանուկներ պիտի որբացնե, կանայք ու հարսունք պիտի այրիացնե... Եթե հիշեցնեի քեզ նախ՝ քրիստոնեի և ապա՝ հայ մարդու սրբազան պարտքը, որ է՝ չարին չարյավ չհատուցանել և հայրենիքը կործանելու գնով անձնական վրեժխնդրությունը չհագեցնել... Ի՞նչ կանեիր դու, Սնադա իշխան, մի՞թե անողոք կմնայիր իմ աղաչանքների, իմ արտասուքների առաջ...

— Ո՛չ մի խոսք այդ մասին, տեր Մարզպետունի: Բնությունն ուրիշ կերպ է ստեղծել մարդուն, իսկ մենք այլ կերպ ենք հասկանում նրան: Ապստամբած սիրտը չի հնազանդիլ ուղեղի հրամանին, իզուր ենք մենք այդ մասին խրատներ կարդում մեզ և իզուր էլ քրիստոնյաներ անվանում, մենք մեր կրքերի հպատակներն ենք և ոչ թե Քրիստոսի աշակերտներ: Քրիստոնյա մարդ չկա աշխարհում: Քրիստոսի պատվերը կատարում են միայն նրանք, որոնք զրկանք չեն կրել ապերախտ ընկերից կամ եթե կրել են, չեն կարողանում «ակն ընդական և ատամն ընդ ատաման» փոխարինել: Բայց նրանք, որոնք ուժ ունին փոխարինելու՝ փոխարինում են զրկանքը և այդ ավելի բնական է, քան քրիստոնեաբար ներելը:

— Իսկ նրա՞նք, որոնք ուժ ունին վրեժխնդիր լինելու և սակայն ներում են...

— Եթե կան այդպիսի մարդիկ, ապա նրանք գերբնական արարածներ, ճիշտ Քրիստոսի աշակերտներ են, բայց ես այդպիսիներին չեմ ճանաչում:

— Դու եղի՛ր նրանցից մինը, Սնադա իշխան, մի՞թե քո սիրտն ավելի չի հպարտանալ այն ժամանակ, երբ մտածես, թե կարող էիր վրեժխնդիր լինել և սակայն ներեցիր, քան այն ժամանակ, երբ վրեժխնդիր լինելով՝ շուրջդ ավեր և արածություն սփռես: Ով որ գիտե, թե ո՛րն է բարին և լավագույնը և սակայն գործում է հակառակը, նա մի չարագործ է: Անշուշտ Գարդմանա տերը չի ցանկանալ, որ մեզանից մինը համարձակվի նրան այդ անունը տալ:

— Գարդմանա տերը, դժբախտաբար, մի հասարակ մարդ է. բնությունը նրա կրծքի տակ դրել է այնպիսի մի սիրտ, որպիսին ունին և ուրիշները. նա չի կարող զգալ այն, ինչ որ չեն զգում յուր նմանները:

— Ո՛չ, Գարդմանա տերը մի սինլքոր կամ ցեղջուկ չէ, որ չճանաչե առաքինությունը, նա գիտե, թե որքան քաղցր է ներելն և պիտի ներե անշուշտ: Ես խնդրում եմ քեզանից այդ շնորհը այն մայրերի և կանանց բերանից, որոնց որդիներն ու ամուսինները պիտի զոհվեն քո վրեժխնդրությանը:

— Տե՛ր Մարզպետունի, դու ինձ զինաթափ ես անում. քո խոսքերը ճնշում են իմ սիրտը, որովհետև դու նստած ես այժմ իմ առաջ, և ես լսում եմ քո կենդանի բարբառը: Բայց երբ դու հեռանաս և ես մնամ միայնակ, երբ այս ահագին սրահի մեջ չղջիկները գան ինձ ընկերանալու, երբ առավոտյան արևը բերե ինձ նույն խավարը՝ ինչ որ բերել էր գիշերը, երբ երկու քայլ փոխելու համար կարոտեմ իմ ծառաների շնորհին, երբ տենչանք տենչամ, բայց չկարողանամ լսել իմ լծակցի մխիթարական մի խոսքը և մտածեմ, որ քո թագավորի անողորմ հրամանը զերեզման տարավ նրան, այն ամուսնասեր կնոջը, այն որդեսեր ծնողին... երբ լսեմ իմ թշվառ հարսի տխուր երգերը կամ կույր ամուսնու սև բախտը լացող նրա ողբերը... Երբ Գրիգորի որդին՝ փոքրիկ Սևադան, զա հարյուրերորդ անգամ ինձ հարցնելու թե՝ «Պապիկ, դու ծերացար, աստված քեզ կուրացրեց, իսկ իմ հայրը ինչո՞ւ համար է կույր...», ասա՛, տե՛ր Մարզպետունի, երբ այս բոլորը գան և աղմկեն ուղեղս, խռովեն հոգիս, երբ սիրտս անընդհատ գոռա՝ «վրե՛ժ, վրեժ անզգամին...», ի՞նչ անեմ ես այն ժամանակ...

— Ի՞նչ անես այն ժամանակ:

— Այո՛, ասա՛, ես ինքս կամենում եմ ինձ հաղթահարել:

— Ի՞նչ արավ Սմբատ թագավորը, երբ յուր աշխարհի ավերումը տեսնելով՝ իջավ Կապույտ բերդից և յուր անձը մատնեց թշնամուն. ի՞նչ արավ, երբ դահիճները յուր թաշկինակն առնելով՝ վարոցներով բերանը խրեցին, երբ կզակին զելարաններ դնելով՝ չվանով պարանոցը պրկեցին, երբ ծանր բեռներ գլխին թափելով՝ տասնյակ հոգի վրան նստեցրին, երբ վերջապես դյուցազնի շունչը հատեցնել չկարողանալով՝ նրա անդամներն սկսան հոշոտել և վերջը խաչի վրա տարածել...

Սևադան լուռ էր:

— Ոչինչ չարավ. նա ասաց. «Տե՛ր, ընդունի՛ր այս զոհը, որ բերում եմ իմ ազգի համար, և փոխարեն՝ փրկի՛ր իմ ժողովուրդը պատուհասից...»: Նա ասաց. «Լավ է մեզ, զի այր մի մեռանիցի ի վերայ ժողովրդեանս և մի՛ ամենայն ազգս կորիցէ...», և հոժարությամբ հանձն առավ նահատակությունը: Դու էլ, իշխան, ընդունիր, թե չարագործ հազարացու միևն է քեզ կուրացրել, և այն ժամանակ անտրտունջ կարող ես կրկնել նույն խոսքերը, երբ տխուր միայնությունը, ցերեկվա խավարը, սիրեցյալ ամուսնուդ հիշատակը, հարսիդ ողբերը և փոքրիկ Սևադայի թոթովանքը կգան քո սիրտը և հոգին վրդովելու... Հազարացի զազաններին աղաչել, համոզել անկարելի էր, նրանց հոգվո ծարավը արյունն էր զովացնում, բայց հայ իշխանին աստված այդ հոգին չէ տվել. ուրեմն նա պիտի լսե յուր խղճի ձայնին, պիտի լսե իմ աղաչանքին և հավատա, որ նույնիսկ իմ բերանով խոսում է յուր հետ ազգի ամեն մի թշվառացող անդամ:

Սևադան լուռ էր մի քանի վայրկյան. հանկարծ նա գլուխը բարձրացնելով հարցրեց.

— Ի՞նչ է քո պահանջն ինձանից, Գևորգ իշխան:

— Այն, որ հեռացնես Ամրամից քո զույգ որդիներին և հետ կանչես Ուտիքից թե՛ Աղվանից և թե՛ Գարդմանա զնդերը:

Սևադան կրկին գլուխը կախեց և սկսավ մտածել: Սենյակում մի առ ժամանակ լռություն տիրեց:

Բայց Գևորգ իշխանն զգում էր արդեն, որ յուր խոսքերը ցանկալի տպավորություն արին Սևադայի վրա, ուստի սրտատրոփ սպասում էր նրա համաձայնության:

Եվ ահա՛, վերջապես, Սևադան խոսեց.

— Դու ինձ համոզեցիր, տեր Մարզպետունի. իմ մեջ շարժեցիր նախանձավորության զգացում, ես չեմ կամենում, որ դու հայրենասիրությամբ գերազանցես ինձ: Թո՛ղ այդպես լինի, ես թողնում եմ վրեժխնդրությունը... Բայց բռնկած ապստամբությունը խաղաղելու համար կա և մի ուրիշ արգելք, որ ես բառնալ չեմ կարող, այդ աշխատությունը դու պիտի հանձն առնես:

— Ամենայն ուրախությամբ, աշխատությունից ես չեմ փախչում, միայն թե ասա՛ ո՞րն է արգելքը:

Ես իմ որդիներին կհամոզեմ և կվերադարձնեմ իրանց զորքերով, բայց Ցլիկ-Ամրամին համոզել չեմ կարող, որովհետև ինքս եմ թշնամության կրակը վառել նրա սրտում, այժմ ինչպե՛ս հակառակ խորհուրդ տալ նրան:

— Այդ նեղությունը ես հանձն կառնեմ, — ասաց Մարզպետունին:

— Շատ գեղեցիկ, բայց իմացած եղիր, որ մինչև Ամրամը չհամոզվի հետ կանգնել յուր մտադրությունից, ես իմ զորքերը չեմ բաժանիլ նրանից: Որովհետև խոսք եմ տվել աջակցել նրան ամեն դեպքում, ուրեմն և իմ խոսքը դրժել չեմ կարող: Այժմ դու գնա Ամրամի մոտ, աշխատի՛ր համոզել նրան, որ հնազանդե յուր թագավորին: Եթե կհաջողես ձեռնարկությանդ մեջ, սուրհանդակ ղրկիր ինձ, և ես իսկույն հարկ եղած հրահանգները կտամ իմ որդվոց, որ հեռանան Ուտիքից իրանց զորքերով: Իսկ եթե չես հաջողիլ, այն ժամանակ իմացիր, որ աստված չի կամենում անցնել փորձության բաժակը, և ուրեմն մեզանից մեկը պիտի դատարկե այն...

Մարզպետունի իշխանը սաստիկ ուրախացավ և յուր շնորհակալությունը Սևադային հայտնելու համար առավ նրա աջը և համբուրեց: Իշխանի կարծիքով ամենամեծ դժվարությունն արդեն բարձվել էր: Սևադան, որ ամենքից ճանաչված էր իբր անողորքելի մի քարաժայռ, ահա՛, համոզվել էր. ի՞նչ դժվարություն կար, ուրեմն, Ցլիկ-Ամրամին համոզելու, մի մարդու, որ համառություն չուներ և որ ի բնե ստեղծված էր բարի սրտով:

Այս մտածմունքով հեռացավ Սևադայից իշխանը և գնաց հանգստանալու դղյակի լավագույն քնարաններից մինում, ուր առաջնորդեց նրան իշխանի սենեկապետը:

Փափուկ անկողինը և շրջապատող լռությունը շուտով թմրություն բերին իշխանի հոգնած անդամներին, և անուշարար քունը նրա աչքերը փակեց:

Լույսը դեռ նոր էր բացվում, որ Մարզպետունի իշխանը հագնվելով՝ իջավ դղյակի բակը և ծառաներից մինին զարթեցնելով՝ հրամայեց յուր ձին թամբել: Եղանակը ցուրտ էր և երկինքն ամպամած: Աշնանային եղյամը ծածկել էր գետինը և. հիշեցնում էր մոտալուտ ձմեռը: Ծառան, որ նոր էր տաք անկողնից ելել, ցրտի ազդեցությունից կծկված, դժվարանում էր շտապով ավարտել գործը: Իշխանը համբերել չկարողացավ, վայրկյանները թանկ էին նրա համար. «Այդպե՞ս են գործ կատարում այստեղ», — կշտամբեց նա ծառային և նժույգն առաջ քաշելով՝ արագ-արագ ամրացրեց թամբի կապերը:

Այնուհետև նորից բարձրանալով վերին դստիկոնը՝ զարթեցրեց Սևադայի բարապանին՝ իմանալու համար, թե արդյոք կարո՞ղ է տեսնել իշխանին: Նրանց խոսակցության ձայնն առավ սենեկապանը և դուրս եկավ միջանցքը: Նա զարմացավ Գևորգ իշխանին այդպես վաղ այդտեղ տեսնելով:

— Ի՞նչ եք հրամայում, իշխան, — հարցրեց նա Մարզպետունուն:

— Եթե կարող ես զարթեցնել իշխանին, հայտնի՛ր նրան, որ ես կամենում եմ գնալ և կուզեի տեսնել իրան, — ասաց իշխանը:

Սենեկապանը ներս մտավ և մի քանի վայրկյանից վերադառնալով, հայտնեց, որ իշխանն սպասում է իրան:

Մարզպետունին հետևելով սենեկապետին և մի երկու փոքրիկ խուցեր

անցնելով՝ մտավ Սնադյի ննջարանը և սաղավարտը հանելով մոտեցավ իշխանի մահճակալին:

Մենյակը լուսավորում էր տակավին փոքրիկ արծաթյա կանթեղը, իսկ իշխանը նստած էր մահճի մեջ գիշերային լոդիկով:

— Ինչո՞ւ այսպես վաղ, սիրելի՛ իշխան, —հարցրեց Սնադան:

— Կամենում եմ այսօր ևեթ հասնել Ամրամի բանակը, ժամանակը թանկ է, պետք է շտապել:

— Բայց դու գիտե՞ս, թե որտե՛ղ է նա բանակած:

— Երբ շրջում էի Ուտիքում, ինձ ասացին, որ նա անցել է Աղստև և գտնվում է Տավուշ բերդի մոտ: Իսկ այժմ որտե՛ղ լինելը չգիտեմ, եկա, որ այդ մասին տեղեկություն առնեմ քեզանից:

— Երկու օր առաջ մեր գնդերը բանակած էին Սադամի ափին, իսկ Ամրամը գտնվում էր դեռ Տավուշի մոտ: Եթե թագավորի գալստյան մասին լուր առած լինին, ուրեմն բանակները կմիացնեն... Գնա՛ և այդ կողմերը կպատահես նրանց:

— Իսկ դու չե՞ս կարող հայտնել, թե որտե՛ղ պիտի միանան բանակները, — հարցրեց իշխանը ժպտալով:

— Ոչ. ես իրավունք չունիմ հայտնելու: Եվ դու, իշխան, այդ չպիտի պահանջես ինձանից: Դու ինձ համոզեցիր, և ես տվի քեզ իմ համաձայնությունը՝ հաշտվել թագավորի հետ: Այդ ես կարող էի անել: Գնա՛ այժմ համոզիր Ցլիկ-Ամրամին. եթե կհաջողիս, լավ. եթե ո՛չ, պատերազմը նրա կողմից անխուսափելի է. ուրեմն և բանակի գաղտնիքը քեզ բանալն՝ անկարելի:

— Շատ լավ: Թո՛ղ այդպես լինի: Շնորհակալ եմ արդեն քո համաձայնության համար: Այժմ տո՛ւր ինձ քո օրհնությունը, և ես կերթամ: Այդ օրհնությունը կհաջողե իմ ճանապարհը:

— Աստվա՛ծ թող օրհնե այդ ճանապարհը: Դու խաղաղության և հաշտության միջնորդ ես, անկարելի է, որ նախախնամությունը չհաջողե քեզ: Բայց եթե նա կանխավ որոշել է պատժել հանցավորին...

— Ես կանեմ այն, ինչ որ հրամայում է ինձ իմ պարտքը և հայրենիքը, իսկ աստուծո կամքը... մենք միայն կարող ենք օրհնել:

Այս ասելով իշխանը մոտեցավ Սնադյին, գրկեց նրան և համբուրելով՝ հեռացավ:

Մի քառորդ ժամից նա Վահրամ բերդակալի մոտ էր:

Թանձր ու երկար այծենակաճի մեջ փաթաթված և խոշոր զլուխը պողպատե զլխանոցով ծածկած՝ անցուղարձ էր անում բերդակալը յուր դիտանոցի առաջ, երբ մոտեցավ նրան Մարզպետունին:

— Գիտեի, որ այդպես վաղ պիտի բաժանվիս իշխանից, ուստի լուսածագին դուրս եկա տանից, որպեսզի հրամայեմ ամրոցի դռները բանալու, — ասաց բերդակալը իշխանին և մոտենալով նրան, հետաքրքրությամբ հարցրեց, թե արդյոք կարողացա՞վ անծանոթ մնալ Սնադյից կամ թե տեղեկացա՞վ ցանկացած գաղտնիքներին:

Իշխանը պատմեց նրան համառոտ ինչ որ պատահել էր իրան կամ ինչ որ խոսել էր Սնադյի հետ և լսել նրանից, ծածկելով, իհարկե, այն ամենը, ինչ որ ապստամբությունը գրգռող «ընտանեկան զժտություններին ու սիրային գաղտնիքներին» էր վերաբերում: Այդ պատճառների հետ, իշխանի կարծիքով, անկարելի էր ծանոթացնել արտաքին պաշտոնյաներին:

Բարեսիրտ Վահրամը զարմացավ՝ տեսնելով, որ ինքն այնքան մոտիկ ապրելով Սնադյին, չէր կարողացել նրա գաղտնիքները ճանաչել, և դեռ մինչև այդ րոպեին չգիտեր, թե Ցլիկ-Ամրամին ապստամբեցնողը Սնադան է եղել:

Իշխանը կամեցավ օգուտ քաղել այդ բանից՝ բերդակալի մտերմությունն ավելի վաստակելու համար:

— Ի՞նչ ես կարծում, բարեկամ, — ասաց նրան ծիծաղելով, — եթե Սևադան ճանաչած չլիներ քեզ, մի՞թե թույլ կտար, որ դու մնայիր այստեղ՝ այդ պաշտոնում:

— Ի՞նչ, մի՞թե նա գիտե, որ ես դեռ հավատարիմ եմ թագավորին:

— Նա ամեն բան գիտե. բայց նա ճանաչում է քեզ:

— Ինչպե՞ս թե ճանաչում է ինձ:

— Նա գիտե, որ դու նրան վնասել չես կարող:

— Ինչպե՞ս թե չեմ կարող, քաջությունն է իմ մեջ պակաս, թե՞ բազուկներս են ծերությունից թուլացել, — ջերմությամբ հարցրեց բերդակալը:

— Նա մինչև անգամ համոզված է, որ դու թագավորիդ պաշտպանել չես կարող, եթե հարկը պահանջե, — հարեց Մարզպետունին, կամենալով գրգռել բերդակալի ինքնասիրությունը:

— Եվ նա այդ մասին խոսե՞ց քեզ հետ, — հուզված հարցրեց Վահրամը:

— Ո՛չ, հայտնապես ոչինչ չասաց...

— Հայտնապես ոչինչ չասա՞ց. հասկանում եմ. բայց ակնարկությունից դու այդ գուշակեցիր... Լա՛վ, ես կտիպեմ այդ մարդուն հարգել ինձ... Գնորգ իշխան, ես այժմ քեզ հետ եմ, — դիմեց նա Մարզպետունուն վճռական եղանակով: — Գնա՛, աշխատի՛ր, որ նախ հաշտությունը կայանա, իսկ եթե այդ չի հաջողվի, անմիջապես սուրհանդակ ղրկիր ինձ, հետնյալ օրը ես քո մոտ կլինեմ: Այս սուրը ճանապարհ կբանա իմ թագավորի համար ինչպես Ուտիքը, նույնպես և Գարդմանը նորից գրավելու: — Այս ասելու ժամանակ նա բացավ լայնադրոշ այծենակաճը և զորեղ ձեռքը դրավ վաղակավորի երախակալի վրա:

Մարզպետունին ուրախացավ յուր սրտում, որ կարողացավ հուզել Վահրամին և այդ խոստումն առնել նրանից: Թագավորը, արդարև, կարիք ուներ այդ միջոցին Վահրամի նման անձանց աջակցության: Նա այն քաջերի թվին էր պատկանում, որոնք սկզբում զգուշությամբ են մոտենում վտանգին, բայց մի անգամ մոտենալուց հետ՝ այլևս չեն վախենում նրանից:

— Տո՛ւր ինձ քո ձեռքը և երդվի՛ր, որ ո՛ւր որ էլ լինեմ՝ պիտի գաս իմ կոչին, թեկուզ մահվան դիմավորելու համար, — ասաց Մարզպետունին, յուր թափանցող հայացքը, սևեռելով բերդակալի աչքերին:

— Երդվում եմ Լուսավորչի սուրբ աջովը... — հարեց իսկույն Վահրամը և ձեռքը տվավ Մարզպետունուն:

Վերջինս սեղմեց նրան ջերմությամբ և ասաց.

— Շնորհակալ եմ, Վահրամ իշխան, մինչև այժմ ես իրավունք ունեի միայն մի անձի վրա, որին կարող էի զոհել գահի և հայրենիքի սիրույն: Այս վայրկյանից ուրեմն իրավունք եմ ստանում երկու անձի վրա...

— Այո՛, Վահրամ սեպուհը նույնպես քեզ է պատկանում, զոհի՛ր նրան, երբ հարկը կպահանջե, միայն թե հայրենիքի փրկության սեղանի վրա:

— Ես ուրիշ սեղան չեմ ճանաչում, և ահա՛ այս վայրկյանից քո ձեռքն եմ հանձնում իմ հույսը և հավատը...

Այս ասելով իշխանը գրկեց բերդակալին, համբուրեց նրան ջերմությամբ և մի քանի ուրիշ պատվերներ էլ տալով, աշտանակեց յուր նժույգը և սրարշավ դուրս եկավ ամրոցից:

Իշխանի թիկնապահը, որ Գարդման ավանում անախորժ նորություններ էր լսել, և այդ պատճառով գրեթե ամբողջ գիշերն անցրել էր անհանգստության մեջ, վաղ առավոտվանից ելնելով՝ ուղղվեցավ դեպի ամրոցը: Նա աշխատում էր մի վայրկյան առաջ հասնել այնտեղ, վախենալով՝ թե գուցե յուր տիրոջը մի վտանգ հասնի ապստամբ իշխանից:

Բայց որքա՜ն մեծ եղավ նրա զարմանքն ու ուրախությունը, երբ դեռ Գարդմանա գետակը չանցած՝ տեսավ իշխանին, որ իջնում էր ամրոցի զառիվայրից:

— Ո՞ւր և ինչո՞ւ այդպես վաղ, Եզնիկ, — հարցրեց իշխանը յուր թիկնապահին, երբ նրանք մոտեցան միմյանց:

— Տե՛ր իմ, եթե մութով կարողանայի մտնել ամրոցը, նույնիսկ այս գիշեր կգայի քեզ մոտ, — պատասխանեց թիկնապահը, — բայց գիտեի, որ Գարդմանը անմատչելի է ծակամուտների համար:

— Ի՞նչ կա, ինչո՞ւ էիր շտապում:

— Նորություններ իմացա, գալիս էի քեզ մոտ. վախենում էի, թե գուցե մի վտանգ հասնի քեզ իշխանից:

— Ես, փառք աստուծո, ահա ողջ-առողջ նստած եմ Սնուկիս վրա. բայց դու ի՞նչ նորություններ լսեցիր:

— Անախորժ նորություններ: Իմ հյուրընկալ քահանան ոչինչ չէր կամենում ասել:

— Հետո՞:

— Բոլոր փողերս նրա տանը թողեցի: Մի մասը աչհամբույր տվի իրան, մի մասը տիրուհուն ընծայեցի, մնացյալն էլ աղջկան տվի իբրև ոտնլվայի նվեր:

— Իսկ աղջիկը գեղեցի՞կ էր:

— Ո՜հ, տեր իմ, անշուշտ ուրախ է սիրտդ, որ Եզնիկի հետ կատակ ես անում, և իրավ շատ գեղեցիկ էր. սևաչյա, կարմրաթուշիկ, երկայնահեր...

— Ինչո՞ւ չնշանվեցար:

— Հա՜, քահանային կաշառելո՞ւ համար... Բայց ես նրան ուրիշ բանով կաշառեցի. խոստացա, թե «կխնդրեմ իշխանին, որ քեզ տեղափոխել տա Դվին»:

Զարմանալի է. այդ գեղջուկն էլ է մայրաքաղաքում քահանայություն անել փափագում.

— Դու չէի՞ր ուրախանալ, եթե քեզ հարյուրապետ կարգեինք:

— Ինչո՞ւ չէ, բայց ես կարող էի աղյուծի պես կռվել:

— Է՜հ, քահանան էլ կարող է մկրտել, պսակել, թաղել. մայրաքաղաքումն էլ մարդիկ այնպես են ծնվում ու մեռնում, ինչպես և գյուղերում:

— Այդպես է, տե՛ր:

— Բայց դու ի՞նչ իմացար քահանայից:

— Արքայից ապստամբած են նաև աղվանցիք ու գարդմանացիք. և այդ արել է Սևադան: Տեր հայրը պատմեց, թե «Մի օր մեր գյուղապետն եկավ և իշխանի հրամանով հրավիրեց բոլոր գյուղացիներին եկեղեցվո բակը և երդվեցրավ նրանց զենք առնել թագավորի դեմ: Բոլորը երդվեցան: Մյուս գյուղերում ու ավաններում էլ նույնն են արել: Երեք օրվա ընթացքում, ասում էր տեր հայրը, չորս հազար մարդ է հավաքվել Դավիթ իշխանի դրոշակի տակ: Այդ բանակով նա գնացել է Ուտիք: Իսկ գյուղերում մնացող ժողովուրդը երդվել է՝ չոր հաց անգամ չտալ արքայական զորքին»:

— Այդ բոլորը ես գիտեմ, փողերդ իզուր ես վատնել. — ասաց իշխանը: Ապա հաղորդելով նրան մի քանի կարևոր նորություններ, հարցրեց: — Ի՞նչ իմացար դու բանակի շարժման մասին, արդյոք ապստամբները մինչև ո՞ւր պիտի դիմավորեն թագավորին կամ գարդմանացիք որտե՞ղ պիտի միանան ուտիացիներին:

— Այդ մասին ոչինչ չիմացա, չնայելով, որ հենց այդ նպատակով երկու ժամ էլ գինետանն անցրի: Միայն թե այդտեղ պատահեցի մի դասալիք զինվորի, որ փախել էր Տավուշի ձորից: Նա պատմում էր, թե Ամրամի մի քանի խմբերը շրջում են Կուրի եզերքնուտներում և նպատակ ունին նետահար անել արքային, հենց գետի վրայից անցնելու ժամանակ, որովհետև Ամրամը վախենում է եգերացիներից և չի կամենում ազատ դաշտի վրա ճակատել նրանց դեմ:

— Այդ նրանց չի հաջողի, — նկատեց իշխանը հանգստությամբ, — թագավորի թիկնապահները վանանդացիք են. նրանց վահանափակը կայծակն անգամ չի թափանցել, ուր մնաց ուտիացիների նետերը:

— Բայց եթե ափխազաց զորքերը հասնեն, — ասում էր դասալիքը, —այն ժամանակ Ամրամը համարձակ կճակատե թագավորի դեմ:

— Ի՞նչ, ափխազաց զորքե՞րը, — կարծես լսածին չհավատալով հարցրեց իշխանը:

— Այո՛, ափխազաց զորքերը: Ցլիկ-Ամրամը խոստացել է Գուրգենին Ուտիքը հանձնել նրան, եթե վերջինս կօգնե իրան այս ապստամբության գործում:

— Որտեղի՞ց գիտեր դասալիքը Ամրամի այդ գաղտնիքը:

— Նա մի քանի օր շարունակ Ամրամի հետամուտների հետ միասին շրջել է եղեգնուտներում: Նրան ուտիացիք խոստումներ են արել, թե Ամրամ իշխանը նրան էլ իրանց հետ կտանե Ափխազիա, ուր ինքը՝ Ցլիկը պիտի տեղափոխվի՝ Ուտիքը Գուրգենին հանձնելուց և նրա փոխարեն Ափխազիայում ուրիշ երկիր ստանալուց հետ: Հենց այդ խոստումն էլ պատճառ է դարձել, որ այդ զորականը հեռացել է նրանից: Պատվական հայ էր այդ դասալիքը: «Եթե Ամրամը պիտի հեռանա Ափխազիա, մենք ինչո՞ւ նրա պատճառով կռվենք մեր թագավորի դեմ», — ասում էր նա ինձ:

Իշխանի դեմքը մռայլվեց: Թիկնապահի հաղորդածը երկյուղ ազդեց նրա սրտին: Մինչև այդ՝ նա պարուրում էր իրան այն հուսով, թե գուցե արքայի մեծ զորքով երևալն ստիպե Ամրամին հետ քաշվել յուր ամրոցը, և պատերազմը տեղի չունենա: Բայց այժմ, երբ իմացավ, թե ափխազաց Գուրգենն էլ խառն է գործի մեջ, չափազանց տխրեց: Ամրամը օտարի այդ աջակցության վրա վստահանալով կարող էր մեծ վնաս հասցնել երկրին:

Իշխանին մնում էր մի նվազ հույս, այն է՝ ապավինել յուր կորովին և պերճախոսությանը՝ ապստամբի սիրտը կակղացնելու համար: Դրանից զատ նա չգիտեր ուրիշ մի ելք, որով կարելի լիներ չարիքի առաջն առնել:

— Տե՛ր իմ, ափխազաց այդ հին գայլը մեզ շատ վնասներ հասցրավ, ե՞րբ պիտի կարողանանք պատժել նրան, — հարցրեց Եգնիկն իշխանին:

— Երբ որ աստված կամենա, — անուշադիր եղանակով պատասխանեց իշխանը և սկսավ ձիու ընթացքն արագացնել:

— Բայց մենք ո՞ւր ենք գնում,-հարցրեց թիկնապահը՝ իշխանին հետևելով:

— Մենք այսօր նեթ պիտի աշխատենք հասնել Ամրամի բանակը, մեր կորցրած ամեն մի ժամը կարող է մի նոր վտանգ ծնել մեզ համար:

— Կերթանք առանց հանգստանալու: Բայց ձիաների ուժը չի բավիլ այդքան ճանապարհը մի օրում կտրելու:

— Ինչո՞ւ, քանի՞ փարսախ է այստեղից մինչև Տավուշ:

— Հարյուրից ավելի: Մենք հազիվ կարող ենք երեկոյան Սագամի ձորն անցնել:

— Իսկ առավո՞տը:

— Այո՛, լուսածագին կմտնենք Տավուշ:

— Այդ էլ բավական է. շտապենք, — ասաց իշխանը և մտրակը շարժեց: Սևուկն սկսավ սուրալ հողմի պես. թիկնապահը հետևում էր նրան:

Երեկոյան դեմ մեր ճանապարհորդները գտնվում էին Սագամի ձորում: Գետափին հանգստացող մի քանի գյուղացիներ տեղեկություն տվին նրանց, որ Դավիթ ու Գրիգոր իշխանների բանակը չվել էր այդտեղից հենց միևնույն օրը, և թե Ամրամի զորքերը գտնվում են այդ միջոցին Աղստև և Կուր գետերի խառնուրդի մոտ:

— Ցանկալի էր իմանալ, թե ինչո՞ւ Ամրամը հեռացել է այդքան յուր ամրոցից, —

հարցրեց Եզնիկն իշխանին, երբ նրանք գետն անցնելով՝ դեմ դրին դեպի դաշտավայրը:

— Այդ նշան է, որ ափխազցիները մոտենում են նրան: Ահա զարդմանացիք էլ այստեղից են չվել: Կնշանակե նրանք միացնում են բանակները:

— Ուրեմն թագավորի գալստյան մասին լո՞ւր ունին առած:

— Անշո՛ւշտ, ապա թե ոչ, ինչո՞ւ այդքան զորքերը միասին կխմբեին, չէ՞ որ մի քանի օրվա մեջ բոլոր շրջակաների պաշարը կարող էին նրանք սպառել:

— Տե՛ր, ինձ թվում է, թե մենք պատերազմին պիտի մասնակցենք և ոչ թե հաշտությանը, այնպես չէ՞, — հարցրեց Եզնիկը մի առանձին անհանգստությամբ:

— Այդ աստծուն է հայտնի, տեսնենք, թե առավոտը ի՛նչ օր կծագե մեզ համար, — պատասխանեց իշխանը, ըստ երևույթին անփույթ եղանակով, բայց նա իսկապես տանջվում էր տխուր մտածմունքներից: Մի ծանր նախազգացում ճնշում էր յուր սիրտը, և կարծես այդ ճնշումից ազատվելու համար էր, որ նա շարունակ արագացնում էր ձիու ընթացքը:

Իշխանն ու թիկնապահը անցուցեն այդ գիշեր Սևորդյաց ձորի գյուղերից մինում: Այդտեղ իմացան, որ Ցլիկ-Ամրամը յուր և իրան հետ եղող ապստամբ իշխանների ընտանիքներն ամրացրել է Տավուշ բերդում, իսկ ինքը առաջացել է դեպի Աղստև, որպեսզի թագավորին հանդիպե ամրոցից հեռու: Այդ նրա համար էր, որ նախ՝ պատերազմի արհավիրներով չահաբեկե ամրոցաբնակ տիկնանց, և երկրորդ՝ որ ինքն ավելի ազատ լինի յուր գործառնության մեջ. այսինքն՝ եթե պարտություն կրելու լիներ, կարող էր քաշվել լեռները, մինչև որ նորից կկարգավորեր յուր բանակը, իսկ եթե թագավորը որոշեր պաշարել յուր բերդը, այն ժամանակ նա կհարձակվեր ետևից և այդպիսով կազատեր բերդը պաշարումից:

Այդ բոլոր ծրագիրները հայտնի դարձան Մարզպետունուն, հենց որ նա Ամրամի Տավուշից հեռանալն իմացավ:

— Ուրեմն մենք գործ չունինք նրա ամրոցում, — ասաց իշխանը թիկնապահին. — առավոտն արդեն պիտի հասնինք Աղստև:

— Դեռ արևը չծագած կարող ենք Հասանի ջուրն անցնել, — պատասխանեց թիկնապահը:

Նրանք պառկեցին մի քանի ժամ հանգիստ առնելու համար:

Հետևյալ առավոտ, հազիվ արևը հորիզոնից մի ասպարեզ բարձրացած, իշխանն ու յուր թիկնապահը Աղստևի հովիտը հասան:

Դաշնակից ապստամբների վրանները բռնած էին հովտի բոլոր տարածությունը՝ սկսած Աղստևի գետաբերանից մինչև մոտակա լեռան ստորոտը: Հովտի արեգընդդեմ մասի վրա զարկած էին ուտիացոց ու սևորդյաց վրանները: Նրանցից մի ասպարեզ հեռու գտնվում էին զարդմանացիք ու աղվանք: Նրանց բոլորի վրաններն էլ շարված էին կանոնավոր ուղղությամբ և ներկայացնում էին մի քանի ընդարձակ քառակուսիներ, որոնց յուրաքանչյուրի մեջտեղում գտնվում էր զորավարի կամ իշխանի վրանը: Բայց բանակի ոչ մի կողմից պատնեշ չկար դրված. այդ նշան էր, որ զորքը նպատակ չուներ այդտեղ երկար մնալու:

Նոր էին հասել և դաշնակից ափխազցիները, որոնք և խառն ու անկանոն կերպով խփել էին իրանց վրանները դեպի Կուրը ձգվող դաշտավայրի վրա:

Ապստամբների այս ահագին պատրաստությունը տեսնելով՝ Մարզպետունի իշխանը դառնությամբ բացականչեց.

— Ինչպե՛ս լավ համախմբվում են՝ իրանք իրանց կործանելու համար:

— Չէիր սպասում այսպիսի կազմության, տեր իմ, այնպես չէ՞, — հարցրեց Եզնիկը ժպտալով:

— Բնա՛վ: Թշվառականները միայն հարազատի դեմ են լավ զինվում... կամ երբ հարկավոր է լինում սեփական երկիրը ոտնակոխ անել...

— Բանակատեղը պիտի մտնենք, այնպես չէ՞, — հարցրեց թիկնապահը:

Իշխանը չպատասխանեց: Նա ձիու սանձը քաշած և հաստաբուն մի ծառի ստվերում կանգնած՝ դիտում էր բանակը, նրա տարածությունը, նոր զարկվող վրանների շուրջը տիրող շարժումը, մի խումբ հեծելազորի վարժությունները և հովտի մի կողմը հավաքված զորքերի մկնդախաղը: Երկար դիտելուց հետ, նա դարձավ թիկնապահին.

— Տեսնո՞ւմ ես այն ընդարձակ վրանափակը, որի մեջտեղը զարկված է իշխանական վրանը:

— Ա՞յն, որի վրա ծածանվում է երկգույնյան դրոշակ:

— Այո՛. Ամրամ սեպուհինն է այն, գնա անցիր ուղղակի բանակի միջով...

— Ավելի լավ չէ՞ հովտի եզերից մոտենալ:

— Ո՛չ, սնորդիները վայրենի մարդիկ են. կարող են մինչև անգամ նետահարել: Անցի՛ր բանակի միջով, բայց սրարշավ և առանց աջ ու ձախ նայելու, մոտեցի՛ր իշխանի վրանին, ներս մտիր... ճանաչո՞ւմ ես դու իշխանին:

— Ինչպե՞ս չէ. շատ անգամ եմ տեսել:

— Հա՛, նե՛րս մտիր և հայտնիր իմ կողմից, որ եկել եմ և կամենում եմ տեսնվել յուր հետ: Ասա՛, որ կարևոր գործի մասին է խոսելիքս:

— Կիրամայե՞ս հայտնել իրան պատճառը, եթե հարցնելու լինի:

— Ո՛չ. պատճառների մասին խոսելը քո գործը չէ. գնա՛, մի՛ ուշանար:

— Իսկույն, տե՛ր իմ: — Այս ասելով Եզնիկը մտրակեց յուր ձին և սրարշավ դեպի բանակն ուղղվեցավ:

Իշխանի ակնարկած վրանափակը մի ընդարձակ քառակուսի էր, բաղկացած չորս տասնյակ վրաններից, որոնցից յուրաքանչյուր տասնյակը զարկված էր մյուսի հանդեպ երկշար ուղղությամբ: Դրանց մեջտեղում գտնվում էր սեպուհի ընդարձակ վրանը, որի վրա ծածանում էր զորավարական դրոշը: Վրանի ճակատը զարդարված էր իշխանական զինանշանով, իսկ ներսը պատած կարմիր պաստառներով: Վրանը վերամբառնող երրյակ սյուների վրա, որոնք զարդարված էին պղնձե փայլուն օղակներով, կախված էին գեղեցիկ զենքեր, այն է՝ արծաթապատ սրեր և վաղակավորներ, դրվագազարդ վահաններ ու ասպարներ, նետալից կապարճներ, արծաթազարդ աղեղներ, իսկ վրանի մի անկյունում հենված էին կարճաբուն մկունդներ ու գեղարդներ:

Իշխանական վրանի առաջ կանգնած էին զրահազգեստ պահապաններ, երկաթե գլխանոցներով, երկար նիզակներ ու ասպարներ ձեռքներին: Իսկ վրանի մեջ անցուդարձ էր անում Ցլիկ-Ամրամը, միայնակ և մտախոհ:

Սա մի բարձրահասակ և հաղթանդամ տղամարդ էր, ամուր կազմվածքով և խոշոր ու ազդեցիկ դեմքով: Նրա լայն ճակատը, որ ծածկված էր կնճիռներով, սուր և թափանցող աչքերը, որոնց հովանավորում էին թավամազ և զրեթե միավորյալ հոնքեր, մեծ և արծռունգն քիթը, որ իշխում էր կարծես երկար ու թավ ընչացքին, և հարուստ, գորշախառն մորուքը, որ ծածկում էր պղնձե լանջապանակի կեսը, տալիս էին նրան լուրջ և մինչև անգամ ահարկու կերպարանք: Նա ամբողջապես զրահազգեստ էր: Հագած ուներ պողպատից հյուսած վերտ, կրծքին՝ փայլուն լանջապանակ, կողերին՝ բազպաններ, ոտքերին՝ սռնապաններ, իսկ ազդրին՝ ծանր, արծաթապատ սուր: Պողպատե սաղավարտը, որի վրա փայլում էր պղնձե արծվաձև զարդմանակ և որը զարդարված էր սև, թավամազ ցցունքով, դրված էր փոքրիկ սեղանակի վրա:

Հանկարծ սեպուհը լսեց մի վիճաբանության շշուկ, որ տեղի էր ունենում յուր վրանի առաջ:

— Ո՞վ է այդտեղ, — գոչեց նա ներսից հզոր ձայնով:

— Մի ոստանցի զինվոր, որ կամենում է ներկայանալ քեզ, տե՛ր, բայց չի կամենում վաղակավորն ու վահանը ձգել, — պատասխանեց պահապանը, մոտենալով վրանի մուտքին:

— Ո՞վ է այդ համառը, թողե՛ք որ գա, — հրամայեց սեպուհը:

Եկողը Եզնիկն էր: Նա յուր երկարաբուն նիզակը հանձնեց պահապանին և ներս մտնելով վրանը, խորը գլուխ տվավ իշխանին:

— Ո՞վ ես դու, — հարցրեց Ամրամը խրոխտ ձայնով:

— Մարզպետունյաց Գնորգ մեծ իշխանի թիկնապահը, — պատասխանեց Եզնիկը:

— Դու չգիտե՞ս, որ իրավունք չունիս սրով ու վահանով իշխանի վրանը մտնելու:

— Երբե՛ք հեռացրած չեմ ինձանից այս զենքերը, տեր իմ:

— Ուրեմն երբեք էլ բանբերի պաշտոն չե՞ս կատարած:

— Առաջին անգամն եմ կատարում և երկրորդ անգամ չպիտի կատարեմ, քանի որ հարկավոր է դրա համար զինաթափ լինել, — պատասխանեց Եզնիկը փոքր-ինչ այլայլված:

Սեպուհը ժպտաց:

— Ի՞նչ ունիս ինձ հայտնելու, — հարցրեց նա:

— Իշխանը հրամայեց ինձ՝ ասել, որ եկել է ձեր բանակը կարևոր գործի համար և կամենում է խոսակցել տեր սեպուհի հետ:

— Գնորգ իշխանն այստե՞ղ, մեր բանակո՞ւմն է:

— Այստեղ, բանակից դուրս սպասում է քո պատասխանին:

— Գնա՛, ասա՛, թող շնորհ բերե, — պատվիրեց իսկույն սեպուհը և ապա կանչելով պահապանին՝ հրամայեց, որ հայտնե յուր թիկնապահներին՝ ընդառաջել իշխանին:

Իսկույն մի խումբ զրահավորներ, պատրաստ ձիանը աշտանակելով՝ դիմավորեցին իշխան Մարզպետունուն բանակից դուրս և առաջնորդեցին նրան սեպուհի վրանը:

— Ամեն մարդու կսպասեի տեսնել իմ վրանում, բայց Մարզպետունյաց իշխանին, թագավորի զինակցին ու հավատարմին, երբե՛ք...-ասաց սեպուհը ջերմագին ողջունելով իշխանին և հրամցնելով նրան մի փոքրիկ եռոտանի աթոռ:

— Բարեբախտաբար ես միշտ այնտեղ եմ, ուր ինձ չեն սպասում, — ժպտալով պատասխանեց իշխանը:

— Բարեբախտաբա՞ր, ի՞նչ կնշանակե այդ:

— Կնշանակե, թե երբեք չար գործի համար չեմ այցելում մեր բարեկամներին:

— Բարեկամներին, այո՛, բայց դու թշնամու վրանումն ես:

— Ո՛չ, Մարզպետունին հայ թշնամի չունի. Նա այդպիսի թշնամի չի ճանաչում:

— Իսկ թագավորի թշնամիները քո թշնամիները չե՞ն:

— Դու մի օր թագավորի բարեկամն էիր և դարձյալ բարեկամ կլինիս...

— Բարեկա՞մ... դժոխքը տանե նրան... իմ սատանային հաշտության ձեռք կպարզեմ, բայց նրան՝ երբեք, — ուժգին բացականչությամբ ընդհատեց սեպուհն իշխանին:

Մարզպետունին լռեց և մի տեսակ տարակուսական հայացքով սկսավ դիտել սեպուհի դեմքը, որ այլայլվել էր հանկարծական հուզմունքից:

— Եթե գիտենայի, թե պիտի վրդովեմ քեզ... այսքան երկար ճանապարհ չէի կտրիլ... — մեղմ ու հանդարտ ձայնով նկատեց իշխանը:

— Թագավորը հազիվ մի ավուր ճանապարհով հեռի է մեզանից, — խոսել սկսավ սեպուհը՝ նույնպես մեղմությամբ, — վաղը գուցե մենք ճակատենք միմյանց դեմ. եթե դու մեզ հաշտեցնելու համար ես եկել, ցավում եմ, որ ապարդյուն աշխատանք ես հանձն առել:

— Ոստանում ոչ ոք չէր հավատում, թե սեպուհ Ամրամը կարող է ապստամբել յուր թագավորից...

— Ես չեմ ապստամբել իմ թագավորից, — ընդհատեց սեպուհն իշխանին. — հիշում ես, թե ինչպե՛ս անձնվիրաբար էի ծառայում նրան: Քանի՛-քանի՛ անգամ յուր ապստամբ կողմնակալների դեմ պատերազմեցի, քանի՛ վտանգավոր կռիվների մեջ յուր անձը պաշտպանեցի, ի՛նչ հերոսությամբ Շամշուլտեի վրա յուր դրոշակը պարզեցի, ո՞ր մեկը հիշեմ...

— Եվ նա քեզ պարտապան չմնաց, իշխան կարգեց ամբողջ Ուտիքի և Սևորդյաց աշխարհի վրա. հյուսիսային զորքի հրամանատարությունը հանձնեց քեզ... Դու չպետք է օգուտ քաղեիր քո ձեռքում ունեցած իշխանությունից ու պատրաստի զորքերից և, ապստամբության դրոշակ բանալով՝ սուրդ ուղղեիր քո բարերարի և թագավորի դեմ:

— Երբե՛ք իմ թագավորի, մի՛ ասիր այդ, այլ իմ անձնական թշնամու...

— Անձնական թշնամի՞... մի՞թե թագավորը կարող է անձնական թշնամի լինել յուր պաշտոնակալին, — նկատեց իշխանը՝ իբրև թե սեպուհի խոսքերը չհասկանալով:

— Իշխա՛ն, եթե դու ոչինչ չգիտես այն ամենից, ինչ որ իմ մեջ թշնամություն է զրգռել դեպի թագավորը, ապա շատացիր այնքանով՝ ինչ որ ես քեզ ասացի, ավելին խոսել չեմ կարող:

— Ես չեմ կամենում, որ շատ բաներ պատմես ինձ: Գիտեմ, թե առհասարակ ի՛նչ պատճառներ են դրդում մեր իշխաններին թշնամանալ թագավորին կամ ապստամբիլ նրա դեմ...

— Գիտես, այնպես չէ՞, — ընդհատեց հանկարծ սեպուհը, — փառամոլություն, շահասիրություն, ընչաքաղցություն, ի՛նչ ես կարծում, դրանցից մեկը չէ՞, որ դրդել է ինձ թշնամանալ իմ թագավորին...

— Չգիտեմ, և ասացի, թե չեմ էլ կամենում իմանալ, բայց կամենում եմ, որ դու ապստամբության դրոշակն ամփոփես և թագավորիդ դեմ հանած սուրը յուր պատյանը դարձնես:

— Այդ սպառնալի՞ք է քո կողմից, իշխա՛ն:

— Ո՛չ, այլ լոկ խնդիր, աղաչանք...

— Զարմանում եմ. Մարզպետունյաց տերը խնդրում, աղաչում է սեպուհ Ամրամին... Այդպիսի խոնարհություն չեն ունեցել, կարծեմ, Մարզպետունի նախարարները... Արդյոք մի խորհրդավոր գաղտնիք չկա՞ թաքնված այդ խնդրարկության մեջ.

— Լսի՛ր, Ամրամ սեպուհ. Մարզպետունի նախարարները հպարտ էին ավելի, քան քո նախահայրերը, բայց նրանց ժառանգը գերադասում է հայրենասիրությունը, մի՞թե այդ մի արատ է նրա համար:

— Բնա՛վ. երա՛նի նրան, ով կարող է անձնվիրաբար ծառայել հայրենիքին:

— Եվ, ահա՛, հենց այդ հայրենիքի շահն է, որ իմ հպարտ ճակատը խոնարհեցնում է քո առաջ: Կարո՞ղ ես արհամարհել այս խոնարհությունը կամ անարգ գաղտնիքներ որոնել նրա մեջ:

— Ո՛չ:

— Ուրեմն լսի՛ր ինձ. կակղացրու սրտիդ կարծրությունը և արգելիր այն կոտորածը, որ տեղի պիտի ունենա մի կամ երկու օրից հետո:

— Չեմ կարող:

— Ուրեմն հայոց հազարավոր մայրերը որդիներ են ծնել ցավոք ու հեծությամբ, մեծացրել են նրանց բազմամյա տանջանքներով, որ դուք իշխաններդ մի օրվա ընթացքում զոհեք այդ բոլորին ձեր անձնական կրքերի՞ն:

— Իսկ երբ նրանց տանում եք հազարացոց դեմ, երբ նրանց մաշում է մահմեդականի սուրը, ինչո՞ւ այն ժամանակ էլ չեք հիշում հայ մայրերի ցավն ու հեծությունը:

— Հայրենիքի թշնամու դեմ կռվելը, նրա ազատության համար մեռնիլը սրբազան պարտք է, այդ պարտքից ոչ ոք չպիտի փախչի, բայց եղբայրասպանությունը մի ոճիր է, աստծուց և մարդկանցից անիծված:

Ամրամը, որ խոսելու ժամանակ բարձրացել էր տեղից, նստեց նորեն եռոտանու վրա և լուռ ու մտախոհ սկսավ դիտել վրանի անկյունին հենած գեղարդները: Ապա մի վայրկենից հետ ձեռքը դեպի ծնոտը տարավ և յուր հարուստ, նրբահեր մորուքը շոյելով՝ մեղմ ձայնով ասաց.

— Տե՛ր Մարզպետունի, շահավոր խոսելն ավելի հեշտ է, քան շահավոր գործելը: Ես չէի ցանկանալ չարագործի անուն վաստակել, բայց հանգամանքները չարագործ շինեցին ինձ: Այսուհետև ես չպիտի մտածեմ, թե ի՛նչ է ասում աշխարհն ինձ համար, ես միայն մի մարդու պիտի հաշիվ տամ. դա իմ ներքին մարդը, իմ խիղճն է...

— Այդ խիղճը թույլ չի տալ քեզ, որ եղբարցդ կյանքը վտանգի ենթարկես:

— Մի՛ ընդհատիր, իմ խի՛ղճը ավելի ընտանի է ինձ: Բայց այդ չէ խնդիրը, եթե ես, մինչև, անգամ, իմ արդար ցասումը ճնշեմ, իմ խիղճը բռնաբարեմ, դարձյալ չեմ կարող քո խնդիրը կատարել, որովհետև միայն ես չեմ, որ թագավորի դեմ եմ կանգնած, ինձ հետ են նաև Գարդմանա և Ափխազիո իշխանները իրանց դաշնակիցներով: Անշուշտ դու տեսար այս հովտի վրա զարկած բազմաթիվ վրանները, այստեղ խմբված են այն իշխանները, որոնք հին հաշիվներ ունին թագավորի հետ վերջացնելու: Եթե ես ամփոփեմ ուտիացոց դրոշը, միևնույն է, ինձ չեն հետևիլ ո՛չ սևորդները, ո՛չ գարդմանացիք, ո՛չ աղվանք, ո՛չ տայոց իշխանը, ո՛չ ափխազաց արքայորդին:

— Բե՞ր իշխանը... Նա՞ էլ այստեղ է:

— Այո՛, նա էլ այստեղ է... հայոց թագավորի տոհմական թշնամին:

— Որի հետ միացել ես դո՛ւ:

— Այո՛, և երդվել եմ, ինչպես նրան, նույնպես և մյուս դաշնակիցներին, կռվել հետերնին միասին, մինչև իմ վերջին շունչը:

— Եվ եթե հաշտվե՞ս:

— Այն ժամանակ այդ բոլորի սուրը կդարձնեմ միայն իմ անձի դեմ: Այս է մեր պայմանը:

— Հիշածների մեջ, սիրելի Ամրամ, միայն Ափխազիո երիտասարդ իշխանն է, որ դժգոհ կմնա հաշտությունից, որովհետև նա եկել է կոտորելու և ավերելու նպատակով: Ինքդ ասացիր, որ նա արքայի տոհմական թշնամին է, և բնական է, որ չկամենա ձեռնունայն վերադառնալ յուր հոր մոտ: Բայց մյուս իշխաններն ընդդեմ չեն լինիլ, եթե դու հաշտվես և արգելես առաջիկա կոտորածը:

— Իսկ Սևադա իշխա՞նը, նրա երկու որդինե՞րը, կատաղի գարդմանացի՞ք, որոնք եկել են իրանց կույր իշխանների վրեժը լուծելու թագավորից...

— Սևադա իշխանը ներեց թագավորին:

— Ի՞նչ, Սևադան ներե՞ց,-տեղից վեր թռչելով բացականչեց Ամրամը:

— Այո՛, ես նրա մոտ էի. նա ներեց և հետ կկանչե յուր զորքերը, եթե դու էլ վեհանձնաբար վայր դնես քո սուրը:

Բարկության հուրը ցոլաց Ամրամի աչքերում, նրա դեմքը այլայլվեցավ, և շունչը կարծես թե բռնվեցավ, ինչպես հնոցի մեջ խեղդվող բոցի ծուխը:

Նա մի քանի քայլ առաջ գնաց, նորեն հետ դարձավ և, ապա կանգ առնելով իշխանի առաջ, հարցրեց կրկին.

— Եվ այդպե՛ս, նա ուրեմն ներե՞ց... և զորքերը հետ կկանչե, եթե ես հաշտվե՛մ...

— Այո՛, նա բոլորովին ներեց, նա հարգեց իմ խնդիրը, նա ապացուցեց, որ սիրում է հայրենիքը:

Ամրամը ձգեց յուր ձեռը, բռնեց իշխանի թևից և կամացուկ ձայնով ասաց.

— Այստեղ մեզ կարող են լսել, արի իմ առանձնարանը:

Այս ասելով, նա առաջ անցավ և ներքին վարագույրը բանալով՝ մտավ վրանի երկրորդ բաժանմունքը: Իշխանը հետևեց նրան:

— Այդ Սևադան, այդ հպարտ զարդմանացին, որ երդվել էր պատժել յուր դահիճին, ի՞նչ բարիքների հուսով է հաշտվում թագավորի հետ, — դարձավ Ամրամը Մարզպետունուն:

— Յուր անձի համար և ոչ մի: Նա խնայում է յուր հայրենակիցների արյունը:

— Իսկ նա պատմե՞ց քեզ, թե ինչո՛ւ համար եմ սուր վերցրել ես:

— Պատմեց, ես բոլորը գիտեմ:

— Պատմեց, և դու բոլորը գիտե՞ս... — զայրույթից կարծես խեղդվելով հարցրեց Ամրամը:

— Այո՛, բայց մի՛ վրդովվիր:

— Չվրդովվե՞մ, այդ ի՞մ ցանկությունից է կախված, կարո՞ղ ես հրամայել առյուծին, որ նա չմռնչե, երբ դարանակալ սուրը ցցվում է յուր կողերի մեջ...

— Համբերությունը ամենազորավոր զենքն է...

— Ի՞նչ համբերությո՛ւնից խոսելու ժամանակ է, Մարզպետունի՛ իշխան: Ասում ես, որ Սևադան ներել է նրան, ինչո՞ւ, ինչո՞ւ ուրեմն այդ ծերուկը դժոխք վառեց իմ սրտում, ինչո՞ւ իմ հոգու խաղաղությունը վրդովեց, ինչո՞ւ իմ կյանքը թունավորեց... եթե այսօր պիտի ներեր:

— Երբ մարդու հոգին կուրանում է վրեժխնդրության կրքերից...

— Էլ ո՛չ մի խոսք, Մարզպետունի՛ իշխան: Սևադան թող ներե, նրա որդիքը թո՛ղ ներեն, բոլոր աշխարհը ներե, Ամրամ սեպուհը չի՛ ներիլ... հաշտությո՞ւն... Աշոտ-Երկաթի հե՞տ, երբե՛ք... Եթե կարողանամ՝ նույնիսկ դժոխքի հետ կմիանամ այդ անարժան թագավորին գահավեժ կործանելու համար... Եթե դու կարողանայիր մտնել իմ հոգեկան աշխարհը և տեսնել, թե տանջանքների ի՛նչ հրդեհ է վառվում այնտեղ, կսոսկայիր, կսարսափեիր...

— Եվ ահա՛ հենց այդ ժամանակն է, որ հերոսը և մեծ հայրենասերը կարողանում է ապացուցանել, թե յուր մայրը հասարակ ծնունդ չէ պարգևել աշխարհին:

— Ամենից հասարակ և ամենից սինլքորը կարող է հանդուրժել այս անպատվությանը, մեծ հոգին, ընդհակառակը, չի կարող տանել նրան:

— Սևադան փոքրիկ մարդ չէ. Աշոտը կուրացրել է նրա երկու աչքերը, կուրացրել է և նրա որդուն, և սակայն նա մոռանում է այսօր այդ անփոխարինելի զրկանքը և ներում է անխիղճ փեսային միայն հայրենիքի սիրույն համար:

— Աշոտը նրա աչքերն է կուրացրել, բայց իմ՝ սիրտը: Կույր աչքը կարող է ներել, բայց կույր սիրտը չի ներիլ... չի կարող ներել:

— Բայց....

— Տե՛ր Մարզպետունի, այն մարդը, «որ գիտ», թե թագավորն ի՛նչ անարգանք է հասցրել իմ անվանը և սակայն խորհուրդ է տալիս ինձ հաշտվել նրա հետ, նա իմ թշնամին է: Եթե դու իմ վրանում չլինեիր, ես կմենամարտեի քեզ հետ...

— Ուրեմն, ես իմ գործը վերջացրի... — ասաց Մարզպետունին իշխանը և տեղից վեր կենալով՝ ողջունեց Ամրամին և վրդոված դուրս գնաց վրանից:

Հազիվ իշխանը ներքին մուտքից հեռացել էր մի քանի քայլ, սեպուհը բարձրացրեց վարագույրը և ձայն տվավ նրան.

— Տե՛ր Մարզպետունի:

Իշխանը հետ դարձավ և հարցրեց.

— Դու ինձ ուրիշ ասելիք ունի՞ս:

— Ես դեռ ոչինչ չեմ ասել քեզ, — պատասխանեց Ամրամը:

Իշխանն ինքն իրան ուրախացավ: Նրա սրտում նոր հույս ծագեց: «Միգուցե նա զղջաց յուր սառն ընդունելության համար, միգուցե նա կամենում է «հարգել իմ խնդիրը...», վայրկենապես անցան այս մտքերը Մարզպետունու գլխով, և նա հոժարությամբ հետ դարձավ և նորեն ներքին վրանը մտնելով՝ հարցրեց.

— Ուրիշ ի՞նչ ունիս ինձ ասելու:

— Նստի՛ր այստեղ մի վայրկյան, — ասաց սեպուհը՝ ցույց տալով իշխանին յուր մահճակալը:

Իշխանը նստեց:

— Տե՛ր Մարզպետունի, եթե դու եկել ես ինձ մոտ իբրև պատգամավոր, ապա ուրեմն պետք է լրիվ պատասխան տանես նրան, ով որ ուղարկել է քեզ, — ասաց սեպուհը:

— Ոչ ոք ինձ չէ ուղարկել: Թագավորը, ինչպես գիտես, նոր է վերադառնում եգերացոց աշխարհից, իսկ Ուտիքում եղած ժամանակ ես նրան չեմ տեսել...

— Ես կարծում էի, թե գուցե թագուհին...

— Եվ ո՛չ թագուհին, և ո՛չ կաթողիկոսը... ես ինքս տեսա, թե ի՞նչ ավեր է սպառնում մեր աշխարհին: Ամեն կողմ անցա, ամեն ինչ դիտեցի. և վերջը որոշեցի գալ և խնդրել ձեզ երկուսիդ՝ քեզ և Սևադային՝ խնայել և խղճալ ձեր բազմաչարչար հայրենիքին...: Սևադա իշխանը, շնորհակալ եմ, լսեց ինձ, մոռացավ յուր վիշտը, յուր վրեժխնդրությունը... Դու էլ, ես հավատացած եմ...

— Ո՛չ, տեր Մարզպետունի, մի՛ հավատար, — ընդհատեց հանկարծ սեպուհը. — մի՛ հավատար, թե ես կարող եմ քեզ լսել, թե քո խոսքերը կարող են իմ սիրտը շարժել, թե Ամրամ սեպուհը կարող է հայրենիքի համար մտածել...

— Ինչո՞ւ ուրեմն հետ դարձրիր ինձ. ես այդ համոզմունքով արդեն հեռանում էի քեզանից:

— Հետ դարձրի, որ իմ սիրտը բանամ քո առաջ, ցույց տամ քեզ նրա ժահահոտ վերքերը, որպեսզի թագավորիդ հանդիպած ժամանակ պատմես նրան, թե Ամրամը ինչո՞ւ կործանման սուրը մերկացրեց:

— Նա քեզ չի արդարացնել:

— Մի՞թե ես սպասում եմ, որ նա ինձ արդարացնի...

— Ինչո՞ւ ուրեմն հայտնեմ նրան, թե ի՛նչ պատճառով կործանման սուրը մերկացրիր:

— Որպեսզի, եթե աստված ինձ հաջողե, և ես քո թագավորի զորությունը ջախջախեմ, երկիրն ավերեմ. քաղաքները հրդեհեմ և նրա գահն ու թագը ապականության մոխրով ծածկեմ, նա իմանա, թե որ անարգանաց վրեժը լուծեց Ամրամը իրանից...

— Այդ նա կիմանա... Անշուշտ կիմանա, բայց դու էլ իմացիր, որ այդպիսի անխիղճ գործերի համար բոլոր աշխարհը պիտի քեզ անիծե:

— Այդ անեծքները չեն տանջիլ իմ հոգին ավելի, քան, որքան տանջվում է նա այժմ ապիրատ թագավորի ինձ հասցրած անարգանքի պատճառով... Նույնիսկ օրհնություններն անկարող են բուժել այն վերքերը, որոնք լափում, սպառում են այժմ իմ գոյությունը...

— Բայց եթե կարողանայիր մի վայրկյան սառը ուղեղով դատել, եթե

երիտասարդական անփորձ եռանդը տեղի տար խոհեմության և իմաստության... եթե վրեժխնդրության փոխարեն վառվեր քո սիրտը հայրենիքի սիրով... այն ժամանակ հավատացած եմ, չէիր կամենալ մի կնոջ պատճառով հայրենյաց դավաճանի անունը վաստակել:

Սեպուհը մոտեցավ իշխանին, յուր հրավառ հայացքն ուղղեց նրա աչքերին և ներքին հուզմունքից դողացող ձայնով ասաց.

— Մի կնոջ պատճառո՞վ, ասացիր... Օ՛հ, ինչպե՛ս կկամենայի, որ մենք մի անծանոթ դաշտի վրա լինեինք, և ես այդ խոսքը լսեի քեզանից այնտեղ և ոչ թե իմ վրանում... Հավատա՛ ինձ, Մարզպետունի՛ իշխան, որքան էլ դու հզոր, որքան էլ քաջամարտիկ, բայց ես իմ սրով կպատառեի քո կուրծքը, եթե նա մինչև անգամ ծածկված լիներ պողպատե լանջապանով... Դու կարողանում ես ասել մի կին՝ այն արարածին, որ իմ տան թագուհին, իմ սրտի աստվածուհին էր մինչև այսօր...

— Ների՛ր ինձ, սիրելի Ամրամ, ես չէի կամենում քեզ վիրավորել, ոչ էլ «մի կին» ասելով՝ ուզում էի Ասպրամ իշխանուհուն նվաստացնել...

— Լռի՛ր, աղաչում եմ քեզ. մի՛ հիշիր նրա անունը, գոնե մի՛ հիշիր իմ առաջ, մի՛ խոսիր նվաստության մասին, ես կարող եմ խելագարվել... — ընդհատեց իշխանին Ամրամը, ներքին հուզմունքից բոլորովին այլայլվելով:

— Ես պետք է կրկին և կրկին անգամ ներողություն խնդրեմ քո վրանը մտնելուս համար, — մեղմ ձայնով ասաց Մարզպետունին:

Սեպուհը չպատասխանեց: Նա վրդովված սկսավ անցուդարձ անել վրանում և ձեռքը մերթ ընդ մերթ դեպի ճակատը տանելով՝ շփել նրան, աշխատելով կարծես յուր ուղեղը ծանրաբեռնող մտածությունները ցրել:

Անցան մի քանի վայրկյաններ: Լուռ էին երկուսն էլ: Վրանի մեջ լսվում էր միայն սեպուհի խուլ քայլատրոփը:

Իշխանն աչքերը Ամրամի վրա հառած, հետևում էր նրա քայլերին և միևնույն ժամանակ մտածում, թե ինչպե՞ս անե, որ յուր այցելությունն ապարդյուն չանցնե: Նա պարզ տեսնում էր, որ յուր խոսքերն ազդեցություն չեն անում սեպուհի վրա. բայց և այնպես չէր հուսահատվում: Նրան ծանր էր գալիս մանավանդ այն, որ համառ Սևադային համոզելուց հետո ձեռնունայն պիտի հեռանար Ցլիկ-Ամրամից: Նա չէր կարողանում հաշտվել այն մտքի հետ, թե խելք ու սիրտ ունեցող տղամարդը կարող է ընդհանուր հայրենիքի շահը զոհել յուր անձնական չնչին հաճույքին, յուր վրեժխնդրությանը: Այս պատճառով էլ նա սպասում էր, որ Ամրամի զայրույթն իջնե, և ինքը նորից սկսե խոսել նրա հետ:

Վերջապես սեպուհը նստեց յուր մահճակալի ծայրին և կարծես վրդովմունքից հոգնած, լուռ և անթարթ աչքով սկսավ նայել վրանի մուտքին:

— Ամրամ սեպուհ, ի՞նչ անուն կտայիր դու այն մարդուն, որ մի քանի վայրկյան տաքանալու համար հրդեհեր յուր տունը, — հարցրեց հանկարծ իշխանը, չսպասելով սեպուհի խոսելուն:

— Խելագար կանվանեի... — պատասխանեց վերջինս՝ առանց աչքերը վրանի մուտքից հեռացնելու:

— Ես կարծում եմ՝ մեզանից ամեն մեկի իսկական տունը և հարազատ ապաստանարանը ապահով հայրենիքն է: Եթե մենք մեր անձնական, մեր անցողական հաճույքի համար վտանգում ենք նրա խաղաղությունը, նմանում ենք այն մարդուն, որ յուր մարմինը տաքացնելու համար վառում է յուր տունը, չմտածելով, թե երբ այդ կրակը հանգչի, երբ հարկի սյուները մոխիր դառնան, ինքը պիտի մնա անտուն, անպատսպարան, միշտ հալածական դառնաշունչ հողմերից կամ թե արևի կիզիչ ճառագայթներից...

— Այդ այդպես է, — պատասխանեց սեպուհը՝ իշխանին դառնալով. — բայց կա այնպիսի սառնամանիք, որ երբ պաշարում է մարդուն, այն ժամանակ սեփական տունը հրդեհելն անհրաժեշտ է դառնում: Մենք ամեն բանից առաջ մարդ ենք, մսից և արյունից կազմված: Բե՛ր խրեմ այս սուրը կողերիդ մեջ, և տե՛ս, թե մահվան տագնապը կպաշարե՞ քեզ թե ոչ:

— Կպաշարե: Բայց հենց այդ տագնապի մեջ հոգիս ուրախությամբ կբաժանվի իմ մարմնից, երբ մտածեմ, թե մեռնում եմ հայրենիքի համար:

— Իսկ երբ դաշույնը ցցվի հոգվո՞ւյդ մեջ. երբ հոգին ինքը տանջանքների մատնվի՞...

— Եթե դու սիրտ և զգացում ունիս, եթե քո երակներում ազնվական արյուն է հոսում, անկարելի է, որ քո հոգին ավելի չխոցոտվի այն ժամանակ, երբ տեսնես, թե քո ձեռքով անարգանք է հասել հայրենիքին, թափվել է եղբարցդ արյունը, վտանգվել է պետական գահը, և քո բաց արած ճանապարհով մտել է թշնամին, որ ավերում է հայրենի երկիրը...

— Գիտե՞ս ի՛նչ կա, տեր Մարզպետունի:

— Ասա՛, լսում եմ:

— Դու հունաց դպրության ծանոթ ես ինձանից ավելի: Ասում են, որ թագավորի հետ Բյուզանդիոն գնացած ժամանակ կայսեր արքունիքում զարմացել էին քո հունագիտության վրա: Ճշմարի՞տ է այս, թե ոչ:

— Ճշմարիտ է. բայց դու ինչո՞ւ համար ես իմ հունագիտությունը հիշում:

— Ինչո՞ւ համար, ասեմ: Դու հո կարդացե՞լ ես Հոմերոսը:

— Ինչպե՞ս չէ. նրա հանգերգություններից շատը բերան գիտեմ:

— Ուրեմն և գիտես, թե ինչո՛ւ Տրովադան կործանվեցավ, և ինչո՛ւ նրա պարիսպների տակ բազմաթիվ հույն զորավարներ իրանց բյուրավոր զորքերով ջարդվեցան:

— Գիտեմ, մի կնոջ, մի Հեղինեի անհավատարմության պատճառով:

— Ո՛չ, սխալվում ես, մի դավաճան Պարիսի պատճառով:

— Ես այդպես չեմ հասկանում Հոմերոսը:

— Իսկ հին հույներն այդպես էին հասկանում: «Հեղինեն մի կին է, ասում էին նրանք, իսկ կինը ոչ այլ ինչ է, եթե ոչ նույն ինքն թուլությունը, որին առաքինությունն ու մոլությունը միատեսակ են գրավում: Ազնիվ տղամարդի պարտավորությունն է ոչ թե օգուտ քաղել կնոջ թուլությունից, այլ խնամել նրան և պաշտպանել, մանավանդ եթե նա կարոտ է պաշտպանության» Պարիսը հակառակը գործեց, նա դավաճանեց յուր հյուրընկալ Մենելավոսին, հրապուրեց նրա կնոջը՝ Աստղիկ դիցուհուց ստացած կիթառի նվագներով, և փախցրեց նրան Տրովադա: Այս պատճառով ահա հունաց քաջերը ոտի կանգնեցան, բյուրավոր զորքերով դիմեցին Պոնտոս, տասը տարի շարունակ պաշարեցին Պրիամոսի ոստանը, առան նրան և հիմնահատակ արին, որպեսզի դրանով լուծեն վրեժն այն անպատվության, որ դավաճան Պարիսը հասցրել էր հույն թագավորի ընտանիքին՝ հյուրասիրության սուրբ օրենքը պղծելով: Մեզանից երկու հազար տարի առաջ մարդիկ ընտանիքի պատիվն անարգող հրեշներից այդ ձևով էին իրանց վրեժը լուծում և երկու հազար տարուց հետո դարձյալ նույն ձևով պիտի լուծեն: Ի՞նչ կարծիք ունիս դու այս մասին:

— Ես մի Հեղինեի պատճառով նույնիսկ տասը հույնի արյուն չէի թափիլ, ո՛ւր մնաց թե բյուրավոր հույների, զորապետների, թագավորների...

— Հա՞... Ուրեմն դու մեծ մարդ ես... Բայց Հունաստանը քեզ պես չմտածեց: Նա ասաց, «Եթե այսօր Պարիսին թողնենք անպատիժ, վաղն էլ Հեկտորը կգա... ուրեմն լավ է, որ անդրանիկ հարվածն իջեցնենք անդրանիկ հանցավորի գլխին...»

— Եվ դու ուրեմն արդարացնում ես բյուրավոր մարդկանց կոտորածը մի մարդու պատճառո՞վ:

— Պատվի պատճառով...

— Եվ դու նույնը կարող ես անե՞լ:

— Նույնը պիտի անեմ, պարտավոր եմ անել:

— Եվ հանգիստ սրտով կնայես կռվի այն դաշտին, ուր եգերացի նիզակները կպատառոտեն հայ կտրիճների կուրծքը, ուր փայլուն սրերը կկիսեն նրանց գլուխները, ուր հայ զորքը յուր դրոշակի պատիվը փրկելու համար կկռվե աննահանջ և կկոտորվի անընդհատ... Իսկ թափվող արյունը, թավալող դիակները, մեռնողների անեծքը, վիրավորների հառաչանքը չե՞ն կտրտիլ քո սիրտը, մանավանդ երբ մտածես, թե այդ բոլորը լինում է մի կնոջ համար...

— Լսի՛ր, տե՛ր Մարզպետունի: Դու խոսում ես ինչպես մի աբեղա, բայց ես զինվորական եմ...

— Ամրամ սեպուհ, դու մոռանում ես քեզ, — հանկարծ տեղից վեր թռչելով բացականչեց իշխանը, — դու պարտավոր ես զանազանել հայրենասերն աբեղայից:

— Ներողություն, տեր Մարզպետունի, ես աբեղա բառը գործ դրի խաղաղասերի մտքով. Ամրամն անծանոթ չէ Մարզպետունյաց ժառանգի քաջարիության:

Իշխանն ըստ երևույթին հանգստացավ և նորեն նստեց մահճակալի վրա:

— Ասացիր, որ պատերազմի արհավիրները պիտի կեղեքեն իմ սիրտը, եթե մտածեմ, թե այդ բոլորը լինում է մի կնոջ պատճառով... — խոսել սկսավ նորեն Ամրամը, — այդպես է, իշխան, պիտի կեղեքեն, եթե հայրենասիրության մի կայծ գոնե մնացել է իմ սրտի մեջ... Բայց եթե վերջին կայծն էլ մարա՞ծ է արդեն, եթե իմ սիրտը բաբախում է միայն վրեժխնդրությա՞ն համար...

— Դու ուրեմն արժանի չես քաջի և զինվորի անուն կրելու, — վրդովված նկատեց Մարզպետունին:

— Ես չեմ նեղանում այդ խոսքից: Ես պարտավոր եմ հարգել տեր Մարզպետունու աստիճանն ու տարիքը... Բայց պիտի դառնամ նորեն Հոմերոսին: Աքիլլեսը ո՛չ միայն քաջ, այլև դյուցազն էր, այնպես չէ՞, իշխա՛ն:

— Այո՛:

— Հունաց հերոսների մեջ ո՞րն էր նրան հավասար:

— Ո՛չ ոք:

— Նա միակն էր, այնպես չէ՞:

— Այո՛:

— Եվ սակայն նա երկար ժամանակ յուր նավի մեջ անգործ նստած, հանգիստ սրտով նայում էր Հեկտորի հաղթանակներին, տեսնում էր, թե ինչպե՛ս տրոյացիք ջարդում էին յուր հայրենակիցներին, հրդեհում էին հունաց նավերը, անպատվում էին նրանց դիակները, տեսնում էր, թե ինչպե՛ս գոռոզ հելլենացիք կծկվել էին ծովեզրի վրա, և տրովական սուրը հաղթանակում էր ամեն տեղ: Նա գիտեր, որ լոկ յուր՝ դաշտում երևալը նոր շունչ ու հոգի կտար հույներին, վերջ կդներ նրանց կոտորածին, բայց նա տեղից չէր շարժվում, դորապետների աղաչանքը չէր լսում, կռվի դաշտը չէր իջնում... Ի՞նչ էր պատճառը. ինչո՞ւ յուր եղբարց կոտորածը չէր հուզում նրան:

Իշխանը լուռ էր:

— Պատճառը դարձյալ նույնպիսի մի նախատինք... — հարեց Ամրամը, — Ագամեմնոն արքան, հունաց դաշնակցության գլխապետը, խլել էր Աքիլլեսից Բրիսեիսե սիրուհին, որ նրան իբր մրցանակ էր տրված տրոյական ավարից:

Աքիլլեսը չկարողացավ տանել այդ նախատինքը, նա յուր սուրը պատյանի մեջ դրավ... նա հետ կեցավ պատերազմից, և մի Բրիսեիսեի պատճառով հազարավոր հույներ կոտորվեցան: Այժմ դու կամենում ես, որ Ամրամ սեպուհը ավելի մեծ և ավելի քաջ լինի, քան Թետիսի որդին, դյուցազն Աքիլլե՞սը:

— Չէի՞ր կամենալ նրանից ավելի մեծ և ավելի քաջ հռչակվել:

— Կկամենայի...

— Ուրեմն մոռացի՛ր քեզ հասած նախատինքը ի սեր հայրենիքի, և դու ավելի մեծ կլինես, քան Աքիլլեսը:

— Ինձ ընդհատում ես. կկամենայի, բայց չեմ կարող, բնությունն ինքն է քարացնում մարդու սիրտն այսպիսի դեպքում... Ես հանցավոր չեմ:

— Ուրեմն ի՞նչ ես որոշել անելու:

— Պատերազմել. ուրիշ միջոց ես չգիտեմ անարժան արքային պատժելու համար: Աշոտ-Երկաթը կենդանի չպիտի վերադառնա յուր Ոստանը: Ես որոշել եմ այդպես, և այդպես պիտի լինի:

— Չե՞ս վախենում, որ դու լինիս առաջին զոհը:

— Այդ միևնույն է. կամ ես, կամ նա. մեզանից մինը պիտի մեռնի, երկուսը միասին աստուծո լույսը չպիտի վայելեն:

— Իսկ երբ դու միայնակ մնաս, կարծում ես, թե ուրախությա՞մբ պիտի վայելես այդ լույսը:

— Ոչ, ինձ համար այլևս ուրախություն չկա. իմ ուրախությունը դառնացավ, իմ շուրջն այժմ դժոխքն է թագավորում... Երբեք, տեր Մարզպետունի, երբեք չէի ցանկանալ, որ նույնիսկ իմ թշնամին տանջվեր այն ցավերով, որով այժմ Ամրամ սեպուհն է տանջվում: Դա ցավերից ամենաանտանելին է. դա աստուծո անեծքը, դա հավիտենականի պատիժն է... Դու ինձ ճանաչում ես. ինձ ճանաչում են բոլոր հայերը: Ամենքն էլ ինձ Ցլիկ-Ամրամ են կոչում, բայց ո՛չ իմ չարության կամ անգթության, այլ իմ ուժի և քաջության համար: Դու եղել ես ինձ հետ պատերազմներում, գիտես, թե որքան աներկյուղ էի ես, որքա՛ն ահարկու և կործանիչ՝ իմ թշնամիների համար: Բայց հայ ժողովրդի, իմ եղբայրակիցների հետ կենակցելիս, ո՞վ է եղել ավելի հեզ, ավելի բարի, ավելի սիրող և անձնվեր, քան Ցլիկ-Ամրամը: Տեսե՞լ ես իմ մեջ մի ամենափոքր չարություն դեպի իմ ազգակիցը, դեպի ամեն մի մարդ, որ հայ անունն էր կրում... Հարկավ ոչ: Բայց այժմ ես դարձել եմ մի վայրագ գազան, սրտիս մեջ վառվում է չարության դժոխքը... էլ չեմ զանազանում, թե ո՛րն է հայը և ո՛րն է օտարը, իմ աչքերը պտրում են միայն մի մարդու, դա Աշոտ-Երկաթն է. հոգիս ձգտում է միայն մի գործի, դա վրեժխնդրությունն է... անողոք, մահաշունչ վրեժխնդրությունը... Եվ ամեն մի պատճառ, որ ուշացնում է այդ վրեժխնդրության ժամը, ես կամենում եմ սրով ու հրով վանել... Եվ այժմ դու ինձ հաշտությո՞ւն ես առաջարկում, դու ինձ խնդրում ես ների՞լ նրան... Ներել այնպես, ինչպես որ ներեց Սևադա՞ն... և զարմանում ես, որ յուր տեսությունից, յուր զույգ աչքերից զրկված մարդը մոռանում է ատելությունը և ներում չարագործին, իսկ ես չե՛մ ներում... Ո՛հ, ի՞նչ անեմ, ինչպե՞ս հասկացնեմ քեզ, թե որքա՛ն տարբեր է իմ վիշտը Սևադայի վշտից... հանեցե՛ք և իմ զույգ աչքերը, առեք ինձանից իմ իշխանությունը, իմ հարստությունը, իմ կալվածքները, բոլոր անձնական բարիքները, բայց վերադարձրեք ինձա՛յն, ինչ որ Աշոտը խլեց ինձանից, վերադարձրեք ինձ իմ պատիվը, իմ Ասպրամը... Կարո՞ղ եք այդ անել... Ո՛հ, որքա՛ն ծանր, որքա՛ն անտանելի է այս...

Ամրամը, որ խոսելու միջոցին բարձրացել էր տեղից, նորեն ընկավ մահճակալի վրա, հուզմունքից դողդղած և գլուխը ձեռքերի մեջ բռնելով՝ սկսավ ծանր շունչ քաշել:

Լռություն տիրեց վրանում: Չէր խոսում և Մարզպետունին, նա էլ խորասուզվել էր մտածմունքների մեջ:

Անցան մի քանի վայրկյաններ: Հանկարծ ձիաների խրխնջյուն լսվեցավ վրաններից դուրս, և մի պահապան ներս մտնելով՝ հայտնեց, որ Բեր իշխանը գալիս է սեպուհին այցելելու:

Երկու խոսակիցները միաժամանակ բարձրացրին գլուխները: Երբ պահապանը դուրս գնաց, Մարզպետունին վեր կացավ տեղից և, ձեռքը դեպի Ամրամը պարզելով՝ հուսահատ ձայնով ասաց.

— Մնաս բարյավ, բարեկամ, երնի հաճելի չէր աստծուն՝ խնայել այս անգամ մեր ժողովրդին, այդ պատճառով նա քո սիրտը կարծրացրեց: Բայց դեպի քեզ ունեցած իմ պարտքը ես կատարեցի, իմ խիղճն այլևս չի տանջիլ ինձ:

Մնում է այժմ կատարել դեպի ազգն ու թագավորն ունեցած իմ պարտքը, և ես կերթամ այն կատարելու:

— Երթաս բարով: Այս վայրկյանից մենք հակառակորդներ ենք: Ես չեմ նեղանալ, որ դու պաշտպանես քո թագավորին, այլ կհարգեմ քեզ մինչև անգամ ա՛յն վայրկյանին, երբ դու նրան պաշտպանելու համար՝ քո սուրը կմխես իմ կրծքի մեջ... Բայց կցանկանայի, որ Մարզպետունյաց ազնվարյուն ժառանգը պաշտպան լիներ ավելի ազնվասիրտ թագավորի...

— Ի՞նչ արած, Աշոտ Երկաթն է այժմ գահի վրա, իսկ ես գահի խոնարհ ծառան եմ: Մնաս բարյավ:

Այս ասելով, Գնորգ իշխանը սեղմեց Ամրամի աջը և տխուր սրտով դուրս գնաց վրանից:

Ամրամը ճանապարհ դրավ նրան մինչև մյուս վրանի մուտքը: Այդտեղ Մարզպետունին պատահեց ափխազաց արքայազն Բեր իշխանին: Սա մի նրբակազմ, բարձրահասակ և գեղեցիկ երիտասարդ էր և հենց նոր ձիուց իջնելով՝ պատրաստվում էր մտնել վրանը:

Իշխանը հառեց յուր աչքերը երիտասարդի վրա. մի ծանր հայացքով չափեց սրան ոտից մինչև գլուխ և առանց ողջունելու անցավ:

«Գեշի հոտ են առել թշվառականները և հավաքվել ինչպես անգղներ... Սպասեցեք, կտեսնվենք մի օր ձեզ հետ»... շշնջաց ինքն իրան Գնորգ իշխանը և դառը ժպիտը բերանին, աշտանակեց յուր նժույգը և հեռացավ:

Եզնիկը հետևեց նրան:

ԺԲ

ԱՆԱԿՆԿԱԼ ՎԱԽՃԱՆ

Աշոտ արքայի բանակը, որ գլխավորապես կազմված էր եգերացոց թագավորի հեծելազորից, հետզհետե մոտենում էր հայոց սահմանին: Նրա հառաջապահ զնդերը հասել էին արդեն այն հովտին, ուր վերջանում էին Սևորդյաց անտառները և ուր կարկաչահոս Խրամը, յուր ծոցն առնելով Չորոգետի վտակը, թափվում էր հանդարտահոս Կուրի մեջ:

Այստեղ, գետի ափին բանակած՝ նրանք զբաղված էին մոտալուտ հարձակման պատրաստությամբ: Մի քանի օր էր ինչ Չորոգետի կուսական անտառները մերկանում էին իրանց բազմամյա զարդերից: Հինավուրց մայրիներն ու կաղամախիները սրաբերան տապարների հարվածներին չդիմանալով՝ ահագին ճարճատմամբ խոնարհում, ընկնում էին, ինչպես մեռնող հսկաներ և իրանց ծանրամարմին բուների տակ ճնշում ու ջարդում մատաղ ծառերն ու ընձյուղները: Մոտակա գյուղերից հավաքած եզանց լուծերով շարունակ դեպի Կուրի ափն էին կրում հսկայական գերաններ: Այդտեղ լաստագործ եգերացիք ուռենու դալար ոստերից հյուսած լախտերով կապկպում, միացնում էին այդ գերանները և նրանցից մեծամեծ լաստեր կազմելով՝ գետն իջեցնում:

Երբ լաստերի թիվը մի քանի տասնյակների հասավ, լաստավարներն սկսան միացնել այդ բոլորը պարաններով և հետզհետե դեպի հանդիպակաց ափը մղել:

Այսպիսով լաստ լաստի միացնելով և ամենը միասին գետափի վրա ցցած բիրերին կապելով՝ կազմեցին մի ապահով կամուրջ, որի վրայով հեծելազորն սկսավ հետզհետե հայկական սահմանն անցնել:

Շուտով հասավ և Աշոտ թագավորը եգերացոց վերջապահ զնդերով: Միջօրյա հանգստությունից հետ նա հանդես արավ յուր զորքերին:

Մի քանի հազարից կազմված հեծելախմբերը բռնեցին գետափի ուղղությամբ ձգվող դաշտավայրը բազմաթիվ շարքերով, որոնցից յուրաքանչյուրին առաջնորդում էր մի իշխանազն զորավար:

Այդտեղ էին եգերացիք, խաղտիացիք, քուրյալցիք, մկրելցիք, ապազգիք և Ճորոխի ձորահովտում բնակվող քաջերը: Նրանց միացել էին նաև Տայոց նահանգի հայ հեծելախմբերը: Այսպիսով թագավորն առաջնորդում էր մի հզոր բանակի, որին, ըստ երևույթին, չպիտի կարենային դիմադրել ապստամբները: Դրանք բոլորն էլ հուժկու, հաղթանդամ և քաջամարտիկ զորականներ էին, ամենքն էլ հագած երկաթե զրահներ և պաշտպանված երկաթազամ լանջապաններով, թիկնապահ տախտակներով, խոշոր և ահարկու սաղավարտներով և երկաթե դիմակալներով: Նրանք զինված էին միաժամանակ թե՛ աշտեներով ու սվիններով, որոնց հեռվից ձգում էին թշնամու վրա, և թե՛ երկար նիզակներով, որոնցով կռվում էին հակառակորդի հետ՝ մոտ եղած ժամանակ: Ունեին թեթե վահաններ և ծանր, քառակուսի ասպարներ. զինված էին սրերով և վաղակավորներով: Կային և նետաձիգ զնդեր, որոնք կռվում էին լայնալիճ աղեղներով և թունավոր նետերով:

Հանդես կազմելով զորքին յուր սահմանի վրա, թագավորը կամեցավ հավաստիանալ, թե արդյոք այդ հեծելազորը յուր արտաքին կազմության և ահարկու տեսքին համեմատ ունի՞ նաև ռազմական հմտություն և կարո՞ղ է ուտիացոց ու սևորդյաց զորությունն ընկճել:

Տեղի ունեցող փորձերը համոզեցին թագավորին՝ թե եգերացիք արժանի էին իրանց հռչակին: Նա ուրախ էր, որ ափխազաց այդ տոհմական թշնամիներով պիտի կարողանար կրկին մի խրատական դաս տալ Բեր իշխանին, որ Ափխազիայից եկել էր Ուտիք՝ յուր ապստամբ իշխաններին օգնելու համար:

Սակայն չնայելով այս բոլորին, չնայելով և այն հաջողությանը, որին հանդիպեց արքան եգերացոց երկրում՝ ստանալով նրա թագավորից օգնական զորք այնպիսի մի ժամանակ, երբ ինքը մնացել էր մենակ և կարոտ զորավոր բարեկամի օգնության, այսուամենայնիվ, մի ներքին տխրություն ճնշում էր նրա սիրտը:

Այն միտքը, թե ինքը մտնում է յուր երկիրը օտար զորքերով, և մտնում է յուրայինների դեմ կռվելու համար, տանջում էր նրան սաստիկ: Բացի հայ զորաց կոտորածը, որ տեղի պիտի ունենար անշուշտ թե՛ հաղթության և թե՛ պարտության դեպքում և որի մասին մտածելն անգամ վիշտ էր պատճառում նրան, թագավորը ճնշվում էր նաև ամոթից, այն մասին՝ որ ինքը մենակ էր, որ յուր մոտ չկային գեթ մի քանի հայ իշխաններ, որոնք յուր վանանդացի թիկնապահների հետ միասին արքայական շքախումբը կազմեին: Նա ամաչում էր եգերացի իշխաններից և նույնիսկ նրանց զորքերից: Բայց աշխատում էր միշտ ուրախ երևալ և դեմքի վրա ժպիտ ունենալ:

Թագավորին անհանգստացնում էր նաև այն միտքը, թե ինչո՞ւ մինչև այն Մարզպետունին չերևաց: Ի՞նչ դրության մեջ էր արդյոք երկիրը. նոր խռովություն հո չէ՞ փրթել մի տեղ կամ որևէ հարձակում չէ՞ եղել յուր բերդերի վրա:

Զորահանդեսը վերջացնելուց և վրանը վերադառնալուց ետ՝ թագավորն

զբաղված էր այս մտքերով, երբ յուր բարապանը, որ վանանդացի հավատարիմներից մինն էր, ներս մտնելով՝ հայտնեց Գնորգ Մարզպետունու գալուստը:

Թագավորն ուրախությունից վեր թռավ տեղից, կարծես մի նոր և մեծ զորություն օգնության հասավ իրան վտանգի վայրկենին:

— Ո՞ւր է, կանչիր այստեղ, — հրամայեց նա իսկույն և ուրախ անհանգստությամբ սկսավ անցուդարձ անել վրանում:

Մարզպետունին ներս մտավ և ողջունեց արքային խոնարհությամբ: Վերջինս, սակայն, գրկեց նրան ինչպես շատ տարիներից ի վեր չտեսած յուր մի սիրելուն:

— Ոչ ոք յուր կյանքում այսպես տենչանոք չէ սպասել քեզ, իշխան, ինչպես որ այժմ սպասում էի ես, — ասաց թագավորը ժպտալով: -Որտեղի՞ց և ինչպե՞ս հասար այստեղ. մենա՞կ ես, թե զորք ունիս հետդ. ի՞նչ են անում ապստամբները, ի՞նչ դրության մեջ են մեր գավառները... — իրար հետևից սկսավ հարցեր անել թագավորը և ապա, նստելով բազմոցի վրա՝ իշխանին էլ առաջարկեց նստելու: - Անշուշտ հոգնած ես, շո՛ւնչ առ, հանգստացիր, հետո կխոսես, — հարեց նա, բայց առանց յուր հարցական հայացքը իշխանից հեռացնելու:

— Այստեղ եկել եմ միայնակ, մեծափառ տեր, — պատասխանեց Մարզպետունին, աթոռակի վրա նստելով. — միակ թիկնապահս Աղստևից վերադարձրի Գարդման՝ Վահրամ բերդակալը յուր վանանդացի հավատարիմներով այստեղ հրավիրելու համար.

— Ինչպե՞ս. Վահրամ բերդակա՞լը, — ընդհատեց թագավորը անհանգստությամբ. — ինչպե՞ս կարող է նա գալ այստեղ, ո՞ւմ պիտի հանձնե Գարդմանը. չէ՞ որ Սևադան նստած է այնտեղ յուր դղյակում և կարող է մեքենայություններ նյութել...

Մարզպետունին սկսավ այնուհետև մանրամասն պատմել թագավորին յուր ճանապարհորդության պատմությունը՝ սկսած այն օրից, որ ինքը գարդմանացոց ձորում բաժանվել էր արքայից, մինչև այն վայրկյանը, որ վերադարձավ նորեն նրա մոտ:

Նա նկարագրեց երկրի դրությունը այնպես, ինչպես որ տեսել էր. հայտնեց Սևադա իշխանին և Ցլիկ-Ամրամին արած յուր այցելությունը, նրա նպատակը, տեղեկություններ տվավ ապստամբության արտաքին շարժառիթների, նրա ծավալման և ապստամբների ունեցած ուժի և ռազմական ծրագրերի մասին:

Միով բանիվ՝ հաղորդեց թագավորին այն ամենը, ինչ որ կարևոր էր նրան գիտենալ յուր առաջիկա արշավանքը հաջողությամբ պսակելու կամ վերահաս վտանգներից խուսափելու համար: Բայց չհայտնեց նրան ոչինչ՝ ապստամբության ներքին շարժառիթների մասին:

Թագավորն ուշադրությամբ լսում էր իշխանին, առանց սակայն ամենափոքր դժգոհության նշույլ երևցնելու յուր դեմքի վրա: Նա լսում էր այդ ամենն այնպես, ինչպես կլսեր ամեն մի սովորական և երկրի դժբախտության հետ ոչ մի կապ չունեցող պատմություն:

Բայց նրա ներսը հանգիստ չէր: Իշխանը թեպետ չհայտնեց նրան Սևադայի կամ Ամրամի իրան հայտնած գաղտնիքները, բայց թագավորը գուշակում էր, որ Մարզպետունին գիտե անշուշտ մի բան այդ գաղտնիքներից, և որ նա խնամքով ծածկում էր այդ իրանից:

Երբ վերջինս ավարտեց յուր պատմությունը, թագավորը վեր կացավ տեղից և սկսավ լուռ անցուդարձ անել վրանի մեջ: Նրան հայտնի էին Ամրամի ապստամբության իսկական պատճառները, բայց հայտնի չէր այն, թե Մարզպետունին ի՞նչ չափ է ծանոթ այդ պատճառներին: Ուստի ինքնիրան մտածում էր, թե արդյոք խոսե՞ այդ մասին իշխանի հետ, բանա՞ նրա առաջ հին վերքերը և դիմե՞ նրա մտերմական օգնությանը՝ այդ վերքերը սպեղանիով ծածկելու համար, թե անվթար պահպանե դեռ յուր արքայական վեհությունը...

Առաջին դեպքում նա կունենար մի հավատարիմ խորհրդական, որ կօգներ իրան տագնապի ժամանակ թե՛ գործով և թե՛ խորհուրդներով. իսկ երկրորդ դեպքում՝ նա ազատ կլիներ այն մտատանջությունից, թե նվաստացրել է իրան յուր ստորադրյալ մի պաշտոնյայի առաջ։

Նա հպարտ էր և անընկճելի։ Նա կարող էր կործանվել, բայց կուրանա՞լ — երբե՛ք. այդ պատճառով յուր երկար մտածություններից հետո նա եկավ դարձյալ այն որոշման, որի վրա էր և այդ մտածություններից առաջ, այն է՝ չխոսել գաղտնիքների մասին ոչինչ և աներկյուղ դիմավորել յուր ճակատագրին...

— Եվ այդպես. մենք ուրեմն վաղ առավոտ ճանապարհ կընկնենք դեպի Աղստև, — խոսեց թագավորը իշխանի հետ։ -Եթե ապստամբները չեն կամենում հոգնեցնել իրանց, պետք է այդ նեղությունը մենք հանձն առնենք։ Իմ հեծելազորը կարող է կռիվ մղել նաև հոգնած ժամանակ։

— Բայց և այնպես, պետք է խուսափել գաղտնի կամ անսպաս հարձակման ենթարկվելուց, անհրաժեշտ է հետամուտներ ուղարկել թշնամու շարժումը դիտելու համար, — նկատեց Մարզպետունին։

— Իմ հետամուտները վաղուց արդեն ապստամբների բանակումն են։ Նրանցից երկուսը երեք օր առաջ եկան և հայտնեցին, որ Ամրամի ծակամուտներն սպասում են ինձ Կողբա ջրի մոտ, Կուրի շամբուտներում։ Այդ պատճառով էլ բանակը ես այս կողմից անցրի։ Տակավին Աղստև չհասած՝ ինձ լուր կբերեն մյուսները թշնամու վերջին դիտավորության մասին։

— Պատերազմի համար ի՞նչ ծրագիր ունի կազմած արքան, — հարցրեց իշխանը։

— Հարձակողական։ Ճակատել անկարելի է, — պատասխանեց թագավորը։ - Այդ պատճառով էլ պետք է խույս տալ լեռնավայրում թշնամուն պատահելուց։

Մեր հեծելազորն անշուշտ կհաղթանակե, եթե պատերազմե արձակ դաշտի վրա։

Նույն օրը նեթ թագավորը խորհրդի հրավիրեց եզերացի իշխաններին և նրանց ու Մարզպետունու հետ միասին որոշեց հետնյալ առավոտն իսկ առաջ վարել բանակը դեպի Աղստև։

Եվ այդպես էլ արին։ Հետևյալ օրը, դեռ կեսօր չեղած, արքայական զորքն անցավ Կողբա ջուրը և հանգիստ առավ մերձակա լեռան ստորոտում։ Այդտեղ հանդիպեց արքային Վահրամ սեպուհը յուր վանանդացի հավատարիմներով։ Նա հայտնեց, թե թշնամին հեռի է իրանցից միայն երկու ժամվա ճանապարհ, և թե նա սպասում է արքային երեք կետերի վրա։ Այսինքն՝ բանակի մի բաժինը բռնել է Աղստևի արևմտյան հովիտը, արքայական զորքի հարձակումը յուր վրա դարձնելու համար. երկրորդ բաժինը ծածկվել է Կուրի մերձակա շամբուտներում. իսկ երրորդը՝ հանդիպակաց լեռան անտառներում։ Եվ այդ այն նպատակով, որ երբ արքայական բանակը ընդհարվի առաջին բաժնի հետ, մյուս երկուսը հասնեն հետևից և շրջապատեն նրան չորս կողմից։

Սեպուհի բերած տեղեկությունները հաստատեցին նաև արքայի հետամուտները։

Նորից խորհուրդ կայացավ թագավորի մոտ։ Վերջինս առաջարկեց զորապետներին խորամանկության դիմել թշնամուն յուր թաքստից հանելու համար, այսինքն՝ ետ նահանջել մի քանի ասպարեզ, ցույց տալու համար թե իբր արքան կամենում է անցնել Ուտիք հակառակ ճանապարհով։ Այս միջոցը կստիպեր ապստամբներին ձգել իրանց դիրքերը և հետևել թագավորին։

Այն ժամանակ արքայական զորքը նորեն կդառնար և կհարձակվեր նրանց վրա: Այդ անսպաս հարձակումը կշփոթեր թշնամուն և կստիպեր նրանց փախչել:

Այս խորհրդին հավանեցին ամենքը, բայց բարվոք համարեցին նախանշը հետաձգել մի օր, որպեսզի, եթե հեծելազորն ստիպված լիներ հանկարծ վերադառնալու և հարձակում գործելու, գոնե հոգնած չլիներ և կարողանար զորեղ դիմադրության թափն ընկճել:

Բայց որովհետև լեռան ստորոտը, ուր այդ միջոցին հանգստանում էր զորքը, զուրկ էր անակնկալ հարձակման ժամանակ պաշտպանվելու հարմարությունից, ուստի որոշեցին անցնել մոտակա կիրճը և գիշերել լեռան լանջին գտնվող ընդարձակ, բայց ավերակ մի բերդի մեջ:

Այդ բերդը, որ «Ավերակ» անունը կրում է վաղ ժամանակներից ի վեր և որը երկրի իշխաններից ոչ ոք չէր նորոգում ռազմական անհարմար դիրք ունենալու պատճառով, ընկած էր Կողբա լեռան լայնալանջ ուսերից մեկի վրա և գրավում էր ընդարձակ տարածություն: Նրա կիսավեր պարիսպներն ու աշտարակները, որոնք տխուր տպավորություն էին անում տեսնողի վրա, տակավին պարունակում էին իրանց մեջ բազմաթիվ տներ ու մարտկոցներ, որոնք կարող էին պիտանի լինել բնակության համար: Բայց որովհետև թշնամու սուրն անխնա մաշել էր մի օր այդտեղի բնակիչներին, ուստի ոչ ոք այլևս բնակություն չէր հաստատում այնտեղ, վախենալով բերդի փակված դրությունից: Նրա ետևից աստիճանաբար բարձրանում էին կոհակավոր լեռները, որոնք ճանապարհ չունեին իրանց վրա և հետևապես անմատչելի էին թե՛ ետևից դարանող թշնամուն և թե՛ բերդից դուրս փախչել ուզողին: Իսկ առաջից ձգվում էր մի անջրդի խորաձոր, որ ծածկված էր թավուտներով, ժայռերով ու խորափիտներով: Այդ ձորը մտնելու և բերդը բարձրանալու միակ ճանապարհը երկու ցածուն լեռների կիրճն էր, դեպի որը դիմում էր թագավորը, իշխանների ընկերակցությամբ, որպեսզի զորքի համար գիշերային կայան որոնի:

Ավերակ բերդը տեսնելուն պես եգերացի իշխաններն ամենաապահով տեղը համարեցին այն, մտածելով մանավանդ, որ բերդի շինությունները կպատսպարեին իրանց աշնանային գիշերվա ցրտից: Մարզպետունին ու Վահրամ սեպուհն, ընդհակառակը, վտանգավոր էին համարում այդտեղ գիշերելը, առարկելով, թե թշնամին կարող է գիշերանց գալ և կրճի բերանը փակելով՝ բանտարկել իրանց բերդի նամ նույնիսկ ձորի մեջ:

Թագավորը համամիտ էր յուր հավատարիմների հետ. բայց կամենալով շնորհ անել օտար զինակիցներին և դրանով նրանց ինքնասիրությունը զգվել, մանավանդ որ չէր կարծում, թե թշնամին կարող է գիշերանց յուր դիրքերը ձգել և իրանց դեմ արշավել, համաձայնեցավ եգերացի իշխանների հետ:

Սեպուհն ու Մարզպետունին չհակառակեցին արքային, բայց մի գաղտնի երկյուղ սկսավ անհանգստացնել նրանց:

Երեկոյան դեմ հեծելազորը, հետզհետե կիրճը մտնելով, սկսավ դեպի ավերակ բերդը բարձրանալ: Այդտեղ հասավ և թագավորը յուր և եգերացի իշխաններով: Կրճի բերանում թողեցին պահանորդների մի խումբ, որ անքուն պիտի հսկեր գիշերը և թշնամու մոտենալը նկատելուն պես իմաց տար իշխաններին:

Քիչ ժամանակից հետ ավերակ բերդը կենդանություն առավ: Ամեն կողմը սկսան կրակներ վառել, խարույկներ բորբոքել, իսկ զորքը յուր ձիանը դարմանելուց հետո սկսավ արքայի նվիրած ոչխարները փողոտել: Պատերազմի նախատոնքը համեղ ընթրիքով կատարելու հրամանը տվել էր ինքը թագավորը:

Բացի այդ, նա կարգադրել էր, որ իշխանները յուր հետ միասին վայելեն ընթրիքը: Նա ուրախ տրամադրության մեջ էր. և այդ հանգամանքը համարում էր մոտալուտ հաջողության նշան:

Անցան ընթրիքի և զվարճության ժամերը. կրակները մարեցին, և թագավորից սկսած մինչև վերջին զորականը ամենքն էլ քնո գիրկը մտան: Անքուն էին միայն դետ կարգված պահապանները և թագավորի թիկնապահներից նրանք, որոնք հերթով պահապանություն էին անում արքայի վրանին:

Ավերակ բերդի շուրջը խոր լռություն էր տիրում: Միայն կուրն սպառող ձիաների փռնչոցը կամ միմյանց ընդհարվող նժույգների խրխնջյունն էր, որ մերթ ընդ մերթ ընդհատում էր այդ լռությունը:

Քուն չէր մոտենում, սակայն, իշխան Մարզպետունու աչքերին: Սկզբում, արդարև, նա մի փոքր նիրհեց: Բայց կռվող ձիաների մի աղմուկից արթնանալով, այլևս չկարողացավ քնել: Իշխանին անհանգստացնում էր տակավին այն կասկածը, որ զորքի ավերակ բերդում գիշերելու պատճառով պաշարել էր նրան: Նա վախենում էր ապստամբների անակնկալ հարձակումից, և այդ երկյուղն անտեղի չէր: Արձակ դաշտի մեջ, արդարև, ապստամբները չէին վնասիլ արքայական բանակին, բայց խորափիտներով ու զահավեժներով պատած այս բերդի մեջ նրանք կարող էին պաշարել այդ զորքը և չարաչար հարվածել նրան:

Երկար այս ու այն կողմը շրջվելուց ետ, իշխանը վեր կացավ տեղից և այծենակաձը վրան առնելով՝ դուրս եկավ ցածուն տնակից, որի մեջ պառկած էր ինքը: Եզնիկը նույնպես, որ գտնվում էր նրա մոտ, վեր թռավ տեղից և հետևեց իշխանին:

— Ո՞ւր, տեր իմ, — հարցրեց նա՝ աչքերը տրորելով:

— Անհանգիստ եմ, Եզնիկ, քնել չկարողացա. կամենում եմ դեպի ձորի բերանն իջնել, — ասաց իշխանը:

— Ինձ ևս թույլ տուր հետևել քեզ:

— Ձէ, այս երկու օրը դու բավական հոգնեցար, պառկի՛ր և հանգստացիր. վաղը շատ գործ ունիս կատարելու, — ասաց իշխանը:

— Ո՛չ, տեր իմ, ես այլևս հոգնած չեմ. թույլ տուր ինձ հետևել քեզ:

Իշխանը չընդդիմացավ, և նրանք միասին դուրս գնացին տնակից:

Աշնանային ցուրտ գիշեր էր. բայց երկինքը պարզ էր և աստեղազարդ, լուսինը հանդարտ սահում էր երկնակամարի վրա և յուր արծաթյա շողերով պայծառ լուսավորում շրջակա լեռները, ժայռերն ու զահավեժները և լայնադիր բերդի կիսավեր շինությունները, որոնք այդ րոպեին իրանց տխուր լռությամբ ներկայացնում էին մի խորհրդավոր և երկյուղ ազդող տեսարան:

Բերդի ներսն ու դուրսը խումբ-խումբ պառկած էին զորքերը, այծենակաձների մեջ փաթաթված և գլուխները պայուսակների կամ թամբերի վրա դրած: Ձիաները նույնպես խմբերով կամ զատ-զատ կապված՝ սպառում էին իրանց կուրը ախորժանոք. իսկ պահապանները երկար նիզակները ճոճելով, անցուդարձ էին անում ավերակների առաջ և կամ ձորալանջի զառիվայրի վրա, որտեղից անցնում էր կիրճը տանող ճանապարհը: Հեռավոր ավերակների միջից լսվում էր բուի կռինչը, որ այդ խաղաղական ժամին ծանր տպավորություն էր անում արթուն եղողների վրա:

Իշխանն ու Եզնիկն անցան քնած խմբի միջից կամացուկ քայլերով: Արթնացողներ չեղան, միայն պահապաններից մի քանիսը ձայն տվին հեռվից և պատասխան առնելով՝ լռեցին: Բանակատեղից անցնելով՝ խորաձորն իջան նրանք:

— Շա՞տ պիտի հեռանանք բանակից, տեր իմ, — հարցրեց Եզնիկը:

— Ո՛չ, կերթանք կրճի բերանը և կվերադառնանք, — պատասխանեց իշխանը. — կամենում եմ ասել, թե մեր պահապանները հսկո՞ւմ են կրճին, թե քնած են արդեն:

Այս խոսքերը դեռ չէր ավարտել Մարզպետունին, երբ հանկարծ կրճի կողմից հիրրոցի մի աղմուկ լսվեցավ:

— Այս ի՞նչ է. կարծես պահապանները կռվում են, — ասաց իշխանը և կանգ առավ:

— Դեպի մեզ հեծյալներ են գալիս, տեր իմ. ովքե՞ր են սրանք, — կասկածավոր եղանակով հարցրեց Եզնիկը:

Եվ իրավ, այդ վայրկյանին հեծյալների մի խումբ սրարշավ դեպի խորաձորը խուժեց:

— Մեր պահապաններն են, — ասաց իշխանը և մի հանկարծահաս երկյուղ ցնցեց նրան:

— Ուրեմն թշնամին մոտենում է, — գուշակեց թիկնապահը:

Իշխանը չպատասխանեց, այլ դեպի հեծյալները հառաջանալով՝ բարձր ձայնով հարցրեց.

— Պահապաննե՛ր, ո՞ւր եք դիմում:

— Թշնամին այստեղ, մեր առջևն է, տեր, — պատասխանեց պահապանների պետը և կանգ առավ իշխանի առաջ:

— Թշնամի՞ն, — հարցրեց իշխանը, կարծես չհավատալով յուր ականջներին կամ կամենալով ուրիշ բան լսել բոթաբեր զորականից:

— Այո՛, թշնամին, — կրկնեց վերջինս. — նրա գնդերը կրճի մուտքը փակեցին:

Իշխանն սաստ կայծակնահար եղավ: Նրա կասկածները մարմին էին առել:

— Ինչպե՞ս հասան նրանք այդտեղ, մի՞թե ավելի վաղ չկարողացաք նկատել, որ լուր տայիք մեզ, — հարցրեց իշխանը վայրկենական լռությունից հետ:

— Ո՛չ, տեր իմ, դաշտի վրա մենք չտեսանք նրանց:

— Ինչպե՞ս թե չտեսաք, ուրեմն երկնքի՞ց իջան:

— Ճիշտ որ երկնքից: Կրճի բերանը փակող լեռան բարձունքից խուժեցին:

Իշխանը մնաց շվարած:

— Շտապենք զորքը ոտի կանգնեցնել, տեր իմ, — կամացուկ ձայնով ասաց Եզնիկը:

— Ավելորդ է. ապստամբները այս կողմը չեն անցնել. նրանք մեր անզգուշությունը չունին, — նկատեց Մարզպետունին և հանդարտ քայլերով հետ դարձավ դեպի բերդը:

Եվ արդարև՝ փախստական պահապաններին հալածողներ չեղան: Ամրամի զորքը շտապել էր կրճի բերանը փակելով: Նա այժմ կարող էր նստել այդտեղ հանգիստ կերպով և սպասել հակառակորդի անձնատուր լինելուն:

Գևորգ իշխանը, հասնելով թագավորի վրանին, կանգ առավ այդտեղ: Նա չէր վստահանում մտնել և արթնացնել նրան:

«Սևադայի գուշակությունը կատարվեց, — մտածում էր ինքն իրան Մարզպետունին, — աստված այս անգամ պատժեց հանցավորին, իզուր էինք մենք աշխատում փախչել նրա բարկությունից, այդ բարկությունը հասավ և մատնեց մեզ թշնամուն...»:

Բայց պահանորդ խմբի քայլատրոփը զարթեցրեց զորականներից շատերին: Թշնամու գալստյան լուրը կայծակի արագությամբ տարածվեց ամեն կողմ և մի քանի վայրկենի մեջ ոտքի հանեց թե՛ զորքերին և թե՛ զորավարներին:

Աղմուկն ու շշուկը զարթեցրեց նաև թագավորին: Այդ ժամանակ ահա ներս մտավ Գևորգ իշխանը և հայտնեց նրան տխուր նորությունը:

— Ի զե՛ն ուրեմն... — գոչեց թագավորը և վեր թռավ տեղից: Նա շտապով ծածկեց սաղավարտը և սուրն ածելով՝ կամեցավ դուրս թռչել:

— Իզուր է շտապելդ, տեր արքա, թշնամին չէ հառաջանում դեպի մեզ. նա նստած է կրճի բերանում. — հանգիստ ձայնով ասաց իշխանը:

— Ի՞նչ եղանակով ես խոսում, Մարզպետունի իշխան, քնո մե՞ջ ես դեռ, — նկատեց թագավորը՝ հավատարմի դանդաղկոտությունը տեսնելով:

— Չեմ քնել բնավ և չէի կարող քնել, ես այս դժբախտության սպասում էի ամեն վայրկյան:

— Ի՞նչ դժբախտություն... Առաջի՞ն անգամն ենք հարձակման հանդիպում:

— Ո՛չ, տեր արքա, բայց մեր այժմյան դիրքը...

— Դատարկ խոսքեր են,-ընդհատեց թագավորը, չկամենալով որևէ դիտողություն լսել յուր ընտրած դիրքի մասին,-գնա՛ հայտնիր իշխաններին պատրաստվել իսկույն հարձակման:

Իշխանն անխոս դուրս գնաց վրանից և հայտնեց պետերին արքայի հրամանը:

Մի քանի վայրկյանում զորքը պատրաստվեցավ: Բայց ի՞նչ հարձակում կարող էր գործել հեծելազորը այդ զառիվայրների վրա կամ խորափիտների մեջ: Նրան հարկավոր էր ընդարձակ դաշտ, լայնադիր ճակատ. մինչդեռ նա յուր առաջ ուներ միայն մի խորաձոր և մի փակված կիրճ:

Իշխաններն ու զորքի պետերն եկան թագավորի մոտ խորհրդի:

— Հարձակումն անհրաժեշտ է, չպետք է հանգստանալ ու ժամանակ տալ թշնամուն, — ասաց թագավորն իշխաններին: — Եթե վաղվան սպասենք, ապստամբները լեռան բարձրությունները կգրավեն և մեզ երկու կողմից կպաշարեն: Այն ժամանակ կռվելն ավելի կդժվարանա:

— Մենք անծանոթ ենք մեր այժմյան դիրքին ու շրջականերին, — ասացին եգերացի իշխանները, — հետևապես գիշերանց թշնամու դեմ գնալ չենք կարող: Թողեք առավոտը բացվի, այնուհետև կգործենք, ինչ որ բարվոք կհամարեք: Այժմյանից, սակայն, կարող ենք հետազոտել մեր շուրջը, որպեսզի լույսը բացվելուց գործել սկսենք:

Գնորգ իշխանն ու Վահրամ սեպուհը նույնպես այդ կարծիքին էին. թագավորն ստիպված էր զիջանել իշխանների պահանջին՝ անօգուտ կոտորած չանելու համար:

Բայց որոշվեցավ, որ Վահրամ սեպուհն ու եգերացի մի իշխան գնան իսկույն իրանց թիկնապահներով շրջակա դիրքերը հետազոտելու: Եթե դաշտը ելնելու ճանապարհ գտնվեր, ուրեմն կհանեին զորքն այդտեղից և այդպիսով վտանգը կհեռացվեր. իսկ եթե ճանապարհ չգտնվեր, այնուհետև պիտի կռվեին՝ պաշարման չենթարկվելու համար:

Արևելքը հազիվ սկսել էր շառագունել, երբ Վահրամն ու եգերացի իշխանը վերադարձան իրանց թիկնապահներով և հայտնեցին թագավորին ու իշխաններին հետազոտության արդյունքը:

— Մենք փակված ենք ամեն կողմից, — ասաց սեպուհը, — այս դիմացի լեռը չունի յուր վրա ոչ մի անցք. եթե մենք ինքներս ճանապարհ բանանք՝ թավուտը կտրտելով, դարձյալ հեծելազորն անցնել չէ կարող, որովհետև լեռան հետևի ստորոտը ծածկված է ժայռերով ու խոխոմներով: Մեր ետքից բարձրացող այս բլուրները նույնպես խափանում են ճանապարհը, ըստ որում հետզհետե բարձրանալով՝ միանում են ուրիշ լեռների հետ: Միակ ելքը այն կրճիցն է, որի առաջը բռնած է թշնամին: Մեզ մնում է նետաձիգների գունդը հանել կրճի բարձրությունների վրա և այդտեղից, անընդհատ նետաձգությամբ, վանել ճանապարհը փակողներին: Գուցե այս միջոցով հնար ունենանք թշնամու շարքերը շփոթել և մի քանի գունդ հեծելազոր դաշտը դուրս հանել...

— Բայց դրա համար օրեր են հարկավոր, — ընդհատեց սեպուհին նրան ընկերակցող իշխանը:

— Ամբողջ շաբաթով կարող ենք նետաձիգներին պարապեցնել այդտեղ, — նկատեց թագավորը, — մենք նետերի մեծ պաշար ունինք:

— Այո՛, տեր, նետերի պաշար ունինք, — կրկնեց իշխանը, — բայց ջուր չունինք:

— Ինչպե՞ս թե ջուր չունինք:

— Այո՛, այդպես է,-հաստատեց սեպուհը, — այս շրջականերում չկա ո՛չ առու և ո՛չ աղբյուր: Միակ վտակը, որից զորքը ջուր առավ երեկ, կրճի բերանից դեպի այս խորաձորն է իջնում, իսկ նրա ընթացքը թշնամին արդեն դեպի դաշտն է շրջել:

— Անկարելի է, որ այս լեռներում ուրիշ ջուր չգտնենք, — կրկնեց թագավորը:

— Ամեն կողմը շրջեցինք, ամեն տեղ պտրտեցինք, մինչև անգամ անձրևաջուր չտեսանք, — պատասխանեց եգերացի իշխանը:

— Ուրեմն կորած ենք... — գոչեցին միաբերան նրա ընկերները:

Թագավորը շվարած սկսավ յուր շուրջը նայել:

— Ինչ պիտի անենք, տեր, — հարցվեց երիտասարդ եգերացիներից մինը:

— Ա՛յն, ինչ որ պարտավոր ենք, — պատասխանեց թագավորը խաղաղ ձայնով:

— Բայց ի՞նչ ենք պարտավոր, — կրկնեց երիտասարդ իշխանը:

— Հայերն այսպիսի դեպքում կռվում են... եգերացիք չգիտեմ, թե ի՛նչ են անում... նկատեց թագավորը, կամենալով կշտամբել անժույժ երիտասարդին:

— Ոչ մի ազգի հեծելազոր, ո՛վ արքա, չի կռվում լեռների լանջին կամ ձորակների մեջ, — պատասխանեց եգերացիների առաջնորդը, կամենալով յուր ընկերների պատիվը պաշտպանել:

Թագավորը չպատասխանեց նրան, այլ դառնալով Մարզպետունի իշխանին և Վահրամ սեպուհին՝ հրամայեց.

— Գնացեք և մի խմբեցեք այս վայրկենին բոլոր վանանդացիներին և Տայոց հեծյալներին. ասացեք, որ թագավորը պիտի առաջնորդե նրանց և թե մի քանի վայրկենից մենք պիտի հարձակվենք մեզ պաշարող ապստամբների վրա:

Իշխանն ու սեպուհը դուրս գնացին իսկույն, իսկ եգերացի պետերը մնացին կանգնած:

Թագավորը մի քանի վայրկյան լուռ անցուդարձ արավ նրանց առաջ և ապա առաջնորդ իշխանին դառնալով՝ ասաց.

— Կոստանդին թագավորն ինձ ուղեկցելիս հայտնեց, թե եգերացի իշխանների մեջ ամենից ընտիր և ամենից քաջարի անձինքներին է զինակից կարգել ինձ և թե ամենից աներկյուղ զորագնդերն է հանձնել այդ քաջերի ձեռքը: Ես չեմ պահանջում, որ դուք ինձ օգնեք այս ծանր վայրկենին. կյանքը թանկ պարգև է, ինչպե՞ս կարող եք վտանգի ենթարկել նրան... Բայց պահանջում եմ, որ ձեր աշխարհը վերադառնալուց հետո հայտնեք քաջազն արքային, թե յուր իշխանները հայոց ապստամբների դեմ ճակատել չկարողացան... Այդքանով արդեն Կոստանդին թագավորը կարող է յուր իշխանների քաջության չափը որոշել:

Այս ասելով թագավորը դուրս գնաց վրանից: Եգերացի իշխանների վրա ծանր ազդեցություն արին այդ խոսքերը: Նրանք շվարած նայում էին միմյանց՝ առանց խոսել կամ տրտունջ հայտնել կարողանալու:

— Այս անպատվությունը մենք պիտի տանե՞նք... — հարցրեց վերջապես երիտասարդ իշխաններից մինը իրանց առաջնորդին:

— Ո՛վ չի կարող տանել, պիտի վերցնե յուր գունդը և հետևե հայոց թագավորին, — ծանրությամբ նկատեց առաջնորդը:

Բայց ոչ ոք չպատասխանեց նրան, որովհետև այդպիսի հանդուգն ձեռնարկության ոչ ոք էլ չէր կամենում մասնակցել:

Իսկ Աշոտ արքան վրանից ելնելով՝ պատրաստ գտավ արդեն վանանդացոց և տայոց քաջերին, որոնց գլուխ էին անցել Մարզպետունի իշխանը և Վահրամ սեպուհը:

Թագավորն աշտանակեց իսկույն յուր օդապարիկ նժույգը և առաջ անցնելով՝ բարձր ձայնով գոչեց.

— Քաջե՛ր, ո՞վ է կամենում ձեզանից կռվել և մեռնել թագավորի հետ միասին:

— Մենք ամենքս... — գոռացին միաբերան հայ կտրիճները և նրանց ձայնի արձագանքը որոտաց հեռավոր լեռներում:

— Օ՛ն, ուրեմն, հառա՛ջ, — գոչեց թագավորը և սուրը հանելով դիմեց թշնամու կողմը:

Հեծելազորը հետևեց նրան:

Ապստամբներից մի խումբ հառաջացել էր արդեն մինչև ձորի բեանը և դիտում էր հեռվից արքայական բանակի շարժումը: Երբ նա՝ հեծյալների այս գունդը տեսավ, սկսավ դեպի կրճի ներսը նահանջել:

Թագավորը յուր զորքով հասավ նրա ետևից ինչպես մի փոթորիկ և ընդհարվեցավ հետը, կրճի մեջտեղը: Արքայի նպատակն էր հանկարծակի բերելով՝ փախուստ դարձնել այդ խումբը և այդպիսով շփոթել կրճի բերանը փակող զորքերին: Վանանդացիք ու տայքցիք կռվել սկսան կատաղաբար: Նրանք ձիաներով կոխկռտում և երկար նիզակներով շամփրոտում էին անզոր հետևակներին, որոնք կռվում էին միայն կարճ սրերով: Ընդհարումը տևեց հազիվ կես ժամ, որովհետև արքայականների հարձակումն այնպես անակնկալ և բախումն այնքան զորավոր էր, որ ապստամբների խումբը երկար դիմադրել չկարողացավ: Մի քանի տասնյակ զոհեր տալուց հետո նա թիկունքը դարձրեց և փախավ: Արքայականները հաղթական աղաղակով սկսան հալածել նրանց:

Թվում էր, թե բախտը ժպտում է թագավորին: Կրճի բերանը հասնելուց՝ փախստականները դեպի լեռան լանջերը ցրվեցան: Արքայի հեծելազորն ընկավ նոր հանդիպող գնդերի վրա, որոնք արդեն շփոթված էին թե՛ փախստականների և թե՛ հալածողների աղաղակից, և սկսավ սաստկապես հարվածել նրանց: Ընդհարումը երկար չէր տևելու, այդ գնդերը նույնպես փախուստ պիտի տային՝ մաքրելով կիրճը արքայական զորքի առաջ. բայց հանկարծ հասան այդտեղ սեպուհ Ցլիկ-Ամրամը և Գարդմանա Դավիթ իշխանը, նստած ամեհի նժույգների վրա և շրջապատված մինը կատաղի սնորդիներով և մյուսը՝ հզոր գարդմանացիներով, որոնք և վայրկենապես կռվի կերպարանքը փոխեցին: Ամրամ սեպուհը խրախույս կարդաց յուր քաջերին և սուսերամերկ ու սրարշավ ընկավ արքայական զորքի վրա: Նրա ձայնը որոտում էր կրճի մեջ ինչպես գարնանազայր հեղեղի շառաչ և այդ ձայնին հետևում էր բազմամբոխ զորքի աղաղակը: Նույնպիսի հզոր գոչյունով խրախուսել սկսան իրանց գնդերին թագավորն ու Մարզպետունի իշխանը, և մարտիկները երկու կողմից սկսան ընդհարվել նոր ուժով և ավելի կատաղաբար:

Գնդերից ոչ մինը տեղի չէր տալիս մյուսին: Արքայականներն աշխատում էին վանել հակառակորդներին կրճի միջից, իսկ վերջինները ճգնում էին ետ մղել նրանց դեպի խորաձորը:

Այդպիսով միմյանց դեմ խիզախելով և շարունակ անձուկ կրճի մեջ խառնվելով՝ փակվում էր հեծելազորի ճանապարհը: Արքայականների դրությունը ծանրանում էր. նրանք հարձակվել չէին կարողանում և իրանց շուրջը զեռող հետևակների դեմ մարտնչելու համար ստիպված էին ձգել երկարաբուն նիզակները և կռվել միայն սրերով: Այս դրության մեջ դարձյալ նրանք աննահանջ խիզախում էին ապստամբների դեմ: Եվ չնայելով, որ վերջինների թիվը հետզհետե աճում և իրանցը, ընդհակառակը, նվազում էր, այսուամենայնիվ արքայականները կանգնած էին այդ հզոր հեղեղի առաջ ինչպես անսասան մի հողաթումբ և կռվում էին հուսահատ կատաղությամբ:

Բայց հանկարծ աջակողմյան լեռնալանջից սկսավ տեղալ նրանց վրա նետերի սաստիկ մի տարափ:

Այդ ափխազցիների գործն էր: Բեր իշխանը, տեսնելով արքայականների համառ դիմադրությունը և այն կոտորածը, որ նրանք անում էին նիզակակից զորքի մեջ, հանեց լեռնալանջի վրա յուր նետաձիգ զորագունդը և սկսավ այդտեղից հարվածել նրանց նետերով: Եվ որովհետև նրանք աջ կողմից էին հարվածում, ուստի արքայականները ասպարափակ անելու հնար չունենալով (ըստ որում աջ ձեռքով սուրն էին կրում և ձախով ասպարը)՝ մնացին երկու կրակի մեջ: Թագավորը տեսավ յուր հավատարիմ զորագնդի հուսահատ դրությունը, չափեց նրա և հակառակորդի անհավասար ուժը և, անօգուտ համարելով յուրայինների դիմադրությունը, կանչեց Մարզպետունի իշխանին և հրամայեց նրան «նահանջի» փող հնչեցնել:

Այդ հրամանը կարծես կայծակի հարված տվավ քաջ իշխանին: Այն մարդը, որ միշտ աշխատում էր եղբայրասպան կռիվներն արգելել, այժմ այլևս նահանջի մասին չէր ուզում լսել, պատերազմի աղմուկն ու արյան գոլորշին արբեցրել էին նրա հոգին: Այդ վայրկենին նա չէր մտածում, թե կռվում է եղբայրների դեմ, այլ թե՝ պատժում է ապստամբներին, զահի և հայրենիքի թշնամիներին: Ուստի որքան էլ յուր գունդը նվազ, որքան էլ հակառակորդը զորավոր, այսուամենայնիվ նրա անպարտելի հոգին չէր ընկճվում թվի մեծության առաջ: Նա պաշտպանում էր յուր թագավորին, հայոց գահի վեհ պայազատին, և այդ միտքն արդեն բավական էր, որ նրա սրտում առյուծ դարաներ: Բայց երբ թագավորը հրամայեց նահանջել, նրա մարմնով տհաճության դող անցավ, հզոր բազուկը կարկամեց և արյունոտ սուրը կախվեցավ նրա ձեռքում ինչպես մի անզոր գործիք... Նա մի ծանր հոգվոց հանեց, որ նման էր ավելի խուլ մռնչյունի, և հեծյալների ետևն անցնելով՝ հնչեցնել տվավ նահանջի փողը:

Արքայական զորքն սկսավ նահանջել, բայց քայլ առ քայլ և առանց թիկունք դարձնելու: Երբ նրանք ձորամեջը հասան, նկատեցին, որ եգերացիք իջնում էին բերդից իրանց օգնելու համար: Նիզակակից իշխանները թագավորի սկզբի հաջողությունը տեսնելով, որոշել էին վերջապես կատարել իրանց զինակցական պարտքը: Բայց երբ արքայական զորքի նահանջը տեսան, կանգ առան լեռնալանջի վրա:

Այս հանգամանքը պատճառ եղավ, որ ապստամբները երկյուղ կրելով եգերացիների հարձակումից, հետ քաշվեցան կռվից, և արքայական գունդը, որ բավական նվազել էր, բանակատեղը դարձավ առանց դժվարության:

— Մենք գալիս ենք ձեզ օգնելու, տեր արքա, — ասաց եգերացիների առաջնորդը, երբ թագավորը լեռնալանջը հասավ:

— Իզուր նեղություն պիտի կրեիք, իշխան. եգերացի քաջերի համար կռվելու տեղ չէր լինիլ կրճում, — պատասխանեց թագավորը դառնությամբ:

— Բայց մենք մեր պարտքը պիտի կատարեինք: Մենք ուշացանք միայն մեր գնդերը կարգավորելու պատճառով:

— Եվ դուք ուշանալով անօգուտ գործ չարիք, դուք փրկեցիք ձեր զորքի պատիվը՝ հեռացնելով նրան մեր ամոթահար պարտության մասնակցելու դժբախտությունից:

Այս ասելով թագավորը հեռացավ իշխանից՝ հեգնական ժպիտը շրթունքներին:

Առաջնորդ եգերացին նայեց նրա հետևից վայրենի հայացքով և կարի զայրացած՝ յուր վրանը դարձավ:

Բաժանման ոգին, որ հետևում է, առհասարակ, ամեն անհաջողության, լուծել էր արդեն թագավորի և յուր նիզակակիցների միությունը: Եգերացի իշխանները, որոնք սկզբում սիրով անսալով Կոստանդին թագավորի հրամանին՝ եկել էին Աշոտ արքային օգնելու, և այդ արել էին ոչ միայն երկու ազգերի դաշնակցությունը հարգելու մտոք, այլև փայլուն հաղթություն և հարուստ ավար ձեռք բերելու հուսով, այժմ արդեն հուսահատ և սրտաբեկ քաշվել էին իրանց առաջնորդի վրանը և խորհում էին բաժանման կամ փախուստի վրա:

Եվ ուրիշ ի՞նչ կարող էին մտածել այդ օտարականները, քանի որ նրանց հրապուրողը եղել էր ո՛չ թե հայոց գահը անսասան պահելու նախանձախնդրությունը (որ չէր էլ կարող լինել), այլ լոկ անձնական շահը, ավարներով հարստանալու ցանկությունը: Բայց շահու և ավարի փոխարեն այժմ սպառնում էր նրանց անխուսափելի կոտորած կամ սովատանջ մահ: Բացի այդ, զորքի մեջ նույնպես սկսվել էր տրտունջ: Թեպետ նրանք ունեին մի քանի օրվա ուտեստ և կարող էին տանել մի շաբաթվա պաշարման, բայց վատթարն այն էր, որ ջուր չունեին: Ծարավը հետզհետե տանջում էր թե՛ իրանց և թե՛ ձիաներին: Այդ ծանրության տոկալ չէր կարող զորականը:

Այս պատճառով, ահա, գունդագունդ գալիս, խռնվում էին նրանք իշխանական կացարանների առաջ և պահանջում՝ յուր կամ հրաման տան իրանց զինաթափ լինելու և բանակից հեռանալու և կամ հնար ցույց տան ջուր հայթայթելու:

Երկար խորհրդակցությունից հետո եզերացոց իշխանապետը որոշեց դիմել թագավորին և խնդրել նրանից, որ գործելու ճանապարհ ցույց տա իրանց:

Նա վերցրեց ընկեր իշխաններին և նրանց հետ միասին մտավ թագավորի վրանը հենց այն միջոցին, երբ վերջինս նստած յուր երկու հավատարիմների, այն է՝ Գևորգ Մարզպետունու և Վահրամ սեպուհի հետ, խորհուրդ էր անում:

— Զորքի մեջ, տեր արքա, սկսվել է տրտունջ, որ հետզհետե ավելանում և սպառնական կերպարանք է առնում, ինչպե՞ս կհրամայեք գործել դրա դեմ,-հարցրեց իշխանապետը թագավորին:

— Անշուշտ տրտնջում են եզերացի զորականները, այնպես չէ՞,-հարցրեց թագավորը:

— Այո՛, տեր արքա:

— Ի՞նչ է նրանց պահանջը:

— Ամենահասարակ, ամենաբնական պահանջ:

— Այսի՞նքն:

— Ջուր են խնդրում, տեր արքա, և կամ...

— Եվ կամ ի՞նչ:

— Եվ կամ հրաման, որ զենքերնին հանձնեն թշնամուն և ազատ ելնեն այս բանտից:

Թագավորը յուր հայացքը սևեռեց իշխանապետի աչքերին և մի վայրկյան լուռ նայելուց հետ ասաց.

— Զորքի պահանջն անբնական է և անարդար:

— Ինչպե՞ս, տեր արքա. մի՞թե մարդիկ իրավունք չունին ջուր խմելու, — հարցրեց իշխանապետն այնպիսի մի ժպիտով, որի մեջ նշմարվում էր և՛ զարմանք, և՛ հեգնություն:

— Ո՛չ,-պատասխանեց թագավորը խիստ ձայնո՛վ:

Իշխանները աչքերնին սևեռեցին արքայի վրա:

— Գուցե ձեզ զարմացնում է իմ պատասխանը, — ասաց թագավորը, — բայց ես զարմանալի ոչինչ չասացի: Ո՛վ որ անջրդի տեղը ջուր է պահանջում, անբնական պահանջ է անում, ո՛վ որ զինաթափության գնով ազատություն է որոնում, կարի նվաստագույն գործ է կատարում:

— Ի՞նչ անենք ուրեմն. կոտորվի՞նք. ավելի լավ չէ՞ նվաստանալ՝ քան մեռնել:

— Ո՛չ, ավելի լավ է մեռնել, քան նվաստանալ, — պատասխանեց թագավորը ծանրությամբ:

Մի վայրկյան լռություն տիրեց: Արքայի պատասխանը տպավորություն արավ իշխանապետի վրա. նա գլուխը կախեց և սկսավ մտածել:

Բայց իշխանների խմբից առաջ անցավ մի երիտասարդ և խոսեց.

— Տեր արքա, զինվորականը նվաստանում է ոչ միայն այն ժամանակ, երբ միայն թերանում է քաջության մեջ, այլև այն ժամանակ, երբ թերանում է անկեղծության մեջ: Ուստի աղաչում եմ չվշտանալ՝ եթե համարձակվեմ անկեղծորեն խոստովանել մի ճշմարտություն, որի ծածկելը, ըստ իմ կարծյաց, հավասար է դավաճանության:

— Խոսի՛ր, — ասաց թագավորը:

— Մենք եկել ենք քեզ օգնելու մեր արքայի հրամանով և մեր պարտքը կկատարեինք, եթե հնար ունենայինք: Բայց բախտը կամ գուցե մեր անհեռատեսությունը փակել է մեզ այժմ մի գառագղի մեջ, որից ազատվելու ոչ մի հնար չունինք: Ծարավը տանջում է բազմամբոխ զորքին, թշնամու սուրը սպանում է ամենքին: Կռվել չենք կարող, որովհետև ապարեզ չկա. ելնել չենք կարող, զի ճանապարհ չունինք. իսկ մեռնել մենք, իհարկե, չենք կամենում: Ի՞նչ է մնում մեզ անել՝ եթե ոչ զինաթափ լինել և փրկել մեր անձը մեր ընտանյաց համար...

— Փրկել ուրեմն անպատվության գնո՞վ, — ընդհատեց թագավորը իշխանին:

— Դրանից մեզ անպատվություն չի կարող հասնել: Մենք հյուր ենք ձեր երկրում և պիտի կռվեինք ձեր մեծափառության համար: Հետևապես, ո՛չ հաջողության փառքը և ո՛չ պարտության վնասը մեզ չի վերաբերում:

— Ուրե՛մն...

— Ուրեմն կա՛մ պիտի ճանապարհ ցույց տաք մեզ՝ մեր պատվավոր պարտքը կատարել կարողանալու համար և կա՛մ պիտի համաձայնիք մեզ հետ զենքերը թշնամուն հանձնելու:

Թագավորը հառեց աչքերը երիտասարդ իշխանի վրա և ապա սկսավ յուր շուրջը դիտել: Ամենքը լուռ էին և սպասում էին նրա պատասխանին:

— Դուք եկել եք այստեղ ձեր թագավորի հրամանով և եգերական դրոշակով, — սկսավ խոսել արքան մեղմ ու հանգիստ ձայնով: — Եկել եք հայոց թագավորին օգնելու, համաձայն ձեր թագավորի և իմ հանգուցյալ հոր կռած դաշնադրության: Հետևապես, կատարելով ձեր պարտքը, պիտի ապացուցանեք, թե գիտեք ձեզ հարգել. և, ընդհակառակը, փախուստ տալով այստեղից, պիտի անպատվեք ձեր թագավորին և արատավորեք եգերական դրոշակը: Այս է իմ կարծիքը ձեր առաջադրության մասին: Իսկ գալով նրան, թե արդյոք ես, հայոց թագավորս, կարո՞ղ եմ համաձայնել ձեզ հետ թշնամուն իմ զենքը հանձնելու, կասեմ, որ անկարող եմ: Աշոտ թագավորը շատ այսպիսի անհաջողության է հանդիպել, շատ անգամ է թշնամիներով ու դավաճաններով պաշարվել, բայց երբեք և ոչ իսկ մի վայրկյան չէ մտածել, թե պիտի անձնատուր լինի թշնամուն: Ես կարող եմ սուրը ձեռքիս և աշտեները կրծքումս ընկնել և մեռնել, բայց նվաստանալ և զենք հանձնել թշնամուն, երբե՛ք: Դուք պաշարման ժամանակ մտածում եք ձեր կյանքն ազատելու, իսկ ես՝ իմ պատիվը փրկելու վրա: Ինչպես տեսնում եք, մենք տարբեր նպատակների ենք ձգտում: Հետևապես չպիտի խանգարենք միմյանց: Երբ մարդ կամենում է ընկնել, անկարելի է կանգուն պահել նրան: Դուք այս վայրկենից իսկ ազատ եք ձեր որոշման մեջ: Հայոց թագավորն ունի դեռ մի քանի տասնյակ քաջեր, որոնց հետ միասին կարող է մեռնել: Բայց երբ դուք ողջամբ ձեր երկիրը հասնեք, հայտնեցեք անպատճառ ձեր կանանց ու որդվոց, որ ձեր կյանքը գնել եք ձեր զենքերի գնով: Այդ նորությունն, անշուշտ, հաճույք կպատճառե եգերացի տիկնանց:

— Տեր արքա, դու նախատում ես քո զինակիցներին... — վրդովված նկատեց եգերացի իշխանապետը:

— Դուք որ անձնատուր լինելու վրա եք մտածում, իմ զինակիցը լինել չեք կարող:

— Ուրեմն և չենք, լինիլ,-զայրացած պատասխանեց իշխանապետը և դառնալով ընկերներին՝ ասաց. — իշխաններ, հուսահատ զորականը մեզ է սպասում, գնանք մեր վերջին պարտքը կատարելու:

Այս ասելով նա սառնությամբ ողջունեց թագավորին և առաջ անցավ: Ընկերները հետևեցին նրան:

Թագավորը, որ ուշադրություն չդարձրեց ո՛չ իշխանապետի վերջին խոսքերին և ո՛չ իշխանների ողջունին, աչքերը վրանի անկյունին հառած՝ խորասուզվել էր մի ինչ-որ մտածության մեջ: Երբ նա, զգաց, թե վրանում լռություն է տիրում, դարձավ յուր իշխաններին և ասաց.

— Այո՛, եգերացիները կփրկեն իրանց: Ով որ հանձն է առնում նվաստությունը, նա ձեռք կբերեն և այն բարիքը, որ գերադասում է պատվից: Բայց դուք ի՞նչ եք մտածում հայ զորականի մասին:

— Նա պատրաստ է կռվել մինչև վերջին շունչը, — ասաց Վահրամ սեպուհը, — պետք է միայն առաջնորդել նրան:

— Մենք նրան կառաջնորդենք. բայց ի՞նչ շահ այդ կռվից, — նկատեց Մարզպետունի իշխանը, — մեռնք այնքան սակավաթիվ ենք, որ թշնամին մի քանի վայրկենում կջնջե նրանց:

— Ասում ես, որ պատրաստ են մինչև վերջին շունչը կռվե՞լ, — հարցրեց թագավորը:

— Այո՛, տեր, — պատասխանեց սեպուհը:

— Պետք է ուրեմն օգուտ քաղել այդ պատրաստակամությունից: Այս գիշեր մենք ամենախիստ թափով կընկնենք թշնամու վրա:

— Ընդհարմա՞ն դիտումով, — հարցրեց սեպուհը զարմացած:

— Ո՛չ, բանակը ճեղքելու և անցնելու նպատակով:

Իշխանի դեմքը պայծառացավ: Փրկության այդ միջոցը, արդարև, ամենահեշտը և պատվավորն էր: Մարզպետունին նույնպես համակիր էր այդ մտքին: Պետք էր միայն գաղտնի կերպով պատրաստվել, որպեսզի եգերացիք արգելք չլինեին իրանց:

Թագավորի հրամանով իշխանները դուրս գնացին, որպեսզի հավատարիմներին հարկ եղած հրահանգները տան:

Երեկոյան դեմ մի քանի եգերացի գնդեր բերդի պարիսպներից իջնելով՝ դեպի խորաձորն իջան: Այդ շարժումը Գևորգ իշխանի ուշադրությունը գրավեց: «Ուրեմն համաձայնություն է կայացել թշնամու և եգերացիների մեջ», մտածեց նա ինքն իրան՝ ենթադրելով, թե վերջինները, երևի, սկսում են արդեն թշնամու բանակն իջնել:

Դեռ այս մտքի մեջ էր նա, երբ Եզնիկը մոտենալով իրան՝ շշնջալով ասաց.

— Տե՛ր իմ, եգերացոց իշխանները դավաճանության խորհուրդ են հղացել, պետք է աշխատել թագավորին փրկել:

— Ի՞նչ խորհուրդ, Եզնիկ, — հարցրեց իշխանը վախենալով:

— Պայման են դրել Ցլիկ Ամրամի հետ, որ թագավորին բռնեն և նրա ձեռը հանձնեն: Իսկ Ամրամը դրա փոխարեն խոստացել է արձակել եգերացիներին առանց զինաթափ անելու:

— Ինչպե՞ս իմացար այդ լուրը:

— Խորաձորն իջնող գնդերի ամեն մի զորականն այդ գիտե: Իշխանները նրանց պատվեր են տվել՝ հսկել կրճի անցքերին ամենայն զգուշությամբ, սպառնալով, որ եթե թագավորը ձեռքից հանեն, այլևս այս բանտից ողջ չպիտի ելնեն:

Այժմ իրանք, զորականները, ամեն հնար գործ պիտի դնեն մեր ճանապարհը փակելու, որպեսզի իրանց խոստացված ազատությունը չկորցնեն:

Եզնիկի բերած նորությունը ծանր մտահոգություն պատճառեց արքայի հավատարմին: Նա պարզ տեսավ, որ փրկության ամեն հույս կորել է, ուստի նորեն Սնադայի խոսքերը հիշեց.

— Նա ասաց, որ այս անգամ աստված պիտի պատժե հանցավորին, ահա՛ նրա գուշակությունը կատարվեցավ: Մի՞թե թշվառ մահկանացուն կարող է հավիտենականի բարկությունից փախչել...

Այս մտածմունքներով նա գնաց Վահրամ սեպուհի մոտ և նրա հետ միասին արքայի վրանը մտավ՝ այս տխուր նորությունը նրան հայտնելու:

Բայց ո՛րքան մեծ եղավ իշխանի զարմանքը, երբ թագավորն այդ նորությունը լսելուց հետ անհոգ կերպով ծիծաղեց:

— Այդ թշվառականն, ուրեմն, իմ արյանն է ծարավի, — ասաց նա հանգիստ ձայնով: — Վաղուց ճանաչում եմ ես Ցլիկ-Ամրամին. նա փառասիրություն չունի, ուրեմն և չէր կարող փառասիրական նպատակով ապստամբել յուր թագավորից:

Նրան հարկավոր է անշուշտ իմ անձը... Այժմ ուրեմն հանելուկը լուծվում է:

— Քո ա՞նձը, տեր արքա, ի՞նչ թշնամություն ունի Ամրամը քո անձի հետ, — զարմացած հարցրեց Վահրամ սեպուհը:

Թագավորը կարծես շփոթվեցավ: Նա զգաց յուր խոսքերի անպատեհությունը և աշխատեց խույս տալ բացատրություններից:

— Այդպես ուրեմն, մեր փոքրիկ գունդը նույնպես փրկված է: Ինձանից հետո թշնամին հանգիստ կթողնե թե՛ նրան և թե՛ եգերացիներին, — ասաց թագավորը, առանց Վահրամի հարցին պատասխանելու;

Գնորգ իշխանը թագավորի խոսքը չհասկացավ, ուստի խնդրեց բացատրել իրան, թե ի՞նչ է կամենում անել:

— Այս գիշեր ես պիտի հեռանամ այստեղից, — ասաց թագավորը:

— Դո՞ւ, միայնա՞կ, — հարցրեց իշխանը:

— Այո՛:

— Ի՞նչ ճանապարհով:

— Եգերացոց պահանորդ զնդերի և թշնամու բանակի միջով:

Սեպուհն ու իշխանը զարմացած աչքերնին հառեցին թագավորի վրա:

— Պիտի հասկացնեմ եգերացոց ու սևորդյաց իշխաններին, որ Աշոտ Երկաթին բռնելն ու Ցլիկ-Ամրամին հանձնելն իրանց ուժից վեր գործ է:

Իշխանի սիրտն ուրախացավ, իսկ սեպուհի խոշոր դեմքի վրա փայլեց գոհության ժպիտ:

— Ես մինչև այժմ հավատարիմների ապահովության համար էի մտածում, — շարունակեց թագավորը, — բայց այժմ տեսնում եմ, որ հենց իմ անձն է եղել նրանց վտանգողը: Ես, ուրեմն, կհեռանամ այստեղից, որպեսզի ձեր ճանապարհի արգելքը վերացվի:

— Դու հեռացիր միայն քո թանկագին անձը փրկելու համար, որովհետև աշխարհը սպասում է յուր թագավորին: Իսկ մենք կարող ենք մինչև անգամ մեռնել, հայոց երկիրը շատ բան չի կորցնի, եթե մահ հասնե մեզ, — ասաց սեպուհը անկեղծորեն:

— Բայց հայոց թագավորը կկորցնե... — հարեց իսկույն արքան:

Հասավ երեկոն: Թագավորի դիտավորությունը հայտնի էր միայն Մարզպետունի իշխանին և Վահրամ սեպուհին: Արքայի տված հրահանգի համաձայն նրանք կանչեցին իրանց մոտ թագավորի թիկնապահներից երկու երիտասարդների, որոնց հավատարմության ու քաջության վրա վստահություն ուներ ինքը թագավորը և հրամայեցին նրանց պատրաստ լինել թագավորին հետևելու:

Երբ մութը կոխեց, և գիշերվա մի քանի ժամերն անցան, թագավորն ելավ յուր վրանից՝ ոտից գլուխ պողպատով զրահավորված: Երկու քաջամարտիկ թիկնապահները, որոնք նույնպես զրահավորված էին երկաթով, մոտեցրին արքային յուր ամեհի նժույգը:

Թագավորը քանամյա երիտասարդի թեթևությամբ թռավ ձիու վրա, թիկնապահները նույնպես աշտանակեցին իրանց նժույգները:

Պետք է անցնենք ինչպես փոթորիկ: Ո՛չ մարդ և ո՛չ դև չպիտի մեզ դիմադրե: Գնդերը պիտի ճեղքենք, վաշտերը կոխոտենք, կանգնածը գլորենք... Մի քառորդ ժամից հետ նուրի հովտում պիտի լինինք... — հրամայեց թագավորը և սուրը հանելով՝, Օն ուրեմն, քաջերսե, գոչեց ցած ձայնով և նժույգի կողերը խթելով՝ թռավ դեպի զառիվայրը:

Թիկնապահները սրարշավ հետևեցին նրան:

Մի քանի վայրկենից հետ երեք հեծյալներն անհայտացան խավարի մեջ:

Արքայի բախտից երկինքն ամպամած էր և լուսինն անհայտացած: Հեռվից ոչ ոք չէր կարող նշմարել նրանց:

Ձորակի մեջ միայն ձիաների քայլատրոփը զարթեցրեց պահանորդ եգերացիներին, որոնք, խմբովին հեծյալների առաջը բռնեցին: Բայց թագավորի նժույգը և ահարկու սրի հարվածները ճեղքեցին խումբը, իսկ թիկնապահների գոռոցը և նիզակների թափը ցրեցին դիմադրողներին: Հանդիպող շարքերից անցան նրանք ինչպես հողմ և մտան կրճի բերանը: Եգերացիք նոր իմանալով, որ իրանց գունդը ճեղքողը ինքը թագավորն էր, սկսան վայրենի աղաղակով նրա հետևից ընկնել: Թագավորը և յուր թիկնապահները նույնպես սկսան գոռալ, երբ հասան ապստամբների գնդերին: Վերջիններս հանկարծակի գալով այս բազմատեսակ աղաղակներից, կարծեցին, թե եգերացիք են հարձակվում իրանց վրա. ուստի շփոթված և իրար կոխկրտելով՝ սկսան դեպի բանակը փախչել:

Թագավորն օգուտ քաղեց այդ խառնակությունից: Թիկնապահների հետ միասին աջ ու ձախ հարվածելով և հորձանքի նման հանդիպակացները խորտակելով՝ կտրեց անցավ նա կրճի բոլոր երկարությունը, ճեղքեց վերջին պահանորդ խումբը և ընդարձակ դաշտը դուրս գալով՝ նույնիսկ Ամրամի բանակի առջևից սլացավ ինչպես կայծակ և անհայտացավ հովտի մթության մեջ:

Հազիվ մի ժամից հետ հայտնի եղավ ապստամբներին թագավորի փախուստը: Սնորդյաց և եգերացոց իշխանները մնացին ամոթահար, իսկ Ցլիկ-Ամրամը և ափխազաց Բեր իշխանը զայրույթից գրեթե կատաղեցին:

Հետևյալ առավոտ ապստամբների զորքը խուժեց դեպի ավերակ բերդը: Եգերացիներից խլեցին նրանց բոլոր զենքերը և միայն ձիաներն իրանց տալով՝ արձակեցին: Իսկ սակավաթիվ հայ հեծյալներին ձեռնամուխ չեղան, որովհետև Գնորգ Մարզպետունին և Վահրամ սեպուհը խնդրեցին Ամրամին՝ թշնամաբար չվարվել յուր եղբայրակիցների հետ: Ամրամը, թեպետ թագավորի դեմ զայրացած, այսուամենայնիվ, հարգեց նրա իշխանների խնդիրը և նրանցից բաժանվեց առանց զժտության:

ԵՐԿՐՈՐԴ ՄԱՍ

Ա

ԱՅՐԻՎԱՆՔՈՒՄ

Այս հրաշակերտ վկայարանը, որ ամփոփում էր յուր մեջ հայ ազգի կռապաշտական և քրիստոնեական կենաց բազմադարյան հիշատակարանները և որ երկար ժամանակ հարգվել էր այդ ժողովրդից թե՛ իբր դիցական պաշտպանած վեհավայր և թե՛ ինչպես քրիստոնեական կրոնի սրբարան, գտնվում էր ժայռապատ Գեղարդասարի լանջին, Գառնո ամրոցի հյուսիս-արևելյան կողմը: Նրա առջևից հոսում էր Ազատ գետի երկրորդ վտակը, որ հսկայակերպ դարևանդներից իջնելով շառաչում էր քաղցրակարկաչ և յուր ախորժալուր աղմուկով ահավոր ձորն ու շրջակաները լցնում: Նախաջրհեղեղյան սասանությունները, երկրի ծոցից հրահոսան հեղեղներ ժայթքելով՝ կազմակերպել էին այստեղ խոշոր, քարակարկառ բլուրներ, ահավոր ամբարտակներ, միապաղաղ ժայռերի անհեթեթ զանգվածներ, բազալտյան սյունաձև բուրգեր, որոնք, միմյանց հաջորդելով կամ իրար վրա ամբառնալով՝ շրջապատում էին Այրիվանքը և անհարազատ այցելուների համար դարձնում նրան անմատչելի: Բնությունը կարծես յուր զորավոր ձեռքով տիտանական լեռների ավերակներն ի մի ժողովելով՝ միացրել էր այստեղ սքանչելին և ահավորը՝ տկար մահկանացուին յուր անհաղթ զորությունը ցույց տալու համար:

Այստեղ, հսկայակերպ լեռան ծոցում, միապաղաղ ժայռերի մեջ փորված էին հին ժամանակներից բազմաթիվ այրեր, խուցեր ու մատուռներ, շրջապատած պարիսպներով և հզոր աշտարակներով: Դրանցից ոմանք ծառայում էին մի օր հայ թագավորներին իբր արքայական գանձարան, իսկ ոմանք իբրև աղոթից տուն կամ զոհաբերությանց տաճար:

Քրիստոնեության սուրբ նշանը տնկեց այստեղ առաջին անգամ ինքը՝ Լուսավորիչը, խափանելով, անշուշտ, հեթանոսական պաշտամունքները: Այդ նշանի հովանվույն ներքո ժողովվեցան բազմաթիվ անապատականներ, որոնք Այրիվանքը դարձրին խաղաղության ու ճգնության օթևան:

Այստեղ հանգիստ որոնեց Հայաստանյաց բարերար մեծն Ներսեսը, անշուշտ, հայրենիքի բարօրության համար գործ դրած երկարամյա աշխատություններից հետո: Այստեղ առանձնացավ նրա արժանավոր որդի մեծն Սահակ՝ յուր վաթսուն խարազանազգեստ աշակերտներով, ազգի լուսավորության գործը ժայռերի ծոցում դարբնելու համար:

Մեր նկարագրած ժամանակում նույնպես գտնվում էր այստեղ հոգևոր հայրերի հարուստ միաբանություն, որ բարեկարգել ու ծաղկեցրել էր Այրիվանքը: Այդտեղ էր այդ ժամանակ և հայոց հայրապետը՝ Հովհաննես կաթողիկոսը, որ արաբացոց ոստիկանի հետապնդությունից վախենալով՝ թողել էր Դվնո կաթողիկոսարանը և յուր հավատարիմ պաշտոնյաներով ու հայրապետական գանձերով ապաստանել Այրիվանքի ամրություններին:

Երկու օր էր ինչ լուր էին բերել հայրապետին, թե Նսըր ոստիկանը, որ Տուսուփից հետո տեղակալ էր կարգված, և որ մինչև այն նստում էր

Ատրպատականում, հասել է արդեն Նախիջևան և հառաջանում է դեպի Դվին: Ոստիկանին հայտնի էին հայոց թագավորի անհաջողությունները, հայ իշխանների խռովությունները և երկրի անտերունչ դրությունը: Եվ ահա՛ նա շտապել էր օգուտ քաղել հաջող հանգամանքից:

Կաթողիկոսն իմացավ, որ Նսրը հետամուտ է կաթողիկոսարանը և նրա կալվածները գրավելու, իսկ այդ նպատակին հասնելու համար նախ կցանկանար ձեռք ձգել իրան՝ կաթողիկոսին և հայրապետական գանձերը հափշտակել և ապա թե հանցանքներ բարդելով նրա վրա՝ կաթողիկոսարանը գրավել:

Այս պատճառով հայրապետը, որ մինչև այն ապրում էր Այրիվանքի ներքին այրերում, այն է՝ անապատականների միաբանության մեջ, ուր վիմափոր եկեղեցիներն ու ընդհանուր կացարաններն էին, ելավ, քաշվեցավ յուր հավատարիմներով դեպի վերին Վանքը, ուր անասուններն էին պահում:

Այդտեղ անբնակ և խավարչտին այրերի մեջ թաքնվելով՝ կաթողիկոսը հույս ուներ ազատ մնալ Նսրի հետապնդությունից և փրկել յուր հետ բերած հայրապետական հարառությունները, որոնք մեծ մասամբ սրբությանց ժողովածուներ և նախնի գահակալներից ժառանգած թանկագին իրեր էին:

Կաթողիկոսի կարծիքով թշնամին չէր մոտենալ այդ անշուք վայրերին, ուր գրաստներ էին դարմանում, և ուր մուրացիկ խուժանն էր ապրում:

Բայց երբ հետզհետե հասնող լուրերից երկյուղը զորացավ, նրա մերձականները խորհուրդ տվին իրան հեռանալ Այրիվանքից և ապաստանել Գառնո ամրոցին, ուր այդ ժամանակ ապրում էր թագուհին:

Կաթողիկոսին հաճելի էր հետևել այդ խորհրդին, բայց յուր Դռան եպիսկոպոս Սահակը, որ լուրջ և իմաստուն մարդ էր, հակառակեց նրան՝ ասելով.

— Ժողովուրդն արդեն բամբասում է քեզ, Վեհափառ հայր, թե դու անտեր ես թողել Դվնո կաթողիկոսարանը և քո անձի ապահովության համար ապաստանել Այրիվանքի ամրություններին: Այժմ էլ եթե Գառնի փոխադրվես, կգրգռես քո դեմ նույնիսկ կղերի զայրույթը:

— Եթե մի անգամ արդեն հեռու եմ կաթողիկոսարանից, կարող եմ լինել և Գառնիում. ինչո՞ւ այս առթիվ պիտի կղերը գրգռվի, — հարցրեց կաթողիկոսը եպիսկոպոսին:

— Այստեղ մնալու համար դու պատրվակ ունիս, Վեհափառ տեր. այդ այն է, որ դու հովանավորում ես Այրիվանքի հռչակավոր և բազմամարդ ուխտին:

Իսկ Գառնիում ապրում են թագուհին և ազատանի կանայք, նրանք պետք չունին քո հովանավորության:

Կաթողիկոսը գլուխը կախեց և սկսավ մտածել: Եպիսկոպոսի առարկությունը արդարև բանավոր էր: Կաթողիկոսը պարտավոր էր յուր ուխտի հետ լինել և ոչ թե ամրոցաբնակ տիկնանց: Բայց մոտալուտ վտանգի երկյուղը ճնշում էր նրա սիրտը: Նրա բարեկազմ, հաղթանդամ և արտաքուստ զորավոր մարմնի մեջ ապրում էր մի տկար սիրտ և երկչոտ հոգի: Նա թեպետ սրտագին սիրում էր յուր հոտը և միշտ աշխատում էր նրա բարվույն համար, բայց դրա հետ միասին սիրում էր յուր անձը և հետևապես վտանգի չէր ենթարկում նրան, եթե հոտի շահը պահանջում էր այդ: Նա հայրենիքի հարազատ որդին և նրա երջանկության անկեղծ բարեկամն էր: Բայց եթե այդ երջանկությունը ձեռք բերելու համար պետք էր լինում զոհել թագավորող անձի կամ զորեղ իշխանի դեպի ինքն ունեցած բարեկամությունը, նա տատանում էր և, վերջ ի վերջո, այդ բարեկամության կորուստը խնայում: Նա ազգի օգտին գործում էր բարիքներ երբեմն միայն փառք վաստակելու համար, իսկ շատ անգամ էլ՝ որպեսզի յուր փառքը չաղարտե, նա արգելք չէր դնում հասնող չարիքներին: Նա չուներ ո՛չ զորեղ կամք, ո՛չ հաստատ բնավորություն, և այդ պատճառով էլ նրա վրա հավասար ազդեցություն ունեին թե՛ մեծը և թե՛ փոքրը, թե՛ տկարը և թե՛ զորավորը, թե՛

խարդախ բանսարկուն և թե՛ իմաստուն խորհրդականը: Զորավոր մարդու կամ դեպքի յուր վրա արած ազդեցությունը ջնջում էր միշտ զորավորագույնը: Իսկ շատ անգամ էլ պատահում էր հակառակը, նայելով թե ո՛րն է վերջին անգամ յուր ուժը փորձել նրա վրա:

Յուր Դոան եպիսկոպոսի վրա, սակայն, կաթողիկոսը մեծ համարում ուներ, նա հարգում էր նրան իբրև առաքինի և իմաստուն մարդու: Եվ այդ պատճառով, չնայելով, որ արհավիրների մասին հասնող լուրերն անհանգստացնում էին իրան, այսուամենայնիվ որոշեց լսել նրա խորհրդին և մնալ Այրիվանքում յուր հոգևոր ուխտի հետ:

Բայց ահա՝ հասավ այդտեղ կաթողիկոսարանի Գևորգ անունով սարկավագը, որ հաղորդեց Վեհափառին տխուր և սպառնական նորություններ:

— Նսըրն եկել է արդեն Դվին, կապած բերելով յուր հետ Սյունյաց Սահակ և Բաբգեն մեծ իշխաններին, որոնց և դրել է բանտում: Նա կալանավորել է նույնպես Դվնո հազարացի իշխաններին՝ թվով քառասուն հոգի, — ասաց սարկավագը:

Կաթողիկոսը երկյուղից այլագունեց: Կալյալները հայտնի և նշանավոր իշխաններ էին. ինչպե՛ս կարող էր Նսըրը կալանավորել նրանց, մանավանդ Դվնո իշխաններին, որոնցից ոմանք ամիրապետի սիրելիներն էին: Այդ նշան էր, թե ոստիկանը հրահանգներ ունի ստացած հալածանքներ հարուցանելու:

— Ո՞ւր և ինչպե՞ս կալանավորեց նա Սյունյաց իշխաններին, — հարցրեց կաթողիկոսը սարկավագին:

— Ոստիկանի Նախիջևանում եղած ժամանակ, — ասաց սարկավագը, — Բաբգեն իշխանն ընծաներով եկել էր նրա մոտ և բողոքել յուր եղբոր՝ Սահակի դեմ, իբր թե վերջինս զրկել է իրան ժառանգությունից և խնդրում էր Նսըրին՝ օգնել, վերադարձնել իրան հայրենի ժառանգությունը: Ոստիկանն ուրախությամբ ընդունում է Բաբգենի խնդիրը և հրավեր է ուղարկում Սահակ իշխանին՝ գալ իրան այցելության: Վերջինս կասկած չունենալով Նսըրից, ընծաներով գալիս է նրա մոտ: Ոստիկանը երկու եղբորն էլ սիրով պահում է Նախիջևանում մի քանի օր և ապա առաջարկում նրանց յուր հետ միասին գնալ Դվին, որպեսզի այդտեղ վերջացնե նրանց ժառանգության գործը: Իշխանները համաձայնվում են: Բայց հենց որ ելնում են Սյունյաց նահանգից և հասնում Դվին, այդտեղ ոստիկանը, փոխանակ ժառանգության գործը վերջացնելու, երկուսին էլ կալանավորում ու բանտարկում է:

— Անշուշտ նրանց երկիրը գրավելու նպատակով, այսպես չէ՞, Սահակ սրբազան, — դարձավ կաթողիկոսը դեպի Դոան եպիսկոպոսը, որ կանգնած լսում էր սարկավագի բերած նորությունները:

— Այդպես է, վեհափառ տեր. ոստիկանը չէր կարող գրավել Սյունիքը, եթե նրա իշխաններին չկալանավորեր:

— Հարկավ, չէ՞ որ ազատ իշխանը կարող է զորք ժողովել, պատերազմել... Բայց նրանք զրկվեցան այժմ ազատությունից, սա մի մեծ դժբախտություն է մեր երկրի համար... նույնիսկ թագավորի և ինձ համար...

— Իսկ քեզ համար, Վեհափառ տե՛ր... — կցեց սարկավագը:

— Հա՛, ինձ համար ի՞նչ, — շտապով ընդհատեց կաթողիկոսը:

— Քեզ համար էլ ոստիկանը որոգայթներ է լարում:

— Այսի՞նքն:

— Կամենում է կալանավորել:

— Ի՞նձ...

— Այո՛, Վեհափառ տեր:

— Ինչպե՞ս իմացար այդ, — հարցրեց կաթողիկոսը երկյուղագին:

— Ոստիկանը կանչեց յուր մոտ կաթողիկոսարանի վերակացուին և պատվիրեց նրան հրավիրակ ուղարկել այստեղ...

— Իմ ետևից, այնպես չէ՞:
— Այո՛, Վեհափառ տեր, քեզ հրավիրելու համար:
— Ի՞նչ ունի ինձ հետ ոստիկանը, Սահակ սրբազան, — կասկածավոր եղանակով դիմեց կաթողիկոսը եպիսկոպոսին:
— Աստծուն է միայն հայտնի, տե՛ր, — պատասխանեց սրբազանը:
— Վերակացուին ասել է, թե կաթողիկոսը յուր կաթողիկոսարանում պիտի նստե և ոչ թե լեռներում ամրանա,-հարեց սարկավագը:
— Նա ուրեմն գիտե՞, թե ես որտե՛ղ եմ գտնվում:
— Այո՛, Վեհափառ տեր:
Կաթողիկոսի գույնը թռավ:
— Եթե ես այստեղից չհեռանամ, նա այսօր կամ վաղը զորք կուղարկե իմ ետևից, — ասաց հայրապետը դիմելով եպիսկոպոսին:
Վերջինս լուռ էր:
— Դու այդպես չե՞ս կարծում, սրբազան եղբայր, — հարցրեց կաթողիկոսը:
— Նա զորք կուղարկե և այն ժամանակ, երբ հեռացած կլինես, տեր:
— Բայց այդ ժամանակ նա չի կարող կալանավորել ինձ:
— Կկալանավորե և կկոտորե Այրիվանից միաբանությունը...-ծանրությամբ հարեց սրբազանը:
Կաթողիկոսը հասկացավ եպիսկոպոսի դիտողության նշանակությունը և լռեց:
— Բայց դու, սրբազան, մի վայրկյան առաջ ասացիր, թե ոստիկանը չէր կարող գրավել Սյունիքը, եթե նրա իշխաններին չկալանավորեր, — խոսեց կաթողիկոսը րոպեական լռությունից հետո:
— Այո՛, Վեհափառ տեր, ասացի:
— Ուրեմն նա մեր կաթողիկոսարանն էլ կգրավե, եթե ինձ ձերբակալե:
— Անշուշտ:
— Եվ եթե ես այստեղ մնամ, այդ միևնույն է, թե մատնեմ ինձ Նսըրի դահիճներին:
Եպիսկոպոսը չպատասխանեց:
Այդ միջոցին հասավ կաթողիկոսարանի նվիրակը, որ Նսըրի կողմից հրավիրում էր կաթողիկոսին մայրաքաղաք:
Վեհափառն այլևս երկար խորհուրդների չսպասեց: Նա որոշեց հեռանալ Գառնի: Ուստի հրամայեց Գևորգ սարկավագին ձի նստել իսկույն և շտապել ամրոցը՝ բերդակալին ու թագուհուն յուր գալուստը հայտնելու: Նա մտածում էր ելնել վանքից հենց միևնույն գիշերը, որովհետև համոզված էր, թե ոստիկանը, նվիրակի վերադառնալուց հետ, զորք կուղարկե անշուշտ իրան կալանավորելու համար:
Գևորգ սարկավագը փութաց Վեհափառի հրամանը կատարելու:
Այդ լուրը հուզեց Այրիվանքի միաբանությանը: Շատերն սկսան տրտնջալ, բայց կաթողիկոսին դժգոհություն հայտնել չհամարձակվեցան, որովհետև տեսնում էին, որ Դռան եպիսկոպոսը նույնպես լուռ է: Այդ նշան էր, թե նա հույս չունի այլևս Հայրապետի վրա ազդելու, որովհետև երկյուղն ամեն կողմից պաշարել էր նրան:
Կաթողիկոսի ձեռնարկությունը քաջալերում էին միայն նրա մերձավորները, որոնք հոգում էին նաև իրանց ապահովության համար: Նրանք գիտեին, որ հազարացիք Այրիվանքը գալով ամեն ինչ պիտի ավերեն և գուցե սրի անցցնեն միաբանությունը և ահա այդ պատճառով աշխատում էին հեռացնել այդտեղից կաթողիկոսին, որպեսզի իրանք էլ նրա հետ հեռանային:
Երբ երեկոյացավ, հայրապետը յուր հավատարիմներով իջավ Ներքին Վանք տաճարում աղոթելու և միաբաններին յուր հրաժեշտը տալու համար:

Տեղվույն վանահայրը խնդրեց այստեղ կաթողիկոսին հետաձգել յուր ուղևորությունը գեթ մի ժամով, որպեսզի վերջին անգամ ընթրիք վայելե յուր միաբանության հետ: Կաթողիկոսը սիրով համաձայնեցավ և սեղան նստավ վանքի միաբանական ուխտի հետ:

Ըստ սովորության՝ սեղանատան ամբիոնը բարձրացած կարդում էր սուրբ գիրքը Մովսես անունով մի երիտասարդ վարդապետ: Նա ընթեռնում էր առաքելոց գործերը: Երբ ընթրիքը մոտեցավ յուր վախճանին, նա բացավ Հովհաննու ավետարանը և բարձր ձայնով կարդաց հետևյալը.

«Ես եմ հովիվն քաջ. հովիվ քաջ զանձն յուր դնե ի վերա ոչխարաց: Իսկ վարձկանն, որ ոչ հովիվ, որո ոչ յուր են ոչխարքն, իբրև տեսանե զգայլն զի գա՝ թողու զոչխարսն և փախչի. և գայլն հափշտակե զնոսա և ցրվե: Քանզի վարձկան է, և չէ փույթ նմա վասն ոչխարացն...»:

Դեռ վերջին խոսքերը չէր արտասանել վարդապետը, երբ կաթողիկոսը դենջակը ձգելով՝ այլայլված բարձրացավ աթոռից և բացականչեց.

— Օ՛ն և օ՛ն, թե վարձկան լինիմ ես, ո՛վ Այրիվանից հավք: Գայլից փախչում էի, Այո՛, բայց ոչ թե ձեզ նրա ձեռքը մատնելու, այլ ինձ հանձնված սրբություններն ազատելու համար: Որովհետև այդ զգուշությունը վարձկանի անուն պիտի վաստակե ինձ համար, ապա ուրեմն այս վայրկենից իսկ թողնում եմ ես այդ սրբությունները բախտի կամքին և հանձնում եմ այն ձեր երաշխավորության: Ես այևս չեմ հեռանում այս ուխտից:

Բարի վանահայրը, որ երիտասարդ վարդապետի կողմից չէր սպասում երբեք այդպիսի նախամտածված և համարձակ քայլ, մնաց բոլորովին ապշած: Հայրապետի խոսքերն ավելի ևս շփոթեցին նրան և խեղճը վազելով ծունկ չոքեց վեհափառի առաջ:

— Աստվածարյալ տեր,-բացականչեց նա, այս վարդապետը իմ միաբանների մեջ հայտնի էր յուր համեստությամբ և առաքինությամբ, բայց փորձիչը երևի գայթակղել է նրան: Հրաման տուր այս վայրկենին իսկ կարգալույծ անել նրան և արտաքսել այն հարկից, որ նա անպատվեց յուր անպարկեշտությամբ:

— Չէ, սիրեցյալ եղբայր, — պատասխանեց կաթողիկոսը. — այդ վարդապետն անպարկեշտ ոչինչ չասաց. նա կրկնեց ավետարանի ճշմարիտ խոսքերը. նա հիշեցրեց ինձ իմ պարտքը, հիշեցնելով իմ ականջին Անմահ և Քաջ հովվի պատվերը...: Իսրայելի հանցավոր առաջնորդներին աստված կոչում էր ուղղության ճանապարհը մարգարեների բերանով: Գուցե նա կամեցավ մարգարե հարուցանել և մեր մեջ: Չդատապարտենք այս մարդուն, որ ճշմարտությունը խոսելու չափ քաջություն ունեցավ:

Մովսես վարդապետը կանգնած էր այդ վայրկենին ամբիոնի առաջ լուռ և անշարժ, նրա դեմքը խաղաղ էր և հայացքը հանգիստ: Բոլոր միաբանությունը, որ ոտքի վրա էր այդ միջոցին, նայում էր նրան ասես թե մի աչք դարձած, բայց երիտասարդ հայրը բնավ չէր խռովում այդ հայացքներից: Նա գիտեր, թե ինչո՛ւ համար կարդաց Հովհաննու ավետարանը և համոզված էր, որ դրանով յուր պարտքը կատարեց: Իսկ թե այնուհետև վա՞րձք թե պատ՛իժ կչափեին իրան, բնավ հոգը չէր:

Բայց վանահայրը կաթողիկոսի խոսքերովն անգամ չհանգստացավ որովհետև վախենում էր, թե գուցե Վեհափառը յուր նենգամտության վերագրե այս դիպվածը, նա հարցրեց վարդապետին բարձր՝

— Եղբայր իմ, ո՞վ պատվիրեց քեզ այդ ավետարանը:

— Նա, որ աներևութաբար բազմած է այս րոպեին մեր մեջ և որ կառավարում է մեր սիրտն ու հոգին, — պատասխանեց վարդապետը խաղաղ ձայնով:

— Անշուշտ նա է պատվիրողը, — հարեց Դռան եպիսկոպոսը, — եթե ճշմարիտ է, որ ծառի տերևը չի շարժվում առանց նրա կամքին, ապա այս սրբազան ակմբի մեջ խոսողը նույնպես ներշնչված է նրա զորությամբ: Աստված կամենում է, որ վեհափառ հայրն ապրե յուր ուխտի հետ և մասնակցե նրա ուրախության ու վշտերին: Ո՞վ կարող է հակառակել նրա կամքին:

— Ես չեմ հակառակում, — ասաց կաթողիկոսը: —Ես կամենում էի, Այո՛, գիշերն օգնության առնել ինձ և թշնամուց անտեսանելի կերպով հեռանալ, բայց հենց այդ գիշերվա շնորհիվ իմ ալևորությունն արգելվեցավ: Ուրեմն ես կմնամ:

Այն սրբությունները, որոնց ես կամենում էի թշնամու հափշտակությունից ազատել, իրանք ուրեմն թող պաշտպանեն իրանց: Եվ եթե աստծուն հաճելի լինի իմ հեռանալը, նա պայծառ արևի ժամանակ էլ գիշեր կստեղծե ինձ համար:

Այս ասելով կաթողիկոսը հեռացավ յուր հանգստարանը: Իսկ Դռան եպիսկոպոսը նոր բանբեր ուղարկեց Գառնի՝ հայտնելու համար բերդապահին՝ չսպասել այլևս կաթողիկոսի գալստյան:

Հետևյալ առավոտ, շատ վաղ, կաթողիկոսը խորհրդի հրավիրեց յուր մոտ միաբանության գլխավորներին, որպեսզի նրանց հետ միասին հագարացիների հարձակման դիմադրելու կամ հարձակվողների հափշտակությունից վանական ու հայրապետական հարստություններն ազատելու մասին խորհրդակցե:

Որոշվեցավ նախ բոլոր մեծագին իրեղենները, եկեղեցական սպասներն ու սրբությունները և մանավանդ Սուրբ Գրոց ու այլ մատենից ժողովածուները ծածկել հեռավոր և խավարչտին այրերի մեջ: Երկրորդ՝ բոլոր միաբանության մասնակցությամբ կատարել թափոր և ապա մնացորդ օրը անցնել աղոթքով ու հսկումով, որպեսզի աստված խնայե անպաշտպան միաբանությանը և չմատնե նրան յուր թշնամու ձեռքը:

Եվ, արդարև, անապատականների այս ընկերությունը թաքչելուց ու աղոթելուց զատ չուներ պաշտպանության մի այլ զենք: Թագավորն զբաղված էր ապստամբ իշխանների հետ կռվելով, իսկ զորք ունեցող իշխաններն ամրացած էին իրանց բերդերում: Այդ պատճառով վանքերն ու միաբանությունները մնացել էին անպաշտպան: Թշնամու երեսից փախչող խուժանը, որ չէր վայելում արքունական զորաց կամ որևէ իշխանի պաշտպանությունը, խուճապելով խռնվում էր դարձյալ այդ վանքերի մեջ և այդպիսով ավելի ևս ծանրացնում միաբանության դրությունը: Որովհետև վերջինս ստիպված էր լինում ոչ միայն նրանց պաշտպանելու, այլև կերակրելու հոգնստանձնել, որ շատ անգամ կապված էր լինում մեծամեծ դժվարությունների հետ:

Աշնանային գեղեցիկ առավոտ էր: Վճիտ և անամպ երկնակամարի վրա սահում էր արևի հրափայլ գունդը, կարծես, ավելի լուսավոր և ավելի ճառագայթարձակ, քան ուրիշ օրեր: Գեղա լեռան լանջերն ու բարձունքները, որոնց վրա թոշնել ու դեղնել էին արոտն ու թավուտը՝ վառվում էին արդեն երփներանգ գունով: Այրիվանից ժայռերը, բուրգերն ու ամբարտակները, որոնք իրանց քարեղեն կրծքում սեղմում էին, կարծես, տխուր մենաստանը, ազատվում էին հետզհետե ժայռապատ լեռան ստվերներից, և առավոտյան անուշ հովերը, որոնք Գեղա լեռան լանջերը քերելով՝ մտնում էին Այրիվանից ձորը՝ Ազատի ալիքները համբուրելու համար, մեղմում էին արևի տապը, որ սկսում էր արդեն զգալի դառնալ այդտեղ: Մենաստանի շուրջը բուսած ծառերի և կարկաչահոս գետի ափունքը հովանավորող թուփերի մեջ սկսել էին թռչուններն իրանց վաղորդյան ճռվողյունը, որ խառնվելով գետի քաղցր խոխոջի հետ, լցնում էր շրջապատը մի ախորժալուր աղմուկով:

Եվ ահա վիմափոր տաճարի դռներից դուրս եկան սպիտակազգեստ դպիրները անդաստանի քաղցրանվագ շարականը երգելով: Նրանց հետևում էին ուրարակիրները, սարկավագները, աբեղաների խումբը, վարդապետները և վերջապես բարձրաստիճան եպիսկոպոսները, շրջապատած Վեհափառ հայրապետին: Նրա առջևից դեմ առ դեմ գնում էին երկու սարկավագներ, արծաթե բուրվառները ձեռքներին, որոնք և շարունակ խնկարկում էին կաթողիկոսին: Սկսած աբեղաներից մինչև եպիսկոպոսները՝ ամենքն էլ ծածկած էին սև փիլոններ, որովհետև ոսկեթել շուրջառները և այլ թանկագին սպասները թաքցրել էին արդեն այրերի մեջ: Միայն կաթողիկոսն էր կրում սպիտակ, ոսկեթել շուրջառ, որ մի առանձին շուք ու վայելչություն էր տալիս նրա բարձր ու գեղապատշաճ հասակին և քաղցր ու բարի դեմքին, որ զարդարված էր սպիտակափառ և կուրծքը հովանավորող մորուսով:

Հասնելով վանքի պարսպապատի մեջտեղը, շրջան կազմեց միաբանությունը թափորն սկսելու համար: Բայց հազիվ սկզբնական աղոթքները կարդացին և գրքերի ընթերցումն սկսան, ահա՛ երկնքի վրա կատարվելիք մի հրաշքի նշանները երևացին: Լուսավոր երկնակամարը գորշ-կանաչագույն ստվեր առավ յուր վրա: Նրա մեջ, զանազան կետերում, սկսան աստղեր նշմարվիլ: Օդի մեջ հանկարծ ցրտություն տիրեց, և քամին ընդհատ կերպով սկսավ շառաչել: Թռչունները, որոնք մինչև այն ուրախ ու զվարթ ճռվողում էին, ձայներնին քաշեցին և սկսան վախեցած այս ու այն կողմն ընկնել: Թափոր կազմող միաբանությունը պաշարվեց բնազդական մի երկյուղով, և գիրք կարդացող վարդապետն զգաց, որ յուր աչքերի տեսությունը նվազում է:

Հանկարծ կաթողիկոսը, ձեռքերը դեպի երկինք բարձրացնելով, բացականչեց.

— Ո՛վ ահավոր և ամենակարող աստված, ի՞նչ հրաշք է այս, որ ցույց ես տալիս դու քո արարածներին...

Բոլորը կարծես այդ ձայնից զարհուրած դեպի վեր նայեցին և սարսափելով տեսան, որ արևի պայծառ գունդը կիսով չափ ծածկվել է ստվերով, և հրավառ սկավառակը խավարում է արդեն:

Մի քանի րոպեից տվնջյան պայծառ լույսը խավարեց բոլորովին: Ամենքն մնացին սառած, և միայն երկյուղի ու զարմացման բացականչություններ էին, որ լսվում էին չորս կողմից:

Հանկարծ Դոան եպիսկոպոսն առաջ գալով բարձրաձայն աղաղակեց.

— Վեհափառ տեր. աստված ահա՛ բացահայտ կերպով ցույց է տալիս յուր կամքը Այրիվանից ուխտին, որ ցանկացավ պահել քեզ յուր մոտ և յուր գրկում պատսպարել հայ եկեղեցվո սրբազան հարստությունը: Դու չընդդիմացար և ասացիր. «Եթե աստծուն հաճելի լինի իմ հեռանալը, նա պայծառ արևի ժամանակ էլ գիշեր կստեղծե ինձ համար»: Եվ ահա՛ աստված լսեց քո խոսքը, նրա ամենակարող աջն սկսեց ստեղծել ցանկալի գիշերը, խավարելով տվնջյան պայծառ լուսատուն: Նա ուրեմն կամենում է, որ դու հեռանաս այս ուխտից և քո անձն ու հայրապետական սրբությունները փրկես վերահաս վտանգից: Հեռացի՛ր, Վեհափառ տեր, հեռացիր այստեղից, որովհետև այդ է աստուծո անքննելի կամքը:

— Հեռացի՛ր, հեռացի՛ր, մենք օրհնում ենք քո ճանապարհը, — գոչեցին ամեն կողմից միաբանները:

— Հնազանդվում եմ աստուծո կամքին, — ասաց կաթողիկոսը և ծունկ չոքելով սկսավ աղոթել:

Բոլոր միաբանությունը հետևեց յուր հայրապետի օրինակին:

Երբ արևի խավարումն անցավ, նրանք ջերմեռանդ սրտով թափորի կարգը շարունակեցին և ավարտելով վերադարձան տաճարը:

Այստեղ Մովսես վարդապետը, որ ընթրիքի ժամանակ կարդացել էր Հովհաննու ավետարանը և դրանով կաթողիկոսի ուղևորության արգելք դարձել, սարսափահար ու վշտաբեկ եկավ ընկավ հայրապետի ոտքերը՝ թողություն խնդրելու:

— Ես հանցանք գործեցի քո դեմ, Վեհափառ տեր, — ասաց նա արտասվելով, —

ինձ թվում էր, թե աստված է ներշնչել ինձ քո ուղևորությունն արգելելու միտքը, բայց այժմ տեսնում եմ, որ ես գործել եմ սատանայի թելադրությամբ:

Ների՛ր ինձ և աղոթիր, որ քո նվաստ ծառան ազատվի փորձչի կապանքներից:

— Դու գործել ես աստուծո թելադրությամբ, սիրելի որդի, — ասաց նրան կաթողիկոսը մեղմ ձայնով, — աստված ինքն է ներշնչել քեզ այն՝ ինչ որ դու արիր, որպեսզի ցույց տա մեզ այսօր յուր ահավոր զորությունը: Գնա՛ և գոհության աղոթք կարդա նրան, որ արժանի արավ քեզ այդ շնորհին:

Վարդապետը հոգվով չափ մխիթարվելով այս խոսքերից, գլուխ խոնարհեց և հեռացավ:

Քիչ ժամանակից հետո կաթողիկոսը յուր հավատարիմներով ու հետևորդներով ելավ Այրիվանից և ուղղվեցավ դեպի Գառնի:

Հայրապետի հեռանալուց հետո միաբանության երկյուղն ավելի սաստկացավ: Նրանք հավատում էին, որ աստված, երկնքի վրա ցույց տված այդ հրաշքով, հայտնել էր իրանց թշնամիների մոտալուտ հարձակումը: Ուստի բոլոր այն անապատականները, որոնք թշնամու հարձակման կամ նրանից չարչարանք կրելու չափ քաջություն չունեին, խույս տվին լեռները և կամ պատսպարվեցան հեռավոր այրերում: Նրանց հետևեց և Այրիվանքին ապաստանած խուժանը:

Մենաստանում մնացին ծերունի վանահայրը և մի քանի կրոնվասիրտ ու անձնվեր վարդապետներ, որոնք ավելի լավ համարեցին մեռնել վանքի պարիսպների մեջ, սրբազան տաճարի դռան առաջ, քան թե իրանց անձի ազատությունը որոնելով՝ թողնել վանքը բարբարոսների ձեռքում:

Թեպետ նրանք հազարացիներին դիմադրել չէին կարող և դրա համար չէին իսկ երազում, բայց որովհետև գիտեին, որ այդ խուժադուժները եթե ամայի և անմարդաբնակ գտնեին վանքը, չարաչար պիտի պղծեին ու ավերեին նրան, որպեսզի փախչողների սիրտը կսկծացնելով՝ վրեժ լուծեին նրանցից, ուստի կարևոր համարեցին մնալ վանքում, գուցե թշնամու բռնություններն իրանց վրա դարձնելով ազատեին վանքը նրա բարբարոսություններից:

Մնացողների թվումն էր և երիտասարդ Մովսես վարդապետը, որ փախչողներին ու թաքչողներին զանազան ճանապարհներ ու թաքստյան վայրեր ցույց տալուց և նրանց տեղավորելուց հետ, վերադարձավ վանահոր և նրա ընկերների մոտ, գալիք հարվածներից յուր բաժինն ստանալու համար:

Երեկոյան դեմ գուժկան հասավ վանքը՝ թշնամիների հարձակման լուրը գուժելու:

— Ոստիկանը մի քանի գունդ զորք ճանապարհեց այստեղ կաթողիկոսին կալանավորելու և միաբանությունը սրի անցցնելու համար,-ասաց նա վանահորը. — կաթողիկոսարանի վերակացուն զրկեց ինձ այս տխուր նորությունը ձեզ հաղորդելու համար:

— Աստված երկնքից ավելի շուտ լուր հասցրեց մեզ, որդի, — պատասխանեց վանահայրը, — կաթողիկոսը և միաբանության մեծ մասն ազատված են արդեն, իսկ մենք մնացինք այստեղ վանքի դռանը մեռնելու համար:

Գուժկանի հեռանալուց հետ վանահայրը ժողովեց յուր հետ եղողներին և մտավ տաճարն աղոթելու և հսկումն կատարելու համար:

Նրանք դեռ ծնկաչոք աղոթում էին, երբ մի զարհուրելի աղաղակ վիմափոր տաճարի կամարները թնդացրեց:

Վանահայրը վեր թռավ տեղից և մեղմ ձայնով Քրիստոսի խոսքերն արտասանեց.

— «Արիք, երթիցուք, զի հասեալ է ժամ...»: — Եվ նա այլևս չկարողացավ շարունակել, բայց առաջացավ խրոխտ քայլերով:

Բոլորը հետևեցին նրան: Երբ տաճարի գավիթը հասան, նա նորեն դարձավ միաբաններին և հուզված ձայնով ասաց.

— Մենք նվիրված ենք մեր ժողովրդի և այս սուրբ տաճարի սպասավորության և դրա համար ուխտ ունինք դրած նախ աստուծո և ապա մարդկանց առաջ. այդ ուխտին դրժելու իրավունք չունինք. գնանք ուրեմն դեպի զոհի այն սեղանը, որի ողջակեզը մեր անձը պիտի լինի. գնանք ուրախ և անտրտունջ և հավատանք, որ զոհելով մեր կյանքը այս անցավոր աշխարհում, պիտի վերստանանք նրան անանց և հավիտենական թագավորության մեջ:

— Գնանք մեր սրբազան պարտքը կատարելու, — հարեց եռանդով Մովսես վարդապետը: — Մենք ոչինչ չենք զոհում այստեղ և ոչինչ էլ չենք կորցնում:

Վաղ թե ուշ պիտի մեռնեինք. հավիտենական չէր լինելու մեր կյանքը: Օրհնենք աստծուն, որ արժանի արավ մեզ շահավոր կերպով մեր մահկանացուն կնքելու: Եթե այս տաճարի հիմքերը մեր արյամբ ներկվելով ավելի պիտի ամրանան, եթե գալոց սերունդները՝ շեն գտնելով այս կամարները՝ պիտի աղոթեն նրանց մեջ և այդ աղոթքը երկնքից պիտի իջեցնե հայ երկրի վրա հավիտենականի օրհնությունը, ապա ուրեմն երջանիկ ենք մենք, որ դարձանք «ընտրության անոթ» և այս անցավոր աշխարհում ապրեցինք ավելի իմաստնաբար՝ հավիտենական բարիքը անցավորից գերադասելով:

— Գնա՛նք, գնա՛նք, թշնամին մեզ չի ահաբեկի. գնա՛նք մեր պարտքը կատարելու, — բացականչեցին մյուս վարդապետները և խմբովին բակը դուրս եկան:

Հազարացիք հասել էին արդեն վանքի պարիսպներին և շրջապատել նրան: Դռները փակ գտնելով՝ նրանք զայրացել, կատաղել էին: Այդպիսի հանդգնություն չէին սպասում մի խումբ հոգևորականներից: «Ուրեմն այդտեղ պաշտպանող զորքեր կան», մտածում էին նրանք և իրանց գոռում-գոչումով վանքի այրերը թնդացնում: Նրանք հրամայում, հայհոյում, սպառնում էին: Աիազին ժայռեր գալիս, զարկվում էին պարսպապատի դռանը՝ նրան ջախջախելու համար: Քարազնացները վանքի ետևից բարձրացող ժայռերի վրա ելնելով՝ քարեր էին գլորում այդտեղից, իսկ նախահարձակները պարսպին սանդուղքներ հենելով՝ պատրաստվում էին ելնել նրանց վրա կամ իջնել վանքի բակը:

Վանականների խմբակը կանգնած էր այդտեղ անզեն, անպաշտպան, ինչպես անմեղ երեների մի խումբ՝ արյունռուշտ որսորդներով ու բարակներով շրջապատված: Հրոսակների վայրենի աղաղակները և երկաթապատ դռան բոմբյունը դող ու թունդ էին հանում նրանց սրտերը. և որքան էլ նրանք պատրաստված՝ կամավոր հոգով իրենց անձը զոհելու, այնուամենայնիվ նրանք դողում, սարսափում էին. մսից ու արյունից կազմված մարդը ընկճվում էր նրանց մեջ. բնազդումը գործում էր ավելի, քան հոգեկան կորովը. և նրանցից ամեն մինն աղոթում էր աստծուն՝ անցնել իրանից դառնության այդ բաժակը: Միայն Մովսես վարդապետը կարծես խլացել, անզգայացել էր. զորքի աղաղակը, դռան ճարճատյունը, լեռնալանջից գլորվող քարերը նրան ո՛չ շփոթում, ո՛չ սարսափեցնում էին. նա անվրդով նայում էր այդ ամենին, կարծես սպանելով, որ հասնե շուտով կատարման ժամը:

— Մենք իզուր ենք կատաղեցնում այդ մարդկանց, — դարձավ նա վանահորը. — ավելի լավ է բանանք պարսպի դռները և ընդունենք նրանց, վաղ թե ուշ պիտի ներս խուժեն նրանք:

— Ոչ, ոչ. գուցե աստված դեռ կամենում է մեզ փրկել, գուցե անցնում է փորձության ժամը... — պատասխանեց վանահայրը, որ երկյուղից գունաթափվել էր արդեն:

Այդ ժամանակ պարսպի և աշտարակների վրա բարձրացան զորքերը և զարմանալով տեսան, որ բակի մեջ կանգնած էին միայն մի խումբ վանականներ: Չկային այդտեղ դիմադրող զորքեր և ոչ էլ կռվի կամ պաշտպանության պատրաստություն: Այդ անակնկալ հայտնությունն իջեցրեց նրանց կատաղության եռանդը: Մի քանիսը միայն իրանց սվինները ձգեցին դեպի խմբակը, այն էլ կարծես ոչ թե հարվածելու, այլ վանականներին վախեցնելու համար:

Բայց երբ պարսպապատի դուռը, ժայռերի հարվածին չդիմանալով, ահագին ճարճատյունով գլորվեցավ ընկավ, և զորքը բարձրագոչ ներս խուժեց բակը, վանականները խմբով փախան դեպի գավիթը:

Վայրենի հրոսակներն ընկան նրանց ետևից և մի ակնթարթում շրջապատեցին բոլորին: Սրերն ու սվիններն սկսան շողալ: Մի վայրկյան ևս ամենքը պիտի ջնջվեին: Բայց խմբապետներից մինն առաջ անցնելով՝ զորավոր ձայնով գոռաց.

— Ոչ ոքին չսպանեք, այս է զորապետի հրամանը:

Կարծես կատաղի գայլերի բերանից հանկարծ որսը խլեցին:

— Ինչո՞ւ չեք թողնում սատակել բոլորին, — գոռացին նրանք միաբերան և սկսան մռմռալ, սպառնալ և անլուր հայհոյանքներ թափել վանականների գլխին:

Բայց շուտով այդտեղ հասավ Բեշիր զորապետը, նստած արաբական ամեհի նժույգի վրա և վերջ դրավ զորականի վայրենի եռանդին:

Դա մի հաղթանդամ և զորավոր մարդ էր, խոշոր և թուխ դեմքով, հրացայտ աչքերով, հարուստ, գորշախառն մորուքով, որ իջնում էր մինչև գոտին. գլխին փաթաթած էր սպիտակ ապարոշ, որի մեջ ծածանում էր մի ոսկե ցցունք: Հագած էր թանկագին ասվի և նրա վրա պղնձե զրահ, կողքից կախած ոսկեզարդ, աղեղնաձև թուր, իսկ ձեռքին բռնած փոքրիկ, փայլուն վահանակ:

— Ո՞րն է ձեր մեծը, — հարցրեց նա վանականներին, հառաջանալով դեպի նրանց:

— Ես, խոնարհ ծառադ, — առաջ անցավ վանահայրը:

— Որտե՞ղ է ձեր կրոնապետը, — հարցրեց Բեշիրը:

— Նա գնաց Գառնի:

— Գառնի՞:

— Այո՛, տեր:

— Ինչպե՞ս համարձակվեցավ: Միթե Դվինից հրաման չբերի՞ն նրան մեծ ոստիկանի ոտքը գալու:

Վանահայրը չպատասխանեց, նա տատանում էր և չգիտեր ի՞նչ ասել:

— Ինչպե՞ս չէ, բերին, — հառաջ անցավ Մովսես վարդապետը:

— Ինչո՞ւ ուրեմն նա այդ հրամանը անսաստեց:

— Նրան կարելի էր խնդրել, բայց երբեք՝ հրամայել:

— Դու համարձակվում ես այդ լեզվով խոսի՞լ ինձ հետ:

— Ամեն լեզու իրավունք ունի ճշմարտությունը խոսելու:

— Եվ չե՞ս վախենում, որ այդ ճշմարտախոս լեզուն արմատից հանեմ:

— Մենք սպասում էինք արդեն մեռնելու համար:

— Կյանքը երևի շատ է ձանձրացրել քեզ, թշվառական:

— Ոչ միայն ձանձրալի է, այլև նվաստացուցիչ է այն կյանքը, որ մարդ վայելում է յուր թշնամու առաջ խոնարհելով, մահն այդպիսի կյանքից ավելի գերադաս ենք համարում մենք:

— Հրամայեցե՛ք, տեր, որ այս ապերասանի կառափը ջախջախեմ, — գոռաց մի զորական, սուրը երիտասարդ վարդապետի գլխին շողացնելով:

— Թո՛ղ միայն դա ապրի յուր ընկերներից, որպեսզի կյանքի նվաստություններից չարաչար տանջվի, — պատասխանեց զորապետը և ապա վանահորը դառնալով հարցրեց, — որտե՞ղ են գտնվում ձեր վանքի և կրոնապետի գանձերը:

— Մենք գանձեր չունինք, — պատասխանեց վանահայրը:

— Մի՛ համարձակվիր ստել իմ առաջ:

— Ես չեմ ստում, ոչ թե նրա համար, որ վախենում եմ, այլ որ մեր կրոնն արգելում է այդ: Մենք գանձեր չունենք, որովհետև անապատականներ ենք. իսկ անապատականը սեփականություն չի կարող ունենալ: Մենք պահպանում ենք միայն մեր ժողովրդի մեզ տված ավանդները և այն գործադրում ենք դարձյալ նրա օգտին, երբ կարիքը պահանջում է:

— Դե՛հ ուրեմն, հայտնի՛ր ինձ այդ ավանդների տեղը, — հրամայեց զորապետը:

— Ես իրավունք չունիմ, — պատասխանեց վանահայրը:

— Ես հրամայում եմ քեզ:

— Ես պիտի անսաստեմ քո հրամանին:

— Կապեցեք դրանց բոլորին և ձգեցեք մի անկյուն, — հրամայեց զորապետը. — իսկ դուք մտեք սրանց կացարանները, աղոթարանները, պտրեցեք, որոնեցեք ամեն տեղ, քրքրեցեք ամեն անկյուն, հանեցեք ծածկած իրերը, դուրս քաշեցեք թաքնվածներին:

Զորապետը դեռ չէր ավարտել յուր խոսքը, որ զորքերն իրար անցան: Կարծես ոսկե բեռներ հափշտակելու հրաման տրվեցավ իրանց: Բայց Բեշիրը թույլ չտվավ, որ ամեն ցանկացող ներս մտնէ վանքը: Նա գիտեր, որ զորականը խիղճ ու օրենք չունի, հետևապես գտած թանկագին իրերը պիտի ծածկեր և սեփականեր: Ուստի ընտրեց մի քանի խումբ խուզարկուներ և նրանց ուղարկեց դեպի ծածկարանները:

Զորքերը խուժեցին վիմափոր տաճարը, փոքրիկ մատուռները, միաբանական խուցերը, ելան լեռան լանջերում փորված այրերը, միով բանիվ՝ թափանցեցին ամեն տեղ, ուր որ մի ծածկված հարկ կամ գաղտնի անկյուն գտան: Նրանք տենդային եռանդով խուզարկում էին այդ տեղերը, քրքրում էին ծակամուտները, փորում էին գետինը, թափում էին փայտերի կույտը կամ ցրում աղյուսը, կարծելով, թե նրանց տակ թաղված պիտի գտնեն մեծամեծ գանձեր: Բայց երբ մեծագին ոչինչ չգտան, դուրս բերին և ժողովեցին բակի մեջ եկեղեցու հասարակ շապիկներ, փիլոններ, զանազան հնոտիք և խուցերից հավաքած ցնցոտիներ ու կարպետներ:

Բեշիրն այդ տեսնելով սկսավ կատաղել: Խուզարկուները մինչև, անգամ չէին գտել վանքի մեջ գործածվող պղնձեղենը, որ, յուր իմանալով, ահագին քանակության էր հասնում: Հարուստ Այրիվանքում, ուր մի քանի հարյուր միաբաններ կային, ուր ինքը կաթողիկոսն էր ապրել, չգտան մինչև անգամ մի պղնձէ զավաթ, մի սկուտեղ: Բակի մեջ ընկած էին միայն մի քանի հատ փայտյա խաներ, ափսեներ և հողե ամաններ:

— Եվ այդպես, դուք ուրեմն ամեն ինչ ծածկե՞լ եք, — զայրացած հարցրեց զորապետը՝ դիմելով վանահորը:

— Ծածկել ենք ա՛յն ամենը, ինչ որ այս մենաստանին և ոչ թե ձեզ է պատկանում, — պատասխանեց ծերունին:

— Այս րոպեիս պիտի հայտնես տեղը, զարշելի ծերուկ, — գոռաց Բեշիրը և մտրակի ծանր հարված իջեցրավ վանահոր գլխին:

Արջառի ջիլը, որից հյուսած էր մտրակը, գալարվելով դիպավ ծերունու դեմքին, որից նրա դալկահար երեսի վրա կապեց զորշ-կապույտ պալար: Ծերունին երերաց և հենվեցավ եկեղեցու պատին:

Մի երիտասարդ աբեղա սաստիկ զրգռվելով այդ բանից, առաջ անցավ և աներկյուղ ձայնով գոչեց.

— Դո՛ւ, որ զառամյալ ծերունուն խնայելու չափ խիղճ չունիս, արժանի չես զորապետի անվան: Աստված կպատժե քեզ մի օր, վախեցիր նրա բարկությունից:

Բեշիրը դեռ չէր պատասխանել, որ մի ծանր սրի հարված իջավ աբեղայի գլխին, և նա արյունաթաթախ գլորվեցավ գետին:

Գազան զորականը, որ այդ հարվածն իջեցրավ, արժանացավ զորապետի գովության:

— Այսպիսի հարված կստանաք ամենքդ, եթե կհամառեք գանձերի տեղը ծածկել, — սպառնաց Բեշիրը. — հայտնեցեք ինձ ամեն ինչ ճշտությամբ, և դուք կազատվեք մահից:

— Մենք չենք մատնիլ ձեզ՝ ո՛չ մեր եղբայրներին և ո՛չ մեր սրբությունները, արեք մեզ հետ ինչ որ հաճելի է ձեզ, — պատասխանեց մի ուրիշ վանական:

— Դո՛ւ էլ նույնն ես կրկնում, երիտասարդ կրոնավոր, — դարձավ Բեշիրը Մովսես վարդապետին:

— Այո՛, տեր, մատնությունը զարշելի գործ է, և մեզանից ոչ ոք չի մատնիլ ձեզ ոչինչ: Ծածկված մարդիկը մեր եղբայրներն են, ծածկված իրերը՝ մեր սրբությունները կամ ժողովրդի գույքը: Մենք նրանց ձեզ հանձնելու իրավունք չունինք: Մեր սեփականը, ահա՛, այս մարմինն է. դուք կարող եք նրան անշնչացնել, բայց ընկճել մեր հոգին՝ երբեք:

Տարեք, տանջեցեք այս մարդկանց ամենաասոսկալի տանջանքներով, մինչև որ նրանք կհայտնեն ձեզ ծածկված գանձերի տեղը, — հրամայեց զորապետը և հեռացավ:

Նրա գլխում շարունակ պտտվում էր այն միտքը, թե Այրիվանքը մեծ գանձեր ունի, և ինքը պիտի հափշտակե նրանց: Վանականների համառությունն է՛լ ավելի էր գրգռում նրա ախորժակը:

Բայց վերջինները համառում էին գլխավորապես այն պատճառով, որ այն ծածկարաններում, ուր վանքի և կաթողիկոսի գույքերն էր զետեղված, պատսպարված էին և շատերը իրանց կարգակիցներից: Իրեղենների տեղը հայտնելով՝ պիտի մատնեին նրանք և թաքնված մարդկանց, որոնց և թշնամու սուրն անխնա պիտի ջնջեր: Այս պատճառով ավելի լավ համարեցին միայն իրանք զոհվել, քան իրանց եղբայրներին էլ մասնակից անել մահվան:

Անխիղճ զորքերը քաշկռտեցին միաբաններին այս ու այն կողմը: Նրանցից մինին ծառի վրա պրկելով սկսան հարվածել, մյուսին ձիու պոչից կապելով, քաշքշեցին գետնի վրա, երրորդին մերկացնելով՝ սկսան խարաններով այրել, չորրորդի մարմինը սվիններով ծակծկեցին, հինգերորդինը՝ աքցաններով պոկեցին, և այլն և այլն: Բայց և այնպես արիասիրտ միաբաններից ոչ ոք հանձն չառավ զորապետի հրամանը կատարելու:

Այն ժամանակ Բեշիրը նորեն եկավ տանջվողների մոտ. տեսավ թե ինչպե՛ս տված չարչարանքներն արյունոտել, այլանդակել էին թշվառ զոհերին. կարծես խիղճը զարթեցավ բարբարոսի մեջ և նա հրամայեց, նրանց տանջանքները կարճելու համար, միանգամից սրի անցնել բոլորին:

Զորապետի հրամանը մի ակնթարթում կատարվեցավ. բոլորին էլ միանվագ գլխատեցին: Կենդանի մնաց միայն Մովսես վարդապետը, որին Բեշիրը, ըստ յուր խոստման, հրամայեց ողջ պահել, որպեսզի նա յուր վերքերից տանջվի շարունակ: Բացի այդ, զորապետը հրամայեց նրան շտապել Գառնի և, խարաններով ու աքցաններով կեղեքած յուր մարմինը կաթողիկոսին ցույց տալով հայտնել նրան, որ իրան էլ զորապետը այդ օրին պիտի հասցնե, եթե յուր կամքով չկամենա Դվին վերադառնալ և ոստիկանին հնազանդություն երդվել:

Այնուհետև Բեշիրը հրամայեց զորականին ավերել վանքը, չթողնելով այդտեղ նույնիսկ խեցիի մի կտոր:

Զորքերը հափշտակեցին ինչ որ գտան. թե՛ հավաքած իրեղենները, թե՛ հավ ու ձիվը, թե՛ մեղվի փեթակները, որոնք խիստ բազմաթիվ էին, և թե մինչև անգամ անասունների համար ամբարած խարն ու պաճարը:

Միաբանների նախատակությամբ զորքերը իրանց զրկանաց վրեժը հանած լինելով, ուրիշ ավերումներ չարին տաճարի կամ մատուռների մեջ: Այդպիսով անապատականների անձնվիրությունը յուր օգուտը բերավ: Այրիվանից ճարտարապետական բարեզարդությունը մնաց անաղարտ:

Բ

ՆՈՐ ԴԻՄՈՒՄՆԵՐ

Արևի խավարումը ծանր տպավորություն էր թողել Գառնո դղյակում: Իշխանուհիները թագուհու մոտ ժողովված՝ զանազան գուշակություններ էին անում բնության այդ խորհրդավոր երևույթի մասին: Նրանք հավատացած էին, որ արևի խավարումը նշան է մոտալուտ մի պատուհասի կամ ծանր դժբախտության: Բայց թե ի՛նչ պատուհաս կամ դժբախտություն պիտի լիներ այդ, չգիտեին, և գուշակություններն ահա՝ դրա մասին էին:

— Թագավորը պիտի հաղթվի, և այդ պարտությունը նոր անհաջողության դուռ պիտի բանա մեզ համար, այս է արևի խավարման նշանակությունը,-որոշեց վերջապես թագուհին:

Բայց իշխանուհիներից ոմանք չհամաձայնվեցան նրա հետ: Եվ այդ ոչ թե նրա համար, որ չէին հավատում այդ գուշակության, այլ նրա համար, որ թագուհու սիրտը վշտացնել չէին կամենում:

— Արևը ծագում է շատ երկիրների վրա, բայց բոլոր այդ երկրները միաժամանակ չեն դժբախտանում, — նկատեց Սյունյաց Մարիամ իշխանուհին, — եթե արևի խավարումը գուշակ է դժբախտության, ինչո՞ւ ուրեմն միևնույն երկրում թագավորը պիտի հաղթվի, իսկ Յլիկ-Ամրամը հաղթե, մինը դժբախտության և մյուսը՝ հաջողության հանդիպե: Այդ ապացուցանում է ուրեմն, թե արևի խավարումը միայն չարիք չէ բերում մարդկանց, այլև երբեմն բարիք:

— Եվ գուցե այս անգամ բարիքը մեզ վիճակվի, — հարեց Մարզպետունի իշխանուհին:

— Գուցե, — պատասխանեց թագուհին: Բայց նա այդ հույսը չուներ: Նա գիտեր, որ աստված չարիքը չափում է հանցավորին, իսկ բարիքը՝ արդար մարդուն, գիտեր, որ յուր թագավոր ամուսինը հանցավոր էր Ամրամի առաջ, և հետևապես պիտի հաղթանակեր վերջինը: Բայց նա այդ մասին ոչինչ չխոսեց, որովհետև չէր կարող խոսել:

Մի քանի ժամից այստեղ հասավ Հովհաննես կաթողիկոսը: Ամբողջ Գառնին յուր հոգևորականներով ընդառաջեց հայրապետին: Մուշեղ բերդակալը, որ օգտվում էր ամեն դեպքից յուր հարգանքը Վեհափառին ցույց տալու համար, դուրս հանեց մարտկոցներից ու աշտարակներից բոլոր ամրոցաբնակ զորքերը և կատարյալ սպառազինությամբ ու դրոշակներով տարավ նրանց կաթողիկոսի առաջ: Թագուհին յուր իշխանուհիներով դիմավորեց հայրապետին ամրոցի դռների մոտ և նրա հետ միասին մտավ եկեղեցի:

Երբ կաթողիկոսը յուր աղոթքը կարդաց և մուտքի մաղթանքն ավարտեցին, թագուհին հրավիրեց նրան դղյակ, ուր Հայրապետի և յուր հետևորդների համար պատրաստված էր օթևան:

Վեհափառի ատելությունն ուրախացրել էր գառնեցիներին. ժողովուրդը ցնծության մեջ էր: Բայց դղյակում, ընդհակառակը, տխրել էին ամենքը:

Կաթողիկոսը հայտնել էր թագուհուն յուր գալստյան պատճառը: Ոստիկանի Դվին հասնելու լուրը տարածվել էր դղյակի մեջ: Ամենքն սկսել էին վախենալ և այս ու այն անկյունը ժողովված՝ խորհրդածություններ անել: Իշխանուհիներին հուսադրում և սիրտ էր տալիս Գոռ իշխանիկը: Եվ նրա խոսքերը, արդարև, հանգստացնում էին թե՛ հասակավոր տիկնանց և թե՛ դեռատի օրիորդներին:

— Գառնին չէր կարող գրավել ոչ միայն Նսրի, այլև ամիրապետի զորքերը, — ասում էր նա նրանց: — Եթե մեր պահակ զնդերը չկռվին անգամ, դարձյալ Գառնո ամրությունը կմնա անխախտ: Թշնամին չի կարող վնասել նրա ժայռերին, իսկ Տրդատաշեն պարիսպներն ու աշտարակները կդիմադրեն թե՛ բաբաններին և թե՛ բաղխստրի ռումբերին:

Մուշեղ բերդակալը, սակայն, ավելորդ համարեց կանանց զրույցներին մասնակցել: Նա մինչև անգամ կաթողիկոսի մոտ չմնաց, թեպետ և կցանկանար ամբողջ ժամերով կանգնել նրա առաջ և Հայրապետի սուրբ խոսքերը լսել... Այդ, արդարև, մի մեծ բախտավորություն կլիներ նրա համար: Բայց նա պարտաճանաչ մարդ էր և գիտեր, որ իրավունք չունի յուր պարտքը զվարճության զոհելու: Այդ պատճառով հենց որ նա Վեհափառի բերած լուրն իմացավ, անմիջապես դեպի զորանոցները դարձավ և առանց մի վայրկյան դանդաղելու՝ սկսավ ամրոցը պաշտպանելու մասին հարկ եղած կարգադրություններն անել:

Նա ռազմագետ մարդ էր, և բազմամյա փորձառությունից գիտեր, որ թշնամին հասնում է շատ անգամ այնպիսի ժամանակ, երբ ոչ ոք չէ սպասում նրան: Այդ պատճառով ցանկանում էր պատրաստել զորքը ժամ առաջ, որպեսզի հանկարծակի գալով վտանգի չենթարկե ամրոցը, որին ապաստանած էին այդ միջոցին հայոց երկրի ամենաթանկագին գլուխները, — թագուհին և կաթողիկոսը:

Նա զինավորեց բոլոր զորքը, բաժանեց նրանց զանազան խմբերի, որոնցից ոմանք պատնեշների, ոմանք աշտարակների և ոմանք պարիսպների վրա պիտի հսկեին կամ կռվեին: Կազմել տվավ մի քանի կետերում ահագին քարակույտներ, որով պետք է պարիսպների վրա բարձրացած զորքը հարվածեին կամ նրանց սանդուխտները ջախջախեին: Պատրաստեց մեծ քանակությամբ ճարպ, կպրաձյութ և ուրիշ դյուրավառ նյութեր, որոնցով պետք է պաշարողների վրա կրակ թափեին: Միով բանիվ՝ հոգաց այն ամենը, ինչ որ կարևոր էր հանկարծահաս թշնամուն դիմադրելու կամ ամրոցի սահմաններից նրան հալածելու համար:

Բայց անցավ երկու օր, և տակավին թշնամու հարձակման մասին լուր չեկավ բերդակալին: Այդ հանգամանքը սակայն չթուլացրեց նրա եռանդը: Գիշեր-ցերեկ նա զորքի հետ էր և շարունակում էր յուր պաշտպանողական պատրաստությունները:

Եվ ահա մի երեկո նա նկատեց մի խումբ հեծյալներ, որոնք իջնում էին Գեղա լեռան բարձրություններից: Այդ նորությունը երկյուղ պատճառեց նրան:

«Թշնամին, ուրեմն, մի քանի կետերից է կամենում հարձակվել ամրոցի վրա», մտածեց նա և մարդիկ ուղարկեց շրջակաները լրտեսելու:

Բայց անցավ բավական ժամանակ և երևացող հեծելախմբին չհետևեց որևէ ուրիշ խումբ: Հեծյալները հետզհետե առաջանալով իջան Ազատի ձորը և խոտորեցին դեպի Գառնի:

Որքա՛ն մեծ եղավ բերդակալի ուրախությունը, երբ նա այդ խմբի մեջ ճանաչեց իշխան Մարզպետունուն: Մի երկնային զորություն օգնության հասավ իրան ծանր ճգնաժամի վայրկենին:

Իսկույն լուր տարան թագուհուն իշխանի գալստյան մասին:

Հեծելախումբը, որի առաջնորդները Մարզպետունին ու Վահրամ սեպուհն էին, կազմված էր մի քանի տասնյակ վանանդացիներից, որոնք սեպուհի հետ միասին գնացել էին Աղստև՝ թագավորին օգնելու համար: Գևորգ իշխանը թողեց նրանց բերդակալի մոտ և ինքը սեպուհի հետ միասին գնաց թագուհուն ներկայանալու:

Բայց իշխանի գալստյան լուրը թագուհուն ոչ թե ուրախություն, այլ հուզմունք պատճառեց: Մի քանի օր առաջ նա, արդարև, սպասում էր նրան սրտի անձկությամբ: Նա ժամերով նստում էր Տրդատա հովանոցում և դիտում այն ճանապարհը, որով պիտի վերադառնար իշխան Մարզպետունին: Նա կամենում էր, այո՛, տեսնվել և խոսել նրա հետ ժամ առաջ, կամենում էր բանալ նրան յուր սիրտը և դարման խնդրել նրանից յուր վշտերի համար, որովհետև այդ իշխանի մեջ էր տեսնում արքայական ընտանիքի միակ հավատարմին:

Բայց այժմ, քանի որ Սեդան պատմել էր նրան ամեն բան, քանի որ ինքը գիտեր, թե Մարզպետունին վաղուց ծանոթ է եղել յուր վշտերին և սակայն նրանց մասին ոչինչ չէ հայտնել իրան, այժմ այլևս չէր կամենում հանդիպել նրան իբրև մտերմի: Նա մտածում էր, թե այդ իշխանն էլ անշուշտ ծիծաղել է մի օր յուր միամտության վրա, ինչպես այդ արել են յուր պալատի կանայքն ու նաժիշտները, և այդ միտքը ճնշում, նվաստացնում էր իրան յուր իսկ աչքում:

«Ի՞նչ, միթե նա այժմ պիտի ներկայանա ինձ՝ իբրև յուր թագուհո՞ւն... իբրև յուր թագավորի ամուսնո՞ւն... մի՞թե նա չգիտե, որ ես իրավունք չունիմ այլևս այդ անունը կրելու, քանի որ թագավորն անարգել, արհամարհել է ինձ...», մտածում էր ինքն իրան թագուհին և փափագում, որ իշխանը չներկայանա իրան, չերևա բնավ յուր աչքին:

Բայց մի՞թե այդ հնարավոր էր: Չէ՞ որ ինքը մինչև այն վայրկյաններն էր հաշվում, թե ե՞րբ արդյոք յուր կհասներ իրան Ուտիքից, չէ՞ որ նա ցանկանում էր և պարտավոր էր իմանալ, թե ի՛նչ հետևանք ունեցավ արքայի արշավանքը, հաղթե՞ց նա արդյոք թե՞ հաղթվեցավ: Երկու դեպքումն էլ նա շահ ուներ յուր անձի համար, մեկում՝ իբրև թագուհի, մյուսում՝ իբրև ամուսին...

Երբ սենեկապան սպասուհին հայտնեց թագուհուն, թե Մարզպետունի իշխանը և Վահրամ սեպուհը թույլտվություն են խնդրում իրան ներկայանալու, նա շփոթվեցավ և չգիտեր, թե որի՞ն արդյոք ընդունել:

— Թող գան, — ասաց սպասուհուն: Բայց հենց որ վերջինս կամեցավ հեռանալ, — չէ՛, չէ՛, թո՛ղ միայն իշխանը ներկայանա, — հրամայեց նա նորեն և սպասուհին դուրս գնաց Մարզպետունուն հրավիրելու:

Թագուհու սիրտն սկսավ տրոփել, մի ներքին անհանգստություն պաշարեց նրան, և դեմքի խաղաղ արտահայտությունն անհետացավ:

Նա վեր կացավ տեղից, նայեց արծաթի հղկված հայելուն և տեսավ, թե ինչպե՛ս այլայլվել է ինքը: Նրա շրթունքները դալկացել, այտերը գունատվել և աչքերը խառնվել էին:

— Ի՞նչ պատահեց ինձ... — հարցրեց նա ինքն իրան և սակայն յուր հարցին պատասխանել չկարողացավ: Նրա մեջ այդ րոպեին զարթել էին երկու հակառակ, իրար դեմ մրցող և իրար ճնշող զգացումներ, դրանք թագուհու պատվասիրությունը և ամուսնու անձնասիրությունն էին: Երկուսն էլ իրավատեր, երկուսն էլ զորավոր... Հարկավ, դրանցից մինը պիտի հաղթանակեր, բայց դեռ մինչև այդ՝ որչափ հուզմունք, որչա՛փ ալեկոծություն պիտի խռովեին նրա հոգվո ծովը...

«Ի՞նչ լուր կբերե ինձ արդյոք իշխանը...», մտածում էր նա. և այս մտածմունքը թունդ էր հանում նրա սիրտը: Նա կամենում էր, այո՛, լսել, թե թագավորը հաղթեց, թե Ամրամի ապստամբությունը՝ ճնշվեցավ, թե արքայի զորքերը նորեն Ուտիքն ու Սևորդյաց աշխարհը գրավեցին... Այդ լուրը կզգվեր յուր դշխոյական պատվասիրությունը, որովհետև այդ հաղթությամբ թագավորը կզորանար, նրա անունը կփառավորվեր, հայոց զորքը կքաջալերվեր, թշնամիները հետ կքաշվեին: Այդ հաղթությունը կժողովեր նորեն արքայի շուրջը վհատյալ իշխաններին, սիրտ, հոգի կներշնչեր նրանց, դրանով ոստիկանի դեմ ուժ կկազմվեր, որով նորեն Դվինը կգրավեին, կաթողիկոսարանը կազատեին...

Այս բոլորը ճիշտ էր:

Բայց երբ նա հանկարծ մտաբերում էր, թե ի՛նչ պատճառից է առաջացել Ամրամի ապստամբությունը, երբ մտածում էր, որ թագավորն այս հաղթությամբ ավելի ևս պիտի համառի յուր մոլորության մեջ, և Սևորդյաց երկիրը նորեն գրավելով հաճախ պիտի այցելե Ասպրամ իշխանուհուն, և, հետևապես, բոլորովին թողնե, լքանե իրան... այն ժամանակ ցանկանում, ի սրտե փափագում էր, որ Մարզպետունին հայտնե իրան, թե թագավորը հաղթվեցավ, թե արքայական զորքերը ջարդվեցան, թե Ցլիկ-Ամրամը վերջնականապես տիրապետեց Ուտիքն ու Սևորդյաց ձորը, ուր այլևս Աշոտ Երկաթը չի կարող յուր ոտքը դնել, յուր սիրեցյալ Ասպրամին այցելել...

«Օ՛, գուցե այդ զոհաբերության գնով՝ ես նորեն գտնեմ իմ անգին կորուստը... գուցե նա մտածե՝ թե յուր հանցավոր սիրո համար պատժեց իրան աստված, և խղճահարվելով վերադառնա նորեն դեպի ինձ, դեպի յուր ամուսինն ու թագուհին, դեպի այն սիրտը, որ այնքան ջերմագին սիրեց նրան և որ տակավին շնչում է՝ յուր կորած կեսը նորեն գտնելու հուսով...»:

Այս մտածմունքների մեջ էր թագուհին, երբ սենեկապանը նրա առանձնարանը մտնելով հայտնեց, թե իշխանն սպասում է իրան:

Թագուհին դուրս գնաց դահլիճ առանց նաժիշտների ընկերակցության:

Գևորգ իշխանը, որ կանգնած էր մուտքի առաջ, տեսնելով թագուհուն՝ ողջունեց նրան խոր գլուխ տալով և ապա եկավ ձեռքը համբուրելու:

Իշխանի լուրջ և խաղաղ դեմքը հանգստացնող տպավորություն արավ թագուհու վրա:

— Երկա՛ր սպասեցինք քեզ, իշխան, անշուշտ մեզ համար ուրախ լուր ես բերել, — ասաց նա սառը ժպտալով և աթոռի վրա բազմելով:

— Ուրախ լո՞ւր... Այո՛, կցանկանայի բոթաբեր չլինել, բայց աստված...

— Ի՞նչ պիտի գուժես, — հարցրեց թագուհին անհանգստությամբ, աչքերն իշխանի վրա սևեռելով:

— Թագավորն ազատված է. պետք է փառք տանք աստծուն:

— Ի՞նչ կնշանակե այդ, իշխան, ուրեմն արքայական զորքերը ջարդվեցա՞ն: Ամրամը հաղթանակե՞ց...

— Նա չհաղթանակեց, բայց մենք ամոթալի պարտություն կրեցինք:

— Չեմ հասկանում քեզ:

— Ամրամը մեզ պաշարեց մի կրճի մեջ: Թագավորը փախչելով ազատվեցավ. իսկ զորքերի մեջ կռիվ չեղավ:

— Պատմի՛ր ավելի մանրամասնորեն, — հրամայեց թագուհին:

Եվ իշխանը սկսավ մի առ մի պատմել թե՛ յուր դիմումների և թե՛ արքայի սպառազինման ու անհաջող ընդհարման բոլոր պատմությունը, ծածկելով, իհարկե, ա՛յն ամենը, ինչ որ ինքը կարևոր չէր համարում հայտնել նրան՝ թե՛ իբրև թագուհու և թե՛ իբրև ամուսնու:

Երբ նա վերջացրեց, թագուհին շունչ առավ և կարծես զոհ իշխանի պատմածներից՝ ասաց.

— Ուրեմն արյուն չթափվեցավ... և սակայն թագավորը փախավ, գլխակո՞ր... ամոթահա՞ր... այնպես չէ՞: Փառք ամենակարող աստծուն, նա դատում է արդարությամբ ...

Եվ թագուհու դեմքի վրա փայլեց գոհության մի ժպիտ, որից սակայն անբաժան էր դառնության կսկիծը:

— Մեծափառ տիկին, դու ինձ ապշեցնում ես. մի՞թե արքայի պարտությունը ուրախություն է պատճառում քեզ, — հարցրեց Մարզպետունին թագուհու խոսքերից բոլորովին շփոթված:

— Այո՛, Մարզպետունի՛ իշխան:

— Բայց այդ պարտության նախատինքը վերաբերում է արքայական գահին և...

— Եվ թագուհուն, այնպես չէ՞. այդ չէի՞ր ուզում ասել:

— Այո՛, մեծափառ տիկին:

— Թագուհին այլևս հետամուտ չէ փառքի, այլ հոգվո հանգստության...

Անցան այն ժամանակները, երբ իմ իղձերի լրումը Աշոտի հաղթություններն էին կազմում, երբ իմ հոգին սավառնում էր նրա հաղթական դրոշի շուրջը... Այդ ժամանակ, Այո՛, փառքի մեջ էի որոնում իմ երջանկությունը, որովհետև երիտասարդ էի և անփորձ: Իսկ այժմ այդ փառքն ատելի է դարձել ինձ, որովհետև նրա շնորհիվ իմ ամենաթանկագին երջանկությունը կորցրի:

— Մի՞թե մի դժբախտություն է հասել իմ թագուհուն, — հարցրեց Մարզպետունին տարակուսելով:

— Դժբախտությո՞ւն... Ո՛չ. ես շատ երջանիկ եմ. այդ գիտես դու, գիտե Մարզպետունի իշխանուհին, գիտեն իմ պալատի կանայքը, իմ նաժիշտները... Այո՛, դուք ամենքդ գիտեք, բայց կամենում էիք, որ ես չիմանամ.... Այնպես չէ՞, տեր Մարզպետունի, — հարցրեց թագուհին հեգնաբար ժպտալով:

— Ես... չգիտեմ... մեծափառ տիկին, ինչի մասին է խոսքը:

Թագուհին սևեռեց յուր աչքերը իշխանի վրա և մի վայրկյան լուռ նայելուց հետ` մեղմ ձայնով ասաց.

— Ուշ է արդեն, իշխան, մի՛ հոգար այլևս իմ սրտի անդորրության մասին: Ես կարող էի տանել իմ վիշտը, եթե իմանայի, թե նա անհայտ է աշխարհին: Բայց քանի որ աշխարհն ինձանից առաջ է ծանոթացել նրան, ծածկելն այլևս օգուտ չի բերիլ: Դու մի՛ զարմանար, որ քո բերած լուրն ինձ ուրախացրեց: Այդ ուրախությունը խավարող հուսո վերջին ճառագայթն էր, որ փայլեց իմ երեսին, գուցե, վերջին անգամ...

— Հուսո՞... ի՞նչ հույս ունիս դու անհաջողության վրա, մեծափառ տիկին, — հետաքրքրությամբ հարցրեց իշխանը:

— Ինչ հո՞ւյս, լսի՛ր քեզ կասեմ: Մինչև այժմ իմ ամուսնու մեջ ես թագավորն էի որոնում, նրա հաջողություններով ուրախանում, նրա փառքերով պարծենում... Կարծում էի, թե դրանք են միայն, որ երջանկություն պիտի բերեն ինձ: Բայց այժմ... այժմ տեսնում եմ, թե որքա՛ն խաբված եմ եղել ես, թե ինչպե՛ս հաղթանակների աղմուկը, դափնիների փայլը, գահույքի շուքը, արքայական պերճությունները հատել, ցամաքեցրել են իմ երջանկության աղբյուրը. թե ինչպե՛ս այդ ամենի մեջ ես կորցրել եմ իմ ամուսնուն, համայն աշխարհի մեջ միակ սիրածս Աշոտին... Եվ այժմ, երբ տեսնում եմ, թե բախտը երես է դարձրել նրանից, երբ տեսնում եմ, թե հանցավոր սիրո պատճառով ատված նախատինք է դրկում նրան, ես ուրախանում եմ, որովհետև հավատում եմ, թե գուցե հաղթված թագավորի, անարգված գահակալի մեջ գտնեմ վերջապես իմ կորցրած ամուսնուն, զարթեցնեմ նրա մեջ խիղճը... շունչ տամ, թերևս, նրա մեռած սիրուն...

— Երբեք, մեծափառ տիկին, երբեք չէի հուսալ, թե մեր ընդհանուր դժբախտության միջոցին դու քո վիշտը կհիշեիր... — նկատեց Մարզպետունին, ցանկանալով թագուհու տխուր զրույցն ընդհատել:

— Օ՛, դու զարմանո՞ւմ ես, ուրեմն, սիրելի իշխան, որ ընդհանուր դժբախտության ժամանակ ես իմ անձն եմ տեսնում և իմ թշվառությունը ողբում: Զարմանո՞ւմ ես, որ թագավորի պարտությամբ հայրենիքին հասանելիք վտանգը ինձ չէ սարսափեցնում. որ անտերության մատնվող ժողովրդի թշվառությունն իմ սիրտը չէ հուզում... Մի՛ զարմանար, անբնական ոչինչ չկա այստեղ: Ես մի սիրտ ունեի, որ նվիրված էր Աշոտ դյուցազնին: Նա այդ սիրտը ջախջախեց՝ իմ սերը դավաճանելով: Այդ դեպքից հետո ես դարձա անզգա. իմ կրծքի տակ, սրտի փոխարեն, թաքնված է այժմ մի դիակ. միթե կարելի՞ է պահանջել, որ դիակը շնչե, կամ զգա... Ես, Այո՛, սիրում էի իմ ժողովուրդը, սիրում էի իմ հայրենիքը ջերմ, անսահման սիրով. պատրաստ էի զոհել նրան ամենը, ինչ որ ունեի թանկագին և անփոխարինելի. պատրաստ էի զոհել նրան նույնիսկ իմ կյանքը... Բայց այդ ժամանակ Աշոտն ինձ հետ էր. նրա շունչը բոցավառում էր դեպի հայրենիքն ունեցած իմ սերը. նրա հոգին թևապարում էր իմ շուրջը և մարմնավորում իմ լավագույն մտածությունները... Այժմ նա չկա. Աշոտը մեռավ ինձ համար, և նրա հետ միասին կործանվեց այն աշխարհը, փլեց այն երկինքը, որ ամփոփում էի ես այդ դյուցազնի մեջ... Օ՛, մի՛ մեղադրեք ինձ, մի՛ նախատեք իմ թշվառությունը և մանավանդ թե՝ խնայեցեք... Ոչինչ, ոչինչ մի՛ պահանջեք մի թշվառ, լքյալ և նվաստացյալ կնոջից...

Այս խոսքերի վրա թագուհին հանկարծ փղձկեցավ և թաշկինակն աչքերին սեղմելով սկսավ արտասվել:

Իշխանը նայում էր նրան լուռ և տխուր, զգում էր խեղճ կնոջ վշտի մեծությունը, նրա ներքին, հոգեկան տանջանքները և սակայն չէր կարողանում նրան մխիթարել:

Երկար լուռ սպասելուց հետո նա վերջապես հիշեց, որ Վահրամ սեպուհն սպասում է իրան և որ ինքն ու նա խորհուրդ ունեին թագուհուն հայտնելու: Խնդրի կարևորությունը և ժամանակի սղությունը չէին ներում իրան թագուհու վշտերով երկար զբաղվելու. ուստի նա մի քայլ առաջ անցավ և համոզկեր ձայնով սկսավ խոսել:

— Քո վշտերը, մեծափառ թագուհի, վաղուց հայտնի էին ինձ. բայց դրանց մասին քեզ հետ խոսել չէի համարձակվում, որովհետև ինձ արգելում էին նախ՝ պատշաճից օրենքը և երկրորդ՝ այն միտքը, թե խոսելով ոչ մի շահ չպիտի բերեմ իմ տիրուհուն: Եթե այս մտածությունը մի հանցանք է եղել, ապա հրամայիր պատժել ինձ ամենածանր կերպով. իսկ եթե ոչ, լսի՛ր քո ծառայի խոնարհ խորհրդին...

— Ի՞նչ ես կամենում ասել, — հարցրեց թագուհին՝ թաշկինակը արտասվաթոր աչքերից հեռացնելով:

— Վշտերի մասին հիշել ու տխրելն ավելորդ է այլևս, մեծափառ տիկին. ով որ կարողանում է արիաբար համբերել, նա էլ ընկճում է բախտի կամակորությունը: Անցյալն անդարձ է, այդ դու գիտես, այժմ ապագայի մասին պիտի հոգանք..

— Ի՞նչ, դու կարծում ես, թե նորեն պիտի կարողանա՞ս արքայիդ յուր ընտանիքի գիրկը դարձնել, — ընդհատեց հանկարծ թագուհին:

— Յուր ընտանիքի գի՞րկը, այո՛:

— Ի՞նչ ձևով, ի՞նչ եղանակով, նա ինձ չէ սիրում...

Իշխանը կանգ առավ և սկսավ տարակուսական հայացքով դիտել թագուհուն:

— Գուցե դու մի ուրիշ բան գիտես, գուցե նա քեզ խոստովանել է, որ զղջում է արդեն, գուցե... ասա՛, իշխան, ասա՛, ոչինչ մի՛ ծածկիր ինձանից:

— Մենք միմյանց չհասկացանք, մեծափառ թագուհի:

— Ինչպե՞ս, արքայի մասին չէ՞ քո խոսքը:

— Այո՛:

— Ուրե՞մն...

— Ես ասացի, թե ապագայի մասին պիտի հոգանք, դու ինձ ընդհատեցիր, ապա կամենում էի հարել, թե այժմ մեծ ցավեր ունինք, նրանց հոգը պիտի քաշենք:

— Ասացիր՝ արքային յուր ընտանիքի գիրկը պիտի դարձնես...

— Այո՛, մեծափառ տիկին, այդպես ասացի, բայց չէ՞ որ աստված նրա

ընտանիքի սահմանն ընդլայնել է շատ. արքայի ընտանիքը համայն ազգն է կազմում: Նրա գիրկը պիտի դառնա նա:

Թագուհին մի անհանգիստ շարժում արավ և աթոռի մեջ ուղղվելով դժգոհ եղանակով հարցրեց.

— Մի՞թե թագավորն այդ ընտանիքի գրկում չէ գտնվում այժմ:

— Ո՛չ:

— Ինչպե՞ս, չասացի՞ր, թե նա Ամրամի հետապնդություններից փախչելով հասել է Կաքավաբերդ և նստել այնտեղ:

— Այդպես ասացի:

— Է՛, Կաքավաբերդը Սյունիքում չէ՞. Սյունիքը Հայաստանի նահանգը չէ՞:

— Այդպես է, մեծափառ տիկին. բայց թագավորը չէ կամենում այլևս վերադառնալ Ուտան, նա քաշվել է Կաքավաբերդ՝ այստեղից երբեք չելնելու պայմանով:

— Ի՞նչ նորություն է այդ, չեմ հասկանում:

— Թագավորը հուսահատ է սաստիկ. Ամրամի երեսից փախուստ տալը ամոթահար է արել նրան. «Այսուհետև, ասում է, ես ո՛չ սուր կհանեմ, ո՛չ զահույք կբարձրանամ. իմ իշխանները ամոթապարտ կացուցին ինձ աշխարհի առաջ, թո՛ղ նրանք ուրեմն պատասխանատու լինին իմ երկրի ավերման»:

— Իշխանները... մի՞թե իշխանները ամոթապարտ կացուցին նրան, — դառնությամբ հարցրեց թագուհին:

— Հապա էլ ո՞վ... Եթե նրանք միաբան լինեին թագավորի հետ, Ցլիկ-Ամրամը չէր համարձակվիլ ապստամբել, ափխազցիք չէին միանալ նրա հետ...

— Ինչպե՛ս մոռացկոտ ես դու, իշխան. — ընդհատեց թագուհին. — մի՞թե չես հիշում մոտիկ անցյալը: Չէ՞ որ երկու ամիս առաջ ամենքն արդեն արքայի հետ էին: Աբաս տագրս ու Աշոտ սպարապետը հաշտված էին, նախարարները բարեկամ էին. և այդ ընդհանուր միության շնորհիվ էր, որ թագավորը կրկին Դվինն առավ և հագարացիներին այդտեղից հալածեց: Դուք մինչև անգամ հաղթության տոներ կատարեցիք Դվինում: Եվ սակայն Ամրամը հենց այս հաջողության ժամանակ ապստամբեց... Ի՞նչն էր պատճառը:

Մարզպետունին լուռ նայում էր գետնին:

— Դու չե՞ս կամենում պատասխանել. — ես կասեմ. — պատճառն այն էր, որ իմ և քո թագավորը հեռացել էր արդեն առաքինության ճանապարհից, որ նա անխղճաբար կործանել էր յուր և ընկերոջ ընտանիքը, և աստված պատժեց նրան հենց այն ժամանակ, երբ նա կարծում էր, թե ինքն արդեն ամենազոր է և թշնամիներից ապահովված, թե նա կարող է գործել ամեն չարիք և մնալ անպատիժ: Նույնիսկ այն միջոցին, երբ բախտը հաջողեց նրան մայրաքաղաքն այլազգիներից թափելու, նա, փոխանակ աստծուն գոհության պատարագ մատուցանելու, փոխանակ դեպի ծրազգավորս, յուր ընտանիքի գիրկը վերադառնալու, և այս թշվառ, խոցոտյալ սիրտը մի փոքր մխիթարելու, նա դարձյալ դիմում էր դեպի Ուտիք, որպեսզի Դվնո մեջ ունեցած հաջողությանց խրախճանին մասնակից անե Ցլիկ-Ամրամի կնոջը, Սևորդյաց Ասպրամին... Եվ ահա հենց այդտեղ աստուծո ձեռը ծանրացավ նրա վրա. դեռ Ուտիքին չհասած՝ լսեց, որ Ամրամն ապստամբել է իրանից... Այդ գույժը նրան չվախեցրեց. նրա հպարտ հոգին աստուծո առաջ չխոնարհեց, նա դիմեց եգերացիներին և զենքի ուժով կամեցավ վանել այն արդար ձեռքը, որ պատիժ էր չափում իրան... բայց սխալվեցավ. նա չէր կարող կռվել աստուծո հետ: Եվ այդ էր պատճառը, որ վերջ ի վերջո ընկճվեցավ և ամոթահար փախավ յուր իսկ զորքերի ձեռքից: Այժմ, ասում ես, Կաքավաքար նստած՝ մեղադրական է կարդում յուր իշխանների դեմ: Բայց իզուր, նա իրավունք չունի մեղադրել ուրիշներին, նա ինքն է թե՛ յուր և թե՛ մեր դժբախտության պատճառը... Եվ անշուշտ ինքն էլ խոստովանում է այդ և, երևի, գուշակում, որ աստված այլևս չպիտի հաջողի յուր ոչ մի ձեռնարկությունը. այդ պատճառով ինքն իրան դատապարտել է անգործության...

— Այդ բոլորը ճիշտ է, մեծափառ տիկին, բայց ի՞նչ անենք այժմ, ձեռքերնիս ծալած նստե՞նք: Չէ՞ որ երկիրը տագնապի մեջ է:

— Արեք, ինչ որ կարող եք:

— Կանենք, բայց դու մեզ պիտի օգնես:

— Ե՞ս:

— Այո՛, մեծափառ թագուհի:

— Ի՞նչ կարող եմ անել: Քեզ ասացի, թե մի թշվառ կին եմ ես, ոչինչ մի՛ պահանջեք ինձանից:

— Իսկ ես միայնակ կարո՞ղ եմ գործել: Թագավորն անշարժ նստած է Կաքավաքարում. Աշոտ սպարապետն ամրացել է Բագարանում. Աբաս արքաեղբայրը քաշվել է Երազգավորս. Մոկաց տերն ու Անձևացյաց նախապետը պաշտպանում են միայն իրանց լեռները. Գագիկ Արծրունին Վասպուրականից դուրս հայություն չի ճանաչում, կաթողիկոսը փոխանակ միջնորդ լինելու և իշխանները համախմբելու, եկել, ապաստանել է Գառնիին. դու էլ ահա՛ հրաժարվում ես գործակցությունից, իսկ այս ընդհանուր անշարժության ժամանակ Նսըրն եկել, գրավել է Դվինը և յուր ասպատակները սփռել ամեն կողմ... էլ ի՞նչ ունինք մտածելու, կործանենք ուրեմն արքայական գահը և գնանք խոնարհենք արաբական դրոշակի առաջ:

Մարզպետունին յուր խոսքերն արտասանեց այնպիսի մի բացականչությամբ, որ թագուհին ցնցվեցավ:

— Ի՞նչ է իմ անելիքն, իշխան, — հարցրեց նա ճնշված ձայնով:

— Գործելու օրինակ տալ նրանց, որոնք նստած են անգործ:

— Իմ սիրտն այնքան հուզված և միտքս այնպես խռոված է, որ ոչինչ գուշակել չեմ կարող: Ասա՛ պարզ՝ ի՞նչ է իմ անելիքը:

— Ես վերադարձել եմ այստեղ Գարդմանա բերդակալ Վահրամ սեպուհի հետ: Մեզ հավատարիմ մնացող իշխանների մեջ դա ամենից անձնվերն է. աչքի առաջ ունենալով մեր արդի ճգնաժամը, մենք որոշեցինք սեպուհի հետ միասին դիմել ամրոցաբնակ իշխաններին և ամեն մեկից մի կամ երկու գունդ զորք առնելով՝ բանակ կազմել և դաշտն իջնել: Ինչպես գիտես, բերդերի մեջ եղողներն ապահով են թշնամու հարձակումից, բայց անամրոց քաղաքները, գյուղերն ու ավանները մնացել են անպաշտպան, երկրի ժողովուրդը գտնվում է ուղղակի մերկ սրի առաջ. պետք է շտապել օգնության հասնելու նրան:

— Ես չեմ խանգարում ձեզ. գնացեք, աստված թող օրհնե ձեր ճանապարհը:

— Աստված կօրհնե. նա մեզ կաջակցե. բայց ամենից առաջ թագուհին պիտի զրկվի յուր մի քանի վաշտերից:

— Ի՞նչ, դու կամենում ես Գառնին յուր պահակներից զրկե՞լ:

— Քանի որ մեր բանակի նպատակն է թշնամու ուշադրությունը յուր վրա դարձնել, Գառնին կամ մյուս բերդերը պաշտպանության մեծ կարիք չեն ունենալ:

— Թշնամու զորությունը մեծ է. նա կարող է միաժամանակ թե՛ ձեզ հետ կռվել և թե՛ բերդերը պաշարել:

— Նա այդ չի կարող անել, մենք թույլ չենք տալ նրան, — պատասխանեց իշխանը վստահաբար:

Թագուհին լռեց և սկսավ մտածել. «Կատարե՞լ արդյոք իշխանի խնդիրը, թե՞ ոչ»:

Մի քանի վայրկյանից հետո նա հարցրեց.

— Ուրիշ ումի՞ց հույս ունիս զորք առնելու:

— Սպարապետից, Աբասից, Սյունյաց տերերից, Անձևացիներից...
— Իսկ եթե նրանք մերժե՞ն:
— Եթե թագուհին առաջին օրինակը չտա, ոչ ոք չի համարձակվի:
— Ես չեմ մերժում, դատարկիր թեկո՛ւզ բոլոր Գառնին, — վճռաբար պատասխանեց թագուհին:
Իշխանը խոր գլուխ տալով շնորհակալություն հայտնեց նրան:
Ապա իրավունք խնդրելով՝ հրավիրեց դահլիճ Վահրամ սեպուհին, որին թագուհին ընդունեց սիրով ու քաղցրությամբ: Նրանք երեքը միասին սկսան խորհուրդ անել ապագա ձեռնարկության համար և գործելու եղանակները որոշել:
Տակավին խորհրդակցության մեջ էին նրանք, երբ սենեկապան սպասուհին ներս մտնելով՝ հայտնեց թագուհուն, թե կաթողիկոսը կամենում է ներկայանալ իրան:
— Թո՛ղ շնորհ բերե, — ասաց թագուհին և ապա իշխաններին դառնալով ավելացրեց. — անշուշտ Վեհափառն էլ կօգնե մեզ մի խորհրդով:
— Անշուշտ, — հարեց Վահրամ սեպուհը:
Բայց Մարզպետունին չպատասխանեց: Նա նկատել էր, որ սպասուհին ներս մտավ դահլիճ այլայլված դեմքով և այդպես էլ դուրս գնաց: Երևի կաթողիկոսը գալիս էր հայտնելու մի տխուր նորություն, որ հայտնի էր արդեն դրսում եղողներին: Նա սկսավ անհանգստանալ: Բայց այդ անհանգստությունը ոչ թե յուր, այլ թագուհու համար էր: Նա վախենում էր, թե միգուցե Վեհափառը հայտնե տիկնոջը այնպիսի մի նորություն, որ իսկապես պիտի ծածկվեր նրանից:
— Հրամայի՛ր մեզ, տիրուհի, ընդառաջել Հայրապետին, — ասաց Գևորգ իշխանը՝ տեղից վեր կենալով: Նա կամենում էր շտապել և մի վայրկյան առաջ տեսնվել կաթողիկոսի հետ:
— Ընդառաջեցեք, — ասաց թագուհին:
Բայց հազիվ թե իշխանն ու սեպուհը հասան դահլիճի դռանը, և ահա՛ ներս մտան Վեհափառի գավազանակիրը, ավագ, սարկավագները, ապա ինքը՝ կաթողիկոսը, Դռան եպիսկոպոս Սահակը և մի քանի ուրիշ վարդապետներ: Դրանց հետ միասին գալիս էր և մի անապատական՝ դեմքն ու ձեռները արյունոտ, վիրակապերով փաթաթած և վեղարն ու քուրձը պատառոտած: Նրա տխուր, գունաթափ դեմքը ծանր տպավորություն էր անում տեսնողի վրա:
— Այս ի՞նչ է, — բացականչեց Մարզպետունին և առաջ անցավ, կարծես կամենալով անապատականի մուտքն արգելել:
— Թո՛ղ դրան, իշխան, թո՛ղ որ թագուհին մեր թշվառությունը տեսնե, — արգահատական ձայնով խոսեց կաթողիկոսը:
— Այդ ի՞նչ է, — առաջ գալով բացականչեց թագուհին:
— Գազան հագարացիները Այրիվանքը քանդել, ավերել և միաբաններին զարհուրելի տանջանքներով նահատակել են: Միայն սրան՝ այս ապաբախտ վարդապետին թողել են կենդանի, որ թե՛ յուր վերքերի ցավից տանջվի և թե՛ լուր բերելով մեր սիրտը կսկծեցնե, — խղճալի ձայնով հայտնեց կաթողիկոսը և աչքը համբուրելու տալով թագուհուն և իշխաններին, բազմեց նախագահ աթոռի վրա:
— Ինչպե՞ս պատահեց այդ. ինչո՞ւ ոստիկանը բերդերը թողած՝ Այրիվանքի վրա է հարձակվում, — շտապավ հարցրեց Մարզպետունին:
Կաթողիկոսը չպատասխանեց, նա նայում էր թագուհուն, կարծես հուսալով, թե վերջինս ավելի անմեղ հարց կանե իրան:
— Ինչպե՞ս պատահեց այդ — բոլորը, պատմիր, — դիմեց թագուհին վիրավոր անապատականին:
— Պատմի՛ր, Մովսես վարդապետ, պատմի՛ր մեծափառ թագուհուն գազանների բոլոր արարքը, — հրամայեց կաթողիկոսը, անհանգիստ շունչ քաշելով:

Մովսես վարդապետն առաջ անցավ և չնայելով յուր վիրավոր ու անկար վիճակին, սկսավ իրան հատուկ աշխուժով պատմել հազարացիների հարձակման և յուր ընկերների նահատակության բոլոր պատմությունը, չմոռանալով մինչև անգամ արի նահատակների մահվան ժամում արտասանած վերջին խոսքերը, որոնք հուզեցին բոլոր լսողներին:

Երբ վարդապետը յուր պատմությունն ավարտեց, Գնորգ իշխանը մոտենալով կաթողիկոսին՝ հայտնեց, թե առանձին խոսելիք ունի, ուստի և խնդրեց նրան՝ հեռացնել դահլիճից յուր հետևորդներին, բացի Դռան եպիսկոպոս Սահակ սրբազանից և Մովսես վարդապետից:

Վեհափառը կատարեց իշխանի խնդիրը:

Երբ ավելորդ անձինքը հեռացան, Գնորգ իշխանը վեր կացավ տեղից և թույլտվություն խնդրելով թագուհուց ու կաթողիկոսից՝ հետևյալը խոսեց.

— Այս հոգևոր հայրերը կատարել են այնպիսի մի գործ, որ մեզանից ոչ ոք իրավունք չուներ նրանցից պահանջելու: Նրանք խմբովին մատնվել են թշնամու սրին, իրանց եղբարց կյանքն ու Այրիվանից սրբությունները պահպանելու համար: Այս անզեն հոգևորականները ցույց են տվել աշխարհին բոլորանվեր անձնազոհության մի օրինակ, ապացուցելով, թե քաջ հովիվներ են և գիտեն «դնել սանձինս ի վերայ ոչխարաց...»: Այսպիսով նրանք բարձրացրել են հայ եկեղեցվո փառքն ու պատիվը, և հետևելով Ղևոնդյանց շավղին, դարձել են մեզ համար պարծանաց աստեղ... Այս բոլորը լավ. բայց մենք ի՞նչ ենք անում. մե՛նք, ժողովրդյան առաջնորդներս. մե՛նք, որոնց ձեռքը աստված սուր է տվել և կառավարելու ու պաշտպանելու իրավունք:

Իշխանը նայեց կաթողիկոսին և ապա թագուհուն, նրանք երկուսն էլ հառած էին աչքերը յուր վրա:

— Մենք ոչինչ չենք անում,-շարունակեց նա եռանդով. — կամ անում ենք այն, ինչ որ ամոթ և նախատինք է բերում հայ անվանը: Մենք քաշվել, նստել ենք մեր բերդերում, շրջապատել ենք մեզ պահակ զնդերով, ապահովել ենք թշնամու հարձակումից, իսկ ժողովուրդն ու եկեղեցիները թողել անտերունչ, անպաշտպան կամ ավելի ճիշտն ասած, մատնել նրան թշնամու սրին... Ա՞յս է արդյոք առաջնորդի իրավունքը:

Իշխանն այս ասելով սևեռեց աչքերը կաթողիկոսի վրա:

Վերջինս հասկանալով նրա հայացքի նշանակությունը՝ շտապով հարցրեց.

— Ո՞ւր է մեր թագավորը, նա պետք է առաջնորդե զորքին:

— Ուր է թագավո՞րը, — վրդովված բացականչեց Մարզպետունին. — կասեմ, թե ուր է նա: Թագավորը յուր իշխաններից թողված, ապստամբներից հալածված՝ նստած է Կաքավաքար: Նա այնտեղից դուրս չի գալ, նա է՛լ սուր չի մերկացնիլ, էլ դրոշ չի բարձրացնիլ. հուսահատությունն ընկճել, խոնարհել է նրան... Բայց ո՞ւր է կաթողիկոսը, հայոց հայրապետը, մեր հոգևոր զինվորության վեհափառ գլուխը...

— Իշխան... տեսնում ես, որ նա քո առջևն է... — ծանրությամբ, բայց ընկճված ձայնով նկատեց կաթողիկոսը:

— Իմ առջև, այստե՛ղ, Գառնիում. այնպես չէ՞... Բայց ինչո՞ւ համար...

— Ո՞ւր կկամենայիր, որ նա լիներ:

— Դվինում, մեր կաթողիկոսարանում:

— Բայց ոստիկանը ծարավ է իմ արյանը. նա կամենում է ինձ սպանել:

— Նա հետևում է քեզ միայն այն պատճառով, որ դու խույս ես տալիս նրա երեսից: Նա քեզ չէր վնասիլ, եթե դու փառոք նստած լինեիր հայրապետական գահի վրա, և, մինչև անգամ, միջնորդ հանդիսանայիր նրա և հալածվող ժողովրդի մեջ: Քո երկչոտ փախուստով դու գրգռել ես նրա զայրույթը և ստիպել, որ նա բարկության թույնը թափե անպաշտպան անապատականների վրա:

— Ես չէի կամենում հեռանալ Այրիվանքից, բայց աստված ինձ հրամայեց:

— Աստվա՞ծ, — զարմացած հարցրեց իշխանը:

— Այո՛, աստված, այդ ամենքը գիտեն. այդ գիտե և թագուհին, ես պատմեցի նրան:

— Այո՛, իշխան, աստված հրամայեց, — խոսեց Դռան եպիսկոպոսը և սկսավ պատմել կաթողիկոսի Այրիվանքից հեռանալու և արևի խավարման բոլոր պատմությունը:

Երբ նա վերջացրեց, իշխանն ասաց.

— Հավատում եմ այդ հրաշքին և խոնարհում աստուծո զորության առաջ: Բայց դուք էլ պիտի հավատաք, որ եթե աստված այսպիսի օրում խնայում է առաջնորդի կյանքը, խնայում է միայն նրա համար, որ այդ կյանքը նա գործ դնե ժողովրդի օգտին: Իսրայելացի մանկանց ընդհանուր կոտորածի ժամանակ նա Նեղոսի ալիքներից հրաշքով ազատեց մանուկ Մովսեսին և պատսպարեց նրան փարավոնի պալատում միայն նրա համար, որ վերջը նա եգիպտացոց գերությունից յուր ժողովուրդը փրկե: Այսպե՞ս է թե ոչ:

— Այդպես է, իշխան, — պատասխանեց կաթողիկոսը, — բայց աստված Մովսեսին հրաշքներ պարգևեց. և նա նրանցով յուր ժողովուրդը փրկեց, իսկ ես չունիմ այդ շնորհը, չեմ կարող հրաշք գործել:

— Կարող ես, Վեհափառ տեր. Մովսեսը գավազանը օձ էր շինում, դու էլ նույնը կանես: Այնտեղ, ուր ուժը չի հաղթահարում, խոհեմությունը, լեզուն, անուշ խրատները կարող են հաղթել: Թո՛ղ այսօրվանից Գառնին և դարձիր Երազգավորս, իջի՛ր Բագարան, անցի՛ր Աղձնյաց ու Մոկաց երկիրները, մտի՛ր Վասպուրական. խոսիր Աբասի, Աշոտի, Արծրունի եղբարց և այլ իշխանների հետ, խրատիր ու հորդորիր նրանց. համոզիր, որ առնեն իրանց զորքերը և գան հավաքվին արքայի դրոշակի տակ, կռվեն միասնական ուժով և վանեն թշնամուն երկրի երեսից, փրկեն ժողովուրդը վերահաս վտանգից. այդպիսով նրանք ուժ կտան արքային և ուժ կառնեն իրանք. կհալածեն մեջտեղից բաժանման ոգին և ընդհանուր հայրենիքը պաշտպանելով՝ կպաշտպանեն նաև իրանց երկիրները, հայրենի կալվածները, տունն ու ընտանիքը...

— Բանավոր է իշխանի խորհուրդները, Վեհափառ տեր, — ասաց Սահակ սրբազանը:

— Եվ անհրաժեշտ՝ հետևել անմիջապես այդ խորհրդին, — հարեց թագուհին:

Բայց կաթողիկոսը լուռ էր, աչքերը դահլիճի դռան հառած:

— Ոչ ոք ինձ չի լսել, ոչ մի իշխան զորք չի անջատիլ յուր բերդերից, — խոսեց վերջապես կաթողիկոսը, իշխանին դառնալով:

— Թող Վեհափառը կատարե յուր պարտքը, և երբ նրան չեն լսիլ, այն ժամանակ «արյուն ձեր ի գլուխ ձեր» ասելով կհեռանա, — նկատեց Մարզպետունին:

— Ոստիկանի հրոսակները բռնած են Շիրակի ճանապարհները, որտեղի՞ց կարող եմ ես անցնել և գնալ Երազգավորս, Բագարան կամ իջնել Աղձնյաց երկիրը, — պատճառաբանեց կաթողիկոսը:

Վահրամ սեպուհը, որ մինչև այն լուռ նստած էր, վեր թռավ տեղից և աշխուժով բացականչեց.

— Ես կընկերակցեմ քեզ, Վեհափառ տեր, իմ վանանդացի քաջերով. ո՛չ մի հագարացի չի համարձակվիլ ձեռք բարձրացնել քեզ վրա:

Կաթողիկոսը նայեց սեպուհին և չկարողանալով ուրիշ առարկություն անել, ասաց.

— Թող մեծափառ թագուհու և իշխանների կամքը կատարվի, միայն թե խորհելու ժամանակ տրվի ինձ: Ծանր մի գործ է այդ միջնորդությունը, անկարելի է անխորհուրդ կերպով ձեռնարկել նրան:

— Խորհի՛ր որքան հաճելի է քեզ, Վեհափառ տեր, միայն թե կատարի՛ր մեր առաջարկությունը, — ասաց Մարզպետունին: -Երկրի փրկությունը կախված է այժմ իշխանների միությունից և այդ միությունը պետք է ստեղծել՝ զոհաբերության ի՛նչ գնով ուզում է լինի:

— Կաշխատեմ, — ասաց կաթողիկոսը և խուստանալով հայտնել շուտով յուր որոշումը, բարձրացավ աթոռից, ողջունեց թագուհուն ու իշխաններին և հեռացավ Սահակ սրբազանի ու Մովսես վարդապետի հետ: Վահրամ սեպուհը հետևեց նրան մինչև վեհարանը:

— Բնավ հույս չունիմ Վեհափառի վրա, — ասաց Գնորգ իշխանը, միայնակ մնալով թագուհու հետ:

— Այս անգամ, ընդհակառակը, պետք է հուսալ, — պատասխանեց թագուհին. — նա արդեն զգում է, որ Դվինից հեռանալով՝ դժգոհություն է պատճառել ամենիս, այժմ կաշխատե, որ մի բանով պիտանի լինի մեզ:

Բայց կաթողիկոսը, որ վիրավոր վարդապետին բերել էր թագուհու և իշխանների մոտ՝ իրական փաստով ապացուցանելու համար, թե ի՛նչ մեծ վտանգից է փախել ու ազատվել ինքը, շատ տխրեց, երբ տեսավ, թե հակառակ կերպարանք առավ գործը: Նա կամենում էր Այրիվանքի սրածությունը առիթ առնելով յուր փախուստն արդարացնել, այլև, յուր Գառնիում մնալն ապահովել, այժմ ընդհակառակը, նոր պաշտոն էին հանձնում իրան և ուղարկում, համարյա, թշնամու հանդեպ: Չէ՞ որ յուր ուղևորության միջոցին հագարացիք կպատահեին նրան մի որևէ տեղ և կձերբակալեին: Ի՛նչ կարող էր անել այդ բանի դեմ Վահրամ սեպուհը յուր մի խումբ վանանդացիներով: Հարկավ՝ ոչինչ: Կաթողիկոսը ձերբակալելուց ետ՝ կաթողիկոսարանն էլ կգրավվեր: Այնուհետև ամեն ինչ կկորչեր անդարձ:

Այդպես էր մտածում կաթողիկոսը, և այդ մտքերը խռովում էին նրան: Շուտով նա խորհրդի հրավիրեց յուր մերձավորներին և հայտնեց, թե մտադիր է մերժել թագուհու և իշխանների առաջարկությունը, որովհետև դրա կատարելու մեջ նա վտանգ է տեսնում աթոռի նկատմամբ:

Ոչ ոք չընդդիմացավ Վեհափառի կամքին, որովհետև արևի խավարման հայտնի հրաշքը տեսնելուց հետ, նրա ցանկությունները երկնքից ներշնչված էին համարում: Բայց որովհետև հիշյալ առաջարկությունը մերժելով՝ նա այլևս չէր կարող մնալ Գառնիում, ուստի որոշվեցավ, որ Վեհափառը հեռանա Սևան, ուր անապատականների մեծ միաբանություն կար: Այդտեղ նա կլիներ յուր հոգևոր զինվորների հետ. նրան այլևս չէին բամբասել: Բացի այդ, Սևանը ուներ անառիկ բերդ և ջրապարփակ լինելու պատճառով՝ անմատչելի էր թշնամիներին:

Որքա՛ն մեծ եղավ թագուհու զարմանքը, երբ նա իմացավ, թե կաթողիկոսը հեռանում է Սևան: Վահրամ սեպուհը զայրույթից մինչև անգամ ողջերթ մաղթելու չգնաց: Իսկ Մարզպետունի իշխանը, որ Մուշեղ բերդակալի հետ միասին ճանապարհ դրավ նրան մինչև Ազատի կամուրջը, շատացավ միայն մի դիտողությամբ.

— Դու որ այդքան հոգում ես քո անձի համար, — ասաց նա կաթողիկոսին, — կփրկես միայն քեզ: Իսկ կաթողիկոսական աթոռը ժառանգություն կմնա նրանց, որոնք կարող կլինեն նրան պաշտպանել:

— Ես հեռանում եմ միայն այդ աթոռը պաշտպանելու համար, — ասաց կաթողիկոսը:

— Չէ՛, Վեհափառ տեր, այսուհետև քո պաշտպանածը կլինի Հովհաննես կաթողիկոսի՝ բայց երբե՛ք Լուսավորչի աթոռը: Դու կորցրիր նրան այն օրից, որ հեռացար Դվինից:

Կաթողիկոսն, իհարկե, չհավատաց իշխանի գուշակության և յուր ճանապարհը շարունակեց:

Սևանում ընդունեցին նրան մեծ ուրախությամբ:

Բայց Գևորգ իշխանը վերադառնալով Գառնի, նորեն խորհուրդ կազմեց թագուհու մոտ: Երկրի ճգնաժամն անցնելու միակ ելքը բաժանված իշխանները միացնելու մեջ էր գտնում, ուստի ի՛նչ կերպ էլ որ լիներ՝ նա պետք է գլուխ բերեր այդ գործը: Կաթողիկոսի վարմունքը ո՛չ միայն չհուսահատեցրեց, այլ, ընդհակառակը, ավելի ևս ոգևորեց նրան յուր մտադրությունն առաջ տանելու:

— Այժմ մենք պետք է մեզ վրա դնենք մեր հույսը, — ասաց նա յուր խորհրդակիցներին և որոշեց, որ թագուհին առաջվա նման մնա Գառնիում, որպեսզի արքունական տունը գոնե համարվի Ոստանում: Այդ անհրաժեշտ էր միության գործի համար: Որովհետև եթե իշխաններն իմանային, թե Ոստանը, որ երկրի սիրտն էր, ամբողջապես գտնվում է հագարացոց ձեռքում, այն ժամանակ հազիվ թե համաձայնվեին միանալ նրանց դեմ:

Ինչ վերաբերում էր իրան ու Վահրամ սեպուհին, որոշեցին՝ որ ինքը դիմեր Աթաս արքաեղբորը և Աշոտ սպարապետին, իսկ սեպուհը՝ Աղձնյաց ու Մոկաց իշխաններին: Դրանց համաձայնությունն առնելուց հետ նրանք պիտի դիմեին նաև Վասպուրականի տերերին:

Կաթողիկոսի հեռանալուց մի օր հետո դուրս եկան Գառնիից Մարզպետունի իշխանը և Վահրամ սեպուհը, յուրաքանչյուրը թիկնապահների մի փոքրիկ խմբով և դիմեցին դեպի իրանց առաքելության վայրերը:

Գ

ՄԻ ԴԱԼԱՐ ԲՈՂԲՈՋ ՉՈՐԱՑԱԾ ԾԱՌԻ ՄՈՏ

Մարզպետունի իշխանի հեռանալուց հետո թագուհու վրա մի տարօրինակ անտարբերություն եկավ: Նա, որ մինչև այն աչալրջությամբ հսկում էր ամրոցի պահպանության, անձամբ այցելում էր պահականոցները, ներկա էր լինում զորականի վարժությանց կամ թե դիտում էր պաշտպանության պատրաստությունները, հանկարծ հեռացավ, քաշվեցավ այդ բոլորից և է՛լ ուշադրություն չէր դարձնում ոչ մի բանի վրա:

Բնակակից իշխանուհիները զարմանալով հարցնում էին իրար, թե «ի՞նչ է պատահել արդյոք թագուհուն»:

Եվ նրանք իրավունք ունեին զարմանալու, որովհետև այդ կինը, որ այնքան շատ հոգում էր թե՛ յուր և թե՛ ամրոցականների ապահովության համար դեռ այն ժամանակ, երբ ո՛չ մի տեղից վտանգ չէր սպառնում երկրին կամ երբ թագավորը դեռ չէր հանդիպել ձախորդության, ինչո՞ւ ընդհակառակն, անուշադիր էր թողել ամրոցը այն միջոցին, երբ ոստիկանն արդեն նստած էր Դվինում և ամեն վայրկյան կարող էր հարձակվել յուր վրա:

Պատճառը պարզ էր: Հուսահատությունն ընկճել էր նրա կանացի հոգին:

Մինչև այն, որքան էլ ծանր վշտերի մեջ, նա դարձյալ հոգում էր յուր և շրջապատողների վիճակի մասին, որովհետև նա սպասում էր արքայի վերադարձին, որովհետև հույս ուներ, թե գուցե Ամրամի ապստամբությունը մի նոր և յուր համար շահավոր փոփոխություն առաջ բերե թագավորի մեջ... Բայց Մարզպետունու բերած լուրերը նրա հույսերը փշրեցին: Մանավանդ թագավորի Կաքավաքար քաշվիլը և երկիրը բախտի կամքին թողնելը նրան ավելի փիատեցրեց: Եթե Աշոտ-Երկաթը հուսահատվում ու հեռանում էր, ո՞վ էր ինքը, որ համարձակվեր ավելի երկար տոկալու: Նա նմանվում էր այժմ մի խեղդվող մարդու, որ ալիքների հետ երկար կռվելուց ու ոգորելուց հոգնած, հանձնում է իրան վերջապես հոսանքի կամքին...

Ճշմարիտ է, Մարզպետունու՝ Գառնիում եղած ժամանակ նա համակերպվեց նրա խորհրդներին, ցանկություն հայտնեց գործակցել նրան, բայց այդ ամենը նա արավ առանց ինքն իրան հաշիվ տալու, առանց մի ներքին բնական եռանդից առաջ մղվելու: Կյանքը նրա աչքում կորցրել էր արդեն յուր նշանակությունը, նա նրան այլևս չէր հրապուրում. էլ ինչո՞ւ ուրեմն նոր հոգսերի ենթարկվեր, նոր ցավերով բեռնավորվեր: Թող կատարվի, ինչ որ կատարվելու է, ինչ որ նախասահմանված է... Մարդկային ձեռը չի կարող ջնջել այն ճակատագիրը, որ գծագրել է հավիտենականի ձեռքը...

Այսպես էր մտածում թագուհին և մի տեսակ թմրության անձնատուր եղած՝ փակվում օրերով դղյակի սենյակներում և կամ միայնակ զբոսնում Տրդատա հովանոցում:

Մյուս կողմից, սակայն, Մուշեղ բերդակալն ու Գոռ իշխանիկը ծանր հոգսերի մեջ էին. պատրաստություններ էին տեսնում ապագա հարձակմանց դիմադրելու համար, ավելացնում էին ամրոցի պաշտպանության պարագաները և ամբողջ օրերով աշխատեցնում էին զորքը:

Այդ ամենը տեսնում էր թագուհին, նայում էր այդ աշխատությանց վրա սառն, անտարբեր աչքով և երբեմն հարցնում ինքն իրան, թե «ինչո՞ւ համար է այս ամենը. ինչո՞ւ մարդիկ կամենում են երկար ապրել, քանի՞ օր կարող են նրանք բախտավոր լինել իրանց կյանքում... և միթե վերջ ի վերջո չպիտի՞ մեռնին»:

Մի լուսընկա երեկո, երբ թագուհին Տրդատա հովանոցում, յուր սովորական բազմոցի վրա նստած՝ հենց այսպիսի մտքերով էր զբաղված, հանկարծ հովանոցի աստիճանների մոտից անցնողի մի շշուկ յուր ուշադրությունը գրավեց: Նա բարձրացավ բազմոցից և նայեց դեպի վար:

Այնտեղից մի նեղ կածան, որ փորված էր ժայռերի մեջ, իջնում էր դեպի մի փոքրիկ, տափարակ զահավանդ, որ տարվա մեծ մասը ծածկված էր լինում կանաչով: Նրա շուրջը գտնվում էին հինավուրց ուռենիներ, որոնք արևի ժամանակ գեղեցիկ հովանի էին անում նրա վրա. իսկ զահավանդի կողքից բխում էր մի վճիտ աղբյուր, որ հեզասահ ոռոգում էր ուռենիները և ապա քաղցրակարկաչ դեպի ժայռերը զահավիժելով՝ թափվում էր խորաձորում շառաչող Ազատի մեջ: Այդ զահավանդակը յուր գեղեցիկ դիրքի պատճառով վաղուց արժանացել էր հոգածու ձեռքերի խնամքին: Ո՛վ գիտե, գուցե հենց հովանոցի անդրանիկ տիրուհու՝ հայոց թագածին օրիորդ Խոսրովդուխտի հրամանով հարդարված էր նա իբրև զբոսանաց ճեմարան: Գուցե նա ինքն այդտեղ անցուցել էր մենավոր մտածությանց ժամեր, կուսական նվիրական հափշտակության վայրկյաններ կամ, թերևս, չարաբաստիկ սիրո տանջանաց օրեր... սիրո, որ դատապարտեց նրան հավերժական կուսության...

Ինքը՝ Սահականույշ թագուհին, սիրում էր հաճախ նստել այդտեղ և զրույց անել իշխանուհիների հետ կամ վայելել երբեմն մի բացօթյա նախաճաշ:

Անցնող անձը, հովանոցի ստորոտը քերելով, խոտորեց դեպի այդ զահավանդակը տանող ուղին: Թագուհին զարմացավ՝ տեսնելով, որ դա մի նորատի աղջիկ է, անշուշտ դղյակի բնակչուհիներից մինը և այն՝ իշխանազուն օրիորդ, որովհետև ծածկած էր մետաքսյա շղարշ և գլխին ուներ ասեղնագործ հյուսկեն, որի ծակոտիներից երևում էր լուսնի առաջ փայլող նրա ոսկե ծամակալը: Բայց ո՞վ էր նա իսկապես և ինչո՞ւ միայնակ դեպի ժայռերի զահավանդն էր առաջանում, թագուհին չիմացավ, որովհետև նա անցավ ինչպես այծյամ, և ինքը նրա դեմքը չնշմարեց:

«Միգուցե գաղտնի վշտերից տանջվող թշվառի մեկն է, որ գնում է իրան դեպի քարաձորը գահավիժելու. անշուշտ ե՛ս չեմ աշխարհում միակ թշվառը...», մտածեց ինքն իրան թագուհին և առաջացավ դեպի հովանոցի աստիճանները: Նա կամեցավ նախ կանչել սպասուհիներին, որոնք հովանոցից հեռու սպասում էին յուր հրամանին, և ուղարկել նրանց հեռացողի ետևից. բայց մեկ մտածելով, թե գուցե այդպիսով շտապեցնե վտանգը, որոշեց անձամբ հետևել անցնողին: Նա շտապ-շտապ իջավ սանդուղքներից և կամացուկ քայլերով ուղղվեցավ դեպի ժայռերի գահավանդակը:

Չնայելով որ աշնանավերջ էր, սակայն օրը մեղմ ու տաքուկ լինելով, ախորժելի էր կացուցել երեկոն: Երկինքը պարզ էր և աստեղազարդ, լուսինը պայծառ շողերով լուսավորում էր Գեղա լանջերը և Գառնո ձորը, թույլ չտալով, որ սեպացած ժայռերն ու ամբարտակները թաքցնեն ստվերի մեջ Ազատի հոսանքը: Գիշերային տեսարանը գեղեցիկ էր և հրապուրիչ. բայց թագուհին չէր հետաքրքրվում նրանով: Այդ րոպեին իրան զբաղեցնողը խորհրդավոր երիտասարդուհին էր, որ ստվերի նման անցավ ժայռերի վրայից և ծածկվեց մթության մեջ:

Հազիվ հասել էր թագուհին նրբուհու կեսը և ահա՛ մի խոսակցության շշուկ հասավ յուր ականջին:

«Ուրեմն ժայռերից գահավիժելու չէր գնում անծանոթուհին», մտածեց թագուհին և քայլերը ծանրացրեց: Պարզ էր, որ գաղտնի մի ժամադրության պիտի հանդիսատես լիներ ինքը: «Բայց հառաջանա՞լ, թե վերադառնալ», մտածեց նա և կանգ առավ մի վայրկյան:

«Տեսնենք ովքե՞ր են և ի՛նչ են խոսում», շշնջաց թագուհու ականջին «կնոջ հետաքրքրությունը» և նա առաջ անցավ: Բայց յուր քայլերը փոխում էր այնպես, որ խոսակիցները ոչինչ չլսեն և մանավանդ, թե իրան չնշմարեն:

Երբ հասավ հաստաբուն ուռենուն, որի խիտ ճյուղերը ծածկում էին իրան գահավանդակի խոսակիցներից, նստավ նա ժայռի վրա:

Որքա՛ն մեծ եղավ թագուհու զարմանքը, երբ խոսակիցների մեջ նա ճանաչեց երիտասարդ Գոռ իշխանին և օրիորդ Շահանդուխտին:

Նրանք սիրում էին միմյանց. այդ գիտեր թագուհին, գիտեին և դղյակի մյուս բնակիչները: Բայց որ մենավոր ճեմանոցում ժամադիր լինեին կամ թաքուն տեսակցեին, այդպիսի բան չէր սպասում նրանցից թագուհին:

Այդ հանգամանքը ա՛յն աստիճան գրգռեց տիկնոջ հետաքրքրությունը, որ նա որոշեց ականջել նրանց:

«Երևի կարևոր գաղտնիք ունեին միմյանց հաղորդելու», մտածեց թագուհին և լռությունը լարեց:

Բայց մենք թողնենք նրան յուր ժայռի վրա և ծանոթանանք օրիորդ Շահանդուխտի հետ:

Ո՞վ էր այդ աղջիկը, որի անունը մի անգամ միայն հիշեցինք մենք մեր պատմության սկզբում:

Դա արքայի հորաքեռ թոռը, Սյունյաց մեծ իշխան Վասակի դուստրն էր, որ հոր մահվանից հետո յուր իշխանուհի մոր հետ միասին ապրում էր արքունիքում:

Մի քանի տարի առաջ ամիրապետը Յուսուփ ոստիկանին կալանավորելով՝ վերակացու էր կարգել յուր մասի հայկական գավառներում Աբուբ անունով մեկին, որ յուր նախորդներից ավելի թույլ և խաղաղասեր մարդ էր:

Դրա ժամանակ դեռևս Սյունյաց Նահանգի Գողթն գավառը յուր Երնջակ ամրոցով գտնվում էր մի պարսիկ ամիրայի ձեռքում: Յուսուփ ոստիկանը Սմբատ թագավորին նահատակելուց հետ՝ Երնջակ ամրոցը գրավելով հանձնել էր այդ ամիրային՝ Գողթան գավառի հետ միասին:

Արդ՝ երբ Յուսուփի տեղ Աբուբը նշանակվեցավ, Սյունյաց իշխանները հարմար ժամանակ գտան հայրենի կալվածքը ամիրայի ձեռքից ազատելու: Ուստի բոլոր չորս եղբայրները՝ Վասակ, Սահակ, Սմբատ և Բաբգեն միանալով զորք ժողովեցին և հարձակվեցան ամիրայի վրա: Պատերազմի ժամանակ սյունեցի զորքերը ջարդեցին հագարացիներին: Բայց Վասակ իշխանի հետ եղող սկյութացի զինվորները, որոնք իբր հայերին օգնելու էին եկած, բայց իսկապես կաշառված էին ամիրայից, ետևից զարկելով սպանեցին իշխանին, որ կռվում էր աննահանջ:

Երեք եղբայրները թողեցին իսկույն ճակատը և քաջ ու աննման եղբոր մարմինն առնելով Գեղարքունիք դարձան և մեծ սուգ արին նրա վրա:

Լսեցին այդ գույժը Աշոտ թագավորը ու Սահականույշ թագուհին և լացին դառնապես:

Բայց ինքն արքան, որ իշխանի կենդանության ժամանակ անիրավաբար բանտարկել էր նրան Կայյան բերդում, ծանր վշտից զատ տանջվեցավ նաև խղճից: Նա հիշեց Վասակ իշխանի արած բարիքները, յուր և Աշոտ բռնավորի մեջ հաշտություն ստեղծելը, արքայական գահին ցուցած ծառայությունները և ի վերջո յուր նրան փոխարինած ապերախտությունը և վշտացավ: Նա որոշեց քավել մի բանով յուր հանցանքը: Եվ այդ որոշման արդյունքն եղավ այն, որ նա որդեգրեց նրա դուստր Շահանդուխտը, որին և յուր մոր՝ Մարիամ իշխանուհու հետ միասին առավ յուր խնամոց ներքո:

Այնուհետև օրիորդը ապրում էր արքունիքում իբր արքայադուստր. նրան սիրում և փայփայում էին ինչպես մի հարազատ զավակի թե՛ թագավորը և թե՛ թագուհին: Նրան սիրում էին նույնպես իշխանուհիները:

Բայց այդ բոլոր սիրողների մեջ մինը պաշտում էր նրան:

Այդ Գնորգ Մարզպետունու որդին՝ Գոռ իշխանիկն էր:

Ինչպե՞ս սկսվեցավ նրանց սերը, այդ ոչ ոք չգիտեր և նույնիսկ, իրանք չգիտեին: Գոռը առաջին անգամ պատահեց այդ սևաչյա, գանգրահեր, գեղեցկադեմ և աշխույժ աղջկան Երազգավորսի արքունիքում, երբ դեռ նոր էին բերել նրան Սյունիքից, և սիրեց նրան, բայց սիրեց ինչպես մի քրոջ և առաջին անգամից էլ քույր անվանեց նրան: Շահանդուխտը, որ եղբայր չուներ, հաճությամբ լսեց այդ քաղցր անունը և Մարզպետունյաց միամոր ժառանգ, գեղահասակ, գեղեցկադեմ և գեղաչյա Գոռին եղբայր ընդունեց իրան: Այնուհետև նրանք քույր և եղբայր էին և երկուսը միասին կազմում էին արքունիքի զարդը:

Բայց որքան էլ սկզբնական այդ սերը անմեղ էր ու մանկական, այսուամենայնիվ արքունիքում գուշակում էին, որ մի օր նրանք «քույր» և «եղբայր» անուններից ավելի գողտր ու անուշ անուն պիտի տան միմյանց: Այդ գուշակությունը ուրախացնում էր նրանց մայրերին, որովհետև ո՛չ Գոհար իշխանուհին կարող էր ավելի լավ հարսնացու ընտրել յուր Գոռի համար ե ո՛չ Սյունյաց տիկինը՝ լավագույն փեսա յուր դստեր համար:

Բայց և այնպես մայրերից ոչ մինը չէր ցանկանում, որ այդ խանդը վառվեր նրանց սրտում պատշաճավոր տարիքին հասնելուց առաջ: Գնորգ իշխանը, մանավանդ, շատ խիստ էր այդ մասում. նա պահանջում էր, որ յուր Գոռը փեսացու լինելուց առաջ՝ լինի դեռ զինվոր, հայրենիքի ծառա, հետևապես և օրինավոր մարդ: Այդ պատճառով, բացի խիստ կրթությունից, որ տվել էր որդուն, նա աշխատեցնում էր նրան ծանր գործերի մեջ, ընկերացնում էր շատ անգամ հասարակ զինվորներին, իսկ յուր բացակայության միջոցին՝ հանձնում էր նրան կշիռ ունեցող պաշտոն, որպեսզի որդին չվարժվի անգործության, որ մայր է ամեն չարյաց:

Գոռը կատարում էր իրան հանձնված ամեն մի պաշտոն արիությամբ, առանց տրտնջալու: Նա հնազանդում էր հոր հրամանին՝ ինչպես յուր աստուծո ձայնին: Հետևապես նա պարապ չէր մնում երբեք:

Բայց և այնպես այդ բոլորն արգելք չեղավ երիտասարդ սրտերին մոտենալու և մտերմանալու միմյանց այնքան, որ չիմանային, թե իրանք ստեղծված են իրար պաշտելու համար: Վաղուց նրանց հայացքները դադարել էին «եղբոր ու քրոջ» հայացքներ լինելուց. վաղուց նրանց աչքերում ցոլանում էին սիրո այն կայծերը, որոնք այրում, տոչորում են սրտի թաքուն խորշերը... Սակայն արքունիքում դեռ չէին նշմարում այդ:

Բայց երբ ձախողակ հանգամանքների շնորհիվ արքայական ընտանիքը տեղափոխվեց Գառնի և Գնորգ իշխանը գնաց դեպի Ուտիք, երիտասարդ զույգի ազատության համար բացվեց լայն ասպարեզ, և նրանց հարաբերության պայմանները դյուրացան: Նրանք երկուսն էլ ապրում էին այժմ դղյակում և տեսակցում ավելի հաճախ: Չնայելով, որ Գոռը օրվա մեծ մասը գտնվում էր աշխատությանց մեջ, բայց և այնպես նա չէր զրկում իրան և այն այցելություններից, որոնք միջոց էին տալիս իրան յուր սիրուհին տեսնելու կամ գեթ նրա հետ մի լուռ հայացք փոխանակելու: Շատ անգամ նա այցելում էր թագուհուն կամ Սյունյաց տիկնոջը առանց կարևոր պատճառի: Նրա նպատակն էր լինում պատահել Շահանդուխտին մեկի կամ մյուսի մոտ և երբ այդ չէր հաջողում իրան, նա սաստիկ տխրում էր, չկարողանալով հաղորդ անել նրանց յուր ներքին զգացմունքներին:

Այդ ամենը տեսնում էր թագուհին և լուռ զվարճանում: Երբեմն նա կատակով հիշեցնում էր երիտասարդին Շահանդուխտի անունը: Գոռը շառագունում և գլուխը կախում էր, ինչպես մի ամոթխած աղջիկ: Նա չէր համարձակվում հայտնի կերպով յուր սերը խոստովանել, որովհետև այդ սերը ուրիշ բնավորություն ուներ այժմ, և իրան թվում էր, թե այլևս իրավունք չունի նրա մասին խոսելու:

Այս էր ահա պատճառը, որ թագուհին զարմացավ, երբ զահավանդակին հասնելով, լսեց նրանց զրույցը: Այդ դեպքն այնքան տարօրինակ և անակնկալ էր յուր համար, որ նա չկարողացավ հետաքրքրությունը զսպել և չլսել նրանց:

Բայց ի՞նչ էին խոսում ժամադիր սիրահարները:

— Ծնկներս արդեն դողում են, ինչպե՞ս պիտի վերադառնամ, — ասում էր Գոռին Շահանդուխտը. — առաջին անգամն է, որ պաշարում է ինձ այսպիսի երկյուղ:

— Երկյո՞ւղ. ինչո՞ւ համար, մի՞թե հանցանք գործեցիր:

— Անշո՛ւշտ. չէ՞ որ ամեն մի գործ, որ կատարվում է գաղտուկ, հանցանք է ըստինքյան: Ես կամեցա անցնել հովանոցի մոտով այնպես, որ մայր-թագուհին ինձ չտեսնէ:

— Թագուհի՞ն, մի՞թե նա հովանոցումն էր:

— Այո՛. նա դեռ նստած էր յուր բազմոցի վրա տխուր, մտախոհ... Ինչո՞ւ այդքան տխրամած է նրա դեմքը, Գո՛ռ, սիրտս ճմլվում է ամեն անգամ, երբ տեսնում եմ նրան:

— Ինքս էլ չգիտեմ, ասում են, որ վիշտ ունի և այդ վիշտը ծածկում են մեզանից:

— Ծածկո՞ւմ են. ոչ ոք ոչինչ չէ ծածկում, ուրիշ ի՞նչ վիշտ կարող է դառնագույն լինել. քան հոր ու եղբոր կուրությունը, քան վշտահար մոր մահը...

— Անշուշտ չկա դառնագույնը:

— Եվ չի կարող լինել. այդ ամենից սարսափելին է:

«Չի կարող լինե՞լ... Օ՛, ինչպե՛ս անմեղ, ինչպես երջանիկ եք դուք, սիրասուն զավակներ, երանի՛ թե երբեք էլ այդ վիշտը չզգաք, այդ դառնությունը չճաշակեք...», շշնջաց ինքն իրան թագուհին և ձեռքը սեղմեց կրծքին, որ ալիքի պես ելնում ու իջնում էր:

— Քո դիմավորումը լցրեց իմ սիրտը բերկրությամբ, — շարունակեց Գոռը, — աշխարհի ամենամեծ փառքերը չէին — կարող բերել ինձ այն ուրախությունը, որ ճաշակեցի ես այս վայրկենում: Բայց եթե այդ շնորհին ինձ անելու պատճառով քո սիրտն անհանգստացել է մի վայրկյան, ես կցանկանայի, որ դու չհանդիպեիր ինձ այստեղ:

— Չհանդիպե՞լ... մի՞թե կարող էի. մի՞թե համբերություն կունենայի... Այն օրից ի վեր, որ դու պահականոցներից հեռացել և աշխատում ես կրձերում, ես գրեթե այլևս չեմ տեսնում քեզ: Դու առավոտը վաղ հեռանում ես դղյակից, ամբողջ օրը հոգնում ու վաստակում ես դրսում և երեկոյան ուշ վերադառնալով՝ հազիվ խոնջացած մարմնիդ հանգիստ ես տալիս: Էլ ե՞րբ և ո՞ւր տեսնեմ քեզ...

Ամեն օր բարձրանում եմ դղյակի աշտարակը և ժամերով կանգնած նայում եմ կրձերին, ուր զորականի հետ միասին աշխատում ես դու: Լարում եմ տեսության ուժը, աշխատում եմ քեզ տեսնել... սակայն հազիվ նշմարում եմ քո սաղավարտի ցցունքը և արծաթե Գարդմանակը, որ փայլում է արևի առաջ: Օ՛, ինչպես այդ վայրկենին կամենում եմ ես թռչել դեպի քեզ. կամենում եմ գալ և նայել միայն քեզ վրա կամ... սրբել իմ ձեռքով քո քրտնաթոր ճակատը... Եվ սակայն թռչում է միայն հոգիս, որ չի կարողանում բերել քեզ իմ սիրտը, նա մնում է աշտարակի մեջ փակված, ինչպես վանդակի թռչնիկը, որին թույլ չեն տալիս օդի մեջ ճախրելու... Դժվար դրություն է այս, Գո՛ռ, այնպես չէ՞. խոսի՛ր, ինչո՞ւ ես լռում...

— Խոսիր դու, իմ աննման Շահանդուխտ. խոսի՛ր միայն դու. քո ձայնը հնչում է ավելի քաղցր, քան այս առվի կարկաչը, քան գարնան սոխակի առավոտյան մեղեդին...

— Այո՛, ես այլևս չկարողացա համբերել. տեսա, որ եթե բախտի կամքին հանձնվեմ, շատ պիտի չարչարվիմ, ուստի որոշեցի այս հանդուգն քայլն անել... Օ՛, ների՛ր ինձ, Գո՛ռ, եթե մեղանչեցի ես համեստության դեմ... չգիտես, թե որքա՛ն շատ տանջվել եմ ես:

— Ներե՞լ, մի՞թե հանցանք է սիրելը. դու հնազանդել ես քո սրտին:

— Այո՛, իմ սրտին: Ահա՛, մի քանի օր է, ինչ տեսնում եմ, որ դու կրձերից վերադառնալով՝ բարձրանում ես ժայռերը և այս զահավանդակից անցնելով՝ քերում մեր աշտարակի ստորոտը... Այդ ժամանակ ես արդեն լինում եմ ննջարանում. պատուհանի նեղ անցքից տեսնում եմ քեզ...

— Տեսնում ես, որ հայացքս վեր սևեռած՝ անցնում եմ համրաքայլ...

— Այո՛, և աշխատում ես ինձ տեսնել: Դժբախտաբար դղյակի պատուհաններն այնքան անձուկ են, որ նրանց միջից գլուխ հանելն իսկ անկարելի է... Եվ ահա՛ այդ պատճառով ես այս հանդուգն միտքը հղացա. որոշեցի գալ և սպասել այստեղ քո դարձին:

— Իսկ դղյակի սպասուհինե՞րը...

— Ոչ ոք ինձ չտեսավ, ես խուլ սանդուղքներից իջա:

— Եվ եկար ինձ դիմավորելո՞ւ. այստե՞ղ... մենա՞կ... Օ, որքա՛ն բարի, որքան սիրելի ես դու...

Այս ասելով Գոռը բացավ յուր բազուկները և կամեցավ գրկել սիրուհուն, բայց նա բռնեց երիտասարդի երկու ձեռներից և քնքշաբար ետ մղելով նրան՝ ասաց ժպտալով.

— Ո՛չ, սիրեցյալդ իմ Գոռ, նախարարազուն երիտասարդները այդպես չեն պաշտպանում բարձակից օրիորդներին...

— Շահանդո՛ւխտ...

— Այո՛, մենք մենակ ենք. դու ինձ պիտի պաշտպանես քո դեմ:

— Օ՛, ինչպե՛ս խիստ, ինչպե՛ս ահավոր ես դու:

— Ես եկա միայն մի խոսք ասելու քեզ, որովհետև առանձին չենք պատահում միմյանց, իսկ երրորդի ներկայությամբ ասել չեմ համարձակվում... Ես իսկույն պիտի վերադառնամ:

— Ա՛խ, ինչպե՛ս կփափագեի, որ քո ճանապարհի վրա լեռներ բուսնեին այս վայրկենին...

— Այո՛, միայն մի խոսք... Եկա քեզ խնդրելու, որ երեկոները արևի մուտքից գեթ մի ժամ առաջ վերադառնաս տուն... որպեսզի ամեն օր պատշգամբից կարողանամ քեզ ողջունել և քո ողջույնն առնել...

— Միայն ա՞յդ:

— Այո՛, միայն այս. և այս արդեն շատ է ինձ համար, մինչև որ...

— Մինչև որ ի՞նչ...

— Մինչև որ դու քո աշխատությունները կավարտես և կվերադառնաս դղյակ:

— Օ՛, իմ աշխատությունները չպիտի ավարտին, քանի որ...

— Քանի որ ի՞նչ:

— Քանի որ Շահանդուխտը գտնվում է Գառնո ամրոցում:

— Ի՞նչ կնշանակե այդ:

— Այդ կնշանակե ա՛յն, որ ես դողդողում եմ քո անձի համար, քո ապահովության համար:

— Ինչպես և այն բոլորի, որոնք գտնվում են այս ամրոցո՞ւմ:

— Ոչ. այս բոլորի համար ես ուրիշ կերպ կմտածեի, բայց քեզ համա՛ր... ի՞նչ ասեմ...

— Խոսի՛ր, ինչո՞ւ ես լռում:

— Այո՛, իմ անգին օրիորդ, եթե թշնամու հրոսակները Գառնին շրջապատելով՝ ոչ մի կռվան չգտնեն ժայռերի վրա բարձրանալու, եթե նրանց սանդուղքների ու փայտակերտ մարտկոցների տակ հողը փլչելով՝ վերեն վայր կործանե ամենքին, եթե կպրաձյութի կրակված հեղեղները լափեն խիզախներին ոչ միայն պարիսպների տակ, այլև զառիվայր ճանապարհներում, եթե հազարացիք ամիսներով շարունակ պաշարեն մեր բերդը և սակայն վերջին գյուղացուն չկարողանան յուր խորակից դրկել կամ իշխանուհիների սովորական զբոսանքը խանգարել, իմացիր, որ այդ ամենը լինում է քո շնորհիվ... որ Գառնին անպարտելի է դարձնում Սյունյաց օրիորդը, որ շատերն այստեղ իրանց կյանքը պարտական են մնում իմ հարսնացուին...

— Ի՞նչ կնշանակե այդ, Գո՛ռ, ես քեզ չեմ հասկանում:

— Այդ կնշանակե այն, որ քանի դու Գառնիումն ես, Գոռը հանգստություն չունի: Գեղամ նախապետի գտած այս հսկայական ժայռերը փխրուն են երևում իմ աչքում: Տրդատա կառուցած հաստահիմն պարիսպները թվում են ինձ անզոր. մեզ շրջապատող այս խորաձորը երևում էր իբրև հովիտ, դյուրամատույց ամենքին... վերջապես մեր զորքերի թիվը ես գտնում եմ նվազ. մարտիկների եռանդը՝ ոչ բավական դյուրավառ, բերդակալի աշխույժը՝ գրեթե մարած... Այդ պատճառով ահա՛ դադար չունիմ օր ու գիշեր, աշխատում եմ ինքս, աշխատեցնում եմ զորականին: Այն միտքը, թե Շահանդուխտը գտնվում է Գառնիում և թե պետք է նրա թանկագին կյանքը ապահովել, լցնում է իմ սիրտը արիությամբ: Երբ արշալույսին ելնում եմ դղյակից, զգում եմ իմ մեջ մի անպարտելի ուժ, մի անսպառ զորություն: Ես հասնում եմ աշխատության վայրը զորականից շատ առաջ: Դիտում, քննում, հետազոտում եմ այն բոլոր անցքերը, որոնք կարող են մատչելի լինել թշնամուն և աշխատում եմ, որ այդ բոլորը կորստյան գուբեր ու անդունդներ դարձնեմ նրա համար: Կամենում եմ, որ Գառնո պարիսպները կրկնապատիկ ստվարացնեմ, որ բուրգերն ու աշտարակները կրկին չափով բարձրացնեմ, որ ամեն ինչ և ամեն վայր դառնա անառիկ ու անմատչելի... Եթե դու մի անգամ մեր ամրոցն ու պահակավայրերը շրջագայես, կտեսնես, թե որքա՛ն շատ գործեր են կատարվել, որքա՛ն մեծ զորություն է ամբարվել դրանց շուրջը... Եվ այս բոլորը միայն քեզ համար... իմ անգին, իմ աննման Շահանդուխտ...

Եվ այս ասելով երիտասարդը առավ նազելի օրիորդի աջը և երկյուղածությամբ սեղմեց յուր շրթունքներին: Նա չընդդիմացավ:

«Միայն քեզ համար... աննման Շահանդուխտ... Օ՛, որքան երջանիկ եք դուք...», շշնջաց դարձյալ թագուհին, և արտասուքի կաթիլները գլորվեցան նրա դալկահար դեմքի վրա:

— Բայց ինչո՞ւ միայն ինձ համար. չէ՞ որ դղյակում ապրում են թագուհին, քո և իմ մայրերը, ուրիշ իշխանազն տիկնայք ու օրիորդներ և, վերջապես, չէ՞ որ Գառնին լիքն է ժողովրդով, — նկատեց օրիորդը ժպտալով:

— Այո՛, դրանց բոլորի կյանքը թանկ է ինձ համար, նույնիսկ վերջին գեղջկուհին պիտի վայելե իմ պաշտպանությունը, ինչպես իմ հարազատ քույրը. բայց ոչ մեկը դրանցից չէ ներշնչում իմ հոգուն այն բարձր զորությունը, որով կարծում եմ, անպարտելի պիտի մնամ ես թշնամու առաջ. այն զորությունը, որ հասարակ արարածին հերոս և աննշան զինվորին՝ դյուցազն է դարձնում... Իմ թագուհու համար ես կարող էի լինել անձնվեր հպատակ. մեր մայրերի համար՝ անձնազոհ որդի. ժողովրդի և հայրենիքի համար՝ աներկյուղ զինվոր: Բայց քեզ համար... չգիտեմ, ի՞նչ անուն տամ ինձ... Քեզ համար չեմ զոհիլ իմ անձը... բայց չէ՛. ի՞նչ եմ ասում, իհարկե կզոհեմ. նույնիսկ իմ հոգին կմատնեմ գեհենին, եթե այդ հարկավոր է... Բայց ես չեմ մեռնիլ, որովհետև պիտի ապրեմ քեզ խնամելու և պաշտպանելու համար: Ինձ թվում է, որ եթե հազարացիների ամբողջ բանակն անգամ հարձակվի ինձ դեմ՝ քեզ իմ գրկից հանելու համար, դարձյալ անզոր պիտի լինի ինձ հաղթահարելու: Երբ մտածում եմ, թե Շահանդուխտը այստեղ Գառնիումն է, և նա հույս ունի իմ պաշտպանության վրա, կարծես աղյուծ է ծնվում իմ սրտի մեջ, և բազուկներս դառնում են երկաթ: Ինձ թվում է, թե ամեն խոչ ու խութ պիտի կործանեմ, ժայռ ու ամբարտակ փշրեմ, տապալեմ, եթե համարձակվին երբևիցե արգելել ինձ քեզ պաշտպանելու... Այո՛, ուզում եմ ապրել միայն քեզ համար և սիրում ամենքին՝ միայն քո պատճառով...

— Միայն իմ պատճառո՞վ... Օ՛, Գոռ. չէի կամենալ, որ այդպես խոսես դու... Մի՞թե սինլքոր արարածին մինը պիտի դառնայիր, եթե ես չլինեի...

— Ա՛խ, ոչ. այդ չէի կամենում ասել...

— Հապա ի՞նչ:

— Կամենում էի ասել, որ քո սերը կրկնապատկում է իմ մեջ ամեն բան՝ և՛ ապրելու իղձը, և՛ հոգվո արիությունը, և՛ սրտի կորովը, և՛ դեպի իմ եղբայրակիցներն ու հայրենիքն ունեցած սերը... Քեզմով աշխարհը երևում է իմ աչքին վարդալիր, արևն՝ ավելի հրատապ, լուսինը՝ ավելի պայծառ... Դու ամեն ինչ ես ինձ համար՝ և՛ կյանք, և՛ զանձ, և՛ զորություն, և՛ փառք...

«Ո՛վ, բավական է, էլ ոչինչ չեմ ուզում լսել... Անշուշտ մի չարության ոգի առաջնորդեց ինձ այստեղ՝ իմ ծանր վերքերը նորոգելու համար», մրմնջաց թագուհին և բարձրանալով տեղից՝ հուշիկ քայլերով հեռացավ դեպի հովանոցը:

Այստեղից նա ուղղվեցավ դղյակը միայնակ, առանց նաժիշտների ընկերակցության, ինչպես անում էր նա երբեմն, և գնաց, փակվեցավ յուր առանձնարանում:

Քիչ ժամանակ անց բաժանվեցան նաև սիրահարները: Գոռը իհարկե խոստացավ յուր հարսնացուին կատարել նրա խնդիրը և ամեն երեկո վերադառնալ դղյակ արևի մուտքից առաջ:

Բայց թագուհու վրա մեծ ազդեցություն արավ այս դեպքը: Նրա վերքերը, արդարև, նորոգվեցան: Սիրահարների զրույցը դեռ հնչում էր նրա ականջին, նա կարծես տակավին ուռենու մոտ նստած՝ լսում էր նրանց և մերթ ընդ մերթ որոճում այն սիրաշունչ խոսքերը, որ արտասանել էին Գոռը կամ Շահանդուխտը:

«Ապրեցեք, ապրեցե՛ք միմյանց համար, երջանի՛կ արարածներ, ապրեցեք, զի սիրում եք կաթոգին, զի ատտծո աջը հովանի է ձեր սիրույն... — խոսում էր ինքն իրան թագուհին: — Ավա՜ղ. ինձ թվում էր, թե այլևս սեր չկա ոչ մի տեղ, թե նա ցամաքել, չորացել է ամենի սրտում, ինչպես հովտի այն ծառերը, որոնց զարնում է խորշակ, որոնց չէ ջրում առուն կամ ցող չէ տալիս երաշտի գիշերը... այդպես եղավ մեր սերը. չորացավ, գոսացավ... ի՞նչ էր մնում մեզ անել,եթե ոչ՝ «հաստանել զայն և ի հուր արկանել...»: Բայց ահա՛ հենց այդ չորացած ծառի մոտ ես տեսնում եմ մի դալար բողբոջ՝ ոստիկներով ու տերևով զարդարուն. ի՞նչ անել նրան. մի՞թե չորի հետ միասին կտրել ու այրե՞լ... Ո՛հ, ոչ. թո՛ղ նա ապրի, խնամվի, թող արևը ջերմություն և առուն ջուր պարգևե, թող խորշակը յուր թունավոր շնչով երբեք նրան չզարնե. թո՛ղ նա մեծանա, ուռճանա, զուցե նրա հովանվույն ներքո ապրին ու սնանին սիրո ուրիշ բողբոջներ... Այո՛, սերը չէ մեռել աշխարհում, նա կա, նա ապրում է: Բայց էլ ինչո՞ւ ծաղրում են ինձ. ինչո՞ւ ամենքը միացած կամենում են խեղդել այդ զգացմունքը իմ չարաբաստ սրտում. ինչո՞ւ զարմանում են, որ ես նրա մասին ավելի եմ մտածում քան այն բոլորի՝ ինչ որ կատարվում է իմ շուրջը. ինչո՞ւ ինձ հեգնում են, երբ իմ կյանքն ու երկինքը նրա մեջ եմ տեսնում, նրա մեջ որոնում. ինչո՞ւ կամենում են, որ իմ աշխարհի այդ միակ արևը խավարի. չէ՞ որ այնուհետ՝ն հուսահատությունը պիտի ինձ տիրե...

Բայց ի՞նչ եմ ասում. նա արդեն ինձ տիրել է... ահա՛ ես քաշվել, ապաստանել եմ այս խորշերին. լռությունն ու միայնությունը դարձել են իմ միակ ընկերները, անգործությունը՝ իմ միակ զբաղմունքը... ի՞նչ եմ անում ես, տեր աստված. ոչինչ այլևս ինձ չէ հետաքրքրում. ոչինչ իմ սիրտը չէ ջերմացնում... թշնամին հասել, նստել է իմ դռան մոտ. բայց այդ էլ ինձ չէ սարսափեցնում. աշխարհի վրա նայում եմ կարծես դագաղի միջից... Մի՞թե ես ապրում եմ...»:

Եվ թագուհին նայեց հանկարծ յուր շուրջը, տեսավ յուր միայնությունը և խոր հառաչեց:

«Այսպես չէի ապրում ես. այսպես չէր անցնում իմ կյանքը. քանի նա սիրում էր ինձ...», — շշնջաց նա և լռեց:

Մի քանի վայրկյանից նրա հայացքն ընկավ առանձնարանի պատուհանին: Երևացին Գեղա լեռան լանջերը՝ լուսնի լույսով լուսավորված: Նորեն հիշեց թագուհին սիրահար զույգը, նրանց զրույցները, Շահանդուխտի սիրախոսությունը, Գոռի ոգևորությունը և ինքն էլ կարծես երիտասարդացավ նրանց հետ (թեպետ երիտասարդ էր, և վշտերն էին միայն յուր սիրտը ծերացրել):

«Չէ՛, այդպես չպետք է լինի, դեռ կարելի է ապրել, կամ, գոնե, ուրիշներին ապրեցնել: Մենք իրավունք չունենք մեզ շրջապատող մահը տարածել ամեն տեղ, կամ ամենքին մեզ հետ միասին մեռցնել: Ի՞նչ իրավունքով պիտի զրկեմ իմ Շահանդուխտին սիրո անուշ վայելքներից կամ պատանի Գոռին՝ կյանքի բարիքներից: Ես տեսա իմ աչքով, լսեցի իմ ականջով... նրանք սիրում են և երջանիկ են... Ինչո՞ւ չօգնել նրանց, որ երկար, շա՛տ երկար երջանկանան... Նրանք մեր սիրելիները, մեր որդիներն են, բայց մի՞թե մենք մի կամ երկո՞ւ որդի ունինք... քանի՛-քանի՛ նմանօրինակ բախտավորներ կան մեր աշխարհում, որոնք կամենում են ապրել, կյանքի քաղցրությունները վայելել... Ինչո՞ւ զրկել, ինչո՞ւ չօգնել նրանց... Բայց մենք զրկում ենք, բարբարոսություն ենք անում. «Մենք դժբախտ ենք, դուք էլ դժբախտ եղեք...», այսպես ենք ասում, այսպես ենք մտածում... Մեր անձնական վշտերի պատճառով մենք ձեռքներս լվացել, հետ ենք քաշվել. թագավորը նստել է Կաքավաբերդ, իսկ ես փակվել եմ այս դղյակում. «Թշնամին թո՛ղ անե, ինչ կամենում է. թո՛ղ նա հարվածե, հալածե. երկիրը տակն ու վրա անե, մեզ ի՞նչ փույթ, մենք հո չենք ապրում, ուրիշներն էլ թո՛ղ դժբախտանան...»: Այո՛, այդպես ենք մտածում: Բայց չէ՞ որ սա մի ոճիր, մի չարագործություն է, երկնային անեծքի արժանի...»:

Այս նորածին մտքերն այնպես հուզեցին թագուհուն, որ ոչ միայն նրա վհատությունն անցավ, այլև մի նոր և մինչև այդ իրան անծանոթ ոգևորություն եկավ վրան: Նա որոշեց իրական մասնակցություն ունենալ երկրի պաշտպանության գործում: Բայց ի՞նչ պիտի աներ, դեռ չգիտեր, նա մտածում էր դրա վրա:

Հանկարծ նրա դեմքը պայծառացավ, և գեղանի շրթունքների վրա շողաց մի առույգ ժպիտ:

«Ես կերթամ Աշոտի մոտ. կառնեմ նրան նորեն իմ գիրկը. կջերմացնեմ նրա սիրտը իմ հրատապ շնչով... Կհիշեցնեմ նրան մեր անցյալը. կոգևորեմ յուր քաջության և փառքի նախկին հիշատակներով... Այո՛, կհանեմ նրան Կաքավաբերդից և կդարձնեմ Ոստան... Նա նորեն կանցնի հայ քաջերի գլուխը, նորեն կորոտա ինչպես մրրիկ և կահաբեկե յուր թշնամիներին... Այն ժամանակ խաղաղության հովանվույն ներքո թո՛ղ ծլին, ծաղկին սիրո բույսերը... Թո՛ղ մեր աշխարհի երիտասարդ սրտերը վայելեն նրա անուշ պտուղները... Այո՛, որոշված է, ես կերթամ: Ոչ ոք ինձ չի խանգարիլ: Ամեն մարդու առաջնորդում է մի միտք: Մարզպետունի իշխանը ոգևորվում է ընդհանուր հայրենիքի սիրով, նա աշխատում է նրա ամբողջության, գահի հարստության և հետևապես, ժողովրդի բարօրության համար: Նրա որդին՝ Գոռը, ոգևորվում է այդ ամենով՝ միայն Շահանդուխտի համար. թո՛ղ ուրեմն ինձ էլ ոգևորե Գոռի և Շահանդուխտի բախտը, թո՛ղ ես էլ աշխատեմ այն սրտերի համար, որոնք սիրում են և ցանկանում են սիրազուրկ չլինել...»:

Եվ թագուհին վեր կենալով, իսկույն ձայն տվավ նաժիշտներին:

Նրանք ներս եկան:

— Կանչեցեք այստեղ Սեդային, — հրամայեց նա:

Մի քանի վայրկենից ներս մտավ դայակը:

— Սե՛դա, պատրաստվիր, մենք վաղը նեթ պիտի ճանապարհվենք:

— Ո՞ւր, մեծափառ տիկին, — զարմանալով հարցրեց դայակը:

— Կաքավաբերդ:

— Կաքավաբե՞րդ. թագավորի մո՞տ:

— Այո՛:

— Ինչո՞ւ, տիրուհի:

— Ինչպե՞ս թե ինչո՞ւ, գնում եմ իմ ամուսնու և թագավորի մոտ. մի՞թե տարօրինակ ցանկություն է այս:

— Բնա՛վ. աստված թո՛ղ օրհնե այդ ցանկությունը և քո ճանապարհը... կամենում էի իմանալ, թե ինչո՞ւ հանկարծ...

— Այսպիսի որոշումն արի...

— Այո՛:

— Դրա համար հետո, խոսելու ժամանակ շատ ունենք:

— Իսկ այժմ ի՞նչ կհրամայես:

— Կարգադրիր, որ վաղ առավոտվանից պատրաստ լինին երկու պատգարակ, զույգ ջորիներով: Մեզ հետ կլինեն երկու սպասուհի և երկու ծառա: Իմ պահանորդները թող ժամ առաջ ելնեն ամրոցից և սպասեն մեզ ճանապարհին: Դղյակում լինելիք կարգադրությանց մասին հարկ եղածը կհանձնարարեմ Գոհար իշխանուհուն: Իսկ ամրոցում բերդակալից զատ ո՛չ ոք չպիտի իմանա մեր հեռանալը:

Սեդան գլուխ խոնարհեց թագուհուն և դուրս գնաց:

Դ

ԲՅՈՒՐԱԿԱՆԻ ԱՌՈՒՄԸ

Դեռ նոր արևելքն սկսել էր շառագունել, երբ Սևանա վանուց միաբանությունը առավոտյան ժամերգությունն ու պատարագն ավարտելով, դուրս եկավ և ս. Առաքելոց եկեղեցուց և ցրվեցավ դեպի բլրակի խուցերը:

Հովհաննես կաթողիկոսը, որ չորրորդ օրն էր, ինչ գտնվում էր այդտեղ, աղոթում էր նույնպես միաբանության հետ: Թողնելով եկեղեցին, նա փոխանակ դեպի վեհարան դառնալու, Սահակ եպիսկոպոսի հետ միասին բարձրացավ բլրի գագաթը: Չնայելով, որ ցուրտն զգալի էր արդեն, այսուամենայնիվ նա ցանկացավ դիտել այդտեղից արևի ելքը, որ կղզու գեղեցիկ տեսարաններից մինն էր կազմում: Նա կանգ առավ Սևանա անդրանիկ եկեղեցու, այն է՝ ս. Հարության տաճարի առաջ, օր կառուցած էր բլրի գագաթին, և սկսավ դեպի արևելք նայել: Կապուտակ ծովակը, որ պարփակում էր կղզին, խաղաղ էր այդ վայրկենին և միապաղաղ, ինչպես բյուրեղ: Միայն փոքրիկ մկանունքները գալիս, կոծում էին ժայռապատ եզերքը: Համատարած կապուտակի վրա ձգվում էին զանազան ուղղությամբ սպիտակ ու երկնագույն շերտեր, նման երկարաձիգ ժապավենների, որոնք տակավ առ տակավ փոխում էին իրանց գույնն ու ձևը, համակերպելով առավոտյան շողերին:

Եվ ահա Այծեմնասարի ետևից ծագեցին արևի առաջին ճառագայթները, և իրափայլ սկավառակը, ինչպես մի հրահոսան անոթ, սկսավ բարձրանալ երկնակամարի վրա: Նրա կենարար ճառագայթները ոսկեզօծեցին ափնածիր լեռները, Սևանա բարձունքն ու ժայռերը և արևմտյան կուսի կանաչազուրկ դաշտերը: Բայց ամենից գեղեցիկ և սխրալի տեսարանը ներկայացնում էր Նաիապետի ծովակը: Նրա մուգ կապուտակը փոխվում էր հետզհետե բաց երկնագույնի. ժապավենները նվազում կամ անհետանում էին. ծովակի մակերևույթը մի տեղ վառվում էր բաց բոսորագույն, մի ուրիշ տեղ փայլում գորշ-արծաթագույն, իսկ բյուրավոր մկանունքները, որոնց փոքրիկ հովը հետզհետե ալիքների էր փոխվում, փայլփլում էին արևի առաջ ինչպես ադամանդ և կամ ջրածին, շրջուն աստղիկներ:

Կաթողիկոսը նայում էր այդ բոլորին, նայում էր և զմայլում:

— Ինչպե՛ս գեղեցիկ, ինչպե՛ս հրաշալի է մեր երկիրը, — բացականչեց նա հանկարծ. — ինչո՞ւ, ինչո՞ւ չենք կարողանում հանգիստ սրտով ապրել այստեղ, ինչո՞ւ անիրավ ճակատագիրը հալածում է մեզ...

Եվ նա հոգով սլացավ դեպի հին դարերը, դեպի այն երջանիկ, անդրանիկ օրերը, երբ այդ տեղերին տիրում էր Գեղամը յուր թոռներով, անխառն ընդոծիններով, երբ այդտեղ լսվում էր միայն հարազատի բարբառը, երբ մարդիկ այդտեղ անծանոթ էին օտարին, նրա լուծին ու բռնության:

Նա հիշեց և այն բախտավոր ժամանակը, երբ հզոր Տրդատը հրամայում էր այդ երկրին. երբ Լուսավորիչը խաչը ձեռին այցելեց այդ ծովակին. երբ քրիստոնեության նորընծա զինվորները Սևան ամրոցը մտնելով՝ հալածեցին այդտեղից քրմերի խումբը և Սյունյաց տոհմական զրոց տաճարը ճշմարիտ աստուծո տուն դարձնելով՝ «Սուրբ Հարություն» անունը տվին նրան: Նա պատկերացրեց յուր առաջ այն վայրկյանը, երբ Հայաստանյաց լուսատուն Քրիստոսի խաչը հինավուրց կռատան բարձունքը հանելով՝ նրա հովանվույն ու խնամքը հանձնեց Գեղամա ծիծաղախիտ ծովակը՝ յուր համր ու խաղաղ բնակիչներով, յուր գեղազարդ ափերով...

Իսկ ա՞յժմ... Այո՛, այժմ էլ այդ ծովակն ու կղզին Սյունյաց տերերի կալվածն էին. նա գտնվում էր հայոց թագավորի հովանավորության ներքո: Բայց եթե հանկարծ հազարացիք շրջապատեին նրան, եթե արաբացոց վայրենի և զարշաղեմ զորքը խուժեր այդ կղզին, ավարի առներ նրա սրբությունները, սրի անցներ միաբանությունը, գերի վարեր իրան՝ կաթողիկոսին, ո՞վ արդյոք պիտի դիմադրեր նրանց...

Այս մտքերը հուզեցին կաթողիկոսի սիրտը, և մի հանկարծական երկյուղ պաշարեց նրան:

— Մի՞թե այստեղ ապահով ենք մենք թշնամու հարձակումից, — հարցրեց նա Սահակ սրբազանին:

— Ապահով ենք, եթե աստուծո աջը հովանի է մեզ... — պատասխանեց եպիսկոպոսը:

— Բայց հովանի՞ է արդյոք:

— Մեզ մահկանացուներիս հայտնի չէ ոչինչ: Կարելի է միայն հուսալ, թե այս բազմաթիվ միաբանության մեջ կգտնվին սուրբ մարդիկ, որոնց շնորհիվ և նա կազատե մեզ փորձանքից:

— Այո՛. «եթէ գտանիցի անդ տասն, ոչ կորուսից և վասն տասանցն», այդպես ասաց աստուծո հրեշտակը Աբրահամին, երբ գնում էր նա Սոդոմը կործանելու: Բայց կգտնվի՞ն մեր մեջ տասն արդար մարդիկ:

Դեռ Վեհափառը չէր վերջացրել խոսքը, երբ նա նշմարեց մի լաստ, որ Ցամաքաբերդի կողմից հառաջանում էր դեպի կղզին:

— Ովքե՞ր են հյուր գալիս մեզ այսպես առավոտանց, — հարցրեց կաթողիկոսը եպիսկոպոսին:

— Գուցե ուխտավորներ, — պատասխանեց վերջինս:

Բայց Վեհափառը, որին անհանգստացնում էր կղզուն վերաբերյալ ամեն ել ու մուտ, դարձավ իսկույն դեպի վեհարան և հրամայեց եպիսկոպոսին մարդ ուղարկել և եկվորների ո՞վ լինելն իմանալ:

Կես ժամից հետ ներկայացավ կաթողիկոսին Դվնո կաթողիկոսարանի սպասավոր Թեոդորոս սարկավագը, որ կղզին մտնողներից գլխավորն էր և հայտնեց Վեհափառին՝ թե Բեշիր զորապետը պատրաստվում է մեծ զորքով գալ Սևան և պաշարել նրան կղզու մեջ:

Կաթողիկոսը գույնը նետեց:

— Այստե՞ղ էլ հանգիստ չեն տալիս ինձ, — բացականչեց նա երկյուղագին, և ապա դիմելով Սահակ եպիսկոպոսին ասաց. — տեսա՞ր, սրբազան, ուրեմն տասն արդար էլ չկա մեր մեջ;

— Գուցե... Բայց ինձ թվում է, թե աստված «կորուսանե զարդարն ընդ ամբարշտին», — կրկնեց եպիսկոպոսը Աբրահամու խոսքերը:

— Ո՞վ է այդ ամբարիշտը, — հարցրեց կաթողիկոսը:

— Ո՞վ գիտե. գուցե ես. գուցե նա, որ իրան արդար է համարում, — պատասխանեց սրբազանը. — անկարելի է, որ այս չարիքները հասնում չլինին մեզ մի Հովնանի պատճառով...

— Բայց ո՞վ է այդ Հովնանը. ո՞ւր է գտնվում նա. ասա, թող բռնենք և ծովը նետենք, գուցե այդպիսով աստուծո բարկությունն անցնի:

Եպիսկոպոսը չպատասխանեց:

— Ինչո՞ւ լռել ես, սրբազան, — հարցրեց կաթողիկոսը:

— Հովնանի տեղը ես չգիտեմ, յուրաքանչյուր մարդ կարող էր յուր գործերը քննելով ասել, թե որքան հեռի է Հովնան լինելուց: Բայց ես մի բան գիտեմ. այդ այն է, որ Վեհափառը պիտի հեռանա Սևանից, որպեսզի այստեղի միաբանությունն էլ Այրիվանից հայրերի բախտը չճաշակե:

Կաթողիկոսը հասկացավ Սահակ եպիսկոպոսի ակնարկության նշանակությունը և խոր հառաչեց.

— Ուրեմն իմ երկրի մեջ չկա մի անկյուն, ուր ես գլուխս դնել կարողանամ... ուր հանգչելու իրավունք ունենամ...-խոսեց ինքն իրան կաթողիկոսը և ապա դիմելով Թեոդորոս սարկավագին՝ հարցրեց. — ի՞նչ են խոսում իմ մասին Դվինում:

— Քո որոշումները, Վեհափառ տեր, ոչ ոք անխորհուրդ չի համարում, բայց, ասում են, որ եթե դու աթոռավայրում լինեիր, ոստիկանը չէր համարձակվի քեզ հալածել:

— Իմ աթոռավայրո՞ւմ... Լավ. ես երկու օրից այնտեղ կլինեմ.... Կհասնենք, այնպես չէ՞, սրբազան, — դիմեց կաթողիկոսը եպիսկոպոսին:

— Դվի՞ն:

— Ո՛չ, Բյուրական ամրոցը. չէ՞ որ նա էլ իմ աթոռավայրն է: Այդտեղ լինելով ես մոտ կլինիմ կաթողիկե եկեղեցուն: Ոստիկանը գիտե, անշուշտ, որ Բյուրականը իմ դաստակերտն է, որ ես այդտեղ դղյակ ու եկեղեցի ունիմ կառուցած և տարվա մեծ մասն անցնում եմ այդ ամրոցում:

— Կարող ենք երկու օրից հասնել:

— Ուրեմն այսօր ևեթ ճանապարհվենք: Թո՛ղ մարդիկ լուր տանեն Դվին, թե կաթողիկոսը ելավ Սևանից: Թշնամին անշուշտ էլ չի դիմիլ այստեղ:

Եվ նույն ավուր երեկոյան կաթողիկոսն յուր հետևորդներով ու մերձավորներով ելավ Սևանից և ուղղվեցավ դեպի յուր ձեռակերտ ամրոցը՝ Բյուրական:

―――――――――

Մի քանի օր հետո ներկայացան Նսրին կաթողիկոսի նվիրակները Դոան եպիսկոպոսի առաջնորդությամբ և հանձնեցին ոստիկանին կաթողիկոսի ձեռագիր մի նամակը և դրա հետ միասին՝ թանկագին ընծաներ:

Կաթողիկոսը յուր նամակով շնորհավորում էր նախ ոստիկանի գալուստը և աղոթում նրա հաջողության համար և ապա յուր ընծաներն առաջարկելով՝ խնդրում էր նրանից ապահովության հրովարտակ՝ թե՛ յուր անձի և թե՛ աթոռի համար.

Ոստիկանին դիմելու այս խորհուրդը տվել էին կաթողիկոսին Բյուրականում եղող յուր մերձավորները:

Բեշիրը այնքան տագնապով հետևում էր Հայրապետին, որ միայն Նսրի միջամտությունը կարող էր նրա հետապնդության առաջն առնել: Այս պատճառով կաթողիկոսը չմերժեց մերձավորների խորհուրդը, որ արդարև, բարերար հետևանք ունեցավ:

Ոստիկանը գրավվելով ոչ այնքան կաթողիկոսի քաղաքավար նամակից, որքան նրա ղրկած ընծաներից, շնորհեց Հայրապետին ազատության հրովարտակ, թույլ տալով նրան ապրել՝ ուր որ ինքը ցանկանում էր:

Վեհափառը, իհարկե, յուր ձեռակերտ Բյուրականը գերադասեց Դվինից: Որովհետև, գիտեր, որ մահմեդական իշխանավորի խոսքն ու ստորագրությունը չէին կարող ապահովել յուր անձը մայրաքաղաքում, այդ պատճառով մնաց Բյուրականում, մինչև որ տեսնե, թե տերը ի՛նչ է հաջողում հայոց թագավորին:

Բայց Բեշիրը կատակեց, երբ Նսրի հրամանը հասավ, որով ոստիկանը պատվիրում էր նրան հանգիստ թողնել հայոց կաթողիկոսին:

Նա գիտեր, որ ոստիկանը ստացել է արդեն նվերների մի բաժին, և այդ է պատճառը, որ բարեկամացել է կաթողիկոսի հետ: Բայց չէ՞ որ ինքն էլ յուրը պիտի ստանար. չէ՞ որ Այրիվանից ձեռնունայն վերադառնալով՝ նա որոշել էր յուր վրեժը Սևանից առնել, իսկ եթե այդ չհաջողեր՝ ապա Բյուրականից:

Բայց ահա ոստիկանը խանգարում էր նրան: Ի՞նչ անել ուրեմն:

Նա դիմեց իսկույն Դվին, մահմեդական կրոնապետի օգնության:

Վերջինս որովհետև մեծ ազդեցություն ուներ ինչպես յուր ժողովրդի, նույնպես և ոստիկանի վրա, ուստի խոստացավ Բեշիրին՝ ոչնչացնել տալ ոստիկանի հրովարտակը և նորեն կաթողիկոսին յուր վրեժխնդրության հանձնել:

Մինչդեռ Դվինում այս հոգսերով էին զբաղված, և հայոց կաթողիկոսը անցնում էր յուր ձմեռը խաղաղությամբ, մեր երկու առաքյալները, այն է՝ Վահրամ սեպուհն ու Մարզպետունի իշխանը թափառում էին հայոց մեծ ու փոքր իշխանների գավառներում, մի բերդից անցնելով մյուսը, մի ամրոցից՝ դեպի մի ուրիշը:

Բայց նրանց առաքելությունը անցնում էր ապարդյուն, և խոսքն ու հորդորը պտուղ չէր բերում:

Աղձնյաց իշխանն, օրինակ, խոստանում էր միացնել յուր զորքը արքայական բանակին, եթե միացած կտեսներ նրան Աշոտ սպարապետի զորքը և Աբաս արքաեղբոր գնդերը: Մոկաց իշխանը նույն համաձայնությունն էր տալիս, եթե հիշյալների հետ միասին կգար պատերազմելու Վասպուրականի թագավորը: Աշոտ բռնավորը խոստանում էր մտնել դաշնակցության մեջ, եթե արքայական հրովարտակով յուր իշխանության կհանձնվեին Արարատի հինգ գավառները: Աբաս արքաեղբայրը, ընդհակառակը, ավելորդ էր համարում կազմել մի դաշնակցություն, որ պիտի կռվեր Աշոտ-Երկաթի դրոշի տակ: Նրա կարծիքով թագավորն արդեն վհատված ու հեռացած էր. պետք էր ուրեմն թույլ տալ նրան հանգստանալ մի ամրոցում, իսկ գահը հանձնել օրինավոր ժառանգին, այն է՝ իրան: «Այնուհետև, ասում էր, կարիք չի լինիլ, որ Գնորգ իշխանն ու Վահրամ սեպուհը զորք մուրան իշխաններից և կամ միության միջնորդ հանդիսանան, զի քաջ թագավորին կմիանան միշտ քաջերը»:

Այս բանակցություններն ամիսներ տևեցին: Աշունն ու ձմեռը անցան, և սկսավ Հայաստանի գեղեցիկ գարունը:

Եվ սակայն միջնորդ իշխանները ոչ մի միություն ստեղծել չկարացին:

Բայց Դվինի հազարացի կրոնապետը Բեշիր զորապետին արած յուր խոստումը կատարեց: Որքան էլ ոստիկանը համառ էր ու ինքնակամ, այսուամենայնիվ դենպետը կարողացավ համոզել նրան, թե նա մեծ նախատինք է հասցրել Մահմեդի կրոնին, ապահովության գիր տալով հայոց կաթողիկոսին:

— Աստված այդ սուրը տվել է քեզ նրա համար, որ դրանով մեր կրոնը անհավատների մեջ տարածես, որ Մահմեդի քարոզած ճշմարտությունն աշխարհին ծանոթացնես, որ այդ ճշմարտության հակառակորդներին փշրես ու ջախջախես: Բայց դու, ընդհակառակը, խնամում ու հովանավորում ես մեր կրոնի թշնամուն, Մահմեդի հայհոյչին, սրբազան դուռանի անարգող մարդուն:

Այս և սրանց նման զրույցներ շարունակ անում էր կրոնապետը, մինչև որ ոստիկանը համոզվելո՞ւց, թե՞ ձանձրանալուց հրաման տվավ Բեշիրին՝ հետևել նորեն կաթողիկոսին և դարձնել նրան Դվին:

Բեշիրի ցանկությունն էլ այդ էր: Ամբողջ ձմեռը նա Դվինում մաշվել էր անգործությունից: Այժմ ահա՛ գարնան գեղեցիկ օրերի հետ, հասավ իրան ոստիկանի ավելի ևս գեղեցիկ հրամանը: Ի՞նչ էր մնում նրան անել, եթե ոչ զորքերը հավաքել և դիմել Բյուրական:

Այդպես էլ նա արավ: Մի քանի օրվա մեջ կազմեց, պատրաստեց յուր հզոր բանակը և հրաժեշտ տալով բարերար ոստիկանին, դիմեց դեպի ծերուկ Արագածը:

Գարնան սկիզբն էր: Չնայելով որ Արագածը, Արայի լեռը և նույնիսկ Եռաբլուրը պատած էին դեռ ձյունով, այնուամենայնիվ Անբերդու գավառը ծածկվել էր կանաչով: Նրա սիրուն դաշտերը, գեղեցիկ հովիտները, սարավանդներն ու լեռնալանջերը զարդարվել էին ընտիր ու գույնզգույն ծաղիկներով: Աղբյուրները բազմացել, առուները հորդացել և գետերը վարարել էին: Խաշնարածները իրանց ձմեռային հանգիստը թողնելով՝ բարձրանում էին դեպի Արագածի լանջերը, որպեսզի նրա հովասուն արոտներում իրանց հոտերն ու նախիրը արածացնեն:

Արարատյան դաշտի վրա դեռ խաղաղություն էր տիրում, և գեղջուկն ու երկրագործը սկսել էին զբավիլ դաշտային աշխատություններով:

Հանկարծ Ռստանից լուր հասավ, թե հազարացիք ստվար բանակով հառաջանում են դեպի Անբերդ: Նորեն փախուստն ու թաքուստը սկսավ:

Կաթողիկոսը սակայն դեռ հանգիստ նստած էր Բյուրականում, այլև զբաղված յուր դաստակերտի բարեկարգություններով: Այն օրից ի վեր, որ նա ոստիկանից ստացել էր ապահովության հրովարտակ, բազմացել էին Բյուրականում ոչ միայն հոգևոր կոչման տեր անձինք, այլև, աշխարհական ընտանիքներ, որոնք ապաստանել էին այդ տեղին՝ ինչպես կաթողիկոսի հովանավորությունը վայելող մի ամրության:

Աhեկի (ապրիլի) գեղեցիկ առավոտներից մինն էր: Վեհափառը յուր դղյակի պատշգամբում բազմած դիտում էր այն փառավոր ու ակնապարար հորիզոնը, որ շրջապատում էր հովասուն Բյուրականը: -Նրա հյուսիսային կողմից բարձրանում էր լայնադիր ու քառագագաթ Արագածը յուր ծաղկածին սարատափերով, լեռնային լճակներով և ձյունապատ ստինքներով: Հյուսիս-արևելյան կողմից երևում էր Արայի լյառը յուր կանաչազարդ լանջերով: Արևմտյան կողմից փակում էին հորիզոնը Բարդողի ձյունապատ կատարները, իսկ հարավից ձգվում էր մի դաշտահովիտ, որ Եռաբլուր լեռան ստորոտը բերելով՝ հասնում էր մինչև Քասախի խառնուրդը և ապա դաշտանալով՝ տարածվում մինչև Մասիս: Այդ դաշտահովտի վրա ընկած էին բազմաթիվ գյուղեր ու ավաններ, որոնց իշխում էր հիշատակաց արժանի Օշականը, որ ամփոփում էր յուր մեջ Հայաստանյաց երկրորդ լուսատուի, այն է՝ սրբույն Մեսրոպա թանկագին նշխարները: Մի փոքր հեռու երևում էր քաղաքամայր Վաղարշապատը, իսկ նրա մոտ հայոց եկեղեցիների թագուհին՝ նախաթոռ Էջմիածինը, սուրբ Գայանեի վանքը, Մարիանե կույսի Շողակաթը և վերջապես հզոր արքայի սերն ու վիշտը մերժող հրաշագեղ Հռիփսիմեի հոյակապ վկայարանը: Այս բոլորից հետ ամբառնում էր վեհապանծ Մասիսի սպիտակափառ կատարը, ծածկված հավիտենական ձյունով ու սառույցով, որ կարծես իշխում էր Արարատյան լայնածավալ դաշտի վրա իբրև հզոր ու անպարտելի միապետ:

Այս գեղեցիկ տեսարանները, որոնք գրեթե ամեն օր գրավում էին կաթողիկոսին և զբաղեցնում նրան վերացական մտածություններով, այսօր, կարծես թե, կրկնապատկել էին իրանց հրապույրը: Նա զվարճանում էր, որ կարողացել էր յուր դաստակերտի համար ընտրել այսպիսի մի գեղավայր, և որոշում էր ընդարձակել նրան նորանոր շինություններով, ամրացնել մարտկոցներով և բազմացնել յուր մենարանի միանձանց թիվը:

Բայց ահա հենց այդ ժամանակ գուժաբերը հասավ Բյուրական: «Բեշիրը գալիս է» խոսքը կայծակի արագությամբ տարածվեց բոլոր ամրոցում և ամենքին սարսափահար արավ: Ամրոցի դռները ճռնչալով փակվեցան, պատրաստի եղած զորքերը զինվեցան, ամրոցում գտնվող և զենք կրել գիտցող մարդկանց զենքեր բաժանվեցան, ի բաց չառնելով նաև երիտասարդ հոգևորականները:

Բայց ի՞նչ. մի՞թե այդ տկար ուժերով պիտի կռվեին նրանք հազարացիների դեմ. իհարկե ոչ. դա հուսահատ դիմադրության պատրաստություն էր:

Հետզհետե հասնող լուրերը հավաստեցին, թե Բեշիրը գալիս է ոչ թե Բյուրականը գրավելու, այլ կաթողիկոսին ձերբակալելու: Եվ ահա այդ պատճառով նորեն խնդիր ծագեց Վեհափառի փախստյան համար: Նրա այն մերձավորները, որոնք վախենում էին, թե Բեշիրը կաթողիկոսին ձեռք, ձգելուց հետ իրանց էլ պիտի կալանավորե, խորհուրդ տվին նրան Բյուրականից հեռանալ: Բայց Սահակ եպիսկոպոսը, Մովսես վարդապետը և տեղվույն միաբանության գլխավորները հակառակեցան այդ խորհրդին:

— Չպետք է մի անձի պատճառով շատերին զոհել, — ասում էին նրանք,- կաթողիկոսի փախստյան համար տեղ չի պակսիլ. բայց նրա ամեն մի փախուստը բազմաթիվ զոհեր է տալիս թշնամուն: Եթե աստված Վեհափառի համար մահ է որոշել, ապա նա չպիտի վարանի այդ որոշման հնազանդել. ըստ որում ո՞ւր որ էլ փախչե, դարձյալ պատուհասը կհասնե նրան, իսկ եթե չէ որոշել, ապա Բեշիրի հարձակումը չի կարող վնասել նրան:

Բայց այս զրույցները չփարատեցին կաթողիկոսի և նրա մերձավորների երկյուղը: Կայացավ մի գաղտնի խորհուրդ, որ որոշեց Բյուրականի բախտը, այն է՝ համոզել կաթողիկոսին հեռանալ շուտով դեպի Բագարան, Աշոտ սպարապետի մոտ, և ազատել յուր անձը վտանգից: Սպարապետը ոչ միայն մեծ զորք ու անառիկ ամրություն ուներ, այլև վայելում էր ոստիկանի բարեկամությունը: Հետևապես Վեհափառը կապահովեր իրան, եթե ապավիներ այդ իշխանին:

Երբ կաթողիկոսը հայտնեց Սահակ եպիսկոպոսին յուր որոշումը և առաջարկեց նրան «խույս տալ աստուծո բարկությունից» յուր հետ միասին, սրբազանը պատասխանեց.

— Ես կմնամ իմ ժողովրդի հետ: Ե՛րբ նա կռվե, ես կաղոթեմ, երբ մեռնի, կմեռնեմ նրա հետ միասին...

Նույն որոշումն արին կաթողիկոսի հետևորդներից Մովսես վարդապետը, Թեոդորոս սարկավագը, երկու եղբայր՝ Մովսես և Դավիթ քահանաները իրանց աշխարհական եղբոր՝ Սարգսի հետ, և մի քանի ուրիշներ:

Բայց և այնպես նույն ավուր գիշերը կաթողիկոսը, յուր երկչոտ մերձավորները ժողովելով, նրանց հետ միասին խույս տվավ դեպի Բագարան:

Հետևյալ առավոտ մի քանի գունդ զինվորներ հառաջանում էին դեպի Բյուրական: Ամրոցականները, հեռվից նրանց տեսնելով՝ կարծեցին, թե թշնամու հառաջապահներն են և սկսան տագնապով դեպի մարտկոցները վազել: Բայց երբ այդ գնդերը մոտեցան, նրանք զարմանալով նկատեցին ոստանիկների դրոշակները և ուրախությամբ լցվեցան: Եկողները ոչ թե թշնամիներ, այլ հայ զորքեր էին. բայց ո՛ր իշխանի զորքերը, ոչ ոք չգիտեր:

Երբ նրանք Բյուրականի պարսպներին հասան, ամրոցականները զարմանալով տեսան, որ մի քանի հարյուր հոգուց բաղկացած այս զորագունդը ոչ պետ ունի, ոչ գլխավոր, այլ մի ինչ-որ խարազանազգեստ մարդ, խաչանիշ դրոշը ձեռին, առաջնորդում է նրանց:

Երբ ամրոցի դռները բացին օգնության հասնող զորքը ներս ընդունելու, Սահակ սրբազանը դեպի դրոշակակիր առաջնորդը առաջանալով, ասաց.

— Այս ի՞նչ եմ տեսնում... հայր Սողոմոն: Ճգնավորը զորապե՞տ է դարձել...

— Այո՛, սրբազան, եկեղեցվո ազատությունը պաշտպանող զորքին ճգնավորները պիտի առաջնորդեն, — պատասխանեց խարազանազգեստ հայրը և պատմեց նրան, թե ինչպե՞ս էր ժողովել այդ զորագունդը:

Սողոմոն ճգնավորը Սազաստան աքսորված մի հայ քահանա էր, որ բախտի բերմամբ ազատություն գտնելով՝ վերադարձել էր հայրենիք և յուր օրերը վանքերում անցկացնում էր ճգնությամբ:

Լսելով Այրիվանքի կոտորածը և հայոց կաթողիկոսի կրած հալածանքները, նրա մեջ վառվեց ազգակիցներին օգնելու նախկին եռանդը և նա սկսավ թափառել շեներն ու ավանները և հորդորել ժողովրդին զենքի դիմելու և իրանց պաշտպանելու, քանի որ իշխանները մերժում էին նրանց այդ պաշտպանությունը:

Ճգնավորին ընկերացան մի քանի ազատ զինվորներ, որոնց շնորհիվ նա հետզհետե կազմակերպեց մի գունդ, որ օգնության էր հասնում հարձակման ենթարկվող գյուղացիներին: Երբ լուր տարածվեց, թե Բեշիրը դիմում է Բյուրական՝ կաթողիկոսին ձերբակալելու, Ճգնավորը հրավեր կարդաց յուր գնդին՝ գնալ հայրապետին օգնության, որովհետև, նա էլ նույնչափ լքյալ ու անօգնական էր, որքան գեղջուկ ժողովուրդը:

Այս հրավերը սիրով ընդունվեցավ գնդի կողմից:

Բացի այդ, Ճգնավորի խմբին միացան նաև ավաններում գտնվող ուրիշ ազատ զորքեր, որոնք «մինչև այսօր երկրի իշխանների համար կռվեցինք, այժմ էլ եկեղեցվո իշխանի համար կռվենք» ասելով, հարել էին խաչանիշ դրոշին և դիմել Բյուրական:

Ճգնավորի հետ եկած զորքը վեհարանի շուրջը պատած սպասում էր, որ Վեհափառը ելնե և օրհնե իրանց: Այդ մի բնական և իրավացի ցանկություն էր այն զորականի համար, որ ինքնակամ եկել էր յուր եկեղեցին և նրա պետը պաշտպանելու: Բայց որքա՜ն մեծ եղավ Սոլոմոն հոր ցավը, երբ Դոան եպիսկոպոսը հայտնեց նրան, թե Վեհափառը խույս է տվել Բազարան:

— Իմ զորքերը կցրվեն, եթե այդ իմանան,-ասաց նա եպիսկոպոսին, — նրանք եկել են այստեղ Վեհափառին պաշտպանելու: Իսկ եթե նրանց հայտնվի, թե կաթողիկոսը ձգել է միաբանությունը յուր անձն ազատելու համար, նրանք գուցե վերադառնան հենց այս վայրկենին:

— Ի՞նչ անենք ուրեմն. մենք կարոտ ենք այդ զորքի օգնության, — հարցրեց եպիսկոպոսը:

Փոքր մտածելուց ետ Ճգնավորը պատասխանեց.

— Պետք է հայտնել նրանց, թե Վեհափառը հիվանդ է և ելնել չէ կարող:

Այս անմեղ սուտը օգուտ կբերե մեզ:

— Չէ՛, հայր Սոլոմոն, չկա մի սուտ, որ հանցանք չհամարվի, և չկա հանցանք, որ անպատիժ մնա, — նկատեց եպիսկոպոսը, — ես այդ տիրասեր զորքին խաբել չեմ կարող: Ավելի լավ է հայտնենք նրան ճշմարտությունը, իսկ մեր պաշտպանության գործը թողնենք նրա խղճին:

— Այդ միևնույն է, թե մենք մեր ձեռքով Բյուրականը հանձնենք թշնամուն:

— Ի՞նչ անենք ուրեմն, — հարցրեց եպիսկոպոսը տարակուսելով:

— Ոչինչ այլևս անելու չունենք, մնում է, որ ես ինքս գործեմ այդ հանցանքը, եթե արդարև դա մի հանցանք է, — ասաց Ճգնավորը: Ապա դուրս գալով Վեհարանի բակը, հայտնեց զորքերին, թե «վեհափառը հիվանդ է և իմ բերանով ուղարկում է ձեզ յուր հայրական օրհնությունը»:

Զորքը, իհարկե, հավատաց Ճգնավորին և շատերը նրանցից եկան այն համոզման, թե թշնամու հարձակման լուրը վախեցրել է կաթողիկոսին:

Այս համոզումը մինչև անգամ բորբոքեց նրանց մեջ վրեժխնդրության կրակը:

Նույն օրն ևեթ զորքերը կարգավորեցին: Թե՛ ամրոցում եղածները և թե՛ նորեկները բաժանեցին մի քանի խմբերի, որոնց և կարգեցին զանազան տեղերում, այն է, ոմանց՝ աշտարակների մեջ, ոմանց՝ պարիսպների վրա և մնացյալներին՝ դռների առաջ կամ զաղտնի ծածկարաններում:

Ընդհանուր հրամանատարությունը հանձն առան տեղական զորքերի վրա՝ Թեոդորոս սարկավագը, որ քաջ զինաշարժ էր, իսկ եկվորների վրա՝ Սոլոմոն Ճգնավորը:

Արդեն ամեն ինչ պատրաստ էր, երբ թշնամին երևաց, որ նստաջանում էր Վաղարշապատի կողմից:

Իսկույն ամեն մի մարդ յուր տեղը բռնեց:

Սահակ եպիսկոպոսը հրամայել էր, որ ամրոցի հոգևորականներից նրանք, որոնք զենք չէին կրում, ժողովվին եկեղեցի և հսկումն կատարեն: Այդ հսկումը պիտի շարունակվեր բոլոր ժամանակ, քանի զորքը կռվում էր: Կոչնակի ձայնն առնելուն պես եկեղեցին աղոթողներով լցվեցավ: Այդտեղ էին ինչպես հսկումն կատարողները, նույնպես և այն կանայք ու ծերունիք, որոնք զորքին պիտանի լինել չէին կարող: Ինքը՝ եպիսկոպոսը առաջնորդում էր աղոթողներին:

Թշնամու զորքը մոտենալուն պես հարձակումն սկսավ: Բեշիրը կարծելով, թե կաթողիկոսը ամրոցումն է և թե վերջինս թափուր է պաշտպանության միջոցներից, որոշել էր հանկարծական հարձակումով վախեցնել կաթողիկոսին և ստիպել նրան ինքնակամ անձնատուր լինելու: Գոռոզ հագարացին ավելորդ էր համարում մինչև անգամ բանակցություն սկսել նրա հետ: Նա մտածում էր, թե իրավունք ունի հարձակվելու և կալանավորելու նրան, ինչպես յուր վերջին ծառային. ի՞նչ հարկ կար քաղաքավարական ձևեր գործ դնելու:

Բայց որքա՜ն մեծ եղավ նրա զարմանքը, երբ տեսավ, որ Բյուրականում այնպես չեն հանդիպում իրան, ինչպես Այրիվանքում, որ ամրոցի պարիսպներից ու աշտարակներից տեղում է յուր զորքի վրա նետերի սաստիկ տարափ և հարյուրավոր սվիններ ու գեղարդներ օդի մեջ թռչելով՝ շամփրում են հարձակվողների կրծքերն ու թիկունքը: Այս դեռ բոլորը չէր: Բերդի դռան աշտարակից թափվեցավ դուրը ջախջախել ճգնող զորքի վրա կպրաձյութի կրակվող հեղեղ, որ շատերին տեղն ու տեղը այրեց:

— Ուրեմն մենք գործ ունինք ո՛չ թե անպաշտպան կաթողիկոսի, այլ զինավառյալ մի ամրոցի հետ, — ասաց Բեշիրը յուր մերձավորներին. — ետ քաշվենք, բանակ դնենք և կանոնավոր հարձակման պատրաստվենք:

Այս ասելով նա նահանջի փող հնչեցրեց, և զորքերը պարիսպներից հեռացան: Ամրոցականներն ուրախության աղաղակ բարձրացրին և սկսան ծաղրել հագարացիներին, անվանելով նրանց «երկչոտ ու կնամարդի»:

Թշնամին ոչինչ չէր պատասխանում, նա միայն կրճտում էր ատամները և վրեժխնդրություն սպառնում:

Նույն ավուր երեկոյան Բյուրականի պարիսպների վրա վառվեցան հարյուրավոր կրակներ, և զորքն ու ժողովուրդը սկսավ ուրախության տոն կատարել:

Բայց թշնամու բանակում ուրիշ գործի վրա էին: Բազմաթիվ վարպետներ զբաղված էին բաբաններ, պալիստրներ և ուրիշ պարսպահար գործիքներ պատրաստելով: Կառուցանում էին, մինչև անգամ, մի կրիա և փայտե շարժական աշտարակ: Զորքը պարապած էր կախարաններ ու վերելակներ պատրաստելով, իսկ ինքը՝ Բեշիրը անձամբ հսկում էր այդ աշխատությանց վրա:

Հետևյալ առավոտ ամրոցականները տեսան, որ թշնամին մի գիշերվա մեջ բավական գործ է կատարել, և որ շարունակվող աշխատությունները հետզհետե սպառնացող կերպարանք են առնում: Բայց այդ բաներից նրանք չվախեցան, այլ իրանք էլ իրանց կողմից սկսան համապատասխան պատրաստություններ տեսնել: Ամենից առաջ աշխատեցին հրանյութի պաշարն ավելացնել և պարիսպների տակ գաղտնի անցքեր բանալով՝ կրիան այրելու կամ աշտարակը կործանելու մասին հարկ եղածը հոգա: Դարբիններն զբաղված էին երկաթե կարթեր կամ ջախջախող գործիքներ կռելով: Կանայք հնոտիներից գնդակներ էին պատրաստում և եռացրած ճարպի կամ ձյութի մեջ թաթախում: Զորքն այդ ամենը փոխադրում էր պարիսպների կամ աշտարակների վրա: Ամեն տեղ աշխատանքը եռում էր. ամենքն էլ մասնակցում էին մի որոշ գործի:

Երեք օրից հետ վերջապես թշնամին նորեն սկսավ մոտենալ և առաջ վարել ռազմական գործիները: Մի հարյուր հոգի զբաղված էին տափարակ ու լայնադիր կրիան գլանների վրա գլորելով, մի հարյուրը առաջ էր վարում անիվների վրա հաստատած եռհարկյան աշտարակը: Մի խումբ բերում էր բաբանն ու խոյը, մի ուրիշը պալիստրները, մի երրորդը՝ ջրով լի տիկերը, որոնցով պետք է պարիսպներից թափվող կրակը հանգցնեին, իսկ զենք շարժող զորականն սկսում էր ամրոցի շուրջը պատել:

Այդ միջոցին Բյուրականի եկեղեցում հանդիսավոր պատարագ էր մատուցանում Սահակ եպիսկոպոսը: Ժողովրդի հետ միասին գտնվում էր եկեղեցում նաև զորքը: Նա եկել էր վերջին անգամ պատարագ տեսնելու, վերջին անգամ յուր սուրբ նախահարց հոգեբուխ երգերը լսելու և Փրկչի կենարար մարմնին ու արյանը հաղորդվելու:

Բացակա էին միայն պահնորդ զորքերը, որոնք հսկում էին ամրոցի դռներին և թշնամու շարժմանը:

Զորքին հաղորդություն տալուց առաջ Սահակ եպիսկոպոսը խոսեց նրա հետ բեմի վրայից.

— Չորս հարյուր յոթանասուն տարի առաջ, ով իմ սիրելի զավակներ, պատրաստվեցան թշնամու հետ կռվելու Վարդանանց քաջերը: Նրանք էլ ձեզ նման նախ աստուծո օգնության և ապա իրանց բազկի զորության դիմեցին: Նրանք էլ աշխարհային փառքի կամ անձնական շահու համար չէին կռվում, այլ հայրենիքի և եկեղեցու ազատության համար: Ինչպես այսօր, այնպես էլ այն ժամանակ, թշնամին կամենում էր այդ ազատությունը խլել, հայ ազգն ստրկացնել, բայց Վարդանանց քաջերը թույլ չտվին նրան այդ անելու: «Ավելի լավ է ազատ մեռնենք, քան ստրուկ ապրենք», ասացին նրանք և անկեղծ սրտով հարձակվեցան թշնամու դեմ, որ կրկնապատիկ զորավոր էր իրանցից: — «Չվախենանք հեթանոսների բազմությունից, մահկանացուի ահավոր սրից, — ասում էր Վարդանը յուր զորքերին, — զի եթե աստված մեզ օգնե, մենք նրանց կսատակենք և ճշմարտության կողմը կբարձրանա: Բայց եթե հասած է մեր մեռնելու ժամը, ապա ավելի լավ է, որ մեռնենք սուրբ կռվի մեջ և քաջության հետ վատություն չխառնենք...» Եվ նրանք քաջաբար կռվեցին, բազմաթիվ թշնամիներ սատակեցին և իրանք էլ քաջությամբ մեռան՝ սրերը ձեռքներին, հարվածները կրծքի մեջ... բայց նրանց անունը անմահ մնաց մինչև այսօր և անմահ պիտի մնա հավիտյան... Ո՞վ կիմանար աշխարհում, թե եղել են Վարդանանք, եթե նրանք երկչոտությամբ միայն իրանց անձն ապրեցնեին: Չէ՞ որ նրանցից առաջ և հետո ապրել և մեռել են միլիոնավոր մարդիկ, ո՞վ է դրանց անունը հիշում: Իսկ Վարդանանց քաջերին չեն մոռանում, որովհետև նրանք կռվել ու մեռել են ամենասուրբ գործի՝ հայրենիքի ազատության համար: Դուք էլ ահավասիկ կամենում եք հավասարվել Վարդանանց, դուք էլ նրանց նման պատրաստվել եք եկեղեցու և հայրենի ազատությունը պաշտպանելու, դուք էլ կամենում եք անմահ անուն ժառանգել ազգի մեջ... Ուրեմն մի՛ վախենաք թշնամու զորությունից, նրա ահավոր պատրաստությունից: Ձեր դատն արդար է և կռիվն իրավացի, իսկ աստված զորավից է լինում արդարության: Եթե մինչև անգամ մահ հասնե ձեզ այս կռվում. ուրախությամբ ընդունեցեք նրան, զի դրա փոխարեն երկնքում անանց կյանք, իսկ երկրում անմահ անուն պիտի ժառանգեք: Այս հանդիսավոր ժամին ս. աստուծո սեղանի առաջ ես էլ կրկնում եմ սուրբ Ղևոնդ երեցի այն խոսքերը, որ նա ուղղեց Վարդանանց քաջերին. «Մի՛ թուլությամբ լքանիցեմք, եղբարք, այլ պնդությամբ սրտիվ և հաստատուն հավատով կամակար հարձակեսցուք ի վերա թշնամյացն, որ հարուցյալ գան ի վերա մեզ: Մեր հույս մեզ կրկին երևի. եթե մեռանիմք՝ կյանք, և եթե մեռուցանեմք, մեզ նույն կյանք առաջի կան...»: Մոտեցեք ուրեմն ճշմարտության և սուրբ իրավանց համար մեռնող Փրկչի մարմնին ու արյանը. հաղորդվեցեք նրան և այդ հաղորդությունը թող արիացնե ձեր սրտերը, ուժ տա ձեր բազկին և հաղթություն՝ ձեր սրին...

Երբ պատարագիչ սրբազանը ս. հաղորդության սկիհը ձեռին խոնարհեց բեմի վրա, զորքերը կարգով առաջ եկան և հաղորդվեցան: Նրանց հետևից ամրոցի ժողովուրդը սկսած փոքրից մինչև մեծը, որովհետև ամենքն էլ պատրաստվում էին օրհասական կռվի:

Փոքր ժամանակից հետ զորքերն արդեն պարսպի և մարտկոցների վրա էին:

Արևն արդեն բարձրացել էր, երբ թշնամու նախահարձակ գնդերն ամրոցի շուրջը պատեցին և սկսան նետաձիգ լինել դեպի պարսպի հայ զինվորները: Վերջիններս պատասխանեցին նրանց նույն զենքով:

Ապա հետզհետե մոտեցան կանոնավոր խմբերը, որոնց մի-մի շարքը ասպարափակ անելով՝ ծածկում էր թե՛ իրան և թե՛ հետևող խմբերին: Վերջիններս այդպիսով պատսպարված՝ նետաձիգ էին լինում անընդհատ: Այդ դեպքում պաշարյալներին պաշտպանում էին միայն պարսպի ատամները:

Մի առ ժամանակ հակառակորդներն զբաղված էին այս հանգիստ տուրևառով: Բայց ահա մոտեցրին պարսպին մի ստվարազլուխ խոյ: Դա ոչ այլ ինչ էր, եթե ոչ մի ահագին գերան, որ հաստ շղթաներով կախված էր անիվների վրա ամրացրած մի ծածկի առաստաղից և գլխին հագցրած մի հաստ ու սրածայր երկաթ: Այդ կախարանավոր գերանը պարսպին մոտեցնելով՝ նրա ետևից չվանով քաշում էին տասնյակ մարդիկ և հանկարծ բաց թողնելով՝ երկաթե գլուխը զարկում պատին: Այդպիսով նրանք քարերը խախտելով աշխատում էին պարիսպը կործանել:

Ուրիշ կողմերից մոտեցնում էին բաբաններ ու պալիստրներ՝ լարած արջառի ամուր ջիղերով: Դրանց վրա դնում էին ահագին քարեր և ուժգին թափով զարկում պարսպի շուրթերին:

Պարսպահար գործիների շուրջը վխտում էին բազմաթիվ զորքեր: Նրանցից ոմանք գործիներն էին շարժում, ոմանք գործավորներին պատսպարում և ոմանք գործիների դեմ խիզախող մարտիկները վանում:

Բայց հազիվ առաջին խոյը սկսել էր յուր հարվածները և ահա պարսպի վրայից թափեցին նրա վրա կրակված կպրի հեղեղ և նավթով թաթախուն խոտի խրձիկներ, որոնք խոյի տախտակե ծածկը վառելով, ահագին հրդեհ առաջացրին: Չնայելով որ հրշեջները իրանց տկերը դատարկելով աշխատեցին հրդեհը հանգցնել, այնուամենայնիվ բոցը լափեց խոյի ծածկն ու կախարանը և գործին անպիտանացած ընկավ գետնի վրա:

Ոչնչացած խոյին փոխարինեց մի ուրիշը, որի ծածկը պատած էր թրջած թաղիքով և տամկացած կաշիներով: Ամրոցականները նրա դեմ էլ սկսան մրցել համապատասխան հնարներով:

Իսկ քարեր արձակող պալիստրների դեմ միայն մի միջոց ունեին նրանք, այն է՝ չվաններով կապում ու կախում էին պարսպից խոտի ահագին խուրձեր, որոնց դիպչելով՝ պալիստրի ռումբը կորցնում էր յուր թափի զորությունը և այդպիսով անվնաս դառնում պարսպի համար: Բայց թշնամին յուր երկարաբուն ջահերով վառում էր այդ խուրձերը, որից հետո ամրոցականները չվանը կտրելով՝ վայր էին ձգում հրդեհված խոտը և ուրիշ խուրձեր փոխարինում նրանց:

Մինչդեռ թշնամին մի կողմից յուր պարսպահար գործիներով աշխատում էր պարիսպներն ու պատնեշները փլցնել, մյուս կողմից նրա ավելի խիզախ խմբերը սանդուղքներ ու վերելակներ էին ամրացնում պարսպի ու աշտարակների վրա և աշխատում էին դեպի վեր բարձրանալ: Նրանք վահանները գլխներին և սուրը ձեռքներին բռնած՝ մագլցում էին այդ սանդուղքները և զարմանալի արիությամբ դեպի վեր սուրալով՝ աշխատում էին զոռով ներս թռչել դեպի ամրոցը:

Բայց հայ զինվորները ժամանակ չէին տալիս այդ քաջերին: Երկաթե ահագին ձողերով, սվիններով ու նիզակներով շարունակ հարվածում, վայր էին գլորում նրանց կամ երկաթե ժանիքավոր կարթերով նրանց գլուխն ու մարմինը շամփրելով՝ դեպի վեր էին քաշում և չարաչար սատակում: Շատ տեղ էլ սանդուղքները գլորելով՝ գետին էին թոթափում վրան մագլցողներին:

Թշնամու հարձակումն անընդհատ շարունակվում էր: Թե՛ դրսից և թե՛ ներսից կռվում էին կատաղությամբ: Ոչ մի կողմը տեղի չէր տալիս մյուսին: Նետերի տարափ էր, որ տեղում էր վերից վայր և հակառակ, սվիններ ու գեղարդներ էին, որ շարունակ թռչում էին օդի մեջ. սանդուղքներ էին, որ ջախջախվում, նիզակներ, որ փշրվում, վահաններ, որ ջարդվում էին:

Իսկ բոցն ու կրակը ինչպես մի լանածավալ հրդեհ պատում էր պարիսպները, պատնեշները և աշտարակները:

Բեշիրը տեսնելով, որ բյուրականցիների ընդդիմությունը ահագին կոտորած է անում յուր զորքի մեջ, հրամայեց նրան նահանջել այդ օրը: Պարիսպների տակ կուտակված էին ահագին թվով դիակներ, որոնց թշնամին ժողովելով՝ հազիվ մինչև երեկո թաղել կարողացավ մի ընդհանուր փոսի մեջ:

Այս հանգամանքը կատաղեցնում էր Բեշիր զորավարին, նա փրփրում և ատամները կրճտում էր: Բայց ի՞նչ կարող էր անել: Պաշարյալները իրանց պարտքն էին կատարում և պաշտպանվում էին հերոսաբար:

Մի վայրկյան նա մտածեց թողնել Բյուրականին բռնությամբ տիրելու որոշումը և առաջարկել կաթողիկոսին անձնատուր լինել խաղաղությամբ: Նա հավատացած էր, թե կաթողիկոսը ամրոցումն է և թե ինքը վերջ ի վերջո պիտի տիրե նրա դղյակին և ձերբակալե նրան: Բայց մեկ էլ մտածելով, որ պաշարյալները կարող են յուր առաջարկությունը մերժել, իրան էլ այդպիսով ծաղրել ու վիրավորել, թողեց այդ որոշումը:

— Զենքի ուժով կառնեմ և կիատակեմ այս ամրոցը, — ասաց նա, վերջապես և հրաման տվավ զորքին՝ նոր և սաստկագույն հարձակման պատրաստվելու:

Հետևյալ առավոտ, դեռ արևը չծագած, Բեշիրը նորեն յուր զորքերով դեպի բերդը դիմեց: Նորեն նետաձիգներն ու պարտզահարները իրանց գործն սկսան: Բացի այդ, պաշարյալները երկյուղով տեսան, որ փայտակերտ աշտարակն ու ահագին կրիան, որոնց նախընթաց օրը թողել էին պարիսպներից հեռու (որովհետև հույս ունեին ավելի թեթև գործիներով պարիսպները փլցնել), արդեն մոտեցնում են՝ առաջինը պարիսպներին, իսկ երկրորդը՝ բուրգերից մինին: Նրանց երկյուղը ոչ թե աշտարակի ու կրիայի տալիք հարվածներից էր, այլ այն մտադրությունից, թե չլինի՞ այդ գործիները չմոտեցնեն այն տեղերին, ուր ցանկալի էր, այսինքն՝ ուր որ դարան էին լարել իրանք: Այս պատճառով ինչպես նախընթաց, նույնպես և այդ օրը հայ զինվորները չմոտեցան պարսպի այն մասին, որ ամենից թույլն ու դյուրամատույցն էր, կամենալով մոլորեցնել թշնամուն: Իսկ վերջինս, որ օր առաջ արդեն նկատել էր ինչպես այդտեղի հարմարությունը՝ աշտարակից կամուրջ ձգելու համար, նույնպես և այն, որ զորքերը չեն պաշտպանում այդ մասը, եկել էր այն եզրակացության, թե ներսից ուրեմն կռվան չունի պատվարը, և այդ է պատճառը, որ զորք չէ կանգնում այդտեղ: Ուստի շուտով եռհարկյան մարտկոցը անիվների վրա տատանելով սկսավ մոտենալ պարսպի այդ մասին: Պաշարյալների ուրախությանը չափ չկար: Որովհետև նա կանգ պիտի առներ հենց այնտեղի վրա, ուր իրանք փորել էին ընդարձակ գետնափոր, որի վերին երեսը պահպանվում էր ներսից զարկած և հենարանների վրա հաստատած մի տախտակամածով: Այդ գետնափորի մեջ տեղ-տեղ դարսված էին նավթով թաթախուն խռիվ ու խրձիկներ: Եթե աշտարակը կանգնեցնեին գետնափորի վրա, իրանք հենարանները հանելով՝ տախտակամածը պիտի քանդեին: Այդպիսով հողի ծածկը աշտարակի ծանրության չդիմանալով՝ պիտի փլչեր, որով և մարտկոցը վայրահակ կործաներ: Այնուհետև խոտն ու խռիվը կրակելով՝ պիտի այրեին նաև աշտարակը:

Պաշարյալների ակնկալությունն ի դերև չեղավ: Փայտակերտ մարտկոցը կանգնեցրին պարսպի դյուրամատույց տեղի մոտ, իսկ և իսկ գետնափորի վրա: Հազարացիների մարտիկները աշտարակը մտնելով իրանց գործն սկսան: Նրա ներքին հարկից սակրերով ու նիզերով փորփրում էին պարսպի հիմքը: Երկրորդ հարկից՝ փոքրիկ խոյերով խախտում էին նրա պրգունքի քարերը: Այդ երկու բաժանման աշխատավորներին պաշտպանում էր պաշարյալների հարվածներից տամուկ կաշով պատած հաստ տախտակամածը, որ երկրորդ հարկի հատակից բացվելով՝ կառչում էր պարսպին և այդպիսով ծածկում պարսպահարներին:

Հայ զորքերի մի ստվար խումբ վազեց իսկույն աշտարակի կողմը և սկսավ կռիվ մղել նրա երրորդ հարկի մարտիկների դեմ, որոնք աշխատում էին երկաթապատ կամուրջը պարսպի վրա իջեցնել:

Երկու կողմից էլ կատաղի կռիվ սկսավ: Նետերը տեղում էին աջ ու ձախ. նիզակները ճռճում ու հարվածում, ժանիքավոր ավինները խփում ու միմյանց կառչում, բայց կովողներից ոչ մինը տեղի չէր տալիս մյուսին:

Հանկարծ երկաթե ձողապատ կամուրջն աշտարակի բարձունքից ճռնչալով իջավ պարսպի վրա, և հազարացի մարտիկները միմյանց ետևից սկսան նրա վրայով խուժել դեպի պարիսպը:

Այստեղ փրթեց հուսահատ կռիվ. ներսինները դիմադրում էին հերոսաբար, դրսինները խիզախում համարձակորեն: Նիզակներ էին՝ որ փշրվում, վահաններ՝ որ ջախջախվում, սրեր՝ որ շողում կամ թռչում էին աջ ու ձախ, և մարտիկներ, որոնք կամրջի ու պարսպի վրայից թոթափվում էին դեպի վայր: Հազարացի ընկած զինվորներին շարունակ փոխարինում էին նորերը, որոնք ներքին հարկից վազում էին դեպի վեր դիվական ճարպկությամբ մինչդեռ հայ զորաց թիվը գնալով նվազում էր: Որովհետև մյուս կողմերի վրա կովողներից սրանց օգնության հասնել չէին կարող. ամեն մի խումբ յուր դիմադիր հակառակորդն ուներ: Բայց և այնպես այդ սակավաթիվ քաջերը կովում էին հուսահատ կատաղությամբ և միևնույն ժամանակ զարմանում կամ զայրանում, որ աշտարակը այդքան ժամանակ կանգուն է մնում յուր տեղը:

Փոքր մի ևս և հայ կտրիճները պիտի հաղթահարվեին, և աշտարակի զորքերը վերջին հարվածը տալով նրանց, պիտի խուժեին պարսպից ներս: Բայց ահա՝ հանկարծ լսվեց մի բոմբյուն, ապա մի դղրդոց, և փայտակերտ աշտարակը, ալիքների մեջ ընկղմող հսկայական նավի նման ճռճալով ու տատանելով սկսավ մի կողմից խրվել գետնի մեջ և մյուս կողմից հակվելով՝ զարնել պարսպին: Կամուրջն ու ներքին տախտակամածը փշրվեցան, վերին հարկը մյուս երկուսից բաժանվելով կործանվեցավ, իսկ վերջիններին շրջապատեց մի սոսկալի հրդեհ, որ առաջացել էր գետնափորի մեջ նավթով ողողած խռիվների վառվելուց:

Հազարացիները այդ տեսնելով հուսահատության աղաղակ բարձրացրին, մինչդեռ հայերն ուրախության ու ցնծության ձայներ էին արձակում: Թեպետ հրշեջների խումբը շրջապատեց իսկույն վառվող աշտարակը և թափեց նրա վրա յուր այծատիկների ջուրը, սակայն կրակը հանգցնել չկարողացավ: Բոցեղեն լեզուները, որոնք գետնի միջից անընդհատ ծառանալով շրջապատել էին աշտարակը, գրեթե կես ժամում այրեցին ու մոխիր դարձրին նրան՝ յուր մեջ ունեցած զենքերով ու զորքերով:

Աշտարակից ավելի լավ բախտի չհանդիպեց կրիան, որ գլխավոր բուրգին մոտեցնելով՝ կամենում էին նրա ներքին հարկը խրամատել: Կրիան մի քառակուսի և լայնադիր տախտակամած էր, մի քանի կանգուն բարձրությամբ, հաստատված ութ ստվար անիվների վրա և չորս կողմից պատած անեփ ու թաց կաշվով, որ նրան վերին կողմից ազատ էր պահում հրդեհից: Այդ ծանրաշարժ գործին առաջ էին մղում գլանների վրա ձգած տախտակների վրայով: Բուրգին կամ պարսպին մոտեցնելուց հետ, նրա տակ մտնում էին մի քանի տասնյակ մարդիկ, որոնք և թրերով ու նիզերով սկսում էին քանդել պատվարը, չվախենալով ամրոցական հարվածներից, որովհետև հաստաշեն տախտակամածը պաշտպանում էր նրանց:

Սակայն բյուրականցիք ուրիշ հնար էին մտածել նրան կրակելու համար: Հենց որ հազարացիք առաջին փոքրիկ խրամատը բացին, իրանք այդ տեղով սկսան թափել ահագին քանակությամբ թեփախառն նավթ: Հեղուկը հոսելով լճացավ կրիայի տակ. ապա մի ակնթարթում կրակեցին նրանք այդ հեղուկը հենց խրամատի բերանում: Բոցը ծավալվելով մտավ կրիայի մեջ: Պարսպահար գունդն սկսավ փախչել, շատերն էլ կրակից բռնվեցան, իսկ կրիան մնաց բոցեղեն լեզուների մեջ: Այդ միջոցին բուրգի վերևից սկսավ տեղալ նետերի սաստիկ տարափ այն խիզախ խմբերի վրա, որոնք կարթավոր չվանները ձեռքներին մոտենում էին կրիային՝ կրակների մեջքից նրան ազատելու համար: Այդ անել, իհարկե, թույլ չտվին նրանց հայերը, և կրիան հետզհետե այրվելով դարձավ մի մոխրակույտ:

Զորապետի կատաղությանը չափ չկար: Արաբական նժույգը հեծած, սուսերամերկ և սրարշավ նա դիմում էր մերթ այս և մերթ այն կողմը, և ահեղ որոտալով՝ առաջ էր մղում մարտիկներին, ոմանց թշնամանում, ոմանց խրախուսում էր. հայ կտրիճներին օրինակ էր տալիս նրանց, վառում, բորբոքում էր պատերազմը: Բայց բոլորն իզուր, բոլորն ապարդյուն: Հայոց նետերն ու կրակը ահագին կոտորած էին անում նրա զորքի մեջ: Շատերը նրանցից ձգում, փախչում էին և զորավարի հրամանն ու սպառնալիքը չէր վերադարձնում դասալիքներին:

Վերջապես մի քանի ժամվա կատաղի կռվից ու խիզախ հարձակումից հետ Բեշիրը հրաման արավ զորքին նահանջ տալու և բանակատեղը դառնալու:

Այդպես էլ կատարվեցավ:

Իսկ բյուրականցիք ուրախության աղաղակներով ծաղր ու ծանակ էին անում նրանց:

Այդ գիշեր թշնամու բանակը կարծես սուգի մեջ էր, մինչդեռ Բյուրականը ջահերով ու դամբարներով լուսավորված՝ հաղթության տոն էր կատարում:

Հետևյալ երկու օրը թշնամին հարձակում չարավ, որովհետև զբաղված էր յուր վնասները դարմանելու և նոր զորախմբեր կազմելու հոգսերով:

Երրորդ և հետևյալ օրերը նա շարունակ հարձակվում և մի քանի ժամ անհաջող կռիվ մղելուց ու հարյուրավոր հոգիներ կորցնելուց հետ վերադառնում էր բանակ:

Յոթ օր անցավ այսպես և սակայն Բեշիրը չկարողացավ Բյուրականն առնել: Ութերորդին՝ նա պատրաստվում էր բանակը վերցնել և հեռանալ, երբ մի դժբախտ ու անակնկալ դեպք հայոց բախտի անիվը դարձուց:

Սոլոմոն ճգնավորի բերած զորքերից երկու հոգի, որոնք պահանորդ խմբից էին, վեճի բռնվեցան կաթողիկոսարանի թիկնապահների հետ: Վեճը կռվի փոխվելով՝ բյուրականցիները նորեկներին ծեծեցին: Վերջիններս առանց իրանց առաջնորդի խնդիրն ու թախանձանացը ուշադիր լինելու՝ դիմեցին վեհարան՝ կաթողիկոսին զանգատվելու: Սահակ եպիսկոպոսը դիմավորեց նրանց և յուր քաղցր խոսքերով ու հորդորներով աշխատեց զինվորների սիրտը ամոքել, բայց վերջիններս անդրդվելի մնացին, նրանք կամենում էին կաթողիկոսին տեսնել:

Երբ վերջապես եպիսկոպոսը հայտնեց, թե կաթողիկոսը Բյուրականում չէ, հետևապես նրան տեսնել չեն կարող, պահանորդ զինվորները կարծես սառեցան:

«Ի՞նչ, ուրեմն մենք մեր կաթողիկոսին չէ՞նք պաշտպանում, ուրեմն մեր անձը վտանգի էինք ենթարկել մի քանի թշվառ, բյուրականցիների՞ համար...», ասացին նրանք եպիսկոպոսին և առանց այլևս ուշադիր լինելու նրա խոսքերին, իրանց տեղը վերադարձան:

Նույն ավուր երեկոյան սև խորհուրդ հղացան այդ երկու հայերը, որոնք, ոժբախտաբար, պահանորդ լինելով՝ ո՛չ եկեղեցումն էին գտնվել, ո՛չ եպիսկոպոսի քարոզը լսել և ո՛չ հաղորդություն առել: Նրանց սրտերը ոչնչով չէին փափկացել այդ օրհասական օրերում: Ընդհակառակը, դեռ ավելի խստացել ու անգթացել էին թե՛ պատերազմի արյան գոլորշիներով և թե՛ կաթողիկոսարանի թիկնապահներից կրած վիրավորանքով:

— Կաթողիկոսն ինքը փախել է Բագարան, իսկ յուր ժողովուրդը թողել թշնամու առաջ, օրինավո՞ր բան է այս, — հարցնում էր զինվորներից մինը մյուսին:

— Իհարկե, ոչ:

— Ինչո՞ւ ուրեմն մենք մեր գլուխը մահուն ենք տալիս: Բեշիրը երբ էլ լինի Բյուրականն առնելու և մեզ ամենքիս սուր է քաշելու: Եթե կաթողիկոսը, որ հայր ու խնամակալ է, թողնում է ամենքին ու փախչում, մենք ինչո՞ւ չպիտի հետևենք նրա օրինակին: Ո՞վ կպահե մեր կինն ու զավակները, եթե մենք սպանվինք: Իհարկե՝ ոչ ոք:

— Ի՞նչ անենք ուրեմն, փախչե՞նք այստեղից, — հարցրեց ընկերը:

Առաջին զինվորը մի փոքր մտածեց և ապա շշնջալով ասաց.

— Մենք կարող ենք մինչև անգամ վրեժխնդիր լինել մեզ ծեծողներին:

— Ինչպե՞ս:

— Մինչև անգամ կարող ենք մեզ հարստացնել...

— Բայց ի՞նչ պիտի անենք:

— Բեշիրը հո ամրոցը վերջ ի վերջո պիտի առնե:

— Այո՛:

— Հո բոլորին պիտի կոտորե:

— Այո՛:

— Է՛, եթե մենք կենդանի մնանք, բյուրականցիներին ի՞նչ վնաս:

— Իհարկե ոչինչ:

— Ուրեմն ես կերթամ այս գիշեր Բեշիրի մոտ:

— Հետո՞:

— Կխոսեմ նրա հետ: Եթե նա կհամաձայնի տալ մեզնից յուրաքանչյուրին հարյուրական ոսկի, այլև Ոստանում հարյուր արտավար հող, մենք ամրոցը կհանձնենք նրան...

Պահանորդ զինվորի աչքերն ուրախությունից փայլեցին: Ո՛չ խիղճը, ո՛չ եղբոր թշվառությունը չշարժեցին այդ վայրկենին նրա սիրտը, որ հրճվում էր ապագա հարստության ու երջանկության հուսով:

— Գնա՛, իսկ ես կբանամ աշտարակի փոքրիկ անցքը... Ամրոցում ո՞վ կարող է իմանալ, թե մենք առաջնորդեցինք Բեշիրին... չէ՞ որ շատ տեղերում կան անցքեր և պահանորդներ...

Ասացին և կատարեցին:

Կես-գիշերվա մեջ հագարացիների փողը հնչեց ամրոցում: Հայոց զորքն ու ժողովուրդը, որ հանգիստ քնած էին, և չէին երազում, թե պաշարված թշնամին կհամարձակի մոտենալ բերդին, սարսափահար վեր թռան տեղներից: Աղմուկն ու աղաղակը բռնեց ամեն տեղ. հագարացիները կոտորել սկսան... Չնայելով, որ հայոց զորքը զենքի դիմեց իսկույն, չնայելով որ Թեոդորոս սարկավագն ու Սոլոմոն ճգնավորը սրերը ձեռքներին զորքի առաջն անցան, ահավոր ձայնով խրախույս կարդացին և սկսան կռվել ներս խուժողների դեմ, այսուամենայնիվ նրանց ընդդիմությունը չկարողացավ ընկճել թշնամու զորությունը, որ զնալով աճում և ամեն տեղ գրավում էր, որովհետև ամրոցի մեծ դռները բացված էին արդեն և հագարացիք գունդագունդ ներս էին թափվում:

Անցան մի քանի ժամեր օրհասական կռիվն ու հուսահատ ընդդիմությունը վերջացավ... Ամրոցն ամբողջապես ողողվեցավ արյունով, փողոցներն ու տները լցվեցան դիակներով, որքան զորք ու ժողովուրդ կար ամրոցում, ամենքը գրեթե նահատակվեցան. բայց կրկին չափով հագարացիներ ջնջվեցան, որովհետև ամեն մի հայ զինվոր՝ մեռնելուց առաջ՝ սատակում էր մի քանիսին:

Երբ արյան գոլորշիներից արբած հրոսակները ներս խուժեցին եկեղեցին, Սահակ եպիսկոպոսը հսկումն էր կատարում այդտեղ: Նրան շրջապատել էին ծերունի միաբանները, անզոր կանայք և զառամյալ ծերունիք: Աղոթք ու պաղատանք, լաց և կոծ իրար միախառնված ղողղեցնում էին տաճարը: Հանկարծ շրջապատեցին նրանց սուսերամերկ զինվորները, ահարկու դեմքերով, արյունռուշտ հայացքներով և վայրենի աղաղակով:

Սակայն ո՛չ սրերի շողալը և ո՛չ դահիճների սպառնանքը չվախեցրին աղոթող նահատակներին: Կարծես թե հենց դրան էլ սպասում էին նրանք: Ժողովրդի մի մասը դուրս փախավ եկեղեցուց, մի մասը տեղն ու տեղը սրի ճարակ դարձավ, իսկ եպիսկոպոսին ու միաբաններին դուրս քաշեցին իրանք, կատաղի զինվորները, և բերին կանգնեցրին Բեշիրի առաջ:

— Ո՞ւր է ձեր կաթողիկոսը,-հարցրեց նրանց զորապետը:

— Գնաց Բագարան, — պատասխանեցին նրան:

— Այս անգա՞մ էլ ուրեմն փախավ նա իմ ձեռքից...— գոչեց Բեշիրը կատաղությամբ... և ապա ատամները կրճտելով մռմռաց, — հոգ չէ, մենք Բագարան էլ կերթանք... Այժմ դեռ դուք տուժեցեք:

Այս ասելով նա հրամայեց զինվորներին մերկացնել բոլորին և ծանր տանջանքներով ու անարգ առականքով կոտորել նրանց:

Զինվորները կատարեցին իսկույն զորապետի հրամանը: Առաջին և դառնագույն մահը հասավ Սահակ եպիսկոպոսին, ապա մյուս միաբաններին:

Այդ օրը, որ 924 թվականի ապրիլ 17-ն էր, միաժամանակ նահատակվեցան բոլոր այն գլխավորները, որոնք հակառակելով կաթողիկոսի հեռանալուն, իրենք մնացել էին Բյուրականում: Դրանց թվումն էին Մովսես վարդապետը, Դավիթ և Մովսես քահանաները, նրանց զինվորական Սահակ եղբայրը և Սոլոմոն ճգնավորը:

Թեոդորոս սարկավագը, որ վիրավոր ընկած էր դիակների մեջ, մահվան հարված ստացավ մի սինլքոր զորականից:

Բեշիրը Բյուրականն ավերելուց ետ մեծ ավարով ու բազմաթիվ գերիներով վերադարձավ Դվին:

Ներկայացնելով ոստիկանին երկու հայ մատնիչներին, զորապետը խնդրեց Նսրին՝ վարձատրել նրանց:

Եվ Նսրը, արդարև, ըստ արժանվույն գնահատեց այդ թշվառականների մատուցած ծառայությունը:

— Ձեր վարձատրությունը կլինի այն, ինչ որ ստանում են առհասարակ բոլոր մատնիչները, — ասաց նա զինվորներին. — դուք, որ չկարողացաք հավատարիմ մնալ ձեր տերերին ու հավատակիցներին, հարկավ, մեզ ավելի ևս անհավատարիմ կլինիք:

Այս ասելով նա հրամայեց դահիճներին իսկույն նեթ գլխատել նրանց:

Ե

ՀԵՐՈՍԻ ՈՐՈՇՈՒՄԸ

Մի քանի օր էր ինչ Գնորգ Մարզպետունին և Վահրամ սեպուհը վերադարձել էին Գառնի: Նրանց առաքելությունը, ինչպես իմացանք, ապարդյուն էր անցել: Ո՛չ Աբաս արքաեղբայրը, ո՛չ Աշոտ սպարապետը, ո՛չ Գագիկ Արծրունին չէին կամեցել միության մեջ մտնել: Աղձնյաց ու Մոկաց տերերն էլ՝ նրանց նայելով՝ մնացել էին ձեռնպահ:

Ի՞նչ պետք էր անել այժմ:

Այս մասին էր մտածում իշխ. Մարզպետունին, երբ լուր հասավ, թե Բեշիրը Բյուրականն առել, ավերել և բնակիչներին սրի է անցրել:

Այդ լուրը ծանր տպավորություն արավ իշխանի վրա:

Ուրեմն ավերումն սկսավ և մենք չկարողացանք դրա առաջն առնել...— մտածեց նա և խորը հառաչեց:

Դղյակի լուռ և մենավոր մի առանձնարանում ճեմում էր նա տխուր և մտախոհ: Հիշում էր մի քանի ամսից ի վեր յուր գործ դրած ջանքերը, անխոնջ աշխատությունները՝ բաժանված ու պառակտված ուժերը միացնելու, երկիրը օտարի բռնությունից, իսկ գահը կործանումից ազատելու համար... հիշում էր նաև յուր կրած անհաջողությունները, և հուսահատությունը պաշարում էր նրան:

Բայց չէ՞ որ այդ զգացմունքն անծանոթ էր մինչև այդ Մարզպետունի իշխանին: Չէ՞ որ նա հավատում էր Քրիստոսի այն խոսքին, թե «որ հայցե՝ գտանե, որ բախե՝ բացցի նմա...»: Իսկ ինքը շարունակ հայցեց և սակայն, ոչինչ գտավ, բոլորի դուռը բախեց և ոչ ոք բացավ նրան...

«Ուրեմն աստված կամենում է, որ այս ազգը կորչի, որ նրա հիշատակը երկրի երեսից ջնջվի... Այո՛, և այդ է պատճառը, որ նա իշխանների սիրտը կարծրացրել, թագավորին մոլորեցրել, թագուհուն վհատեցրել է... Թողնենք ուրեմն ամեն ինչ բախտի կամքին, հեռանանք, քաշվենք մենք էլ մի անկյուն և տեսնենք, թե աստված ինչպե՞ս է պատժում այս ապաբախտ ու նախատակ ժողովրդին...»:

Այս հուսահատ մտքերի մեջ էր իշխանը, երբ սեպուհը մտնելով՝ հայտնեց նրան մի ուրիշ նորություն:

— Սյունիքից դարձող մի զինվոր տխուր լուր է բերել մեզ, — ասաց նա Մարզպետունուն:

— Տարօրինակ կլիներ, եթե ուրախ լուր բերեր, որովհետև չենք սպասում նրան, — նկատեց իշխանը տխուր ժպտալով. — ի՞նչ է հայտնում զինվորը:

— Թագավորը Կաքավաբերդից հեռանալով՝ եկել, նստել է Սևան...

— Սևա՞ն, — զարմանալով հարցրեց Մարզպետունին:

— Այո՛, Սևան. և որոշել է չելնել այլևս այնտեղից:

— Իսկ թագուհի՞ն:

— Նա էլ թագավորի հետ է:

Իշխանը, որ մինչև այն նստած էր աթոռի վրա, վեր կացավ տեղից և սկսավ անցուդարձ անել սենյակի մեջ: Նա ոչինչ չէր խոսում, բայց դեմքն արտահայտում էր հուզում և վրդովմունք:

Երկար անխոս ճեմելուց ետ նա կանգ առավ հանկարծ սենյակի մեջ և աչքերը սեպուհի վրա սևեռելով՝ հարցրեց.

— Վա՛հրամ, ի՞նչ ես մտածում այժմ անելու:

Սեպուհը չպատասխանեց, նա միայն ուսերը շարժեց:

— Ի՞նչ ես մտածում անելու. պատասխանի՛ր, — կրկնեց իշխանը:

— Եթե զորք ունենայինք, եթե իշխաններից գոնե մի երկուսը միանային...

— Զորք չունինք, և իշխանները չեն միանում... այդ արդեն գիտենք... Ուրիշ ի՞նչ գիտես, ա՛յն ասա:

— Էլ ուրիշ ի՞նչ ասեմ, մենք միայնակ ենք, «Մի ձեռը ծափ չի տալ», «մի ծաղկով գարուն չի գալ»:

Իշխանը մի քայլ առաջ անցավ, ձեռքը դրավ սրին և գլուխը վեր բարձրացնելով՝ հպարտ-հպարտ նայեց սեպուհի վրա:

— Էլ ուրիշ ոչինչ չե՞ս կարող ասել, — հարցրեց նա կրկին:

— Ոչինչ, — պատասխանեց սեպուհը:

— Իսկ ես կասեմ, որ «մի ձեռը ծափ կտա» և «մի ծաղկով գարուն կգա»:

Սեպուհը ժպտաց:

— Անկարելի է, տեր Մարզպետունի:

— Հաստատուն կամքի և անձնվեր աշխատության առաջ անկարելի ոչինչ չկա:

— Մենք ամեն բան արինք և սակայն չշահեցանք ոչինչ:

— Մենք երկուսս միասին, այո՛, ամեն բան արինք. բայց ես, Մարզպետունի իշխանս, ամեն բան չարի, ես դեռ ուրիշ պարտք ունիմ կատարելու:

— Ի՞նչ է մնում քեզ այլևս անելու:

— Այդ մասին կհայտնեմ ես վաղը, հրապարակավ, բոլոր ամրոցական զորքերի և Գառնիին ապաստանող իշխանազունների առաջ:

Սեպուհը, ճանաչելով իշխանի բնավորությունը, հետամուտ չեղավ ավելի հարցուփորձելու. բայց հետաքրքրությամբ սպասում էր նրա վաղվա հայտարարության:

Հետևյալ առավոտ, իշխանի հրամանով, ժողովվեցան Տրդատա հովանոցի առաջ Գառնիում գտնվող բոլոր զորքերը՝ իրանց պետերով ու առաջնորդներով: Այստեղ հավաքվեցավ և Գառնո ժողովուրդը յուր հոգևորականներով: Եկան և բազմեցին հովանոցում նաև դղյակի իշխանազուն տիկնայքն ու երիտասարդները: Միով բանիվ, Գառնին ամբողջապես ամփոփվեցավ արքայաշեն հովանոցի առաջ գտնվող հրապարակում, իսկ դղյակը՝ հովանոցի մեջ:

Մարզպետունի Գևորգ իշխանը հագած էր այդ օրը տոնական զգեստ և զրահավորված ամբողջապես: Նա ծածկած էր պողպատյա, արծաթազարդ սաղավարտ, սպիտակ ցցունքով և նախարարական զինանշանով, հագած էր պողպատյա վերտ, պղնձյա, փայլուն լանջապանակով և նույնպիսի բազպաններով, սրունքներին ամրացրած երկաթահյուս զանկապաններ և ոտքերին կարմիր, երկաթազամ կոշիկ: Ծանր, ոսկեպատ սուրը, որ քարշ էր ընկած նրա կողքից, լրացնում էր իշխանի զինվորական զարդարանքը: Եվ այդ ամենի մեջ նրա բարձր ու թիկնավետ հասակը՝ գեղեցիկ և պատկառելի դեմքով, իմաստուն և թափանցող հայացքով, հպարտ և շնորհալի շարժվածքով երևում էր ավելի հրապուրիչ՝ քան ուրիշ օրերն առհասարակ:

Երբ ամենքը իրանց տեղերը բռնեցին, իշխանն առաջացավ դեպի հովանոցի սյունաշարը և աստիճաններից վերնազունի վրա կանգնելով, բարձր ու խրոխտ ձայնով խոսեց.

— Ազնիվ իշխաններ և իշխանուհիք, սիրելի զինակիցներ և ժողովուրդ: Անցան ահա մի քանի ամիսներ, որմե հետե թագավորը բացակա է Ոստանից: Ապստամբ իշխաններին նվաճելու, համար նա հեռացավ այստեղից, բայց որովհետև անհաջողության հանդիպեց, ուստի քաշվեցավ Կաքավաբերդ և սպասում էր իշխանների օգնության: Ոչ ոք տեղից չշարժվեցավ, ոչ ոք յուր թագավորին չհիշեց: Ինձ թվում էր, թե եթե մինը մեզանից հանձն առնե միջնորդի պաշտոն և հորդորե բաժանված իշխաններին միանալու, անշուշտ նրանք արքայի շուրջը կժողովվին: Եվ ահա՛ այդ պաշտոնը հանձն առանք ես և ազնիվ սեպուհ Վահրամը: Երկար ճանապարհորդեցինք, ամբողջ Շիրակը, Աղձնիքը, Մոկաց աշխարհը և Վասպուրականը շրջեցինք, բոլոր իշխաններին այցելեցինք, ամենքին խնդրեցինք. հորդորեցինք, որ միանան և թև ու թիկունք լինին արքային, պաշտպան՝ հայրենիքին ու գահին. բայց ո՛չ ոք մեզ լսեց և ո՛չ ոք մեր խնդիրը հարգեց: Ամեն մի իշխան յուր զորքերով ու պաշարով ամրացած է մի անառիկ բերդի մեջ. ամեն ոք այդտեղ ապահով ապրում է յուր համար: Բայց թե երկրի ժողովուրդը մնացել է անխնամ ու անպաշտպան, թե գահը մնացել է թափուր և արքան դարձել աստանդական, այդ մասին ոչ ոք չէ մտածում: Նույնիսկ կաթողիկոսը միայն յուր փրկության համար հոգալով, շարունակ մի ամրոցից դեպի մյուսն է փախչում: Նա էլ զլանում է հասարակաց օգտի համար հոգալու: Եվ այս ամենի արդյունքը լինում է այն, որ ոստիկանը գրավում է մայրաքաղաքը, որ Բեշիրը քանդում ու ավերում է Այրիվանքը, գրավում է Բյուրականը, կոտորում ժողովուրդը, նախատակում է հոգևորականներին, և այսուհետև էլ գնալով ավելի պիտի ընդարձակե յուր ավերումների շրջանը:

Այս ամենը տեսնելով թագավորը, ավելի ես հուսահատվում և Կաքավաբերդից քաշվում է Սևան: Այն դյուցազնը, որ մի օր թշնամու ահն ու սարսափն էր, որ չէր ընկճվում ո՛չ մի զորության առաջ, որ չէր խուսափում ո՛չ մի վտանգից, այժմ ապաստան է որոնում հոգևոր հայրերի խուցերում, որովհետև այլևս հույս չէ տածում յուր զինակիցների վրա... Ամո՛թ մեզ, հայեր, ամո՛թ, ո՛վ զինակիցներ...

— Ի՞նչ անենք մենք, ի՞նչ կարող ենք անել... — ձայն տվին այս ու այն կողմից:

— Ի՞նչ կարող ենք անել... լավ հարց է. լսեցեք, ես պիտի պատասխանեմ: Մեր արդի դրությունը հայտնի է ձեզ բոլորիդ: Հայրենիքը, ժողովուրդը, արքայական և կաթողիկոսական գահերը վտանգի մեջ են. այդ գիտեք: Գիտեք և այն, որ ես ձեր բոլորի կողմից, ողջույն հայության կողմից դիմեցի կարող իշխանների օգնության, աղաչեցի, պաղատեցի նրանց՝ սպառնացող վտանգի առաջն առնել, ոչ ոք ինձ լսեց, ոչ ոք ինձ ընկերացավ: Դատապարտո՞ւմ եք այդ մարդկանց թե ոչ:

— Այո՛, Այո՛, դատապարտում ենք, — ձայն տվին այս ու այն կողմից:

— Բարի: Այժմ ուրեմն դառնում եմ դեպի ձեզ, ո՛վ Գառնո զինվորք և ժողովուրդ, դառնում եմ նույն խնդիրքով ու առաջարկությամբ, որ մեր իշխանները մերժեցին. այդ իմ վերջին պարտքն է, որ կատարում եմ. լսեցե՛ք: Գառնին ամուր է և անառիկ, թշնամին նրան վնասել չէ կարող, եթե միայն մատնիչները չդավաճանեն, և եթե պաշարը չսպառի: Մատնիչներ չեմ ճանաչում այստեղ, իսկ պաշար շատ ունինք: Թողնենք ուրեմն Գառնո մեջ միայն մի հարյուր պահակ. Մուշեղը նրանցով կարող է շատանալ: Իսկ մնացյալ զինվորներին, պետերին ու առաջնորդներին առաջարկում եմ հենց վաղվանից ընկերանալ ինձ և դաշտն իջնել: Ես ձեզ բոլորիդ խմբերի կբաժանեմ, առաջնորդներ կկարգեմ, հրահանգներ կտամ: Բեշիրը հրոսակների խմբեր է պատրաստում արքայական, գավառներն ավարելու համար, մենք դրանց կհանդիպենք և զատ-զատ կջարդենք: Չի անցնիլ մի ամիս, և մեր բանակը կստվարանա: Առաջին հաղթանակին կհաջորդե երկրորդը, երրորդը և հազարավոր զինվորներ ինքնակամ hոժարությամբ կգան, կժողովվին մեր դրոշակի տակ... Այնուհետև մեր հաջողությունը հույս կներշնչե նաև թագավորին, նա նորեն դեպի յուր գահը կդառնա, նորեն յուր զորքի գլուխ կանցնի, և իշխանները իրանք կմիանան նրան... Այս փառքը, օ՛ գառնեցիք, մենք կարո՛ղ ենք ժառանգել. օ՛ն ուրեմն, դեպի գործ...

Իշխանը լռեց և աչքերը հածեց այս ու այն կողմը, տեսնելու համար, թե ո՞վ է արձագանք տալիս իրան:

Բայց բոլորը միանման անխոս էին և անշարժ: Երկու հոգի միայն իրանց հրացայտ աչքերը հառել էին իշխանի վրա և շրջապատի լռությունից գրգռված՝

բոլորի փոխարեն, կարծես, կամենում էին թռչել դեպի նրան: Դրանցից մինը Գոռն էր, որ կանգնած էր զինվորականների հետ, և մյուսը՝ Շահանդուխտը, որ գտնվում էր իշխանուհիների խմբում:

Բայց Գնորգ իշխանը դրանց չէր որոնում, նա հինավուրց զինվորների և նրանց առաջնորդների ձայնին էր սպասում: Սակայն երբ տեսավ, որ նրանք լուռ են և շատերը, մինչև անգամ, աշխատում են իրանց հայացքը նրանից թաքցնել մեղմ ձայնով շարունակեց.

— Չէի սպասում, թե այստեղ, Գառնիումն էլ այսքան շատ երկչոտների կհանդիպեմ: Ուրեմն չկան ձեր մեջ գեթ հարյուր հոգի, որոնք ապացուցանեին, թե քաջերի զավակ են իրանք:

— Տե՛ր իշխան ի՞նչ կարող է անել հարյուրը: Թո՛ղ հազար զինվոր ունեցողը գոնե ասպարեզ իջնե, և մենք միանանք նրան, — ձայն տվավ մի երիտասարդ հարյուրապետ:

— Ո՛վ որ շատերի ուժն է պտրտում, ապացուցանում է, որ ինքը վատարանց մեկն է, — գոչեց Մարզպետունին: — Ո՛չ մի զինվոր, եթե իրոք նա զինվոր է, չպետք է սպասե ընկերին, երբ հայրենիքը վտանգի մեջ է գտնվում: Ո՛վ որ ուժ ունի կռվելու, ո՛վ որ կարող է հարված տալ թշնամուն կամ մի նետ ուղղել նրա կրծքին և սակայն թաքչում է պարսպի տակ կամ ձեռքը ետ քաշում, նա մի մատնիչ է: Կամենո՞ւմ եք ապրել, կամենո՞ւմ եք կյանք վայելել, բարի. էլ ինչո՞ւ համար եք զենք կրում, ինչո՞ւ անպատվում եք սուրն ու երկաթը: Դե՛ն ձգեցեք դրանց, առեք ձեռքներիդ մուրացկի եղեգը և գնացեք կանգնեցեք ամիրաների դռանը, գուցե նրանք շնորհ անեն ձեզ իրանց ստրուկների թվում կարգելու...

Զորքերն ու պետերը մնացին ապշած, նույնիսկ իշխանազունները չէին հավատում իրանց ականջներին: Ոչ ոք մինչև այդ չէր լսել իշխանից որևէ ծանր խոսք կամ մի վիրավորանք, ի՞նչ էր պատահել այժմ, ինչո՞ւ այդ աստիճան վրդովվել էր նա: Չգիտեին: Շատերն սկսան իրար նայել, մի քանիսը մինչև անգամ փորձ փորձեցին առաջ գալու և նրան իրանց դժգոհությունը հայտնելու: Բայց իշխանի հրացայտ հայացքը ամեն մի շարժում յուր տեղը մեխեց: Նա լռեց մի վայրկյան, շուրջ հածեց աչքերը և Վահրամ սեպուհին դառնալով գոչեց.

— Տե՛ր սեպուհ, երեկ ասում էիր ինձ, թե «մի ձեռը ծափ չի տալ», «մի ծաղկով գարուն չի գալ», քո խոսքը կրկնում են այժմ այս աբեղացուները, որոնք սխալմունքով զինվորական են դարձել: Այժմ ես կամենում եմ ապացուցանել, որ դուք ամենքդ էլ սխալվում եք:

Այս ասելով իշխանը սուրը հանեց և մի քայլ առաջ անցնելով որոտաձայն գոչեց:

— Ահա՛ ես միայնակ գնում եմ հազարացոց դեմ. ո՞վ է այն քաջը, որ կկամենա ինձ հետ միանալ, թո՛ղ առաջ գա:

— Ե՛ս, հայր իմ, — որոտաձայն գոչեց Գոռը և սուրը հանելով դիմեց դեպի նրան:

— Ի՛մ քաջ... — շշնջաց իշխանը և գրկախառնվելով որդուն, որ հուզմունքից շառագունել էր, համբուրեց նրան ջերմագին:

— Եվ ե՛ս, տեր Մարզպետունի, — ասաց Վահրամ սեպուհը և մոտեցավ նրան խաղաղ ժպտալով:

— Ազնիվ սեպուհը մի գունդ արժե ինձ համար, — պատասխանեց իշխանը և ձեռքը պարզեց դեպի նրան:

— Եվ ե՛ս, տեր իմ, — խոնարհությամբ մոտեցավ Եզնիկը:

— Եվ մե՛նք, — առաջ անցան սեպուհի չորս թիկնապահները:

— Ե՛վ ե՛ս... և մե՛նք... — այս խոսքերով հետզհետե մոտեցան իշխանին մի քանի գառնեցի, բասենցի և ոստանիկ զինվորներ:

Ընդհանուր թիվը եղավ տասնինը:

Վերջապես մոտեցավ Մուշեղ բերդակալը և գլխանոցը հանելով ասաց.

— Սպասում էի, տեր իշխան, որ ինձանից ավելի արժանավորները առաջ անցնեն: Այժմ տեսնում եմ, որ քաջերի թիվը լրացավ, ընդունի՛ր ուրեմն ինձ ևս իբրև վերջին ծառա այս անձնվեր և քաջասիրտ խմբի, որ քո հրամանի և դրոշի տակ պիտի կռվի:

— Արի՛, իմ սիրելի և հավատարիմ Մուշեղ, արի, տո՛ւր ինձ քո ձեռը: Քո աջակցությունը թանկագին է ինձ, զի դու ծերացել ես կռիվների մեջ: Անշուշտ, աստված մեզ կօգնե հայրենիքի թշնամուն հաղթահարելու, քանի քեզ նման արդարներն ընկերակցում են մեզ:

Իշխանի զինվորների թիվը եղավ քսան:

— Դուք արդեն բավական եք. ես հազարներ կջախջախեմ ձեզմով, — բացականչեց Գևորգ իշխանը և դիմելով Վահրամ սեպուհին՝ ասաց. — գնանք այժմ երդվելու:

— Ո՞ւր եք դիմում, եկեղեցին այս կողմն է, — նկատեց սեպուհը:

— Ո՛չ, մեր երդման սեղանը այստեղ է, — ասաց իշխանը և մոտեցավ Մաշտոց կաթողիկոսի շիրմին, որ գտնվում էր հովանոցի արևելյան անկյունում:

— Սիրելի զինակիցներ, — դիմեց իշխանը յուր խմբին, երբ վերջինս շիրիմը շրջապատեց, — մեզ պիտի երդվեցներ, մեր սրերը պիտի օրհներ հայոց հայրապետը, եթե նա յուր անձի փրկությունը որոնելով թափառում չլիներ այս ու այն կողմը: Բայց նա հավատարիմ չմնաց յուր կոչման, նա չնմանեց քաջ և անձնվեր հովվին, այդ պատճառով մենք այլևս նրա հոտը լինել չենք կարող: Այստեղ հանգչում են ամենից առաքինի և ամենից անձնվեր հովվի նշխարները: Դրե՛ք ձեր սրերը այս սրբազան շիրմի վրա և հենց այստեղ էլ երդվեցե՛ք հավատարմություն ձեր ուխտին, որ է՝ այս վայրկենից իսկ լինել անձնվեր զինվոր և նահատակ հայրենիքի փրկության: Ձեր սրերը թո՛ղ օրհնե սուրբ Մաշտոցը և ձեր օգտին ու երդման թո՛ղ վկա լինին նրա նշխարները:

Զինակիցները հանեցին իսկույն սրերը և կաթողիկոսի շիրմի վրա դնելով՝ հավատարմություն ուխտեցին իշխանին, արքային և հայրենիքին:

Երբ ամենքը իրանց երդման խոսքն արտասանեցին, Գևորգ իշխանն առաջ անցավ և բարձր ձայնով ասաց,

— Սիրելի զինակիցներ, ես ձեր երդումը լսեցի, այժմ էլ դուք իմը լսեցեք. «Երդվում եմ ձեր առաջ, երդվում եմ հավիտենականի անունով, երդվում եմ իմ հայրենիքի արևով և այս սուրբ գերեզմանով, որ ես չեմ վերադառնալ այլևս իմ ընտանյաց գիրկը, չեմ մտնիլ իմ հարկի տակ, մինչև վերջին հագարացին չհալածեմ հայրենի սահմաններից: Թո՛ղ կործանե ինձ աստված, թո՛ղ քրիստոնյան ինձ Հուդա և հայը Վասակ անվանե, եթե ես երբեք դրժեմ իմ ուխտին ու երդմանը: Ես պիտի ապացուցանեմ, որ ամրոցների և իշխանական զորության մեջ չէ ամփոփվում հայրենիքի ուժը, այլ նրա որդիների անձնվիրության մեջ. պիտի ապացուցանեմ, որ քսան անձնազոհ նահատակներն ավելի արժեն, քան քսան հազար զինվորներից կազմած բանակը... Ո՛ն ուրեմն, հառա՛ջ... Հայի աստվածը մեզ օգնական, հայի խաչը մեզ ապավե՛ն...»:

Տակավին իշխանը չէր վերջացրել խոսքը, երբ օրիորդ Շահանդուխտը իշխանուհիների խմբից ելնելով իջավ հովանոցից և մոտենալով ս. Մաշտոցի շիրմին, մեղմ ու անուշ ձայնով բացականչեց.

— Տեր իշխան. ներիր իմ համարձակությանը, որ, սակայն, ներշնչեց քո հրավերն ու երդումը... Կանանց հրամայված չէ խառնվել արանց գործերին և ոչ էլ մասնակցել մարտի արհավիրներին... Բայց ոչ ոք չի արգելիլ նրանց հայրենիքի համար մեռնել... Ընդունիր և ինձ, աղաչում եմ քեզ, քո մարտիկների խմբում: Դու ասացիր, թե «ով կարող է հարված տալ թշնամուն կամ մի նետ ուղղել նրա կրծքին և սակայն թաքչում է պարսպի տակ կամ ձեռքը ետ քաշում, նա մի մատնիչ է...», արդ` ես կարող եմ և՛ հարվածել, և՛ նետահարել, ուրեմն և չեմ թաքչիլ պարսպի տակ: Ընդունի՛ր ինձ քո խմբում, տեր ի՛շխան, եթե ես պիտանի չլինիմ իբր զինվոր, պիտանի կլինեմ իբր հոգածու քույր, ես կկապեմ քո զինվորների վերքերը, երբ երանք վիրավոր վերադառնան դաշտից...

Օրիորդը, որ հուզմունքից շառագունել էր, արդեն նմանում էր այդ վայրկենին մի հրաշագեղ դիցուհու, որ իջնում էր երկնքից յուր սիրած մահկանացուի անիրավ ճակատագիրը ջնջելու...: Նրա գեղանի աչքերը կրակ էին թափում, կարմրալար շուրթերը դեռ դողում էին, և պարկեշտ կուրծքը բարձրանում ու իջնում էր` տեղի տալով սրտի անհանգիստ տրոփյունին:

Այս անսպաս դիմումը այն աստիճան հուզեց իշխանին, որ նրա քաբեղեն աչքերում արցունք ցոլացին: Նա բացավ թևերը, առավ գեղանան և սեղմելով կրծքին` ճակատը համբուրեց:

— Ո՛վ իմ դյուցազնասիրտ զավակ,-բացականչեց նա, հուզմունքից արտասվելով, — դու պսակեցիր մեր ուխտը, դու անպարտելի կացուցիր մեր սուրը... Եթե հայոց աշխարհը քեզ նման ծաղիկներ ունի, ապա այս քաջերը թույլ չեն տալ, որ թշնամին նրա սահմանը կոխոտե... Քեզ իմ խմբի մեջ, սիրեցյալ զավակս, ընդունել չեմ կարող, որովհետև քո քնքուշ սիրտը, որ այդպես շուտ հաղթահարվեց իմ խոսքերից և մանավանդ թե առ հայրենիքդ ունեցած սիրուց, անկարող կլինի տոկալ մարտի արհավիրքներին: Բայց ես քեզ կհանձնեմ մի պաշտոն, որ նույնչափ ծանրակշիռ է, որչափ և զինվորությունը, դու արժանի ես նրան:

Այս ասելով իշխանը բռնեց օրիորդի ձեռքից, և մինչդեռ ամենքը հիացած նայում էին դյուցազնուհուն, նա հանեց նրան աստիճանների վրա և դառնալով ժողովրդին, բարձրաձայն հայտարարեց...

— Զինվորք և ժողովուրդ Գառնու, այս մանկամարդ իշխանուհին ձեր ամենքի հանցանքը քավեց. հայրենիքի «փրկության համար նա յուր անձն է առաջարկում ողջակեզ... Անշուշտ դուք էլ ինձ նման չեք կամենալ, որ այդ զոհին ընդունենք, բայց նրա քույրերին խրախուսելու համար մենք նրան պիտի վարձատրենք. նա ապացուցեց, որ հարազատ ժառանգ է Սյունյաց դյուցազնոգի նախարարաց. մենք էլ պիտի ապացուցանենք, որ գիտենք մեծարգել հայկազանց հարազատ նախարարազնի անձնվիրությունը: Արքայի հրամանով ես Գառնու տերն ու բերդակալն եմ: Իմ բացակայության ժամանակ այդ պաշտոնը ես հանձնեցի Մուշեղին. իսկ Մուշեղը, որովհետև մեր ուխտի մեջ մտավ արդեն, ուստի բերդակալության պաշտոնը հանձնում եմ այժմ Սյունյաց դյուցազնասիրտ օրիորդ Շահանդուխտին, որ կիսկե և կիրամայե այս ամենոցին դղյակի իշխանազունների խորհրդակցությամբ: Շահանդուխտը իմ Գոռի հարսնացուն է, հետևապես և իմ տան ժառանգորդը, Գառնու այն զինվորը կամ բնակիչը, որ կհամարձակի նրա հրամանին անսաստեք այս սրին պատասխանատու կլինի...

Այս ասելով` իշխանը յուր սուրը կամարաձև բռնեց օրիորդի գլխին:

«Եվ մեր սրերի՛ն», բարձրաձայն որոտացին ուխտի զինվորները և սրերը միանվագ շողացրին օդի մ՛եջ:

— Ապրի՛ Սյունյաց օրիորդը, — գոչեց ժողովուրդը և նրան մասնակցեցին Գառնու զինվորները, որոնք այս դեպքերից հետո մնացել էին ամոթահար:

Երբ իշխանը հրաման առավ նրանց հեռանալ, մի խումբ երիտասարդ զինվորներ մոտեցան նրան և խնդրեցին ընդունել իրանց ուխտի մեջ:

Իշխանը մերժեց նրանց խնդիրը` ասելով.

— Դուք հետևեցիք ոչ թե իմ, այլ օրիորդի օրինակին, ուրեմն մնացեք ամրոցում և ծառայեցեք նրան հավատարմությամբ: Ապագայում, եթե նա կմիջնորդե ձեր մասին, ես դարձյալ կընդունեմ ձեզ իմ դրոշի տակ:

Երբ իշխանի հրամանով ժողովուրդն ու պահակ զինվորները ցրվեցան, ուխտի անդամները բարձրացան հովանոցի սրահը: Այստեղ իշխանազուններրի խումբը շրջապատեց նրանց և սկսավ գովություններով քաջերի նվիրումը դրվատել: Տիկին Մարզպետունին և Մարիամ իշխանուհին գրկեցին և համբուրեցին Գոռին ու Շահանդուխտին, հայտնելով նրանց իրանց հիացումը այդպիսի անվեհեր ընթացքի համար:

Իսկ պատանի Գոռը, որ մինչև այն մի անբացատրելի հուզման, մի երանական հափշտակության մեջ էր գտնվում յուր հարսնացուի ցույց տված արիական վարմունքից, մոտեցավ հորը և համեստությունից շառագունելով, ասաց նրան.

— Սիրեցյալ հայր իմ, բոլոր Գառնո առաջ դու հանդիսաբար հայտարարեցիր, թե Շահանդուխտը իմ հարսնացուն է և նրան պատվելու համար մեծագույն պաշտոնը տվիր իրան և քեզ ժառանգորդ հռչակեցիր. իմ երախտագիտությունը այդ մասին անսահման է դեպի քեզ. դու ինձ աշխարհի մեջ ամենաբախտավորը և ամենազորավորը կացուցիր... Այժմ իրավո՛ւնք տուր ինձ, որ ես էլ իմ կողմից իմ նշանտուքի նվերը տամ իրան իբր առհավատչյա այն միության, որ դու պիտի օրհնես:

— Տո՛ւր, սիրեցյալ զավակս, նվիրի՛ր քո հարսնացուին ինչ որ հաճելի է քեզ... — պատասխանեց իշխանը խանդակաթ ձայնով:

Գոռը առաջ անցավ և լուծելով յուր մեջքից փոքրիկ ոսկեպատյան վաղակավորը, որ նվեր էր ստացել հորից, կապեց օրիորդի մեջքը՝ ասելով.

— Իմ սուրը բավական է ինձ. իսկ այս վաղակավորը թող ծառայե մեզ իբր նշանտուքի առհավատչյա և պաշտպանն իմ բերդակալ հարսնացուին դարանամուտ թշնամիներից:

— Կանայք սուր չեն կրում, Գոռ, բայց ես այս նվերը կկրեմ իբր հիշատակ քո սիրույն և կվերադարձնեմ քեզ այն ժամանակ, երբ դու քո արշավանքից կվերադառնաս հաղթական փառքով... — ասաց Շահանդուխտը ժպտալով և շառագունելով:

Գևորգ իշխանը, մայր-իշխանուհիները և ուխտի բոլոր անդամները օրհնեցին երիտասարդների նշանադրության այս հանդեսը և բարեմաղթություններ արին նրանց համար:

Իսկ Վահրամ սեպուհը, որ բարյացակամ էր ամեն մի հայի երջանկության, այնքան զգացվեցավ այս անակնկալ ու սրտաշարժ տեսարանից, որ տարածեց յուր հաղթ բազուկները և գրկելով երկուսին միասին, բացականչեց.

— Եթե հայրենիքն անգամ ինձ չոգնորե, ձեզ երջանիկ տեսնելու ցանկությունս արդեն բավական է, որ անպարտելի հարված դառնամ ես թշնամու համար: Եթե մեր երկրում շատ կան ձեզ նման սրտեր, ապա թո՛ղ բոլորը երջանկանան: Վահրամ սեպուհը չի մեռնիլ, մինչև որ սուրբ պսակի խաչը, ձեր գլխին չբռնե. իսկ ես այդ կանեմ այն ժամանակ, երբ վերջին հագարացին կհալածեմ այս երկրից...

— Այո՛, այո՛, վերջին հագարացին, — գոչեցին միաբերան ուխտի զինվորները, և ուրախությունն ու ոգևորությունը ամենքի սրտերը գրավեցին:

Երբ Մարիամ ու Գոհար իշխանուհիները իրանց օրհնության վերջին խոսքն ավարտեցին, Գևորգ իշխանը սուրը պատյանը դրավ և դիմելով զինակիցներին՝ ասաց.

— Սիրելի ընկերներ. մեզ մնում է դարձյալ մի վերջին պարտք կատարելու.- տիրասիրության և հավատարմության պարտք, այդ այն է, որ մենք, թշնամուն որոնելուց և նրան պատահելուց առաջ, գնանք մեր թագավորի մոտ և նրա հրամանն ու օրհնությունն առնենք մեր արշավանքն սկսելու համար: Որքան էլ նա հուսահատ, որքան էլ մեզանից հեռու, այսուամենայնիվ նա մեր թագավորն է, և նրա հրամանն ու ցանկությունը պիտի առաջնորդե մեր սրերին:

— Կեցցե՛ թագավորը, — գոչեցին միաբերան ուխտի զինվորները:

Եվ նույն ավուր երեկոյան ամենքը միասին զրահավորված ու զինվորված ելան Գառնո ամրոցից և ուղղվեցան դեպի Սևան:

Գեղանի բերդակալուհին, սյունեցի նժույգի վրա նստած և զրահավոր շքախմբով շրջապատած՝ ճանապարհ դրավ ուխտի զինվորներին մինչև մոտակա հանգրվանը, ուր, սիրահարներին սիրելի առանձնության մեջ, գրկախառնելով փեսացուին, ուղեկից տվավ նրան յուր անդրանիկ համբույրը և արտասվաթոր աչքերով նրա ճանապարհին օրհնելով վերադարձավ:

Զ

ՎՇՏԵՐԻՑ ԾԱՆՐԱԳՈՒՅՆԸ

Լուսնի շառագույն սկավառակը երևաց Այծեմնասարի ետևից, և Գեղամա մթապատ ծովակն սկսավ լուսավորել: Երերուն դաշտի արևելյան կողմը հետզհետե վառվեցավ մութ բոսոր գունով, և մանրիկ, մեղմիկ մկանունքներն սկսան թավալել բյուր լուսնի զնդեր:

Սևանի վրա լռություն էր տիրում: Շարժումը դադարել, ճրագները հանգել էին: Անապատականները, օրվա բազմանվագ ժամասացություններից հոգնած, փակվել էին խոնավ խուցերի մեջ և քնո գիրկը մտել: Մատուռներն ու եկեղեցիները կարծես նիրհում էին նույնպես և ծովակի ափնածիր ծփանքը օրոր էր երգում նրանց համար:

Միայն կղզու արևելյան կողմը բարձրացող բլրակի վրա, ուր ս. Հարության տաճարն էր և ուր ցիրուցան ընկած էին մամռապատ խաչարձաններ, լուռ անցուդարձ էր անում մի բարձրահասակ մարդ: Կղզու աշխարհական բնակիչների՞ց էր նա, թե՞ հոգևոր, անկարելի էր որոշել, որովհետև ծածկած էր լայնաքղանց վերարկու, նման հոգևոր հարց գործածական սքեմին, և գլխին դրած հասարակ խույր, որպիսին ծածկում էին անապատականները իրանց խուցերում: Պարթև հասակը և սիգաճեմ գնացքը միայն ցույց էին տալիս, որ անծանոթը վանական մթնոլորտին անընտել մի անձնավորություն էր:

Երկար անցուդարձ անելուց հետո նա եկավ նստեց բարձրավանդակի այն ծայրին, ուր պարեխավոր ժայռերը ծովի միջից ելնելով՝ կուտակվում են միմյանց վրա և զորավոր ամբարտակներ կազմելով, պատում են կղզու արևելյան ու հարավային կողմերը, և այդպիսով անմատչելի կացուցանում նրան ոչ միայն լաստերին ու նավակներին, այլև մերկանդամ լողորդին:

Լուսինը այդ ժամանակ հուշիկ բարձրանում էր երկնակամարի վրա, և ծովակի մութ բոսոր գույնը փոխվում էր հետզհետե փայլուն արծաթի և ծավալելով տարածվում դեպի հեռավոր ափերը, որոնք շրջապատված էին՝ մի կողմից բարձրագագաթ բեռներով ու բլուրներով և մյուս կողմից՝ դաշտերով ու սարատափերով: Ամեն տեղ տիրում էր լուսնի խաղաղավետ լույսը: Խարակների բարձրության վրա նստած՝ անծանոթը դիտում էր ծովակի այդ տեսարանը, որ ակնապարար ու հանգուցիչ լինելուց զատ, դյութիչ էր և խորհրդավոր: Նրան թվում էր, թե հենց այդ վայրկենին, երբ աշխարհը նիրհում է խաղաղական քնով, ելնում են թաքստից չարության ոգիները կամ աշխարհ իջնում բարվո հրեշտակները և տկար մահկանացուի վիճակը տնօրինում՝ մինին բախտ և երջանկություն, մյուսին վիշտ կամ տանջանք սահմանելով... Նրան թվում էր, թե հենց այդ խորհրդավոր ժամերումն էլ ճակատագրվեցան իրան վշտեր ու դժբախտություններ... Եվ տխուր մտքերը պաշարեցին նրան. անցյալի հիշատակները կենդանացան յուր առաջ և երևակայությունը վառվելով՝ հանդես բերավ նախ զողտր ու հաճոյական և ապա դաժան ու հոգետանջ պատկերներ...

— Ինչո՞ւ, ինչո՞ւ հասա ես նվաստության այս աստիճանին... — գոչեց հանկարծ անծանոթը և ձեռքը դեպի ճակատը տանելով՝ կամեցավ կարծես վանել տխուր մտածմունքները, որոնք սևաթույր ամպերի նման՝ գալիս ժողովվում էին այդտեղ՝ յուր սիրտը հուզելու, յուր հոգին վրդովելու համար: Սակայն այդ մտածմունքները չէին ցրվում. տանջող պատկերները չէին հեռանում, ընդհակառակը, անհայտանում էին բնության հանգուցիչ տեսարանները — ծովակը՝ յուր արծաթե ալիքներով, լեռները՝ իրանց խրոխտ գագաթներով, լուսինը, յուր մեղմ, աղոտ շողերով... Նույնիսկ անուշ զեփյուռը, որ ծովակի ալիքները քերելով՝ գալիս, զուրգուրում էր քարափի խոտերն ու ծաղիկները, ոչ մի զովություն չէր բերում նրան. ժայռերի ստորոտը կոծող ալիքների ձայնն անգամ չէր լսում նա, որովհետև յուր հոգին այդտեղ, Սևանում չէր. նա թռչում, թափառում էր հեռավոր տեղեր, հեռավոր գավառներ...

Եվ ահա՛ մի քանի քայլ հեռավորության վրա լսվեցավ մի թույլ քայլատրոփ: Կարծես մոտեցողի կողմից մի գաղտնի զորություն եկավ, ցնցեց անծանոթին: Նա, որ ոչինչ չէր զգում և ոչինչ չէր լսում, սթափվեցավ հանկարծ և գլուխը դարձնելով տեսավ, որ մոտենում է իրան շղարշով ծածկված մի կին:

— Ո՞վ է սա... — ձայն տվավ նա և ապա իսկույն ճանաչելով՝ վեր թռավ տեղից. — թագուհի՛, այս դո՞ւ ես... — հարցրեց մեղմ ձայնով:

— Այո՛, իմ սիրեցյալ թագավոր... — պատասխանեց վերջինս գրեթե շշնջալով:

— Այստե՞ղ... միայնա՞կ, այս գիշերաժամի՞ն...

— Մի՞թե միայնակ եմ ես... չէ՞ որ ինձ մոտ է Աշոտ թագավորը...

— Բայց մինչև այստեղ գա՞լդ... Ո՞ւր են քո նաժիշտները:

— Ես ինքս ցանկացա միայնակ գալ այստեղ: Կամենում էի անպատճառ քեզ տեսնել: Մտա քո առանձնարանը, քո ննջարանը, ոչ մի տեղ չկայիր, բարապաններն ասացին... որ դու ամեն գիշեր զբոսնում ես այստեղ մի քանի ժամ...

Ես այդ չգիտեի...

— Այո՛, գեղեցիկ են այստեղի գիշերային տեսարանները... Բայց դու ինչո՞ւ կամենում էիր տեսնել ինձ անպատճառ... մի՞թե մի նորություն ունիս հաղորդելու:

— Նորությո՞ւն... ո՛չ:

— Հապա՞:

— Կամենում էի քեզ տեսնել:

— Ինձ տեսնե՞լ, ի՞նչ կնշանակե այդ:

— Խոսել քեզ հետ մի քանի վայրկյան:

— Չեմ հասկանում... չէ՞ որ ցերեկով տեսնում ես ինձ ամեն ժամ. կարող ես խոսել ամեն վայրկյան: Ինչո՞ւ կամեցար գիշերային հանգիստդ խանգարել:

— Հանգի՞ստ... մի՞թե հանգիստ ունեմ ես, մի՞թե կարող եմ հանգիստ ունենալ...

— Թագուհի՛...

— Այո՛, վաղո՜ւց կորել են ինձ համար հանգստյան ժամերը...

— Մեր երկրում ոչ ոք չունի այժմ հանգստություն:
— Այո՛, ոչ ոք, բայց երբ թշնամին հեռանա՝ բոլորը դարձյալ իրանց հանգստությունը կվայելեն...
— Նրանց հետ և դու:
— Ե՞ս... Ո՞ւր էր թե այդպես լիներ...
— Մի՞թե վախենում ես ապագա հարձակումներից: Նույնիսկ այսօր ոչ մի վտանգ չէ սպասում քեզ. Սևանն անառիկ է և անմատչելի:
— Իմ բերդն ու ամրությունները վաղո՛ւց առել ու կործանել է թշնամին... իմ հանգիստն ու խաղաղությունը կորել է հավիտյան...
— Ինչի՞ մասին է խոսքը. դու դարձյալ հին ցավե՞րն ես ակնարկում:
— Օ՛, թույլ տուր, որ խոսեմ քեզ հետ, գոնե այս անգամ. թո՛ւյլ տուր, որ բանամ քեզ իմ սիրտը, որ համարձակվեմ արտասվել քո առաջ...
— Թագուհի՛, դու հուզված ես, դու պետք է հանգստանաս:
— Թո՛ղ, աղաչում եմ քեզ. թո՛ղ որ հուզվիմ ու տանջվիմ. հանգստությունը միայն տանջանքների մեջ եմ գտնում ես...
— Բայց ի՞նչ է պատահել. մի՞թե մի որևէ մարդ մի նոր վիրավորանք հասցրեց քեզ:
— Նոր վիրավորա՞նք, ոչ: Հին վերքը, հին վիշտն է, որ շարունակ մաշում, կեղեքում է իմ սիրտը... և, ավա՜ղ, չկա մի ձեռք, որ դեղ կամ սպեղանի դնե նրա վրա, ես լքված, միայնակ եմ աշխարհում... բոլորովին միայնակ... Օ՛հ, չգիտես թե ինչպե՜ս ծանր, ինչպես դժվար է միայնակ ապրել աշխարհում...
Այս խոսքերի հետ թագուհին փղձկեցավ և սկսավ լալ:
— Այդ ի՞նչ է թագուհի, դու արտասվո՞ւմ ես... Այդ տղայություն է, ի՞նչ կասեն՝ եթե լսեն: Արի՛, արի՛ առաջնորդեմ քեզ դեպի քո կացարանը, դու պետք է հանգստանաս:
— Թո՛ղ որ մնամ ես այստեղ, և դու, ո՛վ սիրեցյալ թագավոր, մի՛ հեռանար ինձանից, նվիրիր քո թագուհուն, քո ապաբախտ ամուսնուն, գոնե մի ժամ. նա կամենում է խոսել քեզ հետ. մի՛ մերժիր նրան այդ չնչին խնդիրը:
— Սիրելի՛ Սահանույշ...
— Սիրելի Սահանո՞ւյշ... աստվա՜ծ իմ. մի՞թե դու ինձ այդ անունով կոչեցիր... արդյոք իմ ականջները սխալ չլսեցի՞ն... «Սիրելի» ասացիր, այնպես չէ՞. օ՛, ինչպես ուրախանում եմ այդ չնչին, այդ աղքատիկ խոսքով... սիրո մի փշրանքով... Ինչո՞ւ, ինչո՞ւ այսքան տկար է ստեղծել մեզ աստված... և դու, անշուշտ, խղճում ես ինձ, այնպես չէ՞. սաա՛, մի՛ ծածկիր... խղճում ես ինչպես մի մուրացկի... Օ՛, եթե գիտենայիր, թե որքա՜ն ծանր է այդ ինձ համար, որքա՜ն դժվարատա՜ր...
— Այսուամենայնիվ, սիրելի թագուհի, դու չես հանգստանում. դու շարունակ հուզվում ես, այդ քեզ կարող է վնասել: Գնանք, գնանք այստեղից:
— Օ՛հ, ոչ. ես այլևս չեմ հեռանալ այստեղից, չեմ հեռանալ իմ սերելի Աշոտից... Օ՛հ, ների՛ր ինձ. թույլ տուր, որ այս անունով անվանեմ քեզ... Այո՛, այժմ արդեն հանգիստ եմ. այժմ կարող եմ խոսել. ես այլևս չեմ հուզվիլ. միայն թե տո՛ւր ինձ քո ձեռը և խոստացի՛ր, որ համբերությամբ ականջ դնես ինձ:
Արքան աջը պարզեց առանց խոսելու:
Թագուհին առավ այն, սեղմեց յուր դողդոջուն ձեռներում և շարունակեց.
— Շնորհակալ եմ... Տեսնո՞ւմ ես, թե որպիսի փոքր շնորհով եմ ես գոհանում... Իմ անզուգական դյուցազնի, իմ վեհապանծ թագավորի սերն ու սիրտը կորցնելուց ետ, ուրախանում եմ, որ ներվում է ինձ նրա սառն ու անտարբեր աջը սեղմել... Եվ ես կարողանում եմ այդ քեզ ասել... Եվ գոռոզ Սահականույշը այդ խոստովանությունն անում է յուր թագավորին... Օ, ինչո՞ւ այսքան շատ նվաստացա...

Թագուհին նորեն հեկեկաց, և այլևս իրան զսպել չկարողանալով՝ բացավ դողդոջուն բազուկները և փարվեց թագավորին:

— Սահանո՜ւշ... սիրելի՜ Սահանուշ, — շշնջաց թագավորը և սեղմեց նրան յուր կրծքին:

— Աղոթի՛ր, որ մահ հասնե ինձ այս վայրկենին... Կամենում եմ մեռնել քո գրկի մեջ... Այս է իմ միակ տենչանքը... — մրմնջաց թագուհին, և արտասուքը նրա ձայնը խեղդեց:

Տիկնոջ հեկեկանքն ու արտասուքը հուզեցին թագավորին. նա մնաց տարակուսի մեջ և չգիտեր ինչո՞վ սփոփել ապաբախտ թագուհուն: Նա սկսավ ավելի ևս քնքշությամբ սեղմել նրան յուր կրծքին, զգալով, կարծես, որ այդ է միակ դարմանը, որ կարող է սիրող սրտի հուզումը դադարեցնել:

Երկար այս դրության մեջ մնալուց ետ, վերջապես թագավորը լռությունն ընդհատեց.

— Ինչո՞ւ, սիրելիս, այդքան շատ հուզվեցար:

Այս խոսքը, որ թեպետ մեղմով ու գրեթե շշնջալով արտասանեց թագավորը, այսուամենայնիվ կոշտ հնչեց թագուհու ականջին, նա յուր գլուխը արքայի գրկից հեռացրեց:

— Ինչո՞ւ... Եվ դու այդ հարցնո՞ւմ ես... Մի՞թե չգիտես, թե ինչից են թշվառ սրտերը հուզվում... մի՞թե իմ արտասուքները ամեն ինչ քեզ չպատմեցին...

Թագավորը ոչինչ չպատասխանեց: Նա զգուշանում էր թագուհու սիրտը նորեն հուզելուց: Ուստի դեպի խարակները հառաջանալով՝ նստեց ժայռի վրա և լուռ սկսավ դեպի ծովակը նայել:

— Դու ինձ այլևս չե՞ս կամենում լսել, — բեկված ձայնով հարցրեց թագուհին:

— Խոսի՛ր, սիրելիս, ինչ որ հաճո է քեզ. բայց անցյալից մի հիշեցնիր ինձ ոչինչ:

— Ոչինչ էլ չպիտի հիշեցնեմ, — հարեց իսկույն թագուհին, և կարծես գոհ թագավորի այս խոսքից (որի մեջ նա նրա խոստովանությունն էր կարդում՝ յուր դեմ գործած հանցանքների համար), մոտեցավ նրան և ինքն էլ ժայռի վրա նստելով շարունակեց.

— Մի քանի ամիս է, ինչ քեզ հետ եմ ես, սիրելի թագավոր, և սակայն բոլոր այդ ժամանակ չկարողացա խոսել քեզ այն, ինչ որ անհրաժեշտ էր խոսել և ինչի մասին որ եկել էի քեզ տեսնելու: Այժմ, սակայն, համարձակություն առա և կարող եմ խոսել: Խնդրում եմ միայն չխանգարել ինձ, եթե մինչև անգամ իմ զրույցն անհաճո լինի քեզ:

— Խոսիր, ես լսում եմ:

— Գառնիում կարծում էի, թե հաշտվել եմ արդեն իմ վիճակի հետ. ուստի որոշեցի մոռանալ իմ անձը և նվիրվել հասարակաց բարվույն: Այդ նպատակին հասնելու միակ ճանապարհն այն էր, որ գայի և միանայի քեզ հետ, սփոփեի անհաջողություններից ու իշխանների տիրադրուժ վարմունքից վշտացած քո սիրտը և ստիպեի քեզ վերադառնալ Ոստան, դեպի քո գահն ու արքունիքը... Այնուհետև արդեն հեշտ կլիներ վերսկսել խանգարված գործերը. ժողովուրդն ու զորքը քո դարձին էին սպասում, դու կարող էիր օգտվել նրանց ձեռնտվությունից:

Այս մտքով սիա՛ ոգևորված՝ ես եկա Կաքավաբերդ: Բայց քո սառն ընդունելությունը ինձ վշտացրեց: Դու կարծեցիր, թե ես եկել եմ ծաղրելու քո պարտությունը Ցլիկ — Ամրամից... Քո այդ կասկածը բավական եղավ, որ նորեն իմ սիրտը տակնուվրա լինի, որ հին վերքերը նորոգվին... Եվ քանի դու շարունակում էիր քո սառնությունն ու անտարբերությունը, այնքան ավելի վառվում ու բորբոքվում էր իմ մեջ նախանձի դժոխքը... Եվ դրա հետևանքն եղավ այն, որ ես քո սիրտը ցավեցնել ուզելով՝ պատմեցի, թե ինչպե՛ս մեր բոլոր աշխարհը գիտակ է քո հանցավոր սիրույն, թե զորքն ու ժողովուրդը զգռված են քո դեմ, թե իշխանական ընտանիքները երես են դարձրել մեզանից, թե հոգևորականությունը դատապարտում է քո վարմունքը... Ավա՜ղ, ես կարծում էի, թե այս հայտնություններով պիտի զգաստացնեմ քեզ... բայց չարաչար սխալվեցա: Խոստովանում եմ՝ ես գործեցի իբրև թույլ կին, իբրև սիրող սրտի տեր: Չկարողանալով տանել քո սառնությունը, ես մոռացա իմ ուխտն ու նպատակը, ես խաղալիք դարձա նախանձի խռովյալ ալիքներին, որոնք անգթաբար կոծում, հարվածում էին իմ թշվառ սիրտը... Այս բոլորի հետևանքը եղավ այն, որ դու հուսահատվելով՝ ոչ միայն Ոստան չվերադարձար, այլև Կաքավաբերդից ելնելով՝ եկար Սևան, խարազանազգեստ կրոնավորների հետ ապրելու...

Ես ճանաչեցի իմ սխալը. տեսա իմ անխորհուրդ վարմանց հետևանքը և չարաչար զղջացի. բայց արդեն ուշ էր: Միակ միջոցը իմ հանցանքը քավելու այն էր, որ ես հետևեի քեզ, տեսնեի ամեն օր քո՝ դեպի ինձ ունեցած սառնությունը, դիտեի քո անտարբեր հայացքները և տանջվեի... Քանի՜-քանի՜ անգամ կամեցա մոտենալ և խոսել քեզ հետ, խոստովանել իմ հանցանքը և ներումն հայցել... Եվ սակայն դու շարունակ խույս էիր տալիս ինձանից, չէիր կամենում միայնակ ինձ հանդիպել, առանձնության մեջ իմ ձայնը լսել, իմ արտասուքը տեսնել... Օ, եթե գիտենայիր, թե որքա՜ն տանջվել եմ ես...

Ամիսներ անցան այսպես և ես չկարողացա դեռ քեզ հետ խոսելու մի վայրկյան գտնել: Բայց երբ գուժկան հասավ այստեղ և Բյուրականի առումն ու կոտորածը գուժեց, ես սարսափեցի. կարծես երկնային մի շանթ հարվածեց իմ հոգին. ես հիշեցի իմ ուխտն ու որոշումը. հիշեցի և իմ գործած հանցանքը... «Եթե նախանձի կիրքը ինձ չհաղթահարեր, Աշոտն այժմ յուր գահի վրա կլիներ, հայոց զորքը նրա շուրջը կգտնվեր, իշխանները զինակից կլինեին, թշնամու դեմ արդեն բանակ կշարժվեր...», մտածեցի ես, և հուսահատությունը, քիչ մնաց, դեպի ծովակի խորը պիտի մղեր ինձ... Բայց հետո զգաստացա և որոշեցի գտնել քեզ անպատճառ քո միայնության մեջ և հարկ եղածը խոսել: Այս է ահա՜ պատճառը, որ այժմ եկա քո մենավոր զբոսանքը խանգարելու: Գուցե այս հետապնդությունը տհաճություն է պատճառում քեզ, բայց ես ստիպված այդ էի անելու, որովհետև վտանգը դռան մոտ է և հապաղել այլևս անկարելի է:

— Ի՞նչ է քո խնդիրն ինձանից, — հարցրեց թագավորը:

— Այն, որ վերադառնաս Ոստան, բազմես քո գահի վրա, փայլ տաս արքունյացդ, շուրջդ հավաքես ավագանին, զորքն ու բանակը կարգավորես, թշնամու առաջն առնես, երկիրը տագնապից ազատես...

— Միով բանիվ, դու կամենում ես, որ Աշոտ-Երկաթը թագավորե նորից:

— Այո՜, թագավորե այնպես, ինչպես որ թագավորում էր առաջ...

— Բարի է քո ցանկությունը, բայց կատարել նրան անկարող եմ ես:

— Ինչո՞ւ:

— Պատճառները բազմաթիվ են:

— Ծանոթացրու ինձ այդ պատճառների հետ, եթե կարծում ես, թե դեռ անծանոթ եմ նրանց:

— Թագավորը չպատասխանեց: Նա դեմքը դեպի ծովակը դարձրած մտածում էր:

— Մի՞թե այդ պատճառներն ավելի զորավոր են, քան Աշոտ-Երկաթի կամքը, — խոսեց նորեն թագուհին, կամենալով արքայի ինքնասիրությունը զրգռել:

— Աշոտ-Երկաթի կա՞մքը... Օ՜, նա այժմ ավելի անզոր է՝ քան հովտի եղեգը, որին տատանում է նույնիսկ հովի շունչը:

— Ինչո՞ւ, հուսահատեցնում ես ինձ, տեր իմ և թագավոր,-շշնջաց թագուհին սրտահույզ ձայնով:

— Քա՜վ, թե կամենամ քեզ հուսահատեցնել. ճշմարտությունն եմ խոստովանում:

— Բայց դու զորավոր էիր մի օր ինչպես անապատի առյուծը...

— Որի մռնչյունը դող էր հանում դրացի գազանների սիրտը, — ընդհատեց թագավորը:

— Այո՛:

— Եվ սակայն առյուծն էլ տկարանում ու մեռնում է:

— Անշուշտ. բայց այդ այն ժամանակ, երբ անցնում են նրա տարիքը, երբ հասնում է ծերությունը:

— Իսկ երբ որսորդի երեքթևյանը հարվածում ու ջախջախում է նրա սի՞րտը:

— Ո՞ր աննկուն որսորդն արդյոք այդպես ուժգին կարողացավ քեզ հարվածել, — հարցրեց թագուհին խորհրդավոր եղանակով:

Թագավորը չպատասխանեց. տխուր ժպիտը միայն նրա շուրթերը շարժեց:

— Դու չե՞ս կամենում խոսել — հարցրեց թագուհին:

— Չեմ կամենում քո սիրտը վշտացնել, — պատասխանեց թագավորը՝ շարունակ ծովակին նայելով:

— Աստվա՛ծ իմ, — բացականչեց թագուհին. — մի՞թե դու իմ սրտի մասին ես մտածում... այդ արդեն չափազանց է, սիրեցյալ ամուսին, ես ուրախությունից կարող եմ խելագարվել:

— Այո՛, մտածում եմ... Կան ճշմարտություններ, որոնք որքան էլ դառնագույն, այսուամենայնիվ, տղամարդը կարող է լսել համբերությամբ, բայց կնոջ ականջը չի հանդուրժիլ նրանց:

— Օ՛ն ուրեմն, փորձի՛ր իմ քաջությունը:

— Բարի, լսի՛ր ուրեմն ինձ:

Այս ասելով թագավորը դեմքը դարձրեց թագուհուն և շարունակեց.

— Մի փոքր առաջ հարցրիր, թե ո՞վ է այն որսորդը, որ այնքան ուժգին առյուծի սիրտը հարվածեց... այժմ պիտի ասեմ, թե ո՛վ էր նա: (Թագուհին լռությունը լարեց): Այդ աննկուն որսորդը կնոջ սերն էր...

— Ո՞ր կնոջ... — ընդհատեց հանկարծ թագուհին:

— Դու արդեն քո քաջությունը կորուսիր, — նկատեց թագավորը:

— Շարունակի՛ր, ես այլևս չեմ խանգարիլ, — հարեց թագուհին և գլուխը կախեց:

— Մենք, սիրելի բարեկամ, թշվառ խաղալիքներ ենք բնության հզոր ձեռքում, — շարունակեց թագավորն. — իզուր են մարդիկ օրենքներ դնում և կարգեր սահմանում՝ կառավարելու համար այն, ինչ որ ինքը բնությունը պիտի կառավարե և որի միահեծան տիրապետն է նա... Մարդկային սրտերի մասին է խոսքը... Դու ինձ սիրում ես, այնպես չէ՞:

— Ինչո՞ւ համար է այդ հարցը:

— Պատասխանի՛ր, սիրո՞ւմ ես թե ոչ:

— Սիրում եմ անսահման սիրով:

— Բար՛ի. ի՞նչ կարող է անել դրա դեմ մարդկանցից սահմանված օրենքը: Կարո՞ղ է հրամայել, որ սիրելուց դադարես:

— Օրենքն՝ ընդհակառակը, սրբագործում է իմ սերը, որովհետև ես սիրում եմ իմ օրինավոր ամուսնուն:

— Այդ մի դիպված է: Իսկ եթե հանկարծ սիրում լինեիր մի ուրիշի՞ն:

— Քրիստոնեական առաքինությունը, որին հետևել եմ միշտ, չէր թույլ տալ ինձ մտածել ապօրինի սիրո մասին: Իսկ երբ մարդ չէ մտածում ապօրինության վրա, ապօրինի գործ էլ չէ կատարում երբեք:

— Մտածության համար սահման որոշելն անկարելի է: Ի՞նչ անե այն սիրտը, որին բնությունը հրամայել է սիրել նրան, որ օրենքով իրան չէ պատկանում:

— Այդ միևնույնն է, եթե ասես, «ի՞նչ անեն գողերն ու ավազակները, որոնց սիրտը ցանկացել է հափշտակել ուրիշի ունեցածը...»: Կարո՞ղ ես միթե արդարացնել այդ ավազակներին, երբ քո հարստահարյալ հպատակը հանե նրանց քո դատաստանի առաջ:

Այդ խոսքերը խոցեցին թագավորի սիրտը, որովհետև հարվածն ուղղված էր բուն վերքին... Նա լռեց մի քանի վայրկյան:

— Էլ ուրիշ ասելիք չունի՞ս, — հարցրեց թագուհին մեղմությամբ:

— Ուրիշ ասելի՞ք, ինչպե՛ս չէ, ունիմ:

— Խոսի՛ր ուրեմն:

— Ասի՛ր. դատավորը աչառո՞ղ պիտի լինի, թե՞ անաչառ:

— Անշուշտ՝ անաչառ:

— Ավազակին պետք է պատժե՞լ, թե՞ վարձատրել:

— Իհարկե պատժել:

— Ինչո՞ւ ուրեմն դու կամենում ես վարձատրել նրան, երբ անաչառ դատավորը հրամայում է պատժել:

— Ի՞նչ ես ուզում ասել, չեմ հասկանում:

— Չե՞ս հասկանում, բայց ես պարզ խոսեցի:

— Ո՞վ է ավազակը և ո՞վ դատավորը, ո՞ւմ համար եմ ես վարձատրություն պահանջում... — հարցրեց թագուհին տարակուսելով:

— Ես եմ այդ ավազակը. և ինքս էլ, ահա, իբր անաչառ դատավոր, պատժել եմ ինձ, հեռանալով արքայական գահից և ապավինելով այս անապատին... Ինչո՞ւ կամենում ես հանել ինձ այստեղից և նորեն դեպի Ոստան առաջնորդել:

— Դու չափազանցում ես:

— Չափազանցո՞ւմ... Բնա՛վ:

— Չափազանցում ես, իմ սիրեցյալ թագավոր:

— Մի՛ անվանիր ինձ ո՛չ սիրելի և ո՛չ թագավոր, ես մի չարագործ եմ, աստուծուց և մարդկանցից անիծված, ինչո՞ւ համար ես դու ինձ սիրում, ինչո՞ւ ինձ փառք հայթայթելու մասին ես մտածում:

— Հավիտյան պիտի սիրեմ... Մի՞թե կարող ես հրամայել ինձ մոռանալ իմ ամուսնուն...

— Ամուսնո՞ւն... Օ՛հ, մի՛ տանջիր ինձ: Ես չեմ կարող այդ նախատինքը տանել:

— Նախատի՞նք... մի՞թե ինձանից սիրվիլը նախատինք է քեզ համար:

— Ոչ, մեծափառ թագուհի, այլ նախատինք է այն, որ իմ անհավատարմությունը դու այդքան անսահման սիրով ես փոխարինում... Ես հպարտ եմ. ես չեմ կարող տանել այն բարիքը, որ հատուցվում է ինձ իմ գործած չարության համար:

— Ինձ ոչ մի չարիք չէ հասել քեզանից:

— Այդպիսի խոսքերը չեն կարող ինձ սփոփել: Ես այնքան անարի չեմ, որ իմ գործած հանցանաց չափով պատիժ կրել չկարողանամ: Եթե դու կամենում ես սփոփանք բերել իմ սրտին, ապա ատիր ինձ քո հոգվո բոլոր զորությամբ:

Միայն քո ատելությունը, միայն ծանր տանջանքները կարող են դյուրություն տալ իմ սրտին:

— Ես չեմ կարող քեզ ատել:

— Ատի՛ր, որովհետև ես չեմ սիրում քեզ:

— Oh, մի՛ ասիր այդ...

— Չեմ կարող ատել, ես չեմ սիրում քեզ:

— Օ՛հ, անգութ...

— Միակ սիրածս կինը աշխարհում...

— Օ, մի՛ արտասանիր նրա անունը, — բացականչեց թագուհին՝ գրեթե ճչալով:

— Այո՛, միակ սիրածս կինը — այդ Ասպրամ իշխանուհին է, Սնորդյաց նահապետի աղջիկը:

— Անսի՛րտ... անգո՛ւթ, ի՞նչ շահ ունիս ինձ տանջելուց... Ինչո՞ւ չես խղճում մի թշվառ, մի լքյալ կնոջ... չէ՞ որ ես մի օր քո ամուսինն էի...

— Կամենում եմ սիրտդ խոցոտելով՝ դժոխային ատելություն ծնեցնել նրա մեջ. այդ կարող է մեղմել իմ ծանրագույն վիշտը:

— Մի՛ հուսար... ես չեմ կարող քեզ ատել, իզուր տեղը մի՛ տանջիր իմ հոգին... Ասա՛ միայն ո՞րն է քո ծանրագույն վիշտը, ես հնար կգտնեմ նրան թեթևացնելու:

— Ավելի վատ:

— Մի՛ համառիր, իմ սիրեցյալ թագավոր. ամեն մի հիվանդություն ունի յուր դարմանը և ամեն մի վիշտ՝ յուր սփոփանքը: Հարկավոր է միայն բժշկող ձեռք և սիրող սիրտ:

— Ո՞վ կարող է, օրինակ, բուժել այն հոգին, որ տանջվում է խղճի խայթերից: Ո՞վ կարող է սփոփել այն մարդուն, որ ճանաչում է յուր հանցանքի ծանրությունը, չափում է նրանից հառաջացած չարիքի մեծությունը և գտնում է իրան անզոր ու անկարող՝ այդ չարիքը դարմանելու...

— Ամենքը սխալական են աշխարհում:

— Եվ ամենին կարելի է ներել...

— Հետևապես և քեզ:

— Մի՛ ընդհատիր ինձ. ամենքին կարելի է ներել, բացի նրան, որ կոչված է մարդկանց բախտը կառավարելու, որ պաշտոն ունի ժողովուրդ հովվելու, առաքինության օրինակ ու առաջնորդ հանդիսանալու... հասարակաց բարվույն ու երջանկության հսկելու...: Ես այդպիսի մի պատասխանատու անձն էի. աստված ինձ պետ ու առաջնորդ էր կարգել այս ժողովրդյան: Բայց միթե պատկառ մնացի՞ ես իմ կոչման. մի՞թե իմ սրբազան պաշտոնը չանարգեցի, մի՞թե բազմաթիվ չարյաց պատճառ չդարձա... Ո՞վ կարող է ինձ ներել, և ինչո՞ւ պիտի ներե:

— Անցյալը հիշելով ոչինչ չես շահիլ, — ասաց թագուհին. — մոռացի՛ր այն և աշխատիր մեր ներկա վիճակը բարվոքել:

— Անցյալը մոռանա՞մ... մի՞թե կարելի, մի՞թե հնարավոր է այդ. — բացականչեց թագավորը: -երկնքի աստղերը կկողոպտեի՝ վարձատրելու համար այն մարդուն, որ կկարողանար մոռացնել տալ ինձ իմ անցյալը... որ յուր դեղերով կամ կախարդական հմայությամբ հնար կգտներ իմ հիշողությունները բթացնելու: Մոռանա՞լ... Այո՛, այդ եմ կամենում. այդ է իմ միակ փափագն ու ցանկությունը: Բայց ո՞վ կարող է լրումն տալ այդ ցանկության: Օ՛, ինչպես երջանիկ կլինեի, եթե կարողանայի չհիշել այլևս այն, ինչ որ կատարվել է... Այն, որի հիշատակը բազմագլխյան վիշապի պես կրծում, կեղեքում է իմ խիղճը... Կարո՞ղ եմ միթե մոռանալ, որ ես Սնադայի, իմ բարյացապարտ ազգակցի տունն ավերեցի՝ հորն ու որդուն միասին կուրացնելով... Կարո՞ղ եմ մոռանալ, որ ես Ամրամի, իմ հավատարիմ զինակցի ընտանիքը կործանեցի, նրա խաղաղության օթևանը դժոխքի փոխարկելով... Կարո՞ղ եմ մոռանալ որ ես քո կյանքը թունավորեցի՝ կաթոգին սերդ անարգելով, երջանկությունդ կապտելով... Ո՞րը նրանցից կարող եմ ես չհիշել կամ ո՞րն արդյոք մոռանալ... Գուցե ա՞յն՝ որ այս չարիքների շնորհիվ իմ իշխանների առ զահն ունեցած հավատարմությունը կորուսի և նրանց միությունը խանգարեցի, թե՞ այն, որ Ամրամի ապստամբությունը գրգռելով՝ հյուսիսային գավառներից զրկվեցա և թե վերջապես, այն, որ ռազմական ուժերս թուլացնելով՝ իմ երկրի սրտում հագարացոց բռնապետությունը հաստատեցի... Ասա՛, իմ սիրելի, սրանցից ո՞րը մոռանամ. կամ ինչպե՞ս չհիշեմ, որ այս ամենը կատարվել է մի հանցավոր սիրո, մի տմարդ օրինազանցության պատճառով... Ո՛չ, ես արժանի չեմ ներման. մի՛ աշխատիր մոռացնել տալ ինձ մեղքերով լի իմ անցյալը: Ես քրիստոնյա եմ և խիղճ ունիմ. այդ խիղճը տանջում է ինձ. նրա ձայնը խլացնում է իմ հոգվո լսելիքը, նա հրամայում է ինձ՝ հեռանալ արքայական գահից, փառքերից, պերճությունից և քաշվել, առանձնանալ մի անապատ, լալ այնտեղ իմ մեղքերը և խստամբեր ճգնությամբ քավել նրանց: Եվ ես ահա եկել, մտել եմ Սևան՝ իմ ապաշխարության վայրը: Իզուր ես կարծում, թե ես հեռացա Կաքավաբերդից նրա համար, որ դու իմ սառն ընդունելությունից վշտացած՝ պատմեցիր, թե աշխարհը գիտակ է իմ հանցավոր սիրույն, թե ժողովուրդը գրգռված է իմ դեմ, թե իշխաններն ու հոգևորականությունը դատապարտում են ինձ և այլն: Ո՛չ, դրանց պատճառով չհեռացա. ոչ էլ հուսահատությունն ինձ հալածեց: Այլ խիղճը, իմ ներքին մարդը... Հանգիստ լիներ խիղճս, արդար լինեին իմ գործերը, այն ժամանակ թեկուզ բոլոր աշխարհը կանգներ իմ դեմ, ես չէի ընկճվիլ. ոչ էլ հուսահատությունը կարող էր իմ հոգին հաղթահարել... Բայց խղճի անողոք խայթերին ես դիմադրել չկարողացա: Ինձ հալածեցին, մանավանդ, քո տխուր աչքերը, վշտալի հայացքը, դալկահար դեմքը... Ես փախուստ էի տալիս քեզանից. այո՛, բայց ոչ թե նրա համար, որ ատում էի քեզ, այլ նրա համար, որ ամեն մի քեզ տեսնելիս սիրտս տակնուվրա էր լինում, ամոթն ու խիղճը տանջում էին ինձ չարաչար: Վերջապես, ես եկա այստեղ իմ վշտերը թաքցնելու և հանցանքները լալու: Կարծեցի, թե այս անգամ կհեռանաս ինձանից և կերթաս Ոստան, ուր դու դեռ հավատարիմներ ունիս: Բայց իմ հույսը պարապ ելավ. դու չկամեցար թողնել ինձ իմ վշտերի հետ, դու հետևեցիր ինձ իբրև ամուսնասեր կին և ապացուցեցիր հարյուրերորդ անգամ, թե ես արժանի չէի քո սիրույն, թե բախտը իզուր էր կապել մեզ միմյանց հետ... Այս բոլորը գիտենալուց ետ, սիրելի տիկին, անկարելի է ինձ այլևս մտնել այն աշխարհը, որտեղից խիղճս ինձ հալածեց. թո՛ղ ինձ այս ապաշխարանաց վայրում. գուցե կարողանամ իմ մեղքերը քավել. գուցե կարողանամ իմ հոգին գեհենից փրկել...

— Միթե ավելի հաճելի չի՞ լինիլ աստծուն, եթե դու հանցանքդ քավես ուրիշներին բարիք անելով, — հարցրեց թագուհին:

— Ինչպե՞ս չէ, այդ ավելի հաճելի կլինի նրան. զի լավ է բարիք գործել՝ քան անօգուտ տեղը լալ:

— Է՛հ, ուրեմն դարձի՛ր աթոռդ, ձե՛ռքդ առ կառավարության ղեկը և փրկի՛ր ժողովուրդը՝ սպառնացող վտանգներից:

— Այդ պետք է անեմ իբրև թագավոր, այնպես չէ՞:

— Անշուշտ:

— Բայց ես արժանի չեմ համարում ինձ այլևս այն գահին, որի վրա Աշոտ առաջինը և հայրենասեր ու առաքինի Սմբատը բազմեցին. Սևանն է իմ արժանավոր կացարանը, այստեղ կապրեմ, այստեղ էլ կմեռնեմ:

— Իսկ արքայական գա՞հը:

— Թո՛ղ Աբասը պայազատե. նա է իմ օրինական ժառանգը:

Կարծես մի երկնային շանթ հարվածեց թագուհուն: Այդ խոսքը նա առաջին անգամէր լսում: Ցուր սիրո կորստյան վրա, Այո՛, մտածել էր շատ, բայց դշխոյությունը կորցնելու մասին նա երբեք չէր երազել:

«Ինչպե՞ս թե Աբասը թագավորե. ուրեմն և Գուրգենդուխտը լինի թագուհի՞... Սևադայի դստեր կենդանության ժամանակ՝ ափխազաց Գուրգենի աղջիկը հռչակվի հայոց գահի դշխո՞... և հպարտ Սահականույշը փակվի Սևանի մեջ իբրև մի հպատակ, իբրև ափխազուհու մի թշվառ գերի՞ն... Եվ տեսնե, թե ինչպե՛ս հայոց իշխանները շրջապատում են նոր արքային, հաջողություններ են ստեղծում նրա համա՞ր... խոնարհում են գլուխները նոր թագուհու առաջ և քծնում ու խնկարկում են նրա՞ն... Օ՛, այդ արդեն ամենից ավելի դժվարատարն է...», մտածեց ինքն իրան թագուհին, և կնոջ փառասիրությունն ու հակառակորդի ինքնասիրությունը նրա էությունը պաշարեցին: Նա մոռացավ, մինչև անգամ յուր իսկական վիշտը, անարգանաց զգացումը գերակշռեց նրա մեջ սիրո զգացման և կնոջ հատուկ սրամտությամբ նա չափեց իսկույն յուր ներքին վշտի և արտաքին անպատվության մեջ եղած անջրպետը և համոզվեց, թե ավելի հեշտ է ներքին վշտերով տանջվել, քան արտաքին անարգանքներից նվաստանալ...

— Ո՛չ, իմ մեծափառ թագավոր. այդ որոշումը չպիտի կատարվի. Սնանում դու չպիտի մնաս. գահն ու ժողովուրդը քեզ են սպասում, և դու պիտի վերադառնաս Ռստան, — խոսեց թագուհին վճռաբար:

— Անկարելի է... Այդ անելու համար նախ պետք է սիրտս խլեմ իմ կրծքից և գանգս դատարկեմ ուղեղից... Այս սրտով և ուղեղով ես գահ բարձրանալ չեմ կարող:

— Չէ՛, դու պիտի գթաս քո ժողովրդին. նա նմանում է այժմ հովվից զրկված և անապատներում ցրված անտիրական մի հոտի. գայլերը չորս կողմից հալածում են նրան. մայրերի ու զավակների մայունը խլացնում է ձորերը...

— Այդ հոտը կժողովե Աբասը, նա ավելի պիտանի կլինի այժմ երկրին՝ քան ես:

— Մի՛ ասիր այդ. մի՛ տար Աբասի անունը. հայոց թագավորը կենդանի է դեռ:

— Ո՛չ, նա մեռել է վաղուց. նա մեռավ այն օրը, երբ Ցլիկ-Ամրամի երեսից փախուստ տվավ նվաստաբար...

— Մի՛ ասիր այդ խոսքերը. մի՛ հիշիր անցյալը, աղաչում եմ քեզ...

Այս ասելով թագուհին բռնեց թագավորի ձեռքը և քնքշաբար նայելով նրա աչքերին, որոնք անթարթ ուղղված էին լուսնին, կամացուկ ձայնով մրմնջաց.

— Աշո՛տ, իմ մեծափառ թագավոր, իմ սիրեցյալ ամուսին. մի՛ թույլ տար, որ ափխազուհին ծաղրե քո Սահականույշի հպարտությունը, թո՛ղ որ հայոց թագուհին յուր կոչման մեջ հանդիպե մահվան...

— Ա՛խ... ինչպե՛ս քիչ ես ծանոթ իմ վշտերին... — շշնջաց թագավորը և դեմքը դեպի ծովակը դարձուց:

— Խոսի՛ր, եթե դեռ մի ուրիշ ցավ ունիս, բա՛ց արա իմ առաջ սրտիդ վարագույրը...

Թագավորը չպատասխանեց, նա լուռ նայում էր ծովակին:

Եվ ի՞նչ պիտի պատասխաներ. ինչպե՞ս կարող էր նրա յուր սրտի վարագույրը բանալ... այն վարագույրը, որի ետևը ծածկված էր վշտերից ծանրագույնը... Կարո՞ղ էր միթե ասել՝ թե ինքը դեռ մտածում է Սևորդյաց իշխանուհու, յուր հանցավոր սիրո թշվառ զոհի վրա... թե ծանոթ է նրա ընտանեկան տանջանքներին, թե լսում է ամեն վայրկյան նրա արտասվող սրտի անեծքը, նրա ոգետանջ հառաչանքները... Ինչպե՞ս կարող էր նա այլևս գահի վրա բազմել, փառքի ու հաջողության հետևել, քանի որ ամեն վայրկյան պիտի հնչեին յուր ականջին նրա տխուր հեծությունները. քանի որ շարունակ նա պիտի տեսներ յուր առաջ նրա արտասուքները և ինքն իրան ասեր. — բոլոր աշխարհը փառաբանում է ինձ, հաջողությունները պսակում են իմ վերադարձը. ժողովուրդը ցնծության տոն է կատարում... Բայց այնտեղ, Սևորդյաց լեռների մեջ, Տավուշի մրապատ խորշերում հեծում է մի դժբախտ կին, սիրո հարվածներից ջախջախված մի սիրտ, որին թողել են ամենքը, որ կտրված, բաժանված է աշխարհից, որ ապրում է միայն յուր անարգանքի, յուր նվաստության հետ... Այդ կնոջ մրմունջը հասնում է մինչև իմ գահույքը, նա շշնջում է իմ ականջին դառն և սրտահույզ խոսքեր. «Մի՛ ծիծաղիր դու, երբ լալիս եմ ես, մի զվարճանար՝ երբ սգում եմ ես...», ասում է նա ինձ, արդ ի՞նչ իրավունքով ես պիտի նորեն աշխարհի մտնեմ, կյանքի բարիքները վայելեմ, քանի որ յուր սիրտն ու էությունը ինձ նվիրող կինը կենդանի թաղված է անհայտության մեջ:

Այս մտքերը, որոնք վաղուց ի վեր տանջում էին թագավորին, այդ միջոցին այն աստիճան հուզեցին նրան, որ նա ինքն իրան մոռանալով բացականչեց.

— Ո՛չ, անկարելի է. ես չեմ կարող ապրել, քանի որ նա մեռնում է-...:
— Ո՞ւմ համար է խոսքդ, ո՞վ է մեռնողը... — հարցրեց թագուհին:
Թագավորը ցնցվեցավ և տեղից բարձրանալով աջը պարզեց թագուհուն.
— Գնա՛նք. լուսինն արդեն խոնարհում է... — ասաց նա խրոխտ ձայնով:
— Բայց ո՞ւմ համար էիր խոսում, — հարցրեց կրկին թագուհին:
— Անհայտության մեջ մեռնողի համար, — պատասխանեց թագավորը և առաջ անցավ:
Թագուհին հետևեց նրան, առանց այլևս խոսել իշխելու:

Է

ՄԻ ԾԱՂԿՈՎ ԳԱՐՈՒՆ

Կեսօր էր: Ցամաքաբերդի ձկնորսները ուռկան էին ձգում ծովակը՝ Գեղամա համեղ ու բազմազան ձկներից որսալու, երբ Գնորգ Մարզպետունու հեծելախումբը հասավ այդտեղ: Իշխանը զարմացավ՝ տեսնելով, որ ձկնորսները փոխանակ լաստերով դեպի լճի խորքը գնալու, շարունակ նրա եզերքն են պտտում, որով հաջողակ որս չպիտի կարենային անել: Բացի այդ, լճի վրա կամ եզերքում ոչ մի լաստ կամ նավակ չէր երևում: Այդ հանգամանքը շարժեց նրա հետաքրքրությունը, մանավանդ որ իրան այն միջոցին լաստ էր հարկավոր դեպի կղզին ուղղվելու համար:
Իշխանի հարցին՝ թե «ո՛ւր են ձեր նավակները», ձկնորսները պատասխանեցին.
— Արքայից հրաման եկավ, որ ոչ ոք եզերքում լաստ կամ նավակ չպահե, այդ պատճառով ամեն ոք յուր ունեցածը ծածկել է գյուղում:
Իշխանը գուշակեց, որ թագավորի հրամանը տրված է՝ թշնամիների մուտքը դեպի Սևան արգելելու նպատակով: Այսուամենայնիվ պատվիրեց, որ իրանց համար նավակ իջեցնեն ծովը, բայց ձկնորսները դժվարացան:
— Թագավորը մեզ կկախե, եթե համարձակվենք նրա հրամանն անարգելու, — ասացին նրանք և խնդրեցին՝ չստիպել իրանց անհնազանդ, գտնվել արքայի առաջ:
Իշխանը չպնդեց, բայց հրամայեց նշան տալ կղզեցիներին՝ լաստ ղրկել իրանց համար, իսկ մինչ այդ հյուրասիրել յուր հեծյալներին Գեղամա թարմ ձկներով:
Ծովափը պատող ժայռերի վրա ձկնորսները կրակ վառեցին իսկույն: Բոցը բորբոքվելով ծառացավ, բարձրացավ դեպի վեր: Այդ էր այն նշանը, որով կղզեցիներից լաստ էին խնդրում եզերքում եղողները: Շուտով կղզու պարիսպներից դուրս ելան երկու սևազգեստներ, որոնք դեպի նավամատույցը հառաջանալով՝ լուծեցին այդտեղ կապած լաստերից մինը և դեպի ծովի խորքը մղեցին:
Մինչև լաստի մոտենալը, ձկնորսները իրանց որսած ընտիր «իշխաններից» ու «գեղարքունիներից» պատրաստեցին համեղ նախաճաշ և հյուրասիրեցին իշխանի հեծյալներին:
Միջօրեի ժամերգությունը նոր էին ավարտել կղզում, երբ իշխանը յուր խմբով հասավ այդտեղ:
Թագավորը զարմացավ՝ տեսնելով յուր առաջ Գնորգ Մարզպետունուն:

— Դո՞ւ էլ քո թագավորի հետ ճզնելու եկար, — հարցրեց նա իշխանին ժպտալով:

— Ո՛չ, տեր արքա. այժմ հանցանքներ գործելու և ոչ թե ապաշխարելու ժամանակ է, — պատասխանեց Մարզպետունին:

— Հանցանքներ գործելո՞ւ... — հարցրեց թագավորը. — մի՞թե հանցանք գործելու համար էլ որոշ ժամանակ է լինում:

— Այո՛, տեր արքա: Տասը պատվիրաններից մինը «մի սպանանէր» խոսքն է: Այժմ հասել է այդ պատվիրանի դեմ գործելու ժամանակը, մենք շարունակ պիտի սպանենք:

— Հույս ունիս՝ ինձ քո հանցանքին մասնակից անելու համար չես եկած:

— Եթե իմ զորքին թագավորն առաջնորդեր, ես քսան տարավ կերիտասարդանայի:

— Քո զորքի՞ն. մի՞թե զորք ունիս ժողոված,- — զարմանալով հարցրեց արքան:

— Այո՛, մեծափառ տեր:

— Որտե՞ղ է գտնվում բանակդ:

— Այստեղ, Սևանում:

— Սևանո՞ւմ, — ավելի ևս զարմանալով հարցրեց թագավորը:

— Այո՛, տեր արքա, Սևանում...

Թագուհին, որ ներկա էր իշխանի խոսակցությանը, ընդհատեց նրան.

— Ես նայում էի իմ դիտանոցից, երբ քո լաստը մոտենում էր կղզուն. քեզ հետ միայն մի խմբակ կար, հազիվ քսան մարդուց բաղկացած, իսկ մնացածները ե՞րբ հասան այստեղ:

— Իմ բանակը կազմված է հենց քսան մարդուց, ես ավելին ձեռք բերել չկարողացա, — պատասխանեց իշխանը:

— Դու հիվա՞նդ ես, Մարզպետունի իշխան, — հարցրեց թագավորը՝ աչքերը նրա վրա սևեռելով:

— Գուցե կասկածում ես, թե խելագարվա՞ծ եմ, — ժպտալով հարցրեց իշխանը:

— Այո՛, ինձ այդպես է թվում, — հարեց թագավորը լրջությամբ: -Ասում ես, որ քսան մարդուց է բաղկացած բանակդ, և միևնույն ժամանակ փափագում, որ քո թագավորն առաջնորդե նրան: Ծա՞ղր է այդ, թե երգիծանք...

— Քա՛վ լիցի, եթե համարձակվեմ այդ չափ լրբանամ քո առաջ, տեր արքա... — պատասխանեց իշխանը հուզվելով:

— Ի՞նչ զորք է ուրեմն այն, որի անունով խոսում ես դու:

— Հենց հիշածս քսան հոգիներն են: Նրանք են իմ զորքն ու բանակը կազմում:

Թագավորն ու թագուհին զարմացած նայեցին իրար, կարծես կամենալով հարցնել միմյանց, թե «արդյոք այս մարդը չէ՞ խելագարվել...»:

Մարզպետունին թափանցեց նրանց սրտի խորքը և դառը ժպտալով ասաց.

— Իրավունք ունիք ինձ խելագար անվանելու: Այս ընդհանուր տագնապի օրերում, երբ զորեղ իշխանները իրանց հազարավոր զորքերով փակված են ամրոցներում, խելագարություն է, իհարկե, քսան հոգով բաց դաշտն իջնել՝ թշնամու հետ ընդհարվելու համար: Բայց ես այդ անում եմ, որպեսզի կարողանամ ամոթի կնիք դրոշմել բոլոր այն իշխանների ճակատին, որոնք հայության անունով խոսում, հայ տոհմականությամբ հպարտանում են, բայց հայրենիքը ճգնաժամում եղած միջոցին մատը չեն շարժում նրան օգնելու համար:

— Այդ դու կարող ես անել, եթե հաղթությամբ պսակես համդուգն ձեռնարկությունդ, — նկատեց թագավորը. — բայց ի՞նչ կարող են անել քսան հոգիները թշնամու ահավոր զորության առաջ:

— Իմ քսան հոգիներից յուրաքանչյուրը կարող է վանել հարյուր հազարացի:

Եթե հոգնախումբ բանակների դեմ կանգնել չկարողանանք, գոնե նրանց ուժը ջլատել կամ կարգը խանգարել կարող ենք միշտ:

— Այդպիսով շատ փոքր օգնություն կարող ես անել հայրենիքիդ:

— Ամեն մեծ գործ նախ փոքրով է սկսվում:

— Ուրեմն դու հույս ունիս, թե վերջ ի վերջո պիտի հաղթանակե՞ս:

— Երկուսից մինը. կա՛մ կհաղթանակեմ, կա՛մ թե իմ խմբով ի սպառ կջնջվեմ: Ես չեմ կարող նստել իմ բերդում և իմ կյանքը խնամել այնպիսի մի ժամանակ, երբ թագավորը գահը թողած՝ ճգնում է Սևանում, երբ կաթողիկոսը աթոռը կորցրած՝ թափառում է աստանդական, երբ ժողովուրդը, հազարներով ճարագ է դառնում թշնամուն... Եթե իմ եղբայրակիցները մեռնում են, ես ինչո՞ւ պիտի ապրեմ. մի՞թե նրանց կորուստը ողբալու համար: Այդ վայել է կանանց, երբե՛ք այն մարդուն, որի բազուկը դեռ կարող է սուր շարժել, որի ձայնը դաշտում կարող է որոտալ...

Թագավորն աչքերը հառած նայում էր իշխանի վրա, որ խոսում էր ինչպես մարմնացյալ հայրենասիրություն. նրա սիրտը հուզվում էր, նա կամենում էր գրկել և համբուրել այդ քաջին և միևնույն ժամանակ կամենում էր ասել. — «Որքան երջանիկ ես դու, Գևորգ իշ՛խան, որ կարող ես իբրև հասարակ զինվոր մարտնչել հայրենիքի համար... իսկ ես զրկված եմ նույնիսկ այդ մխիթարությունից...»:

— Ինչո՞ւ ուրեմն եկար Սևան, — հարցրեց թագավորը յուր հուզումը ծածկելով:

— Իմ արշավանքն սկսելուց առաջ արքայի հրամանն ու օրհնությունն ստանալու եկա:

— Իմ քա՛ջ և հավատարիմ իշխան. դու ուրեմն փառքն անգամ չես կամենում առանց քո արքայի հրամանին վայելել... Դու արժանավոր զինակից հանդիսացար ինձ, բայց ես, ավա՛ղ, քեզ անարժան թագավոր...

— Մի՛ ասիր այդ, տեր արքա. բախտը կարող է վանդակի մեջ փակել առյուծին, բայց նրա սիրտն ու կորովը կապտել չի կարող: Ապրիր դու այստեղ, մինչև որ քո ծառան վանդակը դարբնող ձեռքերը կփշրե...

— Իմ քաջ, իմ ազնիվ իշխան, վանդակը դարբնել են...

Նա կամենում էր ասել՝ «այնպիսի ձեռքեր, որոնց եթե փշրեիր, ինձ հավիտենական վիշտ պիտի պատճառեիր...», բայց նա ընդհատեց խոսքը և վեր կացավ տեղից հանկարծ.

— Ո՞ւր են քո քաջերը. գնանք նրանց մոտ: Այդ հերոսներն արժանի են, որ թագավորը նրանց ընդառաջե և ոչ թե իրանք գան նրա կոչին:

Այս ասելով թագավորն առաջ անցավ և իշխանը հետևեց նրան:

Բարապանն արդեն ուրիշ ճանապարհով վազեց դեպի ուխտավորների կացարանը՝ խմբի անդամներին արքայի գալուստը հայտնելու:

Վահրամ սեպուհի հրամանով նրանք դուրս եկան իսկույն իրանց խուցերից և սպառազինված շարվեցան կղզու ծառազարդ տափարակի վրա:

Թագավորն ու իշխանը իջնում էին բլրի կողմից: Երբ նրանք հասան ս. Աստվածածնի տաճարին և խոտորվեցան դեպի տափարակը, ուխտի զինվորները միաձայն որոտացին՝ «Կեցցե՛ թագավորը»:

Այդ գոչյունը հուզեց արքային: Որքա՛ն ժամանակ էր, որ նրա ականջին չէր հնչել այդ ձայնը, որքա՛ն ժամանակ էր, որ նրան ոչինչ չէր հիշեցնում, թե ինքը՝ հայոց թագավորը, Հայաստանի իշխանապետն է, թե դեռ այդ երկրում կան մարդիկ, որոնք հավատարիմ են իրան և որոնց ինքը կարող է հրամայել... Ճգնազգյաց միաբանների ընկերակցությունը, նրանց հանապազօրյա պաշտամունքները, որոնց գրեթե միշտ ներկա էր լինում ինքը, կղզու անշարժ ու խաղաղիկ կյանքը և նրա հետ միասին էլ յուր ծանրագույն վշտերը՝ ամեն ինչ մոռացրել, ամեն կենդանություն մեռցրել էին յուր մեջ: Նրան թվում էր, թե բոլոր աշխարհը քնած է Սևանի պես, թե ոչ մի տեղ այլևս չկա կենդանություն, թե մահը յուր թևերը տարածել է արդեն համայն հայոց վրա...

Բայց ուխտի զինվորների աղաղակը կարծես վայրկենապես սթափեցրեց նրան. մի հաճոյական և կենարար դող նրա մարմինը ցնցեց և քաջազնական զգացմունքով հոգին ու սիրտը լցվեցան:

Թագավորը թեպետ ուներ կղզու մեջ հարյուրի չափ զինվոր, բոլորն էլ ընտիր, զինավարժ մարդիկ, բոլորն էլ քաջասիրտ և դիմազրավող, բայց նրանք էլ կղզում անգործ մնալով և արքայի նման հոգևոր պաշտամանց հաճախելով՝ թուլացել, թմրել էին արդեն և զենքերն ու զրահը մի կողմ ձգել: Նա տեսնում էր դրանց ամեն օր խուցերի առաջ նստած և կամ ուռկանը ձեռքներին կղզու շուրջը թափառելիս, և չէր վրդովվում, կարծելով թե՝ հենց այդ էլ պիտի լիներ դրանց զբաղմունքը: Բայց երբ նա տեսավ յուր առաջ Մարզպետունու սակավաթիվ, բայց գոտեպինդ, զրահազգեստ և զինավառյալ այդ խմբակը, պատրաստ, կարծես հարձակվելու և ամեն զորություն ու ընդդիմություն ընկճելու և կործանելու, նա մի տեսակ աշխույժ ստացավ և քայլերն արագացնելով հասավ զինվորներին:

— Ապրի՛ք, իմ քաջեր, — բացականչեց նա և խումբը նորեն որոտաց.

— Կեցցե՛ թագավորը:

Վահրամ սեպուհն առաջ անցնելով սաղավարտը հանեց և գլուխ խոնարհեց արքային:

Վերջինս աջը պարզելով՝ ողջունեց նրան ջերմագին:

Սեպուհին հետևեց Մուշեղ բերդակալը, որին թագավորը բարեհաճ խոսքերով ընդունեց:

Առաջ անցավ ապա Գոռ իշխանիկը: Թագավորը նրան տեսնելուն պես բացականչեց:

— Դու է՞լ այստեղ, իմ սիրեցյալ Գոռ... Դու է՞լ անձնվեր քաջերի խմբում:

Այս ասելով թագավորը թևերը բացավ և գրկախառնելով պատանուն, որ սաղավարտը ձեռին մոտեցել էր իրան, համբուրեց նրան սրտագին:

— Որի՞ պաշտպանության հանձնեցիր հարսնացուդ, Գոռ, — հարցրեց թագավորը ժպտալով:

— Յուր իսկ պաշտպանության, — պատասխանեց պատանին շառագունելով:

— Այո՛, հայրդ ինձ պատմեց: Նրա պաշտպանության է հանձնված և Գառնին: Սյունյաց օրիորդը արժանի է այդ պաշտոնին: Երբ այր մարդիկ կռվում են դաշտում, կանայք կարող են բերդերը պաշտպանել... Թեպետ ցավալի է, որ հայոց երկիրը միայն քսան տղամարդ է դաշտը հանում այսօր. բայց մյուս կողմից էլ ուրախալի է, որ այդ քսան քաջերին հետևում է մի կին. և որ այդ կինը իմ որդեգրուհին և Գոռի հարսնացուն է... Գնա՛, ի՛մ քաջ, արժանի՛ եղիր քո մրցանակին:

Այս ասելուց հետ թագավորը մոտեցավ մյուս զինվորներին, բոլորի հետ խոսեց, բոլորին էլ քաջալերեց և ապա դառնալով Մարզպետունուն, առաջարկեց նրան միացնել յուր խմբին Սևանում գտնված զինվորների կեսը:

Իշխանը հրաժարվեցավ արքայի առաջարկությունից, չկամենալով նվազեցնել նրա թիկնապահների թիվը:

— Վտանգի միջոցին մենք կարող ենք փախչել, — ասաց նա նրան, — բայց արքան այս կղզում խույս տալու տեղ չունի. անկարելի է մի զորական անգամ հեռացնել այստեղից:

Թագավորը գովեց յուր հավատարմի հոգածու զգուշությունը և ապա դառնալով նրան ու Վահրամ սեպուհին՝ ավելացրեց.

— Իմ իշխանները թողեցին ինձ միայնակ և ամոթահար, այդ պատճառով ես մտա Սևան իբրև կամավոր գերի: Եթե դուք կհաջողիք ձեր ձեռնարկության մեջ և կկարողանաք սրբել այն արատը, որ դրին մեր դրոշի վրա տիրադրուժ իշխանները, այն ժամանակ ես նորեն կելնեմ իմ բանտից և կպսակեմ ձեր հաջողությունը իմ արշավանքներով: Այս օրվանից իմ դրոշը ես կհանձնեմ ձեր խմբին, թո՛ղ նա ամեն տեղ ոգևորե այս քաջերին և հիշեցնե, որ թագավորը կալանավոր է Սևանում...

Այս ասելով թագավորը հրամայեց թիկնապահներին բերել արքայական դրոշը:

Խոր լռություն տիրեց: Ուխտի զինվորները ակնածությամբ սպասում էին թիկնապահների դարձին: Երբ դրոշը երևաց, ամենքն իսկույն սաղավարտները հանելով միաբերան գոչեցին. «Կեցցե՛ թագավորը»:

Վերջինս առավ դրոշակը թիկնապահների ձեռքից և հանձնելով այն Մարզպետունուն, ասաց.

— Այս դրոշի հետ միասին տալիս եմ քեզ իրավունք՝ գործել ամեն տեղ իմ կողմից և անունից: Այս դրոշը իմ փոխարեն կլինի քո խմբին և՛ առաջնորդ, և՛ զինակից:

Նույն օրը ուխտի զինվորներին սեղանակից արին իրանց թագավորն ու թագուհին: Իսկ հետևյալ առավոտ հեռացավ խումբը Սևանից՝ տանելով յուր հետ արքայական դրոշը և թագավորի, թագուհու և բոլոր միաբանության օրհնությունը:

Հասնելով Ցամաքաբերդ՝ ուխտի զինվորները ձիաները հեծան և Արարատյան դաշտի ճանապարհը բռնեցին: Նրանց նպատակն էր հանդիպել Բեշիրի հրոսակներին, որոնք զանազան խմբերի բաժանված՝ շրջում էին այդ դաշտի անպաշտպան գյուղերը և ավարի տալիս նրանց: Բյուրականի առումը և անխիղճ կոտորածն ավելի էր նրանց համարձակություն տվել և բարբարոսությունները զրգռել: Այժմ անարգել առաջ էին գնում նրանք, չակնածելով բնավ հայ իշխաններից, որովհետև գիտեին, որ դրանք բերդերից չպիտի իջնեն և շինականի գույքն ու կյանքը պաշտպանելու համար իրանց անձը վտանգի մատնեն:

Արդ, Մարզպետունի իշխանը կամենում էր հանդիպել այդ հանդուգն հելուզակներին, որովհետև հույս ուներ, թե առանձին-առանձին պատահելով նրանց՝ կարող է շատերին ոչնչացնել:

Բայց հազիվ յուր հեծելախումբը Հրազդան գետն անցավ և ահա՛ գաղթականների մի բազմություն ընդառաջեց նրան:

— Որտեղացի՞ եք և ո՞ւր եք գնում, — հարցրեց նրանց իշխանը:

— Գեղա բերդիցն ենք, տեր, — պատասխանեց հաղթանդամ ու բարձրահասակ առաջնորդը. — գնում ենք Սյունյաց լեռներում ամրանալու:

— Ուրիշները դիմում են դեպի Գեղ, իսկ դուք փախչո՞ւմ եք այնտեղից, ի՞նչ է պատահել. ո՞վ է հարձակվում ձեզ վրա:

— Բեշիրը, տե՛ր:

— Ո՞վ ասաց ձեզ:

— Դվինից լուր դրկեց կաթողիկոսարանի վերակացուն:

— Է՛, լավ, էլ ինչո՞ւ եք փախչում, չէ՞ որ Գեղա բերդն ամուր է բավական:

— Ամուր է, բայց զորք քիչ ունի:

— Թշվառականնե՛ր, եթե ամենքդ այդպես կփախչեք այնտեղից, իհարկե զորք չեք ունենալ, ինչի՞ համար է այդ հաղթ հասակը, եթե տազնապի րոպեին տուն տեղ պիտի ձգես. ե՛տ դարձեք այս վայրկենին, թե չէ ամենքիդ սուր քաշել կտամ:

Առաջնորդը նայեց յուր ընկերներին, կանայք ծածկոցները բանալով սկսան դիտել խոսող իշխանին, իսկ երեխաները վախկոտ նայվածքով նրանց շուրջը կծկվեցան:

— Ե՛տ դարձեք, — կրկնեց իշխանը, — այստեղ եղող բոլոր տղամարդկանց պահակ պիտի կարգեմ Գեղա պարիսպների վրա:

Գաղթականներն սկսան աղաչել իշխանին՝ թույլ տալ իրանց շարունակել ճանապարհը, բայց Մարզպետունին մնաց անողոք:

— Տե՛ր, դու մեզ, ուրեմն, մատնում ես Բեշիրին, նա մի երկու օրից Գեղա բերդը պիտի գրավե, — խոսեց պառավ մի կին:

— Ես թույլ չեմ տալ, մայրիկ, որ Բեշիրը հասնե Գեղ. բայց եթե աստծուց վիճակված է քեզ մահ, ապա լավ է, որ տանդ մեջ մեռնես, քան թե օտարության մեջ:

— Ես ցավում եմ ոչ թե ինձ, այլ երիտասարդների համար:

— Նրանք թող իրանք պաշտպանեն իրանց:

Այս ասելով նա հրամայեց գաղթականների առաջնորդին ետ դարձնել ամենքին. իսկ ինքը յուր խմբին դառնալով ավելացրեց.

— Մեր ծրագիրը փոխվեցավ: Ուղեկցենք այս փախստականներին մինչև Գեղա ստորոտը, իսկ այնուհետև կդիմենք ուր որ հարկավոր է:

Հետևյալ ավուր երեկոյան իշխանը յուր հեծելախմբով բաժանվեց գաղթականներից. նրանք բարձրացան դեպի Գեղա լանջերը, իսկ ինքը բռնեց Դվնո դաշտի ճանապարհը:

Որովհետև մութը կոխում էր, իշխանն ու սեպուհը որոշեցին շատ չհեռանալ Գեղա սահմաններից: Ուստի ուղղվելով դեպի Ուրծաձոր, բարձրացան մի փոքրիկ լեռնագոտու վրա, որ ծածկված էր անտառով ու մացառուտով: Այդտեղ գտան նրանք ծառերով հովանավոր մի անքույթ ծածկարան, ուր և իջան հանգստանալու և գիշերելու:

Զինվորներից մի քանիսը զբաղվեցան իսկույն խմբի սակավապետ կերակուրը պատրաստելով, իսկ մի քանիսը փութացին ջուր բերելու: Լեռան լանջերի վրա աղբյուր չգտնելով, նրանք վայր իջան դեպի հովիտը այդտեղ հոսող գետակից ջուր վերցնելու: Դա Վեդիի վտակներից մինն էր, որ խոխոջալով իջնում էր Գեղա բարձունքներից: Հազիվ մացառուտից ելան զինվորները և ահա՛ հանդիպակաց լանջերի վրա զարկած տեսան բազմաթիվ վրաններ, որոնցից շատերի առաջ խարույկներ էին վառվում:

Դա հագարացիների բանակն էր:

Զինվորները վերադարձան և պատմեցին այս մասին իշխաններին:

— Դրանք ուրեմն Գեղն առնելու են գնում, — գուշակեց սեպուհը:

— Անշուշտ, — պատասխանեց Մարզպետունին:

— Ի՞նչ պիտի անենք այժմ մենք:

— Մի՞թե դեռ չգիտես:

— Գիտեմ. պիտի խանգարենք... բայց...

— Ուրիշ անելիք չունինք: Վայելենք մեր ընթրիքը և գործի սկսենք, — վճռաբար ասաց իշխանը և բազմեց խոտերի վրա, ուր բացված էր անպաճույճ սեղանը: Նրանք բոլորեցին ամենքը միասին, որովհետև, նրանց մեջ չկար այլևս իշխան ու ծառա. նրանք ամենքը եղբայրներ էին, մի խաչի ու դրոշի զինվորներ: Նրանց կերակուրը կազմում էին Սևանի եփած ձկները, մի քանի կտոր խաշած միս և Գեղարքունյաց ընտիր պանիր:

Ընթրիքի վրա ոչ ոք չէր խոսում. ամենքը լուռ ուտում էին: Բայց այդ՝ ոչ այն պատճառով, որ ուշադիր էին իրանց քաղցը հագեցնելուն, այլ այն, որ ամենքն էլ մտածում էին սկսելիք գործի մասին, որ կարի հանդուգն և վտանգավոր մի ձեռնարկություն էր:

Երբ ընթրիքը վերջացավ, Գնորգ իշխանը վեր կացավ տեղից և ասաց.

— Սիրելի քաջերս. աստված թշնամին մատնել է մեր ձեռքը, պիտի օգուտ քաղենք այս հաջողությունից: Առավոտը՝ դեռ լույսը չբացված մենք կհարձակվենք թշնամու վրա: Այս արդեն վճռված է: Պառկեցեք ուրեմն և հանգստացեք, որպեսզի հոգնություններդ առնեք և վաղվա համար ուժերնիդ կազդուրեք, իսկ ես և Վահրամ սեպուհը կերթանք նախ թշնամու դիրքն ու բանակը հետազոտելու և ապա կբարձրանանք Գեղ, տեղացիներից հարկ եղած օգնությունը հայթայթելու:

— Թո՛ւյլ տուր, հայր իմ, որ ես նս հետնեմ ձեզ, — ասաց Գոռ իշխանիկը:

— Ո՛չ, զավակս. դու էլ պառկիր և հանգստացիր, զինվորը չպիտի զատվի յուր ընկերներից, — պատասխանեց իշխանը լրջությամբ, կամենալով հասկացնել որդուն, թե ինքը ոչ մի առավելություն չունի մյուսներից և, հետևապես, պիտի հնազանդե հոր ձայնին, ինչպես յուր ընկերները:

Գոռը ժպտալով գլուխը խոնարհեց: Իշխանն ու սեպուհը թողնելով զինվորներին՝ ուղղվեցան դեպի բանակի կողմը:

Հովիտը, ուր զարկած էին թշնամու վրանները, ընկած էր երեք բարձրության մեջ: Նրա հյուսիսային կողմը բարձրանում էին Գեղա դարևանդները. արևմտյան կողմից ընկած էր այն լեռնագոտին, որի վրա գտնվում էին ուխտի զինվորները, արևելյան մասը փակում էին բարձրադիր բլուրներ, իսկ հարավից բացվում էր Վեղիի դաշտը, ուր խոխոջում էր համանուն գետը:

— Եթե հարձակվենք այս կողմից, — ցույց էր տալիս իշխանը ձորահովտի հյուսիսակողմը, — այն ժամանակ կստիպենք թշնամուն փախչել դեպի հարավ:

Մեր գործը պիտի լինի հանկարծակի բերել նրանց: Ուրեմն ամեն հնար գործ պիտի դնենք՝ շփոթել թշնամուն և թույլ չտալ, որ կարգի գան կամ ճակատեն, որովհետև նրանց թույլ ընդդիմությունն անգամ կարող է մեր գործը խանգարել:

— Գլխավորը ջահեր ձեռք բերելն է. հենց որ մի երկու վրան կարողանանք վառել, սարսափը կտիրե ամենքին, — խոսել սկսավ սեպուհը, — սակայն այդ պաշտոնը գեղեցիները պիտի կատարեն, իսկ մերոնք պիտի հարվածեն:

Երկար խոսելուց և այս ու այն կողմը հետազոտելուց հետ՝ իշխանն ու սեպուհը վերադարձան զինվորների մոտ: Նրանք ամենքն էլ քաղցր քուն էին մտել, բայց մի քանիսը եկողների քայլատրոփը լսելուց վեր թռան տեղներից: Արթուն էր միայն մի զինվոր, որ պահպանություն էր անում ձիաներին:

Գնորգ իշխանը տեսնելով Գոռին, որ գլուխը մի կոճղի հենած՝ անուշ մրափում էր, ակամա կանգ առավ նրա առաջ: Լուսինը, որ սահում էր երկնակամարի վրա, պայծառ շողերը ծառերի միջից թափանցելով՝ լուսավորել էր պատանու գեղեցիկ դեմքը, որ հանգչում էր այդ րոպեին մի հանգիստ և խաղաղ ժպիտ:

Պղնձե զրահը, որ պատում էր նրա առողջ կուրծքն ու թիկունքը, ոսկեղրոշ սաղավարտը, որ ծածկում էր տակավին նրա գեղեցիկ գլուխը, բայց չէր կարողանում ամփոփել յուր մեջ նրա հարուստ խոպոպիները, որոնք զարդարում էին պատանու ճակատն ու պարանոցը, և վերջապես կմբավոր, արծաթազարդ վահանակը, որ բռնած էր ձախ ձեռքում և որով, քնի մեջ անգամ, պաշտպանում էր նա յուր կուրծքը, փայլում էին լուսնի առաջ մեղմ ճաճանչներով:

Իշխանը սկսավ նայել որդուն, ծնողական սիրտը կարծես զգաստացավ մի երկարատև արբեցությունից, և մի տխուր զգացում սկսավ նրա սիրտը ճնշել:

«Գուցե իմ ձեռնարկությունը հաճելի չէ աստծուն, գուցե նա բարկանում է, որ ես հանդուգն մտքեր եմ հղանում և խաղաղ քուն վայելող արարածների վրա անակնկալ հարձակումն եմ գործում... Գուցե նա ինձ պատժելու համար հագարացիներից մինի սուրը մխե իմ այս միամոր որդու կողը և նրա կենաց արևը խավարեցնե... և ես հավիտյան զրկվեմ նրանից... իմ կյանքի այս միակ մխիթարությունից... Օ՛, և տեսնեմ նրան արյունաշաղախ, ժպիտը գեղեցիկ դեմքի վրա սառած և սիրուն աչքերը հավիտյան փակված... Ո՛չ, անկարելի է. ո՞ր աստվածը այնուհետև կարող է իմ կսկիծը փարատել... և ի՞նչ լուր տանեմ ես նրա մորը, ի՞նչ երեսով նրան երևամ... Արդյոք մի անգութ, մի բարբարոս չե՞մ ես. ինչո՞ւ չարգելեցի նրան Գառնիում... ի՞նչ ուժ պիտի ավելացներ նա ինձ համար, մի՞թե մի հասարակ զինվոր չէր կարող նրա գործը կատարել, ինչո՞ւ կամեցա Մարզպետունյաց Տան վերջին ճրագը խավարեցնել... Չէ, սա պիտի հեռանա այստեղից. և կամ մեր արշավանքը պիտի հետաձգենք»...

Այս մտքերն էին հուզում Մարզպետունու հոգին, երբ սեպուհը մոտենալով՝ զորավոր ձեռքը դրավ նրա ուսին և ասաց.

— Մենք ուշանում ենք, տե՛ր Մարզպետունի, այստեղ պառկած բոլոր զինվորները նույնպիսի մայրեր ունին, որպիսին ունի Գոռ իշխանիկը, գնա՛նք:

Սեպուհի այս խոսքը սասանեց իշխանին և նա կարծես անուրջից սթափվելով՝ բացականչեց.

— Գնա՛նք. թող բոլորի մայրերն էլ նահատակների ծնող հռչակվեն:

Համաձայն կանխավ արած որոշման՝ իշխանը պիտի բարձրանար Գեղ, նրանցից օգնական մարդիկ բերելու, իսկ սեպուհը պիտի իջներ Վեդի ավանը և, եթե այդտեղ չհաջողեր, անցներ Ճերմանիս և այնտեղից մարդիկ հրավիրեր: Նրանց նպատակն էր՝ հայթայթել ոչ թե կռվող զորք, այլ միայն գոռացող ու աղմուկ հանող ամբոխ, որ գիշերային ժամում կարողանար սարսափ ազդել թշնամուն:

Ճիղին վտակի մոտ նրանք բաժանվեցան: Իշխանը լեռան լանջերը բարձրանալով, դարձյալ սկսավ Գոռի վրա մտածել: Բայց այս անգամ ոչ իբրև թուլասիրտ հայր, այլ իբրև հայրենասիրտ զինվոր:

«Մինչև այսօր բյուր մեզ նմանները զո՛հվել են թշնամու սրին. դրա պատճառը եղել է այն, որ ամեն մի իշխան, յուր տոհմն ապահովել մտածելով կամ սիրելիների կյանքը խնայելով՝ ձեռնպահ է մնացել ընդհանուր գործին մասնակցելուց: Երկրի ժողովուրդը զոհ է գնացել այն երկչոտ զգացմունքներին, որոնք մի ժամ առաջ պաշարել էին իմ սիրտը: Փրկության սեղանը դադարել է ազատություն բաշխելուց, որովհետև այդ սեղանի վրա զոհ մատուցանող չկա... Բայց ես հրապարակական խոստում արի. ես ահավոր երդում երդվեցա. ինչպե՞ս կարող եմ այդ երդման դրժել... Իմ Գոռը հավիտյան հո չի ապրելու, մահը վաղ թե ուշ պիտի փակե նրա աչքերը, կարող է պատահել, որ նա մեռնի հենց իմ հարկի տակ, մի ապիրատ դավաճանի թաքուն հարվածից... Ինչո՞ւ ուրեմն չկամենալ, որ այդ մահը հանդիպե նրան հայրենիքի համար մղած կռվի դաշտում: Ինչու չցանկանալ, որ անփառունակ մահվան փոխարենը՝ նա մարտիրոսական պսակը ստանա. ինչո՞ւ չմխիթարվել այն քաղցր մտքով՝ թե աշխարհի մեջ ունեցածս ամենաթանկագին հարստությունը իմ հայրենիքի ազատության նվիրեցի... և վերջապես մի՞թե իմ Գոհարը որդվո մահն լսելուն պես՝ չի կարող հերոս հելլենուհու նման ասել, թե «հենց դրա համար ծնեցի որդիս...»:

Այս մտքերն այնպես ոգևորեցին իշխանին, որ նա չզգաց, թե ինչպես անցավ Գեղա դարևանդները և հասավ ամրոցի պարիսպներին:

Դռան մոտ թակ չգտնելով, նա վերցրեց մի ահագին որձաքար և զարկեց երկաթապատ դռներին: Փեղկերը դղրդացին, բայց աշտարակից պահապանի ձայն չլսվեցավ: Իշխանը նորից կրկնեց յուր հարվածը և այս անգամ միայն պահապանը յուր խռպոտ ձայնը լսեցրեց:

— Բացե՛ք դուռը: Ինչ քնելու ժամանակ է, հիմարներ, թշնամին ձեր առջևն է, — գոչեց իշխանը:

Մարզպետունու ձայնը ծանոթ էր Գեղա պահակներին: Իսկույն իրար զարթեցնելով դիմեցին նրանք բերդակալին, որ և շտապեց դուռը բանալու:

Իշխանը ներս մտնելուն պես հրամայեց շեփոր հնչեցնել և ամրոցի բնակիչները զարթեցնել:

— Ի՞նչ կա, տեր իմ, մի՞թե թշնամին մոտենում է արդեն, — սրտատրոփ հարցրեց բերդակալը:

— Ամեն մեկի հետ զատ-զատ խոսելու ժամանակ չունիմ. հավաքիր այստեղ ժողովուրդը, ասելիքս թո՛ղ ամենքը լսեն, — պատասխանեց իշխանը:

Բերդակալի հրամանով զինվորներն իսկույն ազդարար շեփոր հնչեցրին ամրոցի անցքերում: Բնակիչները սարսափահար վեր թռան տեղներից և յուրաքանչյուր տան կարող անձինքները դուրս թռան փողոց:

Կես ժամվա մեջ արդեն Գեղի բոլոր ժողովուրդը, ի բաց առնելով կանանց ու երեխայոց, հավաքված էր բերդի դռան հրապարակը: Նրանցից շատերը մինչև անգամ զինված էին սրերով ու նիզակներով:

Այստեղ հասան և այն զինվորները, որոնք պահպանություն էին անում բերդին: Իշխանը հրամայեց նրանց ջահեր վառել, որպեսզի կարենային միմյանց երես տեսնել: Ապա բարձրանալով ժայռի մի բեկորի վրա, սկսավ խոսել.

— Այսօր վերադարձրի Գեղ այստեղից փախչող բազմաթիվ անձանց: Նրանք պատմած կլինեին ձեզ, որ մենք արքայի հրամանով եկած ենք թշնամու դեմ, որ բանակած է այժմ Վեղիի հովտում: Այսքան մոտ չկարծելով թշնամուն, մենք բուն բանակից առաջ անցանք (իշխանը դիտմամբ ստեց՝ ամբոխին սիրտ տալու համար). բայց որովհետև թշնամին վաղը պիտի հարձակվի ձեզ վրա, ուստի ես իմ խմբով որոշեցի շփոթել նրա բանակը հենց այս գիշեր: Այդ մենք կանենք մեր անակնկալ հարձակումով: Դուք ամենքդ մեզ պիտի օգնեք այս գործում, հավատացած լինելով, որ հաղթությունը մեր կողմը պիտի լինի: Հակառակ դեպքում Գեղը վաղվանից ավերակ կդառնա:

— Մենք այստեղից ելնել չենք կարող... մենք կռվելու ուժ չունինք... մենք զինվոր չունինք... — սկսան խոսել ու գոչել այս ու այն կողմերից:

— Լռեցեք. ինձ լսեցեք, — հրամայեց իշխանը:

Ժողովուրդը լռեց:

— Ես ձեզանից չեմ պահանջում ոչ զորք և ոչ զենք: Այլ միայն այն, որ բոլոր այստեղ եղողներդ հետևեք ինձ և Վեղիի հովիտը պատող բլուրների վրա կենալով ձեր գոռոցն ու աղաղակը միացնեք հարձակում գործող մեր զինվորների ձայնին: Եվ եթե կգտնվեն ձեր մեջ մի քանի քաջեր, որոնք կցանկանան թագավորի ու թագուհու շնորհակալության արժանանալ, նրանք էլ ջահերով թշնամու վրանները կկրակեն: Հենց որ աղաղակն ու հրդեհն սկսվին, թշնամին շփոթված պիտի փախչի: Այն ժամանակ կոտորածը կանեն իմ զորքերը, իսկ ավարը կմնա գեղացոց:

Իշխանի խոսքերն ազդեցին ժողովրդի վրա: Թեպետ նրանցից ոմանք դարձյալ ընդդիմության աղմուկ հանեցին, բայց իշխանի առաջարկությունն ընդունողների թիվը շատ մեծ էր: Մի հասարակ աղաղակի կամ որևէ մի վրան կրակելու համար արքայական շնորհաց արժանանալու հույսը շատերի եռանդը վառեց: Իսկույն խմբեր կազմվեցան. զենք չունեցողը զենք առավ վրան. պահակներից շատերը ջահեր պատրաստեցին, ոմանք էլ հողե ամաններով կամ փոքր տիկերով կպրաձյութ վերցրին: Կային և մարդիկ, որոնք զինվեցան տապարներով կամ բահերով, և այսպես ամենքը միասին խմբվելով՝ լուռ ու մունջ դուրս եկան բերդից և հետևեցին իշխանի ձիու սմբակներին:

Առաջին պայմանը անձայն ու անշշուկ ընթանալն էր, որին ամբոխը հետևում էր զգուշությամբ: Իսկ իշխանը դիտմամբ ծանր էր առաջանում, մտածելով՝ թե մինչև սեպուհի դարձը ինքը կարող է տեղ հասնել:

Բայց որքան մեծ եղավ նրա զարմանքը, երբ ուխտի զինվորների կացած տեղը հասնելով՝ տեսավ, որ սեպուհը վաղուց սպասում է իրան և որ Վեղիից ու Ճերմանիսից բերած մի բազմաթիվ ամբոխ խլրտում է լեռնալանջի ծմակում:

Իսկույն սկսան իրանց կարգադրություններն անել: Ամբոխը բաժանեցին երեք հավասար մասի: Նրանցից ամեն մինը պետք է բռներ հովտի մի զառիվայրը:

Զահավոր պահակները գաղտուկ պիտի մոտենային վրաններին: Հարձակման նշանը պետք է տար Մարզպետունին, իսկ առաջին կրակը պիտի վառեր սեպուհը: Այնուհետև պիտի փրթեր սոսկալի աղաղակ, որին կմասնակցեին բոլորը, առանց ընդհատելու: Կոտորածը կսկսեին միայն ուխտի զինվորները, աշխատելով սակայն չփակել փախչողների ճանապարհը:

Գիշերից բավական անցել էր. առավոտյան աստղը ծագում էր արդեն և արևելքի մեջ խավարն սկսում էր լուսից բաժանվել:

Հագարացիների բանակը ընկղմած էր խոր քնո մեջ: Կրակները վաղուց հանգել, և շարժումն ու շշուկը դադարել էին: Չէր լսվում նույնիսկ պահապանների քայլատրոփը: Ըստ երևույթին ոչ մի երկյուղ չունեին նրանք հայերից: Եվ ո՞վ պիտի համարձակեր հազար մարդուց բաղկացած այդ բանակի հանգիստը վրդովել: Նույնիսկ Բեշիրի վրանի առաջ պահապաններն անուշ խռմփում էին, երազելով անշուշտ Գեղա ամրոցի առումը, բնակիչների կոտորածը և գեղեցիկ հայուհիների գերումը...

Հանկարծ հովտի մեջ որոտաց Մարզպետունու ձայնը.

— Հառա՜ջ, քաջերս, աստված մեզ օգնական...

— Կեցցե՜ թագավորը, — գոռացին ուխտի զինվորները և հարձակվեցան:

Բլուրների վրա և լեռնալանջերում ամբոխն սկսավ գոռալ: Արձագանքը որոտաց հովտի մեջ և բանակի վրանները սկսան վառվել: Հագարացիք սարսափահար եղած դուրս թռան վրաններից, աղմուկն ու շփոթը տիրեց ամեն տեղ և ուխտի զինվորները իրանց կոտորածն սկսան: Հետզհետե վառվող վրանների լույսն ընկավ բլուրների վրա և երևան հանեց ամբոխի խմբերը, որոնք իրանց գոռյուն-գոչյունով և զանազան շարժումներով նմանում էին այդ բարձրություններից իջնող ստվար բանակների: Հագարացիք կարծելով թե շրջապատված են արդեն բազմաթիվ զորքերով, սկսան իրար կոտորելով փախուստ տալ դեպի Վեդիի հովտաբերանը, ամեն ոք աշխատում էր յուր անձը փրկել, ձի ունեցողը ձիով էր փախչում, հետևակը հետիոտն էր վազում, ամենքը թեպետ սրերը մերկացրած, բայց գրեթե ոչ ոք հարված չէր կշռում, այլ վահանը գլխին բռնած՝ հարվածներից ազատվիլ էր աշխատում:

Չնայելով, որ Բեշիրը կատաղած դուրս թռավ վրանից, հեծավ իսկույն յուր ձին ու սկսավ գոռալ և կարգի հրավիրել զորքը, բայց լսող չկար: Կրակի և մթության խառնուրդում չէր որոշվում որոնք են հայերը և որոնք հագարացիք: Բեշիրին այնպես թվաց, թե մի հսկայական զորություն սեղմել է յուր գրկում հագարացոց բանակը, բայց և այնպես մի քանի թիկնապահների օգնությամբ նա սկսավ վանել յուր վրանի վրա հարձակվող քաջերին, որոնց թվումն էր Գոռը:

Արի պատանին, կամենալով հաղթության պսակներից թանկագինը գրավել, խիզախել էր մինչև զորապետի վրանը: Հսկա հագարացին ահագին սուրը բարձրացրած պատրաստվում էր յուր հարվածը կշռել պատանու գլխին, երբ Մարզպետունի իշխանը, որ աչքից չէր թողնում քաջ որդուն, ետևից որոտաց.

— Թշվառական, ո՞ւմն ես հարվածում:

Այս ասելով նա պողպատիկ սուրը իջեցրեց Բեշիրի զրահապատ թիկունքին այնպես սաստկագին, որ նա սասանելով գլորվեցավ ձիուց: Իշխանն առաջ վարեց նժույգը նրան կոխկրտելու համար, բայց Բեշիրի թիկնապահները յուր դեմն արձանացան, և նա ստիպված էր յուր սրի հարվածները նրանց գլխին իջեցնել:

Բեշիրը, չնայելով յուր հաղթանդամ հասակին, ճարպկությամբ դուրս սողաց խռնված մարտիկների միջից և մահը իրան հետամուտ տեսնելով, արագությամբ աշտանակեց թիկնապահներից մեկի ձին և սրարշավ դուրս փախավ հովտից:

Այնուհետև փախուստն ընդհանրացավ. էլ ոչ մի տեղ դիմադրող չկար, ամենքն իրանց կյանքը փրկելու վրա էին մտածում:

Այս տեսնելով բլուրների վրա եղող խուժանը՝ որոտընդոստ աղաղակով ընկավ փախչողների ետևից: Ուխտի զինվորներից ազատվողները զոհ էին դառնում նրանց բրերին և տապարներին:

Հաղթությունը կատարյալ էր:

Առավոտյան դեմ հալածողները ետ դարձան և զարմանալով տեսան, որ ամբողջ հովիտը ծածկված է թշնամու դիակներով: Նրանք չէին կարողանում հավատալ, թե այդ ահագին կոտորածն իրանք են արել:

Իշխանի առաջին գործը եղավ այն, որ շուրջը ժողովե ուխտի զինվորներին և տեսնե, թե այս անհավասար կռվի մեջ ի՞նչ կորուստ է ունեցել ինքը:

Նա համարեց բոլորին և ցավելով տեսավ, որ երեք հոգի պակասում էին յուրայիններից, նրանք ընկել էին կռվի մեջ:

Այսուամենայնիվ, հաղթությունն այնքան մեծ ու փառավոր էր, որ այդ երեք հերոսների կորուստը ծանր վիշտ չպատճառեց նրանց: Ինքը իշխանը սեպուհի և Գոռի հետ միասին որոնելով գտավ սպանված հերոսների մարմինները և իսկույն էլ հրամայեց վրաններից մեկի մեջ պատսպարել: Ապա կարգադրեցին, որ ամբոխը ժողովե ավարը մի կողմ, իսկ դիակները ծածկե հողով:

Իսկույն սկսան վրանները քակել, դիակները կապտել և ամեն ինչ ժողովելով բերել իշխանների մոտ:

Խուժանի այդ տենդային աշխատությունը դիտելով՝ Գնորգ իշխանը դարձավ սեպուհին.

— Հիշո՞ւմ ես, Վահրամ, այն խոսքը որ ասացիր ինձ Գառնո դղյակում:

— Ի՞նչ խոսք, — հարցրեց սեպուհը:

— Այն, որ ասում էիր, թե «մի ծաղկով գարուն չի գալ»:

— Հիշում եմ:

— Է՛, ինչպե՞ս եղավ, մի ծաղկով գարուն բացվեցա՞վ թե ոչ:

— Օրհնյա՛լ է աստված, բացվեցավ, — պատասխանեց սեպուհը, և ժպիտը խաղաց նրա խոշոր դեմքի վրա:

Ը

ԾՈՎԱՄԱՐՏ

Մարզպետունի իշխանը, յուր գիշերային հարձակումը հաջողությամբ պսակելուց ետ, սուրհանդակ ուղարկեց Սևան՝ արքայական դրոշի տարած հաղթությունը թագավորին ավետելու:

Նույնպիսի ավետյաց լուրով շտապեց Գառնի Գոռ իշխանիկը: Գեղանի բերդակալուհին, որ դիտանոցից արդեն նշմարել էր ուրախության հայտարար դրոշը, դիմավորեց փեսացուին ամրոցի դռներում: Ավետյաց լուրը կայծակի արագությամբ տարածվեց բերդում: Գոհար իշխանուհին, որ ամուսնու և որդու հեռանալու օրից ի վեր շարունակ տանջվում էր տխուր մտքերով, եկավ և փարեց որդուն ուրախության արտասուքով: Դղյակի և ամրոցի բնակիչները խռնվեցան իսկույն պատանու շուրջը՝ հաղթության մանրամասնությունները նրանից լսելու: Ապա ամենքը միասին մտան եկեղեցի՝ գոհություն մատուցանելու աստծուն՝ ուխտի զինվորների ձեռքով կատարած այդ հրաշքի համար: Այնուհետև օրվա մնացորդներն անցուցին նրանք տոնակատարությամբ:

Բայց Գևորգ իշխանը այդ միջոցին զբաղված էր ուրիշ գործով: Նա հաստատ գիտեր, որ Բեշիրը չի հանգստանալ, մինչև որ յուր կրած պարտության վրեժը չլուծե: Ուստի առանց ժամանակ կորցնելու սկսավ նորանոր պատրաստություններ տեսնել, որպեսզի ոչ միայն ապագա հարձակմանց դիմադրե, այլև ինքը, հագարացիների ուժը ջլատելու համար, նորանոր հարձակումներ գործե:

Այդ նպատակով, ահա՛ թշնամու թողած ավարը յուր զինվորների և կռվին մասնակցող խուժանի մեջ հավասարապես բաժանելուց հետ, նա անմիջապես քաշվեցավ Գեղ, յուր բանակն այդտեղ կազմակերպելու համար:

Եվ որովհետև հաջողությունը միշտ հաջողություն է ծնում, ուստի այս անգամ նրա կոչին շատերն եկան: Գեղա ամրոցի բոլոր զորքերը, Վեղի ավանի և Ճերմանիս գյուղի զինավարժ բնակիչները, Ուրծաձորի փախստականները և այլն, գունդագունդ հասան Գեղ և մտան իշխանի դրոշի տակ: Նույնպես Գառնո բերդապահ զորքերից շատերը խնդրեցին Սյունյաց օրիորդին՝ միջնորդել իշխանի առաջ, որպեսզի իրանք ևս ընդունվին նրա բանակի մեջ: Այդ միջնորդությունը տեղի ունեցավ, և Գառնո զինվորները Գոռի հետ միասին փութացին Գեղ: Այսպիսով Գևորգ իշխանի բանակն ստվարացավ: Այժմ նա հինգ հարյուրից ավելի զինվոր ուներ, որոնք կարող էին կռվել բաց դաշտի վրա:

Բայց Բեշիրը Մարզպետունու հետ ընդհարվելու միտք չուներ: Յուր պարտությունը, փախուստը և զորքերի կոտորածը այն աստիճան էին նրան կատաղեցրել, որ մի Մարզպետունու հաղթելը կամ նրա «հրոսակները» ցրվելը գոհություն չէր պատճառիլ նրան: Նա որոշել էր դիմել Սևան, առնել նրա բերդը և բռնել այդտեղ ապաստանող հայոց թագավորին: Այդպիսի արիության գործը միայն կարող էր մոռացնել տալ նրան յուր կրած նախատինքը և սրբել այն արատը, որ ինքը յուր ձեռքով դրել էր հագարացոց դրոշի վրա:

Այդ միջոցներին Նսըր ոստիկանը հեռացել էր դեպի Ատրպատական՝ Գաբավոնացիների ապստամբությունը ճնշելու համար: Նա Բեշիրին կարգել էր Դվինում իբրև լիազոր տեղակալ: Այդ հանգամանքը, մանավանդ, տանջում էր զորապետին, որովհետև հենց յուր այդ լիազորության օրերում նա ամոթալի պարտություն կրեց Մարզպետունու քանի զինվորներից: Այդ անլուր նախատինքը նա պիտի աշխատեր մեծագույն մի հաղթանակով ծածկելու:

Եվ ահա՛ նա հրամայեց ժողովել Դվին բոլոր հագարացի զորքերը, բերդերի պահակախմբերը, հետ դարձնել, մինչև անգամ, արաբացի հրոսակներին, որոնք մինչև այն ավարում էին անպաշտպան գյուղերը, և կազմել այդ բոլորից այնպիսի մի բանակ, որի տեսքից միայն թագավորը սարսափեր:

Երբ ամեն ինչ կազմ ու պատրաստ եղավ, նա ելավ Դվինից գիշերանց և ուղղվեցավ դեպի Սևան:

Եվ որովհետև դեռ երկյուղ էր կրում Մարզպետունու անակնկալ հարձակումից, այդ պատճառով նա Գեղա լեռներից չանցավ. այլ Մազազը պատելով՝ մտավ Կոտայք:

Գևորգ Մարզպետունին, ընդհակառակը, սպասում էր Բեշիրին Գեղա ամրոցում, որովհետև հավատացած էր, թե նա իրանից միայն պետք է յուր պարտության վրեժն առնե:

Երեք օրից հետ հագարացոց բանակը Գեղամա ծովափունքը բռնեց, զարկելով յուր վրանները ուղիղ Սևանա հանդեպ:

Բայց Բեշիրը, որ բնավ գաղափար չուներ այդ կղզու մասին, մնաց տարակուսած, երբ տեսավ նրան չորս կողմից շրջապատ:

— Ինչպե՞ս պիտի գրավենք այս տարօրինակ ամրոցը, — մտածեց նա ինքն իրան և խորհրդի հրավիրեց յուր զորապետներին:

Նրանցից ոմանք խորհուրդ տվին լաստեր կազմել տալ և նրանց միջոցով զորքը հանել կղզին: Ոմանք ծովակի հատակը խոր չտեսնելով՝ առաջարկեցին հողով և քարերով լցնել այն անջրպետը, որ կղզին բաժանում էր ափից, և նրա վրայով հասնել մինչև ամրոցը: Իսկ մի ծեր զինվորական, որ ծանոթ էր հագարացիների դարեր առաջ Հայաստանում արած ավերածությանց պատմության, առաջարկեց զորապետին ծովակն արձակել:

— Ինչպե՞ս թե ծովակն արձակել,-զարմացած հարցրեց Բեշիրը:

— Այնպես, ինչպես որ երկու հարյուր տարի առաջ Մահմեդ Բ. ոստիկանն արավ,-պատասխանեց զինվորականը:

— Բայց նա ինչպե՞ս արավ:

— Երեք տարի շարունակ այս կղզին պաշարեց, բայց գրավել չկարողացավ, որովհետև կղզեցիները յուր բոլոր հնարները ի դերև էին հանում: Քանի՛-քանի՛ անգամ նա լաստեր շինեց և բազմաթիվ զորք հանելով նրանց վրա, կղզին շրջապատեց: Բայց հայերը քարընկեց մեքենաներով ժայռեր էին գլորում այդ լաստերի վրա և ջրի տակը խորասուզում նրանց: Շատ անգամ էլ երկաթե երկար կարթերով քաշում էին լաստերը դեպի կղզու ժայռերը և վառած նավթածելով զորքի վրա, ցրտկում նրանց: Ոստիկանը փորձեց մինչև անգամ երկարամյա պաշարմամբ սովամահ անել կղզեցիներին, բայց այդ էլ չկարողացավ, որովհետև նրանց վարժ լաստավարները ելնում էին կղզուց գիշեր ժամանակ և շրջակա ափերը հասնելով՝ առատ պաշար էին բերում կղզին այնպիսի ժամանակ, երբ հագարացիներից ոչ ոք չէր կարողանում խանգարել նրանց: Երբ ոստիկանը ամեն կողմից հույսը կտրած կամենում էր պաշարումը թողնել և հեռանալ, մեր արաբացի գիտուններից մինը, որ գտնվում էր այդ ժամանակ Մուհամեդի բանակում, եկավ և խնդրեց նրան հրաման տալ իրան կղզին առնելու մի նոր հնարք գտնել: Ոստիկանը շնորհեց արաբացուն այդ իրավունքը: Եվ նա մի քանի օր շարունակ ծովակի շուրջը պտտելուց հետ եկավ և հայտնեց ոստիկանին, թե գտել է ծովն արձակելու և Սևանն ափից բաժանող անջրպետը ցամաքեցնելու հնարը: Երբ Մուհամեդը զարմացած հարցրեց, թե «ո՞րն է այդ», նա պատասխանեց. — Սևանա լիճը գտնվում է շատ բարձր լեռների վրա, և այդ լճից ելնում է Հրազդան մեծ գետը: Այդ հանգամանքը ցույց է տալիս, թե հնարավոր է Սևանը պատող ափերից մինը փլցնել և դեպի շրջակա ձորերը անցք բանալով՝ ծովակի ջուրը դատարկել:

Արաբացի գիտնականի գյուտը հավանական գտավ Մուհամեդը և հրամայեց իսկույն փորել այն ափը, որ հարմար էր գտնում հնարագետը: Մի քանի շաբաթվան ընթացքում արաբացի զորքերը պատրաստեցին մի հսկայական ջրանցք, որտեղից ծովակի ջուրն սկսավ հոսել դեպի յուր շուրջը պատող ահավոր ձորերը: Հոսանքը բանալուց երկու-երեք օր հետո այս անջրպետը, որ ահա մեր առջևն է, ցամաքեց բոլորովին և Մուհամեդի զորքը անաշխատ մտավ կղզին, գրավեց հինավուրց բերդը, որ, ասում էին, յուր հիմնարկության օրից ի վեր դեռ ոչ մի զորավոր թշնամի չէր կարողացել գրավել, ապա սկսան կոտորել բնակիչներին, կողոպտել գանձերով հարուստ եկեղեցիները, գերի վարել այդտեղ ապաստանած հայազն իշխանուհիներին...

— Այդպես էլ մենք կանենք, — ընդհատեց Բեշիրը զինվորականին: -Ո՛վ որ ձեզանից կարող է այդ հինավուրց ջրանցքը գտնել, թող շտապե, ես նրան ամենամեծ պարգևը կտամ:

— Այդ գիտնականը, տեր, իմ նախահայրերից մինն էր, — շարունակեց զինվորականը, — և այդ պատմությունը ավանդաբար մնացել է մեր ընտանիքում: Գուցե դարձյալ նախկին հնարագետի թոռներից մինին հաջողի այդ գյուտը, ուստի խնդրում եմ ինձ շնորհել այդ հետազոտության իրավունքը:

Բեշիրը զիջավ հնարագետի ժառանգին խնդրած իրավունքը, և նա յուր մի քանի ընկերներով շտապեց Գեղամա ծովափունքը հետազոտելու:

Բայց որպեսզի այդ հնարը չհաջողելուց ժամանակ չկորցնե, նա հոգաց նաև մյուս միջոցների մասին, այն է՝ փայտահարներ ղրկեց մոտակա անտառը, որպեսզի գերաններ կտրեն լաստերի համար:

Թողնենք այժմ հազարացիներին իրանց պատրաստության հետ և տեսնենք, թե ի՞նչ էին անում այդ ժամանակ Սևանա կղզում:

Առավոտ էր, երբ վանական հայրերից մի քանիսը ծովափն իջնող հրոսակների զնդերը նշմարեցին: Արաբական դրոշը ծանոթ էր նրանց, ուստի աճապարանոք խուցերը վազեցին՝ վանահորն ու միաբաններին այդ նորությունը հայտնելու: Երբ վերջինները բլուրը ելան՝ ծովափը դիտելու, թշնամու հեծելազնդերը բռնել էին արդեն հանդիպակաց տափաստանները:

Մարզպետունու հաղորդած լուրը չէր հարմարում այս անակնկալ նորության: «Եթե Բեշիրը հաղթված էր, ապա ո՞րի զորքերն էին Սևանի վրա հարձակվողները...»: Այս միտքը երկյուղ բերավ միաբանների վրա:

Բայց երբ այդ մասին հայտնեցին թագավորին, նա ամենի կասկածը փարատեց՝ ասելով.

— Մարզպետունուց ջարդ ուտելու պատճառով է, որ Բեշիրը հարձակվել է մեզ վրա. նա իշխանի վրեժը կամենում է լուծել թագավորից:

— Ի՞նչ պիտի անենք այժմ, — սրտատրոփ հարցրեց թագուհին, որ միաբանների հետ միասին գտնվում էր թագավորի մոտ:

— Ոչինչ, — անհոգ եղանակով պատասխանեց թագավորը, — եթե արաբացիք կփորձեն մոտենալ մեր կղզուն, մենք կջարդենք նրանց լաստերը և իրանց էլ ջրի հատակը կխորասուզենք:

— Բայց ի՞նչ ուժով, մենք այստեղ ընդամենը հարյուր զինվոր ունինք, — հարցրեց թագուհին երկյուղագին:

— Հարյուր էլ միաբան, — հարեց թագավորը. — ով որ ազգի հացն ուտում է, ազգի համար էլ կարող է կռվել:

— Մենք պատրաստ ենք. մենք չենք փախչիլ կռվից, — դիտեց վանահայրը. — միայն թե զենք է պակասում մեր եղբարց:

— Զենք շատ ունին նրանք, — պատասխանեց թագավորը. — կղզին, փառք աստուծո, ժայռապատ է. իսկ լաստերի հետ կռվելու համար հարկավոր չէ սուր կամ նիզակ: Հրամայիր, որ քարհատները ժայռեր պոկեն կղզու խարակներից և ժողովեն նրանց ափերի մոտ: Մեր սուրբ հայրերը, կարծում եմ, քարկոծել կարող են. հետևապես, երբ իմ զինվորները կսկսեն նետահարել և կամ կարթերով լաստերը քաշել, նրանք էլ իրանց տարափը կտեղան:

— Այդ կարող ենք անել...

— Թույլ չենք տալ, որ կղզուն մի լաստ մոտենա...

— Բոլորին կխորասուզենք...

Այս ու այն կողմից եռանդով խոսեցին միաբանները:

Տակավին այս խորհրդի մեջ էին թագավորն ու կղզեցիք, երբ արքայի թիկնապահներից մինը ներս մտնելով հայտնեց, թե թշնամու կողմից զրկված մի նավակ գալիս է դեպի կղզին:

— Թո՛ւյլ տվեք, որ մոտենա, մի նավակը մեզ չարիք բերել չի կարող, — հրամայեց թագավորը: Ապա ելնելով յուր կացարանից՝ պատվիրեց թիկնապահներին սպառազինվել իսկույն և իջնել կղզու տափարակը: Նույն տեղ ժողովելու պատվեր տվավ նաև միաբաններին:

Երբ ամենքը հավաքվեցան, թագավորը նույնպես իջավ այդտեղ և զինվորները առաջից, իսկ միաբանները վերջից կարգերով, կանգնեցրեց նրանց կղզու մուտքի կամ պարիսպների առաջ այնպիսի մի ձևով, որ ափին մոտեցողը կկարծեր, թե կղզին լիքն է զորքերով:

Նավակը, որ վարում էր ցամաքաբերդցի մի հայ, մոտեցավ ափին: Նրա մեջ նստած էին երկու հազարացի իշխաններ և մի քանի զորական: Ելնելով ցամաք, նրանք հայտնեցին, թե Բեշիր զորապետի կողմից պատգամ են բերել հայոց թագավորին, ուստի կամենում են տեսնել նրան:

Արքայի հրամանով թիկնապահները առաջնորդեցին նրանց դեպի արտաքին տունը, ուր գտնվում էր այդ ժամանակ թագավորը: Նա չէր ցանկանում, որ օտարները կղզու ներսը տեսնեն, ուստի պատգամավորներին ընդունեց այդտեղ:

— Ի՞նչ բարի հրաման, — հարցրեց թագավորը ժպտալով:

Պատգամավորները գլուխ խոնարհելով պատասխանեցին.

— Բեշիր զորապետը բարեհաճեց յուր ողջույնն ուղարկել հայոց թագավորին և հայտնել, որ ամիրապետի հրամանով ու դրոշով նա եկել է Սևան կղզին առնելու և իրան, թագավորին, գերելու: Բայց որովհետև ինքը Բեշիրը ի ներքուստ բարեկամ է արքային, ուստի առաջարկում է նրան գալ յուր վրանը՝ խաղաղության ու բարեկամության դաշն կռելու, իսկ Սևանը առանց կռվի հանձնել իրան, իբրև ամիրապետի իշխանության պատկանող կալված: Հակառակ դեպքում, — ավելացրին պատգամավորները, — զորապետը չպիտի խնայե ո՛չ քո անձին և ո՛չ Սևանի բնակիչներին:

Թագավորը թեպետ խորը վիրավորվեցավ այս հանդուգն խոսքերից, բայց յուր սառնությունը պահել աշխատելով, ժպտալով պատասխանեց.

— Հայոց երկիրը ամիրապետինն է. ոչ ոք կարող է այդ ուրանալ, ուրեմն հարկ չկա կռիվ մղել այս կղզու դեմ, քանի որ նրա մուտքը փակված չէ ձեր առաջ: Իսկ ինչ վերաբերում է ինձ, հայտնեցեք Բեշիր զորապետին, որ շատ զգացված եմ նրա ողջույնի և ինձ առաջարկած բարեկամության համար: Ասացեք, որ վաղ առավոտ անձամբ կգամ նրան ողջանելու: Տեսությունս հետաձգում եմ մի օր այն պատճառով, որ կարողանամ պատրաստվել և պարտ ու պատշաճ մեծարանքով դիմավորել զորապետին:

Պատգամավորներն հիացան թագավորքի խոնարհ ու քաղաքավար պատասխանի վրա, որովհետև նրա սիրտը թափանցել չկարողացան, ուստի ուրախ — ուրախ իրանց նավակը դառնալով՝ դեպի բանակն ուղղվեցան:

Երբ Բեշիրը թագավորի պատասխանը լսեց, հրճվեցավ. նա հավատաց, որ թագավորը սարսափել է արդեն յուր զորքի բազմությունից և թե յուր տեսությունը հետաձգել է այն պատճառով, որ արժանավոր ընծաներ պատրաստե յուր համար:

Բայց թագավորը դառնալով յուրայինների մոտ, հայտնեց, որ պատրաստվին վաղը նեթ թշնամու վրա հարձակվելու:

Արքայի թիկնապահները, որոնց թիվը հազիվ հարյուրի էր հասնում, մնացին ապշած:

«Ինչպե՞ս թե հարձակվել թշնամու վրա. ի՞նչ կարող ենք անել մենք այն ահագին բանակի դեմ...», մտածեցին նրանք:

Թագավորն այդ իմացավ և զինվորներին դառնալով հարցրեց.

— Կուզե՞ք, որ ձեր թագավորը գերվի Բեշիրից:

— Երբե՛ք, — գոչեցին նրանք միաբերան:

— Պատրաստվեցեք ուրեմն կռվելու: Իշխան Մարզպետունին քսան հոգով ջախջախեց այս բանակը, մի՞թե դուք, հարյուր հոգիք, նույնը չեք կարող անել:

Մարզպետունու քաջերի անունը ցնցեց զինվորներին:

— Առաջնորդի՛ր մեզ, տեր արքա. մենք հետ չենք մնալ նրանցից, — գոչեցին նրանք եռանդով:

— Ես ձեզ հետ կլինեմ մինչև իմ վերջին շունչը, — ասաց թագավորը: Ապա դառնալով կղզու դարանապետին հարցրեց. — քանի՞ լաստի պատրաստություն ունի կղզին:

— Քսան, եթե գործածական նավակները չհաշվենք,-պատասխանեց դարանապետը:

— Այդ բոլորը թող հանվին դարաններից: Վաղ առավոտ, դեռ արևը չծագած, նրանք պատրաստ պիտի լինին ծովն իջնելու:

— Պատրաստ կլինին նույնիսկ այս գիշեր, — հարեց դարանապետը և գլուխ խոնարհելով արքային, հեռացավ:

Թագավորի ձեռնարկությունը ավելի քան հանդուգն էր: Մի քանի տասնյակ զինվորներով գնալ հազարավորների դեմ և այն՝ ջրերի խորքից նրանց հետ կռվելու համար, կնշանակեր՝ գնալ իսկական մահվան դեմ:

Վանքի միաբանները, որոնք ավելի լավ էին կշռում վտանգի մեծությունը, խոսեցին այս մասին թագուհու հետ, իսկ վերջինս եկավ արքային համոզելու, որ հետ կանգնե նա յուր մտադրությունից:

— Այս կղզու մեջ մենք կարող ենք ապահովապես պաշտպանվել, — ասաց նրան թագուհին. — մեր ունեցած զորքը և նրա հետ էլ վանքի միաբանությունը կարող են հաջողությամբ հետ մղել ափերից թշնամու լաստերը: Դրա համար կղզին ունի ամեն հարմարություն: Իսկ կղզուց դուրս՝ չկա քեզ համար հենարան, թշնամին յուր նետերի տարափով կծածկե քո հարյուր զինվորներին, այնուհետև կղզին կմնա արաբացոց կատաղության նշավակ:

— Երկու զորավոր պատճառներ ստիպում են ինձ այդ քայլն անելու, — պատասխանեց թագավորը, — առաջինը՝ իմ արքայական պատվասիրությունը: Այս գոռոզ հազարացին համարձակվեցավ պատգամավոր ուղարկել ինձ և Սնանը պահանջել, անվանելով նրան ամիրապետի կալված: Բացի այդ, նա ինձ հրավիրեց յուր բանակը բարեկամության դաշն կռելու, որ իրանց լեզվով կնշանակե՝ գերության շղթայով կապվելու... Այդ թշվառականը, որ ջարդ է կերել Մարզպետունու քսան զինվորներից, այնքան անզոր է համարում հայոց թագավորին, որ համարձակվում է այսօրինակ նվաստացուցիչ առաջարկություն անել նրան: Այժմ իմ պարտականությունն է հասկացնել նրան, որ առյուծը գառազգի մեջ էլ առյուծի սիրտ է կրում... Բացի այդ, Մարզպետունու օրինակը իմ առջևն է. որքա՛ն էլ իմ զինվորների թիվը նվազ, այսուամենայնիվ ես պիտի հարձակվեմ, որովհետև ամոթ է, որ Աշոտ Երկաթը Գևորգ իշխանի չափ գոնե կորով չարտահայտե այս դեպքում: Երկրորդ պատճառը, որ առավել զորավոր է, այն է՝ որ կյանքը կորցրել է յուր արժեքը իմ աչքում, նա դարձել է ինձ համար տանջարան, ես աշխատում եմ փախչել նրանից... Այս մասին շատ եմ խոսել քեզ հետ. և դու գիտես, թե որքա՛ն իրավունք ունեմ ես մահվան փափագելու... Այժմ ահա՛ հասել է ժամը, և ես պիտի օգուտ քաղեմ նրանից... ես վայրկյան առաջ կամենում եմ ազատվել խղճի խայթերից, հոգվո անվերջ տանջանքներից... Եվ այս դեպքում ինձ մնում է տակավին մի մխիթարություն, այդ այն է, որ այս կռվի մեջ ստացածս մահը կարող է իմ անունը փառավորել: Ես, իհարկե, չեմ մտածում իմ հիշատակի, այլ հետնորդների մասին, իմ մահվամբ ես մի խրախուսական օրինակ կթողնեմ նրանց համար...

— Առաջին պատճառը և՛ հարգելի, և՛ իրավացի է. բայց երկրորդը՝ անիրավ, — պատասխանեց թագուհին: — Եթե կյանքը բեռն է դարձել քեզ համար, և դու կամենում ես նրանից ազատվել, դա քո իրավունքն է. բայց քեզ հետ միասին տանել մահվան դեմ ուրիշ հարյուր հոգի, անիրավացի է: Այդ մարդիկը գուցե կղզում պատսպարվելով ազատ մնային վտանգից, ինչո՞ւ աշխարհից ելնելու վայրկենին իսկ ծանրաբեռնվել հանցանքներով... Ինչո՞ւ պատճառ դառնալ ընտանիքների դժբախտության, զրկել նրանց կերակրող ձեռքերից...

— Այդ դեպքում արդեն թույլ չեմ տալ, որ ինձ մեղադրեն, ես արդեն չափել եմ, կշռել իմ քայլը և գիտեմ, թե նա ո՛ւմ կարող է վնասել: Այս հարձակումը գուցե մի զո՛հ ունենա, բայց այդ զոհը կլինի նա, ով հետամուտ է մահվան, մնացյալները հաղթանակով կվերադառնան:

— Տարօրինակ մի զուշակություն է այդ...

— Այդպես է. Բեշիրն այժմ անհոգ նստած յուր վրանում՝ սպասում է իմ անձնատուր լինելուն կամ մեր կղզու «մեծագին գանձերին»... Նրա պատգամավորներն այնպիսի պատասխան տարան այստեղից, որ նա ուրիշ բանի սպասել չի կարող: Ուրեմն անխորհուրդ կերպով չեմ ես այս քայլն անում, թող անհոգ լինին միաբանները, անհոգ լինի և թագուհին:

— Եվ թագուհի՞ն... Ուրեմն դու հավատում ես, որ նա կարող է անհոգ լինել, երբ թագավորը հետամուտ է լինում մահվա՞ն...

— Չէի կամենալ վիշտ պատճառել քեզ... Բայց իմ վճիռն անդարձ է: Ինչ հետևանք էլ որ նա ունենա, դու պիտի հաշտվես նրա հետ: Իմ երջանկության օրերում անգամ ես թույլ չեմ տվել, որ անձնասիրությունը գերակշռե իմ մեջ պատվասիրության, ի՞նչպես կարող եմ թույլատրել այդ ա՛յժմ, երբ դեպի իմ անձը տածում եմ միայն ատելություն...

— Օ՜, ինչպե՜ս անգութ ես... գոնե վերջին պատճառն ինձ չհայտնեիր, գոնե զգալ չտայիր ինձ, թե դիմավորում ես մահվան այն պատճառով, որ չունիս աշխարհում այլևս մեկը, որի համար կամենայիր դու ապրել...

Այս ասելով թագուհին հեռացավ թագավորից և վշտահար սրտով յուր կայանը դարձավ:

Հետնյալ առավոտ, դեռ արևը չծագած, լաստերը պատրաստ ջրի վրա էին: Թագավորի ներկայությամբ զինվորները նետաձգության փորձեր էին անում: Նա կամենում էր ստուգել, թե որո՞նք կարող են պիտանի լինել արշավանքին, որպեսզի լաստերի վրա անշահ մարդիկ չվերցնե:

Յուր հարյուր զինվորներից նա ընտրեց միայն յոթանասուն հոգի, որոնք կորովի, մազից չվրիպող նետաձիգներ էին: Դրանց բոլորին տեղավորեց տասը լաստի վրա, յուրաքանչյուր լաստին հատկացնելով յոթ զինվոր, իսկ լաստավարներ կարգեց միաբաններից, որոնք հաջողակ էին այդ գործում:

Ապա ընտրեց յուր համար մի թեթևաշարժ նավակ, ուր վարողներից զատ տեղավորեց նաև յուր ազատանի թիկնապահները: Այնուհետև հրաման տվավ կղզում մնացող զորքին և միաբանությանը, որ շարունակ դիտեն յուր շարժումը և նշան տալուն պես բոլորը նիզակներով զինված ելնեն լաստերի վրա և առաջանան դեպի թշնամին: Այդպես պիտի անեին նրանք, ցույց տալու համար, թե կղզուց նոր զորք է հասնում օգնության:

Երբ արևը, Այծեմնասարի ետևից ելնելով՝ բարձրացավ մի ասպարեզ, թագավորի փոքրիկ նավատորմը սկսավ մեղմ ընթացքով դեպի Բեշիրի բանակն առաջանալ: Արքայի նավակը, որ զարդարված էր դրոշակներով, գնում էր առջևից, իսկ լաստերը հետևում էին նրան զույգ-զույգ: Զինվորները թեպետ համակ զրահազգեստ, բայց ամփոփած ունեին նիզակներն ու վահանները, որպեսզի կարծել տան թշնամուն, թե զինվորված չեն գալիս իրանց մոտ: Հազիվ քանի մի հարյուր գրկաչափ հեռացան նրանք կղզուց և ահա Բեշիրի գունդերը եկան խռնվեցան ափերի վրա՝ հայոց թագավորի և նրա շքախմբի գալուստը դիտելու: Նրանցից շատերն անզեն էին. շատերը, մինչև անգամ, բոկոտն կամ կիսով չափ հագնված: Ոչ ոք նրանցից չէր սպասում հարձակման:

Իսկ Բեշիրը, որ ձգված էր յուր զարդարուն վրանում, երբ Աշոտ Երկաթի գալուստն իմացավ, հրամայեց, որ շքադիր խմբերը գան և վրանը պատեն, որպեսզի հայոց թագավորը տեսնե ամիրապետի զորավարին կատարյալ շքեղության մեջ: Ապա նա հագավ յուր հարուստ զգեստները, ծածկեց ոսկե ցցունքով զարդարուն ապարոշը, կապեց դամասկյան ոսկեզարդ սուրը և փառավոր օթոցի վրա բազմելով, սպասում էր հյուրին: Նա որոշել էր պատվով պահել թագավորին մի քանի ժամ, մինչև որ հետը բերած ընծաները նա կհանձներ յուր զանձապահին, իսկ հետո կհրամայեր շղթայի զարնել, որպեսզի Սևանն առնելուց հետո հետիոտն տաներ նրան Դվին:

Այն ժամանակ հայերը թո՛ղ ճանաչեն Բեշիրին, թո՛ղ սարսափահար լինին նրա անունը լսելուց, և այն սրիկա իշխանը, որ համարձակվեց գիշերանց իմ բանակի հանգիստը խռովել, թո՛ղ գա ծնկաչոք ներողություն խնդրելու և Դվինի զնդանում յուր դժբախտ գլուխը լալու...»:

Այս մտքերով էր զբաղված Բեշիրը, երբ Աշոտ արքայի տորմիղն սկսավ մոտենալ ափին: Հազարացի հրոսակները սկսան ավելի և ավելի խռնվել ավազուտի և ժայռերի վրա: Մոտեցող լաստերը իրանց զրահազգեստ զինվորներով՝ տեսնելու գեղեցիկ խաղալիքներ էին թվում նրանց:

Հանկարծ թագավորը, կապարճակրի ձեռքից արծաթե աղեղն առնելով, գոչեց.

— Ժամանակ է, քաջեր, նետերնիդ տեղացեք...

Զինվորները մի ակնթարթում վահանները ձեռք առան և լայնալիճերը լարելով սկսան արագ-արագ նետաձիգ լինել դեպի հազարացիները:

Մի զարհուրելի աղաղակ ու իրարանցում փրթեց ծովափին: Արաբացիք գլուխները կորցրած սկսան իրար հրելով և կոխկրտելով դեպի վրանները վազել, բայց քաջաձիգ հայերի նետերը սաստիկ արագությամբ տեղալով հետևում էին նրանց և թավալում շատերին ավազուտի մեջ, ժայռերի վրա կամ նույնիսկ վրանների առաջ: Ո՛չ մի նետ ապարդյուն չէր սլանում, ո՛չ մի ճայթյուն առանց զոհի չէր անցնում:

Բեշիրը տակավին գեղեցիկ երազներ էր տեսնում, երբ յուր բանակի մեջ փրթող զարհուրելի աղաղակը լսեց, նա շփոթված վեր թռավ տեղից և վրանի դռնում թիկնապահներին պատահեց, որոնք սրտատրոփ, այլայլված հայտնեցին նրան, թե հայերը հարձակվել են իրանց վրա:

— Օ՛ն անդր, ի զե՛ն, — գոռաց նա խռպոտ ձայնով և սուրը հանելով վազեց դեպի առաջ: Բայց փախչող զորականի խռանը պատահելով՝ ստիպված եղավ հետ մղվել դեպի յուր թիկնապահները:

Այսուամենայնիվ զորապետն իրան չկորցրեց, նա աշտանակեց իսկույն յուր ամեհի նժույգը, որ բերավ նրան թիկնապահներից մինը և ահավոր սուրը հանելով գոռաց.

— Արաբացի քաջեր, մի՛ թուլանաք, մի՛ շփոթվեք, օ՛ն, հետևեցեք ինձ... հառա՛ջ, սուսերավորներ, հառա՛ջ, նիզակավորներ... թշնամին սակավաթիվ է, հարձակվեցե՛ք, ջարդեցե՛ք նրան...

Բայց զորապետին քչերն էին հետևում, իսկ թիկնապահները գոռում էին.

— Թշնամին ծովի վրա է, տեր, ի՞նչ կարող են անել նրանց մեր սրերն ու նիզակները...

— Օ՛ն ուրեմն, հառա՛ջ, նետաձիգ քաջեր. ցույց տվեք անհավատներին ձեր բազկի զորությունը, ծովակուր արեք այդ սրիկաներին, — գոռում, գոչում էր զորապետը:

Նետաձիգները, արդարև, խմբվեցան նրա շուրջը և ասպարափակ կազմելով սկսան հառաջանալ դեպի ծովափը: Նրանցից շատերն սկսան քաջաբար աղեղները լարել, նետեր արձակել, բայց բնությունն ինքը օգնության էր հասնում հայերին: Արևը նրանց ետևը լինելով՝ յուր հրափայլ ճառագայթներով խտղտում էր արաբացի զինվորների աչքերը, այդ պատճառով նրանք չէին կարողանում իրանց նետերն ուղղել նպատակին, այլ մեծ մասամբ ձգում էին ծովի դատարկ տարածության մեջ:

Մինչդեռ հայերն, ընդհակառակը, չէին շեղում նպատակից: Նրանց պողպատյա փքինները թափանցում էին թշնամու ասպարափակը, պատառում էին կաշվե վահանակները և անարգել ցցվում զրահապատ կրծքերի մեջ, խլում զորականի սաղավարտը, փշրում նրա երեսակալը կամ շամփրում ասպարից դուրս գտնվող սրունքները: Ծովափը հետզհետե ծածկվում էր դիակներով, և սակայն Բեշիրը դիմադրում էր համառությամբ, հուսալով վերջ ի վերջո վանել ծովի միջից հերոսաբար կռվող քաջերին: Բայց նրանք ընդհակառակը, զորանում և ավելի ու ավելի մոտենում էին ափին: Այդ հանգամանքը զարմացնում էր արաբացիներին:

Հանկարծ թագավորի նավակի մեջ բարձրացավ մի կարմիր դրոշ և սկսավ ծածանել օդի մեջ: Դա կղզեցիներին որոշ հրաման տվող նշանն էր:

Իսկույն կղզու առաջ սկսան երևալ նորանոր լաստեր, որոնք հետզհետե դուրս էին գալիս խարակների ետևից և առաջանում դեպի հայոց նավախումբը: Թշնամին պարզ տեսնում էր, որ նրանք լցված էին մարդակույտ բազմությամբ: Երկարաբուն նիզակները, որոնք ճոճում էին լաստերի վրա, ցույց էին տալիս, որ եկողները նոր զորախմբեր են: Ղենձե վահանները և բազմատեսակ զենք ու զրահները, որոնք փայլում էին այդ լաստերի վրա, մի առանձին սպառնական տեսք էին տալիս նրանց:

Բեշիրի զորքերն սկսան վախենալ, նրանցից շատերը, մինչև անգամ, որոշեցին նահանջել կամ միանգամայն փախչել: Որովհետև մտածում էին. «Եթե կռվող տորմիղը այսքան մեծ կոտորած է անում, ի՞նչ կլինի մեր դրությունը, եթե օգնական լաստերն էլ հասնեն»: Իսկ այս վերջիններն ավելի բազմաթիվ էին:

Զորապետը նկատեց զորքի այդ խլրտումը և ավելի սկսավ խրախուսել նրանց, բայց յուր ձայնն այլևս չէր ոգևորում լքվածներին: Իզուր նա գոռում և փրփրերախ նժույգն այս ու այն կողմն էր վազեցնում, երկյուղը հետզհետե պաշարում էր ամենքին: Նրա համհարզներից մինը, մինչև անգամ, մոտեցավ և խորհուրդ տվավ նրան նահանջի փող հնչեցնել:

— Այդ հայերը, տե՛ր, մեծ պատրաստություն ունին, — ասաց նա զորապետին. — փոքրիկ տորմիղով մեր դեմ խիզախելը միայն մի պատրվակ էր, որով նրանք կամեցան քաշել մեզ դեպի կռիվ և զբաղեցնել, զորավոր հարձակումը անշուշտ նոր պիտի սկսեն:

— Այդ եկողներին էլ կջարդենք մենք, — գոռաց զորապետը:

— Չենք կարող, որովհետև նրանց ուրիշները կհետևեն: Երբ ես պատգամավոր գնացի թագավորի մոտ, նրա կղզին լիքն էր զորքերով, մենք պիտի խույս տանք կոտորածից, — պնդեց համհարզը:

Նրանք դեռ այս վեճի մեջ էին, երբ նետաձիգների մի խումբ, որ հանդիպակաց էր կռվող լաստերին, չկարողանալով այլևս դիմադրել նրանց՝ երես դարձրավ և սկսավ փախչել:

Բեշիրը կատաղած ու այլայլված արշավեց դեպի նրանց, բայց հուսահատ խուժանին դիմադրել չկարողացավ: Սաստիկ հոսանքն առավ յուր մեջ նրա նժույգը և առաջ վարեց: Մյուս կռվող խմբերը, որոնք տակավին դիմադրում էին հայերին՝ տեսնելով զորապետին փախչող խուժանի մեջ, կարծեցին, թե նա խույս է տալիս ճակատից, ուստի իրանք էլ դիմադարձ եղան և սկսան փախչել: Նահանջն ընդհանուր դարձավ. Բեշիրը դադարեց գոռալուց և յուր գնդապետների հետ միասին հետևեց փախչող զորքին:

Բայց թշնամու նահանջը նոր եռանդ ներշնչեց հայերին: Նրանց լաստերն ալիքների վրա սուրալով՝ հասան եզերքին, մարտիկները իրար ետևից դուրս թռան ցամաք և ահագին աղաղակով ընկան թշնամու ետևից: Հասան շուտով և այն լաստերը, որոնք ահաբեկել էին թշնամուն: Դրանց վրա եղողները ոչ այլ ոք էին, եթե ոչ մնացորդ երեսուն զինվորները, որոնց թագավորը թողել էր կղզում, և Սնանի հոգևոր միաբանությունը: Վերջիններս արքայի հրամանով հանել էին վեղարներն ու խույրերը և ծածկել սաղավարտներ, իսկ ձեռքներին բռնել վահան և նիզակ: Նրանք, իհարկե, չպետք է մասնակցեին կռվին, և ոչ իսկ ափին մոտենային, այլ միայն զորագունդ կեղծելու պաշտոն ունեին: Այդ պատճառով նրանցից շատերը կրում էին միանգամայն մի քանի հատ տեգեր, որպեսզի հեռվից ավելի ահավոր երևան թշնամուն:

Թագավորի հնարագիտությունը հաջողեց: Երբ նրա մարտիկները դուրս ելան ցամաք, «խրտվիլակ» տորմիղն էլ հասավ այդտեղ: Երեսուն զինվորները և նրանց հետ միասին երիտասարդ աբեղաները փութացին, միացան կռվող քաջերին և ընկան փախչող հագարացիների ետևից: Հալածողներին ընկերացան մոտակա Ցամաքաբերդ, Վալսեր, Գոմաձոր, Նռակծին և այլ գյուղերի հայ բնակիչները: Նրանք թշնամու ցրված զնդերի մեծ մասը ջարդեցին և մնացյալները փախցրին դեպի հեռավոր լեռներն ու հովիտները:

Դառնալով բանակատեղը, հայ կտրիճները հավաքեցին թշնամու թողած ավարը, որ բավական հարուստ էր, կապտեցին ընկածների զենքերը և քակեցին բազմաթիվ վրանները, որոնց հետ նաև Բեշիրի հարուստ տաղավարը, և այդ ամենը միասին փոխադրեցին կղզին:

Թագուհին, որ սրտատրոփ սպասում էր կռվի վախճանին, յուր նաժիշտների հետ միասին իջավ կղզու ափը՝ հաղթական երգերով վերադարձող քաջերին դիմավորելու:

Հայերն այս կռվում կորուստ չունեցան, վիրավորվել էին մի քանի հոգի, որոնց՝ կղզին հասնելուն պես, թագավորը հրամայեց փոխադրել հարմար կացարան՝ զգուշությամբ խնամելու համար: Այնուհետև հոգևոր հայրերը մատուցին տաճարում գոհության պատարագ, որին ներկա էին թագավորը, թագուհին և բոլոր զինվորները: Ապա վերջինները կատարեցին հաղթության խրախճան, որին մասնակցեց շրջականերից ժողովված գյուղական ամբոխը:

Բայց թագավորը տխուր էր և դալկադեմ. նա ժամանակից առաջ քաշվեցավ յուր կացարանը, առանց զորքի ուրախության մասնակցել կարողանալու:

Այս հանգամանքը անհանգստացրեց թագուհուն և նա դիմեց արքայի մոտ՝ նրա տխրության պատճառն իմանալու:

— Ես վիրավորված եմ, — ասաց թագավորը մեղմ ձայնով:

— Վիրավորվա՞ծ... — բացականչեց թագուհին. — ինչո՞ւ ուրեմն չես հայտնում մեզ այդ... ո՞ւր է վիրաբույժը... կանչենք նրան այստեղ...:

— Թո՛ղ, ես չեմ կամենում զորքի ուրախությունը խանգարել... Մի օրից հետո էլ կարող ենք մենք այս վերքը դարմանել, — ընդհատեց նրան թագավորը:

— Բայց դու գունատ ես և թախծադեմ, անշուշտ խոր է քո վերքը...

— Ես տխուր եմ այն պատճառով, որ կենդանի վերադարձա այստեղ...:

— Աստվա՜ծ իմ... Դու դարձյալ նույն մտքերո՞վ ես զբաղված:

— Ես ցավում եմ, որ մահացու չէ վերքս:

— Խնայի՛ր ինձ, աղաչում եմ... — աղերսեց թագուհին:

— Այո՛, թշնամին արդեն նահանջում էր, երբ մի նետ եկավ և ցցվեց իմ կողերի մեջ... Ես ուրախացա... կարծեցի թե իմ զորքի հաղթանակը կպսակվի իմ մահվամբ. այդ պատճառով էլ իսկույն դուրս քաշեցի նետը, որպեսզի նրա հետ միասին ելներ և իմ հոգին, բայց ավա՜ղ... Արաբացու բազուկը չէր կարողացել Աշոտ-Երկաթին սպանելու չափ ուժով ձգել աղեղը...

— Օ՛հ, ինչպե՜ս անսիրտ ես դու, — մրմնջաց թագուհին, և այլևս համբերել չկարողանալով՝ դուրս եկավ իսկույն սրահը և դռան մոտ կանգնած բարապանին հրամայեց՝ վազել վիրաբույժի ետևից:

Վերջինս եկավ, քննեց արքայի վերքը, որ լայն բացված էր նրա կողերի մեջ. լվացավ այն զգուշությամբ, և վրան դարմաններ դնելով՝ կապեց խնամքով: Թագուհու հարցին թե՝

— Որքա՞ն վտանգավոր է նա, — պատասխանեց.

— Փառք աստուծո, արքայի կյանքին վտանգ չէ սպառնում:

Բայց երբ թագավորը առանձին առնելով հրամայեց նրան ճշմարիտը խոստովանել, նա ասաց.

— Հարվածող նետը, տեր արքա, թաթախված է եղել թույնի մեջ. վերքի արագ բորբոքումը ծանր ապագա է գուշակում:

Թագավորի դեմքի վրա փայլեց գոհության մի ժպիտ, որ սակայն զարմանք պատճառեց վիրաբույժին:

Թ

ՋՐԻՑ ՓԱԽՉՈՂԸ՝ ԿՐԱԿԻ ՄԵՋ

Մարզպետունի իշխանը այնքան շատ էր զբաղված յուր նորագույն պատրաստություններով, որ մինչև անգամ օրեր անցրեց առանց Դվինից տեղեկություն առնելու, թե ինչ էր կատարվում այնտեղ: Նա հավատացած էր, թե Բեշիրը Վեղիի հովտում կրած պարտությունից հետ՝ տակավին անշարժ նստած է Դվինում և թե առժամանակյա լռությունը պետք է վերագրել այն հանգամանքին, որ նա գաղտնի պատրաստություններ է տեսնում յուր վրա հարձակվելու:

Այս պատճառավ ահա՝ իշխանը բավականացել էր միայն պահապաններ կարգելով Գեղա բերդի սահմաններում, որպեսզի թշնամու գալուստը իմանալուն պես հարկ եղածը տնօրինե:

Բայց ո՜րքան մեծ եղավ նրա զարմանքը, երբ դետ կարգված պահապաններից մինը եկավ և հայտնեց, թե «Դվին դարձող կարավանները պատմեցին, որ Բեշիրը բազմաթիվ զորքով հասել է Գեղամա ծովը և Սևանը պաշարել...»:

«Հա՛, նա ուրեմն անակնկալ հարձակում է գործել, որպեսզի արքային հանկարծակի բերի, — մտածեց Մարզպետունին, — անշուշտ նա կամենում է ինձնից կրած հարվածի վրեժը լուծել թագավորից... Ուրեմն արքան ծանր դրության մեջ է, պետք է շտապենք նրան օգնելու»:

Այս մտածությամբ դուրս գնաց իշխանը, որպեսզի հրաման տա զորքին՝ ժամ առաջ պատրաստվելու և դեպի Սևան ուղղվելու:

Բայց հազիվ թե նա հանդես արավ զորքին և հայտնեց նրանց յուր դիտավորությունը, ահա՛ Սևանից հասավ արքայի բանբերը, որ ավետեց նրան թագավորի մղած կռվի և տարած հաղթության ուրախարար լուրը:

— Փա՜ռք ամենակարող աստծուն, որ հաջողում է մեզ... — բացականչեց իշխանը և սաղավարտը հանելով՝ աչքերը դեպի երկինք բարձրացրեց և զգացված ձայնով Դավթի սաղմոսը ասաց. «Տեր, զի բազում եղեն նեղիչք մեր և բազումք հարյան ի վերա մեր: Բազումք ասեին զանձնե մերմե, թե չիք սոցա փրկություն առ աստած յուրյանց: Այլ դու, տեր, օգնական մեր ես, փառք մեր և բարձրացուցիչ գլխո մերո... Ոչ երկիցուք ի բյուրուց զորաց նոցա, ույք շուրջանակի պատեալ պահեալ պաշարերն զմեզ... զի դու հարեր զամենեսյան՝ ույք էին ընդ մեզ թշնամությամբ ի տարապարտուց և զատամունս մեղավորաց փշրեցեր...»:

Ժողովուրդն ու զորքը ծնկան եկան, իսկույն գոհության աղոթք մրմնջացին աստծուն:

Ապա օրվա մնացորդը անցուցին նրանք ուրախ կերուխումով, որին մասնակցեց ինքը՝ իշխանը յուր համհարզներով և ուխտի անդրանիկ զինվորներով:

Մինչդեռ հայերը Սևանում ու Գեղում ուրախության տոն էին կատարում, Բեշիրը, իբրև վիրավոր վագր, զայրացած ու կատաղած դիմում էր դեպի Ոստան: Նա ժողովել էր յուր փախչող զինվորներին, կարգի էր բերել նրանց և գալիս էր չարյաց սկզբնապատճառ Գեղը կործանելու: Նա գիտեր, որ Մարզպետունին գտնվում է Ուրծաձորում, բայց չէր կարծում, թե բարձրացած կլինի Գեղ:

Այս պատճառավ, երբ համհարզներից մինը զգուշացրեց զորապետին Գնորգ իշխանի անակնկալ հարձակումից, նա պատասխանեց.

— Այդ սրիկան թափառում է կիրճերում, նա չի կարող բաց դաշտի վրա հանդիպել մեզ կամ մարդաշատ տեղերում ամրանալ: Եթե գիշերները զգուշանանք, ցերեկով նա չի համարձակիլ մեզ մոտենալ:

Այս հույսով Բեշիրը Կոտայքն անցավ և մտնելով Ոստան, բանակ դրավ Երանոս գյուղի առաջ Ազատի ափին:

Այստեղից նա բանբեր ուղարկեց Գեղ և պահանջեց բերդի բանալիները: Նրան թվում էր, թե գեղցիք, ապագա սրածությունից վախենալով, չեն ընդդիմանալ յուր հրամանին:

Բայց որքա՜ն մեծ եղավ նրա զայրույթը, երբ բանբերը հետ դարձավ բացասական պատասխանով:

— Մեր բերդի բանալիները խիստ ծանր են, — ասել էին գեղցիք բանբերին, — դու միայնակ տանել չես կարող, ասա՛ Բեշիրին, որ ինքը գա այն ստանալու:

— Նրանք ուրեմն իմ հրամանը ծաղրեցի՞ն,-գոռաց Բեշիրը:

— Այո՛, տեր. մինչև անգամ հայհոյանք արձակեցին քո դեմ...

— Հայհոյա՞նք... լավ. ես ջարդել կտամ այդ հայհոյող բերանները... Բայց... որքա՞ն զորք ունին այդ սրիկաները:

— Չգիտեմ, տեր, ինձ թույլ չտվին բերդը մտնելու, աշտարակի վրայից խոսեցին հետս, — պատասխանեց բանբերը:

Զորքի գլխավորները, վախենալով անհայտ ուժի դեմ հարձակվելուց, խորհուրդ տվին Բեշիրին իջնել Դվին, հանգիստ տալ զորքերին և ապա կազդուրված ուժով վերադառնալ Գեղ:

— Մինչև այն, մենք միջոց կգտնենք նաև գեղցիների ունեցած զորքի մասին տեղեկություն առնելու, — ավելացրին նրանք:

— Ո՛չ, ես կրկնակի պարտություն կրելուց հետ Դվին վերադառնալ չեմ կարող, — պատասխանեց զորապետը: — Ես սովոր եմ հաղթանակով մտնել Դվին և այդպես էլ կմտնեմ:

Կամակոր հազարացուն համոզել անկարելի էր. զնդապետները ստիպված էին նրա հրամանը կատարելու:

Մայիսյան առավոտ էր. բայց արև չկար, թանձր ամպերը պատել էին երկինքը: Այդ եղանակը հաճոյական էր Դվնո դաշտում, ուր միջօրեին կիզում էր արևը, իսկ զորքի համար հով էր հարկավոր: Բեշիրը ուրախացավ, նրան թվում էր, թե բնությունը հաջողություն է խոստանում իրեն՝ ծածկելով ամպերի տակ արևի ճառագայթները: Այդ պատճառով նա հրաման արավ պետերին անմիջապես պատրաստել զորքը և ուղղվել դեպի Գեղ:

Երանոսի գյուղապետը, համաձայն Մարզպետունու կարգադրության, ժամ առաջ արդեն մարդիկ էր ուղարկել Գեղ՝ հազարացոց գալուստը իշխանին հայտնելու: Վերջինս յուր զորքերով կազմ և պատրաստ սպասում էր Բեշիրին:

Եվ որովհետև հայերը երկու հաղթություններից արդեն քաջալերված էին, ուստի իշխանը որոշել էր չփակվել բերդում, այլ հարձակվել թշնամու վրա, հենց որ վերջինս Գեղա լեռան լանջերը կբարձրանար: Հայ զորքերը անձույժ սպասում էին պահանորդների ազդարար նշանին: Ամեն մեկը նրանցից որոշել էր մի որոշ սխրագործությամբ փառավորվել: Այլևս չկար այն երկյուղը, որ պաշարում էր հայ զորականին՝ հագարացու հարձակման լուրը լսելիս: Իշխան Մարզպետունու ձայնը գերբնական ուժ էր ներշնչում նրանց, ամեն մեկը հավատում էր, թե չի կարող հաղթվել այն զորքը, որ Գնորգ իշխանի հետ միասին է կռվում:

Երբ Բեշիրը Դվնո վտակն անցնելով՝ սկսավ դեպի Գեղա լանջերը բարձրանալ, տեսավ, որ լեռան կատարը բռնված է թանձր մառախուղով: Գեղա բերդը չէր երևում ամենևին, իսկ լեռան վերին լանջերը ծածկված էին մշուշով:

Այս հանգամանքը երկյուղ ազդեց նրա սրտին. բայց յուր շրջապատողներին ոչինչ չասաց: Նա լուռ, քաջալանջ առաջ էր վարում նժույգը և ոսկե ցցունքը հպարտ-հպարտ ծածանում էր յուր սպիտակ ապարոշի վրա:

Հագարացիք արդեն հասել էին լեռան կեսը և մտնում էին մառախուղի սահմանը: Համհարզներից մինը հիշեցրեց զորապետին մշուշի վտանգավոր լինելու մասին: Բայց Բեշիրը աներկյուղ պատասխանեց:

Հազիվ զորապետը յուր խոսքը վերջացրեց, և ահա հանկարծ հայոց գնդերի աղաղակը որոտաց: Ինչպես զայրացած մի հեղեղ թափվեցան նրանք հագարացիների վրա և աննահանջ կատաղությամբ սկսան կոտորել: Հարձակումը անսպաս էր. թշնամին գլուխը կորցրեց և պատրաստվում էր փախչելու բայց Բեշիրի աղաղակը և գնդապետների խրախույսը արգելք եղան նրան: Առանց տեղն ու դիրքը ճանաչելու և հարձակվողների որքանությունն իմանալու, հագարացիք ճակատ կազմեցին լանջերի վրա և սկսան պաշտպանվել, բայց դիմադրությունը հուսահատական էր: Նրանք կռվում էին միայն զորավարի ներկայությամբ, բայց հենց որ նա հեռանում էր մյուս կողմը, սկսում էին քայլ առ քայլ նահանջ տալ դեպի զառիվայրերը: Իսկ հայերի թափը այնքան զորավոր և հարվածները բազմաձեռն էին, որ մի ժամվա ընթացքում լեռնալանջը դիակներով ծածկվեցավ: Նրանցից շատերը ձիաների գեշերի հետ միասին գլորվում էին դեպի ձորերը:

Մարզպետունու զինակիցները, այն է՝ Վահրամ սեպուհը, Գոռ իշխանիկը և ծերունի Մուշեղը կռվում էին յուրաքանչյուրը մի կետի վրա. նրանց գնդերը, անտառի մեջ փրթած փոթորկի նման, ավերում էին իրանց շուրջը, շարունակ դեպի վայր մղելով ընդդիմականներին: Հզոր դիմադրություն էր ցույց տալիս միայն Բեշիրը մի խումբ արաբացի քաջերով, որոնց կատաղի նժույգները ծառանում, սլանում էին լեռնալանջի այս ու այն կողմը՝ աշխատելով ոտնահար անել սուսերամերկ կամ նիզակավոր հայ մարտիկներին:

Գնորգ իշխանը, որ հերոսաբար կռվում էր սարատափի վրա, տեսավ Բեշիրի շահատակությունը և նրա խմբի ճիգը՝ դեպի վեր բարձրանալու:

Կարծես մի նոր զայրույթ բռնկեց նրան: Ճեղքելով հանդիպակաց խմբերը՝ նա խոյացավ դեպի զորապետը:

— Դեպի ո՞ւր, թշվառական, — որոտաց նա ահավոր ձայնով և մոտ հասնելով՝ ուղղեց նիզակը հագարացու կրծքին: Նրա աշտեն, սակայն, չթափանցեց պողպատե ասպարը, որով զորապետը դեմ դրավ հարվածին, այլ սահելով ցցվեցավ նժույգի կրծքում: Երիվարը թավալվեց, բայց Բեշիրը թռավ դեպի հետ: Խռնվեցան իսկույն նրա թիկնապահները և մեջ առին Մարզպետունուն: Փոքր մի ևս և մահը անխուսափելի էր իշխանի համար, որովհետև նրա մի հարվածին պատասխանում էին մի քանի ուրիշները: Բայց այս անգամ հորը օգնության հասավ որդին, նա յուր զինակիցների հետ միասին իջավ վերին լանջերից ինչպես արծիվ և ընկավ շրջապատող խմբակի վրա: Նիզակներ էին, որ շամփրում էին, և սրեր, որոնք արագ-արագ իջնում էին մարտիկների գլխին կամ թափանցում նրանց կուրծքն ու կողերը:

Արաբացոց այս խումբն էլ երկար չդիմադրեց. նա հետ նահանջեց դեպի վայր, որոնելով զորապետին: Բայց Բեշիրը չէր երևում ոչ մի տեղ. նա ձորակի ճանապարհով խույս էր տվել դեպի Դվին, որովհետև յուր զորքի պարտությունն աչքերն տեսել էր. ուստի փութացել էր գոնե յուր կյանքն ազատելու:

Այս հանգամանքը վհատեցրեց վերջին դիմադրողներին, և նրանք հետզհետե նահանջելով՝ հասան լեռան ստորոտը և այդ տեղից սկսան փախուստ տալ դեպի Դվնո դաշտը:

Այս անգամ Մարզպետունին չհետևեց փախստականներին, հաշվելով, թե Դվինը մոտ է և այստեղից կարող են օգնության հասնել փախչողներին: Նա ժողովեց յուր քաջերին, ստուգեց ընկածների թիվը, որոնք միայն մի քանի տասնյակ էին, ապա գոհության աղոթք կարդաց աստծուն նույնիսկ ճակատի տեղը, և աշտանակելով նժույգը՝ վերադարձավ Գեղ: Նրան հետևեցին յուր զինակիցներն ու զորքը, ցնծության աղաղակներով և հաղթական երգեր երգելով:

ԵՐՐՈՐԴ ՄԱՍ

Ա

ԱՆՀԱՆԳԻՍՏ ՄԱՐԴԸ

Ախուրյան գետի արևմտյան ափի վրա, այնտեղ, ուր Տեկորի վտակը խառնվելով՝ գործում է ջրապարփակ մի եռանկյուն, կառուցած էր հինավուրց մի քաղաք: Հարավային կողմից, որ միակ դյուրամատույցն էր, պատում էին նրան բարձր պարիսպներ և հզոր աշտարակներ, արևելյան և հյուսիսային կողմից ձգվում էր Ախուրյանի խորաձորը, որի հատակում մռնչում էր գետը ահավոր ձայնով, իսկ արևմուտքից պատում էր նրան մի ահագին անդունդ, որի ափերի վրա բարձրանում էին լեռնաձև ժայռեր ու անհեթեթ ամբարտակներ և ձգվելով տարածվում մինչև միջնաբերդը, որ թառած էր քաղաքի հյուսիսային կողմը գտնվող մի ահեղ բարձրության վրա:

Ութ դար առաջ այդ քաղաքը դիցապաշտական մի վեհավայր էր: Այդտեղ էին ժողովված հեթանոս հայերի գլխավոր սրբությունները, այդտեղ էին գտնվում նշանավոր կուռքերն ու նրանց մեհյանները և այդտեղ էին կատարվում կրոնական հանդեսներն ու մեծածախ զոհագործությունները: Դա նշանավոր Բագարանն էր, Երվանդ Բ.-ի ձեռակերտը: Այդտեղ կռոց տաճարներից զատ գտնվում էին նաև հոյակապ ապարանքներ, որոնց մեջ ապրում էին արքայազն քրմապետները՝ իրանց դրանիկներով և հարյուրավոր ծառաներով. այդտեղ վխտում էին քուրմեր ու քրմուհին, որոնք բնակիչների մեծագույն մասն էին կազմում: Հեթանոս ժողովուրդը դիմում էր այդ քաղաքը Հայաստանի հեռավոր սահմաններից, զոհում էր մշտավառ բագինների վրա և մատուցանում աստվածներին առատ նվերներ, որոնցով օրըստօրե հարստանում էին մեհյանները և քրմապետների գանձարանը: Երեք դար շարունակ կանգնած էին այդտեղ դիցական պատկերներ և շուրջ երեք դար աղոթում էր նրանց առաջ հայոց ժողովուրդը, բայց այդ ժամանակ դժբախտ չէր Բագարանը, նա երկյուղ չէր կրում թշնամիներից, և նրա պղնձապատ դռները չէին փակվում հարձակվող հրոսակների առաջ: Այդտեղ ապրում էին միայն աղոթելու և զվարճանալու համար:

Անցան այդ դարերը: 925 թվականին Բագարանը ուրիշ պատկեր էր ներկայացնում: Չկային այլևս կռոց մեհյաններ, չէին երևում կռապաշտական հիշատակարանների հետքերը, դրանց փոխարեն զարդարում էին Բագարանի բարձունքը հոյակապ եկեղեցիներ և գեղաշեն մատուռներ: Հեթանոսական պաշտամանց փոխարեն լսվում էր դրանց մեջ բարեպաշտ քրիստոնեի աղոթքն ու մրմունջը, մարդիկ պաշտում էին այդտեղ ճշմարիտ աստծուն, բայց նրանք այժմ բախտավոր չէին այնպես, ինչպես որ էին իրանց հեթանոս նախահայրերը... Նախկին ազատությունն ու խաղաղ կյանքը անծանոթ էին այժմ Բագարանին: Նա շրջապատված էր ամրություններով, բարձր պարիսպներն արգելում էին ժողովրդի ազատ ելումուտը, մռայլ աշտարակները նայում էին իրանց շուրջը ահարկու աչքերով, իսկ Ախուրյանի խորաձորը տխրեցնում էր անցորդին յուր ամայությամբ:

Այստեղ այդ միջոցին ամրացած էր թագավորի հորեղբայր Աշոտ սպարապետը յուր զորքերով ու զանձերով: Այստեղից նա զգուշությամբ հսկում էր յուր կալվածներին և սեփական հպատակներին, բայց զլանում էր յուր պաշտպանությունը նրանց, որոնք թագավորի հպատակներն էին: Տարիներ առաջ թագ ստանալով Յուսուփ ոստիկանից, սպարապետն աշխատեց հեռացնել գահից յուր եղբորորդուն — հարազատ թագավորին և նրա տեղն անցնել, բայց նպատակին չհասավ և միայն երկիրն ավերեց ու տակնուվրա արավ. այդ պատճառով ժողովուրդը «բռնակալ» անունը տվավ նրան: Իսկ նա այդ օրից անտարբեր աչքով էր նայում իրան հպատակ չեղող ժողովրդի թշվառության վրա և ուրախանում էր արքայի անհաջողությունները լսելով:

Այս ամենը, սակայն, չարգելեց Հովհաննես կաթողիկոսին ապաստան որոնել ազգից անարգված «բռնավորի» մոտ: Նա, ինչպես տեսանք, փախավ Բյուրականից հենց այն ժամանակ, երբ Բեշիրը զորքով գալիս էր յուր դաստակերտի վրա և երբ յուր ներկայությունը կարող էր Բյուրականի առումը խափանել: Բայց նա յուր մերձավորներով դիմեց Բագարան և ապավինեց «բռնավորի» պաշտպանության:

Այդ օրից սկսած սպարապետը հովանավորում էր կաթողիկոսին, և վերջինս կատարյալ հանգստություն էր վայելում նրա մոտ:

Բայց, ահա՛, մի գեղեցիկ օր Բագարանի խորաձորն իջավ սպառազեն հեծյալների մի խումբ, որ գալիս էր վեհափառ հոր՝ ամիսներից ի վեր վայելած հանգստությունը խանգարելու:

Խմբի պետը Գևորգ Մարզպետունին էր. նրան ընկերակցում էին յուր թիկնապահները:

Բայց ինչո՞ւ համար էր նա դիմում Բագարան:

Պատճառը իշխանի մի նոր դիտավորությունն էր:

Անցել էին ամիսներ: Մարզպետունու տարած հաղթությունները իրանց արդյունքը բերին: Հագարացիք հետզհետե հայաբնակ գավառներից չքացան. Բեշիրը յուր ունեցած զորքով փակվեց Դվինում՝ առանց այնտեղից ելնել համարձակվելու: Բերդերում ամրացած հայ իշխանները սիրտ առան Մարզպետունու օրինակից և, թողնելով պաշարված դրությունները, հարձակվեցան իրանց սահմաններում ոռջացող արաբացի հրոսակների վրա և վանեցին նրանց ամեն տեղից: Նորեն խաղաղություն տիրեց, ժողովուրդը շունչ առավ և շինականն ու քաղաքացին սկսան իրանց առտնին գործերով զբաղիլ:

Բացի այդ, պետական զորախմբերը, որոնք արքայի երկարատև բացակայության և, մանավանդ, միմյանց հաջորդող անհաջողությանց պատճառով ցրվել էին զանազան կողմեր և կամ այս ու այն իշխանի դրոշի տակ մտել, լսելով Մարզպետունու հաջողությունները և իմանալով, որ նա գործում է թագավորի հրամանով՝ գունդագունդ եկան և միացան նրա զորքին: Այսպիսով Մարզպետունու բանակը ստվարանալով՝ զորքերի թիվը հասավ հազարների:

Եվ ահա՛ հաջողությունները նոր միտք ծնեցրին իշխանի գլխում: Նա որոշեց ձեռնարկել այնպիսի մի զորավոր միջոցի, որով կարողանար միանգամայն երկիրը հագարացիներից ազատել և գահի հաստատությունն ընդմիշտ ապահովել: Նա կամենում էր հարձակվել Դվինի վրա, գրավել մայրաքաղաքը և հալածել այդտեղից Բեշիրին, քանի ոստիկանը չէր վերադարձել Ատրպատականից:

Բայց որովհետև յուր այդ ձեռնարկությունն ավելի դժվարին էր քան առաջինները, ուստի մտածեց ավելի հիմնավոր պատրաստություններ տեսնել դրա համար: Նա խորհուրդ արավ յուր զինակիցների, այն է՝ Վահրամ սեպուհի, Մուշեղ բերդակալի և Գոռ որդու հետ և որոշեց, որ զորաբանակը մնա տակավին Գեղա լեռներում, ուր Մազազի, Ռստանի և Ուրծաձորի ժողովուրդը առատ պաշար էր հոգում նրա համար, իսկ ինքը գնա Բագարան՝ խորհուրդ տալու կաթողիկոսին՝ վերադառնալ յուր աթոռը-Դվին, ապա անցնե Երազգավորս՝ հորդորելու արքաեղբայր Աբասին՝ հաշտվել թագավորի հետ և սիրով ընդունել նրան, եթե վերջինս վերադառնալու լիներ յուր աթոռանիստը՝ Երազգավորս: Այնուհետե նա պիտի դիմեր Սևան՝ թագավորին ու թագուհուն հրավիրելու, որպեսզի Դվինի վրա հարձակված ժամանակ Ոստանում գտնվեր թագավորը և օգներ իրան յուր մասնակցությամբ կամ խորհուրդներով:

Կեսօր էր: Իշխանը յուր խմբով Ախուրյանն անցնելով՝ սկսավ դեպի Բագարանի լանջիվերը բարձրանալ: Այդ վերելքը, որ դյուրագնաց էր, սկսում էր գետաձորից և աստիճանաբար բարձրանում մինչև քաղաքի հարավային սահմանը, ուր կանգնած էին պարիսպները, նրանց վրա շրջում էին պահանորդներ, որոնք ուշադրությամբ դիտում էին մոտեցողներին:

Նժույգներն ընթանում էին արշավասույր, և նրանց ասպազենը փայլում էր արևի առաջ: Խմբի համարձակ ընթացքից գուշակեցին պահապանները, որ եկվորները բարեկամներ են: Ուստի ամրոցի երկաթապատ դռներն անարգել բացվեցան նրանց առաջ:

Իշխանը դիմեց ուղղակի սպարապետի ապարանքը՝ յուր առաջին ողջույնը նրան մատուցանելու: «Բռնավորը», որ տակավին թագավոր էր անվանում իրան և նույն անունով ճանաչվում թե՛ Շիրակի դաշտում և թե՛ Արշարունյաց ձորում, ընդունեց իշխանին արժանավայել մեծարանքով:

— Եթե իմանայի, որ հաղթող Մարզպետունին պիտի մեզ այցելե, շքախումբ կուղարկեի նրան դիմավորելու, — ասաց սպարապետը ժպտալով:

— Քո խոնարհ ծառան, մեծափառ, տեր, գոհ է արդեն այս ընդունելությամբ, որին, գուցե և, արժանի չէ, — պատասխանեց իշխանը համեստությամբ:

— Արժանի՞... ի՞նչ ասացիր դու. — հարցրեց իսկույն սպարապետը. — քեզ դափնիներով պիտի պսակեն և հաղթական կամար կանգնեն ամեն տեղ: Բեշիրը փախուստի վրա է մտածում, իսկ Դվինի, ամիրաները դողալով են քո անունն արտասանում... Ինչո՞ւ այդ աստիճան սարսափեցրել ես դու նրանց:

Մարզպետունին ժպտաց և այդ ժպիտի տակ թաքցրեց յուր կասկածը, որով նա վերաբերվում էր դեպի սպարապետի անկեղծությունը: Նա գիտեր, որ այդ գովությունները տրվում են իրան առերես, և յուր զենքի հաջողությունը բնավ ցանկալի չէ «բռնավորին»:

— Կփափագեի իրավամբ արժանանալ այդ դրվատյաց... բայց որքա՜ն հեռի եմ ես նրանցից, — նկատեց իշխանը լրջությամբ:

— Օ՜, մի՛ ասիր այդ. իմ եղբորորդին բախտավոր է, որ քեզ նման զինակից ունի, — բացականչեց սպարապետը. — բոլոր Երասխաձորը կնվիրեի նրան, ով քեզ զուգատիպ մի համհարզ կգտներ ինձ համար:

Իշխանը սևեռեց յուր հայացքը սպարապետի աչքերին, կամենալով, կարծես, թափանցել նրա սրտի մեջ և դուրս կորզել այդտեղից չարակամության ու նախանձի ոգին: Նրան թվում էր, թե հենց այդ ոգին է, որ խոսում է յուր հետ այդ վայրկենին. նա խոր վիշտ զգաց և հոգվոց հանեց...

Եվ ինչպե՞ս չվշտանար: Յուր առաջ կանգնած էր Սմբատ թագավորի հարազատ եղբայրը, պարթև հասակով, գեղեցիկ դեմքով, քաջալանջ և հաստաբազուկ. նրա ձայնը որոտում էր, երբ խոսում էր յուր հետ, և գետինը թնդում, երբ քայլում էր նրա վրա: Եվ այս հզոր մարդը փոխանակ թագավորի, հետևապես, և հայրենիքի պաշտպանը լինելու, նրա թշնամին ու հակառակորդն էր. փառամոլությունը փակել էր նրա հոգու աչքերը, օտարի նենգամտությունը հիմարացրել էր նրան և մահմեդական մի ոստիկանի տված ունայն թագը մեռցրել էր նրա սրտում զգացմունքներից ազնվագույնը՝ սերը դեպի հայրենիքը... Եվ այս զորավոր հսկային փոքրացնում, ոչնչացնում էր չարակամության զգացումը, նրա լեզուն չէր կարողանում «թագավոր» անունը տալ Աշոտ Երկաթին, նրա մասին խոսելիս՝ նա ասում էր «իմ եղբորորդին», կարծես վախենալով, թե միգուցե «արքա» կամ «թագավոր» անվանելով նրան՝ զրկե իրան աշխարհի բոլոր բարիքներից... Եվ սակայն գովաբանում, բարձրացնում էր նրա հավատարմին, աշխատում էր զրավել Մարզպետունու սիրտը, որպեսզի հարմար դիպվածում կարող լինի նրան կապել յուր հետ և կամ հեռացնել հարսպատ թագավորից:

Այս ամենը հասկանում էր իշխան Մարզպետունին, կարդում էր նրա սիրտը յուր իսկ դեմքի վրա, այն դեմքի, որ այնքան վեհ ու հպարտ էր երևում արտաքուստ, ոի ստեղծվել էր կարծես հարգանք ու ակնածություն ներշնչելու համար, բայց որին նսեմացնում էին փոքրոգության ստվերները... Ինչպե՞ս ուրեմն չվշտանար, ինչպե՞ս չհառաչեր հայրենասեր հոգին:

Սակայն սպարապետը իշխանի հայացքից խուսափելու համար շտապեց հարցնել նրա գալստյան պատճառը:

— Բազարանը, իշխան, դու չես սիրում բնավ, անշուշտ ունիս դու մի կարևոր խորհուրդ, որ ստիպել է քեզ մեզ այցելելու, — ավելացրեց նա ժպտալով:

— Այո՛, ունիմ,-պատասխանեց Մարզպետունին և հայտնեց նրան յուր գալստյան պատճառը, որ էր՝ դարձնել կաթողիկոսը յուր աթոռը:

— Ինչո՞ւ համար ես կամենում զրկել մեզ Վեհափառի հովանավորությունից, — հարցրեց սպարապետը խորհրդավոր եղանակով:

— Նրա համար, որ այսօր կամ վաղը ոստիկանը պիտի վերադառնա Ատրպատականից և եթե անտեր գտնե կաթողիկոսարանը, անշուշտ կիափշտակե նրան, որպեսզի դրանով Բեշիրի կրած պարտության վրեժը լուծե մեզանից:

— Բայց ի՞նչ կշահե նա դրանով:

— Ինչ կշահե՞... մի՞թե հայտնի չէ քեզ այդ: Հարյուրավոր վանքեր ու միաբանություններ կերակրվում են կաթողիկոսարանի կալվածոց հասույթով:

— Այո՛, այդ ուշադրության արժանի կետ է: Վանքերը կորուստ կունենան... — պատասխանեց սպարապետը և ապա մի խորհրդավոր հայացք ձգեց Մարզպետունու վրա: Նրան թվում էր, թե իշխանը ուրիշ գաղտնի դիտավորություններ էլ ունի, որոնք, սակայն, ծածկում է իրանից, բայց չէր կարողանում գուշակել, թե ի՞նչ դիտավորություններ են դրանք:

Ինքը՝ Մարզպետունին էլ ոչինչ չհայտնեց և զգուշանում էր ավելին խոսելուց:

— Կարո՞ղ եմ այժմ տեսնել Վեհափառին, — հարցրեց իշխանը, կարծելով թե հայրապետը գտնվում է սպարապետի ապարանքում:

— Ինչո՞ւ չէ. բայց կցանկանայի, որ հանգիստ առնեիր մի փոքր. Վեհափառի տան ճանապարհը բավական հեռի է և դժվարագնաց, դու կարող ես հոգնել, մանավանդ որ արևը սաստիկ այրում է:

— Մի՞թե նա այստեղ, քո ապարանքում չէ՞,-զարմացած հարցրեց իշխանը:

— Ո՛չ:

— Ուրեմն քաղաքացիներից մինի տա՞նն է ապրում:

— Դարձյալ ոչ, նա լինում է միջնաբերդում, — պատասխանեց սպարապետը ժպտալով:

— Միջնաբերդո՞ւմ... ի՞նչ է շինում նա այնտեղ, — բացականչեց Մարզպետունին:

— Այն օրից ի վեր, որ դու քո խմբերով սկսար անհանգիստ անել հագարացիներին, Վեհափառը փախավ միջնաբերդը, նա չէ վստահանում յուր պաշտպանությունը նույնիսկ իմ զորքերին:

— Ահա՛ մի մարդ, որ աստուծո տված պարգևը գնահատում է ըստ արժանվույն, — հեգնական ժպիտով նկատեց Մարզպետունին:

Ապա ուղղելով հայացքը դեպի միջնաբերդը, որ ահարկու հսկայի նման բազմած էր հանդիպակաց բարձրության վրա, հարցրեց.

— Ո՞ւմ կիրամայեք առաջնորդել ինձ, տեր. ես կամենում եմ այժմ ներկայանալ Վեհափառին:

— Իմ թիկնապահների պետը քեզ կընկերանա, եթե կհաճիս ընդունել, — պատասխանեց սպարապետը:

Իշխանը շնորհակալություն արավ և յուր թիկնապահների ու ցույց տված առաջնորդի հետ ուղղվեցավ դեպի միջնաբերդը:

Ճանապարհը, որ տանում էր միջնաբերդը, անցնում էր ապառաժուտ դար ու փոսերի վրայով: Նա մերթ քերում էր խորաձորի ժայռերը և մերթ բարձրանում թումբերի վրա: Այդպիսով ուղին դառնում էր դժվարագնաց, իսկ շատվոր մարդկանց համար անանցանելի: Այս պատճառով իշխանն ու յուր հետնորդները գնում էին շատ տեղ միմյանց ետևից, կազմելով այդպիսով մի երկար շարք:

Վեհափառն այդ միջոցին եպիսկոպոսներից մինի հետ կանգնած էր դղյակի պատշգամբում: Նրա առաջ բացվում էին գեղեցիկ տեսարաններ՝ մինը մյուսից գեղեցիկ, մինը մյուսից հաճելի, բայց նա չէր նայում նրանց վրա: Ո՛չ գեղեցիկ Արագածը, որ ամբառնում էր արևելյան-հյուսիսից, յուր չորս բրգաձև գագաթներով, ո՛չ կապույտ լեռը, որ եզերում էր հորիզոնը հարավից և ծածկում յուր հետևում Երասխի ալիքները, ո՛չ Արշարունյաց ձորահովիտը, որ բացվում էր արևմուտքից, ո՛չ գեղադիր Բագարանը, որ տարածվում էր յուր առաջ հարուստ շինություններով և գմբեթազարդ եկեղեցիներով, ո՛չ արագահոս Ախուրյանը, որ խորաձորի ժայռերը կոծելով մռնչում էր յուր ոտքերի տակ և վիշապի նման գալարվելով՝ բերդի շուրջը պատում, և ոչ, վերջապես, ահարկու քերծերն ու խարակները, որոնք կախվում էին անդունդների վրա, կամ սեպաձև ցցվում խորաձորի ափերին, չէին գրավում այդ րոպեին վեհափառ հոր ուշադրությունը: Նա յուր հայացքը սևեռել էր ապառաժուտ կածանով հառաջացող խմբի վրա:

«Ովքե՞ր են արդյոք դրանք, ինչո՞ւ են դեպի միջնաբերդը դիմում և այն՝ միջօրեի ժամանակ, երբ արևը կիզում է վերևից, իսկ ջերմացած խարակները ներքևից», մտածում էր Վեհափառն ինքն իրան, սակայն եկվորների ով լինելը չէր կարողանում գուշակել:

Բայց ահա՛ վերջապես նրանք մոտեցան բերդի լանջին, մի քանի քայլ ևս, և նրանց ով լինելը կիմացվեր:

— Այդ նա՛ է, այո՛, նա ինքն է. ի՞նչ ունի այստեղ...— բացականչեց հանկարծ կաթողիկոսը, ճանաչելով Մարզպետունի իշխանին, որ մեծաքայլ ու քաջալանջ դիմում էր դեպի բերդի դռները:

— Ո՞վ, Վեհափառ տեր, — հարցրեց եպիսկոպոսը, որ մինչև այն խոսակցում էր նրա հետ:

— Նա՛, այն անհանգիստ մարդը... որ ստեղծվել է հավիտյան թափառելու համար... — շշնջաց կաթողիկոսը, վախենալով, կարծես, թե յուր ձայնը կհասնե մինչև բերդի ստորոտը:

— Բայց ո՞վ է նա, — հարցրեց եպիսկոպոսը երկրորդ անգամ և բարձրացավ տեղից եկողներին նայելու:

— Մարզպետունի իշխանը, անշուշտ անհաճո մի նորություն է բերում մեզ... — հարեց կաթողիկոսը, գուշակելով, որ իշխանը գալիս է յուր հանգիստը վրդովելու:

— Ինչո՞ւ անպատճառ անհաճո նորություն, — հարցրեց եպիսկոպոսը:

— Չգիտեմ, ինձ այսպես է թվում... — պատասխանեց Վեհափառը և սենյակը քաշվեցավ:

Մի քանի վայրկենից ճռնչալով բացվեցան բերդի երկաթյա դռները, որոնք գտնվում էին երկու աշտարակների մեջտեղում և հանդեպն ունեին հաստատահիմն պատվար: Բարձր պարիսպները, որոնց գրկում էին լայնադիր աշտարակներ, ներսից ավելի անմատչելի էին կացուցանում բերդը: Իշխանը, նայելով յուր շուրջը և տեսնելով այն զորությունը, որ հավաքել էր այնտեղ սպարապետը, ակամա ժպտաց: Ցուր այդտեղ գալը նա անմտություն համարեց:

— Մի՞թե կարելի է գաղտնիք վստահանալ մի մարդու կամ անձնվիրություն պահանջել մի հոգնորականից, որ դողում է յուր կյանքի վրա և յուր անձը այսպիսի ամրությունների մեջ է խնամում... — շշնջաց նա ինքն իրան և առաջ անցավ հուսահատ սրտով:

Վեհափառը, սակայն, ընդունեց իշխանին սիրով ու օրհնությամբ. և բազմեցնելով կողքին յուր գոհությունն ու անսահման հիացումը հայտնեց այն քաջագործությանց համար, որ նա կատարել էր միայնակ:

— Ես կամեցա ապացուցանել մեր իշխաններին և քեզ, Վեհափառ տեր, թե մեծ գործեր կատարելու համար հարկավոր չեն մեծ ուժեր, այլ միայն հաստատուն կամք, թե հայրենիքը փրկելու համար չպետք է սպասել հաջող հանգամանքների, ոչ էլ իշխանների ձեռնտվությունը մուրալ, այլ պետք է հուսալ միայն աստուծո և սեփական բազկի վրա և անձը նվիրելու չափ հայրենասիրություն ունենալ: Ես ապացուցեցի այդ կարծյաց ճշմարտությունը, այժմ ձեզ է մնում հետևել իմ օրինակին, — նկատեց իշխանը, օգուտ քաղելով կաթողիկոսի խոսքերից:

— Ի՞նչ պիտի անենք մենք, — հարցրեց կաթողիկոսը անհանգստանալով:

— Ձեզանից յուրաքանչյուրը պիտի կատարե յուր պարտքը:

— Այսի՞նքն:

Իշխանը հայտնեց նրան մի քանի խոսքով Դվինը գրավելու համար ունեցած յուր դիտավորությունը, այլև Վեհափառի յուր աթոռը դառնալու մասին ունեցած ցանկությունը:

— Դու կամենում ես Դվինը գրավե՞լ... — զարմացած հարցրեց Վեհափառը:

— Այո՛, և որքան կարելի է՝ շուտ:

— Եվ դու չե՞ս վախենում ամիրապետի բարկությունից, արաբական հզոր քանակներից:

— Ո՛վ է ամիրապետը, մենք մեր թագավորն ունինք, — բացականչեց իշխանը եռանդով:

— Բայց Դվինը նրա կալվածն է. նա տիրում է Ոստանի մեծ մասին, Ճակատքը, Կոգովիտը, մինչև անգամ Ծաղկոտը նա համարում է Տուրուբերանի մասն, որին և տիրում է ամբողջապես:

— Եվ դրանք ուրեմն զարշելի հագարացու սեփականությո՞ւն են...-բարկացած հարցրեց իշխանը:

— Առ այժմ այո՛, — պատասխանեց կաթողիկոսը հանգիստ ձայնով:

— Ո՛չ, հազար անգամ ոչ, — բացականչեց իշխանը. — հայոց երկիրը հայերին է պատկանում: Դվինը Խոսրով թագավորի ձեռակերտն է. Ճակատքը, Կոգովիտը, Ծաղկոտը մեր արքայանիստ նահանգի գավառներն են. Տուրուբերանը Մամիկոնյան տան սեփականություն է. Հայաստանի ամեն մի գավառը մի հատոր պատմություն ունի, ո՞վ կարող է այն ուրանալ, դու որ հայ ազգի պատմություն ես գրում, ինչպե՞ս ես կարողանում այդ վկայությունը տալ զարշ արաբացու համար: Եթե այս րոպեին երևութանար այստեղ պատմաբաններիդ նախահայր Խորենացու ոգին, կկարողանայի՞ր արդյոք կրկնել նրա առաջ այդ վկայությունը...

— Ես ասացի «առ այժմ»...

— Ո՛չ առ այժմ և ո՛չ առհասպ... — ընդհատեց իշխանը. — արաբացին Արաբիայում պիտի իշխե և ոչ թե հայոց երկրում:

— Թո՛ղ այդպես լինի, ես չցանկացողը չեմ:

— Այդպես կլինի, Վեհափառ տեր, եթե չես հապաղիլ խնդիրս կատարելու:

— Ի՞նչ խնդիր:

— Մի վայրկյան առաջ հայտնեցի, դու պիտի վերադառնաս քո աթոռը:

— Դվի՞ն:

— Այո՛:

— Բայց ի՞նչ օգուտ ունի քեզ համար իմ վերադարձը, ես կռվող չեմ, ոչ էլ զորախումբ ունիմ, որով կարողանայի քեզ օգնել: Եթե դու մտադիր ես Դվինը գրավել և հույս ունիս քո զորության վրա, գրավի՛ր նրան, ազատի՛ր քաղաքը հագարացիներից, այն ժամանակ ես կվերադառնա՛մ իմ աթոռը՝ քո կյանքը լիաբերան օրհնելով:

— Կամենում ես անիծիր ինձ, միայն վերադարձիր այժմեն իսկ, քանի ոստիկանը բացակա է Դվինից և քանի իմ զորքերը չեն պաշարել նրան:

— Բայց ի՞նչ օգուտ ունի իմ վերադարձը, բացատրի՛ր վերջապես:

— Բացատրե՞մ:

— Այո՛:

— Արդյոք իզուր չի՞ անցնիլ իմ գաղտնիք հայտնելը, քանի դու գտնվում ես այս բերդում:

— Ո՛չ, ես իսկույն կհեռանամ, թե համոզվիմ, որ անհրաժեշտ է այդ:

— Բարի: Օգուտն ա՛յն է, Վեհափառ տեր, որ ինձ այս միջոցում հարկավոր են Դվինում հավատարիմներ: Իմ մարդկանցից չեմ կարող ոչ ոքին մտցնել այնտեղ. Բեշիրը նրանց մուտքը կարգելե: Մինչդեռ դու ազատորեն կարող ես քո աթոռը վերադառնալ և այդ, մինչև անգամ, կշոյե ոստիկանի ինքնասիրությունը: Քեզ հետ վերադարձող հոգևորականների հետ ես կմտցնեմ քաղաք իմ մի քանի հավատարիմներին...

— Ոչ մի աշխարհականի թույլ չեն տալ անցնել Դվինի դռներով, — ընդհատեց կաթողիկոսը:

— Գիտեմ, բայց նրանք կմտնեն իբրև վեղարավորներ...

— Աստվա՛ծ իմ... դու ուրեմն ոստիկանի սուրը կախում ես իմ գլխի՞ն... — բացականչեց կաթողիկոսը երկյուղից այլագունվելով:

— Մի՛ վախենար, Վեհափառ հայր, ես թույլ չեմ տալ, որ ոստիկանը յուր սուրը մերկացնե, ո՛ւր մնաց թե կախե քո գլխին:

— Ի՞նչ պիտի անեն քո հավատարիմները:

— Հարկավոր դեպքում խրամատ պիտի փորեն կաթողիկոսարանի նկուղներից մինչև արտաքին պարիսպը:

— Ո՛հ և ո՛հ... չեմ կարող ես միանալ այդ խորհրդին: Նա, որ հրամայեց մեզ՝ «տալ զաստուծոյսն աստուծո», նույնը հրամայեց՝ «զկայսերն տալ կայսեր»... — խոսեց կաթողիկոսը վճռական ձայնով:

— Ո՞վ է քո կայսրը, — հարցրեց իշխանը բարկությունից դողալով:

Վեհափառը չպատասխանեց:

— Դու մի թագավոր ունիս, որին և պարտավոր ես հարգել. դա Աշոտ Երկաթն է, — շարունակեց իշխանը: -Հագարացին իրավունք չունի այս երկրի վրա. նա մի հափշտակիչ, մի ավազակ է: Այն հայը, որ տիրապետ է անվանում նրան, մի դավաճան է, իսկ դավաճանին իրավունք ունի մեռցնել առաջին զինվորը, առանց արդարության դեմ մեղանչելու:

— Ես փախչում էի բռնակալի վրեժխնդրությունից, — խոսել սկսավ կաթողիկոսը. — դու ինչո՞ւ ուղարկում ես ինձ այդ վրեժխնդրության առաջ: Ի՞նչ օգուտ կարող է բերել քեզ իմ մահը:

— Մի՛ ասիր «քեզ», այլ ասա՛ «հայրենիքին»: Եթե կարծում ես, թե քո վերադարձը մահ պիտի պատճառե քեզ, ապա ուրեմն ուրա՛խ եղիր: Մի՞թե ավելի լա՛վ չէ Ղևոնդյանց հետ դասվիլ, քան անհիշատակ ոչնչանալ...

Իշխանի խիստ լեզուն փոխանակ Վեհափառի բարկությունը գրգռելու,

ընդհակառակը, ճնշում, մեղմացնում էր նրան: Նա տեսնում էր, որ այդ մարմնացյալ եռանդը խոսում էր ոչ թե յուր, այլ հայրենիքի օգտին. ինչպե՞ս ուրեմն զայրանար նրա դեմ: Չէ՞ որ ինքն էլ պակաս չէր սիրում այդ հայրենիքն ու նրա ազատությունը, բայց ի՞նչ աներ, որ աստված չէր տվել իրան Մարզպետունու սիրտը, Մարզպետունու հոգին, նա վախենում էր վտանգներից, սարսափում էր արաբական սրերից... Կկամենար, այո՛, ծառայել փրկության գործին, կկամենար, մինչև անգամ, զոհվել... բայց չէր կարող, բնությունը զրկել էր նրան այդ քաջությունից:

— Ղևոնդյանց հետ դասվիլ ասացիր, — խոսել սկսավ Վեհափառը, — կցանկանայի, այո, արժանանալ այդ փառքին, բայց մի՞թե կարող եմ:

— Կամենալը՝ կարենալ է: Եվ հարմար առիթը, ահա՛ հրավիրում է քեզ: Քա՛ջ եղիր, արհամարհի՛ր անցավոր կյանքը, կատարի՛ր այն՝ ինչ որ քարոզում ես աշակերտներիդ և քո հիշատա՛կը եկող սերունդները կօրհնեն...

— Ի՞նչ պիտի լինի իմ գործը Դվինում, — հարցրեց Վեհափառը:

— Պիտի հովանավորես այն մարդկանց, որոնք քո հոգևոր ծառաների անունով կապրեն կաթողիկոսարանում: Ցերեկը նրանք պիտի քնեն, իսկ գիշերը գործեն:

— Իսկ եթե մատնիչները մեզ խանգարե՞ն:

— Այն ժամանակ մի քանի մարդկանց մահ կիասնի, նրանց թվում, գուցե, և հայրապետին. բայց այդ զոհերն անհրաժեշտ են:

— Ծանր պայման է այդ...

— Ի՞նչ, մեռնե՞լը: Կա՞ միթե ավելի դյուրին և սիրելի բան քան հայրենյաց համար մեռնելը:

— Քաջի և հայրենասերի համար, այո, դյուրին է, բայց...

— Դու քաջ չես, Վեհափառ տեր, այդ գիտեմ, բայց հայրենասեր ես, այդ չես ուրանալ:

— Թո՛ղ կատարվի քո կամքը, սիրելի իշխան, եթե աստված մահ է որոշել ինձ համար, կընդունեմ նրան հոժարությամբ: Մարտիրոսների կարգը չեն դասիլ ինձ, գիտեմ, բայց անեծքը գոնե չի մոտենալ իմ շիրմին, — խոսեց Վեհափառը վճռական եղանակով:

— Աստուծով ազատ կմնաս փորձությունից, Վեհափառ տեր. բախտն արդեն ծիծաղում է մեզ, անկարելի է, որ այս վերջին ձեռնարկությունը ևս չհաջողե նա մեզ, — հուսադրեց իշխանը կաթողիկոսին:

— Տեսնենք, գուցե աստված լսե արդարների աղոթքը:

Իշխանը վեր կացավ տեղից, համբուրեց Վեհափառի աջը, և շնորհակալություն անելով նրան յուր խնդիրը չմերժելու համար, հարցրեց, թե ե՞րբ կհաճի մեկնել Բագարանից:

— Նույնիսկ վաղը, եթե անհրաժեշտ է շտապել, — պատասխանեց կաթողիկոսը:

— Այո՛, անհրաժեշտ է. յուրաքանչյուր ավուր կորուստը անփոխարինելի վնաս կարող է բերել մեզ:

— Ուրեմն մի կամ երկու օրից, եթե սպարապետը չի ստիպիլ ինձ ուշանալ:

— Սպարապե՞տը... Այո՛, ես մոռացա: Այս գաղտնիքների մասին, վեհափառ տեր, չպիտի հայտնես նրան ոչինչ:

— Ի՞նչ պատճառ բերեմ ուրեմն Բագարանից հեռանալուս համար:

— Ես արդեն պատճառը հայտնեցի նրան: Դու գնում ես Դվին՝ կաթողիկոսարանը ոստիկանի հափշտակությունից ազատելու համար:

Վեհափառը բավարար գտավ այդ առարկությունը և պայման դրավ իշխանի հետ՝ ելնել Բագարանից երրորդ օրը: Իսկ մինչև այն իշխանը պիտի պատրաստեր յուր մարդիկը, որոնք կմիանային կաթողիկոսի հետևորդներին Ծննդոց անտառում և նրանց հետ միասին կուղևորվեին Դվին:

Նույն օրը նեթ հրաժեշտ տվավ Մարզպետունին Աշոտ սպարապետին և յուր թիկնապահների հետ ուղղվեցավ դեպի Գեղա լեռները:

Բ

ԵՐԵՔ ԿԵՏԻ ՎՐԱ

Հազիվ Մարզպետունի իշխանը հեռացավ Բազարանից, և ահա սպարապետը դիմեց միջնաբերդ, նրա գալստյան բուն պատճառը կաթողիկոսից իմանալու: Բայց որովհետև համոզված էր, թե վերջինս նույնպես կարող է ծածկել այդ իրանից, ուստի որոշեց դիմել խորամանկության:

— Իշխանի մտադրությանը ես չեմ համակրում, — ասաց նա կաթողիկոսին, առանց որոշակի հարցեր անելու, — դու պիտի զգուշանաս այդ մարդուն գործիք դառնալուց:

— Ի՞նչ, նրա մտադրությունն արդեն հայտնի՞ է քեզ,-միամտաբար հարցրեց կաթողիկոսը:

— Ինչպե՛ս չէ. սկզբում նա ծածկեց ինձանից, բայց երբ քո մոտից վերադարձավ, ես ստիպեցի նրան, և նա յուր ծրագիրը բացավ իմ առաջ:

— Մի՞թե... Բայց նա ինձ զգուշացնում էր...

— Ինձ ոչինչ չհայտնել, այնպես չէ՞, — հարցրեց սպարապետը՝ խորամանկ ժպիտով:

Կաթողիկոսը մի տարակուսական հայացք ձգեց սպարապետի վրա և լռեց, նա չգիտեր ի՞նչ պատասխանել:

— Մի՛ ծածկիր ոչինչ, վեհափառ տեր. նա արդեն ամեն ինչ ինձ խոստովանեց: Միայն չկարծես, թե իմ արքայական ճաշը կամ ազնիվ զինիները նրա սիրտը բացին, ո՛չ. ես նրան խոստացա իմ զորագնդերն ուղարկել յուր օգնության... Նրա վերջին մտադրությունը կարոտ է աջակցության:

— Ինչպե՞ս, դու խոստացա՞ր, և այդ խոստմունքը կկատարե՞ս... — հարցրեց կաթողիկոսը անհանգիստ ուրախությամբ:

— Անշուշտ, ընդհանուր հայրենիքի շահը այդ է պահանջում:

— Կեցցես, մեծափառ տե՛ր, այդպիսով դու կազատես քո կաթողիկոսին անարգ գործ կատարելուց: Չէ՞ որ երկու տարի առաջ Դվինը միասին գրավեցիք, այժմ էլ կարող եք նույն ձևով գրավել:

— Անարգ գո՞րծ... Այո՛, դու չպիտի կատարես, ես այդ թույլ չեմ տալ:

— Ես կաղոթեմ քո և իշխանի համար, կաղաչեմ աստծուն, որ նա անպարտելի կացուցանե ձեր բանակը, բայց կաթողիկոսարանի մեջ դավադրություն սարքել անկարող եմ...

— Միթե իշխանը քե՞զ հանձնեց այդ գործը:

— Այո՛. «Դու հովանավորիր, ասում է, այն մարդկանց, որոնք հոգևորականի հագուստով ծպտյալ կապրեն կաթողիկոսարանում և նրա նկուղներից խրամատ կվարեն մինչև արտաքին պարիսպը...»: Միթե այդ կարելի՞ է:

Սպարապետն իմացավ արդեն ինչ որ պետք էր. մի ներքին ուրախություն նրա էությունը տոգորեց:

— Ո՛չ, այդ անարգ գործին չպիտի մասնակցես դու: Ես թույլ չեմ տալ, որ հայոց կաթողիկոսը դավադիր հոչակվի աշխարհում, իմ բազուկը դեռ զորավոր է, և նա կգործե քո փոխարեն: Ես կմիացնեմ իմ զնդերը իշխանի զորքերի հետ, և մենք Դվինը կգրավենք բռնի ուժով, այդպես էլ ես ասացի նրան:

Կաթողիկոսը, որ արդեն այդպիսի մի առիթ էր որոնում խուստացած վտանգավոր քայլից հետ կանգնելու, ուրախությունից իրան կորցրեց և Գևորգ իշխանի՝ յուր հետ ունեցած բոլոր խոսակցությունը մանրամասն պատմեց սպարապետին:

Վերջինս, կրկին և կրկին միամտացնելով Վեհափառին, վերադարձավ յուր ապարանքը զոհ սրտով:

«Ոչ, այդ չի հաջողիլ քեզ, Մարզպետունի իշխան, — սկսավ խոսել ինքն իրան սպարապետը, ճեմելով յուր գեղազարդ դահլիճի մեջ: — Դու կամենում ես արդեն մեռած և Սևանում թաղված թագավորին հարություն տալ. կամենում ես նորեն աթոռի վրա բազմեցնել նրան, բայց այդ թույլ չի տալ քեզ օրինավոր թագավորը:

Եթե հայ ժողովուրդը խաղաղություն է կամենում, թող նա ինձ խոնարհի և իմ բազկին ապավինե: Աշոտ Սմբատյանը չի կարող փրկել նրան, երբ Աշոտ Շապուհյանը այդ չի կամենում... Այո՛, ես եմ հայոց զահի պայազատը, ինձ են խոնարհում ոստանիկ զորքերը, սեպուհների գունդը, դրանիկ վաշտերը... Եթե Աշոտ Երկաթը թագավոր է, ինչո՞ւ է Սևանում ճգնում: Ինչո՞ւ չէ յուր թշնամիները հալածում: Եվ դու կամենում ես իմ փառքը կապտել և տալ ճգնավորի՞ն: Չէ՛, բարեկամ, այդ նվաստությունը կրելու համար չենք ծնվել աշխարհում, ոչ էլ դրա համար ենք այս հասակն առել, պատերազմներում ծերացել, թագ ու գավազան ձեռք բերել... այո՛, մեր թագը խուցերում չի ծածկվել, նա կփայլե աշխարհի առաջ, օրինավոր թագավորի գործը ամենքը կտեսնեն, պատմությունները կարձանագրեն...»:

Այդ մտածություններով ոգևորված նա մտավ առանձնարանը, կանչեց դպրին և նրանից մագաղաթ ու մելան ստանալով՝ նստեց և սկսավ գրել մի նամակ: Ըստ երևույթին գաղտնի հաղորդագրություն էր այդ, որովհետև դպրին չհանձնեց գրելու, բացի այդ, նա չպիտի ուղղեր այն որևէ մի հայի, ըստ որում գրում էր արաբերեն:

Ավարտելով յուր գործը, նա արքայական կնիքը դրավ ստորագրության փոխարեն, փակեց և տվավ դպրին կնքելու: Ապա կանչելով յուր հավատարիմ քաջերից մեկին, հանձնեց նամակը նրան և պատվիրեց մինչև երեք օրը հասցնել պատկանելույն:

— Մինչև երեք օրը, տեր, դժվար է հասնել Ատրպատական, — ասաց բանբերը:

— Մինչև երեք օրը տեղ պիտի հասնե այդ նամակը, — կրկնեց սպարապետը:

Բանբերը չպատասխանեց, նա գլուխ խոնարհեց և դուրս գնաց:

Արշարունյաց ձորի արևելյան գոգում, մոտ այն տեղերին, ուր կառուցած էր գեղեցիկ Երվանդակերտը և ուր Ախուրյանը խառնվում էր Երասխի հետ, գտնվում էր մեծ անտառ: Կապույտ լեռան ստորոտից սկսած՝ տարածվում էր նա մինչև Երասխի ափերը: Դարերից ի վեր ապրում էին այդտեղ հսկահասակ կաղնիներ, մայրեր ու կաղամախներ, որոնց կատարները ծրարում էին ամպերի մեջ: Ցերեկը նրանք արգելում էին արևի ճառագայթները, իսկ գիշերն ստեղծում անթափանցելի խավար: Չկային այդտեղ անցքեր և ուղիներ, ծառերն ամեն տեղ աճել էին վայրենի դրությամբ և իրանց ստվերապատ ու անհեթեթ բուներով վաղեմի ճանապարհները ծածկել:

Դա հիշատակաց արժանի Ծննդոց անտառն էր, Երվանդ թագավորի տնկած որսարանը: Թեպետ արքայաշեն պատվարները չէին պաշտպանում այլևս նրա սահմանները, բայց անտառն աճել, զորացել էր, ավերող ձեռքերը չէին կարող այլևս վնասել նրան: Արքայի ժողոված էրեների սերունդները բազմացել, լցրել էին նրա ծմակները, բայց արքայազն որսորդներ չէին որսում այլևս նրանց մեջ: Երկրի անապահով դրությունը, միմյանց հաջորդող խռովությունները և ներքին ու արտաքին ընդհարումները ցամաքացրել էին իշխանների սրտում զվարճասիրության աղբյուրը: Հազիվ երբեմն շինական որսորդի նետը անհանգստացնում էր այդ անտառի խաղաղակյաց բնակիչներին կամ այդտեղ թաքչող դասալիք մի զինվորի գեղարդը պատահմամբ տապալում յուր առջևից փախչող էրեին: Ուրիշ զվարճասերներ չէին այցելում այդ անտառը, որովհետև վաղուց նա դարձել էր հազարացի ավազակների բույն: Այդտեղ նրանք թաքչում էին՝ թե՛ անցորդներ կողոպտելու և թե՛ հետամուտ զորքերից փախուստ տալու համար:

Բայց մի քանի օր էր ինչ այդ հրոսախմբերը անհետացել էին Ծննդոց անտառից կամ գուցե, նրա խորքերը քաշվել: Այդ ավազակների տաղավարներում բնակվում էին այժմ մի խումբ հայ զինվորներ, որոնք տիրել էին այդ ծածկարաններին բռնությամբ, հալածելով այդտեղի նախկին բնակիչներին և նրանց մի մասը կոտորելով: Զինվորներից ոմանք զբաղվում էին այդտեղից որսորդությամբ, որպեսզի դրանով կերակրեն իրանց և ընկերներին, իսկ ոմանք պահպանություն էին անում անտառի մուտքի մոտ և այդտեղից դիտում Դվնո դաշտը տանող ճանապարհները:

Դրանք Մարզպետունու մարդիկն էին, որոնք սպասում էին այդտեղ կաթողիկոսի գալստյան, որպեսզի, նրա հետևողների հետ միանալով՝ դիմեն դեպի Դվին:

Բայց օրերը հաջորդում էին միմյանց, և կաթողիկոսը չէր երևում: Զինվորները իրանց ձանձրույթը փարատելու համար պարապում էին երբեմն զինվորական մրցությամբ և երբեմն իրանց կատարելիք գործի վերաբերմամբ փորձեր էին անում: Նրանք փորում էին խրամատներ, կապում էին ստորերկրյա կամարներ կամ ներքնուղիով ռազմամթերք փոխադրելու վարժություններ էին անում: Դրանցից էլ ձանձրանալով՝ ստեղծում էին զվարճալի խաղեր, հագնում էին իրանց հետ բերած վարդապետական սքեմները, ծածկում էին խույրեր և վեղարներ և այդպիսով ստեղծում վարդապետների մի խումբ, որ տարօրինակ պատկեր էր ներկայացնում մենավոր անտառի մեջ:

Եվ սակայն այդպիսով շաբաթը լրացավ, բայց Բագարանից լուր չեկավ իրանց:

Զինվորներից ոմանք ցանկություն հայտնեցին ուղարկել Բագարան իրանցից մեկին և կաթողիկոսի ուշանալու պատճառն իմանալ: Բայց մյուսներն արգելք եղան, հայտնելով, թե իշխանը հրամայել է իրանց սպասել, ուրեմն և պիտի սպասեն, որպեսզի ոինէ սխալ քայլ անելով՝ իշխանի դիտավորությունները չխանգարեն:

Բայց որտե՞ղ էր այդ միջոցին ինքը՝ Մարզպետունին:

Նա գտնվում էր Երազգավորսում, Աբաս արքաեղբոր մոտ: Դվինի գրավելու մասին հարկ եղած որոշումն անելուց և նախնական պատրաստությունները տեսնելուց հետո, նա դիմել էր Աբասին, նախ՝ թագավորի հետ նրան հաշտեցնելու և ապա այդ քաջի աջակցությունը ձեռք բերելու յուր մտադրյալ գործի համար:

Աբասն այդ ժամանակ ապրում էր յուր հոր՝ Սմբատ թագավորի կառուցած ապարանքում: Յուր եղբոր պես նա էլ գեղեցիկ, բարձրահասակ, ամուր կազմվածքով և, մանավանդ, ազդեցիկ դեմքով մի տղամարդ էր: Թեպետ տարիքով ավելի փոքր էր քան թագավորը, բայց նորից ավելի խոհեմ և շրջահայաց էր: Բացի այդ, նա ավելի պարկեշտ և բարոյասեր էր, քան Աշոտը. և հենց այդ պատճառով էլ սրտմտած էր եղբոր դեմ, որ նա առաքինի հորից ժառանգած գահի պատիվն արատավորել էր յուր ապօրինի ընթացքով:

Արքաեղբոր այդ սրտմտությունից օգուտ քաղեցին յուր ժամանակին նրա աներ ափխազաց իշխանը և հորեղբայր Աշոտ բռնակալը և միացրին նրան իրենց հետ՝ թագավորին դավով գահընկեց անելու համար: Այդ դավադրությունը, ինչպես յուր տեղը իմացանք, անհաջող անցավ: Թագավորը չկամենալով եղբորից վրեժ առնել՝

ափխազաց Գուրգենի երկիրն ավերեց, որով Աբասին ավելի գրգռեց: Ապա երբ յուր սուրն Աշոտ բռնակալի վրա դարձուց, սա կեղծավորաբար հաշտվեց նրա հետ, արքաեղբայրը, սակայն, չմոտեցավ թպգավորին, ոչ էլ հաշտվելու փորձ արավ, որովհետև յուր գժտության պատճառը բոլորովին տարբեր էր Գուրգեն-Ափխազի և Աշոտ բռնակալի ունեցած պատճառներից, նա անգործ նստել էր Երազգավորսում և այլևս ոչնչի չէր խառնվում: Նա, մինչև անգամ, մերժեց Մարզպետունու խնդիրը, երբ վերջինս մի քանի ամիս առաջ եկավ խնդրելու իրան՝ միանալ դաշնակցել ցանկացող իշխանների հետ:

Եվ այժմ, երբ նա նորեն մտավ Երազգավորս՝ Աբասին յուր եղբոր հետ հաշտեցնելու դիտավորությամբ, մտածում էր, թե անկարող պիտի լինի դարձյալ համոզել նրան: Միակ վստահությունը ներշնչում էին իրան յուր վերջին հաղթությունները: Դրանք իրավունք էին տալիս նրան ավելի ազատ խոսելու և այդ իշխանապետներից պահանջներ անելու: Այդ վստահությամբ նա դիմեց կաթողիկոսին և այդ վստահությամբ էլ մտավ Երազգավորս: Բայց այս անգամ, երբ նա ներկայացավ Աբասին՝ բոլորովին կերպարանափոխ գտավ նրան: Նա ոչ միայն ընդունեց իշխանի առաջարկությունը՝ թագավորի հետ հաշտվելու, այլև հայտնեց, թե պատրաստ է յուր զորքերը նրա հրամանատարության հանձնելու:

— Քո կատարած գործերն ամաչեցրին ինձ, — ասաց նա իշխանին անկեղծորեն: — Երբ ես իմացա, թե դու Ուրծաձորում հարձակվել ես Բեշիրի զորաց դեմ միայն քսան հոգով և նույն հարձակումը կրկնել ես Գեղա ամրոցի մոտ և երկու անգամ էլ հաղթություն տարել, այն օրից արդեն ուխտեցի միանալ քեզ հետ: Այստեղ, Երազգավորսում ես ունիմ բարեկարգ բանակ, առաջնորդիր նրան, ուր որ ցանկալի է քեզ: Իսկ թագավորին ես կպարզեմ իմ աջը անկեղծ հաշտությամբ և կընդունեմ նրան այստեղ արժանավայել փառքով: Հարցն այն է, թե կելնե՞ նա Սևանից թե ոչ, — ավելացրեց արքաեղբայրը:

— Եթե նա իմանա, թե դու հաշտության ձեռք ես պարզում իրան, նա ուրախությամբ յուր աթոռանիստը կդառնա:

— Այո, ես հաշտվում եմ նրա հետ, ես ներում եմ նրան յուր թուլությունները, որոնք ներելի չէին իբրև թագավորի... Այո՛, ներում եմ. բայց վախենում եմ, թե նա համառի յուր որոշման մեջ, չվերադառնա Երազգավորս: Իսկ ես սրտանց կամենում եմ տեսնել նրան նորեն յուր աթոռի վրա... իսկ թագուհին շատ վիշտ է կրել, պետք է նրան սփոփել...

Մարզպետունին զարմացավ՝ տեսնելով Աբասի խոսքերի մեջ այսքան մեղմություն ու գորով: Ի՞նչ էր պատահել արդյոք, մի՞թե զղջացել էր նա եղբոր դեմ ունեցած գժտության համար, թե՞ աներոջ հետ գործած դավաճանության հիշատակը տանջում էր նրա խիղճը:

— Ես կերթամ թագավորի մոտ, կխնդրեմ նրան իմ և քո կողմից, — ասաց Մարզպետունին. — հույս ունիմ, թե նա կհարգե մեր խնդիրը:

— Ես նույնպես կընկերանամ քեզ, — ասաց Աբասը:

— Դո՞ւ, մեծափառ տեր, — հարցրեց Մարզպետունին բոլորովին զարմացած:

— Այո՛, ե՛ս. մի՞թե տարօրինակ է թվում քեզ իմ ցանկությունը:

— Ո՛չ թե տարօրինակ, այլ ընդհակառակը, շատ բնական... Միայն թե չգիտեմ ինչո՞ւ հանկարծ այսպես...

— Ի՞նչ:

— Փափկացավ քո սիրտը, որին ես այնքան անողոք էի գտնում միշտ:

— Իշխա՛ն, հարազատ եղբորը դժվար է մոռանալ:

— Իսկ ես ավելին կասեմ, անկարելի է մոռանալ...

— Այո՛, թագավորն ինձ ինքնագիր նամակ է գրել...— ընդհատեց Աբասը՝ աչքերը տխրությամբ գետնին հառելով:

— Նամա՞կ, — հարցրեց իշխանը զարմանալով:

— Այո՛, տխուր նամակ, մեծ ցավ պատճառեց նա ինձ յուր այդ գրությամբ:

— Ի՞նչ է գրել, ինչո՞ւ է ցավ պատճառել, — հետաքրքրությամբ հարցրեց իշխան Մարզպետունին:

— Նա հիվանդ է:

— Հիվա՞նդ, ինչո՞ւ:

— Չէ՞ որ Բեշիրի հետ ունեցած կռվում վիրավորված է եղել:

— Մի՞թե, այդ ես չգիտեի, — հարեց իշխանը վախենալով:

— Այո՛, վիրավորվել է թունավոր նետով, վիրաբույժը, ասում են, հուսահատված է արդեն:

— Օ՛, այդ մի դժբախտություն է, — բացականչեց իշխանը.— անկարելի է ուրեմն թողնել նրան Սևանում, շտապենք բերել այստեղ:

— Վաղը ևեթ կարող ենք ճանապարհվել:

— Իսկ թագավորի նամակը չէի՞ր հաճիլ տալ ինձ կարդալու, — ակնածությամբ հարցրեց իշխանը:

— Դու արքայական տան հավատարիմն ես, ի՞նչ պիտի ունենանք մենք քեզանից ծածուկ, — պատասխանեց Աբասը վստահորեն. — ահա՛ նամակը, կարդա՛:

— Այս ասելով նա մոտեցավ պահարանին և հանելով այնտեղից արքայի գրությունը, տվավ իշխանին կարդալու:

Նամակը հետևյալն էր.

«Հայոց Աշոտ ապաբախտ թագավորից յուր սիրեցյալ եղբոր Աբաս արքայորդուն՝

Ողջույն:

Նախախնամության աջը, սիրեցյալ եղբայր, ծանրացավ արդեն ինձ վրա: Իմ գործած հանցանքների համար նա պատժեց ինձ չարաչար: Ես տեսա իմ երկրի ավերումը, տեսա սիրեցյալի երեսդարձությունը, տեսա իմ թագի նսեմանալը:

Արժանի՞ էի ես այդ ամենին թե ոչ, չգիտեմ, միայն գիտեմ, որ նախախնամությունն անարդար ոչինչ չէ տնօրինում: Պիտի խոնարհիմ ուրեմն նրա սուրբ կամքի առաջ և օրհնեմ նրա անունը գոնե այն մխիթարության համար, որ նա տվավ ինձ իմ տանջանքների մեջ:

Դա այն աներկյան հույսն է, թե քիչ ժամանակից հետ պիտի բաժանվիմ աշխարհից և դադարեմ այլևս տանջվելուց:

Բեշիրի դեմ մղած ճակատամարտում մահ էի որոնում ես, բայց միայն վերք ստացա, և այն այնպիսին, որ երկար ինձ տանջեր և հանցանքներս հիշեցնելով՝ կեղեքեր իմ հոգին: Անշուշտ այս էլ աստուծո տնօրինությունն էր. օրհնում եմ նրա կամքը: Բայց որովհետև վիրաբույժս հուսահատած է արդեն և գուշակում է, թե շուտով պիտի մեռնիմ, ուստի շտապում եմ դիմել քեզ, սիրեցյալ հարազատ, և խնդրել, որ փութաս քո հաշտության համբույրն ինձ բերելու: Ես որոշել եմ մեռնել Սևանում, իմ մարմինը, հարկավ, կտանեք Բագարան իմ հայոց դամբարանում ամփոփելու, բայց հոգիս պիտի ավանդեմ այս ապաշխարանաց վայրում, այդ կարի ցանկալի է ինձ: Ուրեմն լսիր իմ վերջին խնդիրը և կատարի՛ր նրան:

Ես մեռնում եմ անզավակ, դու ես մնում պայազատ իմ թագի և գահի, որոնց և պիտի ժառանգես իրավամբ: Բայց կամենում եմ, որ դու տիրանաս նրանց ոչ իբրև իմ հակառակորդ, այլ իբրև եղբայր: Բե՛ր ինձ ուրեմն քո հաշտության համբույրը և դրա փոխարեն ստացիր ինձանից քո օրինական ժառանգությունը: Նրա հետ միասին ես կամենում եմ հանձնել քո ձեռը մի ավանդ, որի պահպանությունը կարող եմ վստահիլ միայն քեզ, իբրև իմ միակ հարազատին»:

Վերջին խոսքերն ավարտելուց հետ իշխանն անհամբերությամբ հարեց.

— Ե՞րբ ստացար այս նամակը, տե՛ր:

— Երեք օր առաջ, — պատասխանեց Աբասը:

— Եվ մինչև այս րոպեն կարողացար համբերե՞լ:

— Համբերեցի տանջվելով: Եթե թագավորը միայն հաշտության մասին խոսեր, ես իսկույն նեթ կշտապեի նրա մոտ, բայց նա հիշում է նաև իմ ժառանգությունը... Մի՞թե այդ ժառանգության համար պիտի հաշտվեմ նրա հետ...

— Եթե ա՛յդ է միակ տանջող մտածմունքդ...

— Այո՛, միայն այդ. ծանր է այժմ ինձ երևալ նրա առաջ: Չէ՞ որ նա կկարծե, թե ժառանգությունս ստանալու համար եմ այցելել իրան:

— Մի՛ հոգար այդ մասին, տե՛ր, հապաղելն ավելի ցավ կարող է պատճառել քեզ, — ասաց Մարզպետունին և խորհուրդ տվավ նրան շտապել, ճանապարհվել կարելվույն չափ փութով:

Մի քանի օրից հետ Աբաս արքաեղբայրն ու Մարզպետունի իշխանը ելան Երազգավորսից և ուղղվեցան դեպի Սևան: Նրանց ուղեկցում էր հազար հոգուց կազմված և գեղեցկապես սպառազինված մի բանակ, որի մի մասը արքաեղբոր և մյուսը՝ Մարզպետունու զորքերից էին:

Կամենալով մի փոքր ոգևորել գավառներում ապրող ժողովրդին, նրանք Շիրակից չանցան դեպի Գուգարք, թեպետ կարճ ճանապարհին անցնում էր նրա միջով, այն է՝ Աղստև գետի ուղղությամբ, այլ իջան դեպի հարավ, մտան Արագածոտն և՛ ապա անցան Նիգ և Վարաժնունիք գավառները: Այդպիսով շրջան անելով՝ ամեն մի շենի կամ ավանի մոտեցած ժամանակ՝ հնչեցնել էին տալիս նրանք փողեր ու շեփորներ, անցնում էին հաղթական ընթացքով և պատրաստում էին ժողովուրդին իրանց մոտալուտ հարձակմանց աջակցելու: Իսկ ինքը, ժողովուրդը, դիմավորում էր նրանց ուրախությամբ, սրտագին ցույցերով, հարգանք էր մատուցանում արքայական դրոշին, որ կրում էին այդ զորքերը, և քաղցր հյուրասիրությամբ պատվում էր վերջիններին:

Այս ամենը տեսնելով արքաեղբայրը հուզվում և դառնալով Մարզպետունուն՝ հարցնում էր.

— Եթե ժողովրդի մեջ այսպիսի սիրտ ու հոգի կա, ինչո՞ւ մենք մնացել ենք անզոր, ինչո՞ւ չենք օգտվում այս պատրաստի ուժից:

— Որովհետև անձնական գժտությունները ժամանակ չեն տալիս ձեզ աչք բանալու և ժողովուրդը տեսնելու, որովհետև անձերնիդ պաշտպանելու հոգսը գրավել է ձեր բոլոր ուշադրությունը... — պատասխանեց իշխանը. — ժողովուրդը, այո՛, ուժ ունի, ժողովուրդը մի հեղեղ է, որ թե զորացավ, կարող է թումբեր կործանել, ամբարտակներ տապալել: Բայց պակասում է մեզ մարդ, որ կարողանա ժողովրդի սրտի հետ խոսել, ոգիներ վառել, հեղեղ պատրաստել:

— Ո՞վ կարող է լինել այդ մարդը, — հարցրեց արքաեղբայրը:

— Նա, որ կկարողանա բոլորանվեր կերպով զոհել յուր անձը հայրենիքին, — պատասխանեց իշխանը եռանդով:

— Այդպիսի մեկին ճանաչում եմ ես, տեր Մարզպետունի:

— Ո՞ւր է նա, — հետաքրքրությամբ հարցրեց իշխանը:

— Ահա՝ այստեղ, իմ առաջ... Այդ դու ես, — ասաց Աբասը ժպտալով, և ապա ձեռքը պարզելով իշխանին, ավելացրեց. — երկրորդը, ահա՛ գալիս է քեզ միանալու, նա կլինի քո անբաժան և անձնվեր զինակիցը:

— Եվ իմ տերն ու իշխանապետը, — բացականչեց Մարզպետունին և ջերմությամբ արքաեղբոր աջը սեղմելով՝ ավելացրեց. — այս օրվանից ուրեմն ծագում է նոր արև. նա կջերմացնե սառած սրտերը և կառաջնորդե յուր ժողովրդին:

Այն միջոցին, որ արքաեղբայրն ու Մարզպետունին ոտք էին կոխում Սյունյաց նահանգի հյուսիսային սահմանածայրը, նույն նահանգի հարավային մասում ուրիշ գործ էր կատարվում: Նսըր ոստիկանը տեղեկանալով Աշոտ բռնավորի նամակից, որ արաբացոց զորքերը ջարդող Մարզպետունին մտադիր է Դվինը պաշարվել կամ դավադրությամբ գրավել, ժողովեց իսկույն յուր զորքերը, կազմեց նույնպես Ատրպատականի պարսիկներից բազմաթիվ հրոսախմբեր և նրանց հետ միասին ելնելով այն երկրից՝ մտավ Վասպուրական: Եվ որովհետև որոշել էր յուր մուտքը դեպի հայկական նահանգները հաղթական և ահարկու կացուցանել, ուստի փորձ փորձեց Վասպուրականի մի քանի ավանները գրավել: Բայց Գագիկ Արծրունու մշտապատրաստ զորքերը հետ մղեցին նրա հրոսակներին: Նսըրը տեսնելով, որ յուր ուժը Վասպուրականում կարող է թուլանալ, եթե կռվի բռնվի Գագիկ թագավորի հետ, խույս տվավ նրա երկրի հյուսիսային կողմից և շտապավ Երասխն անցնելով՝ մտավ Սյունիք:

Նա գիտեր, որ այդ նահանգի տեր երեք եղբայրներից երկուսը, այն է՝ Սահակ և Բաբգեն իշխանները, բանտարկված են յուր ձեռքով Դվինում, մնում էր ուրեմն մինը, այն է՝ Սմբատ իշխանը, որ միայնակ չէր խիզախիլ յուր դեմ: Ուստի հանդուգն արշավանքով մտնելով Երնջակ, դիմեց դեպի նույնանուն բերդը: Նա կամենում էր գրավել նրան և ընդդիմացողներին ջարդել: Այդ ձևով մտածում էր տիրել յուր ճանապարհի վրա գտնվող բոլոր ավաններին և շուրջը ահ ու սարսափ տարածելով հասնել մինչև Դվին:

Բայց որքա՜ն մեծ եղավ նրա սարսափը, երբ Դարվա լեռներում յուր հանդեպ ելան Սմբատ իշխանի սպառազինված զնդերը:

Մարզպետունու օրինակը քաջալերել էր հայ իշխաններին, ամեն տեղ նրանք պատրաստված էին արդեն, իսկ Սյունյաց քաջ իշխանն ավելի ևս:

Իմանալով որ Նսըրի բանակն անցել է Երասխա հունը, Սմբատ իշխանը, որ հենց այդ միջոցին գտնվում էր Երնջակում, հրամայեց զորքերին առաջանալ դեպի թշնամին, որովհետև գիտեր՝ նա առանց վնաս պատճառելու չի անցնիլ Սյունիքից: Եվ ահա Դարվա լեռնաձորում հանդիպեցին նրանք միմյանց:

Իշխանը, որ յուր զնդերով գտնվում էր լեռնալանջի վրա, պատգամ ուղարկեց Նսըրին՝ ասելով.

«Աստուծո վրեժխնդիր աջը առաջնորդել է քեզ դեպի այս լեռնաձորը, դու, որ խաբեությամբ բանտարկեցիր իմ եղբայրները, պետք է ուրեմն նրանց տված տանջանքների վրեժը լուծես այս ձորում: Քո զորքերն այս վայրկենին շրջապատված են իմ քաջերով, ո՛չ մի արաբացի ողջ չի ելնիլ այստեղից, եթե ես չկամենամ. ուստի իբրև փրկանք քո անձի և զորքերի՝ ես առաջարկում եմ, որ Դվին հասնելուդ պես ազատես իմ եղբայրները բանտից և վերադարձնես նրանց այստեղ: Դրա համար ես պահանջում եմ, որ դու տաս ինձ երդման գիր, այլև պատանդներ՝ քո գլխավոր իշխաններից: Հակառակ դեպքում Դարվա այս ձորը գերեզման կդարձնեմ քո բանակի համար»:

Եվ իրա՛վ, արաբացոց բանակը վտանգի մեջ էր: Սյունեցիք ստիպել էին նրանց կանգ առնել այնպիսի նեղ ձորում, որի մի մասը բռնած էր Երնջակա գետը, իսկ մյուս մասի վրա հազիվ զետեղվում էր արաբացոց այրուձին: Երկու կողմից բարձրանում էին Դարվա լեռնալանջերը, որոնց ամբողջապես բռնած էին սյունեցիք: Նրանց սպառնալից դիրքն ու դեմքերը սարսափ էին ազդում արաբացիներին: Սրանք տեսնում էին, որ այդ քաջերը ժայռերի տարափով միայն կարող էին ջարդել իրանց մի ժամվա մեջ. իսկ իրանք փախչելու ոչ մի ելք չունեին:

Ոստիկանը նույնպես, տեսնելով յուր վիճակը և հակառակորդի զորությունը, դիմեց իսկույն մահմեդականի հատուկ խորամանկության: Նա սիրով ընդունեց իշխանի պատգամավորներին: Համաձայնվեցավ Դվին դառնալուն պես՝ ազատել իշխանի եղբայրները և դրա համար յուր կնիքով կնքած երդմնագիր, այլև պատանդներ տալ նրան: Այս պատճառով իշխանն իջավ ոստիկանի բանակը, տեսնվեցավ նրա հետ բարեկամաբար և խոստացված երդմնագիրն ու պատանդներն առնելով, տվավ Նսըրին թանկագին նվերներ և ուղեկցեց նրան մինչև Երնջակա սահմանը:

Բայց ոստիկանը, շտապով Նախիջևանի գավառն անցնելով, մտավ Շարուր և ապա Ուրծաձոր, որոնք յուր կալվածներն էին համարվում, և այս վերջինում ասպատակել տվավ հայաբնակ գյուղերը, որովհետև դրանց բնակիչները աջակցություն էին ցույց տվել Մարզպետունուն: Ի վերջո մուտ գործելով Դվին, ոչ միայն չազատեց Սյունյաց իշխաններին, ինչպես որ խոստացել ու երդվել էր, այլև ավելի խստացրեց նրանց կապանքները:

Բացի այդ, հաշիվ պահանջելով Բեշիրից արաբական զորքի կրած վնասների համար, գտավ, որ դրանք անթիվ են, ուստի և ի տրիտուր այդ վնասուց գրավեց իսկույն կաթողիկոսարանը: Նրա կարծիքով, հասած վնասների սկզբնապատճառը հայոց կաթողիկոսն էր. որովհետև եթե նա շարունակ փախուստ տված չլիներ իրան հետամուտ եղող ոստիկանական զորքերի երեսից, վերջինները առիթ չէին ունենալ կռվի բռնվել Մարզպետունու կամ արքայի զորքերի հետ: Եվ ահա այս պատճառով, իբր թե ամենից առաջ պիտի տուժեր ինքը կաթողիկոսը: Նրա ապարանքը ոստիկանը դարձրեց յուր ծառաների բնակարան, իսկ կաթողիկոսարանի անունով նա գրավեց եկեղեցական իշխանապետության պատկանյալ բոլոր կալվածները, որոնց հասույթով կերակրվում էին հարյուրավոր միաբանություններ:

Այս ամենը լսեց Սմբատ իշխանը և շատ զղջացավ, որ ազատ է թողել ուխտադրուժ հազարացուն: Բայց սխալն ուղղել այլևս անկարելի էր: Մնում էր նրան մխիթարվել այն միակ մտածությամբ, թե յուր եղբայրները մահից և կապանքից ազատելու համար գործեց այդ թուլությունը:

Եվ որովհետև նա հաստատ գիտեր, որ Բեշիրը չէր խնայիլ յուր հարազատներին, եթե նա ջարդեր հազարացոց բանակը, ուստի այդ մտածությունը մեղմեց նրա վիշտը:

Այսուամենայնիվ նա ուխտեց տուժել տալ հազարացուն ուրծաձորցիների վնասը և ազատել նույնիսկ կաթողիկոսարանը, եթե աստված հաջողեր իրան հանել յուր եղբայրները բանտից:

Բազարանի միջնաբերդում նստած խոսակցում էին կաթողիկոսն ու Աշոտ բռնակալը: Վերջինս եկել էր մխիթարելու Վեհափառին այն ծանր կորստի համար, որ կրել էր եկեղեցական իշխանապետությունը կաթողիկոսարանի գրավմամբ:

Բայց Վեհափառն անմխիթար էր: Նա տանջվում էր, մանավանդ, խղճի խայթերից:

— Եթե ես լսած լինեի Մարզպետունու խորհրդին, եթե կատարած լինեի նրան տվածս խոստումը, կաթողիկոսարանը չէր վտանգվիլ, նրա կալվածները չէին հափշտակվիլ, — ասում էր նա և կշտամբում, մանավանդ, Աշոտ բռնավորին, որ պատճառ դարձավ յուր հապաղելուն:

— Ընդհակառակը, ես ազատեցի քեզ անպատվությունից և անխուսափելի մահից, — պատասխանեց բռնավորը: — Դու արդեն մի քանի անգամ փախուստ ես տվել ոստիկանի երեսից, ուրեմն այս վերադարձով չպիտի կարենայիր նրա սիրտն առնքել: Վաղ թե ուշ, նա կձերբակալեր քեզ և, գուցե, զնդանի մեջ էլ մեռցներ: Այդպիսով Մարզպետունու տված խորհուրդը մահ և անպատվություն միասին պիտի բերեր քեզ:

— Այժմ էլ արդեն մեռած ու անպատված եմ, — պատասխանեց կաթողիկոսը, — ի՞նչ իրավունք ունիմ այլևս ապրելու և ինձ ժահակալ անվանելու, քանի որ եկեղեցվո սուրբ հայրերից ինձ ավանդ տրված հարստությունը հափշտակության մատնեցի իմ թուլությամբ:

— Ոչ թե քո, այլ նրա՛ թուլությամբ, որ իրան հայոց թագավոր է հռչակում, բայց երկյուղից կծկվել է Սնանի խուցերում: Եթե թագավորը, որ զենք ունի ձեռքին և զորք յուր ետևում, փախչում է թշնամու երեսից, մի՞թե նույնն անելու իրավունք չունի մի հոգևորական, որի զենքն աղոթքն է միայն:

— Ո՛ւր էր թե այդպես մտածեր և իմ ժողովուրդը, բայց նա ամեն հանցանք ինձ վրա պիտի բարձի, մանավանդ՝ «երբ «անհանգիստ իշխանը» մեղադրե ինձ ամենքի առաջ...»

— Մարզպետունի՛ն:

— Այո՛, ես սարսափում եմ նրանից: Ի՞նչ պատասխան պիտի տամ արդյոք, եթե նա վերադառնա այստեղ:

— Եվ ո՛չ մի պատասխա՛ն, ո՞վ է նա և ի՞նչ իրավունք ունի քեզ վրա:

— Նա արքայի հավատարիմն է և գործում է նրա հրամանով: Նա բարի խորհուրդ տվավ ինձ և ես չլսեցի...

— Կամենո՞ւմ ես, Վեհափառ տեր, ազատվել անհաձո զրույցներից, — հարցրեց հանկարծ բռնավորը:

— Օ՛, շատ կցանկանայի, բայց ինչպե՞ս կարող եմ:

— Հեռացի՛ր Բագարանից:

— Հեռանա՞մ, և ո՞ւր կարող եմ դիմել. Այրարատում այլևս չկա ինձ համար հանգստյան անկյուն:

— Դու կաթողիկոս ես ոչ միայն Այրարատի, այլ համայն հայոց համար, և ուր էլ որ լինի քո աթոռը, հայերը պարտավոր են պաշտոն մատուցանել նրան:

— Բայց ո՞ւր կարող եմ հեռանալ, ո՞վ այլևս կպաշտպանե ինձ, — հարցրեց կաթողիկոսը վշտալի ձայնով:

— Նա, որ այնքան հաձախ հրավիրում էր քեզ յուր մոտ, որ կամենում էր քեզ հովանավորել, բայց որի խնդիրը մերժում էիր դու:

— Ո՞վ... — հարցրեց Վեհափառը, չկարողանալով մտաբերել ակնարկած անձին:

— Գագիկ թագավորը:

— Գագիկ թագավո՞րը... — բացականչեց հանկարծ հայրապետը. և նրա տխրամած դեմքը ներքին ուրախությունից զվարթացավ:

— Այո՛, գնա՛ Վասպուրական, Գագիկ Արծրունու մոտ. նա քեզ կհովանավորե և կպաշտպանե: Եթե Արծրունյաց ոստանում ապրել չկամենաս, կարող ես քաշվել Աղթամարա կղզին, թագավորն այնտեղ անառիկ բերդ, գեղեցիկ դղյակ և հրաշալի եկեղեցի է կառուցել: Հաստատիր աթոռդ այդ կղզու մեջ, որ Հայաստանի սիրտն է. Ժողովի՛ր շուրջդ նոր միաբանություն, ծաղկեցրո՛ւ այնտեղ հավատո ուսումը և ծերությանդ օրերն անցցրու հանգստության մեջ:

Բռնավորի խոսքերն այն աստիճան հաձո թվեցան կաթողիկոսին, որ սա հուզվելով բռնեց նրա աջը և ջերմագին սեղմելով բացականչեց.

— Աստված, ուրեմն, չէ թողնում ինձ, տե՛ր. նա քո բերանավ խոսում է ինձ հետ և փրկության ճանապարհ է ցույց տալիս: Շնորհակալ եմ քեզանից, անչափ շնորհակալ, պիտի օրհնեմ կյանքդ, քանի կենդանի եմ: Այո՛, կերթամ Վասպուրական. կքաշվեմ Աղթամարա կղզին, ուր իմ ականջին չեն հասնիլ այլևս անհաձո զրույցներ: Եվ հայոց կաթողիկոսի գահը թող անխախտ մնա այնտեղ և իմ հաջորդները օրհնեն քո հիշատակը, որ պատճառ եղար Լուսավորչի աթոռը ապահով վայրում հաստատելու: Եվ այդտեղ, այո՛, կհաստատեմ նոր ուխտ, կժողովեմ իմ շուրջը սուրբ գրոց աշակերտներ և հավատո ջահը կվառեմ Աղթամարում... Բա՛վ է որքան աստանդական թափառեցի, գտնեմ այժմ մի անկյուն, որ կարողանամ իմ գլուխը հանգչեցնել:

— Եվ այդտեղ կավարտես քո Հայոց պատմությունը... — հիշեցրեց բռնավորը:

— Այո՛, այո՛, իմ պատմությունը, որ ցայսօր մնաց թերի... Որքա՞ն երախտագետ պիտի լինիմ քեզ, եթե ավարտեմ այն, — բացականչեց կաթողիկոսը:

Եվ այդ բանով նա այնպես ուրախացավ, ինչպես մի մանուկ, որ գտնում է հանկարծ յուր կորցրած խաղալիքները: Կարծես այլևս չէր մնում ուրիշ ցավ, որ կարողանար տանջել յուր հային կամ թե հայ ազգի դժբախտությունը պիտի վերանար, եթե նա յուր թերի պատմությունն ավարտեր:

Մի քանի օրից հետ կաթողիկոսը յուր հավատարիմներով ելավ Բագարանից և իջավ դեպի Երասխաձոր:

Ծննդոց անտառում սպասող հայ զինվորները տեսան հեռվից Վեհափառի գալուստը և ուրախացան: Նրանք արագ-արագ հագան իրանց վարդապետական վերարկուները և վեղարները ծածկեցին: Այդպիսով կազմեցին նրանք կղերականաց մի ստվար խումբ, որ փայլ պիտի տար հայրապետական գնացքին, եթե Վեհափառը միանար նրանց հետ և այդպիսով մուտ գործեր Դվին:

Բայց որքա՛ն մեծ եղավ զինվորների տխրությունը, երբ կաթողիկոսը հայտնեց նրանց, թե ոստիկանն արդեն հասել է Դվին, հափշտակել է կաթողիկոսարանը և հետևում է իրան ձերբակալելու: Հետևապես, չկարողանալով այլևս վերադառնալ յուր աթոռը և ոչ էլ մնալ Բագարանում, նա փախուստ է տալիս դեպի Վասպուրական՝ Գագիկ թագավորին ապավինելու:

Զինվորներն, իհարկե, տխրությամբ լսեցին այդ նորությունները, որոնք ոչնչացնում էին իրանց հույսերն ու գեղեցիկ ծրագիրները և տխրությամբ էլ բաժանվեցան Վեհափառից: Միակ մխիթարությունը, որ տանում էին իրանց հետ՝ այն էր, որ արժանացան կաթողիկոսի աջը համբուրելու: Նրանք վերադարձան Գեղա լեռները, որտեղից էլ Վահրամ սեպուհի հրամանով ուղևորվեցան Սևան, իշխան Մարզպետունուն այս նորությունները հաղորդելու:

Իսկ կաթողիկոսը ամենայն ապահովությամբ Երասխն անցնելով՝ մտավ Ճակատք գավառը, այդտեղից իջավ Բագրևանդ, ապա Կոգովիտ և վերջապես հասավ Վասպուրական նահանգը, որի սահմանի վրա դիմավորեցին նրան Գագիկ թագավորի մշտապատրաստ զորքերից մի քանի գունդ և պատվով առաջնորդեցին նրան դեպի Արծրունյաց հին ոստանը՝ Վան: Վասպուրականի ժողովուրդը մեծ շքով ընդունեց յուր հայրապետին, իսկ Գագիկ թագավորն ընդառաջեց նրան յուր իշխաններով մի քանի փարսախ ճանապարհ: Նրա ուրախությունն այժմ կատարյալ էր, որովհետև յուր թագավորության միակ պակասը լրանում էր Վեհափառի գալստյամբ: Այն է՝ համուր հայոց հայրապետական աթոռը փոխադրվում էր յուր երկիրը, և այդ մեծ պատիվ էր յուր համար:

Բայց մենք թողնենք կաթողիկոսին այս հակաթոռ թագավորի երկրում և վերադառնանք Սևան, հարազատ թագավորի մոտ:

Գ

ՀԱՇՏՈՒԹՅԱՆ ՊՏՈՒՂՆԵՐԸ

Տխուր կղզին և նրա բնակիչները հետզհետե իրանց ազդեցությունն արին հոգվով ու մարմնով վիրավոր արքայի վրա: Նրա դրությունն այժմ ավելի էր վատթարացել: Թունավոր նետից հառաջացած վերքը օրըստօրե քայքայում էր նրա երկաթե առողջությունը: Թեպետ թագուհին խնամում էր նրան ամենաքնքուշ հոգատարությամբ և վիրաբույժը կրկնապատկում էր յուր ջանքերը, այսուամենայնիվ, արդյունքը հուսահատական էր: Թագավորը հետզհետե նիհարում և դալկանում էր. նրա ամուր կազմվածքը կորցնում էր յուր զորությունը, ինչպես հինավուրց կաղնին, որի արմատները կրծում են որդերը... Նա օրըստօրե դառնում էր ավելի լռակյաց, փախչում էր ամեն ընկերությունից և հանգիստ էր գտնում միայնության մեջ:

Սակայն բժիշկը, թագուհու համաձայնությամբ, խորհուրդ տվավ արքային շտապել, տնօրինել յուր վերջին կամքը պետական գործերի նկատմամբ և պատրաստվել՝ հրաժեշտ տալ աշխարհին, որովհետև յուր հիվանդությունը սուր կերպարանք էր առնում:

Բժշկի այդ խորհուրդը մի խորամանկություն էր: Նա գիտեր, որ արքայի վերքը վերջ ի վերջո պիտի մահացներ նրան, բայց գիտեր և այն, որ այդ վախճանը դեռ հեռու էր: Եվ որպեսզի ավելի ևս հեռացներ նրան, նա աշխատում էր հանել թագավորին շրջապատող միայնությունից և տխրությունից: Նրան հարկավոր էր ապրել ուրախ ընկերակցության մեջ կամ զբաղվել պետական գործերով, որպեսզի սովորական վշտերն ու մտատանջությունները չմաշեին նրա մարմինը և այդպիսով չարագացնեին վերքից առաջացող քայքայման ընթացքը:

Բայց որովհետև թագավորը հակառակ ցանկության էր և չէր կամենում Սևանից ելնել, ուստի բժիշկը այդ հնարը մտածեց, որպեսզի գոնե ուրիշների օգնությամբ կարողանա նպատակին հասնել:

Եվ այդ հաջողեց նրան: Թագավորն ուրախությամբ լսեց վիրաբույժի խորհուրդը և գրեց Աբաս եղբորը մեզ հայտնի նամակը:

Եվ ահա՛ մի գեղեցիկ օր Գեղամա ծովակի ափը ծածկվեցավ զորքերի բազմությամբ: Թագավորը, որ դղյակի պատուհանից նայում էր ծովափին, զարմացավ՝ տեսնելով ափ իջնող գնդերը: Սկզբում նա կարծեց, թե եկողը Բեշիրն է, որ վերադարձել է յուր պարտության վրեժը իրանից առնելու, ուստի երկյուղի նման մի բան նրա սիրտը խռովեց: Բայց երբ նկատեց յուր արքայական դրոշակը, որ լայն բացված ծածանում էր ծովափի վրա, նրա անհանգստությունը փոխվեց ուրախության:

«Այդ Մարզպետունին է, իմ քաջ և հավատարիմ իշխանը...», — շշնջաց նա և դուրս ելավ սենյակից՝ դեպի դիտարանը գնալու:

Նրան հանդիպեց թագուհին, որ պահապան հրեշտակի նման հսկում էր արքայի վրա: Տեսնելով վերջինիս ուրախադեմ՝ տիկինը զարմացավ: Որքա՜ն ժամանակ էր, որ թագավորի դեմքը չէր զվարթացել և շրթունքները չէին ծիծաղել. այժմ ի՞նչ էր պատահել: Միգուցե հիվանդության մի չարագուշակ փոփոխություն էր այդ կամ թե հոգեկան տկարության ապացույց:

Այդ մտքերը վայրկենապես ծագեցին տիկնոջ գլխում, բայց և իսկույն անհետացան, երբ թագավորը հայտնեց նրան Գնորգ իշխանի գալուստը:

Ոչինչ այնպես չէր կարող ուրախացնել տարագիր թագուհուն ինչպես այդ անձի անակնկալ հայտնվիլը: Թագուհին, որ սովոր էր աղմկալից կյանքի, արդեն հոգնել էր երկար մենակությունից և, մանավանդ, ընկճվել արքայի հիվանդությամբ: Այժմ նա պտրում էր մի մտերիմ բարեկամ, որին կարենար յուր ցավերը պատմել: Եվ ահա՛ այդ բարեկամը գալիս էր: Բացի այդ, նա գիտեր, որ Մարզպետունին կյանքով ու եռանդով լի մարդ է և կարող է հույս ու կենդանություն ներշնչել արքային. ուստի սաստիկ ուրախացավ այդ նորությունն իմանալով: Նրանք երկուսը միասին դիմեցին դեպի դիտարանը, ավելի մոտից ծովափի շարժումը դիտելու:

Եվ ահա հանդիպակաց ափը շրջապատեցին լաստեր ու նավակներ, որոնց մասին իշխանը հոգացել էր կանխավ: Նրանց մեջ լցվեցան մի քանի հարյուր հոգի, և փոքրիկ տորմիղն սկսավ սուրալ խաղաղ ալիքների վրա:

Հառաջընթաց մակույկի մեջ նստած էին Գնորգ իշխանը և արքաեղբայրը՝ իրանց հետևորդներով: Նույն մակույկի վրա ծածանում էր արքայական դրոշը: Մարզպետունին ուրախ էր, որ դարձնում էր նրան հաղթական փառքով. որովհետև հիշում էր, թե որպիսի՜ անստույգ վիճակի մեջ ստացավ այն արքայից: Նա հրճվում էր մանավանդ, որ դրոշի հետ միասին վերադարձնում էր թագավորին յուր հարազատ եղբորը, որից նա վաղուց հեռացած էր գժտությամբ և որի աջակցությունը պիտի ապահովեր այժմ յուր նոր ձեռնարկության հաջողությունը:

Բայց Աբասն ուրիշ մտածությամբ էր զբաղված: Նա այժմ գալիս էր յուր եղբոր ու թագավորի մոտ և հիշում էր հեռավոր անցյալը, որի հետ կապված էին սրտառուչ հիշատակներ: Նա հիշում էր յուր մանկությունը, որ անցուցել էր Երազգավորսի արքունիքում, խաղերի և զվարճության մեջ, բայց միշտ անբաժան յուր Աշոտ ու Մուշեղ եղբայրներից: Հիշում էր յուր պատանեկությունը, որի միջոցին սովորում էր հայրենիքը պաշտպանելու կամ թշնամին վանելու դժվարին արհեստը և իրան դասակից էին լինում միշտ նույն եղբայրները. հիշում էր յուր երիտասարդությունը, որի ժամանակ արդեն Աշոտ թագաժառանգը շահատակում էր պատերազմների մեջ, և ինքն ու Մուշեղն աջակցում էին նրան, չկամենալով երբեք բաժանվել եղբորից և ուխտելով նրան մշտական զինակցություն: Բայց և այդտեղ նա մտաբերեց Նիգ գավառի պատերազմը՝ դավաճան Գագիկ Արծրունու դեմ, որի ժամանակ իրանք կռվում էին առյուծի պես, բայց և այնպես հաղթվեցան, որովհետև Աշոտի գունդը կազմող սնորդիները փախուստ տվին ճակատից, որով և պատճառ դարձան իրանց պարտության և քաջ Մուշեղի գերվելուն ու մահվան: Մի վայրկյան հին զայրույթը բռնկեց Աբասի սրտում, նա հիշեց Աշոտի թուլությունը, սնորդյաց օրիորդի հետ ունեցած սիրո պատմությունը, որ պատճառ դարձավ իրանց անդրանիկ անհաջողության... և նա զղջաց, որ գալիս է այդ եղբոր հետ հաշտվելու:

Բայց հենց որ դեմքը դարձուց և տեսավ Մարզպետունուն, որ նայում էր յուր վրա իբրև մարմնացյալ եռանդ, իբրև աննկուն հայրենասիրություն, որ ամեն քեն ու ոխ ստորադրում էր միայն հայրենիքի շահուն, նա ամաչեց և զայրույթն իջավ:

Նրա աչքի առաջ արձանացավ այժմ ապաբախտ հոր դիակը, խաչի վրա հանած. նրա ականջներին զարկեց այդ դիակը ծաղրող մահմեդականների աղմուկը. նա հիշեց բռնավոր Յուսուփին, նրա անգթությունները և միևնույն ժամանակ մտաբերեց այն քաջին, որ ինչպես երկնային սրտմտություն իջավ Ուտիքից դեպի Ռստան, ցիրուցան արավ հագարացիներին, ջարդեց նրանց հրոսախմբերը, տարագրեց գազան Յուսուփին և յուր հոր նախատակության վրեժը տասնապատիկ առավելությամբ առավ արաբացիներից: Դա յուր եղբայր Աշոտն էր. այն աննման հերոսը, որի երևույթը միայն սարսուռ էր ազդում թշնամիներին և որին ինքն ուխտեց հավատարմություն և մշտական աջակցություն: Եվ այդ պատճառով հաջողությունները հաջորդում էին միմյանց, որովհետև եղբայրական սերն ու միությունը առաջնորդում էին զորքին և նրա դրոշն ու սուրը հաղթական կացուցանում ամեն տեղ: Բայց հենց որ այդ սերը սառեցավ, միությունը քայքայվեց, դժբախտություններն էլ իրանց դռները բացին... այժմ հին առյուծը փակվել էր վանդակի մեջ. թշնամիների սարսափը ծածկվել էր ճգնարանում...

Եթե թագավորը հանցավոր էր այդ բանում, միթե ինքը Աբասը անպարտ էր բոլորովին... ինչպե՞ս պիտի տեսներ այժմ եղբորը յուր նվաստության մեջ, այն հաղթող ու հերոս Աշոտին՝ աբեղաների խուցերում...

Վերջին մտքերն այնպես հուզեցին արքաեղբորը, որ նրա աչքերը արտասուքով լցվեցան:

«Ես այնպես ջերմագին կսեղմեմ նրան կրծքիս, որ յուր վշտերն իսկույն մոռանա...», — շշնջաց ինքն իրան Աբասը և աչքերը սրբեց:

Երբ նավակները հասան կղզու ափին, արքայի պահանորդները կանգնած էին այդտեղ: Նրանք եկել էին իշխանին դիմավորելու: Բայց տեսնելով նրա հետ և արքաեղբորը, որ սիրալիր կերպով ողջունեց իրանց, իսկույն ցնծության աղաղակ բարձին և «կեցցեներով» օդը թնդացրին: Ապա առաջնորդեցին նորեկներին դեպի վերին տունը, ուր ապրում էր թագավորը:

Վերջինս, որ չէր սպասում Աբասին, տեսնելով նրան Մարզպետունու հետ՝ սաստիկ ուրախացավ: Նա մոռացավ իսկույն թե՛ յուր աստիճանը և թե՛ եղբորից կրած դառնությունները: Նա հիշեց միայն, որ Աբասը յուր եղբայրն է, միակ հարազատն աշխարհում, ուստի չսպասեց, որ նա հասներ դղյակին, նա ինքը փութաց կրտսեր եղբորը դիմավորելու: Բլրակի կանաչ զառիվայրի վրա նրանք հանդիպեցին իրար. — «սիրելի եղբայր», «սիրեցյալ թագավոր» բացականչությունները խեղդվեցան նրանց ջերմ գրկախառնության և համբույրների մեջ:

Իշխանը և բոլոր հետևորդները բլրի վրա արձանացած՝ դիտում էին հարազատների սրտաշարժ հանդիպումը: Այդ լուռ տեսարանն այն աստիճան հուզիչ էր, որ ներկա եղողներից շատերն արտասվեցին: Նրանցից ամեն մինն զգում էր, թե երկիրը որքա՛ն շատ է տուժել դրանց գժտությունից և միևնույն ժամանակ չափում էր, թե որքա՛ն շահ կարող է ստանալ նա այդ քաղցր հաշտությունից:

Թագավորը, որ արդեն տկար էր, սաստիկ հուզումից ավելի թուլացավ, նա հազիվ ողջունեց մյուս հետևորդներին: Բայց աջը դեպի Մարզպետունին ուղղելով սեղմեց նրա ձեռը և ասաց...

— Այնքան շատ եմ պարտական քեզ, իշխա՛ն, որ կուզենայի ապրել միայն քո երախտյաց փոխարենը հատուցանելու համար:

— Ապրի՛ր քո գահի և հայրենիքի համար, տեր, Մարզպետունի իշխանը քո նվաստ ծառան է. նա յուր պարտքից ավելի դեռ ոչինչ չէ արել, — պատասխանեց իշխանը համեստաբար:

Այնուհետև նրանք բարձրացան դեպի դղյակը, ուր թագուհին սիրով ընդունեց յուր տագրին և նրա հետ միասին՝ իշխան Մարզպետունուն:

Արքայական կացարանը յուր տխրությունից մերկացավ, և հանապազօրյա հառաչանքներին հաջորդեցին խնդություն, հրճվանք և հաճոյական զրույցներ:

Շուտով կղզին հասան նաև մյուս զորքերը և Սևանը կյանքով ու կենդանությամբ լցրին: Եվ որովհետև իշխանը հրամայել էր նրանց հաշտության տոն կատարել, ուստի աբեղաների խուցերը դադարեցին շուտով ճգնարան լինելուց, հոգնոր հայրերը հսկումները մոռացան, և Սյունյաց հինավուրց ամրոցը տոնական կերպարանք առավ:

Ուրախության օրերն անցնելուց հետ՝ թագավորը հրավիրեց յուր մոտ Աբաս եղբորը և թագուհու ու Մարզպետունի իշխանի ներկայությամբ ասաց նրան.

— Վաղուց կամենում էի հաշտության ձեռք պարզել քեզ իբրև իմ եղբորն ու ժառանգին, որովհետև տեսնում էի, թե որքա՛ն շատ է տուժում երկիրը մեր գժտության պատճառով: Բայց անդրանկական իրավունքը և արքայական ինքնասիրությունը թույլ չտվին ինձ խոնարհիլ կրտսեր եղբոր առաջ... Այո՛, կամենում էի, որ դու դիմեիր ինձ. սպասում էի, որ դու հաշտության առաջին խոսքն արտասանեիր: Որքա՛ն իրավունք ունեի ես, չգիտեմ, բայց այդ իմ ցանկությունն էր... Երբ մարդ փափագ ունի ապրելու, նա սիրով փարում է այդ ունայն զգացմունքներին... Եվ սակայն իմ ակնկալությունն անցավ ապարդյուն, դու չմոտեցար ինձ, և ես խոր վիշտ զգացի այդքան անողոք սիրտ ունենալուդ համար...

Հազիվ անցավ մի տարի, բախտը ինձանից յուր երեսը դարձուց, և ապրելու տենչը մեռավ իմ սրտում... Բայց թողնենք այդ պատմությունը, նա արդեն հայտնի է քեզ: Այո՛, երբ վիրաբույժս ինձ հայտնեց, թե շուտով պիտի մեռնիմ, փառք տվի աստծուն, որ քեզ հետ հաշտվելու պատեհ առիթը ներկայացավ: Շնորհակալ եմ, սիրելի Աբաս, դու իմ վերջին խնդիրը հարգեցիր և բերիր ինձ հարազատ եղբոր համբույրը, որ թանկագինն է ամեն համբույրներից, որ երջանկություն է բերում աշխարհին, որ անիրավ զոհեր չէ պահանջում, որ սրբում է թշվառի արտասուքը և վտշահար սրտերը մխիթարում... Ավա՛ղ, ինչո՞ւ մարդիկ չեն գնահատում կամ շատ ուշ են ճանաչում նրան... Իսկ ես, ահա՛, դրա փոխարեն տալիս եմ քեզ այսօրվանից իմ թագն ու գահը, որ ավանդ ստացա մեր հորից, տալիս եմ քեզ այն իբրև իմ և թագուհու միակ ժառանգին... Վայելիր այն աստուծո, ազգի և մեր օրհնությամբ:

Թագավորը վերջին խոսքերն արտասանելով՝ նայեց թագուհուն մի կարեկցական հայացքով և ապա նորեն Աբասին դառնալով շարունակեց.

— Սակայն, սիրեցյալ եղբայր, իմ թագը կրելուց և գահին բազմելուց առաջ ընդունիր ինձանից նաև մի ուրիշ, թանկագին ավանդ, երդվի՛ր պահել ու խնամել նրան ամենաքնքուշ հոգատարությամբ. — այդ մեծագին ավանդը իմ թագուհի-ամուսինը և քո քույրն է, որ շատ վշտեր կրեց աշխարհում և որի բախտը կարող եմ հանձնել միայն քեզ, աշխարհի մեջ ունեցած իմ միակ հարազատին...

Թագուհին, որ լուռ ու տխուր լսում էր արքային, հանկարծ հեկեկաց, և արտասուքն աղբյուրի պես սկսավ հոսել նրա աչքերից:

— Մի՛ լար սիրեցյալ Սահանույշ, ո՛չ ոք աշխարհում չէ ապրում հավիտյան, — ասաց թագավորը խանդաղատելով:

— Մի՛ հոգար ուրեմն և իմ մասին... — պատասխանեց թագուհին՝ արտասուքից խեղդվող ձայնով:

— Ինչո՞ւ համար են այս տխուր զրույցները, տե՛ր արքա, — բացականչեց Աբասը տեղից վեր կենալով. — մի՞թե արքայական գահը կարող է ավելի սիրելի լինել ինձ, քան իմ պարտավորությունը, և թագն ու գայիսոնը կարո՞ղ են փոխարինել ինձ այն կորուստը, որ պիտի կրեմ իմ հարազատի մահվամբ... Օ՛ն ուրեմն մի՛ վշտացնիր իմ սիրտը, որ լի է սիրով դեպի քեզ և ցանկությամբ՝ տեսնել իմ թագավորը նորեն յուր փառաց բարձրության վրա: Աստված թո՛ղ երկարե քո կյանքի օրերը, և ես կլինեմ քո գահի ծառան. այդ է իմ միակ տենչը, այդ կլինի և իմ պարտավորությունը...

— Հավատում եմ քո սրտի անկեղծության և կարի վշտանում, որ այսքան ուշ սկսա վայելել քո սիրո քաղցրությունը, բայց իմ օրերը հաշված են, սիրելի Աբաս, ես պիտի հեռանամ աշխարհից... Աստված թող օրհնե և պահպանե քեզ, որպեսզի մխիթարես քո ժողովուրդը, որ այնքան շատ վշտացավ իմ թագավորության օրով:

— Քո թագավորության օրով էլ նա կմխիթարվի, — պատասխանեց Աբասը աշխուժով. — դու մեզ հետ միասին կհեռանաս այստեղից, կմտնես շուտով քո աթոռանիստը, կբազմես նորեն քո գահի վրա, և մենք կաշխատենք փառքով այդ գահը շրջապատել...

— Փառքո՞վ... վաղուց եմ ես այդ փառքի աղբյուրները ցամաքացրել, — ընդհատեց թագավորը վշտալի ձայնով:

— Ո՛չ, տեր արքա, այդ աղբյուրները չեն ցամաքել, այլ նվազել են, և այն՝ ոչ թե քո, այլ իմ հանցանքով, ուստի ինձ է մնում այդ հանցանքը քավել:

— Դու միայն մի պարտք ունիս կատարելու, այն է՝ քո արժանավոր թագավորությամբ մոռացնել տալ հայ ժողովրդին Աշոտ Երկաթի անունը:

— Այդ անունն այսուհետև ավելի պիտի փառավորվի, — հարեց Աբասը վճռական ձայնով:

— Իսկ ինձ շատ օր չէ մնում ապրելու, — նկատեց թագավորը:

— Ընդհակառակը, տարիներ են մնում, — խոսեց Մարզպետունին խորհրդավոր ժպտալով:

— Իսկ դու իմ վերքը տեսե՞լ ես, — հարցրեց թագավորը:

— Ես լսել եմ քո վիրաբույժին, որի տված տեղեկությունները կարի մխիթարական են:

— Ի՞նչ կնշանակե այդ, — հարցրեց թագավորը զարմանալով:

Մարզպետունին ներողություն խնդրեց վիրաբույժի համար, որ հասարակաց օգուտն ի նկատի ունենալով՝ սխալ տեղեկություն է տվել արքային յուր հիվանդության նկատմամբ և հայտնեց, որ իսկապես ոչ մի վտանգ չէ սպառնում յուր կյանքին և թե շուտով կապաքինվի ինքը, եթե հաճի ելնել Սևանից և վերադառնալ Ոստան:

Թագավորը երկար ժամանակ համառում էր յուր որոշման մեջ, որ էր ապրել և մեռնել Սևանում, բայց Աբասի ու Մարզպետունու թախանձանքը և զորավոր խոսքերը, որ շատ երկար շարունակվեցին, վերջ ի վերջո համոզեցին նրան վերադառնալ յուր աթոռանիստը՝ Երազգավորս:

Եվ որպեսզի արքայի վերադարձը լիներ փառավոր ու հանդիսավոր, արքաեղբայրն ու իշխանը հրաման ուղարկեցին Ոստանում գտնվող իրանց զորքերին շտապել Սևան: Նույնպիսի առաջարկությամբ դիմեցին նրանք Սյունյաց Սմբատ իշխանին:

Վերջինս ժողովեց իսկույն յուր ազատ գնդերը և մտավ Գեղարքունիք՝ ամիսներից ի վեր այդտեղ հյուր եղող արքային յուր մեծարանքը մատուցանելու:

Վահրամ սեպուհը նույնպես վերցրեց Գեղա լեռներում գտնվող յուր բանակը և Գոռ իշխանի հետ միասին շտապեց Սևան: Նույն տեղը հասավ և Աբաս արքաեղբոր մնացորդ զորքը: Այդպիսով միացյալ բանակի զորաց թիվը հասավ մի քանի հազարի:

Թագավորն այս պատրաստությունները տեսնելով՝ սկսավ ուրախանալ և մխիթարվիլ, և այդ լավ ազդեցություն արավ նրա հիվանդության վրա: Իսկ թագուհին չգիտեր, թե ի՞նչ բառերով արտահայտեր յուր շնորհակալիքն ու երախտագիտությունը յուր տագերն ու Մարզպետունուն, որոնք կարծես նոր կյանք էին ներշնչում թե՛ իրան և թե՛ արքային:

Մի քանի օրից հետո թագավորը թագուհու, արքաեղբոր և իշխանների հետ միասին հրաժեշտ տվավ Սևանի հյուրընկալ միաբանությանը և միացյալ բանակի ուղեկցությամբ ճանապարհվեց դեպի յուր աթոռանիստ գավառը՝ Շիրակ:

Մի շաբաթ էր, ինչ Երազգավորսը կերպարանափոխվել էր. նրա լուռ փողոցները լցվել էին աղմուկով, անցուդարձը մեծացել էր և հրապարակներում տիրում էր ժխոր:

Արքայական պալատը, որ մինչև այդ անբնակ էր, նորեն կենդանացել, հանդիսավոր կերպարանք էր առել, նրա հոյակապ դահլիճները զարդարվել էին գորգերով, թավշով ու կերպասով, կամարները պճնվել ծաղիկներով և սյունաշարերը ծածկվել գույնզգույն դրոշակապերով: Այդտեղ այժմ տիրում էր անսովոր շարժում, և դատարկ դստիկոնները լցվել էին բնակիչներով: Իշխան Մարզպետունու կարգադրությամբ օր առաջ հասել էին Երազգավորս Գառնո դղյակում ապրող տիկնայքն ու իշխանուհիները: Մարիամ և Գոհար տիկնանց հետ միասին եկել էր նաև Շահանդուխտ օրիորդը, հանձնելով յուր պաշտոնը Մուշեղ բերդակալին: Երազգավորսի արքունիքում եռում էր այժմ կյանքը, ամենքը պատրաստվում էին թագավորին ու թագուհուն դիմավորելու:

Երբ նշանակված օրը հասավ, աթոռանիստ քաղաքի բնակիչներն ընդառաջ գնացին արքային մի քանի փարսախ ճանապարհ, նրանց առաջնորդում էին ազատանիները: Իսկ պալատական տիկնանց և իշխանուհիների խումբը, որոնց գլուխ անցած էր արքաեղբոր ամուսին Գուրգենդուխտ տիկինը, սպասում էր արքային սուրբ Փրկչի տաճարում:

Վերջապես թագուհու, արքաեղբոր և հետնորդ իշխանների հետ միասին մուտք գործեց թագավորը յուր աթոռանիստ քաղաքը, որից բացակա էր ամբողջ մի տարի: Նրա մուտքն այնքան փառավոր և բազմամարդ էր, որ նմանում էր հաղթական մի դարձի: Բացի հազարավոր զորքերը, որոնց մեծ մասը մնացել էր քաղաքից դուրս, եկել, խռնվել էին Երազգավորս լայնածավալ Շիրակա բնակիչները, որով և անցուղարձը փողոցներում արգելել: Ամենքը կարծես կարոտել էին թագավորին և շտապել ժամ առաջ այդ կարոտը լցնելու: Եվ ամեն տեղ, ուր որ անցավ արքան, ժողովուրդը դիմավորեց նրան ցնծության աղաղակներով: Այդ ամենը տեսավ թագավորը, հուզվեց և արտասվեց: Նա հիշեց յուր անցյալը, համեմատեց ժողովրդի այս և այն ժամանակվա ոգևորությունը և գտավ նրանց համանման, բայց ինքը, ավա՜ղ, այլևս հին դյուցազնը չէր. յուր հոգեկան աշխարհքը զուրկ էր կենդանությունից, ոգևորությունները չէին ջերմացնում յուր սիրտը:

Բայց որպեսզի չհուսահատեցնե յուր շրջապատողներին և մանավանդ Աբաս եղբորն ու Մարզպետունի իշխանին, որոնց անձնվիրությունը գնահատում էր ըստ արժանվույն, նա աշխատեց զսպել իրան և երևալ ամենքին ուրախ և զվարթերես:

Բացի այդ, նա որոշեց, մինչև անգամ, խորհուրդ տալ Մարզպետունուն՝ օգուտ քաղել ժողովրդի այդ ոգևորությունից՝ ծառայեցնելով նրանց եռանդը առավել շահյակ մի ձեռնարկության, այն է՝ Դվինի գրավման, որի մասին ինքը իշխանն, աշխատել էր երկար, բայց որի հաջողության արգելք էր դրել Աշոտ բռնավորը՝ յուր մատնությամբ:

Երբ ժողովուրդն ու ազատանին արքայի գալստյան առթիվ ստեղծած տոնախմբություններն ավարտեցին, թագավորը հրավիրեց յուր մոտ Աբասին ու Մարզպետունուն և հայտնեց նրանց յուր խորհուրդը:

— Քանի այսքան զորքի միասին ունինք խմբած և Սյունյաց իշխանը յուր գնդերով գտնվում է մեզ մոտ, պատրաստվեցեք հարձակվել Դվինի վրա: Ձեր այս ուժին հազարացիք դիմադրել չեն կարող, և դուք մայրաքաղաքը կխլեք նրանցից, — ասաց թագավորը:

— Ինչպե՞ս, դու այդ կթույլատրե՞ս մեզ... — կես զարմացած և կես ուրախացած հարցրեց Մարզպետունին:

— Մի՞թե ես պարզ չխոսեցի... ո՛չ միայն թույլատրում, այլև խորհուրդ եմ տալիս, չպետք է բնավ հապաղել:

— Այդ իմ փափագն է, տեր արքա, — հարեց Մարզպետունին. — երբ Սևանում կաթողիկոսի փախուստը լսեցի և իմացա ստուգիվ, որ «բռնավորի» թելադրությամբ է խույս տվել նա, կամեցա աղաչել քեզ՝ ուղղել ճանապարհդ դեպի Դվին: Մենք կարող էինք հանկարծակիի բերել հազարացիներին և մայրաքաղաքը գրավելով՝ վիշտ պատճառել սպարապետին: Բայց Շիրակում սպասում էին մեզ, չկամեցա փորձության ենթարկել մեր բախտը և ժողովրդյան ուրախությունը: Իսկ այժմ քանի որ այդ հրամանը տալիս է մեզ արքան, երկու օրից արդեն բանակը կարող ենք շարժել դեպի Ոստան: Մնում է միայն ստանալ արքաեղբոր և Սյունյաց իշխանի հաճությունը:

— Ես պատրաստ եմ իմ զորքերով, — ասաց Աբասը վճռաբար:

— Խոսեցեք ուրեմն Սմբատ իշխանի հետ և արդյունքը հայտնեցեք ինձ, — հրամայեց թագավորը:

Նույն ավուր երեկոյան՝ արքաեղբոր ապարանքում խորհրդի ժողովվեցան Մարզպետունի իշխանը, Սյունյաց տերը, Վահրամ սեպուհը և Գոռ իշխանիկը: Արքաեղբայրը հայտնեց ամենքին թագավորի ցանկությունը և առաջարկեց նրանց հայտնել իրանց կարծիքը առաջադրյալ խնդրի մասին:

Մարզպետունի իշխանի տված մի քանի բացատրություններից հետ՝ ամենքը միաբերան ցանկություն հայտնեցին հետևել արքայի խորհրդին և օգուտ քաղել հանգամանքների հաջողությունից:

Սմբատ իշխանը, որ երդվել էր վրեժխնդիր լինել ոստիկանին նրա երդմնազանցության համար, հավատաց, թե աստված ինքն է ներշնչել արքային այդ ցանկությունը: Նրան ուրախացնում էր, մանավանդ, այն միտքը, թե շուտով պիտի ազատե բանտից իշխան եղբայրներին և թափե կաթողիկոսարանը մահմեդականների ձեռքից: Այս պատճառով հանձն առավ յուր ռազմական բոլոր ուժը համախմբել Դվնո շուրջը:

Շուտով մյուս իշխաններն էլ սկսան կարգավորել իրանց զորքը և պատրաստել նրան մոտալուտ հարձակման:

Երազգավորսի շուրջը գտնվող դաշտավայրերի վրա, ուր Տիգրիսի վտակը խառնվում է Ախուրյանի հետ, զարկած էին դաշնակից իշխանների զորաց վրանները: Մի քանի օր էր, ինչ այդտեղ սկսվել էր տագնապալից շարժում, մարդիկ կարծես կրակի մեջ էին: Զորազնդերի մի մասն ընդհարման վարժություններ էր անում, մի մասը հարձակման փորձեր էր կատարում, ոմանք մրցախաղերով էին պարապած, իսկ ոմանք պարսպահար գործիներ կամ պաշարման համար պիտանի նյութեր էին պատրաստում: Այդ ամենի վրա հսկում էին թե՛ իրանք՝ իշխանները և թե՛, մանավանդ, Վահրամ սեպուհը և Գոռ իշխանիկը: Վերջինս եթե փափագում էր օրվա գեթ մի ժամը անցնել յուր հարսնացուի հետ, որ այդ միջոցին գտնվում էր արքունիքում, այդ էլ չէր կարողանում, որովհետև ռազմական պատրաստությունները խլում էին նրա բոլոր ժամերը: Հազիվ գիշերվա մեջ հանգչում էր նա մի փոքր և վաղ առավոտվանից նորեն գործի սկսում:

Բայց արի պատանին ոչ միայն չէր տրտնջում, այլև ժպիտը չէր հեռացնում երեսից: Իսկ Վահրամ սեպուհը նրան ոգևորելու համար ասում էր.

— Շուտով, սիրելիս, Դվինը կառնենք, հաղթական տոներ կկատարենք և մայր տաճարի մեջ քո պսակը կօրհնենք:

Մինչդեռ Երազգավորսում այս պատրաստություններով էին զբաղված, տեղի ունեցավ մի անակնկալ դեպք, որ սառեցրեց զորքի և զորապետների եռանդը:

Այդ հետևյալն էր:

Արքայի Շիրակ գավառը մտնելու օրից արդեն լուր էր հասել ոստիկանին, թե թագավորը մեծ զորքով վերադառնում է յուր Ոստանը: Նսըրը, որ վաղուց ծանոթ էր Աշոտ Երկաթի քաջության և գիտեր, թե նա քանի՛ անգամ է ընկած տեղից բարձրացել, նորից զորացել և յուր իշխանության վնասներ է հասուցել, սաստիկ վախեցավ, երբ նրա վերադարձը լսեց: Նրա երկյուղը զորացրին մանավանդ արքայի գնացքին հետևող յուր այն լրտեսները, որոնք եկան և պատմեցին նրան այդ մեծադղորդ վերադարձի մանրամասնությունները, հայտնեցին զորքերի թիվը, նկարագրեցին նրանց սպառնական ընթացքը, ժողովրդական ոգևորությունը, արքայի ընդունելության փառահեղությունը և այլն:

Արդեն Աբասի հաշտությունը թագավորի հետ այնպիսի մի դեպք էր, որից ոստիկանը պիտի վախենար, որովհետև այդ երկու քաջերի միությանն արաբացիք դիմադրել չէին կարող: Բայց երբ նա իմացավ, որ Սյունյաց Սմբատ իշխանը ևս միացել է նրանց հետ յուր զորքերով, էլ սրտի բոլոր քաջությունը կորցրեց:

«Այո, միությունը ուղղված է իմ դեմ, — մտածեց նա ինքն իրան. — թագավորն ուզում է հալածել ինձ այստեղից, նա չէ գոհացել իմ զորքերը ջարդելով և աշխատում է ուրեմն ամիրապետի իշխանությունը վերացնել այս երկրից: Իսկ Սմբատ իշխանը միացել է նրա հետ, որպեսզի վրեժ լուծե այն անարգանաց համար, որ ես հասուցի նրան՝ իր երդման դրժելով և յուր եղբայրները զնդանում պահելով...»:

Այս մտածությամբ ընկճված՝ նա հրավիրեց յուր մոտ Բեշիր զորապետին և Դվնո դենպետին և խորհուրդ արավ նրանց հետ, թե ինչպե՞ս կարող է սպառնացող վտանգը հեռացնել իրանից:

Բեշիրը հայտնեց, որ քաղաքում գտնվող արաբական զորքը հազիվ կարող է տասնօրյա պաշարման դիմադրել, ըստ որում համբարանոցներում պաշարը նվազած է և շուտով այն հայթայթել չեն կարող: Միակ փրկությունը Դամասկոս սուրհանդակ ուղարկելը և ամիրապետից օգնական զորք խնդրելն է, բայց այդ միջոցը երկար կտևի և հայերը մինչև այն կարող են Դվինը պաշարել:

— Ինչպե՞ս կլինի, եթե մենք ինքներս հաշտություն առաջարկենք նրանց և թագավորի բարեկամությունը խնդրենք, — հարցրեց ոստիկանը:

— Մեր կրոնն իրավունք է տալիս քեզ խոնարհել և կեղծավորել անհավատին, եթե բռնությամբ չես կարող հաղթել նրան, — ասաց դենպետը.-միայն պիտի գիտենաս, որ մի անգամ խոնարհելուդ համար՝ տասն անգամ պիտի խոնարհեցնես, երբ հանգամանքները նորեն հաջողին քեզ:

— Այո՛, ինձ միայն մի անգամ է անհրաժեշտ խոնարհիլ այդ թագավորին, որպեսզի նրա շուրջը խմբված զորքերը հեռացնեմ,-պատասխանեց ոստիկանը, — իսկ այնուհետև, գիտեմ, նոր երկպառակություն կծագի, իշխանները կրկին կելնեն միմյանց դեմ. «երկու հայի գլուխ մի կաթսայում չի եփվիլ», այդ հո հին առած է. և ահա՛, երբ այդ առածը կճշտվի, այն ժամանակ նորեն մենք մեր սուրը կհանենք:

— Այո՛, այդպես լավ է. այդ է միակ խոհական միջոցը, — ասաց Բեշիրը, և դենպետը համաձայնվեցավ նրա հետ:

Եվ ահա՛ մի գեղեցիկ օր, երբ դաշնակից իշխանները վերջին զորահանդես էին կատարում և թագավորը յուր նժույգը հեծած և ոստանիկ թիկնապահներով շրջապատած ներկայանում էր հանդեսին, որպեսզի անձամբ ոգևորե և քաջալերե զորքերին, ահա՛ հանդիպակաց դաշտի վրա երևաց հեծյալների մի խումբ, որ արշավասույր դիմում էր դեպի հայոց բանակը: Երբ նա բավական մոտեցավ, Մարզպետունի իշխանը նկատեց արաբական դրոշը և հրամայեց Գոռին ընդառաջել յուր գնդով և տեղեկանալ, թե ովքե՞ր են և ինչո՞ւ են գալիս:

Որքան մեծ եղավ երիտասարդի զարմանքը, երբ նա հեծելախմբին մոտենալով՝ տեսավ նրա հետ Սյունյաց Բաբգեն իշխանին պատվավոր զրահավորության մեջ և ոստիկանի ավագանիներով շրջապատված: Մինչդեռ նա անակնկալ հանդիպումով շփոթված պատրաստվում էր յուր զարմանքը արտահայտելու, իշխանը դիմեց դեպի նրան և փարելով երիտասարդին՝ համբուրվեցավ նրա հետ:

— Ի՞նչ դեպք և ի՞նչ հողմ հաջողեցին քո դարձը, տեր... — բացականչեց Գոռը ուրախանալով:

Իշխանը մի քանի խոսքով հայտնեց նրան յուր առաքելության նպատակը, և ապա երկուսը միասին, իրանց հետևորդներով, դիմեցին դեպի բանակը:

Սյունյաց Սմբատ իշխանը հեռվից ճանաչեց եղբորը և առաջ վազելով փարեց նրան ջերմագին: Հարազատների հանդիպումն այնքան սրտաշարժ էր և ուշագրավ, որ ստիպեց ոստիկանի պատգամավորներին սպասել միառժամանակ բանակից դուրս, մինչև որ եղբայրական սիրո հուզումն անցներ և սրտերը հանգստանային: Ապա Բաբգեն իշխանը միանալով նրանց հետ՝ ներկայացավ թագավորին, որ ընդունեց պատգամավորներին բացօթյա և բոլոր յուր իշխանների ներկայությամբ:

— Ամիրապետի ոստիկանը, Նսըր ամիրան, շնորհավորում է մեր բերանով քո արքայական վերադարձը դեպի շահնշահիդ աթոռանիստը, — առաջ գալով խոսեց արքայի հետ պատգամավորության առաջնորդը. — ընդսմին, ցանկանալով մշտական բարեկամություն հաստատել հզոր շահնշահի հետ, ամիրան խնդրում է մոռանալ ամեն զժտություն, որ տեղի է ունեցել մեր մեջ, ամեն քեն ու ոխ, որ առաջացել է ցավալի ընդհարումներից և դնել միմյանց հետ խաղաղության ուխտ՝ թե՛ ամիրապետի և թե՛ ձեր ժողովրդի շահուն համար: Եվ ահա՛ յուր բարի դիտավորությունն ապացուցանելու համար ոստիկանը հանել է բանտից Սիսանյան իշխաններին, որոնցից մինը յուր ազատ կամքով առաջնորդեց մեզ մինչև այստեղ, իսկ մյուսը, այն է՝ Սահակ իշխանը, պատվով ապրում է Դվնո մեջ, հայոց թագավորների կառուցած ապարանքում: Այս ամենից հետո՝ ամիրան ուղարկում է շահնշահին արժանավայել ընծաներ, որոնց և խնդրում է ընդունել՝ իբր իսկական հավաստիք դեպի հայոց ազգն ու թագավորը ունեցած յուր անկեղծ բարեկամության:

Այս ասելով առաջնորդը նշան արավ և ընծայակիրները մատուցին արքային իրանց բերած ընծաները:

Թագավորը, թեպետ դժգոհ այս անակնկալ պատգամավորությունից, այսուամենայնիվ, ի պատիվ Բաբգեն իշխանի՝ սիրով ընդունեց նրանց, շնորհակալություն արավ ոստիկանի բարի դիտավորության և ղրկած ընծաների համար, ապա հրավիրելով պատգամավորներին քաղաք, խոստացավ նրանց՝ պատասխանել ամիրայի առաջարկության մի քանի օրից հետ:

Բայց այս նորությունն անախորժ տպավորություն արավ ինչպես իշխանների, նույնպես և զորքի վրա: Ամենքն արդեն պատրաստված էին Դվին հարձակվելու, զորքերին, մանավանդ, վառել բորբոքել էին Աբասը մի կողմից, Մարզպետունին մյուս կողմից: Իսկ Գոռ իշխանիկը ժամեր էր համարում Դվնո դաշտն իջնելու համար: Նա մտածել էր անձամբ մուտ գործել քաղաքի ներքնուղին, որի գաղտնի ելքը ծանոթ էր իրան և յուր ձեռքով տնկել հաղթության դրոշը Դվնո միջնաբերդի վրա: Դրանից ավելի լավ հաղթության առիթ չէր կարող նա երազել. իսկ այդ հաղթության մրցանակը պիտի լիներ այն օրիորդի համբույրը, որ սպասում էր իրան Երազգավորսի արքունիքում:

Այսուամենայնիվ խորամանկ հագարացու պատգամավորությունը ի դերև էր հանում քաջերի հույսը: Շատերը նրանցից ցանկանում էին, որ թագավորը մերժե ոստիկանի առաջարկությունը և խաղաղությունը ձեռք բերե ոչ թե արաբացոց հետ բարեկամանալով, այլ նրանց յուր երկրից ընդմիշտ արտաքսելով:

Այս առթիվ, ահա՛, խորհուրդ կայացավ թագավորի մոտ: Բոլորն սկզբում հարձակման կողմն էին: Բայց երբ Բաբգեն իշխանը հայտնեց, թե Նսըրը առանձին հասկացրել է իրան, որ յուր Սահակ եղբորը — թեկուզ ազատած, այսուամենայնիվ, պահում էր Դվնում իբրև պատանդ և եթե թագավորը մերժելու լինի յուր առաջարկությունը և մոտենա Դվնին՝ զորքով յուր քաղաքը պաշարելու, առաջին օրն իսկ նա կախել պիտի տա իշխանին պարսպի աշտարակի վրա, ամենքը մնացին շվարած:

— Եղբորս կյանքը վտանգի չենթարկելու համար, գոնե, պիտի ընդունենք ոստիկանի առաջարկությունը, — խոսեց իսկույն Սմբատ իշխանը, վախենալով, կարծես, մի՞գուցե ուրիշները հակառակ կարծիք հայտնեն:

— Դու շտապեցիր, սիրելի իշխան, — նկատեց թագավորը ժպտալով. — որքան էլ մեր զորքի և իշխանների պահանջը՝ Դվին հարձակվելու նկատմամբ իրավացի է, այսուամենայնիվ ես ավելորդ մի զինվոր չեմ զոհիլ այնպիսի ժամանակ, երբ թշնամու բարեկամությունը հնարավոր է ձեռք բերել խաղաղությամբ: Թեպետ մեր ուժը գերազանց, թեպետ հանգամանքները նպաստավոր, այսուամենայնիվ մենք չենք կարող Դվինը գրավել, առանց գոնե մի քանի հարյուր զինվոր զոհելու. իսկ այդ զոհերը մենք պիտի խնայենք, քանի որ առանց այն էլ բավական շատ ենք զոհել... Սկզբում, ճշմարիտ է, անհաճո տպավորություն արավ ինձ վրա ոստիկանի պատգամը, բայց այդ այն պատճառով, որ ես էլ վարակված էի ձեր ոգևորությամբ: Իսկ հետո սկսա լրջությամբ կշռել և եկա այն համոզման, թե ավելի լավ է Դվնո տիրապետ թողնել ամիրապետի ոստիկանին, քան թե նրան հալածելու համար զոհել մի քանի հարյուր հոգի: Արդ, եթե հասարակ զինվորների նկատմամբ այս մտածմունքն է մեզ առաջնորդում, որքա՞ն ևս առավել զգուշությամբ պիտի հոգանք քո եղբոր և իմ հարազատի համար, որ սիրելին է թե՛ մեր արքունյաց և թե՛ համայն սյունեցոց և որի կյանքն այս րոպեիս գտնվում է զազան հագարացու ձեռքին: Այս պատճառով, ահա, ես որոշում եմ ընդունել ոստիկանի առաջարկությունը և բարեկամության դաշն կռել նրա հետ: Այնուհետև, եթե մեզ ազատ ժամանակ կմնա, կզբաղվենք մեր երկրի ներքին շինությամբ, մինչև որ մի օր բախտը կհաջողե Սահակ իշխանին ևս ոստիկանի ձեռից փրկելու:

Թագավորի որոշումը սիրով ընդունեցին ամենքը, իսկ Սյունյաց իշխանները սրտագին շնորհակալություն արին նրան՝ իրանց եղբոր նկատմամբ ունեցած խնամոց համար:

Ներկա եղողների մեջ դժգոհ էր միայն Գոռ իշխանիկը, որովհետև արքայի որոշումը խլում էր նրանից այն փառքը, որ նա հույս ուներ ձեռք բերել Դվնո առման ժամանակ:

Այդ բանը նկատեց թագավորը և ժպտալով դարձավ յուր խորհրդականներին.

— Ձեզանից ո՞վ կարող է առաջարկել ինձ մի միջոց, որով կարողանանք փոխարինել Գոռ իշխանի այն կորուստը, որ նա կրում է այս հաշտությամբ:

— Ես, տե՛ր արքա, — բացականչեց Վահրամ սեպուհը:

— Խոսի՛ր, սեպուհ, ես շնորհապարտ կմնամ քեզ, — ասաց թագավորը շարունակ ժպտալով:

— Մի քանի ամիս առաջ, տե՛ր արքա, մենք Գառնիում օրհնեցինք Գոռ իշխանի և քո հոգեդուստր օրիորդ Շահանդուխտի նշանադրությունը: Մենք պայման դրինք՝ այն ժամանակ պսակել նրանց, հենց որ հագարացիք հեռանան մեր երկրից և խաղաղությունը տիրե: Այդ պայմանը, ահա՛, լրումն առավ այսօր, թեպետ հագարացիք դեռ չեն հեռացել Հայաստանից, բայց միևնույն է, նրանց ուժն արդեն խորտակված է, քանի որ իրանք են հաշտություն խնդրում մեզանից. ուրեմն հասել է պսակի ժամը: Հրամայի՛ր մեզ հարսանյաց տոնախմբություններն սկսել և դրանով մեր իշխանի կորուստը կփոխարինվի:

— Կեցցե՛ս, սեպուհ, ավելի իմաստուն առաջարկություն անկարելի էր անել, — բացականչեց թագավորը. — վաղուց մեր արքունիքը կարոտ էր ուրախության: Թո՛ղ ուրեմն վաղվանից ամեն ինչ պատրաստվի: Սյունյաց օրիորդի հարսանյաց, ի դեպ, կմասնակցեն օրիորդի հորեղբայրները և Սյունյաց քաջերը:

Մարզպետունի իշխանը վեր կացավ տեղից և շնորհակալություն արավ արքային յուր այդ ուրախարար հրամանի համար, իսկ Գոռը, որ ամոթխածությունից շառագունել էր բոլորովին, ծնկան եկավ և թագավորի ձեռքը ջերմությամբ համբուրեց:

Հետևյալ առավոտ հաշտության դաշնագիրը գրվեցավ, որ թագավորը կնքելով հանձնեց ոստիկանի պատգամավորներին, տալով նրանց նաև զանազան ընծաներ Դվնո ոստիկանին տանելու համար:

Իսկ մի քանի օրից, Ամենափրկիչի հոյակապ տաճարում, որ կառուցել էր Սմբատ թագավորը, մեծ հանդեսով ու շուքով կատարվեց Գոռ իշխանի և Շահանդուխտ օրիորդի ամուսնության պսակը: Այդ հանդեսին ներկա էին թագավորը, թագուհին, բոլոր արքայազունները և համայն իշխանապետական դասակարգը: Գառնո ամրոցում արած խոստման համաձայն՝ նորապսակների խաչը բռնեց Վահրամ սեպուհը, որ այդ օրը յուր հանդիսական զենք ու զարդի մեջ նմանում էր մի հոյակապ դյուցազնի:

Ինչ վերաբերում է Գոռ իշխանին և Շահանդուխտ օրիորդին, նրանք արդեն բոլոր համախմբված քաջերի և գեղեցկուհիների անզուգական պսակն էին կազմում:

Մի քանի օր շարունակ տևեցին հարսանյաց տոնախմբությունները: Բոլոր Շիրակը, համարյա, մասնակցեց արքունյաց ուրախության, իսկ զորքերը նրանով ա՛յն աստիճան զբաղվեցան, որ մոռացան, մինչև անգամ, Դվնո առման արգելք եղող ոստիկանի պատգամավորներին:

***

925 թվականը վերջացավ և սակայն Հայոց երկիրը, շնորհիվ տեղի ունեցած հաշտության, վայելում էր դեռ կատարյալ անդորրություն:

Այս պատճառով դաշնակից իշխանները իրանց զորքերով հեռացել էին Երազգավորսից, Մարզպետունի իշխանը միայն չէր կարողանում վերադառնալ յուր ամրոցը՝ Գառնի, ուր վաղուց արդեն գտնվում էր Գոռը՝ նորապսակ հարսի և իշխանուհի մոր հետ:

Արքայի հարցին՝ թե «ինչո՞ւ իշխանը չէ կամենում հանգստանալ», վերջինս պատասխանեց.

— Իմ հանգստության ժամը չէ հասել տակավին:

— Ի՞նչ կնշանակե այդ, — հարցրեց թագավորը:

— Ես դեռ պարտք ունիմ կատարելու, — ավելացրեց իշխանը:

— Դու քո պարտքերը հատուցել ես արդեն, — նկատեց թագավորը. — ահա՛ լրանում է երկրորդ տարին, ինչ դու շարունակ հոգսերի մեջ ես: Դու ազատեցիր ինձ ապստամբների հետապնդությունից, դու չարչարվեցար իշխանների միության համար, բանակ կազմեցիր՝ զրեթե չեղած տեղից, հաղթանակ տարար թշնամիների վրա. հազարապետ հրոսախմբերը ցրվեցիր, վերջապես Աբասին ինձ հետ հաշտեցրիր և Դվնո ոստիկանին ահաբեկելով, ստիպեցիր նրան բարեկամություն խնդրել մեզանից, ուրիշ էլ ի՞նչ պարտք է մնում քեզ կատարելու:

— Ամենից գլխավորը, տե՛ր:

— Այսինքն:

— Երդմանս պարտքը:

— Ի՞նչ երդման, — հարցրեց թագավորը զարմանալով:

— Այն, որ երդվեցի Գառնիում, ս. Մաշտոցի գերեզմանի վրա, իմ ուխտի զինվորներին և Գառնո ժողովրդյան առաջ:

— Այսինքն:

— Չվերադառնալ բնտանյացս գիրկը, չմտնել իմ հարկի տակ, մինչև, որ վերջին հագարացին չհալածեմ հայրենի սահմաններից:

Թագավորը նոր հիշեց այդ պատմությունը, որ արել էր նրան իշխանը Սևանում և տարակուսելով հարցրեց.

— Ինչո՞ւ, ուրեմն, թույլ տվիր ինձ հաշտվել ոստիկանի հետ, քանի որ այդպիսի ուխտ ունեիր արած:

— Մտածեցի, թե ավելի լավ է տարագիր մնամ իմ տանից, քան թե մեր բանակը վտանգի ենթարկեմ:

— Դու առաջ արդեն մտադիր էիր Դվնո վրա հարձակվելու, — նկատեց

թագավորը. — մի՞թե այն ժամանակ զերծ պիտի մնար զորքը վտանգից:

— Այն ժամանակ հույս ունեի իմ հավատարիմների վրա, որոնք կաթողիկոսի հետ միասին Դվին պիտի մտնեին: Բայց հետո այդ հույսը ոչնչացավ, որովհետև «բռնավորը» մեր գաղտնիքը մատնեց:

Թագավորը լռեց և ընկավ մտածության մեջ: Նա ճանաչում էր իշխանին, գիտեր, որ որչափ քաջ և աննկուն էր նա թշնամիների առաջ, նույնչափ և փափկասիրտ ու խանդակաթ էր դեպի յուր ընտանիքը: Այդ պատճառով վշտացավ, որ իշխանը հեռու է գտնվում Գառնիից յուր երդման պատճառով և այդ՝ այնպիսի մի ժամանակ, երբ նրա միամոր որդի Գոռը նորապսակ հարսի և իշխանուհի մոր հետ վայելում է այնտեղ ընտանեկան կյանքի քաղցրությունները: Նա գիտեր, զգում էր, թե որչա՛փ սրտագին կփափագեր իշխանը մասնակցել յուր որդվո ուրախության՝ սեփական հարկի տակ: Չէ՞ որ յուրաքանչյուր ծնող տենչանոք սպասում է այն օրին, երբ պիտի տեսնե որդուն արժանավոր ամուսնությամբ բախտավոր... Եվ ահա՛ իշխանի համար հասել էր ցանկալի օրը, բայց բախտի անողոք որոշմամբ նա չէր կարողնում այժմ վերադառնալ յուր տունը, տեսնել որդուն երջանիկ և նրա երջանկությունը կրկնապատկել յուր հայրական զգվանքներով:

Այս մտքերը հուզեցին թագավորին: Նա պատրաստ էր ամեն անձնվիրության, միայն թե ազատեր սիրելի իշխանին երդման կապանքներից: Այդպիսով, գոնե, կփոխարիներ մի փոքր նրա երախտիքը: Բայց ի՞նչ կարող էր անել: Միակ հնարը ոստիկանի հետ դրած ուխտին դրժելն էր, որ, սակայն, իբրև քրիստոնյա թագավոր նա չէր կարող անել:

Բայց նա սիրով ընդունեց իշխանի մի առաջարկությունը, որի նպատակն էր օրինական ճանապարհով ստիպել ոստիկանին՝ կատարել իրենց մի պահանջը և կամ պատերազմել իրանց հետ:

— Նսրրի բարեկամությունը մերժելու մենք առիթ չունինք, բայց մեր հափշտակած գույքը ետ պահանջելու իրավունք միշտ ունինք, — ասաց իշխանը թագավորին: — Կաթողիկոսարանի գրավումը ոչ միայն հափշտակություն, այլև սրբապղծություն է, որի նմանը չեն կատարել ո՛չ պարսից մարզպանները և ո՛չ Նսրրից առաջ եղող ոստիկանները: Եթե այդ անարգանաց վրեժը մենք չլուծեցինք, գոնե պիտի պահանջենք, որ եկեղեցուց հափշտակածը վերադարձնեն եկեղեցուն: Այս պատճառով ահա՛ ես կամենում եմ գնալ Վասպուրական և համոզել կաթողիկոսին, որ նա նորեն վերադառնա այստեղ և իբրև եկեղեցվո գլուխ՝ պահանջե եկեղեցվո սեփականությունը: Վեհափառն այժմ չի վախենալ նրանից, որովհետև մենք արդեն հաջողության մեջ ենք: Եթե ոստիկանը նրա պահանջը կատարե, վերջինս կրկին կմտնե յուր աթոռանիստը, իսկ եթե ոչ, այն ժամանակ մենք սրով ձեռք կբերենք այն՝ ինչ որ մեզ է պատկանում: Որովհետև ոչ մի պատվասեր ազգ բարեկամության դաշն չի կռիլ մի դրացու հետ, որ բռնաբարում է յուր սրբազան իրավունքները:

Թագավորն իրավացի գտավ իշխանի խոսքերը և հաճություն հայտնեց նրա մտադրության: Եվ որովհետև վերջինս միտք ուներ նաև դաշնակցել Գագիկ Արծրունու հետ, որպեսզի պատերազմի դեպքում նա ևս միանա Արարատյան իշխանապետության, ուստի հետևյալ խնդրեց թագավորից, որպեսզի իբրև լիազոր ներկայանա Գագիկին: Թագավորը տվավ նրան ինքնագիր նամակ:

Մի քանի օրից հետո Մարզպետունի իշխանը յուր թիկնապահներով ելավ Շիրակից և ուղղվեցավ դեպի Վասպուրական:

Բայց դեռ չէր հասել Արծրունյաց ոստանին, երբ լուր հասավ նրան, թե Հովհաննես կաթողիկոսը վախճանվել է Ձորո-վանքում:

Իշխանը սաստիկ վշտացավ այդ գույժն առնելով, որովհետև կաթողիկոսի մահվամբ մի քանի չարիքներ միասին էին առաջանում: Առաջին՝ խանգարվում էր յուր մտադրությունը, որ էր Դվնո առումը և հազարացոց հալածումը: Երկրորդ՝ կաթողիկոսարանն ու եկեղեցական կալվածները մնում էին Նսըրի իշխանության ներքո, որով բազմաթիվ վանքեր ու միաբանություններ ենթարկվում էին կարոտության: Երրորդ՝ ինքը իշխանը զրկվում էր երդումից ազատվելու և յուր ընտանյաց գիրկը վերադառնալու հնարավորությունից, և չորրորդ՝ կաթողիկոսական գահը մնում էր Վասպուրականում և այդ առթիվ պիտի հառաջանային զանազան գժտություններ ու պառակտումներ և շարունակվեին, ո՛վ գիտե, քանի՛-քանի՛ տարիներ և ստեղծեին անշուշտ հակաթոռ կաթողիկոսություններ, որով և կազմալուծեին եկեղեցական իշխանապետությունը, որ առանց այն էլ հեռի էր նախանձելի վիճակ ունենալուց:

Այսուամենայնիվ իշխանն շտապեց Ձորո-վանքը՝ ներկա լինելու կաթողիկոսի թաղման:

Վասպուրականի բազմաթիվ ժողովրդյան հետ միասին խռնված էին այստեղ նաև նրա վանքերի հոգևոր հայրերը և գլխավոր եպիսկոպոսները: Այդտեղ էր նաև Գագիկ թագավորը յուր մեծամեծ իշխաններով և պալատական տիկնանցով: Մարզպետունի իշխանը ներկայացավ Ձորո-վանքում իբրև Արարատյան իշխանապետության ներկայացուցիչ, և Գագիկ թագավորն ընդունեց նրան արժանավայել մեծարանքով:

Երբ կաթողիկոսի մարմինն ամփոփեցին վանքի դամբարանում, Գագիկ թագավորը հրավիրեց Մարզպետունուն յուր արքայական ոստանը՝ Վան:

Այստեղ իշխանը մնաց մի քանի ժամանակ և ապրելով թագավորի արքունիքում՝ յուր իմաստության և ազնվական հատկությանց շնորհիվ սիրելի դարձավ ոչ միայն թագավորին, այլև նրա բոլոր իշխաններին ու պալատական տիկնանց: Այս առավելության արդյունքը եղավ այն, որ Գագիկ թագավորն ընդունեց Աշոտ արքայի ինքնագիր նամակով առաջարկած բարեկամությունը և միության ուխտ հաստատեց նրա հետ, գրելով այդ առթիվ դաշնագիր և վավերացնելով այն յուր ստորագրությամբ ու կնիքով:

Այդ միջոցներում ահա՛ հոգևոր միաբանությունների մեջ սկսավ արծարծվիլ նոր կաթողիկոս ընտրելու խնդիրը և մի քանի նշանավոր վարդապետանցներ Մարզպետունու զուշակած երկպառակության դրոշը պարզեցին:

Հայաստանի հյուսիսային նահանգներում հոգևորականությունը ցանկանում էր, որ կաթողիկոսն ընտրվի իրանց եպիսկոպոսներից և բազմե անպատճառ Ռստանում, իբրև կաթողիկոսի մշտական վեհավայրում, մինչդեռ հարավային նահանգներում ցանկանում էին, որ նա լինի Վասպուրականի վանականներից և բազմե Ձորո-վանքում, ըստ որում կաթողիկոսը վախճանվել էր այդտեղ:

Հոգևոր միաբանությանց արծարծած խնդիրը գրավեց նաև կուսակից իշխաններին և երկպառակությունը հետզհետե ընդհանրացավ: Փոքր իշխաններին միացան մեծերը, իսկ այս վերջիններին՝ նախարարական տները:

Մարզպետունի իշխանը յուր փորձառու իմաստությամբ զգաց, որ այդ շփոթը կարող է վնասել յուր նոր ստեղծած միությանը և, հետևապես, արգելք լինել ապագա ձեռնարկությանց, որովհետև տեսնում էր, թե հյուսիսային նահանգների դեմ բողոքող ձայներին միանում էր նաև Գագիկ արքայի Տունը: Նա իսկույն մի նամակով դիմեց Աշոտ թագավորին և ծանուցանելով նրան գալիք վտանգները, խնդրեց այս հարցի մեջ համակերպիլ վասպուրականցիներին, որպեսզի դրանով Գագիկի ինքնասիրությունը շոյվի:

Այսպիսով Արծրունյաց Տունը ավելի սերտ կկապվեր Բագրատունյաց հետ, իսկ այդ բարեկամությունն օգուտներ կբերեր ապագայում թե՛ գահին և թե՛ հայ»րենիքին:

Այսպիսի մի նամակ էլ նա գրեց արքաեղբորը, խնդրելով նրան՝ հորդորել թագավորին յուր խնդիրը չանտեսել:

Եվ ահա անմիջապես նա ստացավ պատասխան, որով թագավորն ու արքաեղբայրը իրավունք էին տալիս նրան տնօրինել այդ խնդիրը ըստ յուր ցանկության:

Իշխանն այդ ժամանակ ներկայացավ Գագիկ թագավորին և հարցրեց նրան, թե ո՞ւմ կկամենար ընտրել կաթողիկոս և ո՞ւր կցանկանար բազմած տեսնել նրան:

Գագիկ թագավորը պատասխանեց, թե յուր ընտրելին Վասպուրականի մեջ հայտնի Ստեփաննոս եպիսկոպոսն է. իսկ կաթողիկոսարանը նա ցանկանում է տեսնել Աղթամարա կղզում, ուր ինքը կառուցել է հոյակապ եկեղեցի և հզոր դղյակ և ուր որ շուտով արքունիքը պիտի տեղափոխե:

Իշխանը հայտնեց, թե Աշոտ թագավորը և Աբաս գահաժառանգը հրամայել են իրան, իբր Արարատյան իշխանապետության լիազորին՝ հարցել այդ խնդրում Գագիկ թագավորի կամքը: Հետևապես թող հաճի արքան ընտրել հայրապետական գահի ժառանգ նրան, որին ինքը կցանկանա և այդ ընտրության համար կտան իրանց հաճությունը հյուսիսային նահանգների նախաթոռ վարդապետարանները:

Գագիկ արքային մեծ հաճույք պատճառեց այդ լուրը:

— Աշոտ թագավորը և Աբաս թագաժառանգը երախտապարտ կացուցին ինձ այդ գեղեցիկ շնորհով, — բացականչեց նա ուրախությամբ.— այսուհետև Արծրունյաց տունը թող անբաժան զինակից լինի Բագրատունի թագավորաց և նրանց թշնամիները՝ թշնամի հռչակվին նաև մեր գահին:

Մի քանի ժամանակից հետ՝ Արծրունյաց Ոստանում խմբված համագումար ժողովում կաթողիկոս ընտրվեցավ Ստեփաննոս եպիսկոպոսը և այդ ընտրության, ինչպես խոստացել էր Մարզպետունին, իրանց հաճությունը տվին Աշոտ թագավորը և հյուսիսային նահանգների վարդապետանոցները:

Գագիկ թագավորը մեծ փառքով տարավ նորընտիր կաթողիկոսին Աղթամարա կղզին և օծել տալով նրան յուր նորակառույց ս. Խաչի տաճարում, բազմեցրեց այդտեղ իբրև հայոց ընդհանրական կաթողիկոս: Իսկ յուր շնորհակալիքը Աշոտ արքային հայտնելու համար ուղարկեց նրան թանկագին ընծաներ և նույնպիսի նվերներով էլ պատվեց Մարզպետունի իշխանին:

Բայց վերջինս ուրախ էր ոչ թե այդ սին ընծաներով, այլ այն բարեկամությամբ, որ ձեռք բերավ Վասպուրականում և որ ապագա հաջողությանց համար պիտի ծառայեր իբրև հիմնաքար:

Ինչ վերաբերում է կաթողիկոսական խնդրին, իշխանը նրան այն նշանակությունը չէր տալիս, ինչ որ տալիս էր Գագիկ Արծրունին: Վերջինս կաթողիկոսական աթոռը Աղթամարում ունենալը մեծ փառք էր համարում յուր համար, և մինչև անգամ մի առավելություն Արարատյան իշխանապետության նկատմամբ, մինչդեռ Մարզպետունին ավելի գին էր տալիս Արծրունյաց Տան նիզակակցության, հաստատ հավատացած լինելով, որ Վասպուրական իշխանների մի քանի գումարտակները ավելի շահ կարող են բերել գահին, քան թե Ոստանում նստող կաթողիկոսը, մանավանդ որ յուր ժամանակի ընտրելիների մեջ չէր նշմարում նա մինը, որ ժառանգ համարվեր Գնորգ կամ Մաշտոց արժանավոր հայրապետներին, այլ ամենքն էլ Հովհաննես կաթողիկոսի թուլության հաջորդներն էին:

Այդ հայացքն ունեին այս խնդրի վրա նաև Աշոտ թագավորն ու արքաեղբայրը: Այդ պատճառով և լիաբերան շնորհակալություն մատուցին Մարզպետունուն, որ նա իմաստնաբար խորհելով՝ փոքրը զոհել էր՝ մեծագույնը ձեռք բերելու համար:

Մարզպետունի իշխանը վերադարձավ Երազգավորս՝ գոհ յուր առաքելությամբ: Նա թեպետ անկարող եղավ վերադարձնել Հովհաննես կաթողիկոսին, բայց դրա փոխարեն բերավ յուր հետ Գագիկ թագավորի բարեկամության դաշնագիրը, որ առավել մեծագնի էր, քան հայրապետի վերադարձը:

Իշխանը հանգիստ առավ արքունիքում և սկսավ խորհել նոր ծրագրերի մասին, ըստ որում հանգամանքները փոխվել էին արդեն, և նա պարտավոր էր հարմարվել նրանց: Սկզբում նա մտածում էր տիրել մայրաքաղաքին գաղտնի ճանապարհով կամ ներքին դավադրությամբ, որպեսզի յուր զորքերը կորուստ չունենային: Բայց այժմ, երբ Գագիկը միաբանել էր արքայի հետ, էլ երկյուղ կրելու տեղիք չէր մնում: Հայերը կարող էին գրավել Դվինը նույնիսկ հարձակումով, եթե խաղաղ պաշարումը երկարաձգվեր: Եվ ահա իշխանը մտածում էր օգտվել ձմեռային ամիսներից և հարկ եղած պատրաստությունները տեսնել, որպեսզի գարունը բացվելուն պես առաջ վարեր զորքը:

Բայց անողոք բախտը խանգարում էր նրան: Հազիվ նա մի քանի գործեր կարգադրեց և հավատարիմներին հրահանգներ տվավ, ահա՛ գույժ հասավ Ուտիքից թե Ցլիկ-Ամրամը Գուգարաց և Տաշրաց իշխանների հետ միանալով՝ հյուսիսային այդ երեք նահանգները հանձնում է ափխազաց Բեր թագավորին:

(Այդ ժամանակ արդեն վախճանվել էր վերջինի հայր Գուրգենը, որ միևնույն ժամանակ Աբաս արքաեղբոր աներն էր և որի տեղ Ափխազիայում իշխում էր Բերը):

Այս լուրն ընդհանրապես ծանր տպավորություն արավ արքունիքում, բայց ամենից ավելի վշտացրեց արքային և իշխան Մարզպետունուն:

Երբ վերջինս մտավ թագավորի մոտ՝ Ամրամի այս նոր դավաճանության պատճառի մասին նրա կարծիքն իմանալու, արքային գտավ տխուր և տկար: Այսուամենայնիվ նա սիրով ընդունեց նրան և հետոն սկսավ մտերմաբար խոսակցել:

— Այդ դավաճանությունը նոր չէ. դա հին շարունակությունն է, — ասաց թագավորը: — Այդ սեպուհը, ինչպես մի անգամ էլ ասացի քեզ, ոչ թե ազգի, այլ ի՛մ թշնամին է: Հետևապես նրա այս չարությունն էլ ուղղված է իմ անձի դեմ: Նա լուռ էր մինչև այսօր, որովհետև ես փախուստ էի տվել յուր երեսից և ապրում էի Սևանում անփառունակ վիճակի մեջ: Իմ այդ դժբախտությունը գոհություն էր պատճառում նրան, և վրեժխնդրության կրակը հանգել էր նրա սրտում: Բայց այժմ, որովհետև դարձա իմ աթոռը, և քո շնորհիվ մեր գործերը մի քիչ հաջողեցան, ուստի հին ոխն ու վրեժը նորեն նրան գրգռեցին, և նա այդ ազգադավ չարությունը հղացավ: Այդ մարդը կարծում է, թե Աշոտ թագավորը բախտավոր է արդեն, թե ինձ համար երջանկության նոր արև է ծագել և այդ պատճառով մեր նահանգները հանձնում է Բերին, մեր հինավուրց թշնամուն, որպեսզի իմ սիրտը նոր վշտերով դառնացնե... Բայց եթե գիտենար, որ այս սիրտը վիրապատ ու մահամերձ է արդեն, գուցե, իբրև մարդ, խղճահարվեր... դադարեր չարիքներ գործելուց...

— Ես կամենում եմ թողնել այս տեղի գործը կամ հանձնել այն մեծ իշխան Աբասին և դիմել Ուտիք, գուցե կարողանամ վտանգի առաջն առնել, քանի ափխազաց թագավորը չէ եկել յուր կապուտը գրավելու, — ասաց Գևորգ իշխանը:

— Գնալ Ուտի՞ք... Այո՛, այդ կարևոր էր... բայց դու շատ հոգնեցար. Հայոց աշխարհը ուրիշ Մարզպետունի չունի, դու պետք է խնայես քեզ:

— Մարզպետունիները աննշան մարդիկ կլինեին, եթե անգործ նստեին: Հրամայիր ինձ, արքա, վաղն ևեթ ճանապարհվել, գուցե կարողանամ դեռ պիտանի լինել գործին, — հարեց իշխանը:

Թագավորը մի քանի վայրկյան մտածեց և ապա նայեց Մարզպետունու աչքերին: Նա, կարծես, կամենում էր մի նոր բան ասել, բայց քաշվում էր:

— Մի՞թե որևէ միտք արգելում է քեզ՝ տալ ինձ այդ հրամանը, — հարցրեց իշխանը թագավորին:

— Ո՛չ. դու կարող ես գնալ, և գուցե այս անգամ ազդես նրա վրա... բայց որտե՞ղ հույս ունիս պատահել Ամրամին:

— Ամբողջ Ուտիքը կարող եմ շրջել:

— Ո՛չ, ավելի լավ է գնալ ուղղակի Տավուշ... գուցե նա դեռ այնտեղ լինի:

— Տավո՞ւշ... շատ բարի, ես ամենից առաջ կմտնեմ Գուգարք:

— Ուրեմն կարող ես մի քանի օրից ճանապարհվել:

— Կճանապարհվեմ նույնիսկ վաղը, այստեղ ինձ ոչինչ չի ուշացնում:

— Վա՞ղը... այդպես շո՞ւտ:

— Այո՛. որքան շուտ, այնքան լավ:

Թագավորի սիրտը, կարծես, տեղահան եղավ, մի ուրախ անհանգստություն, որից սակայն անբաժան էր վշտերի զգացումը, նրա սիրտը պաշարեց: Եվ նա մոռացավ իսկույն հյուսիսային նահանգները, մոռացավ Բերին, Ցլիկ Ամրամին... Նրա միտքը սլացավ դեպի Տավուշ, թափանցեց նրա դղյակի ներքին խորշերը և այդտեղ որոնում էր թշվառ բանտարկյալին, այն գեղանի իշխանուհուն, որի հրավառ աչքերը դժբախտ սեր վառեցին յուր սրտում և որ պատճառ դարձավ մի շարք չարիքների... Որքա՛ն ժամանակ էր, որ նա չէր տեսել նրան, որքա՛ն ժամանակ էր, որ լուր չուներ նրանից: Արդյոք մեռա՞վ, թե՞ ապրում է դեռ. սիրո՞ւմ է իրան, թե՞ անիծում... ոչինչ չգիտեր:

Մի անգամ միայն, երբ եգերացոց զորքով մտավ նա Գուգարք, լսեց որ Ամրամը փակել է յուր կնոջը դղյակի զնդանում և պահում է նրան ինչպես մահապարտի... Այնուհետև այլևս ուրիշ լուր չառավ: Իսկ այժմ, ահա՛, երբ Գնորգ իշխանը գնում է Տավուշ, հարկավ մի տեղեկություն կբերե Ասպրամ տիկնոջից... Եվ ինչպե՛ս կցանկանար պատվեր տալ նրան այդ մասին... հրամայել... ո՛չ, խնդրել, աղաչել, որ նա մտնե այն խուցը, այն խավարչտին բանտը, ուր փակված է թշվառ սիրո զոհը. խոսե նրա հետ, հայտնե, որ հայոց թագավոր Աշոտ Երկաթը դեռ հիշում, դեռ սիրում է նրան... որ նա չարաչար տանջվում է տիկնոջ տխուր վիճակը հիշելով. նրա դալկահար դեմքը, նրա լացող աչքերը երևակայելով...

Բայց մի՞թե կարելի էր այդպես պատվեր տալ Մարզպետունուն. այն առաքինի հերոսին, որ աշխարհի մեջ միայն երկու սրբություն էր ճանաչում — հայրենիք և ընտանիք, և որ միայն այդ սրբարանների առաջ էր խոնարհվում:

Այդ իհարկե գիտեր թագավորը, ուստի և նրան ոչինչ չպատվիրեց: Նա գոհ եղավ միայն այն մտածությամբ, թե իշխանը տիկնոջ մասին կլսե անշուշտ Տավուշում մի նորություն և կբերե այն իրան:

Հետևյալ օրը, ինչպես որ որոշված էր, իշխանը յուր թիկնապահներով ելավ Երազգավորսից և ուղղվեց դեպի Գուգարք:

Դ

ՀԻՆ ՎՇՏԵՐԻ ՎԱԽՃԱՆԸ

Չնայելով որ ձյունը պատել էր արդեն Գուգարաց լեռները և ճանապարհները փակել, այսուամենայնիվ Տավուշի բերդում հեռավոր ճանապարհորդության պատրաստություն էին տեսնում: Իշխանական դղյակում բազմաթիվ ծառաներ զբաղված էին իրեղեններ դարսելով, բեռներ կապելով կամ պաշար պատրաստելով: Հպատակ գյուղացիները ներս ու դուրս էին անում դղյակի բակը՝ քաշելով իրանց ետնից գրաստների շարքեր: Նրանցից ոմանք բեռներ էին բարձում և ոմանք դատարկ վերադառնում, նայելով թե որքա՛ն ուժեղ կամ առողջ էին լինում բերած գրաստները: Այս բոլոր աշխատությանց հսկում էին այր մարդիկ, և ամբողջ դղյակում չէր երևում ոչ մի կին: Նույնիսկ հագուստներն ու շորեղենը դարսում էին ծառաներ, չնայելով որ դա աղախինների գործ էր: Կարծես մի հարվածող խարազան հալածել էր այդ դղյակից բոլոր այն արարածներին, որոնք կին անունն էին կրում:

Աշտարակազարդ դղյակի վերին դահլիճներից մինում, ուր ընդարձակ ծխնելույզի մեջ վառվում էր մեծ կրակ, անցուդարձ էր անում Ամրամ սեպուհը: Նրա դեմքը տխուր, ճակատը կնճռոտ և հայացքի մեջ կրակը հանգած էր: Հարուստ մորուքը, որ իջնում էր մինչև գոտին, ծածկվել էր արդեն սպիտակ ալիքներով և կազմում էր հակապատկերը յուր հագուստին, որ կարված էր միայն սևերից: Նրա մեջքը չէր զրկում այլևս արծաթե կամար և ոչ էլ գոտին կրում էր ոսկեպատ սուր: Յուր ձեռքի զարդը մի սև համրիչ էր, որի հատիկները նա շարունակ քաշում էր և համր քայլերով հետ ու առաջ ընթանում:

Հանկարծ նա կանգ առավ դահլիճի նեղ և գունավոր ապակիներ ագուցած պատուհանի առաջ և սկսավ ուշադիր նայել դեպի Տավուշի ձորակը, որի լանջերով սրընթաց բարձրանում էր հեծյալների մի խումբ: Որքան էլ որ սեպուհը լարեց յուր տեսողությունը, այնուամենայնիվ չկարողացավ ճանաչել խմբի առաջնորդին, որ հասարակ մարդ չէր երևում, բայց հետևորդների հագուստից գուշակեց, որ Ռստանի կողմից էին եկողները:

Երբ հեծյալները հասան բերդի դռանը, նա ճանաչեց իսկույն Մարզպետունի իշխանին և դուրս գալով քարաշեն պատշգամբը՝ հրաման արավ իսկույն բանալ բերդի դռները:

«Ինչո՞ւ համար է նա գալիս այստեղ. ի՞նչ ունի այժմ ինձ հետ...», — մտածեց ինքն իրան սեպուհը և չկարողանալով պատճառը գուշակել, ներս մտավ դահլիճը:

Գնորգ իշխանն իջնելով ձիուց՝ տեսավ դղյակի բակում տեղի ունեցող շարժումն ու պատրաստությունները և ինքն իրան շշնջաց.

«Մենք ուշացանք, նա արդեն հեռանում է...»:

Բարձրանալով դղյակի վերին դստիկոնները, իշխանն ամեն տեղ տեսավ ամայություն.-գորգերն ու զարդերը հավաքած, բազմոցները քակած, կանթեղներն իջեցրած, միով բանիվ՝ դղյակը բարեզարդությունից մերկացրած էր:

«Ինչո՞ւ այսպես շուտ, այս ձմեռ ժամանակ...»,-մտածեց ինքն իրան իշխանը և սակայն յուր հարցին պատասխան գտնել չկարողացավ:

Երբ մտավ սեպուհի մոտ, վերջինս նստած էր կրակարանի առաջ և քաշում էր յուր համրիչը:

— Դու այստե՞ղ, Մարզպետունի իշխան,-բացականչեց սեպուհը և դիմեց դեպի նրան մի բռնազբոսիկ ժպիտով, որ սակայն չէր մեղմում յուր դեմքի տխրությունը:

— Ինչպես տեսնում ես, տե՛ր սեպուհ, ես այստեղ եմ, եկա քո դղյակը հյուր, բայց դու երևի հենց դրա համար էլ մերկացրել ես նրան բարեզարդությունից:

— Աստված մերկացրեց, սիրելի իշխան: Նա՛ խլեց իմ դղյակի թանկագին զարդը... —պատասխանեց սեպուհը դողացող ձայնով և սեղմելով իշխանի ձեռքը, տարավ և բազմեցրեց նրան կրակարանի առաջ: — Նստի՛ր այստեղ, տաքացիր, ցուրտն անշուշտ նեղացրած կլինի քեզ. մեր Տավուշի ձորն առատ է բուքերով... — շարունակեց իշխանը և երկաթե ունելիքը վերցնելով սկսավ կրակը խառնել:

— Այո՛, ձեր լեռները մի փոքր սեղմեցին մեզ. այծենակաճները հազիվ էին մեզ սառնլուց պահպանում:

— Ինչո՞ւ այս ձյուն-ձմռան հիշեցիր ինձ, տեր Մարզպետունի, — հարցրեց սեպուհը, չկարողանալով կարծես համբերել, որ հյուրասիրության համար սահմանված ժամերն անցնեն:

— Իսկ դո՞ւ ինչու ես այս ձյուն-ձմռան մեջ հեռանում քո երկրից. —հարցրեց իշխանը մեղմով ժպտալով:

— Ես իմ երկիրը հանձնեցի ափխազաց թագավորին և փոխարենն ստացա Ճորոխի ափերը... գնում եմ իմ նոր կալվածը ժառանգելու, — պատասխանեց սեպուհը առանց ակնածության:

— Այդ ես գիտեի...: Բայց ինչո՞ւ անպատՃառ այս ձյուն-ձմռան մեջ:

— Մի օր ավելի մնալը մահ է ինձ համար... Այս դղյակի սենյակներում ապրում են այժմ դժոխային Ճիվաղներ, որոնք օր ու գիշեր անհանգիստ են անում ինձ. ես փախչում, հեռանում եմ նրանցից...

— Դժոխային Ճիվաղնե՞ր... ի՞նչ կնշանակե այդ, — հարցրեց Մարզպետունին, տարակուսական մի հայացք ձգելով սեպուհի վրա:

— Այո՛, Ճիվաղներ... դու պատահե՞լ ես, տեսե՞լ ես նրանց:

— Ե՞ս... Ո՛չ... — պատասխանեց իշխանը և նրան այնպես թվաց, թե սեպուհը խելագարված է:

— Բախտավոր մարդ ես ուրեմն, ում որ Ճիվաղները չեն չարչարում, նա անպայման բախտավոր է... Այո՛, ես էլ մի օր այդպիսին էի, բայց իմ բախտը քո թագավորը կործանեց...

— Տե՛ր,սեպուհ...

— Հա՛, ի՞նչ է անում այն թշվառականը, ապրում է, այնպես չէ՛. հանդեսնե՞ր է կատարում արքունյաց մեջ... մայրաքաղաքն առնելու վրա է մտածում... և չէ հիշում յուր չարագործությունը...

— Տե՛ր սեպուհ, ես քաղցած եմ, հրամայի՛ր նախ կերակրել ինձ, — ընդհատեց իշխանը դիտմամբ, կամենալով արգելել սեպուհի զայրույթը:

Վերջինս մի վայրկյան մնաց լուռ և ապա իշխանին դառնալով՝ ասաց.

— Ների՛ր ինձ, տե՛ր Մարզպետունի, ես զգռվեցա. այդպես չպետք է անեի, Այո՛, բայց... ինչ ասեմ, հիվանդ եմ, սիրտս ու հոգիս ծածկված են վերքերով իմաստությունն այլևս չի կառավարում իմ զգացումները...

Այս ասելով՝ նա ծափ զարկեց, և դռնապանը ներս մտավ:

— Ասա՛ թող Ճաշ բերեն մեզ, — հրամայեց սեպուհը:

Ծառաներն իսկույն ջուր բերին, որով իշխանները լվացվեցան և ապա պաշտեցին Ճաշը, որ կազմված էր մի քանի համադամ խորտիկներից:

Սեպուհը Ճաշից հետ զբաղեցրեց հյուրին աննշան զրույցներով, որպեսզի առիթ չունենա նորեն զգռվելու և իշխանի խաղաղ տրամադրությունը խանգարելու:

Բայց հետևյալ առավոտ նա խնդրեց Մարզպետունուն՝ հայտնել յուր առաքելության նպատակը, ըստ որում ինքը երկար չպիտի մնար Տավուշում:

— Ստանում լուր առանք, թե դու միացել ես Գուգարաց և Տայոց իշխանների հետ, — խոսիլ սկսավ իշխանը, — և պայման դրել՝ հանձնել ափխազաց թագավորին Տայք, Գուգարք և Ուտի նահանգները: Այդ լուրն անախորժ տպավորություն արավ արքունիքում, իսկ ինձ ուղղակի սարսափեցրեց: Ես եկա խանգարելու այդ ազգավաՃառ գործը:

— Դու ուշացել ես, — նկատեց սեպուհը սառնությամբ:

— Ինչպե՞ս թե ուշացել եմ:

— Այնպես: Մենք արդեն մեր գործն ավարտեցինք:

— Ինչպե՞ս թե ավարտեցիք:

— Հիշածդ նահանգները հաստատուն դաշնագրերով հանձնեցինք Բեր

թագավորին, իսկ դրանց փոխարեն ստացանք նրանից զանազան կալվածներ Ափխազիայում:

— Ո՞ր իրավունքով արիք դուք այդ բանը:

— Այն իրավունքով, որ մեզ տրված էր հայոց թագավորից:

— Նա ձեզ սոսկ վերակացուներ էր կարգել այդ նահանգների վրա:

— Բայց հետո մենք ապստամբեցանք, տիրեցինք այդ նահանգներին և տիրապետ թագավորը չկարողացավ խլել այն մեզանից:

— Այսուամենայնիվ, այդ նահանգները ձեր ժառանգական ստացվածները չէին, դուք հափշտակեցիք այն տիրանենգությամբ:

— Այո՛, ես չեմ ուրանում, հափշտակեցինք: Չլիներ Ցլիկ-Ամրամը, Գուգարքն ու Տայքը չէին բաժանվիլ հայոց թագավորից: Ես ինքս ստեղծեցի այդ բաժանումը, պատմությունը հայտնի է քեզ. հայտնի է նաև այն պատճառը, որ ստիպեց ինձ այդ անելու:

— Այո՛, հայտնի է. բայց չէ՞ որ դու արդեն քո վրեժը լուծեցիր, զրկեցիր թագավորին յուր ստացվածներից, ստիպեցիր նրան փախուստ տալ քո երեսից, թաքչել Սևանում երկար ամիսներ և ի վերջո՝ կռվի բռնվել Բեշիրի հետ և մահացու վերք ստանալ յուր կողերում. մի վերք, որ վաղ թե ուշ գերեզման պիտի տանե նրան: Էլ ուրիշ ի՞նչ ես պահանջում նրանից, ինչո՞ւ քո մի զրկանքի պատճառով հարյուրն ես կամենում փոխարինել: Եվ վերջապես ի՞նչ հանցանք ունի այդ նահանգների հայ ժողովուրդը, ինչո՞ւ մատնում ես նրանց օտար զազանին:

— Տե՛ր Մարզպետունի, երբ դու խոսում ես, ինձ թվում է թե հանցավոր եմ ես: Բայց երբ սկսում եմ անցյալը մտաբերել կամ ներկան քննել, այն ժամանակ արածներս շատ չնչին են երևում ինձ: Աշոտ թագավորը, այո՛, պատճառեց ինձ անփոխարինելի զրկանք, անդառնալի կորուստ: Նա հափշտակեց իմ անզուգական գանձը, իմ աննման հարստությունը... Ինձ թվում էր, թե վրեժխնդրությունս չի հագենալ, եթե Արարատի ահավոր ժայռերը նրա գլխին չկուտակեմ... Բայց իմ ապստամբությունն ու Ուտիքը գրավելը և ապա յուր փախուստը և Սևանում թաքչիլը բավական հանգցրին վրեժխնդրությանս բոցը: Ես սկսել էի արդեն հաշտվել իմ դժբախտության հետ: «Թշնամուս կործանեցի, այժմ թող մոռանամ նրան», մտածում էի ինքս ինձ և պիտի մոռանայի... Ոչ, արդեն մոռացել էի... Բայց ի՞նչ ասեմ, չեմ կարողանում հիշել, սարսափում եմ...

— Ի՞նչ, մի ուրիշ արգե՞լք պատահեց:

— Օ՜հ, իշխան, եթե կարողանայի այլևս չխոսել...

— Բայց ուրիշ ի՞նչ պատահեց:

— Ուրիշ ի՞նչ, ոչինչ... ոչինչ չպատահեց...

Վերջին խոսքերն արտասանելիս սեպուհի գույնը թռավ, նա հեռացրեց Մարզպետունուց յուր հայացքը, որի մեջ այդ վայրկենին հրդեհվում էր մի հուր:

— Բայց ի՞նչ պատահեց, ասա՛, — թախանձեց իշխանը:

— Ի՞նչ պատահեց... Երկինքը կործանվեց, հասկանո՞ւմ ես, երկինքը, բայց չէ, այդ դու չես հասկանալ... Դժոխքը յուր բոլոր արհավիրներով փոխադրվեց երկրի վրա ինձ նման թշվառականին տանջելու, չարչարելու, իմ սիրտն ու հոգին կեղեքելու համար...

— Հավատա՛ ինձ, տեր սեպուհ, չեմ կարողանում քեզ հասկանալ, — ասաց իշխանը երկյուղագին:

— Չե՞ս հասկանում... Ուրեմն ավելի մեկին խոսեմ... Տանջվիմ դարձյալ մի քանի վայրկյան, հիշեմ զարհուրելի պատմությունը... —Այս ասելով սեպուհն ուղղվեցավ բազմոցի վրա և թիկունքը հենարանին տալով՝ քաշեց համարիչը մի քանի անգամ, ապա շարունակեց. — զարմանալի գաղտնիքն իմանալուց հետ մի դժոխային կատաղություն եկավ վրաս, հրամայեցի շղթաներ զարկել իմ թշվառ ամուսնու ոտքերին և ձգել նրան այս դղյակի խավարչտին բանտը... Օ՜, ինչո՞ւ աստված միայն գազաններին է տվել պատառող ժանիքներ, միթե մարդ արարածը չի՞ գերազանցում նրանց յուր անգթությամբ... Այո՛, փակել տվի նրան զնդանի մեջ. հրամայեցի չայցելել նրան, լուր չհաղորդել և ոչ իսկ լուր առնել իրանից... Այլ միայն տալ ավուր պարենը, որպեսզի ապրե խավարի մեջ և տանջվի այդտեղ յուր հանցանքի համար: Այնուհետև ես հեռացա Տավուշից և սկսա իմ ապստամբության գործը տնօրինել, որի սկիզբն ու վախճանը հայտնի է քեզ արդեն: Երբ նորեն վերադարձա Տավուշ՝ հրամայեցի հանել զնդանից թշվառ ամուսնուս: Եվ նա շղթայակապ, դողդողալով եկավ և կանգնեց իմ առաջ... Օ՛, ինչո՞ւ այն վայրկենին իմ աչքերը չկուրացան, ինչպե՛ս կարողացա ես տեսնել նրան այն դրության մեջ և տակավին համառիլ... Նրա գիրուկ մարմինը նիհարել, զվարթ դեմքը դալկացել և վառվռուն աչքերը մարել էին... Նա նայեց ինձ վրա, կամեցավ խոսել, բայց ես արգելեցի նրան... Ինչո՞ւ արդյոք աստուծո ձեռը այդ րոպեին ինձ չհարվածեց. գուցե նա կամենում էր բողոքել, գուցե կամենում էր արդարանալ իմ առաջ և կամ բերել ապացույցներ, որոնք յուր անմեղությունը պիտի հաստատեին... Բայց ես անգութս ամեն բան մերժեցի: Նայեցի նրան գազանային աչքերով և գուժեցի յուր սիրահար թագավորի ամոթահար պարտությունն ու անարգ փախուստը: Այնուհետև միակ շնորհը, որ ես կարողացա անել նրան, այն էր, որ հրամայեցի հանել երկաթե շղթաները և առանց կապանքի փակել նրան վերին դստիկոններից մինում:

Վերջին խոսքերի վրա Ամրամը խոր հառաչեց և գլուխը ձեռքերի մեջ առնելով՝ մնաց լուռ: Թվում էր, թե նա չի կարողանում այլևս սկսածը շարունակել, ուստի իշխանը խնդրեց նրան լռել՝ եթե մի ծանր վիշտ արգելում էր իրան խոսել:

— Ընդհակառակը, վիշտն ստիպում է ինձ խոսել, — շարունակեց սեպուհը՝ գլուխը վեր անելով: — Որքա՞ն ժամանակ է, որ ես չեմ խոսել, որքա՞ն ժամանակ է, որ այս սրահները միայն իմ տխուր հառաչանքներն էին լսում, միայն իմ դառն արտասուքները տեսնում... Օ՛, ծանր, դժվարին, կարի անտանելի մի դրություն է այս. եւ սակայն նա վիճակված է մեզ, թշվառ մահկանացուներիս... Բայց ինձ թվում է, թե վշտերն առհասարակ կմեղմանային, նրանք չէին տանջիլ մեզ անողորմաբար, եթե մեզ շրջապատողները, մեր պատկերներն ու հոգին կրող մարդիկ կարողանային մի վայրկյան մեր սիրտը քննել և նրան կեղեքող վշտերը տեսնել... Ասա՛ այժմ ինձ, տեր Մարզպետունի, ինչպե՞ս կվարվեիր, եթե իմ վիճակում գտնվեիր:

— Ի՞նչ վիճակում, օրինակ:

— Եթե հանկարծ իմանայիր, որ սիրածդ անձը դավաճանել է քեզ:

— Ես ոչ մի մարդու կատարյալ չեմ համարում, ամեն մինը մեզանից ունի յուր թերությունը, այդ պատճառով էլ ես ներողամիտ եմ լինում միշտ դեպի ասեն մարդ, որ հանցանք է գործում իմ դեմ:

— Բայց մի՞թե չկա հանցանք, որին անկարելի լիներ ներել, որի համար մարդկանց սյունից կախեին, կրակում այրեին, ջրահեղձ անեին...

— Ինչպե՞ս չէ, կա:

— Ո՞րն է այ՛դ, ասա՛... Ասա՛, իշխան, կամենում եմ լս՛ել...

— Հայրենիքի դեմ արած դավաճանությունը:

— Միայն ա՞յդ:

— Միայն այդ հանցանքն է, որին չէ կարելի ներել:

— Իսկ եթե դավաճաներ քեզ քո սիրած... Բայց ի՞նչ եմ խոսում, մի՞թե կարող ես դու ինձ հասկանալ... Ահա ինչո՞ւ համար էի ասում, թե մեր վշտերը կմեղմանային՝ եթե ընկեր մարդիկ կարողանային նրանց էությունն ըմբռնել:

— Խոսի՛ր, տեր սեպուհ, ես կարող եմ հասկանալ:

— Կարո՞ղ ես... Դե ասա՛, ի՞նչ կանեիր, եթե հանկարծ իմանայիր, ներիր համարձակությանս, թե Գոհար իշխանուհին դավաճանել է քեզ... Մի՛ դատիր քո այժմյան սրտով, դարձիր դեպի քո անցյալը, երիտասարդացի՛ր, հիշիր այն խանդն ու կրակը, որ վառել, բորբոքել է քո սիրտը...

— Չգիտեմ, այդ վիշտն անծանոթ է եղել ինձ:

— Անծանո՞թ է եղել... Օ՛, որքա՛ն ուրեմն երջանիկ ես դու. և ահա՛ այդ է պատճառը, որ Մարզպետունյաց տերը մաքուր խղճով, խաղաղ սրտով յուր տան շինության և հայրենյաց փառքի համար է աշխատել, մեծ հայրենասերի հռչակ է ստացել, իսկ Ցլիկ Ամրամը, որի սիրտը պակաս չէ բաբախել հայրենյաց սիրո համար, դարձել է մի մատնիչ, դավաճան... Այո՛, եթե մի ժամ, մի վայրկյան դու կարողանայիր ըմբռնել այդ վշտի էությունը, այն ժամանակ կիասկանայիր, թե ինչո՞ւ ես նրան աշտարակում փակեցի... նրան, իմ Ասպրամին, որին սիրում էի այնպես, ինչպես որ չէին կարող սիրել տասն անգամ տասը սրտեր միասին...

Այո՛, փակեցի նրան աշտարակում, բայց եթե գիտենայիր, թե որքա՛ն տանջվում էի ես՝ տեսնելով նրան զուրկ արևի ջերմությունից, սիրո խնամքներից, մենմենակ յուր վշտերի հետ... Քանի՛-քանի՛ անգամ կամեցա գնալ, մտնել այն մենարանը, ուր հեծում էր թշվառ կինը, բանալ նրան նորեն իմ գիրկը, սեղմել իմ կրծքին և ասել. «Ասպրամ, ներում եմ քեզ...»: Բայց, ի՜նչ մեղքս թաքցնեմ, այն միտքը, թե գուցե նա ավելի երջանիկ է համարում իրան յուր սիրո համար տանջվելով, քան թե կհամարեր նորեն իմ գիրկը դառնալով, ոտքերս կասեցրին... Եվ այսպես ամիսներ անցան: Ներքին հպարտությունս թույլ չէր տալիս ինձ մոտենալ հանցավորին և ասել նրան լեզվով այն, ինչ որ վաղուց ասել էի սրտով:

Բայց հոգիս հետզհետե ավելի էր խռովվում: Լինում էին վայրկյաններ, երբ տխրությունը ծանրանում էր վրաս, անձուկը խեղդում էր ինձ և ես լուռ, անխոս, առանց հառաչել իսկ կարենալու, սկսում էի դառնապես արտասվել...

Մի անգամ դիպվածով տեսա, որ կերակուր տանող աղախինը վերադառնում էր աշտարակից՝ բերելով յուր հետ կերակրի խանը բոլորովին անձեռնամուխ: Իմ հարցին, թե «Ինչո՛ւ չէ կերել տիկինը», աղախինը պատասխանեց, թե «Չհաճեցավ ուտել և հրամայեց այլևս կերակուր չտանել իրան»: Այս տարօրինակ պատվերը կասկածի մեջ ձգեց ինձ և սկսա իմ խղճից տանջվել չարաչար: Նորեն հին մտքերը պաշարեցին ինձ. նորեն որոշեցի գնալ նրա մոտ, հանել թշվառին աշտարակից, վերադարձնել իրան յուր տիկնությունը... Եվ սակայն հակառակ մտքեր էլ ունեցա, ուստի և երկար մնացի իմ խցում: Անցան շատ ժամեր: Դղյակի եկեղեցու ժամհարը, որ դռների ետևից «ալելուիա» հնչելով և կոչնակը զարկելով հրավիրում էր մարդկանց աղոթելու, սթափեցրեց ինձ թմրությունի՛ց: «Ինչո՞ւ համար եմ ուշանում, ազատենք վերջապես թշվառին», մտածեցի ինքս ինձ և վեր թռա տեղից: Բայց... Օ՛, ի՜նչ վայրկյան էր այն, ինչո՞ւ շանթահար չեղա ես...

— Ի՞նչ պատահեցավ, — հարցրեց իշխանը վախենալով:

— Ի՛նչ պատահեցավ... Ահա թե ինչ, շտապ-շտապ դիմեցի դեպի աշտարակը, հրամայեցի պահապանին երկաթապատ դուռը բանալ, ներս մտա և ի՞նչ տեսա, աստված իմ... Իմ կինը, իմ սիրած Ասպրամը կախված առաստաղից...

— Կախվա՞ծ... — բացականչեց իշխանը սարսափելով:

— Այո՛, կախված... Նա հանել էր երկաթե կանթեղը և նրա պարանը յուր փողն անցուցել... Թեթև մարմինը տակավին ճոճում էր օդի մեջ... Այդ տեսարանը զարհուրեցրեց ինձ, երկինքը կարծես փլավ իմ գլխին, և դժոխոց ոգիները պատեցին իմ շուրջը իրանց արհավիրներով... Մի վայրկյան միայն տեսա ես զարհուրելի պատկերը, մռնչեցի ինչպես անապատի առյուծը, որ գոռում է հսկայի հարվածն առնելուց, իմ ձայնը որոտաց դղյակի կամարներում, մարդիկ իրար անցան, իսկ ես հափշտակեցի նրան, սեղմեցի կրծքիս և խելագարի նման դուրս փախա աշտարակից... Մի վայրկյան ինձ այնպես թվաց, թե նա կենդանի է. թե շուտով պիտի խոսե իմ ականջին, թե յուր լուսալիր աչքերը պիտի բանա... Ավա՛ղ, այդ միայն ցնորք էր. Ասպրամը մեռել էր անհարիր, նրա սիրուն դեմքը կապտել, գեղանի աչքերը հանգել, շրթունքները փակվել և սիրտը դադարել էր տրոփելուց, ես այդ տեսա, զգացի, ձեռքերով շոշափեցի և նորեն անշնչացած մարմինը գրկելով սկսա դառնապես նրա մահը ողբալ: Ի՞նչ պատահեց ինձ այնուհետև, չգիտեմ, մի քանի օր շարունակ ես խելագուրկ էի... Վերջին վայրկենին միայն, երբ զոհի դագաղը իջեցնում էին գերեզման, նորեն իմ սիրտը փղձկաց, նորեն արտասվաց աղբյուրները բացվեցան, և ես սկսա իմ կորուստը ողբալ:

Այս խոսքերի վրա սեպուհը խոր հառաչեց և գլուխը կախելով լռեց մի րոպե:

Իշխանը, որ քաջ ըմբռնում էր նրա վշտի ծանրությունը, կամեցավ մխիթարական խոսքեր ասել նրան, բայց դրանք հակառակ ազդեցություն արին Ամրամի վրա:

— Մի՛ խոսիր ինձ մխիթարությունից, տեր Մարզպետունի, — բացականչեց նա կարծես վրդովված. — դու չես կարող մխիթարել այն մարդուն, որ կորուսել է յուր կյանքից ավելի թանկագին գանձը, որի հոգին մեռել, սիրտն ընդարմացել է և որ ապրում է միայն տանջվելու համար... Կամենո՞ւմ ես ինձ մխիթարել, ցույց տուր, թե ո՞ր ճանապարհով կարող եմ ես ավելի լավ վրեժխնդիր լինել իմ թշնամուն և քո թագավորին... Այո՛, միայն վրեժխնդրությունը, անողոք, կործանիչ վրեժխնդրությունը կարող է ինձ մխիթարել... Իմ սիրտը կուրախանա, հոգիս կիրճվի, երբ տեսնեմ Աշոտին իմ ձեռքով պատրաստած դժոխքի մեջ տանջվելիս... Դու կարծեմ ասացիր, թե նա մեռնում է, բայց աստված մի՛ արասցե, ես չեմ կամենում, որ նա մեռնի: Մի՞թե հավիտենականության մեջ կարո՞ղ են այնպիսի տանջանքներ տալ նրան, որպիսին ես եմ ցանկանում: Չէ՛, թո՛ղ նա ապրի, մինչև որ Ցլիկ-Ամրամը յուր դժոխքը պատրաստե...

— Տե՛ր սեպուհ, դու զգռվում ես... Բայց թո՛ւյլ տուր հարցնել: Չէ՛ որ մի ժամ առաջ ասացիր, թե թագավորի փախուստից հետ հաշտվել էիր քո դժբախտության հետ, արդ, ինչո՞ւ նորեն բորբոքում ես ատելությունդ:

— Ասացի, այո՛, հաշտվել էի իմ դժբախտության հետ. բայց չէ՞ որ այդ հաշտության հաջորդեց մի ուրիշ, առավել սոսկալի դժբախտություն, չէ՞ որ թշվառ ամուսինս կախվեցավ...

— Եվ ուրեմն դրա՞ համար մեր հայրենի նահանգները հանձնեցիր Բերին:

— Այո՛, դրա համար: Ես չէի կարող ապրել այլևս Տավուշում, այս դղյակն ինձ համար դարձել է դժոխք: Սրա սրահներում ճիվաղներ են ապրում, սրա ամեն մի անկյունը հիշեցնում է ինձ Ասպրամին, իսկ այն մենարանից, ուր թշվառ կինը կախվեցավ, դիվական ձայներ են հնչում իմ ականջին... Օ՛, սոսկալի մի վայր է այս. այդ է ահա՛ պատճառը, որ ես փախչում եմ այստեղից:

— Տեր սեպուհ, դու կարող էիր հեռանալ Տավուշից, ի՞նչ հարկ կար Բերին հանձնել քո նահանգը:

— Որպեսզի ինձանից հետ Աշոտը չտիրեր նրան:

— Եվ մի՞թե կարծում ես, թե Բերը կկարողանա ժառանգել այս երկիրը:

— Եթե չի կարողանալ, գոնե կպատերազմե Աշոտի հետ, կխանգարե նրա հանգստությունը, կավերե նրա երկիրը... Իսկ ինձ այդ է հարկավոր:

Իշխանը տեսնելով որ միայն կիրքն է խոսում սեպուհի մեջ և որ ինքը խրատներով չպիտի կարողանա նրա ապստամբ սիրտը նվաճել, զղջաց, որ եկել է Տավուշ, ուստի և դադարեց նոր հարցեր ու դիտողություններ անելուց:

Մի երկու օրից հետ Ցլիկ-Ամրամը յուր ստացվածներով ու հավատարիմներով հեռացավ Տավուշից, թողնելով յուր տիրած կալվածները ափխազաց թագավորին, որի հավատարմատարները հասել էին արդեն Տավուշ:

Հեռացավ նաև Մարզպետունի իշխանը: Բայց նա չգնաց Ուտան, այլ դիմեց

Գուգարաց և Տայոց իշխաններին, որպեսզի կարողանա հետ կանգնեցնել նրանց Բեր թագավորին տված խոստումներից:

Բայց նախքան Տավուշից հեռանալը՝ իշխանն արքային գրեց մի նամակ, որի մեջ բացատրեց սեպուհի նոր դավաճանության պատճառը: Եվ նկարագրելով հարվածի այն ծանրությունը, որ ճնշում էր ապաբախտ սեպուհին, արդարացրեց մինչև անգամ նրան, առարկելով, թե ամենքին չէ տված անձնականը ընդհանուրին զոհելու քաջությունը, և թե սեպուհը հայ և հայրենասեր լինելուց առաջ՝ մարդ էր, մսից ու արյունից կազմված, հետևապես չէր կարող տանել բարեկամի կողմից իրան հասած անխիղճ զրկանքը...

Իշխանը սեպուհի խոսածների և մանավանդ նրա տխուր հրաժեշտի ազդեցության տակ լինելով՝ յուր նամակը գրեց այնպիսի ոգով, որով ուղղակի դատապարտում էր արքային, նա չկարողացավ գուշակել, թե այդ գրությունը ծանր ազդեցություն կանե հիվանդ թագավորի վրա, որ առանց այն էլ բավական շատ էր տանջվել ճակատագրի հարվածներից:

Սակայն մի երկու օրից, երբ սուրհանդակը հեռացել և, գուցե, արդեն Շիրակ էր մտել, նա մտաբերեց այն նամակը, հիշեց յուր գրածները և սաստիկ զղջացավ: Բայց արդեն ուշ էր. նամակն այլևս անկարելի էր վերադարձնել:

Մարզպետունին յուր նամակում խնդրել էր թագավորին՝ ուղարկել շուտով Ուտիք Վահրամ սեպուհին մի քանի զորավոր գնդերով, որպեսզի մինչև ափխազցիների գալը՝ իրանք գրավեին Ուտյաց, Գուգարաց և Տայոց աշխարհները:

Չանցավ մի տասն օր և ահա՛ սեպուհը յուր Արարատյան գնդերով մտավ Ուտիք և առանց Մարզպետունու հրահանգներին սպասելու, առաջ վարեց յուր զորքերը և այդ նահանգի բոլոր ամրությունները գրավեց, հալածելով ամեն տեղից ափխազաց հավատարմատարներին: Եվ որովհետև ժողովուրդը հակառակ էր օտարին հնազանդելու և նրան հարկ տալու անխորհուրդ մտքին, ուստի և ամեն տեղ արքայական զորքերին աջակցեց: Նույն հաջողություններն ունեցավ Վահրամը նաև Գուգարքում:

Ապա խոտորելով դեպի արևմտյան հարավ՝ նա մտավ Տայոց աշխարհը, ուր հանդիպեց Գևորգ Մարզպետունուն: Վերջինս հայտնեց նրան, թե Գուգարաց և Տայոց վերակացու իշխաններն իրանց հավատարիմներով հեռացել են արդեն Ափխազիա և թե Տայոց ամրությունները, իբրև ավելի մոտ այդ երկրին, բռնված են արդեն ափխազաց զորքերով:

Բայց որովհետև ձմռան օրեր էին և Տայոց երկիրը գրավելու համար պետք է նրանք կռվեին շատ բերդերի հետ, իսկ այդ առիթով հարկավոր կլիներ թե՛ նոր զորք բերել Ուտանից և թե՛ ձմեռվա խստության դեմ գործել, այդ պատճառով իշխանն ու Վահրամը խորհուրդ արին բանակ դնել Փանասկերտի մոտերքը, համանուն ձորում, որ Գուգարաց ու Տայոց սահմանն էր, և սպասել այդտեղ մինչև գարնան օրերը կբացվեին:

Եվ որովհետև Դվնո առումն ու հագարացոց հալածելը մահու և կյանքի խնդիր էր դարձած Մարզպետունու համար, ուստի նա չէր կամենում հյուսիսային նահանգները թողնել մի ուրիշ թշնամու ձեռքը, ըստ որում վերջինս կարող էր ամեն ժամանակ հարձակվել ներքին գավառների վրա և խանգարել իրանց այնպիսի մի ժամանակ, երբ իրանք զբաղված կլինեին հագարացիների հետ կռվելով: Այդ պատճառով, ահա՛, որքան էլ Տայոց աշխարհի ձմեռը սաստիկ և այդտեղ բանակելը դժվարին, այսուամենայնիվ նա որոշեց չհեռանալ այդ նահանգից, մինչև որ այն ամբողջապես օտարի ձեռքից չազատե:

Այս նպատակն ունենալով աչքի առաջ, իշխանն անգործ չնստեց նաև ձմեռվան ամիսներում: Նա գաղտնի բանակցություններ սկսավ երկրի փոքրիկ իշխանների հետ և ամեն միջոց գործ դրավ նրանց բարեկամությունը վաստակելու: Եվ որովհետև դրանք դեռ հավատարիմ էին գահին, ուստի սիրով ընդունեցին այն ամեն առաջարկությունները, որ արավ իշխանը՝ ափխազցիների դեմ գործելու նկատմամբ:

Վերջապես գարունը հասավ, օրերը ջերմացան և հալոցի սկսվելով՝ ճանապարհները մաքրվեցան: Մարզպետունի իշխանը, յուր նիզակակցի հետ միասին, զորքերի գլուխ անցնելով՝ դիմեց ամենից առաջ Փանասկերտի վրա: Ամրոցի վերակացուն, համաձայն իշխանի հետ դրած պայմանին, բերդն ու ավանը հանձնեց նրա ձեռը:

Իշխանը վերակացուին հաստատեց նորեն յուր պաշտոնի մեջ և թողնելով նրա մոտ պահակների մի խումբ՝ ինքը յուր բանակով հառաջացավ դեպի Ուտիք, ուր գտնվում էին ափխազաց զորքերը:

Եվ որովհետև Ուտիքում անխուսափելի էր հակառակորդների ընդհարումը, ուստի իշխանը կանխավ սուրհանդակ ղրկեց թագավորին, խնդրելով նրան՝ օգնական զորք հասցնել իրան Արարատյան Բասենի վրայով: Մարզպետունին հաշվում էր, որ եթե նոր գնդերը Բասենից մտնեին Տայք, ինքը նրանց կհանդիպեր Ճորոխի ակունքների մոտ, որտեղից և միասին կառաջանային դեպի Ուտիք:

Բայց հազիվ նա յուր սուրհանդակը ճամփեց և ահա՛ Ոստանից հասավ մի բանբեր, որ Աբաս մեծ իշխանի կողմից հանձնեց իրան մի նամակ:

Կարդալով արքաեղբոր գրությունը, իշխանն այլայլվեց: Աբասը հայտնում էր, որ թագավորն անհուսալի հիվանդ է, ուստի խնդրում էր իրան՝ շտապել դեպի Ոստան:

— Մի չար ոգի հալածում է մեզ. — ասաց իշխանը յուր նիզակակցին: — Դու մնա՛ այստեղ քո գնդերով և պահպանի՛ր գրաված նահանգների սահմանը, մինչև որ ես երթամ Ոստան՝ տեսնելու թե ուրի՞շ ի՞նչ չարիքների դեմ պիտի պատրաստվենք մաքառելու:

— Գնա՛, — ասաց սեպուհը. — ես հետ կնահանջեմ դեպի Փանասկերտ՝ բանակը հարձակումից ապահովելու համար: Բայց հենց որ կարիք զգաս իմ օգնության, սուրհանդակ ղրկիր ինձ իսկույն, և ես անմիջապես կիջնեմ դեպի Շիրակ:

Մարզպետունին շնորհակալ եղավ սեպուհին յուր պատրաստակամության համար և հրաժեշտ տալով նրան՝ մի վաշտ թիկնապահների ուղեկցությամբ իջավ դեպի Բասեն և այնտեղից Շիրակ:

Երբ Մարզպետունին մտավ Երազգավորս, թագավորն արդեն մերձիմահ էր: Այնուամենայնիվ նա ուրախացավ հավատարիմ իշխանի գալուստը լսելով:

— Կանչեցեք նրան այստեղ, — հրամայեց թագավորը, և իշխանն իսկույն ներկայացավ:

— Միակ ցանկությունս էր՝ տեսնել քեզ վերջին անգամ, — ասաց թագավորը յուր դողդոջուն ձեռքը պարզելով դեպի նրան. — արի, մոտեցի՛ր ինձ, իշխան, և ասա, որ ներում ես ինձ:

— Ո՞ր հանցանքիդ համար, տեր, — բացականչեց իշխանը և հուզված ծնկան եկավ արքայի ձեռքը համբուրելու:

— Հանցանքներս շատ են, նրանց թվել չեմ կարող... այսքանը միայն կասեմ, որ կրածդ նեղության պատճառը ես եմ... Ների՛ր ինձ. Ների՛ր քո թագավորին...

— Տեր արքա, մենք մաքառում ենք արտաքին չարիքների դեմ, նրանք հասնում են մեզ հեռվից...

— Ո՛չ. այդ չարիքների հեղինակն էլ ես եմ... Տավուշից գրած քո նամակը ճշմարտության մի քարոզ էր... Շնորհակալ եմ. նա ազատության դուռ բացավ ինձ համար... Եթե իմանաս, թե որչա՞փ ուրախ եմ կեղեքող տանջանքներից ազատվելու համար...

Իշխանը հասկացավ արքայի ակնարկության խորհուրդը և թեպետ համոզված, որ նա ուրախ է մեռնելու համար, այսուամենայնիվ սրտի խորքից վշտացավ, որ յուր նամակն է տագնապն շտապեցրել:

— Դո՛ւ պիտի ներես ինձ, տեր, — խոսեց իշխանը վշտագին. — ես իմ անզգույշ քայլով վտանգել եմ քո քաջառողջությունը:

— Բնա՛վ, իմ զաւհին արած քո մեծամեծ ծառայությանց պսակն է կազմում այդ քայլը, որը դու «անզգույշ» ես անվանում... Աշոտ Երկաթը հանցավոր Հովնան է. հայրենիքի ծովը նրա պատճառով է ալեկոծվում... Մարզպետունու ջանքերը չեն կարող խաղաղեցնել նրան, քանի հանցավորը գտնվում է փրկության նավի վրա... Հանեցեք, ձգեցեք ինձ ծովը, և նավը յուր նավազներով վտանգից կազատվի...

Թագավորը մի վայրկյան լռեց և ապա աչքերը բանալով նայեց յուր շուրջը: Նա տեսավ սնարի մոտ՝ վշտահար թագուհուն և նրա հանդեպ՝ Աբաս եղբորը:

— Ահա՛ ես հեռանում եմ, — շարունակեց նա ավելի նվազ ձայնով. — շուտով պիտի խորասուզվիմ անհայտության ծովի մեջ... ձեզ է մնում կյանքը յուր չարիքներով և հրապույրներով... աշխատեցեք վայելել նրան իմաստնաբար և չնմանիլ ինձ, չվատնել այն անօգուտ... Քեզ եմ թողնում իմ գահը, սիրեցյալ Աբաս, քե՛զ եմ թողնում և հայրենիքը ցավերով ծանրաբեռնված...: Ժառանգիր առաջինը և խնամող եղիր վերջնույն... Դու բախտավոր ես ընտանյաց մեջ, բախտավոր կլինիս և թագավորությանդ մեջ... զի ով օրինավոր հայր է որդվոց, նա կլինի և օրինավոր հայր յուր հպատակաց... Իսկ քեզ, իմ ապաբախտ թագուհի, թողնում եմ միայն վիշտ, հեծություն և դառն հիշատակներ... Կցանկանայի, որ մոռանայիր ինձ. չհիշեիր իմ անունն ու գործերը... բայց ավա՛ղ, այդ անհնարին է քեզ... գոնե չանիծե՛ր ինձ, չանիծեիր քո թշվառ ամուսնուն ու թագավորին... զի գեհենում կրկնապատիկ պիտի տանջվիմ, եթե քո անեծքը հասնե հավիտենականի աթոռին...

Մի երկու օրից թագավորը վախճանվեց: Արքայի բժիշկը հաստատում էր, թե նա մեռավ յուր հին վերքի ցավից: Այդպես էլ հավատում էր ժողովուրդը: Բայց արքունիքում պնդում էին, թե նրա վախճանն արագացրեց Աստղամ իշխանուհու ինքնասպանությունը: Թշվառ թագավորը չէր կարողացել տանել խղճի անողոք խայթերը, մեռած զոհի ոգին և կենդանի թագուհու արտասուքը հալածում էին նրան անվերջ, և ահա՛ նա որոշեց մեռնել... Բայց ոչ ոք չիմացավ, թե ո՞ր հրեշտակի ձեռքը մահ բերավ նրան...

Ե

ՀԻՆ ԹՇՆԱՄԻՆ ԵՎ ՆՈՐ ԹԱԳԱՎՈՐԸ

Արքայի մահվան լուրը արագությամբ տարածվեց ամեն տեղ: Հայոց իշխաններն ու նախարարազունները, յուրաքանչյուրը յուր պահանորդ գնդով, փութացին Երազգավորս՝ ներկա լինելու թագավորի հուղարկավորության:

Այստեղ էին Բագարանի տեր Աշոտ բռնավորը, Վասպուրականի արքայորդին՝ Աշոտ-Դերենիկը, Տուրուբերանի իշխանը, Աղձնյաց տերը, Մոկաց նահապետը, Սյունյաց իշխանները, Աղվանից սեպուհը, Գարդմանա տեր Դավիթը և ուրիշ շատ մանր իշխաններ ու կողմնապետներ: Ներկա չէր միայն Վահրամ սեպուհը, որովհետև նա հսկում էր հյուսիսային նահանգներին:

Վասպուրականի արքայորդու հետ միասին եկել էր նաև Թեոդորոս կաթողիկոսը (այդ ժամանակ Ստեփաննոսը վախճանած լինելով՝ նրա տեղ Աղթամարում նստում էր վերջինս):

Թագավորի մարմինը, որ պետք է ամփոփեին Բագրատունյաց պայազատների քնարանում, այն է՝ Բագարանում, դուրս բերին Երազգավորսից հանդիսավոր շքեղությամբ: Արքայական դագաղը, որ շինված էր անփուտ փայտից, զարդարել էին ոսկով ու արծաթով: Նա դրված էր ոսկեզօծ պատգարակի վրա, որ կրում էին վեց սպիտակ ջորիներ: Դիակիրը ծածկված էր ոսկեճամուկ դիպակներով և ոսկեթել վառերով, որոնք արևի առաջ փայլում էին ինչպես մի ոսկեղեն զանգված: Դագաղի առաջից գնում էր կաթողիկոսը՝ շրջապատված զահերեց եպիսկոպոսներով, վարդապետներով և երգեցիկ քահանաների ու դպրաց խմբերով: Դագաղին հետևում էին՝ արքաեղբայր Աբասը, նստած սևասքող նժույգի վրա և շրջապատված դրանիկներով, ապա Սահականույշ թագուհին և Գուրգենդուխտ տիկինը, նստած սգազարդ պատգարակի մեջ և շրջապատված պալատական տիկնանց ու իշխանուհիների խմբով: Սրանց հետևում էին Աշոտ բռնավորը, Աշոտ-Դերենիկը և մյուս իշխանները՝ ավագության կարգով: Ապա լացող գուսանների խումբը և շեփորավոր երաժիշտները:

Դրանցից հետո բերում էին արքայական ոսկեսար նժույգները՝ ծածկված սգավոր շղարշներով: Ամենից վերջը գալիս էին արքայական զորախմբերը, որոնք էին՝ Արարատյան, Դրանիկ և Սեպուհ կոչված գնդերը, Բասենյան վաշտը, Ոստանիկների խումբը, Ազատաց գումարտակը, Վանանդացոց հեծելազորը և ուրիշ ազատախումբ վաշտեր, որոնց բոլորին գլուխ էին անցած Մարզպետունի Գևորգ իշխանը և յուր որդին՝ Գոռը: Աբասն այն պաշտոնը հանձնել էր նրանց իբրև պետության միակ հավատարիմներին, ըստ որում արքայի մահվան ժամանակ ավելի կարիք կար զորքը զգուշաբար կառավարելու:

Զորքին հետևում էր ժողովրդյան ահագին բազմություն, որ և գնալով ստվարանում էր, որովհետև ճանապարհի վրա գտնվող ավաններից ու գյուղերից հետզհետե ելնում և միանում էին նրանց ուրիշ շատ խմբեր: Այսպիսով հուղարկավորության թափորը հասավ Բագարան՝ մի քանի հազար հոգուց կազմված բազմության ուղեկցությամբ:

Արքայի մարմինն ամփոփեցին Տապանատան ս. Կաթողիկե կոչված եկեղեցում, ուր նրանից առաջ ամփոփված էին յուր նախատակ հայր Սմբատը և նախատակ եղբայր Մուշեղը:

Թագավորի գերեզմանի վրա մեծ կոծ արավ թագուհին՝ յուր հետևորդ տիկնանց և գուսանական խմբի մասնակցությամբ: Սրտագին լացին նրա վրա նաև Աբաս եղբայրը և մյուս արքայազունք:

Բայց ամենից ավելի դառնապես արտասվեց Գևորգ Մարզպետունին, որ մանկությունից ի վեր նրա մտերիմն էր եղած, ապրել ու գործել էր միասին, մանկության օրերում՝ իբրև խաղընկեր, պատանեկության միջոցին՝ իբրև մարզակից, երիտասարդ ժամանակ՝ իբրև համհարզ և հոր գահը ժառանգելուց հետ՝ իբրև միակ հավատարիմ զինակից: Երկար տարիներ նա աջակցել էր նրան, պատերազմել էր նրա հետ միասին, հաղթել և հաղթվել միասին, մասնակցել նրա ուրախության ու տխրության, ծիծաղել և լացել նրա հետ... Նա հիշում էր այդ վայրկենին բոլոր անցյալը. Աշոտ Երկաթի բազմահոզ ու ալեծուփ թագավորությունը... Հիշում էր այն օրերը, երբ ինքը հիանում, հափշտակվում էր նրա դյուցազնական քաջագործություններով, հիշում էր նրա ձայնի որոտը՝ պատերազմի դաշտում, նրա խիզախ հարձակումները թշնամիների վրա, նրա սրի հարվածները՝ հակառակորդի դեմ... Հիշում էր, թե ինչպե՛ս ժպտում էր նրա բախտը, թե ինչպե՛ս ինքը հրճվում էր յուր սրտում, գուշակելով, թե աստված նրան է վիճակել հայրենիքի փրկիչ լինելու, օտարի նախատինքը բառնալու և հայրենական գահի նախկին փառքը վերադարձնելու գերագույն կոչումը... Բայց ավա՛ղ, խառնվածքի մի թուլություն նրա դյուցազնական մեծությունը թունավորեց... սիրո փանաքի որդը հսկայական հրաշակերտը տապալեց... Այժմ նա անշնչացած պառկած է սառ հողի տակ. նրա սիրտն այլևս չի զգում ոչինչ, սերն ու արտասուքը չեն շարժում նրան... Եվ սակայն նա յուր հետ գերեզման տարավ մեծամեծ հույսեր, ակնկալություններ... Լայնատարած մի աշխարհ, բազմամարդ մի ընտանիք, որի անդամները միլիոններ են կազմում, զրկվեցան նրա շնորհիվ բազմազան բարիքներից, նրանք այժմ գտնվում են անապահով դրության, ծանր ճգնաժամի մեջ. նրան սպառնում են թե՛ թշնամիները և թե՛ փառամոլ հարազատները, բայց այս ամենն ուրիշ կերպ կլիներ, եթե միակ մարդը, որի ձեռքն էր հանձնված հայրենիքի բախտը, չնմաներ մյուս մահկանացուներին, չխոնարհեր թունավոր զգացմունքների առաջ և կամ զոհեր նրանց առավել մեծագույն, առավել սրբազան մի զգացման — հայրենասիրության:

Այս մտածություններն էին պաշարել իշխանին այն տխուր ժամին, երբ արքայի մարմինն իջեցրին գերեզման և ծածկեցին հողով, և այս մտածություններն էին, որոնք և դառնապես արտասվել տվին նրան:

Բայց հենց այդ միջոցին մի ուրիշ սիրտ ուրիշ զգացմունքներով էր տոգորված, արքայի վախճանը նրան ուրիշ մտքեր էր թելադրում, այն հողը, որ ծածկեց մեռնող թագավորին, նա կարծում էր, թե նոր կյանք ու նոր փառք պիտի ծնե յուր համար... և դա Աշոտ բռնավորն էր, որի սրտում դեռ չէր մարել միահեծան տեր լինելու տենչը բոլոր Հայաստանին թագավորելու փափագը... Տեսնելով ա՛յն աշխարհախումբ բազմությունը, որ լցվել էր Բագարանի ներսն ու դուրսը, նա հարմար միջոց համարեց նախ՝ զորքին ու ժողովրդին յուր կարողությունն ու առատաձեռնությունը ցույց տալու և դրանով նրանց սիրտը գրավելու, և երկրորդ՝ սգո օրերն անցնելուց ետ՝ յուր գահակալական հարցը հրապարակ հանելու, որովհետև հանգամանքները շատ նպաստավոր էին, այսինքն՝ զորքը հեռու էր աթոռանիստ քաղաքից, իսկ թագաժառանգն ու իշխանները գտնվում էին Բագարանում: Այդպիսով, առանց դժվարության, նա կարող էր թե՛ արքունիքն ու նրա գանձերը գրավել և թե՛ Աբասին և նրա իշխաններին ձերբակալել:

Այս նպատակով ահա՛ նա մի քանի օր շարունակ առատապես հյուրասիրեց ոչ միայն արքայազն ու իշխանազն հյուրերին, այլև արքայական զորքերին և բոլոր այն աշխարհախումբ բազմությանը, որ հեռավոր թե՛ մոտակա տեղերից ժողովվել, լցվել էր Բագարան: Բացի այդ նա մեծաքանակ ողորմություն բաշխեց կարոտյալներին, իբր թե հանգուցյալ թագավորի հոգվո փրկության համար: Այս ամենը, արդարև, փոխեցին ժողովրդի ու զորքի կարծիքը «բռնավորի» նկատմամբ, իսկ իշխաններից մի քանիսը, մինչև անգամ, հիացան նրա մեծանձնության վրա:

Տեսնելով այդ հաջողությունը, «բռնավորը» սիրտ արավ «գլխավոր նպատակին» վերաբերյալ մյուս պատրաստությունները տեսնելու: — Ամենից առաջ նա մարդ ուղարկեց Նսըրի մոտ և հայտնելով նրան յուր դիտավորությունը, խնդրեց օգնել իրան՝ եթե հարկը պահանջե: Նսըրը, որովհետև հենց այդպիսի առիթ էր որոնում յուր հին վրեժը լուծելու համար, սիրով ընդունեց «բռնավորի» խնդիրը:

Այնուհետև վերջինս հրաման արավ Երասխաձորում գտնվող յուր զորքին տակավ առ տակավ առաջանալ դեպի Երազգավորս, առանց սակայն կասկածի առիթ տալու հետաքրքիր հետամուտներին:

Ապա նա մտածեց Աբասին ու նրա հավատարիմներին ձերբակալելու: Բայց որպեսզի այդ անելուց հետ պետական զորքը հնազանդի իրան, նա մեծ գումար տվավ յուր մտերիմների ձեռքը, որպեսզի նրանք զորքի գլխավորներին կաշառեն:

Այս ամենը կարգադրելուց ետ՝ նա սկսավ խոսիլ չեզոք իշխանների հետ և նրանց կարծիքն իմանալ ապագա թագավորի վերաբերմամբ: «Բռնավորը» հույս ուներ գտնել նրանց մեջ դժգոհներ, որոնք սիրով կմիանային յուր հետ, և գործը դրանով կհեշտանար: Բայց նա հիասթափվեցավ, երբ իշխանները միաբերան մատնացույց արին Աբասի վրա:

— Միակ օրինական թագավորը նա է, և ժողովուրդը նրան է սպասում, — ասացին նրանք և փափագ հայտնեցին օր առաջ տեսնել իշխանաց իշխանին յուր եղբոր գահի վրա:

Կաթողիկոսը մինչև անգամ խորհուրդ տվավ նրանց՝ շտապել, թագավոր պսակել Աբասին, քանի դեռ թշնամիներից վտանգ չէր հասել գահին:

Այս ամենն, իհարկե, անհաճո տպավորություն արին «բռնավորի» վրա. բայց յուր դժգոհությունը ծածկեց, մինչև որ իշխանների մեծ մասը հեռացավ Բագարանից:

Սգո առաջին օրերն անցնելուց ետ՝ այդտեղ մնացել էին միայն թագուհին յուր պալատական տիկնանցով, Աբասը՝ յուր դրանիկներով, Գարդմանա տեր Դավիթը և Մարզպետունի իշխանը՝ Գոռ որդու հետ միասին:

Վերջինս, սակայն, գտնվում էր քաղաքից դուրս, որովհետև հսկում էր զորքերի վրա, որոնք բանակած էին Ախուրյանի մոտ:

Բայց Գևորգ իշխանի համար ծանր էին անցնում օրերը, որովհետև կատարելու շատ գործեր ուներ, ուստի անհամբերությամբ սպասում էր այն օրին, երբ Աբասը սգահան լինելով՝ կվերադառնար Երազգավորս և եղբոր գահը ժառանգելու մասին հարկ եղածը կկարգադրեր: Մարզպետունին մտածում էր կաթողիկոսի նման, այսինքն, թե քանի թշնամիները խռովություններ չեն հարուցել, պետք էր շտապել թագավոր պսակել Աբասին, որովհետև գահի թափուր ժամանակ ամեն մի դավաճան հրապարակ է հանում յուր հին հաշիվները և հեշտությամբ կուսակիցներ որսալով՝ խռովում է երկրի խաղաղությունը: Այս մասին, իհարկե, նա խոսել էր արդեն հավատարիմ իշխանների հետ և կարևոր դեպքում ձեռնտվություն պիտի ստանար նրանցից:

Բայց որքա՞ն մեծ եղավ նրա զարմանքն ու երկյուղը, երբ Սյունյաց Սմբատ իշխանը յուր ուղարկեց իրան, թե Բագարանից ելնելուց հետ՝ նա հանդիպել էր Աշոտ բռնավորի մի քանի վաշտերին, որոնք Երասխաձորից առաջանում էին դեպի Երազգավորս: Իշխանն ավելացնում էր, թե ինքը վտանգավոր մի նպատակ է նշմարում զորքերի այս շարժման մեջ և հետևապես խորհուրդ է տալիս Մարզպետունուն՝ զգուշության միջոցներ ձեռք առնել գալիք վտանգների առաջն առնելու համար:

Իշխանն այդ լուրն առավ բանակում, նա տակավին վարանման մեջ էր, երբ յուր հավատարիմ Եգնիկը մոտենալով հայտնեց մի ուրիշ նորություն:

— Երկու օր է,-ասաց նա, — ինչ մի քանի բագարանցիք ձրի պաշար են բաժանում մեր զորքին, ասելով, թե Բագարանի շրջանում գտնվող ամեն հայ զինվոր կարող է ձրիաբար օգտվել սպարապետի համբարանոցից: Բացի դրանից՝ նրանք շարունակ սպարապետի գովեստն են անում, ասելով, թե նա առատ թոշակ է տալիս զորքին և թե նրա տասնապետները ավելի հարուստ են մեր հարյուրապետներից:

Այս ամենը լսելով իշխանն այլայլվեցավ: Նա կանչեց իսկույն Գոռին և հայտնելով նրան այս նորությունները, ասաց.

— Բոլոր նշաններից երևում է, որ «բռնավորը» պատրաստվում է յուր հին խաղը խաղալու: Ես չէի կարծում, թե նա այնքան ստոր կլինի, որ կօգտվի նույնիսկ սգո օրերից: Այժմ ես գնում եմ քաղաք և պիտի ստիպեմ թագուհուն և արքաեղբորը թողնել իսկույն Բագարանը, որքան էլ որ դա ընդդեմ լինի ընդունված սովորության: Թո՛ղ նրանք իրանց սուգը պահեն արքունիքում: Իսկ դու զգույշ կաց և ուշադրությամբ հսկիր թե՛ մեր զորքերին և թե՛ քաղաքի ելումուտքին: Ինձ թվում է, թե անախորժ դեպքերի պիտի հանդիպենք:

Այս ասելով իշխանը յուր նժույգը հեծավ և սրարշավ դեպի «բռնավորի» ապարանքը դիմեց:

Եգնիկը հետևեց նրան:

Մարզպետունին հասավ ապարանքին հենց այն ժամանակ, երբ «բռնավորն» ու

Աբասը պատրաստվում էին բարձրանալ դեպի միջնաբերդը, իբր թե Աշոտի նորակառույց դղյակը դիտելու: Ապարանքի առաջ կանգնած էր մի պահակախումբ, որ սպասում էր յուր իշխանապետի հրամանին:

— Ո՞ւր եք դիմում, տե՛ր, — հարցրեց իշխանը արքաեղբորը, նայելով նրա վրա խորհրդավոր հայացքով:

— Հորեղբայրս կամենում է իմ թախիծը փարատել, նա առաջարկեց ինձ բարձրանալ միջնաբերդ՝ յուր նորակառույց դղյակը դիտելու, — պատասխանեց Աբասը միամտաբար:

— Դու էլ, եթե կամենում ես, ընկերացիր մեզ, — հարեց «բռնավորը» քաղցրությամբ. — շատ պիտի ուրախանամ, եթե Մարզպետունի իշխանը հավանե իմ ճարտարապետական ճաշակին:

— Դու մոռացել ես, տեր, բայց ես տեսել եմ քո ձեռակերտը՝ դեռ այն ժամանակ, երբ Հովհաննես կաթողիկոսը ապաստանած էր նրան, — պատասխանեց իշխանը սառնությամբ...

— Հոգ չէ, ընկերացի՛ր մեզ. եղանակը ջերմ է և հաճելի, — պնդեց Աշոտը:

— Մեծափառ տեր, քո դղյակը գեղեցիկ է և ամուր, իշխանաց-իշխանն անշուշտ կհավանե նրան, բայց ցանկալի էր, որ մենք դժգոհություն չպատճառենք թագուհուն, — առարկեց իշխանը:

— Ի՞նչ կնշանակե այդ, — հարցրեց Աբասը զարմացած:

— Մենք տակավին սգո մեջ ենք և մեր թախիծն անցնելու վրա չպիտի մտածենք. — պատասխանեց Մարզպետունին:

— Կենդանիները մեռելների հետ չեն թաղվում, Գևորգ իշխան, — նկատեց «բռնավորը» կեղծավորաբար ժպտալով:

— Այդ ճիշտ է. բայց մեռյալներին այդքան էլ շուտ չեն մոռանում:

— Տե՛ր Մարզպետունի, քեզ չի հասնիլ հրահանգել քո իշխանապետին, նա քո թագավորն է այժմ, — խստությամբ նկատեց «բռնավորը»:

— Այո՛, իմ թագավորն է. կեցցե՛ Աբաս հայոց թագավորը, — բացականչեց իշխանը՝ սաղավարտը հանելով և խոժոռ աչքերով սպարապետի վրա նայելով:

— Ի՞նչ կնշանակե այս ամենը, — տարակուսած հարցրեց Աբասը՝ զգալով, որ երկու հակառակորդներին հայտնի է արդեն մի գաղտնիք, որը սակայն անգիտանում է ինքը:

— Տեր, ո՞վ ցանկություն հայտնեցիր դղյակը բարձրանալու, — հարցրեց իշխանը Աբասին, առանց նրա հարցին պատասխանելու:

— Ո՛չ, հորեղբայրս առաջարկեց, և ես շնորհակալ եմ նրա հոգածության համար:

— Ես առաջարկեցի, այո՛, իսկ դու, Մարզպետունի իշխան, ինչո՞ւ ավելորդ բացականչություններ ես անում իմ արքայական մեծության առաջ. — գոչեց «բռնավորը»՝ աչքերը զայրացած իշխանի վրա սևեռելով:

Վերջինս չպատասխանեց նրան, այլ դառնալով Աբասին՝ մեղմությամբ ասաց.

— Տեր իմ, քո ծառան աղաչում է, որ դղյակը բարձրանալու փոխարեն բարեհաճիս իջնել բանակը, եթե կարիք ես զգում թախիծդ փարատելու. Ախուրյանի ափերը ավելի զվարճալի են այժմ, և արևն այնտեղ ավելի է ջերմացնում:

Աբասը դեռ չէր պատասխանել, երբ «բռնավորը» գոչեց:

— Ինչո՞ւ իմ հարցին չես պատասխանում, Մարզպետունի իշխան:

— Քո հարցին պատասխանելուց առաջ՝ ինքս պիտի նոր հարց տամ քեզ. ասացե՛ք, ինչո՞ւ Երասխաձորի քո զորագունդը հառաջանում է դեպի Երազգավորս...

— Իմ զորագո՞ւնդը... — այլայլած ու շփոթված հարցրեց Աշոտը:

— Երասխաձորից դեպի Երազգավո՞րս... Այդ ի՞նչ է նշանակում, — վրդովված հարցրեց Աբասը:

— Այո՛, մինչդեռ մենք ապահով նստած ենք այստեղ, մեր հյուրընկալը մտածում է մեզ հանկարծակիի բերելու... — հարեց իշխանը:

— Դու ստում ես... — բացականչեց «բռնավորը»:

— Ստում է քո «արքայական մեծությունը», — զայրացած պատասխանեց Մարզպետունին, առանց այլևս համբերել կարողանալու:

— Դու հանդգնում ես մինչև այդտե՞ղ, — գոռաց «բռնավորը» և ապա զորականին դառնալով՝ հրամայեց. — կալանավորեցե՛ք իսկույն այս թշվառականին:

Զինվորներից մի քանիսը առաջ անցան:

— Մի՞թե ստեղծվել է այն մարդը, որ պիտի համարձակվի Մարզպետունուն կալանավորել նրա մեռնելուց առաջ... — որոտաց իշխանը և սուրը հանելով՝ հրավեր կարդաց զորականին: —Օ՛ն, ուրեմն, փորձեցեք ձեր ուժը, բազարանցի քաջեր...

Եզնիկն այս տեսնելով՝ թռավ ձիու վրա և դեպի բանակը սլացավ: Բայց հառաջացող զինվորները տեղերնին մեխվեցան:

— Այս ի՞նչ է նշանակում, մեծափառ տեր. մի՞թե Բագրատունյաց պայազատը կարող է այս աստիճան նվաստանալ... — վրդովված խոսեց Աբասը:

— Ի՞նչ, նվաստանա՞լ ասացիր... և այն իմ պահակների՞ առաջ... — բացականչեց «բռնավորը»:

— Դու ոտնակոխ ես անում հյուրասիրության սրբազան օրենքը, դու անարգում ես հանգուցյալ թագավորի հիշատակը, ուրիշ ի՞նչ անուն կարող եմ տալ այդ վարմունքին:

— Դու ուրեմն կրկնո՞ւմ ես հայհոյանքդ:

— Ավելին կարող եմ ասել, դու մի դավաճան ես... — զայրացած պատասխանեց Աբասը և ապա դառնալով Մարզպետունուն՝ հրամայեց.— իշխա՛ն, խնդրի՛ր իմ կողմից թագուհուն պատրաստվել իսկույն, մենք այսօրնեթ պիտի հեռանանք այստեղից:

— Ոչ ոք չպիտի հեռանա, — կտրուկ ձայնով գոչեց «բռնավորը»:

— Հեռանալը մեր կամքից է կախված, — նկատեց Աբասը:

— Իսկ թողնելը իմ կամքից, — պատասխանեց Աշոտը:

— Թողնե՞լը... Ի՞նչ, դու ուրեմն կալանավորում ես մեզ, — բացականչեց Աբասը զայրույթից դողալով:

— Ոչ, ես կամենում եմ ավելի երկար հյուրասիրել ձեզ, — պատասխանեց «բռնավորը» հեգնորեն ժպտալով:

— Ա՞յդ նպատակով էիր ուրեմն ինձ քո դղյակն առաջնորդում, այնտե՞ղ էիր կամենում ինձ բանտարկել, — հարցրեց Աբասը զայրագին:

— Այո՛... եթե հաճելի է քեզ հավատալ քո կասկածին:

— Այդ ոչ թե կասկած, այլ ճշմարտություն է. Մարզպետունի իշխանն ավելի շուտ գուշակեց քո դիտավորությունը:

— Եթե այդպես է, թո՛ղ ուրեմն մարմնանա այդ ճշմարտությունը... Ո՛չ ոք այլևս իրավունք չունի ելնել այս ապարանքից... Պահակապետ, կատարի՛ր քո պարտքը... — Այս ասելով նա նշան արավ պահակախմբի գլխավորին և ինքը շուռ եկավ ներս մտնելու համար:

— «Սավո՛ւղ, Սավո՛ւղ, խիստ է քեզ ընդդեմ խթանի աքացել...», — գոչեց Աբասը և սուրը մերկացնելով «բռնավորի» առաջն առավ. — ո՞ւր ես գնում, կանգնի՛ր, երկրորդի՛ր հրամանդ...-որոտաց նա ահավոր ձայնով. — Բագրատունյաց գահի պայազատին իրավունք չունիս անարգելու, կանգնի՛ր և ասա՛ ինձ՝ ո՞վ ես դու:

— Ես հայոց թագավորն եմ, իսկ դու իմ հպատակը, — պատասխանեց «բռնավորը» և նորեն դառնալով պահակներին՝ գոչեց. — ի՞նչ եք կանգնել, թշվառականներ:

— Եվ իրավ, ի՞նչ եք կանգնել, — բացականչեց Մարզպետունին և սուրը քաշելով դիմեց առաջացող պահակների վրա:

Վերջինները շրջապատեցին իշխանին և կամենում էին սուրը խլել նրանից: Այս տեսնելով՝ Աբասը հարձակվեց նրանց վրա:

— Օ՛ն ուրեմն, կատարենք մեր պարտքը, — գոչեց նա և սկսավ սրի հարվածներով դիմադիր վահանները ջախջախել:

Ընդհարման աղմուկն ամբողջ ապարանքը բռնեց, այս ու այն կողմից դուրս վազեցին արքաեղբոր թիկնապահները և, տեսնելով նրան վտանգի մեջ, հարձակվեցին դավադիրների վրա: Սկսվեցավ կանոնավոր կռիվ:

Բարեբախտաբար ընդհարումը հեռու էր կանանոցից և «բռնավորը» փակել էր տվել այդ կողմի անցքերը, այնպես որ թագուհուն ու իշխանուհիներին չէր սարսափեցնիլ այդ կողմի շշուկը: Բայց դավադիրների խումբը հետզհետե ստվարանում էր, նրանց հարձակումը ծանր կերպարանք էր առնում. փոքր մի ևս և պիտի ընկճեին նրանք արքաեղբորն ու Մարզպետունուն: Բայց, ահա՛, հենց այն վայրկենին, որ մի քանի զորեղ ձեռքեր պրկեցին Գնորգ իշխանի բազուկը և կամենում էին սուրը հանել նրա ձեռքից, զալարափողերը որոտացին ապարանքի առաջ և Գոռը սուսերամերկ ընկավ դավադիրների վրա:

— Դժոխքի որդիք, ի՞նչ եք անում, — գոչեց նա զայրագին և սկսավ հարվածել իոր հակառակորդներին:

Երիտասարդ իշխանին հետևեցին յուր թիկնապահները, հետո՝ Դրանիկների խումբը, վերջը՝ Վանանդացիք: Չանցավ մի քանի վայրկյան և ապարանքի ընդարձակ բակը լցվեցավ զորքերով, որոնք սրեր շողացնելով և նիզակներ ճոճելով սպառնում էին քանդել, կործանել՝ ինչ որ մի անգամ կդիմադրեր իրանց:

Փոքր ժամանակից հետ հասան ուրիշ զորախմբեր, որոնք «բռնավորի» ապարանքը ամեն կողմից պատեցին:

Դավադիր պահակները մի ակնարկում փախել, չքացել էին: Ընդհարման տեղում մնացել էին միայն մի քանի դիակներ, որոնց արքայական զորքը տրորեց յուր ոտքերի տակ:

Ինչ վերաբերում է «բռնավորին», նա անհայտացել էր հենց զալարափողի ձայնը առնելուն պես:

Արքաեղբայրն ու Մարզպետունին, ազատվելով վերահաս վտանգից, փութացին իսկույն կանանոցը՝ թագուհուն ու պալատական տիկնանց հանգստացնելու, որովհետև դավադրության երևան գալը գուժել էր նրանց փողերի ձայնը:

— Հեռանանք այստեղից, հեռանանք շուտով, — ասաց թագուհին. — ես չեմ կամենում ապազա չարիքների պատճառով անիծել այն քաղաքը, որին ավանդ եմ տված իմ սիրելին...

— Կհեռանանք հենց այսօր, — պատասխանեց Աբասը. — միայն թե ժամանակ տուր ինձ ձերբակալել դավաճանին, որովհետև օձը միշտ պիտի խայթե, քանի մականը չէ ջախջախել նրա գլուխը...

— Թո՛ղ դրան, սիրելի Աբաս, աստված ինքը կպատժե չարին, եթե արժանի է նա պատժի... Աշոտը դավաճանեց յուր հյուրերին, բայց հյուրերը թո՛ղ ապերախտ չլինեն դեպի հյուրընկալը:

— Ասացե՛ք՝ դեպի դավաճանը, — բացականչեց Մարզպետունին:

— Անվանեցեք, ինչպես կամենում եք, բայց թողե՛ք նրան և հեռացե՛ք, — կրկնեց թագուհին:

Նույնը թախանձեցին և Գուրգենդուխտ տիկինը, Գոհար ու Շահանդուխտ իշխանուհիները և մյուս պալատական տիկնայք:

Դրանիկները, ընդհակառակն, պահանջում էին կալանավորել «բռնավորին»:

Բայց Աբասն ապագա խռովություններից խույս տալու համար զիջավ թագուհու առաջարկության:

Նույն ավուր երեկոյան արքաեղբայրը՝ յուր դրանիկներով, թագուհին՝ յուր տիկնանցով և Մարզպետունի իշխանը՝ պետական զորքերով ելան դավադիրների քաղաքից և ուղղվեցան դեպի Երազգավորս:

Գարդմանա տեր Դավիթ սեպուհն ուղեկցեց յուր թագուհի քրոջը մինչև արքունիքը:

Աշոտ բռնավորի այն զորախմբերը, որոնք նրա հրամանով դիմել էին Երազգավորս՝ քաղաքն ու արքունիքը գրավելու, լուր առնելով «բռնավորից», թե յուր մտադրությունը չէ հաջողած և թե Աբասն ու Մարզպետունին իրանց զորքերով վերադառնում են Երազգավորս, ձգեցին իսկույն քաղաքը և խույս տվին դեպի Շիրակաշատ, որպեսզի շրջան անելով՝ վերադառնան Բագարան. առանց արքայական զորաց հետ ընդհարումն ունենալու:

Բայց որքա՜ն մեծ եղավ Բագարանից դարձողների զարմանքը, երբ նրանք Հոռոմոսի վտակի մոտ հանդիպեցին արաբական հեծելազոր մի գնդի, որ նույնպես վերադառնում էր Երազգավորսից:

Հեծելազորը հեռվից նկատելով հայոց բանակը, աշխատեց խույս տալ նրանից, բայց Մարզպետունու հրամանով վրա հասան նրա հառաջապահ գնդերը և շրջան կազմելով՝ փակեցին իրանց մեջ արաբացիներին:

Վերջիններս, տեսնելով իրանց սակավությունը և հակառակորդի առավելությունը, ընդհարվելու փորձ անգամ չարին:

Աբասի հարցին, թե ովքե՞ր են իրանք և ի՞նչ ունին յուր սահմաններում, զորքի պետը պատասխանեց.

— Նսըր ամիրայի հրամանով մենք գնացել էինք Երազգավորս՝ Բագարանի թագավորի զորաց օգնության, բայց որովհետև նրանք ձեր գալուստը լսելով փախան, ուստի մենք ևս ահա՛ վերադառնում ենք Դվին:

Աբասը սաստիկ զայրացավ և քիչ էր մնում, որ հրաման արձակեր՝ սուր քաշել ամենքին: Բայց Մարզպետունին հանգստացրեց նրան ասելով.

— Աստված հաջողում է մեզ, տե՛ր, ոստիկանի հետ գրած դաշինքը մենք չէինք կարող ոտնակոխ անել՝ առանց ամիրապետի ցասումը գրգռելու: Բայց ահա՛ Նսըրն ինքն է առաջինը դրժում յուր երդման: Այժմ ուրեմն մենք ազատ ենք Դվնո վրա հարձակվելու, և ամիրապետն ինքը կարդարացնե այս վրեժխնդրությունը:

Աբասը բանավոր գտավ իշխանի առարկությունը և հրամայեց խլել բոլոր հագարացիներից զենքերն ու ձիերը և իրանց հետիոտն արձակել Դվին:

— Գնա՛ և ասա՛ ոստիկանին, թե շուտով մենք կգանք յուր հաշիվը քննելու... — ասաց նա արաբացի գլխավորին և հեռացավ:

Հայոց զորքերը զինաթափ արին հագարացիներին, խլեցին արաբական նժույգները և արձակեցին նրանց:

Հասնելով Երազգավորս՝ Մարզպետունու առաջին գործն եղավ՝ սուրհանդակ ուղարկել Վասպուրական և հիշեցնել Գագիկ թագավորին հանգուցյալ արքայի հետ դրած բարեկամության դաշինքը և խնդրել նրան՝ վերցնել կաթողիկոսին և գալ Երազգավորս Աբասին թագավոր պսակելու:

Գագիկը պատճառ բերելով յուր ծերությունը՝ խնդրեց Աբասին իրան իջնել Վասպուրական և Արծրունյաց հին ոստանում թագավոր պսակվել:

«Քանի որ արտաքին ու ներքին թշնամիները այդքան մոտ են ձեզ, ասում էր նա յուր նամակում, նրանք կարող են մեզ խանգարել նույնիսկ թագադրության ժամին: Ուստի ես բարվոք եմ համարում այդ սրբազան հանդեսը կատարել Վանում, ուր ես կհրավիրեմ բոլոր իշխաններին և ուր հայոց թագավորը կարող է վայելել ապահով հանգիստ, որչափ ժամանակ և ինքը կկամենա»:

Աբասն ու Մարզպետունին շահավոր գտան այս առաջարկությունը և իսկույն էլ իրանց համաձայնությունը հայտնեցին Գագիկին:

Այն ժամանակ վերջինս սուրհանդակներ ղրկեց Հայաստանի նահանգներն ու գավառները և հրավիրեց հայոց բոլոր իշխաններին ու նախարարներին փութալ յուր ոստանը՝ Վան, և թագավոր պսակել Աբասին Բագրատունյաց գահի վրա:

Եվ որովհետև «բռնավորի» դավաղրության լուրը հասել էր ամեն տեղ և գրգռել ամենքին, ուստի իշխանները, առանց ժամանակ կորցնելու, շտապեցին Վան՝ հայոց գահի պայազատին իրանց բարեկամության ու հարգանաց հավաստիքը մատուցանելու:

---

928 թվականի գարունն էր: Բզնունյաց ծովի ափերը ծածկվել էին կանաչով: Սիփանն ու Վարագը, Արտոսն ու Գրգուռը՝ թեպետ դեռ ձյունապատ՝ բայց արդեն հալոցի առուներ էին հոսում դեպի հինավուրց ծովակը: Դաշտային կյանքը եռում էր ամեն տեղ և այգեստանները պճնվել էին փայլուն կանաչությամբ:

Բայց ամենից ավելի ակնապարար պատկեր էր ներկայացնում ծովի արևելյան ափը, ուր բարձր դիրքի վրա, իբրև պերճապաճույճ թագուհի, բազմած էր Շամիրամա գեղեցիկ դաստակերտը: Նրա հյուսիսային կողմից բարձրանում էր երկայնանիստ մի քարաբլուր, որ արևելքից դեպի արևմուտք ձգվելով և անշեղ ու միապաղաղ դեպի վեր բարձրանալով՝ ներկայացնում էր բնության մի գեղեցիկ հրաշակերտ, որին սակայն մարդկային ձեռքը դարձրել էր հզոր և ահարկու: Նրա քարեղեն սրտի մեջ ծածկված էին բազմաթիվ գաղտնարաններ՝ փորված անհիշատակ ժամանակներից, որոնք ծառայում էին քաղաքը տիրապետողի բազմազան պետքերին, ոմանք իբրև գանձարան, ոմանք իբրև զնդան և ոմանք իբրև փրկության ապաստարան: Տիտանական այդ զանգվածի վրա ամբառնում էր Վանա անմատչելի բերդը, որ հյուսիսային ու արևմտյան կողմերից պատած էր մի քանի կարգ պարիսպներով ու մարտկոցներով, իսկ մյուս երկու կողմերից ապահովված միապաղաղ ժայռերի բնական պատնեշներով: Բերդի հարավային կողմից ընկած էր քաղաքը, որ աջ ու ձախ տարածվելով՝ գրավում էր քարաբլրի ստորոտը բազմաթիվ շինություններով, նրանց մեջ աչքի էին ընկնում հոյակապ ապարանքներ, սյունաշար սարավույթներ և վիմարդյան եկեղեցիներ ու մատուռներ: Այդ ամենի վրա յուր ընդարձակությամբ ու հոյակապությամբ իշխում էր Գագիկ թագավորի արքունիքը, որ զարդարված էր կամարակապ պատշգամբներով, սյունազարդ սարավույթներով և ոսկեզօծ ու դրվագազարդ դահլիճներով: Քաղաքի փողոցները հովանավորում էին սաղարթախիտ ծառեր, որոնց ոռոգում էին սրբատաշ քարերի միջով հոսող բազմապտույտ առուներ: Այդ բոլորի շուրջը պատում էր հզոր կրկնապարիսպը լայնադիր աշտարակներով, իսկ դրանց ամեննին փակում էր ընդարձակ խրամ:

Բայց բնության գեղեցկագույն հարստությունը վիճակված էր քաղաքի արևելյան մասին, որտեղից սկսված տարածվում է ընդարձակ ծառաստան, որ կազմված էր զվարճալի պարտեզներից ու այգիներից և ոռոգվում էր քաղցրահամ աղբյուրներով ու առուներով:

Եվ ահա՛ գարնանային գեղազվարճ օրերին Արծրունյաց այս հոյակապ ոստանն էին ժողովվում հայոց տոհմական իշխանները, նախարարները և սեպուհները՝ իրանց ազնվազարմ ընտանիքներով և պահանորդական խմբերով: Այստեղ եկավ և կաթողիկոսը Աղթամարի գահերեց միաբանների հետ: Ամենից վերջը հասավ Աբասը՝ յուր դրանիկներով ու ազատանիներով, Գուրգենդուխտ տիկինը՝ յուր իշխանուհիներով ու նաժիշտներով և Մարզպետունի իշխանը՝ Արարատյան թագավորության զորախմբերով:

Աշոտ-Դերենիկը դիմավորեց Աբասին Արծրունյաց տոհմի պայազատների և Վասպուրականի իշխանների հետ և ողջունելով նրան Տոսպա սահմանի վրա, մեծ պատվով ու փառքով առաջնորդեց դեպի Վան յուր հոր՝ Գագկա արքայանիստը:

Քաղաքի դռների մոտ դիմավորեց զահաժառանգին ինքը՝ Գագիկ թագավորը: Նրա հետ էին թե՛ արքունի իշխանները և թե՛ հրավիրյալ նախարարներն ու ազատանիները, որոնք եւ փառահեղ հանդեսով ուղեկցեցին նրան մինչև Գագկա հոյակապ արքունիքը:

Թեպետ բոլոր քաղաքը զարդարված էր արդեն գույնզգույն դրոշներով և պատշգամբներն ու սարավույթները պճնված շղարշներով, երփներանգ պաստառներով և սյունական գորգերով, բայց արքունյաց զարդարանքը շլացնում էր ամեն աչք:

Նրա սյունաշարերը պճնված էին դալարով և գույնզգույն ծաղիկներով, կամարներն ու բարավորները՝ սքողված ծիրանիով և ոսկեթել վառերով: Դահլիճների հատակը ծածկված էր գորգերով, թավշով ու կերպասով, իսկ կարասիների վրա, որոնց մեծ մասը շինված էր փղոսկրից ու սատափից, փայլում էին առատորեն արծաթ և ոսկի: Միով բանիվ ամեն տեղ երևում էր հարստություն և արքայական պերճություն:

Վասպուրականի թագավորը, որ սիրահար էր շքեղության, դրա հետ միասին ուներ անհուն փառասիրություն: Եթե մի կողմից նա շքեղազարդել էր արքունիքը ի պատիվ Արարատյան վեհապետի, մյուս կողմից էլ այդ արել էր յուր վեհազնյա հյուրերի, իշխանների և իշխանուհիների առաջ պարծենալու համար:

Եվ շատերի աչքը, արդարև նա շլացրեց, բայց այդ շատերի թվում չէին ո՛չ Մարզպետունին և ո՛չ Սյունյաց հարազատները, որոնք գիտեին, թե ի՞նչ գնով է Գագիկն այդ ամենը ձեռք բերել, ինչ գնով է նա թագավոր ճաշակվել և որքա՛ն չարիք, որքա՞ն թշվառություններ է պատճառել ազգին, մինչև որ արքայի կոչումն է ստացել:

Սակայն հանգամանքներն ստիպել էին այժմ դրանց՝ դիմել հինավուրց մատնչի օգնության և նրա ոստանում թագավոր պսակել Աբասին:

Երբ այդ մասին դիտողություն արավ Սյունյաց իշխանը, Մարզպետունին պատասխանեց:

— Ընտրեցինք չարիքներից փոքրագույնը...

Մի քանի օրից հետ Թեոդորոս կաթողիկոսը Վանա ս. Հովհաննես կոչված հոյակապ տաճարի մեջ Գագիկ թագավորի, նրա պալատականների և բոլոր հրավիրյալ իշխանների և իշխանուհիների ներկայությամբ թագավոր պսակեց Աբասին, և թագուհի՝ Գուրգենդուխտ տիկնոջը:

Այդպիսով Հայաստանի նախագահ իշխանապետ կամ արքայից-արքա հռչակվեցավ Աբասը և նրա թագավորությունը սրտագին ողջունեցին ինչպես Գագիկ Արծրունին, նույնպես և հայոց բոլոր իշխանները, երդվելով նրան հավատարմություն և անխախտ բարեկամություն:

Աբաս թագավորը մեծամեծ ընծաներով պատվեց թագադրության ներկա եղող իշխաններին: Բայց ամենից արժանավոր պարգևը տվավ Գևորգ Մարզպետունուն, կարգելով նրան յուր բոլոր զորքերի վրա հրամանատար սպարապետ, և տալով նրան իրավունք՝ վայելել այդ պատիվը որդվոց որդի:

Ջ

ԴՎՆՈ ԱՌՈՒՄԸ

Գագիկ Արծրունին մի քանի շաբաթ շարունակ հյուր պահեց յուր մոտ Աբաս թագավորին և ի պատիվ նրա, նաև հրավիրյալ իշխաններին: Այդ բոլոր ժամանակ նա նրանց զբաղեցնում էր հաճոյական զբոսանքներով: Մի օր շրջեցնում էր յուր անառիկ բերդում և ցույց տալիս նրանց նրա հրաշալիքները, բնության ու մարդկանց և մանավանդ, յուր ձեռքով կերտված ամրությունները, ահավոր մարտկոցները, վիմափոր անձավները՝ իրանց գաղտնի ճանապարհներով, քարակոփ մատուռները և ջրալից ավազանները: Ցույց էր տալիս այդ լեռնակարկառ բարձրության առաջ բացվող գեղազվարճ տեսարանները, որոնց վրա նայում էին նրանք՝ բազմելով քարաբլրի ծովահայաց կողերում ամֆիթեատրաձև փորված նստարանների վրա: Այդտեղից երևում էր քաղաքը յուր բազմազան շինություններով, ծովակը՝ յուր գեղածուփ ալիքներով և ապառաժուտ կղզիներով. երևում էին ծովափնյա այգիներ ու դարաստաններ, կանաչազարդ դաշտեր ու բլուրներ և կապուտակ լեռների ձյունազագաթ գոտիներ, որոնք Բզնունյաց ծովակը պատում էին չորս կողմից՝ Սիփանը հյուսիսից, Արտոսը հարավից, Վարագը արևելքից և Գրգուռն ու Ընձաքիսարը արևմուտքից:

Մի ուրիշ օր նա զբոսեցնում էր նրանց Վանա գեղազվարճ այգեստաններում, որոնք քաղաքի արևելյան կողմից սկսած տարածվում էին դեպի ծովակի հարավակողմը մի քանի ժամվա ճանապարհ, ամփոփելով իրանց մեջ փոքրիկ ավաններ, շեներ ու գյուղեր և իշխանական ամառանոցներ: Ամեն մի ուշադրության արժանի վայրում, կարկաչահոս աղբյուրների մոտ և հովանավոր ծառերի տակ՝ նա պատրաստում էր հյուրերի համար զվարճալի խրախություններ, համեմված ճոխ հացկերույթներով և գուսանական երգերով ու կայթերով, որոնցով մանավանդ հարուստ էր յուր արքունիքը:

Հաճախ նա առաջնորդում էր հյուրերին դեպի արքայական որսարանները, որոնք գտնվում էին Վարագա ապառաժուտ լանջերում, կամ ծովի հարավակողմը գտնվող անտառներում, ուր և էրեների առատ որսորդությամբ զվարճացնում էր նրանց:

Երբեմն էլ նա պտտեցնում էր նրանց Վասպուրականի այն վանքերը, որոնք հռչակավոր էին իրանց դպրությամբ կամ միաբանական կարգավորությամբ, ցույց տալու համար յուր երկրի մտավոր ու կրոնական զարգացման հառաջադիմությունը:

Վերջապես նա յուր արքայական նավակներով զբոսեցնում էր հյուրերին նաև Վանա ծովի վրա՝ այցելելով նրանց հետ միասին ծովափնյա ամրաստանները և ծովի մեջ գտնվող Լիմ, Կտուց, Առտեր և մանավանդ գեղադիր ու քարեշեն Աղթամար կղզիները: Վերջինի մեջ այդ ժամանակ նստում էր հայոց ընդհանրական կաթողիկոսը: Այդտեղ Գագիկ թագավորը կառուցել էր հրաշակերտ եկեղեցի, հոյակապ արքունիք, անառիկ բերդ ու դղյակ, ուր և անցնում էր ամառային ամիսները: Այդ բոլորը նա ցույց էր տալիս յուր բարձրաստիճան հյուրերին, բացատրում էր նրանց յուր ճարտարապետական գաղտնիքները և հրճվում էր նրանց գովությունները լսելով:

Բայց այս բոլոր զբոսանքների ժամանակ Աբաս արքայի ուշադրությունը գրավում էին միայն Գագիկ Արծրունու ռազմական ամրությունները: Նա գտնում էր, որ դրանց շնորհիվ է նրա երկիրն ազատ մնացել թշնամու ավերումներից, չնայելով որ այդտեղ բազմիցս արշավել էին թե՛ Յուսուփ ոստիկանը և թե՛ նրա տեղապահները: Թեպետ Վասպուրականը բնությունից արդեն օժտված էր գեղեցիկ ամրություններով, այնպես որ, ոչ միայն Գագիկ Արծրունու նման բազմափորձ զինվորականը, այլև նրանից ավելի տկար մի իշխանապետ կարող էր այդ ամրությանց ապավինելով՝ ապահովել երկիրը թշնամու հարձակումներից, բայց և այնպես, Գագիկ Արծրունին բնության տվածների վրա ավելացրել էր նաև յուր ստեղծագործությունները: Վասպուրականի ամեն մի կիրճը, քարաբլուրն ու լեռնալանջը, վանքն ու մենաստանը նա դարձրել էր պաշտպանության վայր, ժողովրդյան ապաստանարան. իսկ բերդերն ու ամրոցները շինել էր անմատչելի: Եվ ահա՛ այս պատճառով Վասպուրականի ժողովուրդը ավելի բարեվիճակ, վանքերն ավելի շեն, միաբանությունները բարեկարգ էին, քան թե Արարատյան երկրում: Եվ Աբասն ինքն իրան մտածում, ծրագիրներ էր կազմում, որ յուր երկիրը դառնալուն պես՝ ամեն ջանք դնե յուր թագավորությունը նույն ձևով բարեկարգելու:

Սակայն Գնորգ Մարզպետունին բոլորովին այլ գործով էր զբաղված: Նախ՝ նա մտածում էր Արարատյան ու հարավային իշխանապետությանց մեջ ստեղծած միությունն հաստատուն կապերով ամրապնդելու և երկրորդ՝ համոզել բոլոր միացած իշխաններին՝ հավաքական ուժով Դվնո վրա արշավելու, որպեսզի մայրաքաղաքը գրավելով՝ մի անգամ ընդմիշտ օտար տիրապետության անհարազատ ազդեցությունը երկրի վրայից հեռացնե:

Այս նպատակով, ահա՛, նա շարունակ խոսում, հորդորում էր մերթ Աղձնյաց ու Մոկաց տերերին, մերթ Սյունյաց իշխաններին և հաճախ՝ Գագիկ Արծրունուն կամ արքայորդի Աշոտ-Դերենիկին: Նա հարյուրերորդ անգամ կրկնում, ապացուցանում էր այդ ձեռնարկության անհրաժեշտությունը և նրանից գալիք օգուտների մեծությունը թե՛ Հայաստանի ժողովրդի և թե՛ նույնիսկ իրանց՝ իշխանապետների համար:

Եվ նա այնքան աշխատեց, որ բոլորին համոզեց հինավուրց մայրաքաղաքը պաշարմամբ գրավելու որոշումն անել:

Ոստիկանը նույնպես անհոգ չէր այդ ժամանակ: Նա գիտեր, որ Աբասը թագավոր է պսակվել Վասպուրականում և որ հայոց իշխանները մեծ մասամբ նրա հետ են: Եվ որովհետև ինքը անխոհեմություն էր արել Աշոտ բռնավորի դավաճանության աջակցելու, և այդպիսով յուր երդման դրժելով՝ քակել էր Աբասի հետ ունեցած բարեկամության կապը, պարզ է, որ վերջինս, թագավոր պսակվելուց հետ, վրեժխնդիր պիտի լիներ, մանավանդ որ նա այդ մասին սպառնացել էր իրան: Հետևապես ոստիկանն էլ յուր կողմից էր պատրաստվում:

Ամենից առաջ նա միացավ Աշոտ բռնավորի հետ և խոստումն առավ նրանից՝ օգնել իրան յուր զորքերով՝ եթե Աբասը հարձակվելու լինի յուր դեմ: Ապա զորքեր խնդրեց ամիրապետից՝ առարկելով, թե Հայաստանի արաբական կալվածները վտանգի մեջ են, հետևապես անհրաժեշտ է այդ վտանգի դեմ զինվելու: Բայց ամիրապետն զբաղված լինելով յուր երկրի ուրիշ կողմերում ծագած խռովություններով՝ անուշադիր թողեց Նսըրի խնդիրը: Այն ժամանակ վերջինս միացավ Միջագետքի և Կորդվաց կողմերում ինքնագլուխ իշխող ամիրաների հետ և, օգնական զորք առնելով նրանցից, սկսավ Դվինն ու նրա շրջականներն ամրացնել:

Ամենից առաջ նա ընտիր պահակախմբերով և առատ պաշարով ապահովեց Դվնո և Արտաշատու բերդերը (որոնք միմյանց մոտ լինելով՝ ունեին միմյանց հետ և գաղտնի հաղորդակցության ճանապարհներ), որպեսզի վտանգի դեպքում ինքը ապաստանե դրանցից մեկին: Ապա յուր զորքերը բաժանելով մի քանի ստվար մասերի, նրանցից մինին հանձնեց քաղաքի ներքին պարիսպների և աշտարակների պահպանությունը, երկրորդին՝ արտաքին մարտկոցների հսկողությունը, երրորդին քաղաքի խրամը ջրով լցնելու և շարժական կամուրջները կառավարելու գործը, չորրորդին՝ Արտաշատու Տափերական կոչված նշանավոր և մեծատարած կամրջի պաշտպանությունը, որի վրայով թշնամին պիտի հառաջանար դեպի Դվին: Բացի այդ նա յուր ունեցած հեծելազորը չորս հառաջապահ գնդերի բաժանելով՝ ուղարկեց նրանց Դվնո նշանավոր ճանապարհները բռնելու: Դրանցից մինը Խլաթա ուղին էր, որ սկսվում էր քաղաքի արևմտյան հարավից. երկրորդը՝ Նախիջևանի պողոտան հարավ-արևելքից. երրորդը՝ Բերդկանց ճանապարհը արևելյան կողմից. չորրորդը՝ Կողբափորի ուղին, որ ձգվում էր հյուսիսից: Ինչ վերաբերում է Կարնո ճանապարհին, որ քաղաքի արևմտյան կողմն էր ընկնում, այդտեղ ոստիկանը պահապաններ չկարգեց, որովհետև այդտեղից նա սպասում էր յուր դաշնակից Աշոտի զորքերին, մինչդեռ մյուս կողմերից, նրա կարծիքով, պիտի հառաջանար թշնամին, այսինքն՝ Խլաթա կամ Նախիջևանի ճանապարհով Աբասը, Բերդկանց ճանապարհով՝ սյունեցիք, իսկ Կողբափորի կողմից՝ Վահրամ սեպուհը, որ տակավին գտնվում էր Գուգարքում:

Չնայելով այս պատրաստությանց, ոստիկանը, սակայն, հույս ուներ դեռ ազատ մնալ հայոց վրեժխնդրությունից, որովհետև ծանոթ էր նրանց խաղաղասեր բնության և հավատում էր, թե՝ կարող է նորեն գրավել թագավորի սիրտը և նորոգել նրա հետ յուր բարեկամությունը:

Այս պատճառով նա ընծաներով մարդիկ ուղարկեց Վասպուրական՝ Աբաս արքայի գահակալությունն ու թագադրությունը շնորհավորելու և նրա հետ հաշտության նոր դաշն կռելու:

— Ասացեք ամիրային, թե հայոց թագավորը Դվնո մեջ կընդունե նրա շնորհավորությունները... — պատվիրեց Աբասը արաբացի դեսպաններին և հետ դարձրեց նրանց իրանց ընծաներով:

Այսքանն արդեն բավական էր, որ ոստիկանը հասկանար, թե թագավորն այլևս չի կամենում խաբվել և յուր ուխտադրուժ վարմունքը ներել: Այս պատճառով երբ դեսպանները հասան Դվին և թագավորի պատվերը հայտնեցին, Նսըրը հրամայեց զորքին կովի պատրաստվել:

Բայց Աբաս թագավորի բանակը, որ կազմված էր միայն Արարատյան գնդերից և Արծրունյաց զորքերից, ծանրությամբ էր հառաջանում: Որովհետև, համաձայն կանխավ արած որոշման, Մոկաց տերն ու Աղնձյաց նահապետը իրանց զորքերով պիտի միանային արքայի հետ Շարուրի դաշտում. Սյունյաց իշխանները պիտի մտնեին Մազազ և Գառնո ու Գեղա զորքերի հետ միասին իջնեին Ուրծաձոր: Իսկ Վահրամ սեպուհը, որ ապահովված էր արդեն ափխազների կողմից (որովհետև ամբողջ Գուգարքը զինել էր արդեն նրանց դեմ), յուր զորքերն առնելով պիտի իջներ Շիրակ և Երազգավորսի շրջանում եղած գնդերի հետ միանալով՝ դիմեր Դվնո դաշտը: Ուրեմն, մինչև որ այդ իշխանները կհասնեին որոշյալ տեղերը, թագավորի զորքը չպիտի շտապեր, որովհետև դաշնակից իշխանները նպատակ ունեին միահամուռ կերպով պաշարել Դվինը և եթե կարելի էր, գրավել նրան հարձակումով:

Բայց այստեղ արդեն արաբացիք տենդային պատրաստությանց մեջ էին. քաղաքի պարիսպների մոտ ժողովում էին ռազմական մթերքներ, դարանները լցնում էին դյուրավառ նյութերով, խրամատների համար պատրաստում էին խցաններ, մարտկոցները զինում էին երկաթյա կարթերով ու ջախջախող գործիքներով, բուրգերի մեջ հավաքում էին որձաքարի բեկորներ, որով պետք է փիլիկվաններն ու սանդուղքները ջարդեին՝ միով բանիվ առավոտվանից մինչ երեկո մարդիկ զբաղված էին մահարիթ աշխատությամբ և հույս ունեին, որ դրանով մեծ կոտորած պիտի անեն պաշարողների մեջ:

Ներքին պատրաստություններն ավարտելուց ետ՝ ոստիկանը հրամայեց խրամը ջրով լցնել: Եվ ահա արաբացի զինվորները հարյուրավոր բահերով դիմեցին դեպի Արտաշատու ջրանցքը, որպեսզի թումբերը բանալով՝ ջուրը դարձնեն դեպի Դվին:

Այդ ջրանցքը շինվել էր Քրիստոսից մոտ 200 տարի առաջ Արտաշիաս կուսակալի օրով և կարթագենացոց հռչակավոր զորավար Աննիբալի ծրագրով: Երբ վերջինս հայրենիքից տարագիր՝ դեգերում էր Հայաստանի մեջ, Արտաշիասն ասպնջականեց նրան սիրով և օգուտ քաղելով բազմափորձ զորավարի ներկայությունից, նրա խորհրդով հիմնեց Արտաշատ քաղաքն ու բերդը Երասխ գետի վրա: Եվ որովհետև տեղը, ուր հիմնված էր քաղաքը, երեք կողմից պատած էր Երասխ և Մեծամոր գետերով, ուստի չորրորդ կողմը ջրափակ անելու համար փորեցին այդ ջրանցքը, որով քաղաքը դառնում էր թշնամուն անմատչելի:

Բայց որովհետև հռչակավոր Արտաշատը վաղուց արդեն դադարել էր շահաստան լինելուց, և նրա փառաց ու ճոխության ժառանգորդ այժմ Դվինն էր հանդիսանում, ուստի նրա հինավուրց ջրանցքն էլ Դվնո խրամը պիտի ողողեր: Արտաշատի անշքանալուց ետ՝ հայոց թագավորները՝ սկսած Խոսրով Բ.— ից, որ Դվինը շինեց և յուր աթոռն այդտեղ փոխադրեց, մինչև Բագրատունյաց պայազատները, իրանց հոգն ու խնամքը Դվինի նվիրեցին և ռազմական ամրություններով հարստացրին նրան: Ուստի այդ ժամանակից հիշյալ ջրանցքն էլ ծառայում էր Դվնին:

Բայց օրերն անցնում էին և Աբաս արքայի զորքերը դեռ չէին երևում: Մինչև անգամ Նախիջևանի ճանապարհը պահող հեծելազորը շարունակ լուրեր էր ղրկում Դվին, թե Աբասը դեռ բանակած է Շարուրում: Այս պատճառով արաբացիք սկսան մի առժամանակ անհոգության տալ իրանց և կերուխումով զվարճանալ: Մինչև անգամ ջրանցքի վրա աշխատողները ծանրությամբ էին շարժվում և մի քանի օրվա մեջ հազիվ էին փլել թումբերի մի մասը:

Սակայն Աբաս թագավորի զորքը, որին միացել էին արդեն աղձնեցիք և մոկացիք, վաղուց հեռացել էր Շարուրից և այն՝ գիշերանց:

Նրա բանակատեղում մնում էին միայն դատարկ վրաններ՝ մի քանի վաշտ պահապաններով, որոնք պաշտոն ունեին՝ խաբել Նախիջևանի ճանապարհը պահող արաբացիներին, ցույց տալով նրանց, թե հայոց զորքը դեռ բանակած է այնտեղ: Այդ զորքը, սակայն, զանազան մասերի բաժանված, անծանոթ ճանապարհներով դիմում էր Դվին:

Արդեն ամեն կողմից մոտենում էին դաշնակիցները միմյանց, երբ լուր հասավ Մարզպետունուն, թե արաբացիք սկսել են ջրանցքի թումբերը փլել՝ Դվնո խրամը լցնելու համար: Սպարապետ իշխանը, որ միտք ուներ դեռևս հանգիստ տալ զորքին Ուրծաձորում, սաստիկ այլայլվեցավ, որովհետև խրամի լցվելով ահագին դժվարություններ պիտի առաջանային իրանց համար, նախ՝ զորքն անկարող պիտի լիներ մոտենալ քաղաքի ջրապատ պարսպին կամ դռներին, հետևապես մտադրված հարձակումը չպիտի հաջողեր, երկրորդ՝ մեծ աշխատություն և երկար ժամանակ պիտի գործ դնեին ջրանցքի բերանը փակելու և ջրալից խրամը, գոնե մի քանի տեղ, խիճով լցնելու, որպեսզի այդ տեղերով զորքը կարողանար մոտենար պարսպին, երրորդ՝ այդ գործերը կատարելու համար աշխատող հայերից շատերը նետահար պիտի լինեին թշնամուց, որովհետև պարսպի վրա եղողները թույլ չէին տալ ոչ ոքին՝ պարսպի տակ գործելու:

Այս ամենն աչքի առաջ ունենալով՝ սպարապետը հայտնեց թագավորին, թե անհրաժեշտ է մի քանի գնդերով դիմել անմիջապես Արտաշատու կողմը և ջրանցքի բացումն արգելել: Մարզպետունու առաջարկությունը բանավոր գտան նաև դաշնակից իշխանները:

Ուստի թագավորի ընտրությամբ այդ գործի համար նշանակվեցան Վանանդացոց ու Սյունյաց գնդերը, որոնց պիտի առաջնորդեր Բաբգեն իշխանը, իբրև քաջածանոթ Արտաշատու շրջականերին:

Երեկո էր, երբ Բաբգեն իշխանը յուր զորքերով մտավ Ազատ գետի հովիտը և սկսավ առաջանալ դեպի Դվին: Որովհետև ճանապարհը, որով առաջանում էին նրանք, անցնում էր Խոսրովակերտ անտառի միջով, որ Ազատի հովտից սկսած տարածվում էր մինչև Գեղա ստորոտը, այդ պատճառով զորքերի ընթացքը աննկատելի մնաց արաբացի պահանորդներին, որոնք խմբերով թափառում էին Դվնո դաշտում:

Մութը կոխելու վրա հայերը Մեծամորն անցան և նրա ուղղությամբ սկսան առաջանալ դեպի Արտաշատ: Չնայելով որ զորքերը հոգնած էին, այսուամենայնիվ իշխանը չէր կամենում հանգիստ տալ նրանց, որովհետև ամեն մի կորցրած ժամը կարող էր մի վտանգ առաջ բերել իրանց համար: Բայց Արտաշատից մի քանի փարսախ հեռու նա ստիպված էր կանգ առնել՝ մինչև որ ջրանցքը դիտելու համար ղրկված յուր լրտեսները կվերադառնային: Նա կամեցել էր նախ տեղեկանալ, թե ի՞նչ դրության մեջ է գտնվում գործը և ապա զորքերն առաջ վարել:

Ըստ որում, եթե ջրանցքը բացված լիներ և խրամը ջրով լցված, էլ իրանց Արտաշատ գնալը միտք չէր ունենալ: Այդ քայլը, ընդհակառակը, կարող էր վնաս բերել, նախ՝ յուր փոքրաթիվ գնդերը վտանգելով և երկրորդ՝ թշնամուն թագավորի գալը հայտնելով:

Բայց լրտեսները վերադարձան և հայտնեցին, թե մնացել է միայն մի քանի քայլ տարածություն, որպեսզի ջրանցքի արգելքը բացվի, և թե այդ էլ արաբացիք շուտով կպնդեն, որովհետև գործի վրա աշխատում են հարյուրավոր ձեռքեր:

— Օ՜ն ուրեմն, հառա՜ջ, էլ սպասելու ժամանակ չէ, — գոչեց Բաբգեն իշխանը և առաջ անցավ: Զորքը սրընթաց հետևեց նրան:

Եվ արդարև, ջրանցքի առաջը բանալու համար մնացել էր միայն մի քանի քայլ: Գործավոր զորքի գլխին կանգնած էր Բեշիր զորապետը և շտապեցնում էր նրանց, որպեսզի հենց նույն գիշեր ջուրը դարձնե դեպի խրամը: Չնայելով որ մութը կոխել էր, այսուամենայնիվ, զորապետը չէր հեռանում այդտեղից: Արաբական նժույգի վրա նստած՝ նա դիմում էր մերթ այս մերթ այն կողմը՝ գործավորներին շտապեցնելու համար: Ըստ երևույթին նա չէր կամենում հեռանալ այդտեղից, մինչև որ յուր աչքով չտեսներ ջրանցքի բացումը:

Եվ ահա՜ հանկարծ Արտաշատու կողմից որոտընդոստ աղաղակներով արաբացոց վրա թափվեցան հայոց զորքերը և սրերով ու նիզակներով սկսան անխնա և աջ ու ձախ հարվածել: Հարձակումն այնքա՜ն անակնկալ և թափն այնքա՜ն զորավոր էր, որ արաբացիներից ոչ ոք չհամարձակվեց դիմադրել: Նրանք շփոթված ու սարսափահար ձգեցին բահերն ու գործիքները և սկսան փախուստ տալ դեպի Դվնո և Արտաշատու կողմերը: Չնայելով որ Բեշիրը սուրը հանեց և գոռալով խրախույս կարդաց զորականին, բայց նրան լսող չեղավ: Մի քանի տասնյակ հոգի, որոնք բահերով ու վաղակավորներով խիզախեցին հայերի դեմ, տեղն ու տեղը ջարդվեցան: Այս տեսնելով Բեշիրը, ինքն էլ ձգեց ճակատը և ձին մտրակելով փախավ դեպի Դվին: Հայերն աղաղակելով ընկան փախչողների ետևից և հալածեցին նրանց մինչև քաղաքի սահմանը, և ապա դառնալով՝ գրավեցին ջրանցքը և կանգ առան այդտեղ:

Բայց Բեշիրը խույս էր տվել ոչ թե փախչելու, այլ Դվնից նոր զորք բերելու մտքով: Սակայն ոստիկանը, որ ավելի շրջահայաց ու հեռատես էր, թույլ չտվավ նրան զորք հանել քաղաքից:

— Քանի որ չգիտենք, թե ի՞նչ ուժով են հայերը հասել այստեղ, կամ թե ի՞նչ կետերում են համախմբված նրանք և մութն արգելում է մեզ ճիշտ տեղեկություններ առնել այդ մասին, ավելի լավ է ուրեմն զորքը վտանգի չենթարկել, առավոտը մենք ամեն ինչ կտեսնենք աստոծո լույսով և ըստ այնմ հարկ եղածը կփութանք տնօրինել, — ասաց Նսըրը Բեշիրին, և վերջինս բանավոր գտավ այդ խորհուրդը:

Եվ որքա՞ն մեծ եղավ արաբացոց զարմանքը, երբ առավոտը վեր կենալով տեսան, թե Արտաշատու ջրանցքը գրավող վորքը կազմված է ընդամենը մի քանի վաշտերից: Ամոթի հետ միասին մի կատաղի զայրույթ եղավ Բեշիրի վրա, երբ նա համոզվեց, թե ինքը արաբական քաջերի առաջնորդ լինելով հանդերձ, փախել է մի քանի վաշտերի առաջից:

— Հենց այս վայրկենին կջարդեմ բոլորին, թո՛ղ ոչ մի զորական չազատվի իմ սրից, — գոռաց զորապետը և արաբական կատաղիներից մի քանի գունդ առնելով՝ պատրաստվում էր դուրս գալ Դվնո պարիսպներից:

Ոստիկանը, որ այդ ժամանակ կանգնած էր յուր ապարանքի մինարեթի վրա և դիտում էր Դվնո շրջապատը, տեսնելու համար թե էլ ուրի՞շ որտե՞ղ կան հայ զորախմբեր, նկատեց, որ քաղաքի արևմտյան կողմից, այն է՝ Կարնո ճանապարհով, ուր ինքը պահակախումբ չէր կարգել, առաջանում է ստվար հեծելախումբ.

— Ահա գալիս են և մեր դաշնակից Աշոտի զորքերը, — ձայնեց նա դեպի Բեշիրը, որ դեռ կանգնած էր ապարանքի առաջ և հրահանգներ էր տալիս զորքին:

— Առանց նրանց էլ մենք գործը կավարտենք, — հոխորտաց զորապետը և յուր հրոսախումբը կարգավորելով, դուրս եկավ Դվնո պարիսպներից:

Բաբգեն իշխանի դրությունը խիստ ծանր էր: Նա յուր հետ ուներ ընդամենը հինգ հարյուրի չափ զորք: Եվ թեպետ դրանք հայոց ամենաընտիր քաջերիցն էին, այսուամենայնիվ չէին կարող երկար դիմադրել, եթե նրանց շրջապատեր ավելի մեծ բազմություն: Բացի այդ, նրանք գտնվում էին Արտաշատու և Դվնո մեջտեղը, բաց դաշտի վրա և չունեին ո՛չ պատսպարվելու տեղ, ո՛չ էլ ժամանակ՝ պատնեշ շինելու: Արաբացիք կարող էին շրջապատել նրանց և տեղնուտեղը կոտորել: Միակ փրկությունը ձգել հեռանալն էր: Բայց այդ էլ չէին կամենում անել, որովհետև այն ժամանակ ջրանցքը կմնար արաբացոց ձեռքը, և նրանք մի կես ժամում թումբի մնացորդը փլելով՝ ջուրը կդարձնեին դեպի խրամը, որով և կոչնչանային թե՛ տարած հաղթությունը և թե՛ ապագա հաջողության հույսերը:

Աբաս թագավորը ղրկելով իշխանին այստեղ, ապահովացրել էր նրան՝ թե ինքը հետնյալ առավոտ, յուր բոլոր զորքերով, կգտնվի Դվնո առջև: Բայց արևն ահա ծագում էր և, սակայն, արքայական բանակը չէր երևում ոչ մի տեղ, նույնիսկ հառաջապահ գնդեր չէին նշմարվում... Բաբգեն իշխանի հետամուտները, որոնք Արտաշատու բլուրներից դիտել էին ամեն կողմ, եկան և պատմեցին, թե միայն Կարնո ճանապարհի վրա տեսան մի հեծելախումբ, որ շտապով հառաջանում էր դեպի Դվին, իսկ մնացյալ տեղերում արաբացի պահակներից զատ ոչինչ չնշմարեցին:

— Կարնո ճանապարհով կարող է միայն դավաճանի զորքը գալ, — ասաց Բաբգենը. — մեր փրկությունը պետք է սպասել Դվնո դաշտից:

— Մեկ էլ՝ երկնքից, — նկատեց համհարզներից մինը:

— Եթե աստված հաճի... — հարեց իշխանը և լռեց:

Բայց հենց այդ ժամանակ բացվեցան Դվնո հարավային դռները, և արաբացոց զորքը զալարափողերը հնչեցնելով, սկսավ դուրս խուժել և դիմել դեպի Արտաշատու ջրանցքը:

Բաբգեն իշխանն արդեն կարգավորել էր յուր փոքրաթիվ զորքը, կանգնեցնելով նրանց եռանկյունաձև և հրաման տալով, որ հարձակման դեպքում աշխատեն միջամուխ լինել հարձակվողների մեջ և երկու մասի բաժանելով նրանց՝ այնպես սկսեն իրանց բախումը: Այդ եղանակն այն առավելությունն ուներ, որ կթուլացներ հարձակման թափը և հրոսախմբի ստվարությունն արգելք չէր լինիլ ազատ զինաշարժության:

Իշխանը հենց որ լսեց փողի ձայնը, աշտանակեց իսկույն յուր նժույգը և սուրը մերկացնելով՝ ձայն տվավ դեպի զորքերը.

— Սիրելի՛ քաջեր, մենք սակավաթիվ ենք, և թշնամին զորավոր: Բայց մեր դատն արդար է, իսկ նրանցն անիրավ: Աստված օգնում է արդարին և յուր բազուկը հզորագույն է ամենից: Դիմավորեցեք թշնամուն աներկյուղ և առանց դիմադարձության, աստված պիտի օգնե ձեզ երկրորդ անգամ նրան խորտակելու, իսկ ում որ մեզանից մահ կվիճակվի, նա թող մխիթարվի, որ մեռնում է հայրենիքի և այն խաչի համար, որ ահա՛ Դվնո բարձունքից նայում է մեզ վրա:

Այս ասելով իշխանը սաղավարտը հանեց և դեմքը դեպի ս. Գրիգորի գմբեթը դարձնելով՝ — «Դո՛ւ մեզ օգնիր, ո՛վ սուրբ կաթողիկե, մեր կռիվն ու մահը քո և որդվոց ազատության համար է. թող թշնամին չպարծենա, թե կիսալուսինը հաղթեց սուրբ խաչին...»:

Այս ասելով նա սուրը շողացրեց և «օ՛ն, հառաջ...» գոռալով դիմեց դեպի թշնամին:

Սյունյաց և վանանդացոց քաջերը որոտընդոստ աղաղակով հետևեցին նրան:

Նույնպիսի ոգևորությամբ և գոռյուն-գոչյունով դիմում էին հայերի դեմ արաբացիները:

Վերջապես նրանք հասան, և քաջերը գոռալով ընկան միմյանց վրա: Սրերն սկսան շողալ, նիզակները ճոճել և աջ ու ձախ կատաղի հարվածներ տեղալ: Հարձակումն այնպես սաստիկ և բախումը զորավոր էր, որ երկու կողմից էլ կարգերն իսկույն խանգարվեցան: Վանանդացիք բաժանվեցան սյունեցիներից, իսկ այս վերջիններն՝ իրարից, նույնպես էլ արաբացիք չկարողացան իրանց միությունը պահպանել: Հայերի մի մասը ետ մղեց նրանց աջ թևը, իսկ սրանք դրա փոխարեն ճնշեցին նրանց ձախը: Այդպիսով խմբերը ճապաղելով՝ կռիվը բորբոքեցին մի քանի կետերի վրա: Այս հանգամանքը ձեռնտու էր հայերին, որովհետև շարժվելու ազատություն ունենալով՝ ավելի հաջողությամբ կկռվեին: Բայց ոստիկանը, որ յուր մինարեթից դիտում էր կռվի ընթացքը, տեսնելով հայերի զորեղ ընդդիմությունը, նոր զորքեր ղրկեց յուրայիններին օգնության: Այդ պատճառով հայերը նոր հարձակման հանդիպելով, հետզհետե տկարացան: Նրանց յուրաքանչյուր խմբակին շրջապատել էր մի ահավոր գունդ: Վայրկյանը հուսահատական էր. Բաբգեն իշխանը, որ կռվում էր կատաղաբար, նոր հարձակման առաջ ետ կասեց մի վայրկյան, ապա հայացքը Դվնո կաթողիկեին ուղղելով՝ սրտառուչ ձայնով բացականչեց. «Մի՞թե դու, ով լուսավորչի խաչ, պիտի հանդուրժես մեր կոտորածին և հաղթություն տաս զարշ հագարացուն, որ ծաղրում է քո սրբությունը... Ցույց տուր, ով քառաթև, որ իզուր չենք մենք ապավինել քեզ, և որ հզորագույն է այն բազուկը, որ քո թևին զամվեցավ...»:

Այս ասելով նա սուսերամերկ խոյացավ դեպի հարձակվող զորքերը և աննման հերոսությամբ սկսավ պաշտպանել յուր մարտիկների տկարացող կողմը: Բայց ո՛չ իշխանի և ո՛չ նրա զորքի հերոսական ջանքերը չկարողացան հաղթել արաբացոց զնդերին, որոնք հետզհետե ստվարանում էին: Ընդհակառակը, մի քանի կետերի վրա հայերն սկսան վերջնականապես ընկճվել, նրանք հոժարությամբ փախուստ կտային, թե չվախենային իսպառ ջնջվելուց, այս պատճառով կռվում էին հուսահատ կատաղությամբ: Փոքր մի ևս, և արաբացիք հաղթության փողը պետք է հնչեին...

Բայց ահա՛ հենց այդ վայրկենին լսվեցավ հանկարծ հայախումբ զորքերի որոտագին աղաղակը և Վահրամ սեպուհը, ինչպես շանթառաք մի հարված՝ ահավոր սուրը ձեռին ընկավ արաբացոց վրա: Նրան հետևում էին գուգարացիք, բասենցիք և Շիրակավանի քաջերը: Ինչպես հանկարծահաս մի փոթորիկ կամ զարնանազայր մի հեղեղ թափվեցան նրանք արաբացիների վրա և սկսան անխնա կոտորել, ջարդել, ջախջախել՝ ոմանց սրախողխող անելով, ոմանց նիզակահար սատակելով և շատերին նժույգների ոտքի տակ տալով:

Բաբգեն իշխանը զարմացավ: Որտեղի՞ց բուսավ արդյոք սեպուհը: Որտե՞ղ էին թաքնված նրա զորքերը, չէր կարողանում գուշակել:

Բայց Դվնո արևմտյան ճանապարհով եկող հեծելազորը, որ խրախուսել էր ոստիկանին և, ընդհակառակը, երկյուղ ազդել Բաբգենին, հենց Վահրամ սեպուհի զորախումբն էր եղած: Վերջինս արքայի հրամանով շտապել էր իշխանին օգնության, ըստ որում բուն բանակը փոքր-ինչ պիտի ուշանար: Սեպուհը հազարացոց պահակներից խույս տալու և Արտաշատի ջրանցքին անարգել հասնելու համար շրջան էր արել Դվնո դաշտի բարձրից և Խոսրովու անտառը անցնելով՝ մտել Կարնո կոչված ճանապարհը:

Սեպուհի և նրա գնդերի հարձակումը փոխեց իսկույն կռվի կերպարանքը: Հազարացիք հանկարծակի եկան, իսկ սյունեցիք ու վանանդացիք նոր ոգի առնելով՝ սկսան ավելի կատաղաբար հարձակվել հակառակորդների վրա: Նորեն կռիվը բորբոքվեց. նորեն խմբերն ընդհարվեցան: Հազարավոր սրեր շողում էին ու հարվածում, նիզակները՝ ճոճում ու շամփրում, սաղավարտներ ճեղքում, զրահներ պատառում, վահաններ ջախջախում... Հաղթողների աղաղակը, ընկնողների վայունը, զենքերի շաչյունը թնդացնում էին օդն ու դաշտը...

Սակայն հաղթության աստղը թեքվում էր հայոց կողմը, արաբացիք նորեկների հարձակումից շվարելով և մանավանդ թե սաստիկ հարված առնելով՝ մի քանի կետերում սկսան նահանջել: Բեշիրն այդ տեսնելով՝ հրամայեց իսկույն նահանջի փող հնչեցնել, որպեսզի մնացորդ զորքն ազատե կոտորածից: Բայց արաբացիք փողի ձայնն առնելուն պես՝ փոխանակ քայլ առ քայլ հետ նահանջելու, սկսան միահամուռ փախուստ տալ դեպի Դվին:

Հայերն ընկան փախչողների ետևից և սկսան չարաչար կոտորել նրանց: Շուտով Դվնո դռները բացվեցան և ներս առան փախչող զորականը:

Սեպուհն այդ տեսնելով՝ հանդուգն միտք հղացավ, այն է՝ հրամայել յուր զորքերին՝ ներս խուժել քաղաքը փախչողների ետևից:

Բայց Բաբգեն իշխանը, որ ավելի հեռատես էր, արգելեց նրան այդ քայլն անել, առարկելով, թե քաղաքում կարող է վտանգ հասնել զորքին:

Նրանք բավականացան տարած հաղթությամբ և զորքը ժողովելով վերադարձան դեպի ջրանցքի հովիտը:

Երեկոյան դեմ, երբ կռիվն արդեն ավարտած, հաղթությունը տարած, իսկ հազարացիք Դվնո մեջ փակված էին, հասավ թագավորը՝ Գնորգ սպարապետի, դաշնակից իշխանների և արքայական համախումբ բանակի հետ:

Վերջինս, սպարապետի կարգադրությամբ, շրջապատեց քաղաքը բոլոր մատչելի կողմերից:

Տեսնելով Դվնո խրամը տակավին չոր և լսելով տեղի ունեցած կռվի և տարած հաղթության համար՝ թագավորն ուրախացավ և ի նշան յուր գոհության՝ գրկեց ու համբուրեց Բաբգեն իշխանին և Վահրամ սեպուհին: Ապա հրամայեց փառավոր հրավառությամբ ամբողջ բանակը լուսավորել այդ գիշեր:

Կարճ ժամանակվա ընթացքում Դվնո հինավուրց անտառից դուրս հանվեցան հարյուրավոր մայրեր ու կաղամախներ և տապարներով ջախջախվելով՝

դերբուկաձև դիզվեցան թե՛ բանակի մեջ և թե՛ քաղաքի շուրջը, պարիսպների և աշտարակների հանդեպ:

Երբ մութը կոխեց և ահագին խարույկները վառվեցան, Դվինը, կարծես, դյութական կերպարանք առավ: Հարյուրավոր կրակների բոցը բարձրանում, ծառանում էր դեպի երկինք և շրջապատն ամբողջապես բոսոր գունով լուսավորում: Մայրաքաղաքի պարիսպներն ու մարտկոցները պատած էին կրակով և հեռվից նայողը կարծում էր, թե քաղաքն ամբողջապես գտնվում է հրդեհի մեջ: Նրա բարձրադիր ապարանքները՝ իրանց սյունազարդ սարավույթներով, գմբեթազարդ եկեղեցիները՝ փայլուն խաչերով և արաբական մզկիթի ու ոստիկանական տան ուղղաձիգ մինարեթները՝ ոսկյա կիսալուսիններով՝ փայլում էին գիշերային խավարի մեջ մերթ պայծառ լուսով և մերթ քրքմագույն և տալիս քաղաքին մի տեսակ տխուր և խորհրդավոր կերպարանք:

Իսկ Դվնո բարձունքներից նայողի առաջ ուրիշ պատկեր էր բացվում: Արքայական բանակը, որ պատած էր քաղաքը ամեն կողմից և որ ցերեկվա լուսով իսկ ահավոր էր երևում, գիշերվա մութին ավելի երկյուղ և սարսափ էր ազդում: Խարույկների բոցածավալ լույսը կարծես թե կրկնապատկում, եռապատկում էր զորախմբերի թիվը, բազմաթիվ կրակների շուրջը կայթող և հաղթական երգերով օդը թնդացնող զորականի աղմուկը խռովում, անհանգստացնում էր պաշարյալ մահմեդականների սիրտը:

Դվնո հայերը, ընդհակառակը, զաղտնի հրճվանքի մեջ էին, թեպետ և չէին համարձակվում երևան հանել իրանց ուրախությունը: Այն միտքը, թե շուտով մահմեդականի բռնապետությունը պիտի վերջանա, թե գոռոզ հազարացին պիտի խոնարհի վերջապես արքայի հաղթական դրոշակի առաջ, նրանց սիրտը լցնում էր անսահման բերկրությամբ: Եվ ամենքի շրթունքները մրմնջում էին աղոթքներ, մանուկ և ծեր, կին թե տղամարդ աղաչում էին աստծուն, որ այս վերջին անգամ էլ փառավորե յուր անունը՝ հաղթություն տալով հայոց խաչին և Լուսավորչա հավատին...

Բայց ոստիկանը, որ յուր ապարանքի մինարեթից դիտում էր այդ մեծատարած խարույկները և տեսնում հայ զորքերի խաղերն ու պարը և լսում նրանց որոտաձայն երգելը, որոնք շարունակվում էին մինչև ուշ գիշեր, կատաղությունից, կարծես, ուզում էր խելագարվել: Նա մտաբերում էր միմյանց ետևից իրան հասած անհաջողությունները, և այդ բոլորը վերագրում յուր զորապետի ու պաշտոնյաների անհոգության և անմտության, ուստի և հայհոյում ու անիծում նրանց:

«Չէ՞ որ կարող էին գեթ մի օր առաջ ջրանցքը բանալ և քաղաքի խրամը ողողել... խոսում էր ինքն իրան ոստիկանը, բայց չարին, անհոգության տվին իրանց և պատճառ դարձան թե՛ քաղաքի գլխավոր պաշտպանությունը ոչնչացնելուն և թե՛ զորքերի կոտորածին... Իսկ իմ պահակ հեծելախմբե՞րը. ո՞ւր մնացին նրանք, ինչո՞ւ մինչև այժմ պահպանության չորս կետերից գեթ մի զինվոր չհասավ, որ թշնամու գալուստն ինձ հայտնե»...

Բայց ոստիկանն իզուր էր տրտնջում վերջին կետի նկատմամբ: Որովհետև ոչ թե յուր պահակ հեծյալների անուշադրությունն էր պատճառը՝ որ ինքը ժամանակին չէր իմացել յուր հակառակորդի մոտենալը, այլ հայոց սպարապետի բազմափորձ զգուշությունը, որովհետև, նա զորքերն առաջ էր վարել այնպիսի ճանապարհներով և այնքա՛ն միմյանցից անջատ խմբերով, որ հազարացի պահանորդները չէին կարող նրանց նշմարել: Նույնիսկ Շարուրում բանակած զորքի վրանները այն ժամանակ միայն սկսեցին քակել հայ պահակները, երբ բուն բանակն իջնում էր արդեն Դվնո դաշտը:

Վերջապես ոստիկանը կանչեց յուր մոտ Բեշիրին և սկսավ խորհուրդ անել նրա հետ:

— Այս հայերը, ըստ երևույթին, պաշարել են մեզ այնպիսի զորությամբ, որին դիմադրել չպիտի կարողանանք, եթե նրանք հաճախ հարձակվին մեզ վրա, — ասաց նա զորապետին,-ինձ թվում է, թե մի հնար միայն կա ընդհարումն արգելելու և Աբասին մեզ հետ հաշտվել ստիպելու:

— Ո՞րն է այդ, — հարցրեց Բեշիրը, որի զոռոզությունն ընկճվել էր արդեն կրած պարտության պատճառով:

— Այն, որ հայտնենք հայոց թագավորին, թե կկախենք աշտարակից մեզ մոտ պատանդ եղող յուր հորաքեռ որդուն՝ Սյունյաց Սահակ իշխանին, եթե նա մեր առաջարկած հաշտությունը չի ընդունիլ և յուր զորքերը չի հեռացնիլ Դվինից:

— Աբասը եթե ցանկացող լիներ հաշտության, քո դեսպաններին ու ընծաները հետ չէր դարձնիլ Վասպուրականից:

— Ուրե՞մն...

— Կմերժե քո առաջարկությունը:

— Այն ժամանակ ես էլ կկախեմ այդ իշխանին, թո՛ղ այնուհետև նրա Սմբատ ու Բաբգեն եղբայրները խիզախեն մեր դեմ և Դվինն առնելուց առաջ՝ իրանց եղբոր դիակը գրկեն:

— Իսկ եթե, հանկարծ, Դվինն առնե՞ն:

— Թո՛ղ առնեն, եթե կարող են. ճակատագրից չպիտի փախչենք, ես, գոնե, այդ սպանությամբ խստագին կխոցոտեմ նրա հարազատների սիրտը:

— Բայց, տեր իմ, այդ որոշումը կարի վտանգավոր է, — նկատեց Բեշիրը. — այս հայերը բնավ խստասիրտ չեն. նրանք երբ գրավում են մի քաղաք, մեզ նման չեն կոտորում նրա բնակիչներին: Այդպես էլ եթե Դվինը գրավեն, վնաս չեն հասցնիլ մեր անձին կամ նույնիսկ մեր զորքերին, եթե միայն քո ցասումը գործադրած չլինիս դու. բայց եթե Սահակ իշխանին սպանես, այն ժամանակ մենք ամենքս անխնա կջնջվենք: Դու չես ճանաչում սյունեցիներին. բայց ես հաճախ ընդհարվել եմ նրանց հետ և ծանոթ եմ այդ ցեղի անսանձ կատաղությանը: Նրանք չեն կարող տանել այն անարգանաց, որ դու կհասցնես նրանց իրանց իշխանին սպանելով:

Ոստիկանի վրա տպավորություն արին զորապետի խոսքերը և նա գլուխը կախելով ընկավ մտածության մեջ:

— Ի՞նչ անենք, ուրեմն, — հարցրեց նա վերջապես՝ մտախոհ աչքերը զորապետին ուղղելով և յուր նոսր, աղերևկ մորուքը հուշիկ շոյելով:

— Պիտի պաշտպանվենք որքան կարող ենք և պաշտպանվենք մեր բոլոր զորությամբ, — վճռական ձայնով պատասխանեց Բեշիրը:

Այս որոշման գալով՝ ոստիկանն ու զորապետը բաժանվեցան իրարից:

Բայց հայոց բանակում խորհուրդ չկար այդ գիշեր: Թագավորն ու իշխանները ապահով էին, որ ամեն կողմից շղթայած են Դվինը, մնում էր սպասել առավոտյան լուսին, որպեսզի հարկ եղած հետազոտություններն անելով, ըստ այնմ որոշեին, թե արդյոք հարձակմա՞մբ թե պաշարումով պիտի գրավեն քաղաքը:

Բայց կեսգիշերվա մեջ պահակ զինվորները լուր տվին սպարապետին, թե Նախիջևանի ճանապարհով ստվար հեծելազոր է առաջանում դեպի հայոց բանակը: Դրանք ոչ այլ ոք էին, եթե ոչ ոստիկանի կողմից Դվնո այդ սահմանում կարգված պահանորդները, որոնք վերջապես հայոց Շարուրից հեռանալն իմանալով՝ շտապում էին թե՛ նրանց ճանապարհը փակելու (հուսալով մի որևէ տեղ հանդիպել նրանց) և թե՛ ոստիկանին տեղեկություն տալու:

Սպարապետն ընդունելով, թե դրանք իրանց ետևից շրջապատելու և Դվնո կողմից լինելիք հարձակման նպաստելու մտքով են գալիս, պատվիրեց իսկույն Վահրամ սեպուհին դիմավորել նրանց յուր հեծելախմբով: Վերջինիս միացան նաև Մոկաց քաջերը:

Վեղիի ներքին հովիտներից մեկում սեպուհը հանդիպեց արաբացի հեծյալներին և հրամայեց նրանց զինաթափ լինել:

Արաբացիք, որ մթան պատճառով հայոց բազմությունը չափել չկարողացան, պատասխանի փոխարեն՝ հարձակվել սկսան:

Այն ժամանակ սեպուհի հզոր ձայնը որոտաց և հայոց քաջերը մեծաղորդ աղաղակով ընկան թշնամու վրա:

Տեղի ունեցավ կատաղի ընդհարումն: Բայց նա երկար չտևեց: Արաբացիք իսկույն զգացին, թե որքա՛ն բազմաթիվ են իրանց դեմ սուր շարժող բազուկները, ուստի մի փոքր ընդդիմությունից ետ, որ, սակայն, տասնյակ զինվորներ արժեց իրանց, զինադուլ խնդրեցին:

Վահրամ սեպուհը հրամայեց կոտորածը դադարեցնել և արաբացի հեծյալներին զինաթափ անելով և ձիանը խլելով՝ իրանց գերի վարել բանակը:

Եվ որովհետև հետևյալ օրը նրանք տեղեկություններ տվին սպարապետին այն պահակախմբերի մասին, որոնք գտնվում էին Խլաթա, Բերդկանց և Կողբափորի ճանապարհներում, ուստի Մարզպետունի իշխանը՝ հրաման առնելով արքայից, մի քանի ստվար զորախմբեր ուղարկեց այդ կողմերը արաբացի հեծյալներին հալածելու համար, որպեսզի քաղաքի հետ ունեցած ընդհարման դեպքում նրանք ետևից հասնելով չխանգարեն իրանց: Հայոց զորախմբերը, որոնք դիմեցին հիշյալ ճանապարհները՝ Վահրամ սեպուհի, Սմբատ իշխանի և Մոկաց տիրոջ առաջնորդությամբ, պատահելով հազարացի պահակախմբերին, հարձակվեցան նրանց վրա և քիչ կամ շատ կոտորած անելուց հետ՝ նրանց մի մասը հալածեցին դեպի Ատրպատականի կամ Կորդվաց կողմերը և մյուսը գերելով՝ բանակը բերին:

Աշոտ բռնավորը, որ խոստացել էր յուր զորքերով օգնել ոստիկանին լսելով Աբաս թագավորի՝ յուր դաշնակիցների հետ միասին Դվին հասնելը, այլև նրա զորքերի տարած քանի մի հաղթությունները, ոչ միայն հետ կացավ Նսրին օգնելուց, այլև յուր զորքերը Բագարան ժողովելով՝ ինքը ևս ամրացավ այդտեղ:

Իսկ Աբաս թագավորը Դվնո հաղորդակցություններն ամեն կողմից կտրելուց հետ՝ խորհրդի հրավիրեց յուր իշխաններին՝ որոշելու համար, թե ի՞նչ եղանակով սկսեն հարձակումը:

Գևորգ սպարապետը, որ թանկ էր գնահատում հայ զորականի կյանքը, խորհուրդ տվավ թագավորին՝ ամենից առաջ Նսրին առաջարկել քաղաքը հանձնել իրանց առանց պատերազմի:

— Եթե նա կհոժարվի, բարի, եթե ոչ, այն ժամանակ մենք մեր հարձակումը կսկսենք, — ասաց սպարապետը:

— Այո՛, եթե նա իմանա, թե ինքը զուրկ է ամեն ձեռնտվությունից, գուցե չվստահանա զրգռել մեր զայրույթը և այդ հանգամանքը հավասարապես շահ կբերե թե՛ մեզ և թե՛ իրան, — ավելացրեց Սմբատ իշխանը:

Արքային հաճո թվեցավ այս առաջարկությունը, և դաշնակից իշխանները ևս համակերպեցան նրա հետ:

Նույնիսկ այդ օրը Աղձնյաց նահապետը մի քանի ազատանիների ընկերակցությամբ դիմեց Դվին՝ ոստիկանի հետ խոսելու:

Նսր ամիրան պատվով ընդունեց նրան յուր ապարանքի շքեղ դահլիճներից մինում և հաճություն հայտնեց լսել հայոց թագավորի պատգամը:

— Աբաս արքան հրամայեց ինձ ասել մեծափայլ ամիրային, — խոսել սկսավ նահապետը, — թե Դվինը Հայոց աշխարհի մայրաքաղաքն է, թե նրան հիմնել և տիրել են հայոց թագավորները, և թե վերջին տարիներում իսկ նա պատկանել է հայոց իշխանապետության: Ամիրապետի ոստիկանները կարող էին նստել այդտեղ՝ իբրև երկրի շահաստանում և գանձել ամիրապետի հասույթները: Բայց նրանք իրավունք չունեին նրան գրավելու և նրա միջոցով էլ երկրի ազատության վրա բռնանալու, ըստ որում այդ երկրի կառավարը հայոց թագավորն է, իսկ ժողովրդի ազատության տերը՝ ինքը ժողովուրդը: Յուսուփը և նրա նախորդները անիրավ հափշտակությանց հետ միասին՝ հաճախ բռնացել են նաև Դվնո վրա: Բայց այդ պատահել է այն ժամանակ, երբ հայոց իշխանները անջատվել են իրանց թագավորից և կամ վատաբար դավաճանել են նրան: Իսկ այժմ որովհետև հայ իշխանները միացած են ինձ հետ, և իմ զորքերը հավատարիմ են ինձ, ուստի ես զորավոր եմ և հենց այդ պատճառով էլ թույլ չեմ տալ, որ Յուսուփի հաջորդը գնա նրա շավղով կամ թե բռնանա իմ ժողովրդի վրա: Չհիշելով անգամ այն, որ Նըբր ամիրան բարեկամության ուխտ է դրել հանգուցյալ արքայի հետ և վերջը դրժելով յուր ուխտին՝ աջակցել է հայոց գահի դեմ լարած դավաճանության... չհիշելով այն՝ որ նա անիրավաբար հափշտակել է հայոց կաթողիկոսարանը և կաթողիկոսի աթոռը տարագրել Ոստանից, որի համար ես իբրև իմ եկեղեցվո պաշտպան, պարտավոր էի արժանավոր հատուցումն անել նրան, այսուամենայնիվ, չկամենալով արյունահեղության պատճառ դառնալ, ես առաջարկում եմ Ոստիկանին խաղաղությամբ հանձնել ինձ իմ քաղաքը, որից հետ և ես կթույլատրեմ իրան ազատ ապրել յուր ապարանքում: Հակառակ դեպքում, եթե ես Դվինը գրավեցի ուժով, այն ժամանակ թո՛ղ ոստիկանը իմանա, որ առաջին օրն իսկ բնաջինջ կանեմ թե՛ յուր զորախմբերը և թե Դվնո բոլոր ամիրաներին, որոնք կալվածներ ունին Ոստանում և ապարանքներ՝ Դվնո հրապարակների վրա... Բացի այս, ես չեմ խնայիլ նույնիսկ իրան՝ ոստիկանին: Եվ այս ամենն անելով հանդերձ՝ ես թշնամացած չեմ լինիլ ամիրապետին, այլ պատժած միայն նրա գործակալին, որ անխոհեմությամբ խռովում է իմ երկիրը...

Ոստիկանը, որ սկզբում խաղաղ սրտով ականջում էր պատգամավոր իշխանին, վերջին խոսքերը լսելուն պես վեր թռավ տեղից և հուզված բացականչեց.

— Քո այդ նոր թագավորն ավելի հանդուգն է, քան յուր նախորդը... Ասա՛ նրան, որ ես չեմ ընդունում հաշտության ո՛չ մի պայման և որ ես իրավունքով տիրում եմ այն քաղաքին, որ երկու հարյուր տարի սրանից առաջ գրավել է արաբական սուրը: Թո՛ղ հառաջ վարե նա յուր զորքերը և ուժով գրավե այս քաղաքը, եթե կարող է: Բայց միևնույն ժամանակ թո՛ղ չմոռանա, որ նա կռվում է արաբացոց երկնափառ ամիրապետի և ոչ թե նրա ոստիկանի հետ...

Պատգամավոր իշխանը վերադարձավ յուր հետևորդների հետ և հայտնեց արքային Նըբրի պատասխանը:

— Լավ ուրեմն, մենք մեր պարտքը կկատարենք և ցույց կտանք այդ հագարացուն, որ ամիրապետի անունով տրված սպառնալիքները չեն կարող ո՛չ մեզ վախեցնել և ոչ էլ մեր իրավունքները շղթայել, — ասաց թագավորը և ապա հրամայեց սպարապետին հարձակման պատրաստությունները տեսնել:

Երազգավորսից հետզհետե բերում էին պաշարման վերաբերյալ գործիներ և պարսպահար մեքենաներ, որպիսիք էին՝ խոյեր, բաղիստներ, բաբաններ, հրացան, պարսեր և երկաթե զանազանակերպ սանդուղքներ, բարձած բազմալուծ սայլերի վրա: Այդ ամենը պատրաստել էր տվել Մարզպետունի իշխանը դեռևս արքայի՝ Վասպուրականում եղած ժամանակ: Նրա հրամանակատարները, որոնք ռազմական մեքենագործության հմուտ վարպետներ էին և որոնք այդ բոլորը պատրաստել էին կատարյալ եղանակով, այժմ էլ բանակում զբաղված էին նույնպիսի աշխատությամբ: Նրանք կառուցանում էին փայտե շարժական աշտարակներ կամ եռահարկ մարտկոցներ, որոնց պետք է մոտեցնեին քաղաքի պարիսպներին՝ նրանց քանդելու կամ այդ մարտկոցներից քաղաքը զորք մտցնելու համար:

Բայց որովհետև մեքենաները պարսպին մոտեցնելն արգելում էր լայն ու խոր խրամը, որին մի քանի տեղ լցնելու համար դեռ կարիք կար ժամանակի, ուստի, թագավորը հրամայեց առաջին հարձակումն առանց մեքենաների սկսել:

Այդպես էլ արին: Եվ որպեսզի պաշարյալների զորությունը ցրեն, հայերը հարձակվեցան քաղաքի ամեն կողմերից: Այնպես որ հագարացիք, բոլոր շրջապատի հետ կռվելու համար, ստիպված էին մարտկոցների պաշտպանությունը կիսով չափ նվազեցնել:

Հայերը, որ հայտնի էին իբրև ընտիր նետաձիգներ՝ սկսան իրանց տարափը նախ ասպարափակ շարքերի ետևից տեղալ, ապա հետզհետե պարիսպներին մոտենալով սկսան վանել դիմադիր հագարացիներին: Վերջիններս, սակայն, հզորապես կռվում էին այն խմբերի հետ, որոնք կամենում էին սանդուղքներ մոտեցնել պարիսպին: Բացի կարթավոր երկաթյա ձողերից, որոնք մահ էին սպառնում սանդղքավոր զորականին, նրանց նետերն էլ քիչ չէին նեղում հարձակվող հայերին:

Այդպիսի մի զորեղ դիմամարտ բռնկել էր Դվնո ավազ դռան առաջ, ուր մի քանի մարտկոցներ պաշտպանում էին թե՛ երկաթյա դուռը և թե՛ կրկնապարիսպը: Այդ մարտկոցները գրավելուց ետ հեշտ էր առաջին պարիսպը փլել, որով քաղաքի պաշտպանությունը կարի կթուլանար: Այդ պատճառով քաջերի մի հզոր խումբ գործում էր այստեղ:

Բայց մարտկոցների բարձրից տեղացած տարափը և նամանավանդ դյուրավառ նյութերի հրահոսանք թույլ չէին տալիս հայերին սանդուղքներ մոտեցնել: Այդ պատճառով հարձակվողներին օգնության հասան հրձիգ գնդերը: Նրանք գլխներին վահաններ բռնած և խռվի ու խոտի խրձիկներ գրկած՝ արագ-արագ անցան խրամի վրայից և պարիսպներին մոտենալով կրակեցին խուրձերը մարտկոցների առաջ: Դրանց հետևեցին փայտակիրները, որոնք մի քանի վայրկենում ահագին քանակությամբ փայտ ու խռիվ դիզելով կրակված խուրձերի վրա, մեծ հրդեհ բորբոքեցին թե՛ պարիսպների տակ և թե՛ մարտկոցների առաջ:

Բոցածավալ կրակի ջերմությունն ու ծուխը վանեցին մարտկոցների վրայից արաբացի զինվորներին: Այն ժամանակ հրդեհից ազատ անջրպետներում հայերն անմիջապես սանդուղքներ դրին և սկսան բարձրանալ պատնեշների վրա և այդտեղից էլ մտնել մարտկոցները:

Արաբացիք այդ տեսնելով՝ սաստկապես հարձակվեցան խիզախողների դեմ. բայց վերջիններին շարունակ հետևում էին ուրիշ խմբեր: Չնայելով որ կրակի ջերմությունն ու ծուխը խեղդում էր մարդկանց, այսուամենայնիվ մարտկոցների վրա տեղի ունեցավ կատաղի ընդհարում: Հայերն ու արաբացիք կռվում էին ինչպես վագրերի ոհմակներ, մի կողմից հանդուգն հարձակումը, մյուս կողմից հուսահատ ընդդիմությունը՝ կռիվը դարձրել էին զարհուրելի, սրեր էին, որ հարվածում էին, նիզակներ՝ որ շամփրում էին, վահաններ՝ որ ջախջախվում էին և դիակներ՝ որոնք աշնան տերևների պես մարտկոցների բարձունքից թափթփում էին աջ ու ձախ: Եվ սակայն քաջերը քաջերի պատահելով՝ երկու կողմերն էլ մնում էին անպարտելի:

Բայց որովհետև ընդհարման կետերում արաբացիք հետզհետե նվազում էին և հայերը, ընդհակառակը, բազմանում, այդ պատճառով առաջինները վերջ ի վերջո նահանջեցին: Հայերը տիրեցին հառաջապահ մարտկոցներին և անցան կրկնապարիսպը: Այդտեղ խռնվող հայերի և անջրպետը պաշտպանող արաբացիների մեջ դարձյալ փոթորկեց ընդհարումն: Երկու կողմից էլ կոտորած եղավ, բայց որովհետև հագարացիք նոր օգնություն չստացան, ուստի այստեղ էլ նրանք պարտություն կրեցին: Հայերը գրավեցին կրկնապարիսպի տարածությունը և սկսան քանդել նրա պատվարները և հետզհետե լցնել խրամի մեջ:

Այս անսպաս հաջողությունը, որ ուրախություն պատճառեց թե՛ թագավորին և թե՛ դաշնակիցներին, ստիպեց նաև Մարզպետունուն զոհ լինել տարած հաղթությամբ և զորքի ուժը խնայելու համար՝ հարձակումը դադարեցնել:

Զորքի մեծ մասը վերադարձավ բանակ, իսկ մյուսը դեռ աշխատում էր կրկնապարսպի վրա: Երեկոյան դեմ բավական մեծ տարածություն նրանք փլել, հատակել էին և դրա հետ միասին խրամը լցրել, այնպես որ հետևյալ օրը հայերը կարող էին մոտեցնել ներքնապարիսպին ոչ միայն մեքենաները, այլև փայտակերտ մարտկոցները:

Բայց որովհետև հայերի ունեցած կորուստն էլ աննշան չէր, ուստի արքայի հրամանով երկրորդ հարձակումը մի քանի օր ուշացրին: Այդ բոլոր ժամանակ փայտահարները զբաղված էին Դվնո անտառում ծառեր կտրելով, խռիվ պատրաստելով, որոնց մի մասը բերում լցնում էին խրամի մեջ, որպեսզի, որքան կարելի էր, մեծ տարածություն ծածկեն ու հատակեն, իսկ մյուսը դիզում էին պարիսպների առաջ, որպեսզի ժամանակին հրդեհեն նրան:

Մի քանի օր անցնելուց ետ՝ թագավորն ու իշխանները որոշեցին երկրորդ հարձակումն սկսել: Դրա համար վաղ առավոտվանից սկսան առաջ վարել պարսպահար մեքենաները: Խոյերն ու էշ կոչվածները, որոնցով զբաղվում էին ավելի քիչ մարդիկ և որոնցով միայն խրամատներ պիտի բացվեր, մոտեցնում էին պարիսպներին: Ծանրաշարժ բաբանները, որոնց սպասավորում էին հարյուրավոր հոգիք և որոնցով ահագին ռումբեր էին նետում պատվարները փլցնելու համար, կանգնեցնում էին աշտարակների առաջ: Թեթև բաղիստրները, որոնք խոյերի ու բաբանների նման պատսպարաններ չունեին, և որոնցով երկարաբուն նետեր կամ սվիններ պիտի արձակեին, շարում էին պարիսպներից բավական հեռու, որպեսզի պարիսպից տեղացող նետերը չհասնեին նրանց: Իսկ փայտակերտ մարտկոցները, որոնց թիվը շատ չէր, բայց որոնք իրանց հզոր կազմությամբ ամենաապահով պատնեշներն էին պաշարողների համար, կանգնեցնում էին բուրգերի հանդեպ, որտեղից կարող էին կամուրջներ ձգել դեպի այդ բուրգերը, զորքեր փոխադրել նրանց վրա և կամ ներքին հարկում հարմարեցրած խոյերով բուրգերը խրամատել: Այդ մարտկոցներն առաջանում էին ճռնչալով ու դանդաղելով, թեթևներն անիվների վրա, իսկ ծանրաշարժները գլանների օգնությամբ:

Այդ պատրաստությունները, որոնք մի քանի օր տևեցին, հաճախ խանգարում էին պաշարյալները՝ մերթ հախուռն նետաձգությամբ և մերթ պարսատիկներից քար ու կրակ տեղալով: Թեպետ այդ բոլորից հայ զորականը չէր վնասվում, որովհետև գործում էր զգուշությամբ և շարունակ պաշտպանվելով, այսուամենայնիվ գործը դանդաղում էր բավական:

Յուրաքանչյուր երեկո սպարապետի հրամանով զորքերը մոտենում էին պարիսպներին, որպեսզի գիշերվա պահուն արաբացիք վնաս չհասցնեին մեքենական պատրաստությանը: Նրանք այդ կարող էին անել պարիսպներից իջնելով և դյուրավառ նյութերով մեքենաները կրակելով:

Երբ ամեն ինչ պատրաստվեցավ, թագավորը հրամայեց զորքերն առաջ վարել:

Մայիսյան առավոտ էր. մինն այն օրերից, որ զվարճալի է կացուցանում Դվնո շրջակայքը, քանի չէ ծագել արևը, բայց որ շուտով այրում ու մրկում է նրա դաշտը, երբ արևը կանգնում է երկնակամարի վրա:

Հայոց զորքերը նոր էին սկսում ելնել բանակից, և դաշնակից իշխանները նոր սկսել էին քննել իրանց հարձակման դիրքերը, երբ լուր հասավ Մարզպետունուն, թե Արտաշատի մեջ խլրտումն է սկսվել և զորքերը միջնաբերդից իջնում են դեպի քաղաք: Այդ նշան էր, թե արաբացիք պատրաստվում են դաշտն իջնելու:

Դվնո հրամանատարները որոշումն էին արել անսպաս հարձակվել հայերի վրա և այն՝ երկու կողմից, այն է՝ Դվնո և Արտաշատու: Դվնեցիք առջևից պիտի հարձակվեին, իսկ արտաշատցիք՝ ետևից: Այս կարգադրությունը մեծ հաջողություն կունենար, որովհետև հարձակման համար ընտրել էին ամենահաջող միջոց, այսինքն՝ այն վայրկյանը, երբ հայերը կսկսեին բանակատեղը ձգել և պատնեշներից ելնելով դիմել դեպի Դվին: Այդ ժամանակ նրանք հույս չունենալով հանդիպել որևէ հարձակման ավելի անհոգ և անպատրաստ կլինեին. ըստ որում կռիվը դեռ պիտի սկսեին մի օր հետո:

Սակայն այս ամենը գուշակեց սպարապետը և հրաման արավ զորքին՝ բանակից ելնել կատարյալ պատրաստությամբ: Բացի այդ, նա կարգադրեց, որ Մոկաց իշխանն ու Վահրամ սեպուհը իրանց գնդերով վերջինը ելնեն բանակից և հետևապես զգուշանան, որ Արտաշատու կողմը որևէ խլրտումն տեսած ժամանակ՝ իսկույն իրանցից անջատվեն եւ հարձակվեն նրանց վրա: Մյուս հառաջապահ գնդերը՝ ամենայն ապահովությամբ կարող էին շրջափակել իրանց մեջ արաբացիներին, եթե նրանք հանդգնեին ելնել Դվինից:

Սեպուհն ուրախությամբ լսեց այդ կարգադրությունը և նորեն հղացավ մի հանդուգն միտք, այն է՝ Արտաշատից ելնողներին աստուծո օգնությամբ վանելուց հետ, թափանցել, մուտք գործել քաղաքը: Եվ որքա՛ն մեծ եղավ նրա ուրախությունը, երբ Մոկաց իշխանը, որ յուր պես աներկյուղ՝ բայց իրանից ավելի ձեռներեց մի մարդ էր, համաձայնվեցավ նրա հետ: Հենց այս պատճառով սեպուհին ընկերացավ նաև Գոռ իշխանը յուր քաջարի գնդով:

Եվ իրավ, հազիվ հայերը բանակատեղը թողեցին, և վերջապահ գնդերը պատնեշներից հեռացան, ահա՛ Արտաշատու լայնաբերան դռներից դուրս խուժեցին արաբացիք և վայրենի աղաղակով հայերի ետևից ընկան:

Հայոց վերջապահ գնդերը, որոնց առաջնորդում էին Գոռը, Վահրամ սեպուհը և Մոկաց իշխանը, և որոնք րոպե առ րոպե սպասում էին Արտաշատու կողմից լինելիք այդ հարձակման, ետ դարձան իսկույն և որոտագին աղաղակով դիմեցին արաբացոց վրա:

Վերջինները, որոնք չէին սպասում հայերի կողմից որևէ դիմադրավում, կարծես հանկարծակիի եկան, որովհետև տեսան, որ իրանց գաղտնիքը նախատեսնված է նրանցից: Այսուամենայնիվ շարունակեցին իրանց ընթացքը, մինչև որ միմյանց հանդիպելով սկսան ընդհարվել:

Հայերը երեք կողմից շրջապատեցին արաբացիներին, որովհետև թվով գերազանցում էին և սկսան նրանց հետ զորեղ դիմամարտ:

Անցավ կես ժամ. կոտորածը շարունակվում էր: Արաբացիք կռվում էին քաջությամբ. բայց միևնույն ժամանակ շարունակ նայում էին դեպի Դվին, հուսալով, թե ահա՛ կբացվեն շուտով նրա դռները, և՛ ոստիկանի զորքը դուրս կխուժե այդտեղից հայերին շփոթելու և իրանց աջակցելու համար: Բայց ժամանակն անցնում էր. հայերը շարունակում էին իրանց ջարդը և սակայն Դվնո կողմից օգնություն չէր հասնում:

Պատճառը հետևյալն էր: Ոստիկանն ու Բեշիրը, տեսնելով թե հայոց զորքերի մի մասը արագությամբ շուռ եկավ ու ընկավ արտաշատցոց վրա, իսկ մյուս մասն անշարժ սպասում է Դվնից ելնողներին, զգացին, որ նրանք գուշակել են արդեն իրանց դիտավորությունը, ուստի վտանգավոր համարեցին քաղաքի դռները բանալ և զորք հանել այդտեղից:

Իսկ Արտաշատու կողմը կռվողները տեսնելով, թե դվնեցիք իրանց խոստումը չեն կատարում, բավական երկար դիմադրելուց և բազմաթիվ զոհեր տալուց հետ, դիմադարձ եղան և սկսան դեպի քաղաքը փախչել:

Հայոց առաջնորդները հրամայեցին զորքերին խառնվել արաբացոց հետ և միջամուխ լինել քաղաքը: Եվ որովհետև առաջին օրինակը Գոռն ու սեպուհը տվին, ուստի զորքն աներկյուղ խառնվեցավ թշնամու հետ: Հազարացիք, որոնք իրանց գլուխները կորցրած՝ անձերնին փրկելու վրա էին մտածում, չկարողացան արգելք լինել ներս խուժող հայերին: Եվ երբ բերդապահը փախչողներին ներս առած կարծելով՝ հրամայեց քաղաքի դռները գոցել, սարսափելով տեսավ, որ երկաթապատ փեղկերը ջախջախվել են արդեն հայերի ձեռքով և թե նրանցից շատերը նոր կոտորած են սկսել քաղաքի մեջ:

Հուսահատությունը տիրեց հագարացիներին, մանավանդ, երբ դեպի վեր նայելով տեսան, թե միջնաբերդի վրա ծածանում է արդեն հայոց հաղթական դրոշակը: Ուրեմն փրկության վերջին ապավենն էլ գրավված էր: Այդտեղ բարձրացել էր Գոռը յուր քաջերով: Որովհետև, հարձակվող հագարացոց թիվը բազմացնելու պատճառով միջնաբերդի զորքերը ևս միացել էին նրանց հետ, ուստի բերդը մնացել էր անպաշտպան: Գոռն այդտեղի սակավաթիվ պահակները ջարդելով՝ գրավել էր բերդը և յուր գնդի դրոշը ցցել հինավուրց դղյակի ճակատին:

Արաբացիք իրանց կատարյալ պարտությունը տեսնելով՝ զինադուլ խնդրեցին: Եվ որովհետև հայերը նույնպես հոգնել էին, ուստի անմիջապես կռիվը դադարեցրին և զինաթափ անելով արաբացիներին, քաղաքն ու բերդն առան իրանց հսկողության տակ:

Հաղթության լուրը հասավ հայոց բանակը և ուրախությամբ լցրեց ամենքին, որովհետև Արտաշատու գրավումով ոչնչանում էր այն միակ ամրությունը, որ Դվինից զատ՝ կարող էր վտանգ սպառնալ հայոց հաջողությանը:

Հետևյալ առավոտ արքայական բանակը մոտեցավ Դվնո պարիսպներին և Գնորգ սպարապետի, Վահրամ սեպուհի և Սյունյաց, Մոկաց և Աղձնյաց իշխանների առաջնորդությամբ սկսավ յուր երկրորդ և հզորագույն հարձակումը:

Արևը դեռ նոր էր Գեղա բարձունքը ոսկեզօծում, և սակայն կռիվն սկսված էր արդեն:

Նետաձիգ գնդերը իրանց նետերի տարափն էին տեղում, բաղիստրավորները ավիններ էին արձակում, պարսատիկներից կրակ էին ցրվում, բաբանները ահավոր ռումբեր էին նետում, իսկ խոյերն ու էշերը փորում խրամատում էին պարիսպները: Ինչ վերաբերում է շարժական աշտարակներին, նրանք մարտնչում էին բուրգերի ու մարտկոցների հետ՝ մի տեղ վանելով պահակախմբերը, մյուս տեղ շարժական կամուրջներ վարսելով, երրորդ տեղում բուրգի կողերը փլելով և այլն:

Սաստիկ և աննահանջ հարձակումը մեծ վնասներ էր պատճառում պաշարյալներին, կոտորում էր զորքերը, հրդեհում էր մերձակա շինությունները և խախտում, անպիտանացնում էր ամրությունները: Այսուամենայնիվ արաբացիք դիմադրում էին քաջությամբ: Նրանց նետաձիգներն ու ավինավորները փոխարինում էին հայերին՝ սրանցից ստացած վնասը: Բացի այդ, նրանք այրեցին հայոց մի աշտարակը, անպիտանացրին մի քանի խոյեր և իրանց երկաթե կարթերով ու ձողերով գլորեցին և կործանեցին բազմաթիվ սանդուղքներ և վերելակներ:

Բայց և այնպես դիմադրության եռանդը քանի գնում՝ նվազում էր պաշարյալների մեջ, մանավանդ որ նրանք ստիպված էին կռվել քաղաքի բոլոր շրջապատի հետ: Մի քանի կետերում հայոց հարձակումն ու հասցրած տագնապը այն աստիճան սաստիկ էր, որ արաբացիք ստիպված էին նահանջել դեպի ներքին պատնեշները, արտաքինը թողնելով բախտի կամքին, որոնց և հայերն անմիջապես գրավեցին:

Բացի այդ, սպարապետի առաջնորդությամբ կռվող զորագունդը հաջողել էր քաղաքի երկաթյա դռներից մինը՝ բաբանից արձակված ռումբերով ջախջախել, որից հետո զորականն սկսել էր դրան հետին սրահակը փորել: Այդտեղ լցված խիճն ու ավազը դուրս հանելուց հետ, արդեն պիտի բացվեր քաղաքի մուտքը: Թեպետ արաբացիք կարող էին նրա առաջ փայտի ու նավթի հրդեհ բորբոքել՝ ներս խուժողներից արգելելու համար, բայց դիմադրության այդ միջոցը երկար չէր տևիլ. հրդեհի նյութը վերջ ի վերջո կսպառեր կամ հայոց հրշեջները կհանգցնեին նրան:

Բեշիրն այդ անդարմանելի վնասը տեսնելով՝ շտապեց իսկույն ոստիկանի ապարանքը և հայտնեց նրան, թե թշնամին կարող է շուտով ներս խուժել, ուստի խորհուրդ տվավ շտապել, ամրանալ միջնաբերդում և քանի հայերը չէին խանգարում իրանց, զորքերը հետզհետե փոխադրել այնտեղ:

Նսրը ամիրան, որ չէր մոռացել թագավորի այն պատգամը, թե «եթե ես Դվինը բռնությամբ գրավեմ, պետք է բոլորիդ սուր քաշել տամ», սաստիկ վախեցավ, երբ զորապետի խոսքերը լսեց:

— Միջնաբերդը մեզ չի պաշտպանիլ, քանի որ քաղաքի պարիսպներն ու պատնեշները չեն կարողանում պաշտպանել, — ասաց նա Բեշիրին. — եթե Արտաշատը գրաված չլինեին, այն ժամանակ գոնե կարելի էր հուսալ միջնաբերդի վրա, որովհետև նրա գետնափորով կարող էինք ապաստանել Արտաշատին, եթե անխուսափելի վտանգ հասներ մեզ: Փախստյան այդ ճանապարհը փակված լինելով՝ մեծ չարիք կհասնե մեզ, եթե ամրանանք միջնաբերդում: Դրանով նախ՝ մենք չենք կարող ապահովել մեզ. որովհետև հայերը կա՛մ վերջ ի վերջո բերդը կգրավեն, կա՛մ երկար պաշարումով սովամահ կանեն մեզ. երկրորդ՝ մենք այդ ընդդիմությամբ ավելի կգրգռենք մեր թշնամու զայրույթը, և նա, միջնաբերդը գրավելուց հետո այլևս չի խնայի ո՛չ զորականին և ո՛չ մեր անձին:

— Ի՞նչ անենք ուրեմն, վտանգը դռան մոտ է, — հարցրեց Բեշիրը:

Ոստիկանը չպատասխանեց նրան, աչքերը գետնին հառած մտածում էր:

— Ի՞նչ անենք, տեր իմ, սպասելու ժամանակ չկա, — կրկնեց զորապետը:

— Գիտե՞ս ինչ...

— Հրամայի՛ր:

— Քաղաքը մեր կամքով պիտի հանձնենք հայերին:

— Ինչպե՞ս... հապա մեր այսքան կորուստն ու կոտորա՞ծը, — բացականչեց Բեշիրը:

— Ով որ խնայում է մնացորդը, որքան էլ այն աննշան լինի, նա իմաստնաբար է գործում, — նկատեց ամիրան լրջությամբ, — եթե մենք համառինք, ավելի պիտի կորցնենք...

— Ուրե՞մն...

— Պիտի հանձնենք թագավորին յուր մայրաքաղաքը՝ մեր զորքն ու անձը փրկելու համար:

Բեշիրը գլուխը կախեց և լռեց:

Մի ժամից հետ քաղաքի մեծ դռան աշտարակի վրա վայրահակ կախեցին մի կանաչ դրոշ, որ նշան էր, թե պաշարյալները հաշտություն են առաջարկում, խնդրելով ընդմին հարձակումը դադարեցնել:

Իսկ փոքր ինչ հետո դռները բացվեցան, և երևացին Նսրի պատգամավորները, որոնք քաղաքի բանալիները բերում էին հայոց արքային հանձնելու:

Իսկույն սպարապետը զինադադարի փողը հնչել տվավ, և կատաղի ընդհարումը կանգ առավ մի վայրկենում:

Արաբացոց պատգամավորները հասան արքայի վրանը և ոստիկանի հաշտության պատգամը հաղորդելուց հետ՝ հանձնեցին թագավորին բերած բանալիները:

Հետնյալ առավոտ տեղի ունեցավ հայոց զորքերի հաղթական մուտքը դեպի Դվին:

Ամենից առաջ ներս մտավ Գևորգ Մարզպետունին՝ Արարատյան գնդով, որ կրում էր սպարապետական դրոշը և գրավեց քաղաքի կարևոր դիրքերը՝ անսպառ խլրտումներից ապահով լինելու համար, նրան հետևեցին դաշնակից իշխանները՝ յուրաքանչյուրը յուր զորախմբով և իշխանական դրոշով: Ապա գալիս էր Վահրամ սեպուհը, առաջնորդելով հեծյալ գնդերին: Դրանց հետևում էր արքայական հեծելախումբը՝ թագավորական դրոշակով, և ապա ինքը՝ Աբաս թագավորը՝ շրջապատված յուր ազատազունդ թիկնապահներով:

Ամենից հետո գալիս էր Գոռ իշխանը, բանակի վերջապահ զնդերով, որոնք կրում էին Մարզպետունյաց Տան դրոշը:

Քաղաքի կարևոր կետերը բռնելուց ետ, սպարապետի առաջին գործն եղավ տեղեկանալ, թե որտե՞ղ է գտնվում Սյունյաց Սահակ իշխանը: Եվ երբ իմացավ, որ նա փակված է միջնաբերդում, իսկույն մի զորախմբով դիմեց այնտեղ և, մտնելով հինավուրց դղյակը, ուր մնում էր իշխանը և որին տակավին հսկում էին արաբացի պահապաններ, հանեց նրան այնտեղից և պատվով ու շուքով բերավ արքայի մոտ:

Թագավորը, տեսնելով հորաքեռորդուն ողջ և առողջ, ուրախացավ և փարելով իշխանին՝ ասաց:

— Միայն ի պատիվ քո ազատության՝ ներում եմ ես ոստիկանին: Թո՛ղ ապրե նա յուր ապարանքում և վայելե մեր Դվնո բարիքները:

Ապա Սյունյաց հարազատները հանդիպեցին միմյանց և ցնծության արտասուքն աչքերին փարեցին իրար: Նրանց ուրախության մասնակցեցին բոլոր իշխանները:

Այնուհետև թագավորը Գևորգ սպարապետի և բոլոր իշխանների ու զորքերի ուղեկցությամբ դիմեց ս. Գրիգորի տաճարը, գոհություն մատուցանելու աստծուն այն մեծ հաջողության համար, որ նա պարգևեց իրանց: Արքային դիմավորեց Դվնո հոգևորականությունը եկեղեցական շքեղ թափորով:

Տաճարից դուրս գալուց հետ Աբաս թագավորը գնաց Տիկնունի կոչված պալատը, որ թեպետ մյուս ապարանքների նման գրավված էին արաբացիք, բայց սպարապետն շտապել, պատրաստել էր տվել արքայի բնակության համար:

Հետևյալ օրն ազատեցին նաև կաթողիկոսարանը՝ հալածելով այդտեղից արաբական պաշտոնյաներին: Դրա հետ միասին խլեցին նաև մյուս արքայաշեն ապարանքներն ու աչքի ընկնող շինությունները, որոնցից ամեն մինը գրաված ուներ մի ամիրա:

Երբ Գևորգ Մարզպետունին առաջին անգամ մտավ կաթողիկոսարանի մեծ դահլիճը, ուր առհասարակ դրված էր լինում հայրապետական գահույքը, զգացվեց և արտասվեց:

— Ահա՛ վերջապես ազատեցինք և կաթողիկոսարանը, — բացականչեց նա հուզված ձայնով, — բայց ո՞ւր է կաթողիկոսը, ո՞ւր է նրա գահույքը... ինչո՞ւ այդ մարդը չհամբերեց այնքան, որ աստուծո աջը օգնության հասներ...

Նա ակնարկում էր հանգուցյալ Հովհաննես կաթողիկոսին, որ յուր թույլ և կամազուրկ բնավորության շնորհիվ պատճառ դարձավ կաթողիկոսական գահը դեպի հեռավոր Աղթամար փոխադրելու:

Այսուամենայնիվ ընդհանուր ուրախությունը մեծ էր, որովհետև, մայրաքաղաքը վերջ ի վերջո գրավվեցավ հայոց քաջերի ձեռքով:

Է

ՏԱՍՆ ԵՎ ՀԻՆԳ ՏԱՐՈՒՑ ՀԵՏՈ

Դվնո առումից հետո անցել էին տասն և հինգ երկար տարիներ: Այդքան ժամանակի մեջ Աբասը թագավորում էր խաղաղությամբ: Հայաստանի ժողովուրդը մոռացել էր արդեն թշնամիների հարձակումը, հափշտակության, ավազակության և նման արհավիրքների գոյությունը: Շինականն ազատ արօրադրում ու սերմանում էր արտը, այգեպանը՝ դարմանում յուր որդերը, պարտիզպանը՝ յուր ծառերը, առանց երկյուղ կրելու, թե՝ ահա մի որևէ անակնկալ հարձակում կավերե, կոչնչացնե յուր նեղության և քրտանց արդյունքները: Այդպիսով խոպան դաշտերը, ոստաքանց այգիները, ոտնակոխ պարտեզները նորեն մշակվել, գեղազարդվել էին և լցվել բնության բազմազան բարիքներով: Լիության եղջյուրը սփռել էր ամեն տեղ յուր առատ պարգևները: Եվ որովհետև երկրի խաղաղությունը երկար ժամանակ չխանգարվեց, ուստի ոչ միայն հեռավոր կողմեր փախչողները վերադարձան, այլև ուրիշ տեղերից խաղաղակյաց ժողովուրդներ գունդագունդ Հայոց երկիրը գաղթեցին, որովհետև գյուղերը բազմամարդացան, քաղաքները բարգավաճեցին, արհեստները ծաղկեցան և առևտուրը կենդանանալով՝ երկրի մեջ էլ շահավոր շարժում ու կենդանություն ստեղծեց:

Եվ որովհետև երկրի խաղաղ դրությունից կախում ուներ նաև դպրության ու արվեստի բարգավաճումը, ուստի Հայաստանի այն վանքերը, որոնք խռովության օրերից արդեն ամայացել և շատերն էլ ավերվել էին, նորեն սկսան շենանալ և բարեկարգվիլ: Որովհետև այս ու այն կողմերը փախած կամ տարագիր եղած առաջնորդներն ու միաբանները նորեն դարձան դեպի իրանց Ուխտերը, ավերվածները նորոգեցին, քանդածները շինեցին, միաբանակիցներ ժողովեցին և փութաջան աշխատությամբ սկսան այդ վանքերում ուսումն ու դպրությունը ծաղկեցնել: Եվ որովհետև Հայոց վանքերը Մեծին Ներսեսի և Ս. Սահակա օրերից սկսած՝ դպրություն տարածելուց և ժողովրդի հոգևոր պետքերը հոգալուց զատ՝ պաշտոն ունեին նաև տկարները խնամելու, հիվանդները դարմանելու, օտարները ժողովելու և այլն, ուստի այդ վանքերից շատերում հիմնվեցան նաև որբանոցներ, հիվանդանոցներ, հյուրանոցներ և ուրիշ կարևոր ապաստարաններ:

Այդ բոլոր հասարակական հաստատություններին հովանավորում էր ինքը Աբաս թագավորը՝ ոմանց նպաստելով արքայական գանձարանից, ոմանց կալվածներ նվիրելով, ուրիշներին հասույթներ սահմանելով, և այլն, և այլն:

Այդպիսով Աբաս թագավորի օրով ոչ միայն եղած վանքերը բարեկարգվեցան, այլև նորերը հիմնվեցան և ծաղկեցին, ինչպես օրինակ՝ Արշակունյաց գավառի «Կամրջաձորի վանքը», որ 300-ից ավելի միաբաններ ուներ: Նույն գավառի «Կապուտաքար վանքը», որ հայտնի էր յուր առաջադեմ վանականներով: Շիրակ գավառի «Հոռոմոսի վանքը», որ նշանավոր եղավ յուր հյուրանոցով, ուր կարոտները ոչ միայն կերակուր, այլև հանդերձներ էին ստանում: Նույն գավառի «Դպրեվանքը», որ անշուշտ հայկական դպրությունը գերազանցապես ծաղկեցնելու համար նույն անունն ստացավ: Դերջան գավառի «Խլաձորի վանքը», որ Սիոն անունով մի ճգնավոր շինեց, որով ապացուցում էր թե՝ երկրի մեջ տիրող խաղաղության շնորհիվ որ աստիճան էր հոգեկան գործերով պարապելու եռանդը զարգացել: Այդպիսի ոգևորության արդյունք էին՝ Խարբերդ գավառի «Մովսիսավանքը», Կարնո «Հնձուց մենաստանը», Վայոց-ձորի «Ցախյաց վանքը», որոնք հայտնի եղան իրանց շինարար միաբանություններով. և վերջապես, Ռշտունյաց գավառի «Նարեկա վանքը», որ հայ ազգին տվավ փիլիսոփայության և բանաստեղծության մեջ հայտնի վարդապետներ: Ինչպես օրինակ՝ Անանիա Նարեկացուն, որ Թոնդրակեցոց հաղթահարիչը եղավ, և աստվածային ողբերգակ Գրիգոր Նարեկացուն, որ յուր բանաստեղծական անզուգական հանճարով կարողացավ արժանապես երգել Ահավոր Հավիտենականի հզորությունն ու բարությունը, որի հոգեբուխ աղոթքները դարուց ի դարս մրմնջացին Հայոց բարեպաշտները...

Եվ սակայն խաղաղության տարիների բերած անդորրությունը չթուլացրեց թագավորի քաջազնական եռանդը: Նա թեպետ մեծ ուշադրություն դարձրեց երկրի ներքին բարեկարգության վրա, որի մեջ և գտնվում էր ժողովրդի իսկական երջանկությունը, այսուամենայնիվ, բարձիթողի չարավ նաև արտաքին թշնամիներից քաջապես պաշտպանվելու միջոցները: Որովհետև գիտեր, որ յուր երկիրը շրջապատված է անկիրթ և բարբարոս դրացիներով, որոնք եթե ոչ այսօր, գուցե վաղը հարձակվեին յուր վրա, եթե իմանային, որ ինքը զուրկ է պաշտպանության միջոցներից:

Այս նպատակով Արքայական բանակը զորացնելու գործը իշխան Մարզպետունուն հանձնելով՝ ինքն զբաղվեցավ Արքայական գահի համար ապահովագույն մի կայան ընտրելու և արհեստի ամեն կատարելությամբ նրան ամրացնելու գործով: Որովհետև Երազգավորսը զուրկ էր անհրաժեշտ ամրություններից, իսկ Դվինն ընդարձակ դաշտի վրա լինելով՝ մեծ ուժ էր պահանջում պաշտպանվելու համար:

Եվ որովհետև Վանա անառիկ բերդի պատկերը չէր հեռանում թագավորի աչքի առջևից, ուստի նա մտածում էր նույնպիսի մի ամրություն, եթե չգտնվի իսկ, ստեղծել յուր երկրում, որպեսզի յուր նախորդների կրած նեղություններից ընդմիշտ ազատ մնա ինքը:

Այս դեպքում, իհարկե, նա խորհուրդ արավ Գևորգ Մարզպետունու հետ, որ ռազմագիտական փորձառության հետ միասին քաջածանոթ էր, մանավանդ, հայրենի երկրին և սա ամենից հարմար և բնական ամրություններով օժտված տեղը՝ Վանանդ գավառի Կարս քաղաքը գտավ, որ նորա ասելով, կարող էր գահի համար ապահով ու զորավոր կայան դառնալ:

Այդ բերդաքաղաքը, հին ժամանակներում պատկանում էր քաջազգի Վանանդացոց նախահայրերին: Բայց բուն սկզբնավորությունն անհայտ էր մարդկանց և, հարկավ, վերաբերում էր անհիշատակ ժամանակներին: Նա բազմած էր ուղղակի Վանանդ գավառի սրտում՝ Կարուց գետի վրա և օժտված էր բնական շատ մի ամրություններով:

Արևմտյան և հյուսիսային կողմից նրան արմնկաձև պատում էր գետը, որ ուներ խոր հատակ և ժայռապատ ափունք, որոնք և քաջապես պաշտպանում էին նրան այդ կողմից: Իսկ արևելյան և հարավային կողմից բարձրանում էին պարիսպներ և ժայռաշեն աշտարակներ, որոնք և կազմում էին այդ կողմի ամրությունները:

Քաղաքի հյուսիս-արևմտյան անկյունում գտնվում էր միջնաբերդը, որ բարձր և անկովելի քարափանց վրա թառած, պաշտպանվում էր միայն բնության ստեղծած ամրություններով, այն է, երկու կողմից՝ գետի խորահատակ հոսանքով և առապար ափափաներով, իսկ մյուս երկու կողմից՝ ուղղաբերձ և պարեխավոր ժայռերով, որոնք անմատչելի էին դարձնում նրան նույնիսկ ճարպիկ քարագնացներին:

Այդ տեղը ընտրելով յուր համար աթոռանիստ, Աբաս թագավորը նախ և առաջ սկսավ միջնաբերդը զորացնել, ըստ որում նրա ունեցած ամրությունները բավական չէր համարում:

Եվ այսպես չգոհանալով բնության ստեղծագործությամբ, նա ավելացրեց նրա վրա արհեստի զյուտերը: Նախ միջնաբերդի շուրջը պատեց հզոր պարիսպով և ատամնավոր աշտարակներով, իսկ բերդի շուրջը քաջապես դիտելու համար՝ նրա արևելյան անկյունում կանգնեցվեց բարձր և մեծամուր բուրգ: Բերդի մուտքերը փակեց երկաթյա դռներով, իսկ նրանց առաջ կանգնացրեց քարաշեն պատնեշներ: Ապա բերդի ներսում շինեց մթերանոցներ զենքերի և պաշարի համար, իսկ դրանց մեջտեղում փորել տվավ ահագին ջրամբար, երեք հարյուր քարակտուր սանդուղքներով, որոնց վերջինը հավասարվում էր քաղաքի հատակին: Դրանով ջրի պաշարը, որ հաճախ անձնատուր լինելու պատճառ էր դառնում, ապահովվում էր ընդմիշտ:

Միջնաբերդի ամրությունները վերջացնելուց ետ, թագավորն սկսավ քաղաքն ամրացնել: Նախ՝ նրա արևելյան և հարավային կողմերը պատեց կրկին պարսպով, քառակուսի աշտարակներով և դժվարամատույց պատնեշներով: Ապա նույն կողմերից փորեց ահագին խրամ, որ և միացնելով քաղաքի արևմուտքն ու հյուսիսը փակող գետի հետ, քաղաքը յուր միջնաբերդով և քառակուսի դիրքով գրեթե կղզիացրեց: Եվ որովհետև Կարսը երեք կողմերից, այն է՝ Արևելքից, Արևմուտքից և Հյուսիսից շրջապատված էր թումբերով, բլուրներով և խորաձորերով, ուստի թագավորն այդ ամենի վրա հարմարավոր դիրքեր ընտրելով, կանգնեցրեց բազմաթիվ մարտկոցներ և փոքրիկ, պատնեշապատ բերդեր, որոնք պատերազմի դեպքում պիտի ծառայեին քաղաքին իբրև հառաջապահ պատնեշներ:

Այդ բոլոր տեղերը նա լցրեց զորքերով, պահակախմբերով և պատերազմական զենքերով ու մեքենաներով:

Այդ ամենը վերջացնելուց ետ, թագավորն սկսավ քաղաքը բարեկարգել: Նախ այդտեղ շինեց Արքայական հոյակապ ապարանք, իսկ միջնաբերդում գեղեցիկ դղյակ, որից հետո և Աթոռը Երազգավորսից փոխադրեց Կարս և վերջինս հռչակեց Արքայանիստ Ոստան: Ապա սկսավ զարդարել նրան նորանոր շինություններով, գեղեցիկ սարավույթներով, հասարակական ապաստարաններով, բաղնիքներով, ագուցաններով, նոր ուղիներով և կամարազարդ կամուրջներով:

Այս պատճառով Արքայական Ոստանը կարճ ժամանակի մեջ լցվեցավ բազմաթիվ ու բազմազան բնակիչներով, որոնք և հիմնեցին այդտեղ ազգ արհեստանոցներ, ոստանայնկության գործարաններ, ընդարձակ զինարաններ և անընդհատ երթևեկությամբ ու կենդանի տուրևառով Կարսը դարձրին բազմամբոխ և շահավաճառ քաղաքներից մինը:

Հասավ 943 թվականը: Այդ տարին բոլորում էր Աբաս արքայի գահակալության տասն և հինգերորդ տարեդարձը և սակայն դեռ նոր էր ավարտվում Կարսի գլխավոր շինություններից մինը, որի հիմքը դրվել էր 13 տարի առաջ:

Դա սուրբ Առաքելոց հոյակապ եկեղեցին էր, որ բարեպաշտ թագավորը հիմնարկեց 930 թվականին, իբր յուր գահակալության առթիվ առ Աստված ուղղած շնորհակալության առհավատչյա: Նա գտնվում էր Միջնաբերդի ստորոտում, գեղադիր բարձրավանդակի վրա և կառուցված էր ժամանակակից ճարտարապետության կատարելությամբ: Արտաքուստ նա հոյակապ էր, քանդակազարդ և ուներ բոլորշի-ութանկյուն ձև: Իսկ ներքուստ կերտված էր խաչաձև, բաժանված տասներկու երեսների վրա, որոնցից ամեն մինը կրում էր առաքյալներից մինի պատկերը: Սրածայր գմբեթը բարձրանում էր անսյուն կամարների վրա և յուր փայլուն խաչով հովանավորում էր թե՛ յուր շուրջն ապրող բարեպաշտ ժողովրդին և թե՛ հեռու, ժայռերի տակ շառաչող Կարուց գետակին:

Որովհետև Ս. Առաքելոց եկեղեցու ավարտման հետ միասին, ինչպես ասացինք, լրանում էր նաև Արքայի գահակալության տասն և հինգ ամյակը, և այդ բոլոր ժամանակ հայրենիքն ու ժողովուրդն ապրել էին խաղաղ երջանկության մեջ. ուստի Աբաս թագավորը ցանկացավ այդ առթիվ շքեղ նավակատիք կատարել:

Այս նպատակով նա կարգադրեց՝ հրավեր ղրկել նաև կաթողիկոսին և ապա յուր երկրի իշխաններին, նախարարազուններին, ազնվականության, հոգևոր միաբանություններին և նույնիսկ դրացի իշխողներին, որպեսզի ամենքը հավաքվեն արքայանիստ Կարսը, յուր կառուցած տաճարն օծելու և նրա նավակատիքը տոնելու:

Այդ դեպքից կամեցավ օգուտ քաղել Մարզպետունի իշխանը և ազատվել այն երդման կապանքներից, որով նա կաշկանդել էր իրան Գառնո ամրոցում:

Չնայելով, որ նա անօրինակ անձնվիրության, աննման հայրենասիրության և անխոնջ ջանքերի շնորհիվ Հայրենիքն արդեն վայելում էր անդորրություն, իսկ գահը՝ ապահովություն, այսուամենայնիվ նա դեռ իրան կապված էր համարում Գառնիում արած ահավոր երդումով:

Նա խոստացել էր հալածել Հայաստանից վերջին հագարացին և մինչև որ այդ չաներ, չպիտի վերադառնար յուր ընտանյաց գիրկը, չպիտի ոտք դներ սեփական հարկի տակ:

Եվ այս պատճառով, չնայելով, որ հագարացիք արդեն ջախջախվել, ետ էին քաշվել, չնայելով, որ Դվինը գրավվել էր հայերից, և արաբական իշխանությունն էլ չէր համարձակվում գավազան շարժել հայ ժողովրդի դեմ, այսուամենայնիվ, որովհետև Դվնում դեռ արաբացի ամիրաներ էին նստում, իսկ Հայաստանի նահանգներում ապրում էր խաղաղ հագարացի ժողովուրդ, որին պատճառ չկար հալածել երկրի միջից և իզուր տեղը Արաբացոց Ամիրապետի արդար զայրույթը գրգռել, այս պատճառով Մարզպետունի իշխանը մնացել էր Գառնիից տարագիր, ասելով թե՝ որովհետև Աստված չհաջողեց ինձ բոլոր հագարացիներին Հայաստանից վռնդել, ուրեմն նա չի կամենում նաև իմ վերադարձը:

Այս պատճառով այդ բոլոր տարիների ընթացքում նա ապրում էր թագավորի մոտ, երբեմն Երազգավորսում, իսկ վերջերը Կարսում: Նրան այցելելու գալիս էին թե՛ Գոհար իշխանուհին, թե՛ Շահանդուխտ հարսը և թե՛ Գոռ որդին: Բայց ինքը երբեք չէր գնում նրանց մոտ:

Այսուամենայնիվ, որովհետև իշխանը դեպի ծերություն էր գնում. և նրա մազերը արդեն սպիտակել էին, ուստի վերջին տարիներում նրա մեջ ծնվել էր ցանկություն՝ խնդրել կաթողիկոսից ազատել իրան երդման կապանքներից, որպեսզի, գոնե՝ մեռած ժամանակ կարողանա թաղվել Գառնո ամրոցում, ս. Մաշտոցի գերեզմանի մոտ:

Ծերությունը շատ անգամ բերում է յուր հետ այնպիսի քնքուշ ցանկություններ, որոնք երիտասարդ զգացմունքների համար տղայական են թվում, բայց կյանքի դառնագույն փորձերից անցնող և աշխարհի ունայնության իսկությունն ըմբռնող հոգիները հասկանում ու հարգում են այդ ցանկությունները:

Այդ էր պատճառը, որ երբ Աբաս թագավորն իմացավ, թե յուր սիրելի Սպարապետը ցանկանում է Արքայաշեն եկեղեցու Նավակատյաց տոնին երդման լուծումն առնել կաթողիկոսից, շտապեց օր առաջ դրկել Վեհափառին յուր հրավերը, որպեսզի դրանով հաճույք պատճառե Հայրենիքի բարերարին:

Հազիվ սկսել էին Կարսում նավակատյաց տոնի պատրաստությունները տեսնել, և ահա մի անակնկալ դեպք Արքայի և Սպարապետի մտադրությունը խանգարեց:

Տայոց իշխանը լուր տվավ նրանց, թե՝ Ափխազաց Բեր թագավորը ծանր զորքով մտել է յուր նահանգը և այնտեղից էլ առաջանում է Գուգարք:

Միջանկյալ պետք է ասել, որ Ափխազաց թագավորը՝ Աբաս Արքայի գահակալության օրերից արդեն՝ հեռացած էր Հայաստանի սահմաններից: Որովհետև երբ նա իմացավ, թե Հայոց Հյուսիսային ու հարավային իշխանությունները միացել են և ընդհանուր ուժով Դվնո վրա են գալիս, ինքը, չնայելով, որ այդ ժամանակ Ցլիկ-Ամրամի հետ ունեցած դաշնադրության զորությամբ գրաված էր Հայոց աշխարհը և դեռ սպառնում էր Գուգարքին, այսուամենայնիվ, վախենալով միացյալ զորության հետ ընդհարվելուց, յուր զորքերը հետզհետե Հայոց աշխարհից հանեց: Իսկ երբ Դվնո առման լուրը հասավ իրան, նա դատարկեց այդ նահանգի նույնիսկ յուր սահմանին մոտ եղող բերդերը և զորքերն առնելով՝ քաշվեց Ափխազիա:

Բայց որովհետև Հայաստանի խաղաղությունը, ընդհանրապես, խաղաղություն էր բերում նաև դրացի երկրներին, ուստի այդ հանգամանքը, շատ անգամ, ծառայում էր ի վնաս Հայոց շահերին: Եվ ահա թե ի՞նչ պատճառով:

Հայաստանը, գտնվելով Միջին և Փոքր-Ասիայի, այլև Կովկասային երկրների մեջտեղում, հաճախ մի կողմից դեպի մյուսն արշավող ազգերի համար ծառայում էր կամ իբրև կամուրջ և կամ իբր պատնեշ: Այնպես որ՝ հարավից դեպի հյուսիս, կամ արևելքից դեպի արևմուտք անցնել ուզող աշխարհակալները կամ հակառակորդ ազգերը, ամենից առաջ ընդհարվում էին Հայաստանցոց հետ: Եթե սրանց ընկճում էին, այն ժամանակ ազատորեն դիմում էին դեպի մտադրյալ նպատակը, իսկ եթե, ընդհակառակը, հաղթվում էին սրանցից, այն ժամանակ հետ էին քաշվում և այդպիսով Հայոց դրացիները, նույնիսկ Հայոց զոհաբերության գնով, ազատվում էին սպառնացող չարիքից: Այդպես սկսվել էր դարերից ի վեր և այդպես շարունակվում էր:

Եվ հենց այդ պատճառով, Հայաստանի խաղաղ եղած ժամանակ, նրա դրացի ազգերն էլ խաղաղություն էին վայելում: Բայց փոխանակ դրա համար քաջ կամ նահատակ Հայերին շնորհակալ լինելու, ընդհակառակը՝ Հայոց շնորհիվ ձեռք բերած այդ խաղաղության արդյունքը, որ լինում էր իրանց զորանալը, գործ էին դնում հենց բարերար դրացու դեմ:

Այդպես էլ արին Ափխազցիները:

Աբաս Արքայի գահակալության օրով, ինչպես Աղվանները, Վրացիք, Եգերացիք, Խաղտիացիք, Քուրելացիք, Մկրելցիք և մյուս հյուսիսային ազգերը, նույնպես և Ափխազցիք՝ վայելում էին կատարյալ անդորրություն: Իսկ դրա հետևանքը եղել էր այն, որ նրանք ներքին բարեկարգություններով զբաղվելու ժամանակ գտնելով, հետզհետե զորացել էին: Տասննհինգ տարուց ետ, Բեր թագավորը նորից հիշեց Ցլիկ-Ամրամի հետ ունեցած դաշնադրությունը, որի զորությամբ Հայաստանի հյուսիսային նահանգները իրան պիտի անցնեին, բայց որոնցից նա զրկվել էր այդ ժամանակ՝ մասամբ Վահրամ Սեպուհից հալածվելով և մասամբ Հայոց միությունից վախենալով: Իսկ այժմ որովհետև իրան բավական զորեղ էր զգում Հայոց թագավորի հետ ընդհարվելու, ուստի հիշեց հին դաշնադրությունը: Եվ չնայելով, որ Ցլիկ-Ամրամն արդեն մեռած, իսկ ինքը Ափխազիայում նրան տված գավառները նորեն զրաված էր, այսուամենայնիվ, ցանկացավ օգուտ քաղել եղած դաշնադրությունից: Եվ հավատացած լինելով թե՝ կարող է ցանկացած նահանգները բռնությամբ խլել հայերից, մեծ զորք ժողվեց և մտավ Տայոց երկիրը:

Աբաս թագավորն այդ լուրն առնելով՝ շվարեց, որովհետև չէր կամենում պատերազմ սկսել որևէ դրացու հետ: Նա գնահատում էր խաղաղության արժեքը և, մանավանդ, խնայում զորքերի կյանքը, որոնց սիրում էր յուր որդիների պես: Բացի այդ, Բերը յուր աներձագն էր, ուստի հույս ուներ թե՝ կարող է առանց պատերազմի՝ բանավոր հորդորներով համոզել և վերադարձնել նրան յուր երկիրը:

Այս պատճառով թագավորը խորհուրդ արավ Գևորգ Սպարապետի հետ, և ինքնագիր նամակ գրելով Բերին, հարցրեց նրան թե՝ ինչո՞ւ համար է զորքով յուր երկիրը մտել: «Եթե մի կարևոր պատճառ քեզ չէ ստիպում իմ և քո երկրների խաղաղությունը վրդովել, ավելացնում էր թագավորը յուր նամակում, ապա ուրեմն հիշիր որ ես քո քեռայրն եմ և քրիստոնեա դրացիդ. հետևապես իմ բարեկամությունն ավելի շահ կարող է բերել քեզ, քան քո թշնամությունը: Մտածիր ուրեմն լրջությամբ, հեռացիր աշխարհակալ ցնորքներից և գիտցիր, որ այն ազգը, որ ստիպեց քեզ լուռ մնալ տասննինգ երկար տարիներ, կստիպե այժմ հավիտյան լռել, եթե չես կամենալ հոժարությամբ քո երկիրը վերադառնալ»:

Նամակը թագավորը հանձնեց Գոռ իշխանին, որպեսզի սա, Ափխազաց թագավորից անհաջող պատասխան առնելու դեպքում, ուշի ուշով ծանոթանա նրա պատերազմական զորության հետ և այնպես վերադառնա Կարս:

Մինչև, Գոռ իշխանի հասնելը՝ Ափխազաց թագավորը հառաջացել էր դեպի Գուգարք և մտնելով նրա Արտահան գավառը, բանակ էր դրել Կուր գետի աջ ափին, Արտահան բերդից դեպի հյուսիս:

Իշխանը հասնելով Ափխազաց բանակը, ներկայացավ թագավորին:

Վերջինս էլ առաջվա նրբակազմ երիտասարդը չէր: Նա պարարտացել էր և մարմինը յուր բարձր հասակի համեմատ աճելով, տվել էր նրան մի զորեղ հսկայի կերպարանք: Երիտասարդական դեմքը փոխվել էր առնականի, աղու աչքերը դարձել խստահայաց, իսկ քնքուշ, միշտ ժպտացող երեսը՝ ծածկվել հարուստ ընչացքով ու մորուքով, որոնք նրան դարձնում էին խիստ խոշորազեղ:

Բերը Գոռ իշխանին ընդունեց յուր վրանում, բայց կարի սառնությամբ և առնելով նրանից Հայոց թագավորի նամակը, տվավ յուր դպրապետին՝ հրամայելով նրան կարդալ ի լուր Ափխազաց իշխանների:

Նամակի ընթերցանության ժամանակ նա դեմքի վրա խաղացնում էր արհամարհական ժպիտ, իսկ երբեմն էլ հոնքերը պռստելով՝ պատրաստվում էր կարծես շանթ ու կրակ թափելու:

Երբ դպրապետը հասավ վերջաբանին, ուր Աբասն ասում էր՝ «Հայերը կստիպեն քեզ հավիտյան լռելու, եթե չես կամենալ հոժարությամբ քո երկիրը վերադառնալ», Բերը զայրույթից կատաղեց:

— Գնա՛ և ասա՛ քո թագավորին,-որոտաց դեպի Գոռը, — որ ես կարևոր չեմ համարում բացատրել նրան, թե ի՞նչ պատճառով եմ յուր երկիրը մտել: Այսքանը միայն կասեմ, որ ես լսե՛լ եմ թե՝ նա նոր ու հոյակապ եկեղեցի է կառուցել Կարսում և պատրաստվում է նրա օծման նավակատիքը կատարել: Ասա՛, որ ես եկել եմ այդ եկեղեցին Վրաց ծեսով օծել տալու և մինչև որ ես չմտնեմ Կարս, նա չպիտի համարձակի որևէ հանդես կատարել...

— Շատ բարի, Մեծազօր Թագավոր, մենք ուրեմն կընդառաջենք քեզ ավելի պատվով մեր մայրաքաղաքը տանելու համար, — պատասխանեց Գոռը հեզնությամբ և դուրս գալով թագավորի վրանից, ժողովեց իսկույն յուր մարդիկը և վերադարձավ Վանանդ:

Ներկայանալով Արքային՝ նա հաղորդեց նրան Ափխազաց թագավորի պատասխանը, ընդմին և պատմելով յուր առաքելության մանրամասնությունները:

Երբ թագավորը տեղեկացավ, նաև, Գոռ իշխանի տված պատասխանի մասին, ուրախությամբ բացականչեց.

— Կեցցե՛ս, իմ քաջ, դու պատասխանել ես նրան այնպես, ինչպես որ վայել է Հայոց արքայի պատգամավորին և քաջ Սպարապետի որդուն: Մենք ուրեմն կդիմավորենք այդ գոռոզ թագավորին, և եթե Աստված հաջողե, կսովորեցնենք նրան Հայոց եկեղեցին վրաց ծեսով օծելու եղանակը:

Այնուհետև, թագավորը հայտնեց Սպարապետին յուր կամքը, որ էր ճանապարհվել շուտով դեպի Գուգարք և թույլ չտալ Բերին առաջանալ մինչև Վանանդ:

Մարզպետունի իշխանը, որ մինչև որդու վերադարձն արդեն կազմել ու պատրաստել էր զորքը, երբ իմացավ Գոռից, որ Ափխազաց հետ միացած են նաև մի քանի Կովկասային ցեղեր, սուրհանդակ ուղարկեց Սյունյաց իշխաններին՝ շտապել իրանց զորքով դեպի Գուգարք: Իսկ ինքը յուր բանակը չորս զորավոր մասի բաժանելով՝ առաջինը հանձնեց Աշոտ Արքայորդուն, որ արդեն չափահաս երիտասարդ էր և ռազմական կրթություն ստացել էր իրանից, երկրորդը հանձնեց Գոռին. երրորդը՝ Վահրամ Սեպուհին, որ դեռ չէր դադարել ծերունի Սպարապետի համհարզը լինելուց, թեպետ տարիքով պակաս չէր նրանից, իսկ չորրորդին առաջնորդ եղավ ինքը:

Աբաս թագավորը, չկամենալով միայնակ թողնել Սպարապետին, ինքը ևս միացավ նրա հետ՝ յուր Ոստանիկ զորախմբով:

Սակայն Ափխազաց թագավորը, չնայելով յուր սպառնական պատասխանին և ունեցած զորությանը, մի քայլ անգամ չէր առաջացել դեպի հարավ:

Նա դեռ բանակված էր Արտահանում: Եվ որովհետև իմացել էր, որ Հայոց զորքերը ժողովվում են Վանանդ, ուստի չէր վստահանում նույնիսկ Կուրն անցնել, որպեսզի հանկարծ ընդդիմության չհանդիպի: Նա սպասում էր դեռ տեսնել հակառակորդին, ծանոթանալ նրա զորության հետ և այնուհետև միայն յուր զորքերի շարժման եղանակը որոշել:

Մի քանի օրից հետ Հայոց բանակը մտավ Արտահան և սկսավ առաջանալ դեպի հյուսիս և հասնելով Ափխազաց գնդերին, բանակ դրավ նրանց հանդեպ, Կուր գետի ձախ ափին:

Գևորգ Սպարապետը թեպետ ծեր էր և Արքունիքում վարած խաղաղ կյանքի օրերում՝ զգում էր իրան ուժազուրկ, սակայն թշնամի Ափխազների բանակը տեսնելուն պես, կարծես նորեն երիտասարդացավ, նոր ոգի ու եռանդ ստացավ: Մի քանի ժամ հանգիստ առնելուց և զորքին էլ հանգիստ տալուց հետ, նա աշտանակեց յուր նժույգը և ոտի հանելով զորքը, սկսավ նրա կազմվածը կարգավորել: Որովհետև կասկածում էր, թե գուցե Ափխազցիք անակնկալ հարձակում անեն իրանց վրա, հուսալով, թե այդպիսով կշփոթեն Հայոց հոգնած բանակը:

Այն մարդը, որ վերջին ժամանակները՝ միայն երդումից ազատվելու և Գառնո մեջ թաղվելու վրա էր մտածում, հանկարծ մոռացավ ամեն բան, երբ հայրենիքի տոհմական թշնամու բանակը տեսավ: Նրան թվում էր թե՝ մահմեդական հազարացիներից ավելի զարշելի են քրիստոնյա դրացիները, որոնք ագահության և անարգ շահասիրության պատճառով չէին խղճահարվում խաղաղակյաց մի ժողովրդի, կրոնակից մի դրացու անդորրությունը խանգարել, որոնք գալիս էին ավեր ու ապականություն սփռելու մի ազգի մեջ, որ յուր բյուրավոր նահատակների արյամբ գնել էր Արևելյան եկեղեցու փրկությունը և որի որդվոց անձնվիրությանն էին պարտական դրանք իրանց երկրների խաղաղությունը:

Վրեժխնդրության ոգին ծնունդ առավ այդ ծերունու մեջ, և նա ինքն իրան երդվեց. «Կա՛մ մեռնել այդտեղ, կա՛մ վերջնականապես ջախջախել այս հինավուրց թշնամուն...»:

Եվ նա իզուր չէր այդ երդումը երդվում, նա զգում էր այդ վայրկենին, որ տարիքը իրանից ոչինչ չի պակսեցրել, որ նա այժմ էլ կարող է այնպես սուր շարժել, ինչպես առաջ, կամ նիզակով շամփրել նույնքան շեշտակի, որքան և յուր երեսնամյա հասակում: Եվ իրավ, այն միջոցին, որ նա կրակոտ նժույգի վրա նստած արշավում էր աջ ու ձախ և հրամաններ տալիս զորքին, նա կայտառ էր և աշխուժոտ, ինչպես մի երիտասարդ: Սպիտակ մազերն ու ալեզարդ մորուքը ոչ միայն չէին նվազեցնում սպարապետական արժանիքը, այլև կրկնապատկում էին, տալով նրա դեմքին մի առանձին վեհություն, իսկ զեն ու զարդին՝ ասպետական շուք: Երբ նա հրաման էր տալիս զորքին, նրա ձայնը դարձյալ որոտում էր ինչպես տասնյակ տարիներ առաջ, իսկ զորականն այդ ձայնին հնազանդվում էր կուրորեն, որովհետև նա ոչ թե սիրում, այլ պաշտում էր յուր հինավուրց զորապետին:

Առաջին օրը նեթ Սպարապետն ու զորավարները ժողովվեցան թագավորի մոտ խորհուրդ անելու, թե ե՞րբ և ի՞նչ եղանակով սկսեն պատերազմը:

Մարզպետունի իշխանը, իբրև ամենից փորձառուն, խորհուրդ տվավ հարձակումն անել հենց այդ միևնույն գիշերը, կամ գոնե, լուսաբացին:

— Այդ կարևոր է նրա համար, — ասում էր իշխանը, — որ Ափխազցիք հուսալով, թե մենք դեռ հոգնած ենք, և, հետևապես, խույս պիտի տանք ընդհարվելուց, անպատրաստ և անկարող կլինին մեզ դիմադրելու:

— Այդ միջոցը, գիտեմ, ամենահարմարն է թե թշնամուն շփոթելու և թե քիչ կորուստով հաղթություն ձեռք բերելու,-խոսեց թագավորը. — բայց ինչպե՞ս կարող ենք մեր հոգնած բանակը Կուր գետից անցցնել, քանի որ դրա համար պատրաստություն չունինք:

— Այստեղ Կուր գետը խորություն չունի,-պատասխանեց Մարզպետունին, — որովհետև սա առաջին վտակն է, որ իջնում է Կարսա լեռներից: Այրուձին հեշտությամբ կարող է անցնել, իսկ հետևակները ափից միայն պիտի օգնեն:

— Ո՞վ պիտի առաջնորդե այրուձին, — հարցրեց թագավորը:

— Ես և Վահրամ սեպուհը, իսկ Արքայորդին և Գոռը կգործեն Արքայի հրամանատարության ներքո, — պատասխանեց Սպարապետը:

Թագավորը հարգելով իշխանի առաջարկությունը, համաձայնվեցավ նրա հետ, միայն պայմանով, որ հարձակումն անեն ո՛չ թե գիշերը, այլ լուսաբացին, որպեսզի հետևակների աշխատությունը ևս, որ նետաձգություն պիտի լիներ, օգուտ բերե հեծյալներին:

Առավոտյան պահուն, երբ Արուսյակը նոր էր բարձրանում երկնակամարի վրա, իսկ լուսո ելքը դեռ որոշ չէր երևում, Հայոց բանակը ոչ միայն ոտքի վրա էր, այլև պատրաստվել էր հարձակումն սկսելու:

Արքայորդին ու Գոռը իրանց հատուկ գնդերը կանգնեցրել էին Կուր գետի ուղղությամբ՝ բանակատեղից մի ասպարեզ հեռու, այնպես որ գտնվում էին ափխազցիների հանդեպ և այդ կողմից էլ սպասում էին Սպարապետի կողմից տրվելիք նշանին:

Իսկ Գնորգ Մարզպետունին, վերցնելով յուր հետ հեծելազորը, անցել էր Կուրի հանդիպակաց ափը: Եվ որպեսզի յուր անցքը ափխազցիներից չնշմարվի, նա հեռացել էր բանակից մի քանի փարսախ և շրջան անելով՝ գետն անցել:

Երբ Արևելքն սկսավ շառագունել, Սպարապետը հրամայեց զորքին՝ արագացնել յուր ընթացքը:

Այդ ժամանակ Ափխազաց բանակում հանգստություն էր տիրում: Թագավորն ու իշխանները դեռ քնած էին, իսկ զորքի մեծ մասը վրաններում փակված: Երբ լույսը բացվեցավ այնքան, որ կարելի էր գետի մյուս ափը նշմարել, պահակները տեսան, որ հայոց գնդերը շարեշար կանգնած են իրանց հանդեպ: Այս մասին նրանք տեղեկացրին գնդապետներին, որից և իսկույն խլրտում ընկավ ափխազցիների մեջ: Վերջիններս, արդարև, մտադիր էին այդ օրն ևեթ իրանց հարձակումն սկսել, բայց այդքան վաղ կռվելու վրա նրանք չէին մտածել: Զորապետը երկյուղ կրելով դարանակալ հարձակումից, հրամայեց զորքին զենքի դիմել իսկույն:

Բայց նրանք դեռ այդ պատրաստության մեջ էին, երբ Հայոց հեծելազորը, ինչպես հանկարծահաս մի փոթորիկ, որոտաձայն աղաղակով ընկավ նրանց վրա:

Ափխազցիք շփոթվելով դուրս թափվեցան վրաններից, խառնվեցան իրար և աշխատում էին ճակատ կազմել, բայց իզուր: Նրանցից շատերը դեռ անզեն էին, ոմանք կիսամերկ և քիչերը միայն զինավառյալ: Բացի այդ, զորքերի մի մասը խմբվում էր, իսկ մյուսը ցրվում, ըստ որում հայերը հարվածում էին սաստկությամբ՝ թույլ չտալով, որ նրանք միանան իրար հետ: Վրա հասնող իշխանների և մանավանդ զորապետների ձայներն ու խրախույսը ոգի տվին մի փոքր շփոթված զորականին և նրանք կարգի գալով՝ ճակատ կազմեցին: Հետզհետե հասան և նոր զինված խմբեր, որոնք միացան առաջիններին և սկսան քաջաբար դիմադրել հայերին:

Այսուամենայնիվ, վերջինների թափն այնքան զորավոր էր, որ ափխազգիք, չնայելով, որ կռվում էին հերոսաբար, բանակատեղը պաշտպանել չկարողացան: Հայերը նրանց դուրս քշեցին պատնեշներից և կռիվը բորբոքեցին բաց դաշտի վրա:

Այդ ժամանակ ահա երևաց Բեր թագավորը՝ շրջապատված հսկայակերպ թիկնապահներով և սկսավ խրախույս կարդալ յուր զորականին: Վերջինս թեպետ բավական վերջոտնել էր, սակայն ոգի առավ թագավորի ձայնից և սկսավ նոր ուժով խիզախել թշնամու դեմ:

Բայց որովհետև հայերը մղել էին նրանց դեպի Կուրի ափը, որպեսզի իրանց նետաձիգներին մոտեցնեն, ուստի հենց այդ վայրկենին էլ հայ հետևակները սկսան իրենց նետերը տեղալ և այն՝ այնպես սաստիկ, որ ափխազգիք մի վայրկյան մնացին շվարած: Նրանք չգիտեին հեծելազորի՞ հետ կռվեն, թե՞ նետաձիգների դեմ պաշտպանվեն, որոնք ժամանակ չէին տալիս իրանց, մինչև անգամ, վահանափակ կազմելու:

Վերջապես, չնայելով իրանց հերոսական դիմադրության, ափխազգիք տեսան, որ չպիտի կարողանան հետ մղել հայերին, և մանավանդ թե՝ երկար դիմադրել երկու կողմի հարձակման, ուստի ձգեցին ճակատը և սկսան փախչել: Ոչ թագավորի հրամանները և ոչ զորապետի խրախույսը այլևս չկարացին հետ դարձնել զորականին, որին հալածում էր թշնամու բերած սարսափը:

Հայերն աղաղակելով ընկան նրանց ետևից: Այդ տեսնելով մյուս ափի հետևակները, խուժեցին դեպի գետի ծանծաղուտը, որի ջուրը նվազ էր և հանդիպակաց ափը ելնելով սկսան իրանք ևս հալածել փախչողներին:

Թշնամուն բավական հեռու քշելուց և նրա զնդերը ցիրուցան անելուց հետո՝ հայերը վերադարձան, ժողովելով ափխազգիների կապուտն ու կողոպուտը և հաղթանակով իրանց բանակը մտան:

Նույն օրը Սպարապետը սուրհանդակ ղրկեց Սյունիք, որպեսզի այս հաղթության լուրը Սիսական իշխաններին հաղորդելով՝ միևնույն ժամանակ հայտնե նրանց՝ զորքերն իզուր տեղը չհանել Սյունիքից: Բայց սուրհանդակն այդ զորքերին հանդիպեց ճանապարհի վրա, հենց Արտահանի սահմանի մոտ: Սահակ և Բաբգեն իշխանները, որոնք իրանց երախտապարտ էին համարում Աբաս թագավորին, ցանկացան ներկայանալ նրան և անձամբ շնորհավորել յուր հաղթությունը:

Այդ պատճառով նրանք առաջացան դեպի Արտահան՝ իրանց հետ բերելով նաև իրանց զորքերը:

Արքայական բանակը, որն արդեն ուրախության մեջ էր, Սիսական իշխանների և նրանց զնդերի գալստյամբ ավելի ուրախացավ: Երկու օր շարունակ տոն էին կատարում նրանք, խրախճություններ էին անում և իրանք իրանց տվել էին զվարճության, չկասկածելով բնավ թե ափխազգիք կարող են վերադառնալ կամ անակնկալ հարձակումն անել իրանց վրա:

Բայց հենց առավոտյան միևնույն պահուն, որ հայերը հարձակվել էին իրանց հակառակորդների վրա, հասան ափխազգիք:

Բեր թագավորը, որ չէր կարողացել տանել յուր պարտության անարգանքը, նորեն համախմբել էր զորքը, գեղեցկապես զինավառել նրան և բերել հաղթողների դեմ: Գիշերանց Կուր գետն անցնելով՝ նրանք մոտեցան հայերին հենց առավոտյան աղոթքի ժամանակ: Եվ եթե լռությամբ հարձակվեին նրանց վրա՝ մեծ կոտորած պիտի անեին: Բայց Ափխազաց թագավորը կամենալով սարափահար անել թշնամուն, հրամայեց հարձակվել՝ փողեր հնչեցնելով:

Այդ անակնկալ ձայները, արդարև, թուլդ հանեցին հայ զորաց սրտերը, որովհետև անպատրաստ էին. բայց միևնույն ժամանակ զգուշացրին նրանց՝ չելնել վրաններից առանց զենքերի:

Զորավարները, սակայն, դուրս վազեցին մի ակնթարթում և պահակախմբե րի գլուխն անցնելով՝ դիմեցին դեպի պատնիշապատը՝ թշնամու առաջն առնելու համար: Իսկ Սպարապետը յուր նժույգն աշտանակելով՝ սլացավ դեպի հեծելազորը, հետևակախմբերը և առանց շփոթվելու՝ սկսավ կարգի բերել նրանց, խրախուսել խուճապող զորականին և արգելել խռովողների շփոթությունը:

Մինչ այս, մինչ այն, ափխազցիները բանակետղը փակեցին և բարձրագոչ աղաղակով սկսան զեռալ այս ու այն կողմը: Նրանց մի մասը ելավ ցցապատ պատնեշների վրա և սկսավ այդտեղից վանել պահակներին, իսկ մյուսը՝ շրջապատեց վրանների հրապարակը:

Հայերը թեպետ արդեն զինավառ՝ բայց փակված էին թշնամիներով, այսուամենայնիվ Սպարապետի խրախույսը առաջ մղեց նրանց և մի քանի կետերի վրա սկսավ կատաղի զիմամարտ: Ափխազցիները մտածել էին զինաթափ անել հայերին. և հենց այդ պատճառով աշխատում էին շարունակ հետ մղել նրանց դեպի վրանները: Հայերը, ընդհակառակը, ջանք էին անում Ափխազաց գնդերը ճեղքելու: Այս պատճառով ընդհարումը գնալով սաստկացավ և երկու կողմերն սկսան կռվել սաստկությամբ, առանց մինը մյուսին մի քայլ տեղի տալու:

Աբաս թագավորը, որ վստահ էր Սպարապետի փորձառության վրա և րոպե առ րոպե սպասում էր թե՝ պիտի հաջողե նա թշնամու շղթան պատառելու և նրան դեպի դաշտը վանելու, տեսավ, որ ափխազցիք հետզհետե զորանում են, իսկ հայերը, ընդհակառակն, հետ մղվում դեպի վրանները, շտապեց, զրահն ու զենքերը հագավ, ամեհի նժույգն աշտանակեց և փայլուն սուրը մերկանալով՝ դիմեց դեպի թշնամին.

— Օ՜ն, հառա՛ջ, քաջերս, — որոտաց նա և Արքայի ձայնը ցնցեց հայերին: Մարտիկները, տեսնելով որ թագավորն ինքը աջակցում է իրանց, կռվելով հասարակ զորականի շարքում, նոր ոգի առան և ուժգին թափով ընկան թշնամիների վրա: Թագավորի սուրը ճանապարհ բացավ նրանց համար և Ափխազաց քաջերը հետ մղվեցան մի վայրկյան:

Բայց որովհետև ընդհարումը կենտրոնացած էր բանակատեղում, ուր հայերը շարժվելու ազատություն չունեին, ուստի հույս էլ չկար, թե նրանք կարող են դուրս վանել թշնամուն: Բայց մի հանգամանք հաջողեց նրանց գործը:

Սիսական իշխանները, որոնք իրանց զորքերով բանակած էին մի ասպարեզ հեռու՝ իմանալով ափխազցիների անակնկալ վերադարձը և Արքայական բանակի վրա արած հարձակումը, պատրաստեցին իսկույն իրենց զորքերը և երկու մասի բաժանելով նրանց, ընկան թշնամու վրա երկու հակառակ կողմերից և սկսան սաստկապես հարվածել նրանց:

Ափխազցիք ստիպվեցան կռվել նոր ուժերի դեմ և այն՝ իրանց միությունը մի քանի տեղ բաժանելով: Այդ պատճառ եղավ, որ զանազան կետերում նրանք սկսան վերջոտնել: Եվ, ապա, հետզհետե դուրս մղվեցան դեպի դաշտը: Այդպիսով հաջողության աստղը Հայոց կողմը թեքվեցավ, և, նրանք ուժգին թափով ընկան հակառակորդների վրա: Կռիվը բորբոքվեցավ ընդարձակ դաշտում և հետզհետե կատաղի կերպարանք առավ: Երկու կողմերն էլ խիզախում էին քաջությամբ, որովհետև յուրաքանչյուր կողմից կռվում էր մի թագավոր, իսկ նրան հետևում էին քաջ զորավարներ, որոնք շարունակ գոչելով ու խրախուսելով՝ իրանք էլ կռվի դաշտում պտրում էին հակառակորդներ:

Բայց ուժգին ընդհարումը մեծ կոտորած պիտի աներ և հաղթությունը երկար անորոշ պիտի մնար, եթե Հայոց Սպարապետը՝ յուր զորքի ճակատագիրը որոշելու համար, հին պարթևական հնարագիտության չդիմեր: Նա հրամայեց Գոռին և Արքայորդուն փախուստ տալ նրանց նետաձիգ գնդերով և հրապուրել ափխազցիներին իրանց հետևելու:

Գոռն ու Արքայորդին հնչեցնել տվին փախուստի պայմանական փողը և հայոց նետաձիգ գնդերն սկսան արագությամբ փախչել:

Ափխազաց հեծելազորը հաղթական աղաղակով ընկավ նրանց ետնից և բուն բանակից բաժանվելով՝ սկսավ հալածել փախչող հայերին:

Այն ժամանակ կռվող Հայերն ընկան մնացորդ ափխազցիների վրա և ուժգին թափով հետ մղեցին նրանց դեպի Կուրի ափը:

Իսկ փախչող հայ գնդերը երբ տեսան, թե հետամուտներին բաժանել են բանակից և բավական հեռացել, հետ դարձան մի ակնթարթում և սկսան նետերի տարափ տեղալ նրանց վրա:

Այս հնարը, որին վաղուց վարժված էին Հայերը, շվարեցրին Ափխազցիներին: Նրանք տեսան, որ չարաչար խաբվել են: Եվ որովհետև ոչ նետերի դեմ կարող էին գնալ և ոչ էլ նորեն իրանց բանակը դառնալ, ըստ որում հայերը փակել էին ճանապարհը, այդ պատճառով ազատության միակ ելքը փախուստի մեջ գտան:

Միևնույն ձևով սկսան վերջտնել նաև գետափում կռվողները, կամենալով իրանց ուժերը ժողովել մյուս ափի վրա: Այդ պատճառով նրանք ճակատը ձգելով գունդագունդ դեպի գետը խուժեցին: Բայց հայերը նրանց միջոց չտվին փախչելու:

Շարունակելով իրանց ջարդը, նրանք հետամուտ եղան Ափխազներին՝ նույնիսկ մինչև գետի ալիքները և սրից ազատվածներնին սկսան խեղդել ջրերի մեջ: Գետափը դիակներով ծածկվեցավ, իսկ Կուրի ջուրը արյան գույն առավ:

Բեր թագավորը, որ դեռ մի խումբ քաջերի գլուխ անցած կռվում էր կատաղությամբ, տեսնելով յուր զորքի տկարանալն ու վերջտնելը, ինքը ևս որոշեց փախուստ տալ ճակատից, որովհետև համառելն այլևս անօգուտ էր. բայց նրան շրջապատեց Վահրամ սեպուհի գունդը:

Տեսնելով սպառնացող վտանգը, Բերը մռնչաց ինչպես առյուծ և ահագին սուրը տատանելով՝ սկսավ հարվածել աջ ու ձախ և ճանապարհ բանալ յուր համար: Նրան հետևեցին յուր հուժկու թիկնապահները: Բայց շրջապատողները վանանդացիք էին, հսկայակերպ ու կատաղի, իսկ նրանց հրամայողը՝ Վահրամ սեպուհը, այդ պատճառով Բերը հառաչել չկարողացավ:

Սկսավ կատաղի դիմամարտ: Սրերը փայլում և հարվածում էին, նիզակները ճռճում ու շամփրում, ընկած քաջերին հաջորդում էին քաջազնյնները. և սակայն Ափխազաց թագավորը դեռ կանգուն էր իբրև քարաժայռ: Փոքր մի ևս և նա պիտի պատառեր վանանդացիների շղթան... Բայց հենց այդ միջոցին որոտընդոստ թափով վրա իջավ Վահրամ Սեպուհի լախտը և հսկա թագավորին ամեհի ձիու վրայից գլորեց գետին:

Բերը նորից վեր թռավ, փորձ փորձեց յուր նժույգն աշտանակել, բայց շրջապատող քաջերը բռնեցին նրան, կապտեցին ահավոր սուրը և քաշ տվին իրան դեպի վրանափակը: Նրա բախտին հանդիպեցին նաև նրա թիկնապահները:

Թագավորի գերվիլն իբրև շանթ հարվածեց մնացորդ ափխազցիներին: Առանց այլևս հապաղելու կամ դիմադրել փորձելու, ձգեցին նրանք կռվի ճակատը և ցրվեցան աջ ու ձախ, աշխատելով մի վայրկյան առաջ ազատել իրանց կյանքը վրեժխնդիր թշնամու սրից:

Այսուամենայնիվ հայերը հալածեցին փախչողներին և նրանցից շատերին անխնա կոտորեցին, ըստ որում հավատում էին թե՝ որքան քիչ լինի թշնամիների թիվը, այնքան ավելի հանգիստ կլինի Հայրենիքը, ապա վերդառնալով ճակատի տեղը, նրանք ժողովեցին ընծաների կողոպուտը և ուրախ սրտով դեպի բանակատեղը դարձան:

Ը

ՎԵՐՋԻՆ ԹՇՆԱՄՈՒ ՎԱԽՃԱՆԸ

Հետևյալ առավոտ թագավորը զորահանդես արավ իմանալու համար թե՝ ի՞նչ գնով է ձեռք բերել յուր մեծ հաղթությունը, որի պսակն էր թշնամի թագավորի ձերբակալումը: Եվ նա տխրությամբ տեսավ, որ մի քանի ժամվա համառ ու կատաղի ընդհարումը կորզել է իրանից մոտ հինգ հարյուր զինվոր:

Եվ թեպետ թշնամու կորուստը քառապատիկ ավելի էր, բայց նա դրանով չմխիթարվեցավ, որովհետև ուրիշի զյանը չէր կարող յուր վնասը ծածկել:

Նա հրամայեց բերել յուր առաջ Ափխազաց թագավորին, որի պահպանության հսկում էին վանանդացիները:

Արքայական վրանի շուրջը գտնվող ընդարձակ դաշտի վրա՝ շարեշար կանգնած էին Հայոց զորքերը, որոնց թիվը հասնում էր մի քանի հազարի: Վրանի աջ կողմը բռնել էին Դրանիկները, իսկ ձախը՝ Ազատաց գունդը: Դրանց հետևում էին Սեպուհ կոչվածները ապա՝ Արարատյան, Բասենյան, Միսական, Ուտիացի, Տայեցի և այլ գնդերը, որոնցից հետևակները՝ առաջին, իսկ հեծյալները՝ վերջին շարքերում. բոլորն էլ սպառազինված: Դրանցից ամեն մեկի առաջ կանգնած էր յուր գնդապետը զրահազգեստ և տոնական զեն ու զարդով:

Արքային, որ կանգնած էր վրանի առաջ, շրջապատել էին Սպարապետը, Արքայորդին, Վահրամ Սեպուհը, Սյունյաց իշխանները և Ռստանիկ թիկնապահները: Դրանք բոլորը սպասում էին գերի թագավորին, որի հետ պիտի խոսեր արքան:

Եվ ահա բանակի վերջում երևաց Գոռ իշխանը, որ նժույգի վրա նստած և սուսերամերկ առաջնորդում էր շղթայակապ թագավորին: Նրա հետ էին նաև յուր իշխանները, իսկ դրանց բոլորին շրջապատել էին նիզակավոր Վանանդացիք:

Գերի թագավորին անցկացրին զորքերի երկար շարքերից և բերին կանգնեցրին Արքայի առաջ:

— Ողջո՛ւյն քեզ, Ափխազաց դյուցազն, — խոսեց Աբասը խաղաղ ձայնով:

— Ողջո՛ւյն, քեռայր, — պատասխանեց Բերը, հպարտ նայվածքով:

— Քեռա՞յր... մի՞թե այդ անունն ես տալիս ինձ, հարցրեց թագավորը:

— Այո՛:

— Բայց քեզ հետ խոսում է քեզ հաղթող թագավորը...

— Նա իմ ժառանգության հափշտակիչն է, և ուրիշ ոչինչ, — ընդհատեց Բերը հանդգնորեն:

— Կարծում էի թե՝ քո մեջ կգտնեմ մի ընկճված հոգի և զղջացող սիրտ,— նկատեց թագավորը ծանրությամբ. — կարծում էի թե՝ պիտի խոնարհիս և ներում խնդրես այն չարյաց համար, որ հասուցիր ինձ և այն վնասուն, որ պատճառեցիր թե՛ քո բանակին և թե՛ իմ զորքին, անիրավաբար և անխղճորեն կոտորել տալով հազարավոր հոգիք, որոնցից մինի՝ գեթ մի անդամը՝ դու ստեղծելու կարողություն չունիս... բայց դու տակավին անզեղջ ես և անդարձ և խոսում ես ինձ հետ նույն հանդուգն լեզվով, որով խոսել էիր իմ պատգամավորի հետ: Արդյոք ձանձրացե՞լ ես կյանքից և մա՞հ ես պտրում, թե՞ ում հետ խոսիլդ ես անգիտանում:

— Կյանքից չէր կարող ձանձրանալ Ափխազի թագավորը, որ իշխում էր ընդարձակ երկրների վրա, որ ուներ հարստություն, փառավոր ապարանքներ և գեղանի հարճեր... այդ պիտի գիտենա իմ քեռայրը: Իսկ թե ու՞մ հետ եմ խոսում, այդ էլ չեմ անգիտանում: Դու Հայոց Արքան ես, այո՛, և հաղթել ես Ափխազցիներին ու գերել նրանց քաջ թագավորին. այդ մեծ փառք է քեզ համար, խոստովանում եմ. բայց ես այդ փառքը չեմ կրկնապատկիլ՝ քո առաջ խոնարհիելով և ներումն հայցելով: Շղթաները թող իմ ոտքերը կապեն, բայց իմ սեգ հոգին նվաճել չեն կարող: Ես քո թշնամիդ եմ և թշնամիդ էլ կմնամ. մի կարծիր թե անհաջողությունը կստիպե ինձ երբևիցե իմ գլուխը խոնարհիելու:

— Եթե այդպես է, ես ուրեմն կվարվեմ քեզ հետ ինչպես իմ թշնամու և ոչ աներձագի հետ. հպարտ եղիր այսուհետև, որքան կարող ես, բայց գիտցիր որ, այդ հպարտությունը չի պակասեցնիլ քո շղթաներից և ոչ մի օղակ և ոչ էլ իմ հարգանքը կավելացնե դեպի քեզ՝ իբրև դեպի ազատասեր մի թագավոր, ըստ որում ազատ հոգին չի բռնանալ ընկերոջ ազատության վրա: Բայց դու ոչ միայն այդ ձգտումն ունեցար, ոչ միայն իմ գավառները հափշտակեցիր և իմ ժողովրդի ազատությունը բռնաբարեցիր, այլև սպառնացիր՝ գալ և Հայոց եկեղեցին վրաց ծեսով օծել... Դու, ուրեմն ոչ թե ազատասեր թագավոր, այլ մի բռնավոր ես, և որ չարագույնն է՝ իմ գահի թշնամին: Իսկ աստված որովհետև հակառակ է բռնավորներին և կործանում է նրանց, ուստի քեզ էլ ահա մատնել է իմ ձեռքը: Ես կարող էի խնայել քեզ իբրև սոսկ բռնավորի. բայց իրավունք չունիմ խնայելու իբրև իմ հայրենիքի թշնամուն:

Այս ասելով՝ նա դիմեց Գոռին և հարեց.

— Դու խոստացել էիր, իշխան, առաջնորդել Բեր թագավորին մինչև մեր արքայանիստը: Կատարիր ուրեմն խոստումդ, և թող այդ քաջը սովորեցնե մեզ այնտեղ՝ թե ինչպես պետք է Հայոց եկեղեցին վրաց ծեսով օծել:

Այս ասելով թագավորը դարձավ վրանը, առանց այլևս Բերի երեսին նայելու. իսկ վանանդացիները վերադարձրին գերիներին դեպի իրանց կայանը:

Մի քանի օրից հետ արքայանիստ Կարսը տոնական կերպարանք առավ: Նրա բազմաթիվ շինությունները, իշխանական ապարանքները, սարավույթները և մինչև անգամ բուրգերն ու մարտկոցները զարդարվել էին գույնզգույն գորգերով, վառերով ու դրոշներով: Քաղաքի դռներից սկսած մինչև Արքայական ապարանքը՝ մի քանի տեղ կանգնացրել էին հաղթական կամարներ՝ դալար ոստերից հյուսած և ծաղիկներով ու նշաններով զարդարած: Փողոցների մեջ և հրապարակների շուրջը պատրաստել էին խարույկներ՝ գիշերային լուսավառության համար: Իսկ անցուդարձի ճանապարհները լցվել էին ժողովուրդով, շարժումը մեծացել էր, և շշուկն ու ժխորը տիրել ամեն տեղ: Տանիքների պատշգամբների և դեպի փողոցները բացվող պատուհանների վրա խռնվել էին կանայք ու աղջկերք, որոնք դրսում պտտվելու սովորություն չունեին և հետաքրքիր աչքերով ու անհամբերությամբ նայում էին դեպի հեռավոր շրջակաները:

Դրանք բոլորն էլ պատրաստվել էին մի փառավոր և հայ մարդու սրտին ուրախություն բերող դեպքի հանդիսատես լինելու: -Դա Աբաս Արքայի և յուր քաջերի զորաց հաղթական վերադարձն էր:

Կարսի ժողովրդյան մեծագույն մասը քաղաքից ելնելով՝ գունդագունդ դիմում էր դեպի Արքունական պողոտան՝ ժամ առաջ ողջունելու հաղթողների վերադարձը: Շատերն էլ խմբվել էին քաղաքից դուրս գտնվող պատնեշների շուրջը և կամ բարձրացել հանդիպակաց բլուրների վրա՝ անցնող զորահանդեսը ավելի լավ դիտելու համար:

Հայոց հաղթության և Ափխազաց թագավորի ու նրա իշխանների գերվելու լուրը հասել էր քաղաք երկու օր առաջ և ամենքին լցրել ուրախությամբ, ամենքի մեջ վառել հետաքրքրություն՝ մի վայրկյան առաջ տեսնելու այն ամբարտավան թագավորին, որ սպառնացել էր՝ մտնել Կարս և Արքայաշեն եկեղեցին վրաց ծեսով օծել:

Այժմ ահա նա գալիս էր: Պետք էր, ուրեմն, տեսնել թե ի՞նչ եղանակով է նա մտնում քաղաք, արդյո՞ք իբր թագավոր, թե՞ իբրև գերի... Պետք էր տեսնել թե՝ ի՞նչ պատկեր ունի նա, ի՞նչ հասակ, ի՞նչ դեմք, ի՞նչ հայացք... Չէ՞ որ այս ամենը ժողովրդի հետաքրքրությունը գրգռող բաներ էին:

Եվ ահա, վերջապես, լսվեցան զալարափողերի ձայները և երևաց հառաջապահ գնդերի դրոշակը: Ժողովուրդը, կարծես, մի աներևույթ զորությունից մղված՝ միահամուռ կերպով հորդան տվավ առաջ և ուրախության աղաղակներով օդը թնդացրեց: Հետզհետե երևացին և հետևակ խմբերը, ապա և հեծելազորը, որոնք տակավ առ տակավ հառաջանալով՝ Կարսի արևելյան դաշտահովիտը լցրին բազմամբոխ մարդկությամբ:

Քաղաքի սահմանին մոտենալուց ժողովուրդն արդեն զորախմբերը շրջապատեց, չկամենալով, կարծես, ճանապարհ տալ նրան: Երբ հառաջապահ գնդերն անցան և երևաց Արքունական դրոշակը, կեցցեների որոտընդոստ աղաղակն օդը թնդացրեց: Մի փոքր հետո երևաց և ինքը թագավորը, սեգ և վեհաշուք, հագած ոսկեփայլ զրահներ և ծածկված նույնպիսի սաղավարտով, որի ձյունաթույր ցցունքը ծածանում էր աջ ու ձախ և հովանավորում ոսկեձույլ արծվին, որ զարդարում էր նրա ճակատը: Նա նստած էր ոսկեսար նժույգի վրա և շրջապատված ազատախումբ թիկնապահներով, որոնց զրահներն ու ասպազենը փայլփլում էին արևի առաջ: Մոտենալով աջ ու ձախ ծովացած և հետզհետե աճող ժողովրդին, որ որոտաձայն կեցցեներով յուր գալուստն էր ողջունում, նա քաղցրահայաց ու սիրաժպիտ պատասխանում էր նրանց՝ գլխի շարժումով:

Թագավորից հետո գալիս էին Վանանդացի հետևակները, որոնք իրանց հետ բերում էին Բեր թագավորին և նրա իշխաններին, բոլորին էլ հետիոտն և շղթայակապ:

Ժողովուրդը նրանց տեսնելով ցնծության աղաղակ բարձրացրեց, իսկ ավելի եռանդոտներն սկսան ծաղրական բացականչություններ անել: Սակայն Սպարապետը, որ հետևում էր Վանանդացիներին, ձեռքի շարժումով սաստեց ժողովրդին, և անախորժ բացականչությունները լռեցին:

Երբ թագավորը ներս մտավ քաղաքի դռնով՝ հայ հոգևորականությունը դիմավորեց նրան եկեղեցական թափորով և առաջնորդեց մինչև Մայր եկեղեցին: Իսկ զորքերը հետզհետե ներս գալով՝ լցրին քաղաքի փողոցներն ու հրապարակները, հանդիպելով ամեն տեղ սրտագին ընդունելության, որ տղամարդիկ արտահայտում էին բարձրագոչ կեցցեներով և ցնծության աղաղակներով, իսկ կանայք՝ տների բարձունքից ծաղիկներ և կանաչ ոստեր ցրվելով:

Գուրգենդուխտ թագուհին սպասում էր թագավորին Մայր եկեղեցում: Նրան շրջապատել էին պալատական տիկնայք ու իշխանուհիները: Այդտեղ ամենքի սիրտն էլ ուրախ և երեսները ժպտում էր: Տխուր էր միայն թագուհին, որովհետև տեղի ունեցող հանդեսը, հայ ժողովրդի ողբերգությունը և դրսից լսվող ցնծության աղաղակները յուր հայրենի երկրին, յուր հարազատ եղբայրը հասած դժբախտության համար էր լինում: Ինչպե՞ս կարող էր նա այդ րոպեին ուրախանալ, քանի որ գիտեր թե յուր հայրենիքում ժողովուրդը սգում է:

Այսուամենայնիվ, իբրև Հայոց զահի թագուհի, նա պարտավոր էր ծածկել յուր տխրությունը, երևալ ժողովրդին... և եթե չուրախանար իսկ, չպիտի խանգարեր ուրիշների ուրախությունը: Եվ այդ ամենից ծանր դրությունն էր: Դշխոյական պարտավորությունը բռնանում էր նրա բնական զգացմունքների վրա, թագուհին հրամայում էր քրոջը՝ մոռանալ եղբոր դժբախտությունը և հրճվել ամուսնու և թագավորի տարած հաղթանակով... Եվ միայն կնոջ սիրտը, որին բնությունն ավելի ճկունություն է տվել, կարող էր տանել այդպիսի վիշտը՝ կամ ծածկել նրան ժպտի շողերով...

Երբ թագավորն Սպարապետի, արքայազն դրանիկների և հետևորդ իշխանների հետ մտավ եկեղեցի և հոգևորականաց դասը գոհաբանական մաղթանքը կատարեց, թագուհին մոտեցավ Արքային և շնորհավորեց նրան Հայոց բանակի հաղթությունը:

Թագավորը, որ խանդակաթ էր դեպի թագուհին, կարդաց նրա աչքերի մեջ հայտնի վշտից առաջացած տխրությունը և ասաց.

— Վկա է աստված և այս սուրբ Եկեղեցին, որ Հայոց բանակը արդարությամբ է գործել: Քեր եղբայրդ սպառնում էր իմ գահին և Հայրենիքի ազատության, իսկ Հայոց քաջերը պաշտպանեցին այդ գանձերը, որովհետև իրանք ձեռք են բերել նրանց թանկ զոհաբերության գնով:

— Նա՛, որ սպառնում էր քո գահին ու Հայրենիքին, չի կարող իմ եղբայրը լինել, — ասաց թագուհին հանդիսաբար:

— Եվ եթե Աստված չարաչար պատժե նրան, դու չպիտի տխրես, — հարեց թագավորը, — որովհետև նա արդարությամբ է հատուցանում:

Այդ խոսքերը դող հանեցին թագուհու սիրտը. նա զգաց, որ մի ինչ որ նոր դժբախտություն պիտի հասնե եղբորը, սակայն շրջապատող պալատականների, իշխանների և իշխանուհիների ներկայությամբ չկարողացավ հարցնել ոչինչ:

Բայց երբ կարգապետից իմացավ, որ թագավորը յուր հետևորդներով ս. Առաքելոց եկեղեցին պիտի գնա, իսկ նրանք վերադառնան պալատ, կանչեց յուր մոտ Գոհար իշխանուհուն և շշնջալով ասաց նրան.

— Իմացիր Սպարապետից, թե ո՞ւր թողեցին եղբորս...

— Նա այստեղ քաղաքումն է, — պատասխանեց Գոհարը:

— Գիտեմ, բայց որտե՞ղ է բանտարկված:

— Ասում են, թե նրան ս. Առաքելոցն տարան:

— Ս. Առաքելո՞ց և ինչո՞ւ համար, — հարցրեց թագուհին վախեցած:

— Չգիտեմ...

— Հարցրու ուրեմն Սպարապետին, իմացիր, ի՞նչ պիտի անեն նրան. Արքայի խոսքերը լավ բան չէին գուշակում... ես վախենում եմ. սիրտս ճմլվում է... Գնա՛, իշխանուհի, գնա՛ տեղեկացիր, եթե մի դժբախտ որոշում են արել, ապա պիտի աշխատենք արգելել...

— Իսկույն, մեծափառ թագուհի, — ասաց իշխանուհին և դիմեց դեպի Գոռը՝ որպեսզի նրա միջոցով տեսնվի ամուսնու հետ:

Թագուհու և պալատական տիկնանց դեսպակներն արդեն հեռանում էին եկեղեցուց, երբ վերջապես Գոհար իշխանուհուն հաջողվեցավ տեսնվել Սպարապետի հետ:

— Ո՞ւր տարան Բերին, իշխան և ի՞նչ են ուզում անել նրան, — հարցրեց տիկինը:

— Ինչո՞ւ համար ես հարցնում, սիրելի իշխանուհի, — դարձավ Մարզպետունին կնոջը:

— Կամենում եմ իմանալ...

— Ուղարկեցինք ս. Առաքելոց եկեղեցին:

— Բայց ինչո՞ւ համար:

— Որպեսզի աղոթե այնտեղ:

— Աստված իմ, դու կատա՞կ ես անում, —բացականչեց իշխանուհին:

— Իսկ դո՞ւ:

— Ես լրջորեն եմ հարցնում:

— Եվ լավ բան չես անում, միթե չգիտե՞ս որ Մարզպետունի իշխանը՝ դեռ մինչև այսօր ոչ մի կին արարածի չի հայտնել այն, ինչ որ պիտի կատարեր...

Դու կարող ես հարցնել ինձ միայն կատարվածի մասին:

— Բայց...

— Հա, ի՞նչ կա, խոսի՛ր:

— Թագուհին ինքն է կամենում այդ իմանալ:

— Թագուհի՞ն... Օ, այդ չպետք է ինձ հայտնեիր, ես արդեն գուշակում էի: Բայց որ հայտնել ես, ես պարտավոր եմ մի բանով պատասխանել: Գնա՛, ուրեմն, և ասա նրան թե՝ պատերազմի դաշտում մենք կորցրել ենք հինգ հարյուր քաջարի զինվոր և նրանցից ոչ մեկի քույրը դեռ չի եկել և հարցրել ինձանից, թե ո՞ւր մնաց յուր եղբայրը և ի՞նչ արինք նրան:

Այս ասելով Սպարապետը շուռ եկավ և հեռացավ իշխանուհուց, առանց այլևս նոր հարցի սպասելու:

— Գիտեի, գուշակում էի... Հո չենք կարող քրոջ սրտին հրամայել, որ զգալուց դադարե... շտապենք ուրեմն քանի կանանց խարդավանքը յուր գործը չէ սկսել, — շշնջաց ինքն իրան Սպարապետը և հետևելով թագավորան, որ եկեղեցուց ելնելով՝ աշտանակում էր երիվարը, ինքը ևս թռավ նժույգի վրա և առաջ անցավ:

Բայց ի՞նչ պիտի անեին նրանք ս. Առաքելոց եկեղեցում:

Մի քանի օր առաջ, մինչդեռ զորքը բանակած էր Արտահանում, թագավորը խորհրդի էր հրավիրել իշխաններին որոշելու համար թե՝ ի՞նչ պիտի անեն գերի ընկած Բերին:

Իշխաններից մի քանիսը խորհուրդ տվին՝ սպանել, մյուսները՝ բանտարկել, իսկ Սպարապետը, որին շատ նեղություններ էր պատճառել այդ հինավուրց թշնամին, պահանջեց, որ կուրացնեն նրան:

Թագավորը, որ թագուհուն վիշտ չպատճառելու համար՝ բանտարկելու կողմն էր, բայց, միևնույն ժամանակ, բազմերախտ Սպարապետի պահանջը մերժել չէր կամենում, ասաց նրան.

— Աչքերը կուրացնելը նույնպիսի հանցանք է, որպիսին է և սպանությունը: Եթե ես կուրացնեմ Բերին, այդ հանցանքը քեզ վրա պիտի ծանրանա, բայց ես չեմ կամենում, որ այդպիսի լավագույն նպատակներիցդ մեկը մնա անգործադիր:

— Ի՞նչ նպատակ, — հարցրեց Սպարապետը զարմանալով:

— Դու ցանկանում էիր երդումից ազատվել և Գառնի՝ քո տունը վերադառնալ բայց գիտցիր, որ Բերին կուրացնել տալուց հետո կաթողիկոսը չի լուծի քո երդումը:

— Թող հավիտյան ես իմ տունը չվերադառնամ, թող իմ ոսկորները հայրենի հողի մեջ չթաղվին, միայն թե Հայրենիքս այս դաժան թշնամուց ազատվի, — բացականչեց Մարզպետունին: -Եթե ես համոզված լինեի թե՝ Բերը ազատություն գտնելուն պես մեր սահմանները չպիտի խռովե, կխնդրեի ներել նրան: Բայց դա օձի սերունդ է և չի դադարիլ թունավորելուց, մինչև որ չջախջախվի: Եթե դու կարծում ես, թե բանտարկելով պիտի ազատվիս նրանից, սխալվում ես, որովհետև մենք չունենք մի բերդ, որի դռները կաշառներով չբացվին... Իսկ կաշառվող սինլքորներ ամեն տեղ կգտնվեն: Այդ մարդուն պետք է տանել Կարս, ցույց տալ նրան այն եկեղեցին, որ կամենում էր վրաց ծեսով օծել և ապա հենց այդ եկեղեցու առաջ էլ կուրացնել, որպեսզի թե՛ ինքը և թե՛ յուրայինները ճանաչեն Հայոց եկեղեցու զորությունը: Այս պատիժը, արդարև, խիստ է. բայց եթե Կայիափան անմեղ Հիսուսին սպանելու համար կարող էր ասել՝ «լավ է զի այր մի մեռանիցի ի վերայ ժողովրդեանս և մի՛ ամենայն ազգս կորիցէ», արդյոք նույն խոսքերը չե՞մ կարող կրկնել ես այս չարագործի նկատմամբ, որ հազարավոր զինվորների կորստյան պատճառ դարձավ... Որքան վնասներ է կրել մեր երկիրը դեռևս դրա հայր Գուրգեն իշխանից, և մինչդեռ նրա մահվամբ հույս էինք տածում ազատվել հյուսիսային սահմանի մշտական թշնամուց, նրան հաջորդեց վատթարագույնը... Բայց աստված որ քաղցր աչքով է նայում մեզ վրա, ահա մատնել է նրան մեր ձեռը. եթե մենք այժմ չկուրացնենք նրան, հետո նա ինքը մեզ կկուրացնե, նորեն մեր հայրենի երկիրը խռովելով: Այն ժամանակ մեզ կանիծե մեր ժողովուրդը, կանիծեն և հոգիները այն զինվորների, որոնք զոհվեցան այդ ամբարտավանի քմահաճության...

Թագավորի վրա տպավորություն արին Սպարապետի խոսքերը և նա, չկարողանալով այլևս դիմադրել նրա պահանջին, մանավանդ որ մյուս իշխաններն էլ համակերպել էին արդեն Մարզպետունուն, խոստացավ կուրացնել Բերին:

Բայց որովհետև Սպարապետը կասկածում էր, թե թագավորը Կարս վերադառնալուց կարող է թագուհու թախանձանքներից հեշտությամբ հաղթահարվիր ուստի հրաման արավ, որ հենց Կարս մտնելու օրը որոշյալ պատիժը գործադրե:

Եվ ահա այդ էր պատճառը, որ Բերին ուղարկել էին ս. Առաքելոց եկեղեցին և իրանք էլ աճապարում էին այնտեղ:

Երբ թագավորը յուր հետևորդներով հասավ նորակառույց տաճարը, այդտեղ արդեն ժողովված էր հանդիսատեսների մեծ բազմություն: Այդտեղ էր և Բերը՝ իր գերված իշխաններով, որոնց բոլորին դարձյալ հսկում էին նիզակավոր Վանանդացիք:

Թագավորը, որ կարծես խուսափել էր թագուհու աչքից, որպեսզի կարելույն չափ փութով յուր խոստումը կատարե, ըստ որում վախենում էր՝ թե գուցե ուշացնելով՝ ստիպված լինի հետո դրժել խոստմանը, ձիուց իջնելուն պես մոտեցավ Բերին և բռնելով նրա ձեռքից, ասաց,

— Արի, տես այն եկեղեցին, որ կամենում էիր վրաց ծիսով օծել...

Այս ասելով նա ներս մտցրեց Բեր թագավորին յուրաշեն տաճարը և ցույց տալով նրան նրա ներքին գեղեցկությունը, շարունակեց.

— Տես, որքա՞ն գեղեցիկ է: Նա շինված է քառաթև, բաժանված է տասներկու երեսների: Նրանցից ամեն մինի վրա նկարված է Առաքյալներից մինի պատկերը, այն Առաքյալների, որոնցից և ոչ մինը ոտք չէ դրել քո երկիրը քրիստոնեություն քարոզելու համար: Նայի՛ր գմբեթին. որքա՞ն բարձր է և գեղեցիկ: Նա կանգնած է անսյուն կամարների վրա: Նայի՛ր նույնպես խորանին, նրա բարձրադիր բեմին, որ չի նմանում Վրաց ցածուն բեմերին, ուրեմն չի կարող Վրաց ծեսով օծվել: Նայի՛ր, տե՛ս բաց աչքերով, որովհետև այլևս չպիտի տեսնես նրան:

Այս ասելով թագավորը դուրս հանեց Բերին, և ցույց տալով նրան եկեղեցու արտաքինը՝ ասաց.

— Տեսնո՞ւմ ես, տաճարն արդեն պատրաստ է, մենք պետք է նրա նավակատիքը կատարեինք, բայց դու մեզ խանգարեցիր, որովհետև ցանկանում էիր քո ծեսով օծել նրան: Այդ, իհարկե, Աստված չհաջողեց քեզ, ըստ որում նա հակառակ է ամբարտավաններին: Բայց մեր եկեղեցու օծման դու կմասնակցես ուրիշ կերպ: Մենք սովորություն ունենք եկեղեցին օծելուց առաջ զոհ մատուցանել Աստծուն: Ահա զոհի այդ ողջակեզը դու կմատակարարես մեզ, որպեսզի գործած հանցանքդ մի փոքր քավես...

Այս խոսքերից հետ նա թողեց Բերին և դառնալով Մարզպետունուն, ասաց.

— Սպարապե՛տ, ահա այն մարդը, որ մահ պատճառեց քո հինգ հարյուր քաջերին, տուր նրան այն պատիժը, որ որոշել է ռազմական խորհուրդը:

Այս ասելով՝ թագավորն աշտանակեց երիվարը և յուր ազատախումբ թիկնապահներով հեռացավ եկեղեցուց:

Սպարապետը մոտեցավ Բերին, որ արդեն ընկճված և վշտահար նայում էր յուր շուրջը և ասաց.

— Օրենքներ կան աշխարհում, ով Ափխազաց թագավոր, որոնք ծառայում են հասարակաց բարուն և երջանկության, այդ օրենքներն անարգողին՝ պատիժ է հասնում երկնքից... Դու քո կյանքում շատ այդպիսի օրենքներ ես ոտնահարել և շատերի բարիքն ու երջանկությունը կապտել: Արդ, եթե այսօր ծանրանա քո վրա երկնային մի պատիժ, մի անիծիր դու մեզ, այլ անիծիր նրան, որ պատճառ դարձավ քո դժբախտության և որի անունն է Բեր, անվանյալ՝ «Ափխազաց թագավոր»...

Այդ ասելով՝ նա հրամայեց դահճապետին՝ կատարել կանխավ իրան արված պատվերը:

Վերջինս առաջնորդեց Բերին մերձակա զնդանը, ուր և անմիջապես նրա աչքերը փորեց:

Երբ Աբաս թագավորը հասավ պալատ, թագուհին, որ սրտատրոփ սպասում էր նրան, առաջ եկավ և հարցրեց.

— Ո՞ւր մնաց եղբայրս, Մեծափառ Տեր:

— Նրան թողեցինք յուր պատժարանում, — պատասխանեց թագավորը, աշխատելով խույս տալ թագուհու հայացքից:

— Ի՞նչ, պատժեցի՞ք ուրեմն նրան... — բացականչեց թագուհին սարսափելով:

— Կուրացրինք, — եղավ արքայի պատասխանը:

Թագուհին մի սուր ճիչ արձակեց և նվաղելով ընկավ նաժիշտների գիրկը:

Անցավ մի շաբաթ: Ափխազիո ժողովուրդը և նրա իշխաններն իմացան իրանց թագավորի գլխին հասած չարիքը: Ուստի վերջիններս մեծամեծ ընծաներով եկան Աբաս արքայի մոտ և խնդրեցին իրանց կույր թագավորի և գերյալ իշխանների ազատությունը:

Աբասը ոչ միայն ծանր փրկանք նշանակեց դրա համար, այլև պահանջեց պատերազմական այն վնասը, որ Բերը յուր անխոհեմ քայլով պատճառել էր իրան:

Ափխազ իշխանները կատարեցին Արքայի պահանջը, հատուցին նրան թե՛ որոշյալ փրկանքը և թե՛ ռազմական վնասը և մշտական հաշտության դաշն կռելով նրա հետ, վերցրին կույր թագավորին ու գերյալ իշխաններին և դեպի իրանց երկիրը վերադարձան:

Այս հանգամանքը մի կողմից թագուհու վիշտը մեղմեց, ըստ որում եղբայրը՝ թեպետ կույր, այսուամենայնիվ, յուր աթոռը վերադարձավ, իսկ մյուս կողմից՝ արդյունք բերավ գանձարանին, լիուլի ծածկելով պատերազմական վնասները:

Այսպիսով, ահա, վերջացավ Ցլիկ-Ամրամի ստեղծած հյուսիսային սահմանի կնճիռը և Հայոց երկիրը՝ այդ կողմից ևս ապահովվելով, սկսավ վայելել երկարամյա խաղաղության արդյունքն ու բարիքները:

Թ

ՀԵՐՈՍԻ ՎԱԽՃԱՆԸ

Աբաս թագավորն այնուհետև յուր ուշադրությունը նորեն յուր երկրի ներքին բարեկարգության վրա դարձրեց, աշխատելով ընդնմին դաշնակից իշխանների հետ ունեցած բարեկամությունն ամրապնդել, իսկ դժգոհ իշխանների մտերմությունը վաստակել:

Այդ բանի համար հաջող առիթ եղավ յուր նորաշեն կաթողիկեի նավակատյաց հանդեսը, որ նա կատարեց 943 թվականի աշնանը:

Այդ հանդեսին, թագավորի հրավիրանոք, ներկա եղան՝ Անանիա կաթողիկոսը, որ նոր էր Աղթամարա աթոռը բարձրացել, Հայաստանի նախագահ եպիսկոպոսները, Վասպուրականի թագավոր Աշոտ-Դերենիկը, Աղնձյաց, Մոկաց և Տուրուբերանի տերերը, Սյունյաց, Գուգարաց, Տայոց և այլ տեղերի իշխանները, այլև Սահակ Սևադայի Դավիթ որդին և ուրիշ շատ նշանավոր մարդիկ ու աշխարհախումբ բազմություն:

Այն բոլորի ներկայությամբ Կարսի արքայաշեն կաթողիկեն օծելուց մի քանի օր շարունակ շքեղ տոներ ու հանդեսներ կատարելուց հետ, Մարզպետունի Գևորգ իշխանի առաջարկությամբ կազմվեցավ հայկական իշխանապետության մի ընդհանուր դաշնադրություն, որի զորությամբ բոլոր հայ իշխանները, նախարարները և թագավորող տները՝ կապվում, միանում էին ի մի սիրտ և հոգի և երդմամբ պարտավորվում, որ հայրենիքի որևէ մի մասին վտանգ սպառնացած դեպքում՝ ամենքը միահամուռ զինվին հակառակորդի դեմ և պատրաստ լինին Արարատյան նախագահ արքայի հրամանով գործելու:

Այդ դաշնադրությունը կարդաց նոր օծված կաթողիկեում ինքը Անանիա կաթողիկոսը և նրան ստորագրեցին Արարատյան ու Վասպուրականի թագավորները և բոլոր հայ իշխանները, ընդ նմին և երդվելով՝ սուրբ և անխախտ պահել այդ միությունը, որ պիտի ծառայեր ընդհանուր հայրենիքի զորացման և հայ ժողովրդի մշտական բարօրության:

Աբաս թագավորն այնուհետև մեծազին ընծաներով պատվեց յուր բարձրաստիճան հյուրերին, որոնք և բաժանվեցան նրանից մտերմական սիրով:

Բայց թագավորն իշխաններից մի քանիսին առանձին շնորհների արժանացրեց: Այսպես օրինակ, Աղձնյաց և Մոկաց տերերին, որոնք իրանց մշտապատրաստ զորքերով օգնում էին արքայական բանակին, նվիրեց նոր կալվածներ և տվավ իշխանապետության տիտղոս:

Սյունյաց հարազատներին, որոնք սկզբից մինչև վերջը հավատարիմ մնացին գահին, նվիրեց իրանց նահանգի սահմանակից մի քանի գավառներ:

Վահրամ Սեպուհին, որ Աշոտ արքայի ձախողակ օրերից արդեն միացել էր Մարզպետունու հետ և անձնվիրաբար մասնակցել նրա կրած նեղությանց, մղած կռիվներին և տարած հաղթանակներին, կարգեց լիազոր վերակացու Ուտյաց և Աղվանից աշխարհների վրա, հատկացնելով նրան այն բոլոր արդյունքներն ու իրավունքները, որ վայելում էր Ցլիկ-Ամրամը Աշոտ-Երկաթի օրով:

Իսկ Սահակ Սևադայի որդուն, այն է՝ Դավիթ իշխանին, կարգեց նորեն Գարդմանա տեր, տալով նրան այդ երկրի իշխանությունը, որպեսզի այդպիսով՝ արքայական գահի դեմ ունեցած գժտությունը, որ սկսված էր Աշոտ Երկաթի օրով, մեջտեղից վերացնէ:

Եվ որովհետև այդ միջոցներում Սահականույշ թագուհին Երազգավորսից քաշվել էր յուր հայրենի երկիրը՝ Գարդման, որպեսզի կյանքի մնացորդը յուր եղբոր հետ անցուցանե, ուստի Աբաս թագավորը՝ ի պատիվ այրի թագուհու՝ նվիրեց նրա եղբորը նաև Աղվանից երկրի մի քանի գավառները:

Գալով Գևորգ Մարզպետունուն, թագավորը չգիտեր ի՞նչ արժանավոր հատուցումն անե այդ իշխանին, որի անզուգական հայրենասիրությանն էր պարտական ինքը՝ յուր գահի հաստատությունը, իսկ հայրենիքը՝ յուր բարօրությունը:

— Իմ բոլոր թագավորության մեջ չկա այնպիսի մեծագին գանձ, որով կարողանամ քո երախտիքը փոխարինել, — ասաց նա մի օր Մարզպետունուն յուր բոլոր իշխանների ներկայությամբ. — Միակ և արժանավոր պարգևը «Հայրենյաց բարերարի» անունն է, որ այսօրվանից ես տալիս եմ քեզ...

Այս ասելով թագավորը բռնեց Մարզպետունու աջը և ջերմագին համբուրեց: Ծերունի իշխանն զգացվեցավ և գրկելով թագավորին, համբուրեց նրա գլուխը և ասաց.

— Իմ վարձատրությունը ես ստացա արդեն աստծուց, այդ այն է, որ տեսնում եմ հայրենիքս խաղաղ ու երջանիկ, արքայական գահը՝ ապահով, հայ իշխանները՝ միաբան, թշնամիները՝ հալածական: Այժմ արդեն կարող եմ հանգիստ սրտով ասել. «Արդ, արձակյա զծառայս քո, տեր, զի տեսին աչք իմ զփրկություն Իսրայելի...»:

Ի՞նչ էր անում այնուհետև «Հայրենյաց բարերարը»:

Նա դարձյալ ապրում էր արքունիքում, իրավունք չտալով իրան վերադառնալ Գառնի, և հետզհետե զարդարվում ծերության ալիքներով:

Եվ թեպետ տակավին կրում էր արքայական զորաց սպարապետի կոչումը, այսուամենայնիվ, նրա պաշտոնը կատարում էր Գոռը, իսկ ինքը վայելում էր անդորր հանգիստ, վերապահելով իրան «ընդհանուրի հոր» և բազմափորձ խորհրդականի անունն ու պարտավորությունները:

Արքունիքում նրան սիրում ու փայփայում էին՝ սկսած թագավորից մինչև վերջին դրանիկը, իսկ դրսում՝ պաշտում էր նրան ժողովուրդը: Գևորգ Մարզպետունու անունը նվիրական էր դարձել ժամանակակից հայի համար, և երբ նա դուրս էր ելնում արքունիքից՝ Ոստանում շրջելու կամ զորքերին այցելելու ցանկությամբ, նրան դիմավորում էին ամենքը ցնծության աղաղակներով: Ամեն ոք փափագում էր տեսնել նրան, լսել նրան և ոգևորվել նրա զրույցներով, որովհետև ծերունի Սպարապետը, որ արդեն վաստակել էր գործելուց, չէր դադարում սակայն յուր հայրական խրատներով և իշխանական հորդորներով կարող երիտասարդությունը դեպի գործունեություն մղելուց: Նա նրանց մեջ զարթեցնում էր սիրո և միության հոգին և հասարակական զգացմունքները վառում:

— Ձեզանից ամեն մինը կարող է ինձ գերազանցել, — ասում էր նա հաճախ յուր շուրջը խմբված երիտասարդներին, — հարկավոր է միայն անկեղծությամբ սիրել հայրենիքը, անձնվիրաբար գործել և վտանգներն արհամարհել: Երբ ես դժբախտության օրերում ասպարեզ իջա միայնակ գործելու, ինձ հետ ունեի միայն քսան մարդ, շատերն ինձ խելագար համարեցին, իսկ շատերն էլ իմ հանդգնությունը ծաղրեցին: Դրանց թվումն էին և այն իշխանները, որոնք հազարավոր զինվորներով փակվել էին սեփական բերդերում... Բայց ես հույսս դրի Աստուծո և իմ կամքի վրա, և ինչպես գիտեք, հաղթեցի ամեն դժվարության. ցույց տվի աշխարհին, թե ի՛նչ կարող է անել մի մարդը, երբ նրան ոգևորում է զգացմունքներից ազնվագույնը, այն է՝ հայրենիքի սերը: Ձեզանից ամեն մինը թո՛ղ զինվի այն հավատով, որ ունեի ես դեպի հայրենյացս ապազան, ա՛յն սիրով, որ տածում էի դեպի իմ եղբայրները և այն հուսով, որ դրել էի Աստուծո վրա, և կտեսնե, որ անկարելին կարելի կդառնա, և արգելքները իրանք իրանց կվերանան, և վտանգներն անհետ կկորչեն: Ամենից ավելի սիրեցեք միությունը, որովհետև դա այն ուժն է, որ լեռներ է պատառում, ամբարտակներ է կործանում, գետերի ընթացքն է կասեցնում: Սովորեցեք զոհել այդ միությանը ամենը՝ ինչ որ ունիք աշխարհում թանկագին, և նա կբերե ձեզ և ձեր որդոց ա՛յն երջանկությունը, որին շատերն են որոնում, բայց շատ քչերն են ժառանգում...

Ահա՛ այդպիսի զրույցներով էր ոգևորում Մարզպետունի իշխանը յուր շուրջը խմբվող և գործելու ուժ ու ցանկություն ունեցող մարդկանց, հավատացած լինելով, որ այդ զրույցները ևս արդյունք պիտի բերեն այնպես՝ ինչպես և բերավ յուր գործունեությունը:

Անցան դարձյալ մի քանի խաղաղ տարիներ և «Հայրենյաց բարերարը» օրըստօրե խոնարհեց դեպի յուր կյանքի երեկոն:

Երբ նա մոտ զգաց յուր վախճանը, կանչեց յուր մոտ Գոռ որդուն և Շահանդուխտ հարսին, որոնք արդեն զավակներ ունեին և տվավ նրանց վերջին պատվերը.

— Ազգերի զորությունը ընտանիքների մեջ է, — ասաց ծերունին, — զորավոր է ա՛յն ազգը, որ ունի զորավոր ընտանիքներ, սիրով, միությամբ, առաքինի և հավատարիմ կենակցությամբ ապրող ընտանիքներ: Այն գեղջուկ խրճիթները, այն աննշան տնակները, որոնց մեջ ապրում են ցնցոտիներով ծածկված մանկտիք և որոնց շատ անգամ արհամարհում են մեծամեծ իշխանները, նույնիսկ դրանք են, որ ամփոփում են իրանց մեջ հայրենիքի ուժը: Ով որ կամենում է զորավոր տեսնել յուր ազգը և հաղթող՝ հայրենիքը, նա ամենից առաջ ընտանիքները պիտի խնամե. ինչպես մի հոգատար պարտիզպան, որ ծառի ճյուղերը զորացնելու և նրանից պտուղ քաղելու համար խնամում է ծառի արմատները, որոնք թեպետ հողի մեջ են թաղված և չեն երևում մարդկանց, բայց իրանց մեջ ամփոփում են ծառի կենդանությունը: Ինչպես որ չի կարող ապրել այն տունկը, որի արմատները չորացած են կամ որդնակեր, այնպես և կանգուն չի մնալ այն ազգը, որի ընտանիքներում տիրում է ապականություն, որոնցից հալածական է սերը, միությունը, առաքինությունը և, նամանավանդ, աստուծո երկյուղը:

Եթե այսքան վնասակար են հանդիսանում ազգի և հայրենիքի համար հասարակ ժողովրդի ապականյալ ընտանիքները, որքան ևս առավել վնասակար ու կործանիչ կարող են լինել իշխող կամ տիրող անձանց ընտանիքները, եթե արատավոր են նրանք: Ձեզ օրինակ Աշոտ-Երկաթի ընտանիքը... որքա՛ն ցավերի, արտասվաց և հեծության պատճառ դարձավ այդ հզոր դյուցազնի մարդկային մի թուլությունն յուր ընտանիքում և որքա՛ն վնասներ պատճառեց նույն այդ թուլությունն ընդհանուր հայրենիքին...

Այս ամենը գիտենալով, իմ սիրասուն զավակներս, լսեցե՛ք իմ վերջին պատվերը և կատարեցեք նրան սրբությամբ, այդ պատվերը ամփոփում է յուր մեջ երկու բառ. «Սիրեցե՛ք միմյանց»:

Այդ սերը, այո՛, կերջանկացնե ձեզ, կերջանկացնե և ձեր զավակներին: Նա ուրախության աղբյուր կբխե ձեր ընտանեկան սրահի մեջ և աստուծո օրհնությունը կիջեցնե Մարզպետունյաց տան վրա, որի ժառանգներն եք դուք...

Ծերունին լռեց: Գոռն ու Շահանդուխտը ծունկ խոնարհեցին նրա առաջ և ջերմագին համբուրելով նրա աջը, խոստացան սրբությամբ կատարել այդ արժանավորագույն հոր սրբազան պատվերը:

Աբաս թագավորն իմացավ, որ ծերունի իշխանը օրըստօրե տկարանում է, ուստի դիմեց նրա մոտ, իմանալու համար, թե ո՞ւր կկամենար, որ մահվանից հետո յուր մարմինն ամփոփեին:

— Իմ երդումն արգելում է ինձ թաղվել Գառնիում, — ասաց իշխանը, — թաղեցեք իմ հայրենիքի ո՞ր անկյունում որ կկամենաք:

— Կցանկանայի քո մարմինը տանել Բագարան և թաղել Բագրատունյաց պայազատների դամբարանում, — ասաց թագավորը:

— Բագարա՞ն... այո՛, տա՛ր ինձ այնտեղ, բայց մի՛ թաղիր քո հարց դամբարանում: Այնտեղ, այո՛, թաղված են քո նահատակ հայրը և նահատակ եղբայրը, կցանկանայի հանգչել դրանց մոտ: Բայց այնտեղ թաղված է նաև Աշոտ բռնավորը: Կյանքը հեռացրել է ինձ այդ դավաճանից, մահը չպիտի միացնե:

— Ո՞ւր կցանկանաս ուրեմն, — հարցրեց թագավորը:

— Ամփոփի՛ր ինձ միջնաբերդի առաջ, ժայռերի բարձրության վրա, որտեղից կարողանամ հսկել Աշոտ բռնավորի շիրմին... որպեսզի նա յուր շուրջն ամփոփված սրբերին չդավաճանե... — պատասխանեց իշխանը նվաղած ձայնով:

Մի քանի օրից հետ «Հայրենիքի բարերարը» յուր արդար հոգին ավանդեց:

Ամբողջ արքունիքը, աթոռանիստ Կարսը և Արարատյան երկրները սգացին նրա մահը, իսկ Աբաս թագավորը արքայավայել հուղարկավորություն պատրաստեց «Մեծ հայրենասերի» համար:

Մարզպետունի իշխանի մարմինն ամփոփեցին Բագարանի միջնաբերդի առաջ, ժայռերի մի ահավոր բարձրության վրա, որի ստորոտը կոծում էին Ախուրյանի ալիքները՝ հավիտենական օրհներգ մրմնջալով հայրենավառ դյուցազնի սխրագործության համար:

Ապա թագավորը սպարապետության պաշտոնը հանձնեց Գոռին, իբրև «Մեծ հայրենասերի» արժանավոր որդուն, իսկ Մարզպետունու շիրմի վրա հրամայեց կառուցանել սուրբ Գևորգ անվամբ եկեղեցի, որ Բագարանի անհետացած ավերակների մեջ միակ կանգունն է մինչև այսօր:

ԲՈՎԱՆԴԱԿՈՒԹՅՈՒՆ

ԱՌԱՋԻՆ ՄԱՍ

ԵՐԿՐՈՐԴ ՄԱՍ

ԵՐՐՈՐԴ ՄԱՍ

www.ingramcontent.com/pod-product-compliance
Lightning Source LLC
Chambersburg PA
CBHW032208030726
47494CB00020B/750

* 9 7 8 1 6 0 4 4 4 7 8 8 0 *